이태준 문학 연구

이태준 문학 연구

상허문학회

끄은샘

책을 내면서

　마음을 닦듯이 문장을 갈고 닦아 삶을 그려 보이고자 했던 한 작가
는 인쇄소 문선공으로 '글'과의 인연을 마무리했다. 한 작가의 이같은
아이러니컬한 삶은 우리 문학사가 비켜갈 수 없는 중대한 문제점을
내포하고 있는 것으로 보인다. 이것이 바로 우리가 추적할 수 있는 이
태준의 개인적 삶이며 문학적 자리이다.

　상허 이태준은 월북 작가 중에서도 특이한 부류에 해당한다. 그는
이기영·한설야와같이 처음부터 〈북한문학예술총동맹〉에 소속되어
활동한 사람도, 임화·김남천과 같이 남로당 노선을 견지했던 사람도
아니었다. 오히려 그는 〈구인회〉를 결성하여 이기영·임화 등과 대척
적인 자리에 위치한 적도 있으며, 해방 후에는 임화와 함께 활동하고
월북 후에는 〈북한문학예술총동맹〉 부위원장을 지내기도 했다. 이렇
듯 다양한 이력은 그의 작품경향이 결코 단순하지 않은 문제점을 지
니고 있음을 말해준다. 그래서인지 해금이 된 후에도 이태준의 전작품
을 총체적으로 해명한 성과물이 나오지 않고 있으며, 기껏해야 시기별
로 구분하여 연구되거나 한 장르에 국한되어 연구되어 온 실정이다.
그러나 이태준에 대한 관심은 지속적으로 이어지고 있으며, 『이태준
문학 연구』는 바로 그러한 관심이 모여 이루어진 결실이라 할 수 있
다.

　이 책의 필자들은 이태준 소설을 대상으로 석·박사논문을 쓰거나,
그 밖의 경우라도 이태준 문학에 진지한 관심과 애정을 가진 소장 연
구자들이다. 그들의 열정에 의해 『이태준 문학 연구』는 기획될 수 있
었고, 수많은 토론과 검토의 과정을 거쳐 간행하게 되었다. 처음 민충
환 선생님과 〈깊은샘〉 박현숙 님의 발의로 이루어진 〈상허문학회〉는
연구자들 사이에 많은 관심을 불러 일으켰고, 특히 모임에 참여한 몇
몇은 헌신적으로 모임을 주도하고 이끌었다. 1년여 기간 동안 토론하
는 과정을 거쳐 마련된 이 책은 그들의 순수한 열정이 아니었더라면
이렇게 빨리 빛을 보기가 어려웠을 것이다.
　『이태준 문학 연구』는 이제까지의 연구성과를 검토·비판하는 과정
을 거쳐 다음과 같은 의도로 기획되었다.
　첫째, 이태준의 생애·문학사적 위상·작가의식·문학관 등을 통해
그의 개인적 삶과 문학을 종합적으로 조명하고자 하였다. 민충환·이
병렬·서영채·한상규의 글은 이태준의 삶과 문학을 이해하는 데 많
은 도움을 줄 것으로 기대된다.
　둘째, 이태준 소설을 다각도에서 조명하고자 노력하였다. 강진호·
이선미·장영우의 글은 이태준 소설을 통시적이고 계기적 관점에서
논의한 것이며, 김현숙·이익성·이혜원·이병렬의 글은 소설의 기법

적 측면에 주목하여 언술적 특성·구조와 기법·이미지·인물 성격화 등을 살펴본 것이다.

또한 지금까지 다소 소홀하게 취급되었던 장편소설에도 관심을 기울여 이태준 장편소설의 문학사적 위치·여성의식·역사소설적 의의 등을 탐구하였다. 채호석·이명희·이상갑·김재영 등의 글은 이태준 장편소설 연구자들에게 새로운 방향을 제시하게 될 것이다.

셋째, 이 책의 부록에는 생애 연보와 작품 연보 및 연구 목록을 첨가하여 이태준 문학 연구가들에게 실제적인 도움이 될 수 있게 하였다. 또한 〈구인회〉와 긴밀한 인간적 유대관계를 맺었던 조용만 선생님과 유족 이동진 씨의 회상기를 마련하여 실증적 연구에 도움을 줄 수 있게 하였다.

이 책은 이태준 소설을 다각도로 조명하여 가급적 다양한 견해를 담으려 노력했지만, 여러 문제점이 남아 있음을 부인할 수 없다. 이태준 소설은 그 양에 있어서나 질에 있어서 복잡한 문제의식을 내포하고 있으며, 그의 삶 또한 이데올로기와 직접적으로 연관되어 있어서 쉽게 해명될 수 없는 문제점을 함유하고 있기 때문이다. 이러한 여러 가지 사정에도 불구하고 이 책이 이태준 문학을 총체적으로 파악할 수 있는 계기를 마련하고 새로운 시각을 제시할 수 있다면 다행이겠다.

　『이태준 문학 연구』는 〈상허문학회〉에서 기획한 첫번째 연구 성과물이다. 이 책을 통해 문제제기된 사항들은 계속 보완될 것이며, 연구 범위를 〈구인회〉작가 혹은 1930년대 작가들에게까지 확대할 계획이다.

　학연과 지연에 관계없이 이태준이라는 한 실존인물에 매력을 느껴 모임을 갖게 된 〈상허문학회〉는 그만큼 순수한 열정을 간직할 수 있었다. 그들은 1년 가까운 기간 동안 만남을 계속하며 학문적·인간적 교감을 주고 받았고, 이 모임이 일회적이어서는 안 된다는 인식을 공유하게 되었다. 이 책을 〈상허문학회〉이름으로 간행하고 제2, 제3의 연구물을 자신하는 이유가 모두 거기에 있는 것이다.

　끝으로, 이 책에 직접 글을 싣지 못했으나 모임에 빠지지 않고 참석하여 생산적인 의견을 제시하고 올바른 방향 설정에 큰 도움을 준 몇몇 지우들에게 감사를 드린다.

1993년 12월

상허문학회

□ 차 례

■ 이태준 문학 연구

1부

■이태준의 삶과 문학

이태준의 문학사적 위상
- 기존의 연구결과를 중심으로 -

이 병 렬

Ⅰ. 들어가면서

상허 이태준(尚虛 李泰俊)은 신경향파 문학이 대두하던 1925년부터 6·25 직후까지 약 30년에 걸쳐 단편 60여 편과 중·장편 18편[1]을 발표한 한국현대소설사의 대표적인 작가이다. 1904년에 태어나 22세의 나이로 1925년 7월 《조선문단》에 「오몽녀」가 당선되며 문단에 나온 그는, 개벽사에 입사하던 1929년 이후부터 본격적인 작품활동을 전개, 소위 암흑기와 8·15, 6·25를 거쳐 1953년 무렵[2]까지 소설은 물론 시, 동화, 희곡, 수필, 평론 등 문학의 전 갈래에 걸쳐 왕성한 활동을 하였다. 물론 그가 주력한 것은 소설이었고, 그의 흔적은 바로 우리의 현대문학사에서 소위 황금기라 일컫는 1930년대, 그리고 좌우 이데올로기의 정치적 소용돌이에 휘말렸던 8·15 이후와 6·25 전후에 뚜렷하게 남아 있다.

먼저 그가 가장 왕성하게 활동한 1930년대는 만주사변(1931년)에서 중일전쟁(1937년)을 거쳐 태평양전쟁(1941년)에 이르는, 계속 확대되는 일제의 침략 전쟁으로 인해 우리 민족이 온갖 수탈과 정치적 억압을 받았던 때라는 것은 잘 알려진 사실이다. 문화예술에 대한 탄

---

1) 구체적인 작품목록은 이 책의 부록 '작품연보' 참조.
2) 이태준의 구체적인 작품활동은 현재 이 시기까지 확인할 수 있다.

압은 물론 민족말살정책으로 이어지는 그들의 압제 속에서 문학인들은 1930년대 우리 문학의 독특한 성격을 형성하였다. 그것은 역사와 현실을 정면에서 다루기보다는 비유적이고 우회적인 방법으로 접근하거나 창작의 형식과 기교적인 면에 주력하는 것이었다. 따라서 1930년대는 여러 가지 창작방법론이 등장하며 일제의 압제에도 불구하고 역설적으로 우리의 현대문학사 중에서 가장 다양한 성과와 많은 주요 문제들을 낳게 된다. 특히 소설의 경우 순수소설, 농촌소설, 모더니즘소설, 세태소설, 풍자소설, 역사소설, 장편소설, 대중소설, 리얼리즘소설 등 다양한 기법이 등장하며, 어느 시기보다 풍성한 작품을 발표하였다.[3]

한편 8·15 직후에서 6·25에 이르는 시기에 우리 문학인들에게 주어진 임무는 과거 일제시대의 문학적 유산을 청산하고 잃었던 문학, 그리고 우리말을 되찾는 것이었다. 그러나 일제시대로부터 벗어나는 것이 우리의 자주적인 힘에 의한 것이 아니라 연합군의 승리에 의해 얻어진 것이라는 사실에서 짐작할 수 있듯이 남과 북이 미·소 양대국의 영향권 아래에 놓이며 문학마저 이념적인 갈등으로 인한 정치적 소용돌이에 휩쓸리는 결과를 빚었다. 우후죽순격으로 등장하는 정치단체와 함께 문단도 여러 단체가 나타나면서 서로 반목하게 되었다. 1945년 8월 16에 결성한 조선문학건설본부를 선두로 하여 좌익계열에서는 조선문화건설중앙협의회(45. 8. 18), 조선프롤레타리아문학동맹(45. 9. 17), 조선문학동맹(45. 12. 13), 조선문학가동맹(46. 2. 8)으로 변화하였고, 우익계열에서는 조선문화협회(45. 9. 8), 전조선문필가협회(46. 3. 13), 조선청년문학가협회(46. 4. 4)를 결성 이에 대응하였다.

찬탁과 반탁으로 나뉜 이들이 극한 대립을 보이면서 혼란을 가중시켰고, 미군정과 소군정에 반발 혹은 도피하여 많은 문인들이 월북·월남하면서, 1948년 대한민국 정부수립과 조선민주주의인민공화국 수

---

3) 1930년대에 발표된 작품 수는 1920년대의 3배에 이르고, 40년대 보다는 2배에 이르며, 50년대보다도 많은 것으로 나타나고 있다. (권영민, 『한국현대문학사년표』, 서울대 출판부, 1987. 5. 참조)

립 선포에 따라 한국문학은 두 동강이 나고 말았다. 이러한 문단의 대립은 6·25를 치르며 완전히 고착화되어 그동안 서로를 인정하지 않는 비극적인 상황을 맞게 되었다.

이러한 시기에 이태준의 작품활동은 양적인 면에서나 질적인 면에서 당대의 어느 누구에게도 뒤지지 않는 것이다. 더구나 카프의 해체 이후 1930년대의 문단에 〈구인회〉의 결성을 통해 순수문학을 제창했고, 《문장》의 출현과 함께 주간, 편집인으로 활동하며 한때는 문단의 헤게모니를 쥐고 있었던 것 또한 사실이다. 그러나 그는 8·15 직후 곧 월북하여 그곳에 정착[4]하였고, 그것이 남쪽의 체제와 정통성을 부정하는 것이었다는 점에서 남쪽에서는 그동안 그에 대한 연구와 논의는 금기시되었으며, 심한 경우 그의 문학적 공과가 전면적으로 부정되기도 했다. 게다가 6·25 후에는 북에서조차 남로당의 숙청과 함께 그들의 문학사에서 사라짐으로써 이태준은 한국의 현대문학사에서 미아가 되고 말았다.

그러나 그간 대학의 연구실을 중심으로 조심스럽게 월북작가들에 대한 논의가 진전되었고, 특히 1988년 7월 19일 우리 정부의 월·납북작가의 작품에 대한 해금조치 이후에는 실질적인 연구가 진행되어 현재 상당한 수준에 이르고 있다. 그는 일반적으로 1930년대 순수문학의 기수였고, 미문장가였으며, 한국 현대 단편의 완성자인 동시에 당시 상당한 인기를 누렸던 작가로 평가되고 있다. 그러나 현재 그의 이름 앞에는 항상 '월북작가'라는 수식어가 붙어다니며 그에 대한 문학적 평가에 영향을 주고 있는 것 또한 사실이다.

---

4) 6·25 당시 인민군을 따라 남쪽에 내려온 이태준은 낙동강 전투에까지 종군하고는 전후 사정이야 어찌되었건 다시 북으로 갔다. (최태응, 「이태준의 비극」, 《사상계》, 1963. 1－2, 선우휘, 「납북되거나 월북한 문인들 문제」, 《뿌리깊은나무》, 1977. 5. 참조)

Ⅱ. 순수문학의 기수

이태준에 대한 평가는 그가 1930년대 순수문학의 기수였다는 데에서 출발한다. 이태준이 순수문학의 '기수'였다는 것은 그가, 같은 시기 순수시운동을 전개했던 시문학파에 비견되는, 〈구인회〉의 좌장격이었다는 데에서 단적으로 확인할 수 있으며 계속하여 《문장》에서의 활동과 그가 피력한 문학관으로 이어진다.

사실 당시 시문학파나 구인회의 태동이 가능했던 요인은 크게 두가지로 요약할 수 있다. 우선 내재적인 요인으로, 1920년대 중반 이후 문단을 주도했던 카프에 대한 반발이다. 문학의 이념성과 도식성이 강했던 카프에 반발하여, 순수서정 혹은 시어에 대한 자각과 함께 이념 편향성을 지양한 순수문학을 주창한 것이 바로 그것이다. 이는 문학의 예술성이란 면에서 한걸음 진보한 것으로 평가할 수도 있다. 그러나 무엇보다도 이들의 등장을 가능하게 했던 요인은 바로 외재적인 것으로, 카프에 대한 검거와 뒤이은 해산에 따라, 일제의 강력한 사상통제의 손길에서 벗어나 문학활동을 할 수 있는 길은 바로 그러한 방향에서만 가능했다는 점이다. 즉, 정치나 사회에 대한 관심보다는 순수문학을 표방함으로써[5] 그들의 활동은 일제에 의해 묵시적으로 허용되었다는 것이다.

구인회는 카프에 대한 검거가 몰아치던 1933년 8월, 문단 및 예술계의 작가 9명이 문학친목단체로 결성한 것이다. 경향문학에 반대하며 순수예술을 추구하는 것을 취지로 했던 이들의 활동은 비교적 소극적인 것이었으나, 신인 및 중견 작가로서 이들이 차지하는 문단에서의 비중으로 인해 당시 문단에 순수예술옹호라는 분위기를 형성한 것만은 사실이다.

특히 이태준은 구인회의 결성에서 활동에 이르기까지 언제나 적극

---

5) 이러한 점은 이들의 문학을 현실도피로 비판하는 근거가 되기도 한다.

적이고 주도적인 자세를 보였다.[6] 그가 구인회의 조직과 활동에 적극성을 보인 것은 예견된 것이었다고 할 수 있다. 그의 고백[7]에 따르면, 이태준은 「오몽녀」를 발표한 후 얼마쯤 사상 문제에 고민하였으며, 특히 루나찰스키의 예술론에 대하여 상당한 반감을 가졌다. 이 반발이 예술성에 대한 것인지 아니면 이념성에 대한 것인지 그 자신이 명확하게 밝히고 있지는 않지만, 그의 고백에 따르면 이는 바로 예술의 이념편향성에 대한 반발이라는 것을 쉽게 짐작할 수 있다.

따라서 이태준에게 순수문학단체란 상당히 매력적이고 자신의 능력을 발휘할 기회였을 것이며, 그가 구인회에 적극성을 보인 것은 오히려 자연스러운 것이라 할 수 있다. 최초의 발기자인 이종명과 김유영이 탈퇴한 후 이태준은 실질적으로 구인회를 이끌어 간다. 이 구인회를 통해, 일본 유학에서 귀국한 후 별다른 활동을 보이지 못했던 이태준은 문단의 전면에 나서게 되며 적극적인 작품활동[8]에 들어간다.

물론 구인회는 카프와는 달리 조직적인 단체로서의 집약된 목소리를 내지 않았다. 그럼에도 불구하고 구인회는 시문학파에서 유도된 순수문학의 흐름을 계승 발전시켜 1930년대 이후의 민족문학의 주류를 형성하는 데에 이바지하고, 근대문학의 성격을 현대문학의 성격으로 전환, 발전시킨 점에서 문학사적인 가치를 보유하고 있는 것으로 평가되고 있다. 이러한 문학사적 성과를 이룰 수 있었던 것은 일차적으로 구인회에 속한 개개인의 문학적 능력 때문이라 할 수 있다. 이러한 구인회의 순수문학운동의 선두에 섰던 사람이 바로 이태준이었다.

한편 일제의 식민통치가 민족말살정책이란 극한상황으로 치닫는 1939년 2월에 《문장》은 탄생한다. 이러한 시기에 《문장》의 발행 허가가 난 것은 의외라 할 수 있으나, 같은 시기에 허가가 난 《인문평론》과 함께 순수문학을 표방하면서도 《인문평론》이 한편으로는 일제

---

6) 조용만, 「나와 구인회 시대」(《대한일보》, 1969. 9. 30.)
7) 이태준, 「소설의 어려움 이제 깨닫는듯」(《문장》. 1940. 2.) 참조.
8) 구인회가 결성되던 1933년 8월 이후 3년간 이태준은 단편 15편, 중·장편 7편을 발표한다.

의 정책에 부응하여 친일문학을 선도했음에 비해, 《문장》은 꾸준히 친일적인 색채가 비교적 덜한 순수문학을 지양함은 물론 전 문단인을 망라하는 월간문학지로 발돋움한다. 서구문화의 도입과 신인발굴에도 일정한 공로가 있으나 《문장》이 주력한 것은 국문학 고전의 수록을 통한 민족문화유산의 옹호 전파였다. 이는 이병기의 취향은 물론 이태준과 정지용의 순수문학과도 일맥상통하는 것이었다. 이태준은 이 《문장》의 주간, 편집인[9]으로 9명 회원인 구인회의 좌장격이 아니라, 전문단인을 망라하는 문예지의 실질적인 소유자가 되어 문단의 헤게모니를 잡게 된다.

이태준을 순수문학의 '기수'라 하는 것은 바로 순수예술 운동을 추구했던 구인회를 실질적으로 이끌었으며, 일제 말기 순수문학의 연장선에 놓이는 《문장》의 주간, 편집인이었다는 데에 연유한다. 구인회와 《문장》이 바로 순수문학의 대표격이었기 때문이다.

문제는 '순수문학의 기수'라 할 때에, 과연 이태준이 주창한 '순수'의 정체가 무엇이냐 하는 데에 있다. 김우종[10]은 이태준이 프로문학의 전성시대가 지난 1930년대의 순수작단 시대에 그 대표적인 존재였다는 것은 인정하면서도 그의 순수는 그의 사상적인 신념 이전에 그가 타고난 기질에서 온 것이라 하여 부정적으로 보고 있다. 이는 김 현[11]도 마찬가지이다. 그는 이태준의 순수를 개인의 안위와 골동품에 대한 기호의 소산이며, 지조나 이념을 기반으로 하는 선비기질과는 다르다고 평가한다.

분명한 것은 이태준 스스로가 자신이 주창한 순수와 관련하여 그 개념을 밝힌 글이 없다는 사실이다. 따라서 그가 주창한 순수의 개념을 그의 수필, 소설 등의 작품과 문단활동에서 유추할 수밖에 없는데, 이 경우 이태준의 순수는 다음과 같이 세 가지로 요약할 수 있다.

---

9) 《문장》은 창간 후 40년 5월까지는 편집 겸 발행인에 김연만, 주간에 이태준이었으나, 40년 6월부터 폐간 때까지 편집 겸 발행인이 이태준으로 되어 있다.

10) 김우종, 『한국현대소설사』, 선명문화사, 1968.

11) 김 현·김윤식, 『한국문학사』, 민음사, 1973.

첫째, 카프에 대한 반발, 즉 문학의 이념편향성, 도식성 혹은 공식성에 대한 반발로서의 순수이다. 앞에서 밝힌 것처럼 이태준은 루나촬스키의 예술론에 상당한 반발을 보였다. 구인회의 활동과 그의 고백에 의하면 바로 예술의 이념편향성에 대한 반발이다. 여기서 이념편향성에 대한 반발이라 함은 경향파의 이념만이 아니라 이광수로 대표되는 문학의 계몽성에 대한 반발로도 해석할 수 있으며, 이는 김동리, 현경준, 정비석, 박노갑 등 신세대에 연결되는 것이라 할 수 있다. 이는 바로 미적 자율성으로서의 순수이다.

> 그간 장편도 몇 쓴것이 있다. 그러나 나는 아직은 이 적은 작품들에게 더 애정을 느낀다. 쨔날리습과의 타협이 없이, 비교적 순수한 나대로 쓴것이 이 단편들이기 때문이다. 내가 쓰고 싶은 것을, 내가 쓰고 싶은 때에, 내가 쓰고 싶은 투로 쓰는 것은 나의 생활에서 가장 질겁고, 가장 안전하고, 가장 신성하기도 한 일이었다. 그래 내 생활에 다소 가치가 있었다면 그 가치의 화폐가 곧 이 단편들이라 해 마땅할 것이다.[12]

'내가 쓰고 싶은 것을, 내가 쓰고 싶은 때에, 내가 쓰고 싶은 투로, 쓰는 것'이 바로 순수한 것이라는 요지이다. 이렇게 볼 때에 이태준의 순수는 카프 계열이 주창한 문학의 이념지향, 그리고 그들의 문학이 보여준 도식성 혹은 공식성에 반발한, 탈이념편향의 미적 자율성에 의한 예술성 추구에 있다고 할 수 있다.

둘째, 도시화, 산업화에 대한 반발에서 나오는 옛것에 대한 애착으로서의 순수이다. 앞에서 밝힌 것처럼 《문장》이 주력한 것은 국문학 고전의 발굴 소개였다. 이는 이병기의 취향과 관련된 것이라 하지만 《문장》의 주간과 편집인으로 있던 이태준과도 관련된다. 이태준은 그의 소설 속에서 유난히 옛것에 대한 애착을 보였고, 수필에서도 골동품 취향을 자랑하고 있다. 더구나 도시화, 산업화, 문명화로 일컫는 모더니즘의 물결 속에서 이태준은 「꽃나무는 심어놓고」, 「농군」, 「돌다

---

12) 이태준, 『가마귀』, 한성도서, 1937. 8, 머리에.

리」등에 나타나듯이 땅 혹은 원초성에 대한 집착을 보이고 있다. 물론 이러한 것을 순수라 지칭할 수 있느냐는 물음이 있을 수 있으나, 그의 소설과 수필을 통해 유추할 수 있는 것은, 인식적인 면에서, 바로 옛것에 대한 애착으로서의 순수[13]라 할 수 있다.

셋째, 언어와 문장에 대한 자각으로서 순수이다. 이태준은 여러 차례에 걸쳐《문장》에「문장강화」를 연재하면서 우리말에 대한 관심을 보였고 이는 당시 우리말에 상당한 영향을 끼쳤다. 시문학파가 그들의 작품 속에서 순수서정과 우리말의 아름다움을 드러내며 시어의 조탁에 힘을 기울였다면, 이태준은 그의 소설 속에서 우리말에 대한 자각은 물론 단어 하나에까지 관심을 보이며 문장을 다듬었다. 이러한 문장에 대한 관심은 그가 소설에서 사건의 구성보다는 인물의 창조에 주력한 것에서도 찾을 수 있다. 경향문학에서 흔히 볼 수 있는 대립 투쟁의 사건보다는 소설에서 인물을 창조하는 데에 이태준은 그의 모든 문장력을 동원하였다. 이러한 언어 혹은 문장에 대한 자각을 통해 이태준은 그의 소설 속에서 아이러니, 서정적 분위기를 창출함은 물론 선명한 인간상을 창조하는 데에 성공하였다. 이 경우 이태준의 순수는 사건보다는 언어와 문장에 대한 관심으로서의 순수이며, 이는 다음 장에서 밝힐 소설에서의 기교와도 연결이 된다.

Ⅲ. 단편의 완성자

‘한국 단편의 완성자’라는 수식어도 이태준에 대한 평가에서 빼놓을 수 없는 것이다. 이는 이태준이 ‘반영으로서의 문학’이 아닌 ‘기교로서의 문학’에 능했다는 것이며, 그가 사회 혹은 역사에 대한 관심보다는 작품의 완성도에 더 주력한 때문이라 할 수 있다. 게다가 이태준은 스스로 단편에 대한 애착과 ‘예술로서의 단편’을 강조하고 있다.

---

13) 흔히 이를 일러 ‘상고주의’, ‘선비기질’ 등으로 평가하기도 한다.

　　현재 우리 문단만 보더라도 수에 있어 장편은 단편을 따르지 못하고, 또 질에 있어서도 장편은 단편보다 떨어져 있는 것이 사실이다. 장편은 대개 신문소설로서 본래의 장편과는 특수한 조건 밑에서 발달하는 것이니 현재 상태로는 소위 전작 이외에는 집필자의 태도부터 진정한 문학제작이 아니다. 그러므로 작가들의 직업이 아니라 작가들의 예술을 보려면 아직도 단편을 떠나 구할 데가 없다.[14]

　　이러한 단편 우위의 관심은 자연 그가 단편에 주력하는 결과를 빚었고, 그의 데뷔작인 「오몽녀」에 대한 논의에서부터 이태준 소설의 기교에 대한 평가가 시작된다. 「오몽녀」는《조선문단》1925년 7월호에 당선되어 8월호의 7월 창작 총평[15]의 논의 대상이 되었다. 여기에 참석한 나도향은 '구상과 기교가 그리 완숙하였다고 할 수는 없으나 서투른 점을 별로 찾아낼 수 없다'고 했고, 양백화는 '구상도 좋거니와 그 필치도 비교적 유창하여 성공한 작'이라 했으며, 방인근은 '건실한 필치, 치밀한 묘사와 구상, 현실을 예술화하여 실감을 주는 작자의 수완과 정신, 어떤 점으로 보든지 성공한 작품'이라 평했다. 주제의식 혹은 역사의식이 아니라 모두가 소설의 기법과 관련된 이러한 평가는 이후 이태준 단편의 해석에 하나의 전형이 된다.

　　백 철,[16] 최재서[17] 등 당대의 평가에서부터 이재선,[18] 정한숙[19] 등에 이르기까지 이태준 소설의 특징은 선명한 인물창조로 모아지며, 이는 그의 소설을 이해하는 하나의 틀로 굳어진다. 특히 이재선은 그의 소설사적 위치를 김동인이나 현진건의 뒤를 이은 뛰어난 단편작가로 평가하면서, 그의 업적으로 가장 먼저 지적한 것이 '근대적인 단편소설의 한 완성자'라는 것이다.

---

14) 이태준, 「소설독본」,『상허문학독본』, 백양사, 1946, 277쪽.
15) 「조선문단합평회 − 7월 창작소설총평」,《조선문단》, 1925. 8, 114 ～ 121쪽.
16) 백 철, 「문학과 사상성의 검토」, 〈동아일보〉, 1938. 2. 15 ～ 19.
17) 최재서, 「단편작가로서의 이태준」,《문학과 지성》, 인문사, 1938.
18) 이재선, 『한국현대소설사』, 홍성사, 1979.
19) 정한숙, 『한국현대문학사』, 고려대출판부, 1982. 3.

정한숙도 이재선과 같은 입장에서 이태준을 현대소설의 기법을 완벽하게 체득한 작가로 평가한다. 이들이 문학사와 소설사를 기술하면서 이태준을 '단편의 완성자'로 평가하는 근거는 주로 다음과 같다.

> 치밀한 결구와 섬세한 분위기 창조, 낱말 하나를 바꾸어 놓을 수 없이 완벽하게 짜여진 구조와 정확하기 짝이 없는, 간결한 언어, 조각처럼 뚜렷하게 제시되는 성격의 제시와 인물표현, 그리고 그런 인물들의 일상생활 가운데 흐르고 있는 유우머와 페이서스 등, 그의 단편은 어느 구석에도 흠잡을 데가 없다.[20]

한편 이익성[21]은 구조주의적 방법론에 입각하여 이태준의 콩트와 단편을 분석, 그의 소설사적 의의를 묘사력, 분위기 창출, 선명한 인간상이라 지적하고 있다. 이러한 평가들은 이태준 소설의 주제의식 혹은 작가의식이 아닌 소설의 완성도를 두고 한 말이다. 이는 그후 이태준의 작품에 대한 논의에 거의 예외없이 적용되었고, 특히 그가 작품을 발표한 후 계속적으로 문장을 다듬고 개작했다는 사실[22]이 밝혀지면서는 더욱 확고하게 '단편의 완성자' 즉 기교의 작가로 평가되기에 이르렀다.

그러나 이태준의 중기소설 특히 1930년대 후반 이후의 소설의 경우에는 다른 평가가 있을 수 있다. 강진호[23]의 문제제기에서 이선미,[24] 류보선[25]에 이르는 평가들은 이태준의 소설을 단순히 기교로서의 문학이 아닌 반영으로서의 문학으로 평가할 근거를 제공하고 있다. 이

---

20) 정한숙, 앞의 책, 128쪽

21) 이익성, 「상허단편소설연구」, 서울대 대학원 석사학위논문, 1987. 2.

22) 민충환, 『이태준연구』(깊은샘, 1988. 5)와 졸고, 「이태준소설의 개작문제고」(제36회 전국국어국문학연구발표대회 발표요지, 1993. 6. 6) 및 「이태준소설의 창작기법 연구」 (숭실대 대학원 박사학위논문, 1993. 6) 참조.

23) 강진호, 「이태준연구」, 고려대 대학원 석사학위논문, 1987. 7.

24) 이선미, 「이태준소설연구」, 연대 대학원 석사학위논문, 1990. 12.

25) 류보선, 「역사의 발견과 그 문학사적 의미」, 『한국현대문학연구』 제1집, 한국현대문학연구회, 태학사, 1991.

들의 논지는 이태준을 단순히 순수문학자로만 볼 것이 아니라, 일제시대 이후 사회현실에 대한 비판과 부정의식을 꾸준히 견지하고 있었던 작가로 보아, 이런 점에서 비판적 리얼리즘에 근사한 것으로 평가하자는 것이다.

특히 강진호의 지적에 따르면, 깊은 현실인식을 전제로 한 작품들이 후기에 많이 산출된다는 것이다. 따라서 상허의 단편에 사회성이 없다는 견해는 부정되며, 그의 작품은 후기로 갈수록 감상성이 극복되고 사회현실에 대한 인식이 깊어지고 있다고 할 수 있으며, 이러한 점이 8·15 후 그의 정치활동을 예비하는 과정이기도 하다고 해석하고 있다.

문제는 이태준의 소설을 기교냐 반영이냐 하는 이분법적으로만 해석해서는 안된다는 것이다. 앞에서 거론하였듯이 이태준은 문단 데뷔 이후 현재까지 계속적으로 기교의 작가로, 나아가 한국단편의 완성자로 평가되고 있다. 그러나 단순히 기교 혹은 기법의 측면만을 강조하는 것은 작가의 사회의식 혹은 역사의식을 간과하는 것이 된다. 한국단편의 완성자라는 기교를 인정하면서도 그에 수반되는 이태준의 현실인식의 수준이 함께 평가될 때에 이태준의 단편에 대한 올바른 평가가 이루어질 것이다.

Ⅳ. 통속작가

이태준은 작품 수에서 당대 어느 작가에게도 뒤지지 않는 많은 장편을 발표하였을 뿐만 아니라 그 인기도 상당했던 것으로 알려지고 있다. 그러나 정작 그의 장편에 대한 평가는 약소한 실정이다. 三枝壽勝이 그의 「이태준작품론」[26]에서 13편에 이르는 이태준의 장편을 요약, 소개하며 작가의 사회적 이상지향과 연애문제를 살피고 그것의 바

---

26) 三枝壽勝, 「李泰俊作品論」, 《史淵》, 117, 九州大文學部, 1980.

탕에 작가의 고아체험이 작용하고 있음을 강조한 것이 이태준 장편을 본격적으로 평가한 것이었다.

최근 들어 그의 장편에 대한 몇 편의 논의가 진행[27]되었으나 그의 단편 연구에 비하면 미약한 실정이다. 앞에서도 지적했듯이 이태준은 '한국 단편의 완성자'라는 평가를 받으며 그 기교면에서는 독보적인 존재로 인정받았으며, 한때는 북에서도 '조선의 모파상'[28]이라 일컬을 정도로 평가되었다. 그럼에도 유독 그의 장편은 '여학생소설'[29], '졸작'[30], '동공이곡(同工異曲)'[31]으로 치부되었다.

이는 우선적으로 이태준 스스로가 장편보다는 단편에 더 주력하였고, 직접 장편의 어려움을 토로하면서 단편과 장편의 역할까지 분명히 하고 있는 것에서 그 원인을 찾을 수 있다. 쓰고 싶은 것을, 쓰고 싶은 때에, 쓰고 싶은 투로 쓰는 것이 단편이요 나아가 문학이고 예술이라는 단편 우위의 견해[32]가 바로 그것이다. 이태준의 이러한 단편 우위의 소설관은 당시의 장편이란 전작이 아닌 신문과 잡지에 연재한 것이었기에 갖는 편견이었다. 즉, 저널리즘의 속성에 따른 편견이다.

신문이나 잡지 편집자로서도 소설은 문학으로 보히기 전에 먼저 구독자를 잃지 않고 신독자를 끄러드리는 중요한 '미끼'로 보힌 것이다. (중략) 그러니까 신문과 잡지는 조곰만 이름이 나는 작가면 곧 이용한다. 이용이 되는 줄 알면서도 '쓰는 소설'만으로는 경제적으로 불리하니까 '씨키는 소설'에 붓을 대지 않을 수 없는 노릇이다.[33]

---

27) 구체적인 목록은 이 책의 부록 '이태준자료 및 연구목록' 참조.
28) 한국비평문학회 편, 『혁명전통의 부산물 – 납·월북문인 그 후』, 신원문화사, 1989. 참조.
29) 김기림, 「작가론 – 스타일리스트 이태준씨를 논함」, 〈조선일보〉, 1933. 6. 27. 참조.
30) 임형택, 「상허 이태준론(其一)」, 《낙산어문학》, 1963.
31) 三枝壽勝, 앞의 글 참조.
32) 이태준, 「소설독본」, 『상허문학독본』, 백양사, 1946, 277쪽.
33) 이태준, 위의 글, 1946, 264~265.

이태준에게 위와 같은 조건을 만족시키면서 자신의 창작의욕도 살릴 수 있는 소설이란 거의 공상이 아닐 수 없었고, 따라서 신문소설은 신문소설의 길에 맡겨 두고 순수한 문학으로서의 소설은 연재조건에 걸리지 않는 단편에서 찾으려 했던 것이다. 분명 이태준의 장편소설은 모두 신문과 잡지에 연재한 것이다. 그럼에도 불구하고 그의 장편들은 저널리즘의 속성을 충분히 살린, 당대에는 대단한 인기를 누린 작품들이었다.

이태준의 장편에 나타난 인물들은 작품의 전반부에서 모두 애정의 삼각관계 속에 갈등하지만, 후반부에서는 애정관계를 극복하고 모두 대사회적인 자각을 통해 민중과 사회를 위한 사업에 뛰어드는 인물들이다.[34] 장편에 나타나는 이러한 인물의 도식성 때문에 그간 통속소설 혹은 연애소설의 범주를 벗어나지 못하는 것으로 간주되었다. 그러나 장영우의 다음과 같은 지적은 이태준 장편의 평가에 한 방향을 제시해 준다.

상허는 신문 혹은 잡지 연재소설의 장점과 약점을 적절히 이용하여 일반 독자의 관심을 끌면서 자신의 연애·사회·교육관 등을 적절히 배치해 놓은 것으로 판단된다. (중략) 특히 연애에 실패한 주인공에게서 현저하게 나타나는데, 이 점은 일단 독자의 흥미를 유발시키고 난 뒤에 정작 조선의 청년이 전력투구해야 할 일이 무엇인가를 일깨우려는 전략적 장치라 이해된다. 바로 이 점이 그의 장편이 평범한 연애소설이 아닌 중요한 이유가 된다.[35]

즉, 이태준의 장편소설은 연애소설의 외피를 걸치고 있지만 그 내면에는 계몽주의와 사회의식이 강하게 반영됨으로써 통속성을 어느 정도 극복했다는 것이다. 말하자면 이태준의 장편소설의 외피가 연애소설로 치장된 것은 작가의 고급 위장술에 기인한 것이며, 비록 이태

---

34) 졸고, 「이태준소설의 창작기법 연구」, 숭실대 대학원 박사학위 논문, 1993. 6, 173쪽
35) 장영우, 「이태준소설연구」, 동국대 대학원 박사학위논문, 1992. 7, 138쪽.

준의 장편소설들이 신문연재소설이 안고 있는 근본적인 제약을 벗어
나지는 못했다는 점을 인정하더라도 작가의 여성관, 교육관, 사회관
등이 잘 반영된 계몽성이 짙은 성장소설이라 평가하는 것이다.

한편 안남연[36]은 이태준의 장편만을 대상으로 소설의 미학과 그 세
계의 의미 그리고 변모양상을 통해 소설의 유형구조와 교양소설로서
의 특성을 밝히고 있다. 그에 의하면 이태준의 장편소설은 이태준 자
신의 교양과 문화의식의 소산으로서 민중의 교양화와 사회의 문화화
그리고 구성의 이중 복합화로 이룩된 교양소설이라는 것이다. 나아가
이태준 장편소설의 교양소설로서의 특성은 1930년대 한국 근대소설에
나타난 세태소설과 통속소설을 아우른 소설 형태로서 로망개조론으로
지향된 가족사·연대기소설 형태에 준하는 소설사적 위상으로서의 교
양소설을 이루어 냈다고 지적한다.

이명희[37] 역시, 1930년대 대중문학론과 장편소설론을 전제한 뒤, 이
태준의 장편에서 1930년대의 여러 가지 소설류 중 한 부분을 차지한
소설로서 그 의미를 찾고 있다. 그에 의하면 이태준의 장편에서 문제
가 되는 것은 연애문제로 인한 사건의 우연성과 투철한 역사의식의
결여에서 오는 납득하기 어려운 사건 전개이지만, 그럼에도 불구하고
1930년대의 불안과 위기 의식 속에서 요구한 시대적 대응이라는 점에
서 그 의의를 찾을 수 있다고 평가한다.

이상의 논의들은 기존의 폄하된 이태준 장편에 대한 평가를 뛰어
넘는 것으로 이를 통해 이태준 장편의 해석에 한 방향을 도출할 수
있다. 그것은 이태준의 장편을 단순히 통속소설 혹은 연애소설로 폄하
만 할 것이 아니라 1930년대의 대중소설론, 장편소설론을 전제하고
저널리즘에 의한 연재소설이었다는 당대의 상황과 관련한 평가가 이
루어져야 한다는 것이다.

---

36) 안남연, 「이태준장편소설연구」, 한국외대 대학원 박사학위논문, 1993. 2.
37) 이명희, 「이태준문학연구」, 숙명여대 대학원 박사학위논문, 1993. 6.

V. 월북작가라는 굴레

앞에서 이태준은 순수문학의 기수였고, 한국단편의 완성자였으며 장편에서도 일정 부분 그 공적을 인정해야 한다고 밝혔다. 그러나 현재 무엇보다도 그에 대한 평가의 대전제가 되는 것은 바로 그가 '월북작가'[38]라는 사실이다.

한국의 현대문학사에서 '월북작가'라는 명칭은 그들의 문학적 평가에 치명적인 것이었다. 6·25 직후는 물론이요, 6·70년대를 거쳐 80년대 후반에 이르기까지 남북의 이데올로기 대치 상황 속에서 '월북작가'는 바로 남쪽의 체제와 정통성을 부정하는 공산주의자로 인식되었다. 물론 이는 정권안보를 위한 정부의 과잉반응이 크게 작용하였던 것 또한 사실이다. 이데올로기와는 전혀 관련이 없는, 일제치하에서 발표된 그들의 우수한 작품까지도 전면적으로 부정되었고, 그들의 이름은커녕 작품명까지도 아예 언급조차 하지 못했던 것은 분명 우리 문학사의 비극이자 오류였다.

방준원, 최태응, 김종빈 등[39]은 8·15 후부터 6·25에 이르는 이태준의 행적을, 때로는 애정어린 시각으로, 때로는 반공이데올로기에 입각한 우익의 입장에서 혹독할 정도로 비판하고 있다. 이들의 논지에 따르면 이태준이 결코 사회주의 혹은 공산주의자가 아니라는 것이다.

이태준이 월북작가라는 사실은 앞에서도 지적했듯이 그의 작품에 대한 평가에 새로운 방향을 제시해 준다. 먼저 기교로서의 문학이란 입장의 경우 월북 전과 후의 작품 경향이 전혀 다르다는 것[40]으로,

---

38) 흔히 8·15와 6·25를 거치며 북으로 간 작가들을 통칭하여 월북작가라 한다. 그러나 이들의 월북경로와 관련하여 '월북', '납북' 그리고 '재북' 작가로 구분할 필요가 있다. 분명 월북작가는 6·25 당시 북의 정권에 의해 강제로 납북된 작가와 일제시대부터 북에 생활근거를 두고 있었던 재북작가와는 확연하게 구분할 필요가 있다. 이태준은 월북작가이다.
39) 구체적인 논의는 이 책의 부록 '이태준 자료 및 연구목록' 참조.
40) 기존의 대부분의 평가가 이에 속한다.

8·15 직후 특히 월북 후의 작품은 이태준의 작품이 아니라 북의 문
예정책에 입각한 선전도구에 지나지 않는다는 평가가 그것이다.

실제 이태준이 8·15 후에 발표한 작품을 보면, 「해방전후」에서는
8·15를 전후한 사상적 고민을 엿볼 수 있으며, 월북 후에 리얼리즘
에 입각하여 발표한 「농토」의 경우에도 이태준 소설의 미적 특질의
흔적을 찾을 수는 있다. 그러나 6·25를 전후한 작품집 『첫전투』와
『고향길』에 수록된 작품의 경우 「호랑이 할머니」를 제외하면 대개가
미군과 국방군에 대한 적개심 고취와 전투의욕 앙양을 위한 구호의
나열에 불과하며, 『첫전투』에 개작하여 수록한 「밤길」과 「해방전후」
의 경우 발표 당시보다는 강렬한 계급성과 함께 과다한 정치·사상성
이 개입되어 있다. 이러한 요인이 바로 이태준의 작품을 월북 전후로
대별하게 하는 요인이 된다.

그러나 8·15를 전후한 이태준의 행적과 함께 월북 전후의 작품에
서 내적인 연속성을 찾아 월북의 개연성을 해석하려는 평가[41]도 있다.
이들은 1930년대 중반 이후 이태준의 작품에 나타난 현실인식의 수준
을 논하면서, 「해방전후」와 「농토」는 물론 월북 후의 작품인 『첫전
투』와 『고향길』까지 집중적으로 거론, 이들 작품을 통해 현실인식의
변모과정과 내적인 연속성을 찾아 이태준의 월북의 개연성을 검토하
고 있다.

한편 북에서의 평가는 남로당의 몰락과 함께 극단적으로 대조된다.
이태준이 월북할 당시에는 김일성 대학의 교수인 정률로부터 '조선의
모파상'이란 칭호를 받는가 하면, 『로동신문』 주필인 기석복이 수차례
에 걸쳐 조소문화협회 주최의 이태준 연구 발표회를 갖도록 주선하는
등 문학적 가치나 문단의 위치에 있어 상당히 극진한 평가와 대우를
받는다.[42] 그러나 6·25 이후 남로당의 숙청 이후에는 사상적으로 철

---

41) 앞에 제시한 강진호, 이선미, 류보선의 글 외에 김승환(「해방공간의 농민소설연구」,
   서울대 대학원 박사학위논문, 1990), 최유찬(「이태준 ─ 허위적 속성의 문학과 비극적
   삶」, 《사회와 사상》, 1989. 5), 김재용(「북한의 토지개혁과 그 소설적 형상화」, 《실천
   문학》, 1990. 봄호) 등의 논문이 여기에 속한다.

저하게 비판받으며 북의 문학사에서 사라진다.[43]

　이번에는 직접 북반부에 잠입하여 우리의 인민적 문화유산을 내부로부터 파괴할 것을 기도하고 리태준을 선발대로 파견하였으며 뒤이어 림화, 김남천 등 일당이 교묘하게 문예총과 문화기관의 중요한 위치에 기여들어 우리의 당적인 문화 대렬의 통일을 와해시킬 것을 꾀하면서 자기들의 졸개들을 각 곳에 포치하는 한편 「농토」, 「호랑이 할머니」를 비롯한 반동 작품들을 민주주의적 언사의 가면 밑에서 창작 류포함으로써 인민들에게 반동사상을 불어 넣을 것을 획책하였다. 또한 이들은 음으로 양으로 『카프』의 혁명적 전통을 계속 말살 부인하려고 광분하였다.[44]

　북에서의 평가는 위에서 보듯 이태준의 모든 문학적 성과와 행적마저도 말살하려는 것이다. 이는 분명 이태준과 그의 문학에 대한 객관적인 평가가 될 수 없다. 박헌영과 김일성의 권력 갈등, 6·25 실패를 남로당에 전가하면서 박헌영 혹은 남로당과 관련된 인물들의 숙청을 위한 정치적 목적의 평가이기 때문이다.

　문제는 월북과 관련한 남쪽의 두 가지 평가, 그리고 북의 극단적인 평가에서 보듯이 '월북'이라는 사건이 이태준의 문학을 평가하는 데에 일정한 근거는 제공한다고 하더라도 그것이 결코 절대적인 것이 될 수 없다는 것이다. 사회주의 리얼리즘의 입장에서는 혹 이태준의 월북이 그의 작품 평가에 긍정적으로 작용하여 그 가치를 증폭시킬 수는 있다 하더라도, 이태준의 전생애와 전작품을 평가 대상으로 할 때에 '월북'이라는 사건은 하나의 조건은 될 수 있지만, 그 사건으로 인해 그의 전작품이 어느 하나의 시각으로만 평가될 수는 없기 때문이다.

---

42) 한국비평문학회 편, 앞의 책 참조.

43) 안함광의 『조선문학사』(1956), 과학원 언어문학연구소에서 펴낸 『조선문학통사』(1959)의 경우 혹독한 비판일망정 이태준과 그의 작품에 관하여 언급하고 있다. 그러나 그후 『조선문학사』(편자 미상, 1964), 『조선문학사』(사회과학원 문학연구소, 1978), 『조선문학사』(김춘택, 1982), 『조선문학개관』(정홍교 외, 1986)에는 이태준과 그의 작품에 관한 기술이 전면 삭제된다.

44) 과학원 언어문학연구소 편, 『조선문학통사』(하), 과학원출판사, 1959. 11, 223쪽

즉 이태준의 월북을 미시적으로만 평가할 것이 아니라, 거시적 시각으로 남과 북을 하나로 묶는 민족문학사 혹은 통일문학사라는 입장에서 볼 경우 다른 평가가 나올 수 있을 것이다.

더구나 월북 후의 작품, 특히 『첫전투』와 『고향길』에 수록된 작품의 경우 6·25를 전후한 전쟁 상황에서 대개가 미군과 국방군에 대한 적개심 고취와 전투의욕 앙양을 위한 구호의 나열에 불과하다고 하지만, 이는 이태준 개인만의 문제는 아닐 것이다. 역으로 6·25 전쟁 상황 속에 남쪽에서 발표된 작품의 경우, 대개가 미군 혹은 유엔군과의 우호협력, 인민군과 중공군에 대한 적개심, 그리고 전투의욕과 애국심을 강조하고 있는 것도 최근 밝혀진 사실이다.[45] 이렇게 볼 때 '월북'이란 사건은 이태준 개인의 문제가 아니라 민족의 문제인 것이며, 이를 미시적으로 파악하여 이태준의 작품을 평가하는 근거로 해석할 것이 아니라 좀더 거시적으로 해석, 민족문학사 혹은 통일문학사의 관점으로 파악해야 할 것이라는 문제는 상당히 설득력이 있는 것이다.

Ⅵ. 남는 문제들

지금까지 이태준과 그의 문학에 대한 그간의 연구를 네 가지 영역으로 나누어 검토함으로써 한국문학사 혹은 소설사에서 그의 위상을 정립하고자 했다. 그러나 논의에서 나타난 것처럼 이태준의 소설사적 위상을 정립하는 것은 단순한 작업이 아니다. 소제목에서 제시한 것과 같이 순순문학의 기수, 단편의 완성자, 통속작가 그리고 월북작가라는 단순한 명칭만으로 이태준의 문학사적 위상이 정립되지는 않을 것이기 때문이다.

이태준을 순수문학의 기수라 할 때에 '순수'의 문학적·과학적 개념 규정이 선행되어야 할 것이며, 이어서 그가 주창한 순수의 정체가 과

---

45) 이기윤, 『전쟁과 인간』, 한샘, 1992, 참조.

연 무엇이며, 당대 문학의 수준에서 그것이 얼마만한 설득력을 가졌고, 이후 계속된 우리 문학사에 어떠한 영향을 미쳤는가가 밝혀져야 할 것이다. 한편, 단편의 완성자라 할 때에, 김동인, 현진건의 뒤를 잇는 단편의 완성도와 함께 당대의 다른 작가들, 예를 들어 이효석, 김유정, 박태원 등과의 비교 검토를 통해 그의 소설 미학의 수준이 밝혀져야 함은 물론, 반영으로서의 문학과 기교로서의 문학이라는 이분법이 아니라 기교 속에 숨어 있는 현실인식의 수준이 함께 평가되어야 할 것이다.

장편의 경우 당대 상당한 인기를 누렸음에도 폄하되는 평가는 시정되어야 할 것이다. 단순히 통속소설 혹은 연애소설이라 치부하기에 앞서 당대의 장편소설론 혹은 대중소설론에 입각하여 인정할 부분은 인정하면서 다른 작가들의 장편과 구체적인 비교 검토를 통해 이태준의 장편만이 갖는 특성이 밝혀져야 할 것으로 본다.

앞에서 거듭 밝혔지만 이태준은 월북작가이다. 그러나 그의 문학적 공과가 단순히 '월북'이라는 사실만으로 극대화되거나 극소화되는 우를 범해서는 안될 것이다. 월북했다는 이유 하나만으로 그의 전작품이 매도된다거나, 월북 후의 작품이 단순한 선전도구라 폄하되는 것은 지양해야 할 것이다. 이를 위해서는 월북 전후의 작품이 내적인 연속성 혹은 변모과정으로 계기적인 고찰이 이루어져야 할 것이며, 나아가 북에서 있었던 이태준의 개인적인 활동에 대한 정확한 검토와 북의 문학사에서 차지하는 이태준 문학의 특성에 대한 고찰과 함께, 이분법적인 남과 북의 문학이 아니라 남과 북을 아우르는 민족문학사에서의 그의 위치를 검토할 필요가 있을 것이다. 특히 이태준의 경우 사회주의 혹은 공산주의라는 이념에 따른 월북으로 볼 수 없는 사실[46]들이 단편적으로나마 계속 밝혀지고 있기에 단순한 이분법적인 평가는 위험한 것이라 할 수 있다.

마지막으로, 구체적으로 거론하지는 않았지만, 스타일리스트 혹은

---

46 강상호, 「내가 치른 북한 숙청」(《중앙일보》, 1993. 6. 7~21) 참조.

미문장가로 알려져 있는 이태준 문체의 특성에 대하여 보다 명확하게 규명되어야 할 것이다. 분명 이태준의『문장강화』는 당대 우리말에 상당한 영향을 끼쳤고, 그는 직접 그의 소설에 이를 적용하려 했다. 시문학파의 시어에 대한 자각에 비견되는,·『문장강화』로 대표되는 이태준의 언어에 대한 인식의 수준과 소설의 문장에 대한 자각의 정도가 밝혀질 때에 단순한 미문장가가 아닌 올바른 단편의 완성자 혹은 선명한 인물창조로 대표되는 기교로서의 이태준 문학의 특성이 드러날 것이다.

　이러한 문제들이 해결될 때에 비로소 명확한 이태준의 문학사적 위상 정립은 가능할 것이며, 이는 결코 어려운 작업만은 아니라고 본다.

(숭실대 강사)

이태준의 전기적 고찰*

민 충 환

Ⅰ. 머리말

이태준은 우리 나라 소설계에서 순수문학을 대표하는 최초의 기수[1]
이자 김동인이나 현진건의 뒤를 이은 근대적 단편소설의 한 완성자[2]
로 평가되고 있다. 이런 문제성에 힘입어 그에 대한 관심이 점차 높아
가고 있는 이즈음 일본인 학자 삼지수승(三枝壽勝)[3]과 장장길(長璋吉)
[4]에 의해서 이루어진 최근의 연구성과는 이 방면의 새로운 장을 열었
다고 할 수 있다.

그런데 여기서 한 가지 지적하고 넘어가야 할 사항은, 이태준에 대
한 본격적인 연구에 앞서 더 포괄적이며 치밀한 기초조사가 올바르게
정리되어야 하겠다는 점이다. 그래야만이 상허 문학의 전모와 상호 연
관성이 극명하게 드러날 수 있기 때문이다.

이에 본고에서는 상허의 전기적 사실을 실증적으로 살펴봄으로써

---

*본고는 졸저, 『이태준 연구』(깊은샘, 1988)를 토대로 이후에 나온 여러 연구저작물과
　자료들을 새로이 참고, 보완한 것이며 특히 해방 이후의 사항은 이병렬·신순철의 학위
　논문에서 많은 도움을 받았다.
1) 김우종, 『한국현대소설사』, 성문각, 1980, p.243.
2) 이재선, 『한국현대소설사』, 홍성사, 1979, p.364.
3) 이태준에 대한 논문으로는 「이태준작품론 ─ 장편작품을 중심으로」, 「해방후의 이태준」
　등이 있다.
4) 장장길, 《조선학보》 제 92 집(1979)에 「이태준」을 발표한 바 있다.

총체적인 상허문학 연구와 이해에 일조하고자 한다.

Ⅱ. 문제제기

상허에 관한 전기적 사실을 확인할 수 있는 자료는 극히 제한되어 있는데 그런 중에서도 『제2의 운명』 책머리에 실린 다음의 약전은 그의 생애를 비교적 소상하게 제시하고 있어 많은 참고가 된다.

1904년 11월 7일생
출생지 강원도 철원군 묘장면(畝長面) 진명리(眞明里)
현주소 경성부 성북정 248번지
1918년 3월, 철원 사립 봉명(鳳鳴)학교 졸업
1918 ~ 1919년, 함남북, 평남북 방랑
1920년 4월, 경성 휘문고보에 입학
1923년 5월, 동교 중도 퇴학
1926년 4월, 동경 상지(上智)대학 문과에 입학
1927년 11월, 동교 중도 퇴학
1928 ~ 1937년 개벽사, 중외일보사, 조선중앙일보 등 각사 기자생활을 거쳐 현재는 이전(梨專), 이보(梨保), 경보(京保)의 강사

한편, 다른 자료에서는 이런 사실이 다음과 같이 기술되어 있다.

① 생년월일
문덕수, 『세계문예대사전(하)』(성문각, 1975) : 1904년 1월 7일
김우종, 『한국현대소설사』(성문각, 1980) : 1904년 10월
《문장》(1940. 1) : 1904년 11월 7일

② 본적
삼지수승, 이태준작품론(구주대, 《사연》 제117집, 1980) : 강원도 철원군 묘장면 진명리

③ 학력

『현대조선문학전집 단편집(상)』, 〈조선일보사〉, 1939/《문장》(1940. 1)/문덕수, 앞의 책/『북한인명사전』(동서문제연구소, 1983) : 學歷別無

김우종, 앞의 책 : 중학교를 마쳤다.

조용만, 『울 밑에 핀 봉선화』(범양사 출판부, 1985) : 상허는 정지용의 휘문학교 후배였다.

김병익, 『한국문단사』(일지사, 1973) : 일본 상지대 중퇴

『한국문학대사전』(광조출판사, 1980)/『한국학대사전』(대제각, 1983) : 일본 상지대학 수학

④ 가계관계

삼지수승, 앞의 논문 : 상허의 아버지는 이문교, 어머니는 안씨……1930년 이화여자전문대학교 음악과 출신의 이순옥과 결혼, 장녀 소명, 장남 유백을 얻는다.

위에서 보는 바와 같이 상허의 전기적 사실은 생년월일을 비롯하여 본적·학력 등의 기초자료에서조차 난맥상을 보이고 있으며 더욱이 가계관계는 부분적으로나마 삼지수승에 의해 비로소 거론되고 있는 형편이다. 따라서 이에 대한 구체적인 재검토가 매우 시급한 과제라고 하겠다.

Ⅲ. 자료 내용의 검토

상허의 휘문고등보통학교 학적부에 의하면, 호주는 본인, 직업은 무직, 생년월일은 1904년 11월 4일, 원적은 철원군 철원면 율리리(栗梨里) 614, 1921년 4월 1일에 입학하여 1924년 6월 13일 '동맹휴교의 주모자로 인정되어 퇴학'당한 한편 입학 전의 학력으로는 사립 봉명학교에 다닌 것으로 되어 있다.

상허의 호적이 6·25동란으로 말미암아 소실되어 없는 현재로선 이 기록이 매우 소중한 1차 자료로 믿어지므로 이 근거에 입각하여

상허의 원적·생년월일·휘문고보 입퇴학 연도 및 퇴학 사유 등의 내용이 수정되어야 한다고 본다. 아울러 앞의 약전에서 상허의 출생지를 '강원도 철원군 묘장면(畝長面) 진명리(眞明里)'로 적고 있는데 여기에서 '진명리'는 현지 답사 결과 '산명리(山明里)'[5]의 오류임이 확인되었다.

다음으로, 상허의 7촌되는 이동진(현 서울거주 경제인, 61세)씨가 소장하고 있는 '장기 이씨 가승'의 기록을 참고하는 한편 상허의 생질녀인 이애주(현 서울거주, 73세)씨의 증언을 들었다. 이를 토대로 상허의 가계를 정리하면 다음 표와 같이 요약할 수 있다.

이태준의 가계

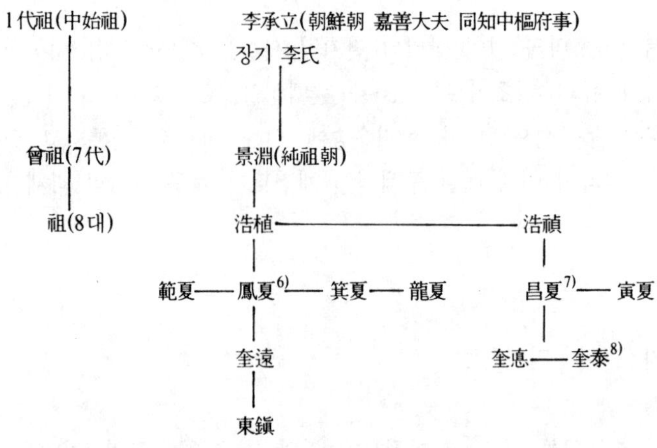

---

5) 철원읍 사무소 호적계장 황응열 씨와 철원읍 화지리 거주 주민 조병준(현 88세), 이봉춘(현 88세) 씨가 함께 이 사실을 지적해 주었으며, 강의구 『최신개정 조선구역일람』(영창서관, 1937), p.170과 이한기 편 『호적법전』, 육법사, 1966, p.1429의 기록내용도 이와 같다.

6) 이봉하(1887~1962):독립운동가, 철원 출신. 철원에 봉명학교를 설립했다가 일제에 의하여 학교가 폐쇄되자 1919년 대한독립애국단에 가입, 철원군 단장, 강원도 단장을 역임하면서 정선, 울진, 강릉 등지에 조직을 확대하다가 체포되어 6년 6월 형을 선고받았다. 『한국인명대사전』, 신구문화사, 1980, p.638. 1963년 3월 1일 독립유공자로 대

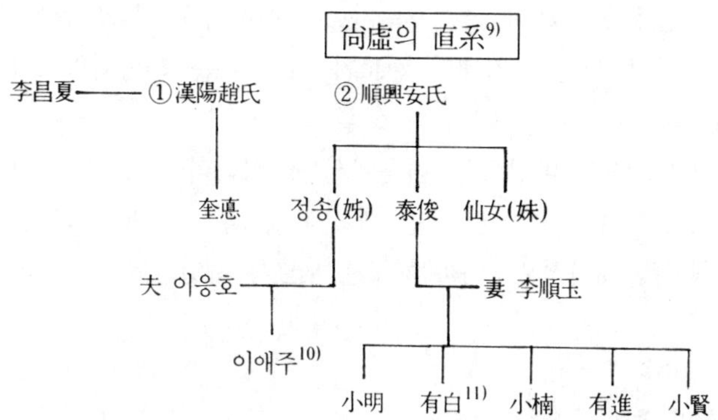

통령 표창 추서됨. 특히, 상허의 5촌 되는 이봉하(李鳳夏) 씨에 관한 행적은 상허의 소설에 많이 등장하며 또한 상허가 민족주의 성향의 일면을 지니게 되는 데 그의 영향이 무관하지 않다고 본다.

7) 상허 부친에 관한 사항을 앞의 '가승'에 근거하여 정리하면 다음과 같다.

　이창하(1876. 9. 16 ~ 1909. 8. 28) : 자는 문규(文奎), 호는 매헌(梅軒). 철원공립보통학교 교관, 덕원감리서 주사 역임. 상허의 단편소설 「석양」에 등장하는 남자 주인공의 호가 '매헌'으로, 그의 아버지 호를 쓰고 있어 흥미롭다. 「장마」를 보면, 그는 꽤 긴 구레나룻이었던 것으로 여겨진다. 한편, 「영월영감」에 의하면 그는 고석(古石)을 좋아하여 안협으로 사람을 보내 구해오고 하던 처사취미를 지녔던 것으로 보여진다.

8) 가승에, 규덕(奎悳)은 1898년생, 규태(奎泰)는 1904년으로 되어 있다. 상허가 1904년생인 점을 감안할 때 가승상의 '규태'가 상허라 믿어진다.

9) 이를 통해서 상허가 소실 자손임을 알 수 있다. 이 사실이 상허 소설에 농후하게 반영되는 고아 또는 소외의식의 심리적 동인으로 일부 작용된 것은 아닐까 하는 추측을 낳게 한다.

10) 상허의 생질녀인 이애주 씨는, 상허가 살던 성북동 고옥(古屋)에 현재 거주하고 있다. 그녀는 상허가 어려운 동경 유학시절에도 크리스마스 선물로 예쁜 인형을 보내 주었다고 술회하면서, 상허는 매우 자상한 성격을 지닌 사람이라고 증언하고 있다.

11) 휘문중학교 학적부에 이유백의 사항은 다음과 같이 기재되어 있다.

　성명 : 이유백, 1931년 10월 15일생

　본적 : 강원도 철원군 철원읍 율리리 64(상허의 원적과 번지수가 상이한데 현지 조사 결과 614의 오류로 확인됨)

　주소 : 경성부 동대문구 성북동 248

　입학전 경력 : 경성 혜화공립국민학교 졸업

　입학년월일 : 1964년 9월 1일

　입학후의 이동 및 이유 : 1948년 3월 31일 2년서 장기무고결석 제적

　　보호자 성명 : 이태준

　주소 : 성북정 248

위와 같은 검토를 통해서 그간 각 자료에 상이하게 기술되었던 상허에 관한 전기적 사실과 가계의 전모가 상당 부분 해명되었으리라 본다.

이상의 기초조사를 바탕으로 다음에서는, 상허의 자전적 소설인 『사상의 월야』, 그리고 수필 및 그간 새롭게 입증된 사실을 토대로 하여 상허의 생애를 개략적으로나마 재구해 보도록 하겠다.

Ⅳ. 상허의 생애

이태준은 1904년 11월 4일[12] 강원도 철원군 묘장면 산명리[13]에서 부친 이창하[14]와 모친 순흥 안씨 사이의 1남 2녀 중 장남[15]으로 태어났다. (원적은 강원도 철원군 철원면 율리리 614번지[16])

상허의 부친은, 『사상의 월야』에 덕원감리(德源監理)로 봉직한 것으로 표현되어 선행연구가들이 이 사실을 그대로 따르고 있는데, 전기(前記)한 '가승'에는 '덕원감리서주사'로 기록되어 있다. 후손이 가승을 작성하면서 선조의 직책을 굳이 낮추어 적을 리는 없는 점으로 미루

직업 : 저술

관계 : 부

가정환경 : 父 母 姉(1) 妹(1) 弟(1)

이를 통해서 상허의 장남인 이유백은 휘문중학 2학년 때 뒤늦게 아버지를 따라 월북했음을 알 수 있는데, 그 시기는 최소한 1948년 3월 이전이었던 것으로 추산된다. 한편, 이유백의 북에서의 생활 단면은 이항구, 『북의 실상과 허상』(한국출판공사, 1985), pp.35~38 및 윤기봉, 『내가 본 북녘땅』(갑자출판사, 1973), pp.248~251에 상세히 기술되어 있다.

12) 휘문고등보통학교, 일본 상지대학 학적부 및 『조선문학』(1933. 12)의 기록도 이와 같다. 그런데 북에서 출간된 상허의 단편집 『첫전투』(1949)에 수록된 약력에는 11월 7일로 되어 있다.

13) 삼지수승은 이 주소지를 본적으로 기술하고 있음.

14) 이선녀의 호적에 부 이창하 모 안씨로 되어 있음.

15) 정실인 한양조씨의 소생 규덕을 포함시킨다면 '차남'이 된다.

16) 휘문고등보통학교 학적부

어 상허 부친의 직책은 가승의 기록이 더 신빙성이 있다고 믿어진다. 이렇게 볼 때, 상허의 부친은 '지배자'[17]가 아닌 덕원감리서에 근무했던 일개 하급관리에 불과했던 것으로 믿어진다.

그러나 상허의 부친은 '……무슨 일로인지 집에도 들르지 않고 서울 직행을 몇 번 하더니 갑자기 살림을 족치기 시작하는 것이었다. ……석 달 뒤에 낭아사끼라는 데서 편지가 오고 또 석 달 뒤에 고오베라는 데서 편지가 오고는 이태동안이나 소문이 끊어졌다. ……사방에 흩어져 있는 동지들과 연락해 가지고는 서울의 완미한 세력권에서 멀리 떨어져 있는 서북간도 일대를 중심으로 거기 널려 있는 조선 사람들을 모아 가지고 일본의 유신과 상응하는 이곳 유신을 일으킬 큰 뜻을……그 응혈진 가슴 속에 깊이 품었던 것이다. ……[18]라는 내용으로 미루어 보아 당시 상당한 식자층에 속했던 사람으로서, 나라를 개혁하려는 일을 도모하다가 실패하여 일본으로 망명한 개화당의 일원[19]이었던 것으로 추측된다. 그의 부친이 오랜 일본 생활 끝에 고향으로 돌아오자 '역적'으로 몰려 의병들에게 심한 곤혹을 당했던 것은 이런 이유라 할 수 있다. 예컨대 상허의 부친은 개화파라는 이유에서 친일분자로 오인되었던 것 같다.

이로 말미암아 그의 일가는 서둘러 가산을 정리해 가지고 1909년[20] 러시아령 해삼위(海蔘威, 블라디보스톡)로 떠난다.

얼마 후 상허 부친은 '웅기에서 들어온 행인에게서 무슨 소식을 듣고는 땅을 치며 통곡하다가 병[21]이 돋혀' 1909년 8월 28일[22], 35세

---

17) 이태준, 「여정의 하로(1)」, 〈조선중앙일보〉, 1934. 12. 12.

18) 이태준, 『사상의 월야』, 을유문화사, 1946, pp.12~15.

19) 상허의 자전적 작품으로 보이는 「고향」, 〈동아일보〉, 1931. 4.의 주인공 김윤건에 대한 소개 중에서 '그가 나기는 강원도 철원이엿으나 개화당의 한 사람이엿든 그의 아버지가'라는 표현이 있다.

20) 이태준, 「조고마한 객주ㅅ집 사환 ─ 소설가 이태준씨 알범에서」, 《신가정》, 1933. 4. p.150

21) 이태준, 앞의 책, p.16. 유족의 증언에 의하면 상허 부친은 평소 폐결핵을 앓았다고 한다.

를 일기로 이국땅에서 타계한다.

가장을 잃은 일가는 이듬해 배편으로 원산을 향해 떠나오는데 뜻밖에 배 안에서 어머니가 둘째 딸 선녀[23]를 분만케 되어 예정을 바꿔 가까운 포구인 함북 배기미[梨津]에 닻을 내리고 인근 소청거리에 정착하게 된다.[24]

여기에서 모친은 기운을 회복한 후 음식점을 경영하여 얼마간 생활의 안정을 얻게 되자, 이태준은 서당에 보내져 공부를 하게 되는데 그는 천자문에는 별반 흥미를 보이지 않는 반면 당시(唐詩)에 흥미를 느끼고 또한 글짓기를 좋아하게 되어 화전놀이, 시회(詩會) 등에서 상·을 받기도 한다.

1912년 한겨울, 이번에는 그의 어머니마저 죽게 되어 그들 세 남매는 졸지에 고아가 되고 만다. 이때 이태준은 9세, 손위 누이는 12세, 누이 동생은 겨우 3세[25]의 어린 나이였다.

고아가 된 이들 3남매는 고향인 철원 용담의 친척집에 맡겨지지만 부모가 없는 고향은 결코 안식을 주는 장소가 되지 못했고, 특히 자존심이 강했던 이태준은 주변 어른들의 동정에 대해서 큰 창피를 느끼기도 했던 것같다.[26]

1915년 그는 안협에 사는 당숙댁[27]에 양자로 보내지지만 심한 괄시로 오래 머물지 못하고 다시 용담으로 되돌아와 당숙댁에 기거하면서

---

22) '장기 이씨 가승'의 기록에 의함. 한편, 상허의 「고아의 추억 – 아렴풋한 시절」(《조광》, 1936. 6.), p.290에서 아버지가 돌아가신 때가 '가을인 듯'하다고 회상한 점으로 미루어 이 날짜는 음력인 것으로 추측됨.

23) 이선녀의 호적에는 1908. 9. 5. 출생으로 되어 있으나 이것은 추측으로 한 것이라 정확치 않고 1910년생이 아닌가 한다고 유족은 증언하고 있음. 1929. 6. 24. 김동욱과 결혼, 슬하에 3남 1녀를 두었는데 김명렬 교수(서울대 영문과)는 막내아들임. 1981. 1. 15. 서울 고대부속병원에서 사망함.

24) 이태준, 「남행열차」《신동아》, 1932. 12, p.117.

25) 이태준, 앞의 《조광》지 글, p.292.

26) 삼지수승, 「이태준작품론」 참조

27) 『사상의 월야』에서, 이 당숙의 한쪽 팔이 불편한 것으로 표현한 점을 들어 이 분은 이용하 씨라고, 이동진씨는 증언하고 있음.

사립 봉명학교에 입학한다.

1918년 3월, 이태준은 이 학교를 우등으로 졸업하여 많은 상품을 받지만 축하해 주는 사람 하나 없이 쓸쓸히 집에 돌아와 '왜 나한텐 어머니가 없나!'[28] 하고 자신의 처지를 한탄하며 울기도 한다.

그 후 그는 '자기의 세상을 자기 손으로 개척'[29]하겠다는 굳은 결심으로 집을 나선다.[30]

원산에 도착한 그는 물산객주집 사환으로서, '밤중에라도 뱃소리만 나면 비가 오든 눈보라가 치든 부두로 달려가 …객을 데려오고, 밥을 짓고 상을 놓고 요강과 타구를 부셔야'[31] 하는 고생스런 일을 2년 동안[32]하다가 주위 상황에 자극받아 상경한다.

1920년 4월 배재학당에 응시, 합격했으나 입학금이 없어 등록을 못하고 거리를 배회하다가 원산 물산객주 집에서 일할 때 안면이 있던 한 상인을 만나 그의 호의로 낮에는 상회 일을 보고 밤에는 청년회관의 야학교 고등과에 입학해서 공부하는 한편 대강당에서 개최되는 유명인사의 강연에 심취하여 토론에 직접 참여하기도 한다.

1921년 4월 휘문고등보통학교에 입학[33]한 뒤로는 책장사 등으로 어렵게 학비를 조달했기 때문에[34] 늘 월사금 체납자의 명단에 끼었으며, 특히 등록 마감일에 즈음한 한두 주일은 학교를 결석[35]하기가 일

---

28) 이태준, 앞의 책, pp.110~111.

　　이태준, 「내게는 웨 어머니가 없나」, 《신가정》, 1935. 5, pp.46~48.

29) 이태준, 앞의 글, p.151.

30) 인척집에 기식하면서 받는 수모를 참을 수 없어 집을 떠나는 이야기는, 초기작품인 「쓸쓸한 밤길」과 「슬픈명일 추석」에 잘 나타나 있다.

31) 이태준, 「나의 고아시대 - 추억 二三」《백악(白岳)》 2호, 1932. 3, p.45.

32) 『첫전투』의 약력에 '원산에서 2년간 로동'이라고 되어 있다.

33) 원산 객주집에서 밤낮없이 부림을 당한 후 집을 떠나 각처를 전전하다가 상경하여 고등보통학교 입시에 합격하는 입지전적인 이야기는 초기 작품인 「눈물의 입학」에 잘 반영되어 나타난다.

34) 상허와 같은 학급에서 수학한 바 있는 백두진(전국무총리) 씨도 면담에서 상허의 고학 사실을 증언하고 있음.

35) 휘문고보 학적부에 의하면, 1학년 때 결석일수는 21일, 2학년 30일, 3학년 때는 무려 41일이나 된다.

쑤였다. 그러나 그의 성적은 비교적 우수한[36] 편에 속했다.

그 후 그의 딱한 처지를 뒤늦게 알게 된 교장의 배려로 교장실 청소를 전담하고 학비 면제의 혜택을 받는다. 이로 인해 시간적 여유를 얻게 된 그는 도서관에 들어앉아 투르게네프의 『전야』, 괴테의 『젊은 베르테르의 슬픔』, 톨스토이의 『부활』 그리고 위고의 번안소설인 『아아 무정』 등의 문학작품을 탐독한다.[37]

이같은 그의 활발한 독서활동과 휘문고보 학적부의 기록내용 – 1학년 때 '기호 및 지망'이 '문학'으로 명시되어 있음 – 과 특히 교지 《휘문》 제2호 발간시는 학예부장으로 활약하였다[38]는 제사실을 종합해 볼 때 그는 이때 이미 문학가가 될 것을 마음 속에 굳게 다짐하고 상당한 노력을 기울였던 것으로 보여진다.[39]

그 단적인 예로 《휘문》 제2호(1924. 6.)에는 가람 이병기 선생 선(選)으로 기행 부문 1등을 수상한 「부여행」을 비롯하여 감상문 2등 수상작인 「바람에 불녀 백월을 알고」, 「억울한 노릇」, 「강호에 계신 K누님께」, 「물고기 이야기」 그리고 단시(短詩) 「믿음과 사랑」 등 무려 6편의 작품이 한꺼번에 게재된 사실을 들 수 있다.(창간호에도 박종화, 정지용, 이선근[40] 등과 함께 상허의 작품이 실렸다는 기록[41]이

---

36) 앞의 학적부에 의하면 1학년 성적은 197명 중 14등, 2학년 때는 49등, 3학년 때는 173명 중 58등이었으며, 특히 학과목 별로는 도화·수신·조한 등의 성적이 뛰어난 반면 수학·이화 등 자연과학 분야의 성적이 열등하게 나타나 있다. 이 사실은, 「추억(중학시대)」(《학생》, 1929. 4.), p. 93에 '미운선생 – 수학선생 물리선생, 조흔선생 – 작문선생 도화선생'이라는 표현과 일치하고 있어 흥미롭다.

37) 이태준, 앞의 책, pp.204 ~ 206.

38) 휘문중고등학교, 『휘문칠십년사』, 1976. 5, p.193.

39) 장장길은 앞의 논문, p.126에서 상허는 휘문고보 시절에 많은 문학작품에 도취했고 스스로 문학 청년 기질을 낸 것 같으나 그때는 아직 문학에의 확실한 목표를 정하지 못했다. 따라서 상허의 동경 유학은 학교 퇴학 후에 삶을 구하는 고아의 방랑으로 상정한 바 있다.

40) 휘문고보 선후배의 면면을 살펴보면, 홍사용·안석주(10회), 박종화(11회), 이승만(李承萬)(12회), 이선근(李瑄根)(13회), 정지용(15회), 오지호(吳之湖)·조택원(趙澤元)(17회), 상허의 동기로 백두진·이마동(李馬銅)·전형필(18회), 박노갑(20회), 김유정(21회) 등이 있으며, 더욱이 스승이 가람 선생이었다는 사실과 연관해 볼 때 학창시절 때

보임) 특히, 이 작품들이 발표된 시기는 「오몽녀」로 그가 문단에 데
뷔하기 불과 1년 전의 일임을 감안한다면, 이로써 그의 습작기의 왕
성했던 창작욕의 일면을 능히 짐작할 수 있다고 본다. 그러나 이태준
의 휘문고보 시절은 그렇게 순탄하게 진행되지 못하고 또 한차례 좌
절의 벽에 부딪치게 되는데, 그것은 학교의 비리와 교주의 횡포에 대
항해서 일어선 동맹휴교 사건에 그가 깊이 관여하는 데서 비롯된다.[42]

어떤 계기로 그가 이 사건의 주모자로 연루되었는지 그 확실한 이
유는 알 수 없지만 지금까지 살펴본 바로 미루어 그는 고아[43]라는 특
수한 신분에서 연유된 사회의 냉대와 푸대접에 대해서 상당한 불만을
품고 있었으며, 여기에 문학적인 열정과 결백성을 소지한 젊은이의 가
슴에 욱하는 반항심[44]이 도화되었던 것으로 믿어진다.

이로 말미암아 그는 1924년 6월 13일 '동맹휴교에 주모자로 인정
되어' 5년제 과정중 4학년 1학기에 학교를 쫓겨 난다. 퇴학처분을 받
은 그는 또 다시 사회에 홀로 내던져진 아픔을 스스로 위무하면서 한

의 예술적 분위기를 짐작할 수 있다고 본다.

41) 휘문중고등학교, 앞의 책, p.192.

42) 대한민국공훈사발간위원회편, 『백두진 그는 누구인가』, 광복출판사, 1987. 12, pp.62
~ 65.

백두진 씨는 휘문고보 시절을 회고하면서 쓴 이 책에서 동맹휴교사건 및 상허에 대
해서 다음과 같이 적고 있다.

'…그때의 주모자로서 기억나는 학생은 박규윤(朴圭潤), 이태준 등이었는데 그 중 이
태준은…해방과 동시에 자진월북한 유명한 문인으로…그의 『사상(思想)의 월야(月
夜)』는 센티멘탈리즘을 자아낼 수 있는 명작이라고 '부들이'(여기에서 '부들이'는 백두
진씨를 지칭함 – 인용자)는 지금도 생각하고 있다. …앞서 말한 주모자들은 퇴학처분
을 당하고 그 후 그이들은 중학교 졸업장이 없는 사람들이 되고 말았다….'

43) 長璋吉은 앞의 논문을 통해서 상허의 고아의식이 그의 작품 제작의 기본적인 모티프
가 된다고 규정하고 이 고아의 감정이 특히 초기작품에 어떻게 반영되어 나타났는가를
상술한 바 있다.

44) 상허는 일반적인 작품에서 보여주고 있는 '담백함'과는 또 다른 일면을 그의 가슴에
내재하고 있었던 것으로 보여진다. 즉, 그의 초기작품 「쓸쓸한 밤길」과 「눈물의 입학」
에서, 주인공은 그간 자신을 몹시 핍박했던 대상을 '한순간 나는 듯이 달려들어 꼴단을
메어치듯 던져버리고는(혹은 들이박고는)' 집을 떠나는 경우를 볼 수 있는데, 여기에서
의 반항심도 이의 연장선상에서 이해될 수 있다고 본다.

친구[45]의 도움을 받아 일본 유학의 길을 떠난다.

동경에서 이태준은 신문, 우유배달을 하는 등 매우 어려운 생활[46]여
건 속에서도 「오몽녀」를 집필,《조선문단》에 투고하여 당당히 입선하
는데 무슨 이유에서인지 그 잡지에 실리지 않고 〈시대일보〉(1925. 7.
13)에 발표된다.

이즈음 와세다 대학 강사로 있으면서 선교사업을 하던 미국인 베닝
호프박사의 각별한 후의를 받아 경제적 시간적 형편이 다소 나아진다.

그리하여 1927년 4월 18일 동경 상지대에 입학[47]하여 학업을 계속
한다. 이즈음 '사상청년'[48]들과도 만나고, 나도향 · 김지원 등과도 교유
한다.[49] 그러나 그의 동경생활은 한마디로 가난과 병고, 그리고 고독
감 등으로 점철된 매우 암담[50]했던 것으로 보여진다.

---

45) 상허의 봉명학교 후배이며 용담에서 오랫동안 거주한 바 있는 조병준 씨의 증언에 의
하면, 상허의 동경 유학은 휘문고보 친구인 김천 출신의 김연만 씨의 후원에 힘입었다
고 한다. 김연만은 훗날 상허가 《문장》지를 낼 때에도 적잖은 후원을 한 것으로 알려
지고 있다.

46) 동경에서의 생활상은 『사상의 월야』(깊은샘, 1988), pp.193 ~ 208를 비롯한 다음의
글에 잘 나타나 있다.

　이태준, 「안톤 체홉의 애수와 향기」, 〈동아일보〉, 1932. 2. 18.에는 '4, 5년 전 동
경시외에서 지낼 때다. 차표가 떠러져 학교에 못가고 비소리와 버레소리에 싸인 벌판
외딴 집에 누어 잇든 그 우울한 가을날, 나는 처음으로 체홉의 작품을 읽은 것이다.'라
고 적고 있다.

　이태준, 「감사」, 《이화》 제6집, 1936. 3. (『상허문학독본』, 백양당, 1946.에 재수록
됨)

47) 이태준의 상지대 사항을 학적부 및 관계자료를 통해 면밀히 검토해 보면, 그의 입학
사실은 분명하지만 그만둔 시기와 전공학과 등이 불확실하다. 이같은 문제는 추측컨대,
그가 휘문고보를 중퇴한 형편이라 상지대 정식 입학이 허용되지 못하고 이를테면, 예
비과정(자료에서의 선과(選科)가 그것이 아닌가 한다) 1년을 거쳐야만 했던 것 같다.
이 과정을 수료한 뒤 문과 예과 1년(上智大 4년 과정은 예과 2년 본과 2년으로 나누
어져 있었다.)에 오르게 되면서 그는 학교를 그만둔 것으로 여겨진다.

48) 상허의 단편 「서글픈 이야기」 속에는, 막스주의자인 김군과 함께 기거하는 한편 허무
설(虛無說)을 말하는 강군에게 존경을 표시한 내용이 나온다.

49) 이태준, 「도향생각 몃가지」, 《현대평론》, 제7호, 1927. 8, pp.24 ~ 29.

50) 이태준, 『성모』(깊은샘, 1988), p. 232를 보면, '동경생활이란 너무나 주림과 헐벗음
속에서 오직 암담한 것뿐이었다.'는 내용이 보이는데 이는 곧 이태준의 동경생활을 그

이태준은 이같은 어려움을 끝내 감내하지 못하고 중도에서 학업을 포기한 채 귀국길에 오른다. 서울로 돌아온 그는 여러 신문사와 모교인 휘문고보에 취직을 의뢰했지만 냉담한 반응만 보였을 뿐 어느 누구 하나 반겨주는 사람이 없었다. 일본 유학을 통해 습득한 지식을 모국에서 마음껏 펼쳐보리라 기대했던 이태준으로서는 심한 좌절이 아닐 수 없었다. 그리하여 그는 파고다공원 주위를 서성거리는 등 서울 거리를 방황[51]하는데 특히 이 시기는 그가 경제적 빈곤과 사회적 냉대를 체험하면서 작가로서의 역량을 축적하던 준비기라 할 수 있다.

이윽고 그는 1929년 《개벽》사에 입사하는 한편 《학생》·《신생》의 편집에 관여하면서 《어린이》지에 많은 수의 수필과 소년물을 발표, 창작활동을 재개한다.[52] 즉 이태준은 프로문학이 대두되던 시기에 문단에 올랐으나 작가로서 세인의 주목을 받지 못하다가 프로문학의 점진적인 퇴조기에 즈음하여 역설적으로 두각을 드러내게 되었다고 할 수 있다.

1930년 5월 경에는 이화여전 음악과를 갓 졸업한 이순옥[53]과 결혼하여 단란한 일가를 이루고 이후 2남 3녀의 자녀를 두게 된다.

1931년에는 중외일보 기자[54]로 활동하고 그후 그 신문의 폐간과 함께 개제(改題)된 조선중앙일보에서는 학예부장[55]으로 일하는 한편, 지금까지 카프가 주도해 온 비문화적 정치주의를 반대하고 예술성을 중시하는 경향을 보였던[56] 〈구인회〉 모임에 참가하고 이화여전[57]·이

대로 반영하는 것이라 보아도 무방할 것이다.

51) 일본에서의 귀국, 그리고 귀국 후의 방황하는 모습은 상허의 단편소설 「고향」에 잘 나타나 있다.

52) 강진호, 「이태준연구 – 단편소설을 중심으로」, 고대대학원 석사학위논문, 1987. 7, p.33.

53) 이순옥의 이전 학적부는 6·25동란 때 분실되어 없고, 졸업생 명단에는 1930. 3. 18. 음악과 제4회 졸업생으로 나와 있다.

54) 김팔봉, 「한국문단측면사」, 《사상계》, 통권 제41호, 1956. 12, p.203.

55) 조용만, 「구인회 만들 무렵」, 《문예중앙》, 1981. 가을호.

56) 서울대 동아문화연구소편, 『국어국문학사전』, 신구문화사, 1979, p.112.

57) 이전·이보의 교지인 《이화》에는 다음과 같은 상허의 글이 게재되어 있다.

보(梨保)·경보(京保) 등에 출강한다.

이 시기에 그는 어느 정도 생활의 안정을 얻고 활발한 창작활동을 전개하여 훗날 그의 대표작으로 평가되는 여러 단편과 많은 수의 신문소설을 쓰는 등 작가적 역량을 한껏 과시하게 될 뿐만 아니라 문단에서도 부동의 위치를 확보하게 된다.

그렇지만 객관적인 사정이 점차 어려워지자 1938년에는 자신의 작품세계에 대해서 심한 갈등을 보이고 새로운 문학적 변신을 도모하여 「농군」과 같은 현실인식이 투철한 작품을 쓰기도 하지만 가중되는 시대적 압력으로 말미암아 이 노력은 더 큰 결실을 맺지 못한다.

1939년 2월부터 그는 《문장》지의 편집자로 활약하는 한편, 신인 추천작품의 심사를 맡아 최태응·임옥인 등의 작가를 문단에 배출시켰으며,[58] 창작 활동을 계속하다가 일제의 탄압이 가열해지자 별로 저항하는 자세를 보이지 않고 현실에 순응한다. 그리하여 그는 황군위문작가단·조선문인협회 등의 단체활동에 관여하고, 그들이 주는 '조선예술상'을 수상하는 한편 친일적 경향[59]의 글을 몇 편 쓰기도 하였지만 '춘원처럼 일본 제국주의의 주졸이 되지 않고'[60] 그 활동이 소극적이고도 미온적이었으며 작품 내용 또한 친일성향이 그다지 격렬하지는 않았다.

---

① 단편소설 「코스모스 이야기」(제4집, 1932. 10)
② 수필 「감사」(제6집, 1936. 3)
③ 수필 「병후수제」(제7집, 1937. 6)
④ 소설 심사평(제7집, 1937. 6)
이로 미루어 상허의 이전(梨專) 출강은 최소한 1932~1937년간에 걸쳤던 것으로 보인다. 이 때 이전 문과의 국어학 강의는 이희승, 시는 김상용, 그리고 작문은 상허가 각각 담당했었다.

58) 《文章》은 창간호(1939. 2)에 추천작품 모집광고를 내고 신인들의 응모를 받았는데 소설의 경우 3회 추천으로 기성작가 대우를 하기로 하였다. 이 관문을 통해서 소설의 경우, 정진련(鄭鎭業)·한병각(韓柄珏)·선진수(宣鎭秀)·지하연·허민·임서하 등이 1회, 곽하신(1939년 〈동아일보〉의 신춘문예로 데뷔하였지만 다시 『문장』의 추천을 받았다) 2회, 최태응·임옥인이 각각 3회 추천되었다.

59) 임종국, 『친일문학론』, 평화출판사, 1966.

60) 김동석, 『예술과 문학』, 박문출판사, 1947, p.14.

그러나 이러한 일이 자신의 양심에 용납되지 않은 듯『왕자호동』을 마지막으로 붓을 꺾고 고향 인근의 안협[61]으로 낙향하여 낚시를 하는 등 유유자적하다가 이윽고 해방을 맞는다.

해방 후 그는 지금까지의 문학적 태도와는 달리 좌익계열의 문학단체에 적극적으로 참여하는 한편, 「해방전후」를 발표하면서 일대 사상적 전환을 보였으며, 1946년 7월경[62]에 홀연히 북으로 간다.

그의 월북 이유[63]에 대해서는 여러 가지 추측이 나오고 있는데, 그의 작품 내부에서 그 요인을 찾아 보면 자못 흥미로운 바가 있다. 즉 그의 데뷔작인 「오몽녀」는, 어둡고 궁벽한 세계로부터 마치 병아리가 알을 깨고 나오듯 자유로운 삶을 지향하는 탈출[64]을 그리고 있다. 그 후 발표된 소년물과 「결혼」·「코스모스 이야기」·「아담의 후예」를 비롯한 여타의 작품에서도 이와 유사한 내용의 탈주가 빈번히 나타나고 있다. 이같은 내용이 작품 속에 자주 등장한다는 것은 작가의 의식 속에 그러한 욕구가 내재되어 있음을 은연중 반영한 것이라 보아도 좋을 것이다. 따라서 이태준의 월북은 격변하는 시대적 상황에 촉발되어 억제된 상태에서 지니고 있던 그의 생각을 반발적으로 드러내 실제 행동으로 옮긴 것이 아닌가 생각된다.

북으로 간 그는 '방소문화사절단'의 일원으로 8월 10일부터 10월

---

61) 이태준의 「해방전후」에서는 단지 '한적한 구읍'이라고만 표현했는데 임형택은 이곳이 '안협'임을 밝힌 바 있다. (『해방전후』, 창작과비평사, 1992, p.298)

62) 월북시기를 일반적으로 7~8월경으로 추정하는데, 최근의 한 증언에 의하면 상허가 월북 후 은율에 있는 고보동창 홍보식을 만났었다고 한다. 그렇다면 인근에 있는 처가와 박헌영 등을 일차 내방하였을 것이고, 또 평양에서의 일정 등을 감안할 때 8월 입북시기는 시간상 무리라 보아진다.

63) 조용만은 상허가 '지사적 영웅심 때문에 문단의 헤게모니를 쥐려고 좌익으로 돌아섰다'고 증언하고 있고, 최태응은 '단순히 옛친구의 구명운동을 위해서'였다고 상허의 입장을 옹호하고 있으며(한국문인협회편, 『해방문학 20년』, 정음사, 1971, p.81) 백철은, '남한정부의 부패한 현실에 대해 작가적 결벽성이 불만을 갖게 되어 월북하게 된 것으로 안다'(《월간중앙》, 1978. 5, p.302)고 말하고 있다. 반면에 이기봉은, 상허의 월북 후의 작품을 들어 최태응의 입장에 강한 회의를 나타내고 있다. (이기봉, 『북의 문학과 예술인』, 사사연, 1986, pp.198~207)

64) 졸저, 『이태준연구』, 깊은샘, 1988, p.60.

17일까지 약 2개월간 모스크바, 레닌그라드 등지를 돌아보고 와서 기행문집 『소련기행』(1947)을 남한에서 먼저 출간한다. 이로 말미암아 성향이 모호하던 그는 사회주의자로서의 공식 입장을 분명히 표명하게 됨으로써 남하의 길이 막히고 자연 평양에 머물 수밖에 없게 된다. 거기에서 그는 소련계 2세인 기석복(북로당 상무위원회겸 로동신문 주필) · 정률(작가동맹 부위원장) 등의 후원을 받아 '북조선 문학예술 총동맹'의 부위원장 · 국가학위수여위원회 문학분과 심사위원[65]을 맡는 한편, 「농토」를 비롯하여 「아버지의 모시옷」 · 「첫전투」 · 「호랑이 할머니」 · 「38선 어느 지구에서」 · 「고향길」 등의 작품을 발표하여 그들로부터 호평을 받는데[66] 특히 「호랑이 할머니」는 해방 후 북한에서 발표된 '최고의 걸작'으로 높이 평가된다.

한국동란이 발발하자 그는 1, 2차의 종군 작가단과 따로 떨어져서 서울에 나타났고 낙동강 전선까지 종군갔다 돌아오는 길에 서울에 들러서는 문학동맹 사람들을 모아놓고 전과 보고 연설도 한다.

한편, 10월 중순 평양수복 때 '문예총'은 강계로 소개(疎開)하였는데 이태준은 따라가지 않고 평양 시외에 숨어 있으면서 은밀히 귀순을 모색하였다고 한다. 이때 남한측 인사들이 그를 구출하기 위한 일련의 노력들을 시도하였으나[67] 결국 성사되지는 못했다.

전쟁이 한창이던 1951년 그는 「백배 천배로」 · 「누가 굴복하는가 보자」 · 「미국대사관」 · 「네거리에 선 전신주」 · 「고귀한 사람들」 등의 단편소설을 썼는데, 이 작품들은 남한측의 잔학성을 고발하는 한편 이

---

65) 이태준, 『첫전투』, p.238
66) 강상호, 「내가 치른 북한숙청 22」(《중앙일보》, 1993. 6. 7)에서는, '소설 「농토」는 모스크바에 내놓아도 손색이 없는 작품이라고 호평하고 모스크바의 작가동맹 소속 국립 출판사와 연계, 소련어로 출판했다.'고 적고 있다. 한편, 양일운, 북한의 숙청문인 ─ 상허와 임화를 중심으로(《북한학보》 제5집, 1981)에서도 '기석복과 정률(鄭律)이 이태준을 조선의 모파상'이라 예찬한 사실을 지적하고 있다.
67) 1950년 12월 서울에서 주필 · 편집국장급 문화계 인사들이 그를 구출하기 위해 갔었으나 평양 철수(12. 5.)가 이루어지는 바람에 실패했다고 한다. 한편, 이경남은 특공대원을 현지에 침투시켜 귀순공작을 기도했다(1952. 10.)는 새로운 비화를 공개한 바 있다. (《월간현대》, 1987. 11 ~ 12. /《신동아》, 1993. 8. ~ 9.)

를 통해 그들의 적극적인 투쟁의식을 고취한 내용으로 일관되어 있는데 특히 주목할 사항은 반미적 성향이 매우 강렬하게 드러나고 있다는 점이다. 이 사실은 북의 체제에 부응한 불가피성 이외에 내재적인 요인, 다시 말해서 이태준 자신이 평소 갖고 있던 서양인에 대한 부정적인 관념이 상당부분 작용했던 것으로 보여진다.[68]

그리고 1952년에는 소설집 『고향길』과 『신문장강화』를 출간하는데 『고향길』은 바로 앞에서 열거한 단편과 「고향길」을 함께 엮은 것이고, 『신문장강화』는 기존의 『문장강화』를 대폭 개고한 것이다. 특히 이 저술에서는 『문장강화』에 수록된 예문 중 고전문은 그대로 재인용하였으나 예술적 성향의 현대문학 작품은 일체 배제하고 대신 북의 체제에 부응하는 작품 또는 선동적인 내용의 실용문으로 전면 교체하였다.[69]

1953년 휴전 후 김일성계는 전쟁 책임을 남로당에게 전가시켜 그들을 대대적으로 숙청하기 시작한다. 이때 이태준은 소련파의 비호를 받아 겨우 생명은 부지하지만 계속된 정치적 와중에서 더는 버티지 못하고 결국 부르주아 반당사상의 잔재를 지닌 작가로 내몰려 작가로서의 자격을 박탈당한 채 추방되어 함흥노동신문사 교정원(1957), 함흥 콘크리트 블록공장의 파고철 수집노동자(1958) 등으로 전전하게 된다.

자기의 뜻을 마음껏 펴보일 수 있는 이상적 세계로 믿고 그곳에 가서 그들 체제에 부응한 작품을 한껏 썼지만 북의 문학사에서는 그를 다음과 같이 평가하였다.

직접 북반부에 잠입하여 우리의 인민적 문학예술을 내부로부터 파괴할 것을 기도하고, 리태준을 선발대로 파견하였으며, (…) 「농토」, 「호랑이 할머니」를 비롯한 반동 작품들을 민주주의적 언사의 가면 밑에 창작 류포함으로써 인민들에게 반동사상을 불어넣을 것을 획책하였다. (…)

---

68) 졸저, 『이태준 소설의 이해』, 백산출판사, 1992, pp.15 ~ 33.
69) 위의 책, pp.45 ~ 47.

리태준은 본래 전형적 부르주아 반동작가로서 일찍이 그는 프롤레타리아 문학 예술 문학단체인 카프를 반대할 목적으로 반동 문학 단체인 '구인회'를 조직하였으며 여기서 소위 '순수문학'의 간판 밑에 '문학의 정치로부터 자립'을 떠들면서 민족 해방투쟁의 무익성을 설교하였고 또한 색정주의적, 허무주의적 소설들로써 인간들에게 타락과 퇴폐적 감정을 선동하였다.[70]

이러한 비판의 타당성 여부는 후대 역사가가 평가하겠지만, 신순철[71]의 지적처럼, '현실적 정치의 논리가 문학을 공격할 때 문학적 논리나 미학이란 어떻게 허약한 것인가'를 실감케 하는 대목이라 하겠다.

지금까지 이태준이 걸어온 다난했던 생의 역정을 개략적으로 살펴보았다.

앞의 사항을 정리해 보면,

이태준은 보통학교 졸업 후 '자기의 세상을 자기 손으로 개척'한다는 굳은 의지로 집을 떠나 원산으로 간다→원산에서 다시 서울로 떠남→다분히 타의에 의한 것이기는 하지만 휘문고보에서 나와 일본으로 떠남→일본에서 어려움을 감내치 못하고 고국으로 돌아옴→생활의 안정을 얻은 뒤 점차 일제의 탄압이 가열해지자 서울에 남아 견디지 못하고 안협으로 떠남→해방이 되자 종래 그의 문학세계와는 전혀 다른 세계로 뛰어듬→남한에서의 혼란한 정국을 목도한 뒤 이번에는 북으로 떠남→북의 현실이 그의 이상과는 다르자 또 다시 남으로의 귀순을 도모하나 그 길이 막혀버림.

등과 같이 요약할 수 있다.

이같은 삶의 궤적을 통해서 몇가지 사실을 확인할 수 있는데 먼저 인간적인 면을 보면, 그는 어린 나이에 고아가 되어 경제적으로 매우 궁핍했던 생활여건 속에서도 굴하지 않고 뜻한 일을 지속적으로 정진

---

70) 사회과학원 문학연구소, 『조선문학통사』 현대문학편, 도서출판 인동, 재간행, 1988, p.247.

71) 신순철, 「이태준연구」, 효성여대 박사학위논문, 1991, p.38

하여 훌륭한 작가가 되었다는, 입지전적 인물이란 사실이다. 그러나 그는 일정한 지반에 삶의 뿌리를 굳건히 내리지 못하고 그가 바라는 바 이상적인 세계만을 부단히 추구하다 그의 뜻과는 전혀 다르게 전개되는 현실적 벽에 부딪쳐 끝내 좌절[72]하고 만 매우 불우했던 작가였다고 결론지을 수 있겠다.

V. 남은 이야기

이태준의 만년에 대해서는 알려진 자료가 별로 없으며, 다만 단편적인 풍문을 통해서 그 행적을 희미하게나마 추적할 수 있을 따름이다. 그런데 최근 몇몇 귀중한 증언이 제시되고 있어 자못 흥미를 자아낸다.

그 첫째는, '언제인지 확실한 기억은 없으나 사망했다.'[73]는 북한의 원로 문학평론가 장형준의 말이다.

1904년생인 이태준의 나이를 감안하여 장형준의 '사망설'을 일단 기정화한다면 다음에 남는 문제는 그럼 언제 어디서 어떻게 죽었는가 하는 의문이 제기된다. 이같은 의문에 대해서 다음의 두 증언 내용은 경청할 만하다고 본다.

먼저, 북에서 내무성 부상(副相)을 역임한 바 있는 강상호는 한 회고문에서 '이승엽 등 남로당파 핵심간부 12명의 재판이 끝난 53년 가을 이태준 선생은 자강도의 산간 협동농장에 보내져 감자재배 등 막노동을 하다 행방불명 되었는데, 60년대 후반 평양에서 나온 한 친구에게 들으니 이선생은 60년대초 산간 협동농장에서 병들어 사망했다.'[74]고 진술하고 있다.

---

72) 상허가 식민지 치하에서 발표한 단편소설 중 절반 가량이 이같은 내용을 그리고 있음을 상기할 때 그는 자신이 그린 한 소설의 주인공과 같은 삶을 살았다고 할 수도 있다.

73) 〈한겨레신문〉, 1991. 12. 19.

다음으로는, '북조선 인민'이었던 김진계의 구술·기록[75]이다. 이 글 속에는 내용상 오류가 적잖지만 이태준의 북에서의 사정을 이해하는 데 큰 도움이 된다고 믿어 다소 장황하지만 중요 부문 전문(全文)을 인용한다.

(1969년 5월) 어느날이었다.

"게쇼?"

굵은 목소리였다.

"예."

"이거 땜질 좀 해주슈."

"예에, 해 드리죠. 잠깐만 기다리세요."

노인은 키가 훤칠하고 나이에 비해서 건강한 체구였다. 젊었을 때는 꽤 미남일 성싶은 얼굴이었다. 척 보기에 범상한 사람처럼 보이지 않았다. 게다가 남한말을 써서 궁금증이 더했다. 나는 정중하게 물어보았다.

"실례하지만 뭐 하시는 분이시죠?"

"……."

그는 쉽게 입을 열지 않았다.

어디서 본 얼굴 같기도 했다. 땜질하면서 나는 그의 얼굴을 곰곰히 뜯어보았다. 한참 동안 생각해도 떠오르지가 않았다. 나는 물어나 보자 하고 다시 말을 걸었다.

"혹시, 글 쓰시는 분 아니십니까?"

"……."

내 말에 무슨 충격이나 받았는지 멍한 표정을 짓다가 웃음을 흘리는 그는 말이 없었다. 그러더니 조용히 입을 열었다.

"이태준이라고 합니다."

"… 아, 역시 그러셨군요."

나는 여기서 소설가 이태준(李泰俊 ; 1904. 4 ~ ?)을 처음 보았다.

평률리에서 민주선전실장을 할 때 도서실을 정리하면서 그가 쓴 창작집 『달밤』이나 장편소설 『가마귀』를 읽어 본 적이 있었다. 그리고 읽어 보지는 않았지만 『문장강화』라는 책이 좋다는 말을 여러번 들어 본 적이 있었다.

---

74) 강상호, 「내가 치른 북한숙청23」, 〈중앙일보〉, 1993. 6. 15.
75) 김진계, 김응교, 『조국』(하), 현장문학사, 1991(재판), pp.179~180.

그때, 그의 글을 읽은 느낌은 우리말을 요리조리 자유롭게 쓰면서도 아름답게 표현해서 상당히 민족적이라는 생각이 들었다. 하지만 소시민적이고 뭔가 약하다는 생각도 들었다.

그러다가 1954년 어느날 그의 책 모두가 도서실에서 사라지게 됐다.

"아직 덜 됐나요?"

"예. 조금만 더 하면 됩니다. … 헌데 아직도 글 쓰십니까?"

나는 이 사실이 궁금했다.

"쓰고는 싶소만…"

그의 표정이 무척 쓸쓸해 보였다.

후에 알아본 즉, 그는 숙청당하고 장동탄광에 가서 사회보장(여자 55세, 남자 60세가 넘으면 노동법에 의해서 먹고 살 정도로 배급이 나왔다)으로 두 부부가 외로이 살고 있었다. 그의 부인은 15세 정도 아래로 깔끔하게 생겼다. 이태준의 말년의 모습을 본 나는 왠지 우울해지는 느낌이 들었다.

위의 두 자료내용을 비교해 보면, 강상호의 증언보다는 후자의 술회내용이 좀더 신뢰성이 있어 보인다. 전자는 단지 친구의 애기를 전해 옮긴 것이고 후자는 자기가 체험한 바를 직접 적은 것일 뿐만 아니라 더욱이 이태준은 1964년 대남심리전의 총참모부인 중앙당 문화부 창작 제1실 전속작가로 평양에 귀속되었다는 보고 또한 있기 때문이다. 위 증언을 통해서 이태준은 1960년 초를 지나 적어도 1969년 5월까지는 건강한 몸으로 북에서 생존해 있었다는 사실을 확인할 수 있다. 그렇지만 이 역시 하나의 추정에 불과할 뿐이다. 불우한 만년을 보내면서 그가 지녔던 생각은 무엇이며, 더 이상의 작품활동은 없었는지?

'통일'이 새삼 절실해지는 것은 필자만의 생각은 아니리라.

(부천전문대 교수)

두 개의 근대성과 처사 의식
- 이태준의 작가 의식 -

서 영 채

I. 글쓰기에 관한 의식의 이중성

　근대 문학 초창기의 문인들은 전문화된 소설가나 시인이라기보다는, 말 그대로 포괄적인 개념의 문인에 가까웠다. 이를테면 이광수는 『무정』의 작가이면서 신체시와 시와 시조를 쓴 시인이었으며, 「민족개조론」의 논객이자 또한 평론가이기도 했다. 이는 물론 이광수라는 개인의 독특함이라거나, 신문학 초기의 과도적인 상황에서 비롯된 예외적인 현상이라 할 수도 있을 것이다. 그러나 개인에 따라 다소간의 차이는 있을지언정, 염상섭이나 김기진, 박영희 등의 20년대에도 사정은 크게 다르지 않다. 그들은 소설가나 시인이면서 동시에 논객이었다. 곧 그들에게 글쓰기란 단순히 자기 목적적인 것의 차원을 넘어서 자신과 세계의 미래상에 대해 적극적으로 발언하는 것을 의미했다. 카프의 논객들과 같이 직접적으로 평필을 휘두른 경우는 말할 필요도 없으며, 김동인의 경우와같이 소설 쓰기가 온전히 칸트적인 무목적성의 범주를 벗어나지 않는 것이라 할지라도, 그 자체로서 사회의 미래상을 향한 적극적인 이념성을 지니고 있었다는 것이다. 이러한 의식의 개별적인 사상 내용들이 가지고 있는 타당성 여부나 수준의 문제는 별개의 것이다. 여기에서 문제삼고자 하는 것은 이들의 사고가 현저히 계몽주의적이라는 사실 자체이다. 즉 식민지 조선이라는 계몽의 대상이 있으며, 상대적으로 그들은 선각자나 시혜자의 위치에 군림하고 있다는 식의 의식이 이들에게 지배적이었다는 것이다.

　이태준의 독특함은 이러한 계몽적 의식으로부터 거리를 유지한 채 글쓰기를 시작했다는 점에 있다. 그가 서 있는 자리는 선각자나 지사로서의 문인, 곧 계몽주의자의 자리가 아니다. 단적으로 말하자면, 그의 출발점은 직업적인 소설가 혹은 장인으로서의 예술가라는 위치이다. 그는 자신의 문학 활동 10년을 회고하는 자리에서 다음과 같이 말하고 있다.

　　「오몽녀」 즉후에 나는 사상문제에 얼마쯤 고민하였다. 루나찰스키의 예술론을 도저히 이해할 수가 없었고 이해하려면 할수록 반감만 커갔다. 당시 주위의 문학청년이란 거개 루나찰스키의 신도들이였다. 나는 외로운 나머지 화가인 김용준, 김주경 몇 친구의 정통예술파란 旗下에 뛰여들기까지 하였다.
　　　　　　　　　　　　　　　　　　　　　　　　（《문장》, 1940. 2, 20면）

　그가 말하는 루나찰스키의 예술론이라는 것이 사회주의 예술론이라는 것, 즉 카프의 이념이라는 것은 말할 것도 없다. 따라서 그것을 이해할 수 없었고 오히려 거기에 반감을 느꼈다는 것은 사회주의 예술론에 대한 거부감을 뜻하는 것으로 파악될 수 있다. 물론 이를 변혁 이념으로서의 맑시즘 자체에 대한 거부감으로까지 해석하는 것은 지나친 비약일 것이다. 그러나 예술을 수단적인 가치로 간주하는 태도를 거부했다는 사실만은 무엇보다 선명하다. 그는 톨스토이에 관해, '2, 3년 전에 「예술이란 무엇이냐」를 읽다가 성질은 다르나 그 억지스러움이 루나찰스키의 예술관처럼 좀 불결한 데가 있어서 집어던지고 말었다'[1]고 회고하고 있다. 여기에서 불결함이란 곧 예술의 자기 목적성의 훼손을 의미하는 것으로 이해된다. 그의 입장에서 보자면 예술을 다른 어떤 것의 도구로 간주한다는 점에서 톨스토이와 루나찰스키는 동격이며, 그로서는 이러한 사고를 인정할 수 없는 셈이다. 말을 바꾸면,

---

1) 「내가 본 톨스토이 그의 25주기를 당하야」, 조선중앙일보, 1934. 11. 20, 이 글의 텍스트는 서음사판 『이태준전집』을 사용한다.(전집 17, 245면)

그에게 예술은 다른 어떤 실용적인 관심으로부터 배제된 순수하고 순결한 것이어야 한다는 것이다. 이러한 논리에 의거할 때, 소설이라는 예술작품을 만들어 내는 소설가란 단지 그 순수한 예술가로서 족할 뿐이다. 곧 소설가는 지사도 계몽주의자도 특정한 이데올로그도 아니며, 단지 소설이라는 예술작품을 생산해 내는 예술가인 것이다.

그러나 소설이란 궁극적으로 동시대인들의 다양한 이해관심과 구체적인 삶을 재료로 하여 만들어지는 것, 그 구체적인 이해관심을 떠나서는 성립될 수 없는 것이다. 그리고 그 구체적인 이해관심이란 사회 구성원들의 이데올로기적인 연관관계를 떠나서는 성립될 수 없으며, 궁극적으로는 이념이나 사상의 문제에까지 연관되어 있다. 말 그대로 순수한, 현실의 협잡물들을 배제한 예술미가 소설 속에서 구현되어야 한다면, 그것은 어떻게 가능할 것인가. 이에 대해 그는 소설이 아니라 문장의 차원에서 예술미를 설명한다.

주인공의 운명이 어떻게 될가? 이 사건의 결말이 어떻게 떠러질가? 이런 것은 다음 문제로 돌려도 좋다. 그런 것은 다 읽기만 하면 결국 알고 말 사실이다. 읽어나려가면서 맛보고 질기고 할 현대소설의 중요한 일면이 있는 것을 알아야 한다. …내용에만 소설의 전부가 있는 것은 아니다. 교양 수준이 일률적으로 높아가는 현대인은 너머나 똑같은 사람들이 많다. 그래 무엇에나 자기의 존재를 드러내려면 개성을 강작(強作)하지 않을 수 없게 되였고, 또 개성과 개성의 교제처럼 현대인의 생활 발전에 필요한 것은 없다. 소설작가도 하구 많아졌다. 모다 똑같은 작들이라면 무의미하다. 자기 색채를 의식적으로 강조하는 작가가 작고 늘어가며 있고 그들의 독특한 가풍이 아닌게 아니라 과거 소설에서 맛볼 수 없는 맛을 내인다. 이 맛이란 흔히 스타일, 문장에 들어 있는 것이다. 문장을 맛볼 줄 알아야 현대소설을 완전히 음미하는 것이라 볼 수 있다.(전집 17, 267면, 「소설독본」, 《여성》, 1938. 7)

이러한 논리에 의하면, 소설 감상의 구경적 차원은 문장의 맛에 있다. 이에 비하면 소설에 등장하는 수다한 일상사들은 남루한 육체에 지나지 않는다. 그것이 사상이나 이념의 차원까지 고양된다 할지라도

사정은 마찬가지이다. 이태준에게 소설은 현재와 그 속에 깃들어 있는
세계의 미래상을 인식하는 장치가 아니라 단지 '음미하는', 그러므로
완상하고 즐기는 대상이기 때문이다. 논리가 여기에 이르면 소설은 산
문이 아니라 시의 차원에 존재하는 것이 된다. 소설미의 근본적인 요
소가 서사가 아니라 문장의 차원에 존재한다면, 그것은 구태여 소설의
문장에 국한될 필요가 없으며, 언어 자체의 아름다움을 추구하는 것으
로서야 시가 소설보다는 훨씬 윗길에 속하는 것이기 때문이다. 이러한
점을 염두에 둘 때 그가 『문장강화』라는 작문 교과서를 저술한 것,
그리고 그것이 글짓기의 요령을 가르치는 책이라는 사실, 또한 다음과
같은 구절이 그 책의 핵심적인 논리로 존재하고 있다는 점은 너무도
당연한 일일 것이다.

> 말을 문자로 기록한것이 문장이라 말한적이 있다. 물론 그렇다. 언문일치
> 의 문장이다./그러나 말을 그대로 문자로 기록한것이 문장일수 없다. 이것도
> 물론이다. 민중에게 있어선 문장이나 문예에 있어선 문장일수 없단 말이 성
> 립된다./말을 그대로 적은것, 말하듯 쓴것, 그것은 언어의 녹음이다. 문장은
> 문장인 소이가 따로 필요하겠다. 말을 뽑으면 아모것도 남는것이 없다면, 그
> 건 서기의 문장이 아닐가. 말을 뽑아내여도 문장이기 때문에 맛있는, 아름다
> 운, 매력있는, 무슨 요소가 있어야 할것 아닐가. 현대문장의 이상은 그점에
> 있을것이 아닐가. 언문일치는 실용이다. 용도는 기록뿐이다…./예술가의 문장
> 은 생활하는 기구는 아니다. 창조하는 도구다. 언어가 밎이지 못하는, 대상의
> 핵심을 찝어내고야 말려는 항시 교교불군(矯矯不群)하는 야심자다. 어찌 언
> 어의 부속물로, 생활의 기구만으로 자안할것인가!
> 　　　　　(「문장의 古典, 現代, 言文 一致」,《문장》 1940. 3, 136면)

이태준에게 글은 쓰는 것이 아니라 짓는 것, 곧 자연스럽게 흘러나
오는 것이 아니라 철저하게 만들어지는 것이다. 이러한 점에서 문장은
말과 다르다. 이른바 언문일치의 문장은 단지 생활의 도구에 불과하
다. 곧 '서기의 문장'에 불과하다. 예술로서의 문장은 이와 달라야 한
다. 그것은 어떤 실용적인 목적도 가져서는 안된다. 언어가 미치지 못

하는 어떤 영역까지도 포착해 내는, 그리고 그 자체로서 목적이 되어야 하는 것이 예술의 문장이다. 이러한 논리 구성 속에서 무엇보다 선명한 것은 예술적인 것과 실용적인 것의 대립항이다. 그렇다면 예술 문장은 어떻게 실용적인 문장과 구분되는가. 물론 자기 목적적이어야 한다는 것은 기본적인 전제이다. 여기에서 더 나아가 작가의 독창적인 예술미의 표현이어야 한다는 것, 곧 작가가 지닌 고유한 개성의 표현이어야 한다는 것이 그의 논리이다. '교교불군(矯矯不群)하는 야심자'로서의 예술가, 그는 속된 세속의 무리와 섞이지 않고 홀로 고고한 정신의 차원을 지키는 자이다. 그 정신의 차원이란 말할 것도 없이 자신의 독특한 개성을 의미한다. 그 개성이 발휘된 문장이야말로 그가 말하는 맛있는 문장, 예술로서의 문장인 것이다.

그러나 개성의 추구가 이태준에게서 시작된 것이 아님은 물론이다. 일찍이 염상섭이 문단에 발을 내딛으며 외친 첫번째 항목이 바로 개성이었다. 그는 개성을 '생명의 독이한 유로'라고 표현했다.[2] 여기에서 생명이란 '무한히 발전할 수 잇는 정신생활'을 의미한다. 곧 개개인이 지니고 있는 독특한 정신적 자질을 아무런 구애 없이 고도로 발휘하는 것이 개성의 표현인 셈이다. 그러므로 염상섭에게 일체의 권위와 우상은 개성의 신장과 표현을 방해하는 것이며, 따라서 모두 철저하게 타파되어야 하는 것이다. 이러한 염상섭식의 개성론이 1920년대 초반임을 염두에 둔다면, 그것이 지니는 역사적 의미가 이광수의 「자녀중심론」과 같은 전통 부정론과 동궤에 놓여 있음을 어렵지 않게 짐작할 수 있다. 즉 염상섭의 개성론은 예술론이라기보다는 기존의 전통적인 권위나 체제에 도전하는 새로운 세대의 발언으로 이해될 수 있다는 것이다. 이런 이유로 염상섭에게 개성은 개개인이 지니고 있는 생명력과 동일한 것으로서, 공자나 석가의 일생사업이 개성 발현의 예로 언급되고 있을 만큼 거룩하고 신성한 것이었다. 염상섭의 개성론이 지니는 이러한 적극성에 비하면 이태준의 개성론은 훨씬 더 소극적이다.

---

2) 염상섭의 개성론에 관해서는 권영민, 『민족문학론 연구』(민음사, 1988), 2~4절 참조.

그가 말하는 개성은 고작해야 많은 사람들 속에서 '자신의 존재를 드러내'기 위해 '강작(強作)하'는 것의 차원에 머물고 있다.[3] 소설가의 경우라 해서 달라야 할 이치가 없다. 염상섭에게 개성은 '개성이 업는 곳에 생명은 업다'는 말이 가능할 정도로 심미적 가치의 차원을 넘어서는 심각한 것이었지만, 이태준의 경우 개성은 '교교불군'이라는 자세나 태도에 관한 것, 곧 정확하게 심미적 차원의 것인 셈이다. 바로 이러한 점이 앞에서 지적한 바 있는, 소설가로서 이태준의 자기의식에 관한 핵심적인 요소라 할 수 있을 것이다. 20년대 염상섭의 개성론이 지사이자 계몽주의자의 것이라면, 30년대 이태준의 개성론은 예술가의 것이다. 곧 이태준에게 소설을 쓴다는 것은 자기 목적적인 것으로서의 예술 작품을 창조하는 일과 정확하게 일치하는 것이다. 이러한 예술가 의식이 소설가로서 이태준의 자기 의식을 규정할 수 있는 첫 번째 요소이다.

그러나 글쓰기에 관한 이태준의 발언 중에는 이러한 논리와 일견 어긋나 보이는, 다음과 같은 대목이 있어 주목된다.

> 글은 짓는 것, 만드러 내는 것이니까 재주만 부리면 얼마던지 훌륭한 것을 쓸 수 있으리라고 생각하기 쉽다. 그래서 억지로 재주만 부리려는 이가 많다. 내 자신도 그것을 경험한다…….//글은 마음의 사진이다. 자기의 글을 읽는 사람들은 자기의 마음 속을 드려다보는 사람들이므로 글을 쓰려면 먼저 내 마음 속을 활작 열어 보혀도 수치스러움이 없도록 심경을 닦고 앉어야 할 것이다. 그것은 마치 손님이 오는 날 방안을 미리 치는 것과 같다.//……글은 곧 그 사람이다.
>
> (「글짓는 법 ABC」, 《중앙》 1934. 6 ~ 1935. 1, 전집 17, 226 ~ 227면)

여기에서 그가 강조하는 것은 글을 짓는 태도의 자연스러움이다. 글은 만들어 내는 것이지만 억지로 꾸미려 해서는 안 된다는 것, 좋은 글을 쓰기 위해서는 무엇보다도 쓰는 이의 마음이 바르게 자리하고

---

3) 「소설 독본」, 《여성》 1938. 7. (전집 17, 267면)

있어야 된다는 것이다. '글은 곧 그 사람이다'라는 명제로 요약되는 이러한 논리는 궁극적으로 시와 시인의 비분리라는 전통적인 관점에 의거하고 있다. 글쓰기에 앞서 먼저 마음을 닦아야 한다는 사고는 조선의 전통적인 지식인들이 의거하고 있던 문학관과 조금도 어긋남이 없는 것이다. 이에 의할 때 글은 나중의 일이며 보다 우선적인 것은 개인의 수양이며 인격의 도야이다. 개개인의 정신은 물론이고 천사와 만물에 미만해 있는 것으로서의 도가 중심에 자리하고 있을 때, 글이란 고작해야 그 도를 싣는 그릇에 불과하다. 따라서 개인의 인격과 인품으로 현상하는 도가 뿌리이자 줄기라면, 그 그릇인 글은 지엽에 지나지 않는 것이다. '글은 곧 그 사람이다'라는 명제는 본질적으로 이러한 전통적 문학관에 연결되어 있다.

우리는 앞에서, '글은 만들어지는 것이다'라는 관점을 일컬어 예술가 의식이라 하였지만, 이에 비해 '글은 곧 그 사람이다'라는 관점은 선비적 혹은 지사적 의식이라 할 수 있으며, 이 둘은 서로 양 극단에 위치하는 상반된 것이다. 예술가 의식이 장인적 기교를 강조하는 근대적 미의식의 소산이라면, 지사 의식은 글 자체보다 그 안에 깃들어 있는 정신을 강조하는 전통적 미의식의 산물이기 때문이다. 말하자면 글쓰기에 대한 이태준의 의식 속에는 정반대되는 두 개의 미의식이 서로 마주보고 서 있는 형국인데, 이러한 역설적 현상을 어떻게 이해할 수 있을 것인가.

서로 상반되는 두 개의 의식이 나란히 놓여 있다는 것은, 말을 바꾸면 그 어느 것도 본질적이고 본격적인 모습으로 현상하지 않는다는 것을 의미한다고 할 수 있다. 이태준은 소설이나 글쓰기에 대한 예술가 의식에서 출발했지만, 그것을 구극에까지 끌어올리지는 못하고 있다. 말 그대로 철저한 예술가 의식의 소유자라면, 그에게 지상의 가치는 감각적인 진리 곧 예술미의 아름다움이며, 그것을 위해서라면 그 어떤 것도 희생하여 아까울 것이 없다. 이런 의미에서 근대적 예술가란 본질적으로 베버주의자일 수밖에 없다. 그에게 지상적인 가치로서의 예술미는 학의 진리나 윤리의 진리와 맞서는 동등한 것이며, 그러므로 예술미를 위해서는 나머지 둘을 아낌없이 희생할 수도 있는 것이다. 말하자면 그에게 예술은 단지 도락이나 유희 의식의 차원이 아니라 그 자체로서 한 개인의 삶의 전 무게를 지탱할 수 있는 이념의 차원에 존재하는 것이다. 그러므로 그것을 위해서라면 스스로의 삶과 운명을 그 안에 던져 넣을 수도 있는 것이며, 그것이야말로 근대적 예술가 의식의 구극적인 상태라 할 것이다. 멀리는 『악의 꽃』의 보들레르, 그리고 우리 문학사에서는 「종생기」의 이상을 그 예로 거명할 수 있다. 그러나 이태준이 과연 그러했던가. 이에 대해 아마도 쉽게 수긍하기는 어려울 것이다. 그가 예술가 의식으로부터 출발했던 것은 분명한 사실일 터이나, 그가 예술을 순수한 자기 이념성의 차원에까지 고양시켰다고 보기에는 적지 않은 반례들이 존재하고 있기 때문이다. 위에서 언급한 '글은 곧 그 사람이다'라는 명제, 그리고 그 명제와 잇닿아 있는 지사 의식의 존재가 그 대표적인 것이다. 물론 이태준은 지사 의식 또한 궁극적인 차원에까지 끌어올릴 수는 없었다. 그는 무엇보다도 예술가였기 때문이다.

바로 이러한 상태, 예술가 의식을 가지고 있으면서도 그 반대항으로서의 지사의식에 의해 부단히 견제를 받아 궁극에까지 고양시킬 수는 없는 상태, 또한 그의 의식의 저변에 깔려 있는 지사 의식 역시 예술가 의식을 통하지 않고는 발현될 수 없는 상태, 말하자면 이 두 개의 의식이 서로 팽팽하게 긴장을 이루고 있는 상태, 그 이중성이 이태준의 문학 의식을 규정하는 본질적인 요소라 할 것이다. 이러한 점은 이태준의 단편 소설들이 추구하고 있는 예술성의 양면적인 의미, 나아가서는 그의 이른바 의고주의적 성향의 내적인 의미와도 연관되어 있다.

Ⅱ. 예술 소설의 미학 : 세 층위의 아이러니

이태준에게 소설은 예술로서 존재했다. 그러나 소설을 예술로 간주한다는 사실 자체는 크게 문제삼을 수 없다. 말 그대로 통속적인 소설만을 쓰겠다고 작정한 소설가가 아닌 다음에야 소설은 당연히 예술일 것이기 때문이다. 오히려 문제는 그가 소설을 예술이게 만드는 요소, 곧 소설의 예술성을 어디에서 찾았느냐 하는 점이다. 물론 앞절에서 살펴본 바와 같이 예술성이 존재하는 가장 우선적인 지점은 개성적인 문장 자체이다.[4] 그러나 문장의 예술성이 소설의 예술성을 곧바로 충족시켜 주지는 못한다. 무엇보다도 소설의 골간은 서사이기 때문이며, 서사의 구성이야말로 작가 자신의 철학과 세계관을 드러내 주는, 소설의 가장 본질적인 요소이기 때문이다. 그렇다면 이태준에게 단편 소설의 예술성을 충족시켜 줄 만한 서사 구성의 원리는 무엇이었을까. 이러한 질문을 염두에 두었을 때 흥미롭게 여겨지는 점은 다음과 같은 사실이다.

그의 첫 창작집 『달밤』에는 1편의 희곡과 6편의 콩트, 13편의 단편이 실려 있는데, 이는 1929년에서 32년 사이 잡지 《어린이》에 발표된 단편 동화들을 제외한다면, 창작집의 간행일인 1934년 7월 이전에 씌어진 작품들을 거의 포괄하고 있는 셈이다. 그리고 여기에서 누락되어 있는 작품들은 그의 데뷔작인 「오몽녀」(1925)와 「그림자」(1929), 「온실화초」(1929), 「누이」(1929), 「행복」(1929) 등 다섯 편의 단편과 「빙점 하의 우울」 등 몇 편의 콩트이다. 그러나 이 중에서 「오몽녀」(1925)와 「행복」(1929)은 다시 각각 『이태준 단편선』(박문서관, 1938)과 『이태준 단편집』(학예사, 1941)에 수록된다. 따라서 그의 초기 단편 중 창작집에 수록되지 못한 것은 실제로 「그림자」, 「온실화초」, 「누이」의 세 편뿐인 셈인데, 이 세 작품은 모두 1929년 작

---

4) 이태준은 첫 창작집 『달밤』(1934)의 서문에서 소설집을 화가의 개인전으로 비유하고 있다. '개인전이라 생각할 때, 나는 지금도 괴롭다. 개인전에는 무엇보다 먼저 하나의 통일된 개성(個性)이 전경(全景)을 지배해야 할 터인데, 나의 이 책에는 그것이 뚜렷하지 못하기 때문이다.' 그리고 이어 그는 『달밤』에 실린 20편의 작품을 추리면서 애써 개작했음을 밝히고 있는데, 이 개작과정은 주로 소설의 기교적 세련성을 위한 문장 수정의 측면에 기울어져 있다. 개작의 구체적인 세목에 대해서는 강진호의 논문과 민충환의 책에 상세히 기술되어 있다.

으로 다음과 같은 몇 가지 공통점을 가지고 있다. 일인칭 화자가 등장하는 액자 소설 형식의 고백체라는 점, 그리고 회상의 쓸쓸한 정조가 전체를 지배하고 있다는 점, 따라서 서술의 주체인 화자의 감상이 작품 표면에 선명하게 드러나 있다는 점 등이다. 물론 일인칭 화자가 등장한다는 점에서 작품 소재가 작가의 전기적인 사실과 깊은 연관을 맺고 있으리라는 점도 추측해 볼 수 있다. 이를테면 「온실 화초」의 내용은 그의 자전적 장편인 「사상의 월야」에서 다시 되풀이되고 있기도 하다. 그러나 이 세 작품을 같은 시기의 다른 작품들, 예를 들자면 「모던걸의 만찬」(1929)이나 「행복」(1929), 「기생 산월이」(1930) 등과 선명하게 구분시켜 주는 척도는 무엇보다도 서술자의 위상이라는 요소이다.

이 세 편의 소설에서 등장하는 일인칭 화자는 단순히 이야기의 서술자이면서 동시에 스스로가 작품의 등장인물이기도 하다. 「그림자」에서 '나'는 기생 소련의 인생 역정에 중요한 역할을 하고 있으며, 이러한 사정은 「온실 화초」나 「누이」에서도 크게 다르지 않다. 이러한 점에서 「어떤날 새벽」(1930)이나 「불우선생」(1932), 「달밤」(1933), 「색시」(1935), 「손거부」(1935) 등 일인칭 화자가 단순히 관찰자에 머물고 있는 소설과도 다르다. 또한 여기에서 다루어지는 내용은 단순한 과거에 불과하여 화자의 현재의 심리 상태와 별다른 연관을 맺고 있지 않다. 이러한 점에서 화자의 현재 상태를 서술하고 있는 「장마」(1936)나 「무연」(1942) 등의 일인칭 심경소설들과도 구분된다. 그의 일인칭 소설 중 이들과 유사한 작품을 구태여 찾아보자면 「실락원 이야기」(1931) 정도가 있을 뿐이다. 말하자면 이 셋은 그의 초기작뿐 아니라 전체 단편 소설 가운데에서도 매우 특이한 형식을 가진 소설이라 할 수 있을 터인데, 이태준은 이 셋을 모두 첫 창작집에서 배제함으로써 상대적으로 홀대하고 있는 셈이다. 이에 비해 「기생 산월이」계의 작품은 이태준에 의해 상대적으로 선호되고 있다. 이는 「모던걸의 만찬」이나 「미어기」 등 여섯 편이나 되는 콩트가 첫 창작집에 실려 있다는 사실만으로도 족히 확인할 수 있다. 이 두 부류의 작품들을 구분시켜 주는 결정적인 요소는 위에서 언급한 바와 같이 서술자의 위상이라는 점이다. 즉 전자에서 서술자가 초점인물과 밀접하게 연관되어 있거나 스스로가 초점인물이 되어 작품 전면에 등장하고 있다. 그럼으로써 서술자의 내면과 감정이 고스란히 표출되고 있는 것이다. 이에 비해 후자에서 서술자는 초점인물들과 철저하게 단절되어 있다. 여기에서 서술자는 이야기를 전달하거나 만들어 내는 위치, 곧 단편 소설이라는 닫힌 형식의 객관적 세계를 창조해 내는 예술가이자 신의 위치를 차지하고 있는 것이다. 따라서 1934년의 이태준이 후자를 선호하고 있다는 사실은 당시 그의 소설관의 단초를 보여 주기에 충분·한다. 즉 그에게 소설이란 문장과 마찬가지로 철저하게 만들어지는 것이었으며, 소설가란 그 닫힌 세계를 창조해 내는 예술가의 위치를 가지고 있다는 것이다.

그렇다면 이 계열의 소설에 작가 이태준이 부여한 예술성의 구체적인 모습은 어떠한 것인가. 이 소설들에서 예술성을 문제삼을 수 있다면, 그것은 일차적으로 소설 세계 그 자체의 형식적 완결성이나 완성도에 관한 것일 뿐이다. 즉 소설 세계가 얼마나 치밀하게 축조되어 있으며, 또한 얼마나 정교하고 절실하게 묘사되고 있는지가 예술성의 척도로 놓여 있다는 것이다. 이를 위해 그가 구사하고 있는 다양한 심미적 장치의 본질은 아이러니라 할 수 있다. 왜 이를 아이러니라 부를 수 있는지는 구체적인 내용을 살핀 후 상술하겠거니와, 이것은 다시 세 층위에서 논의할 수 있다.

첫번째 것은 서사 구성 기법으로서의 아이러니이다. 이는 「모던 걸의 만찬」(1929), 「미어기」(1933) 등의 콩트에서부터, 「행복」(1929), 「기생 산월이」(1930), 「달밤」(1933), 「색시」(1935), 「손거부」(1935), 「철로」(1936) 등의 단편 소설에 이르고 있어, 그의 소설 세계의 한 뚜렷한 계보를 형성하고 있다. 이 소설들에 등장하는 초점인물들은 대부분이 비참하거나 현실로부터 소외된 생활을 하고 있는 인물들이다. 그들은 그 속에서 아주 작은 행복이나 기쁨에 대한 소망, 더러는 분수에 어울리지 않는 욕구를 가지고 있다. 그러나 그 욕구는 실현되기 직전에 좌절당하거나 주위 사람들의 비웃음으로 끝나고 만다. 이러한 내용의 이야기가 「기생 산월이」나 「행복」 등의 초기 작품에서는 다소 작위적인 극적 전환의 방식으로 구성되며, 「달밤」이나 「색시」, 「철로」 등에서는 극적인 성격이 완화된 블랙 유머의 방식으로 표현된다. 여기에서 아이러니는 초점 인물과 그들의 소망 사이의 메울 수 없는 간극을 표현하는 구성적 장치로 기능하고 있는 것이다.

두 번째 차원의 아이러니는 소설 전체를 훈륜처럼 감싸는 서정성의 원천으로 작용하고 있어, 이를 정서적 아이러니라 할 수 있다. 이를테면 「촌뜨기」(1934)의 예를 들 수 있다. 이 소설의 초점인물인 장군이는 안악골이라는 산골 마을에 사는 젊은이다. 그는 못생긴 아내와 더불어, 농사지을 땅 한 뙈기 없는 산 속에서 사냥과 숯굽기로 살아간다. 그러나 관청의 단속으로 둘다 여의치 못하게 되고, 그가 만들어 놓은 멧돼지잡이 함정이 발각되어 유치장 신세를 지게 된다. 그는 마침내 안악골을 떠나리라 작정하고 아내와 함께 마을을 나선다. 이러한 줄거리로 구성되는 이 소설에서 가장 돋보이는 대목은 장군이와 아내의 이별을 묘사하는 마지막 부분이다.

벌에는 군데군데 사람들이었다. 그러나 장군이 눈에 제일 먼저 띠이는 것은 이제 겨우 큰 길에서 떠러져 방축 머리를 돌아가고 있는 안해의 그림자였다. 장군이는 발을 멈추고 멍하니 서서 바라보았다. 바라보고 섰노라니까 안해도 남편이 저를 바라보고 섰는 것을 돌아다 본듯 안해의 그림자도 움직이지 않고 한자리에 박혀 있었다. 장군이는 또 성이 버럭 나서 옆에 있기나 한 것처럼

　　"가 어서."

하고 손짓을 하였다. 안해는 남편의 손짓을 알아채인듯 그제사 다시 움즉이었다.

읍길과 밤까시길은 갈라져 가지고도 한 오리 동안은 평행하는 길이다. 그래서 장군이 눈에는 안해의 그림자가 조밭에 가리웠다가 혹은 수수밭에 가리웠다가 가끔 다시 나타나군 하였다. 어떤 때는 까맣게 멀리 보이었다가도 어떤 때는 뜻밖에 소리를 질르면 알아들을만치 가까이서도 나타났다.

멀리서나 가까이서나 안해의 그림자가 보일 때마다 장군이는 거름을 멈추

고 바라보면서 생각하였다.
  "읍에까지 가치 갈걸!"   (전집 1, 253면)

  이별의 장면을 지배하고 있는 것은 장군이와 그 아내가 각각 걸어
가는 평행한 두 길, 곧 평행선의 이미지이다. 성황재를 넘은 갈림길에
서 장군이는 아내와 헤어지지만, 아내와의 이별은 순간에 끝나는 것이
아니다. 나란히 놓인 길을 걸어가며 추레한 아내의 모습을 지켜 볼 수
밖에 없다. 장군이는 아내와 빨리 헤어져 홀가분해지고 싶다고 생각했
지만, 막상 아내를 보낼 때는 눈물이 솟구치고, 그 못난 아내의 모습
을 멀리서 바라볼 때는 조금만이라도 더 같이 있어 주고 싶은 것이다.
왜 그가 독하게 마음먹고 결심한 아내와의 이별을 두고 이런 마음을
가져야 하는가. 아내는 단지 아내일 뿐 아니라 몇 대째 살아온 고향을
의미하기 때문일 것이다. 더이상 발붙이고 살 수 없게 된 저주스러운
땅이지만, 고향은 어디까지나 고향이기 때문이며, 그리고 무엇보다도
그 고향과의 이별, 곧 아내와의 이별이 영원한 것이기 때문일 것이다.
장군이는 돈을 벌어 이태 안에 아내를 다시 찾으마고 했다. 그러나 소
설 속에 설정된 장군이의 단호한 성격을 감안한다면, 아내와의 이별에
서 보여 주는 장군이의 반응은 잠정적인 이별의 심사라기에는 지나치
게 애상적이다. 물론 아내를 다시 찾지 않으리라는 장군이의 속생각
때문이라 한다면, 그것은 소설의 표면에는 전혀 언급되지 않고 있는
것일 뿐더러 서사의 문맥을 지나치게 비약하는 것일 터이다. 그렇다면
이러한 반응을 어떻게 이해할 수 있을까. 혹시 그것은 장군이의 감정
에 이입되어 나타난 작가 이태준의 것은 아닐까. 이 역시 서사의 문맥
을 비약하는 것이라 조심스러워야 하겠지만, 소설 전체의 서정적 분위
기를 지배하고 있는 것이 이별의 영원성을 의미하는 평행선의 이미지
라는 점, 이러저러한 이유로 아내와 헤어진 혹은 고향을 떠나 살아야
하는 「봄」(1932), 「꽃나무는 심어놓고」(1933), 「바다」(1936), 「밤길」
(1943)의 초점인물들과 그들의 운명을 감싸고 있는 우울한 애상의 정
조, 그리고 이유나 결과에 상관없이, 인물의 소망과 세계 상태의 괴리

로부터 연유하는 정서적 아이러니가 이 소설들의 서정적 본질을 이루고 있다는 점 등을 고려한다면, 이러한 판단은 어느 정도 수긍될 수도 있을 것이다. 말하자면 「촌뜨기」에서 평행선의 이미지로 나타나는 비가적 애상의 정조와 그 원천으로서의 정서적 아이러니는 일차적으로 초점인물인 장군이의 것이지만, 또한 그것은 「봄」이나 「꽃나무는 심어놓고」, 「바다」, 「밤길」의 초점인물들과 공유하는 것이기도 하며, 그러므로 그 세계의 배후에 창조자이자 관조자로서 존재하고 있는 작가 이태준의 것이기도 한 셈이다. 즉 작가 이태준은 작중 인물들의 불행한 운명을 이미 전제하고 있는 것이다. 그리고 여기에서 아이러니는 또한 역으로, 인물의 소망과 세계 상태의 괴리를 매개해 주는, 곧 단일한 정조로 통일시키는 정서적 기능을 하고 있다.

세 번째로 언급할 수 있는 것은 세계 인식의 차원에 존재하는 아이러니이다. 이는 앞의 두 경우에서와 같이 소설의 초점인물 자체로부터 비롯되는 것이 아니라, 초점인물을 지켜보는 초점화자의 시각에서 드러난다. 「불우선생」(1932)과 「영월영감」(1938), 「돌다리」(1943) 등을 그 예로 들 수 있다.

「불우선생」의 초점인물인 송선생(불우선생)에 대한 관찰자 '나'의 시선은 신선한 경외감으로 가득 차 있다. 그는 남루한 행색으로 무전취식하는 주제이면서도 여관 문 앞에서 위풍스럽게 '이리오너라'를 외치는 당당함의 소유자이다. 일 없는 여름밤 너절한 여관의 구석 방에서도 굴원의 어부사를 소리 높게 읽으며, 삼청동 산골짝에서 스스럼없는 알몸으로 단벌옷을 빨아 입기도 한다. 이러한 그의 태도와 기상이 '내'게는 경외스럽게 느껴지는 것이다. 여기에서 '내'가 느끼는 경외감이란 그 자체로서 이중적이다. 한편에는 부러움과 동경이 또 한편에는 자기 자신은 그 세계의 일원일 수 없다는 이질감이 존재하고 있다. 이러한 경외감은 「영월영감」 박대하를 지켜보는 초점화자 성익의 시선에게도 고스란히 삼투되어 있다. 영월영감 박대하는 불우선생과 마찬가지로 푸른 안정이 쏟아져 나오는 형형한 눈빛과 당당함의 소유자이다. 그는 지난 시절에 영월 고을의 수장 노릇을 했었고, 또 그 이후에는 '논을 팔고 밭을 팔고 가대와 종중의 위토까지를 잡혀 쓰면서 한동안 경향 각지로 출입이 잦았다'(전집2, 118면). 그가 무슨 일을 했었는지는 밝혀져 있지 않으나, '무슨 리권이나 세도를 얻으려 다닌 것 같지는 않다'는 말로 미루어 보건대 아마도 불우선생이 재산을 처분하여 경영했던 신문사와 유사한 일, 곧 지사의 일이 아니었을까 추측해 볼 수 있을 뿐이다. 여하튼 그는 근친들의 시야에서 사라져 버린 지 십오륙 년만에 금광꾼의 모습으로 나타난다. 그러한 그의 모습을 의외라고 생각하는 조카 성익은 질문한다. '이제와 아저씬 금력을 믿으십니까?' 영월영감의 대답은 단호하다. '이제 와서가 아니라 벌서 여러 해 전부터다. 금력은 어디 물력뿐이냐? 정신력도 금력이 필요한 거다.' 다시 성익이 금광은 '천에 하나나 만에 하나'가 성공하는 투기가 아니냐고 반문한다. 이에 대해 영월 영감은 다음과 같이 답한다.

> 억만에서 하나기루 그 하나이 자기가 되길 계획해 못쓸까? 사람이란 그다지 계획력이 미약한 걸가?/……/천에 하나, 만에 하나가 저절루 자기가 되길 바라선, 요행히 되길 바라선, 건 허영이지, 건 투기지, 그런 요행이야 천에 하나 만에 하나 밖에 없을게 당연지사겠지/……/나두 벌써 십여차 실패다. 그러나 똑같은 실팬 한번도 안했다. 실패를 잘만 해서 실패된 원인만 밝혀 나간다면야 실패가 많아질수록 성공에 가까워 가는게 아니냐? 난 그걸 믿는다/……/조선 땅엔 금은 아직 무진장이다. 어느 시대구 어느 나라서구 불변 가치를 갖는게 금밖에 또 있니? 금만한 힘이 있니?/……/금을 금답게 쓰지 못하는 자들이 얼마나 많이들 금을 캐내니? 땅이 울게다! 땅이.
>
> (전집2, 124면)

영월영감의 이같은 논리는 성익을 초라하게 만든다. 그가 영월영감의 부탁으로 찾아간 금광의 정경을 보며 헛일이 아닌가 싶어 한숨을 쉬지만, 이내 아저씨의 말을 떠올리며 '계획? 내 자신에게 지금 무슨 계획이 있는가'라고 스스로 반문한다. 영월영감의 신념에 찬 논리에 비하면 자신의 모습이 무기력하고 초라하게 느껴지는 것이다. 초점인물과 초점화자 사이의 이러한 상호관계는 「돌다리」에서도 유사하게 전개된다. 아들 창섭은 현실적이고 합리적인 의사이고 아버지는 전형적인 농부의 심성을 가진 구시대의 인물이다. 병원을 확장하기 위해 땅을 팔자는 아들의 제안에 아버지는 땅을 팔아선 안 된다는 자신의 신념을 논리 정연하게 펼쳐 놓는다. 아들은 아버지가 펼치는 신념의 논리에 압도당하고 자신의 계획이 잘못되었음을 인정한다. 그렇다고 하여 아버지가 펼치는 신념의 세계로 들어갈 수는 없다. 단지 그는 아버지의 세계를 그것 자체로서 훌륭한 것으로 인정하고 있을 뿐이다. 즉 그가 느끼는 것은 '아버지와 자기와의 세계가 격리되는 일종의 결별의 심사'(전집2, 238면)인 것이다. 이러한 '결별의 심사', 초점화자가 초점인물의 세계를 바라보는 시선에 놓여 있는 괴리감, 그 세계를 인정하고 어느 정도까지는 경외하고 동경하는 마음으로 바라보면서도 자신의 자리를 떠날 수 없는 자의 심리 상태, 이것을 우리는 인식의 아이러니라 부르고 있는 셈이다.

　이태준의 소설에서 아이러니는 이와 같이 서사 구성의 기법과 인물의 정서, 세계인식 등의 세 가지 차원에 존재하고 있다. 이들 셋은 모두 인물과 세계 상태 사이의 괴리를 전제로 하여, 주체의 소망과 현실 사이의 메워질 수 없는 간극을 표현해 낸다는 점에서 공통점을 갖는다. 그리이스 비극에서 연원하는 극적 아이러니에서부터 독일 낭만주의자들의 미적 원리였던 낭만적 이로니에 이르기까지, 아이러니가 궁극적으로 기반하고 있는 것은 바로 이러한 간극의 존재이다. 우리가 이태준 소설의 서사적 핵심을 아이러니라고 하는 것도 같은 이유 때문이다. 그러나 이태준의 아이러니는 위에서 살펴본바와 같이 세 가지 상이한 차원에 존재했다. 이 셋을 구분시켜 주는 가장 결정적인 요소는 그 세계에 대한 작가의 상대적인 위상, 혹은 작중인물과 작가(혹은 초점화자)의 상대적인 위상이다.

　첫번째, 구성의 아이러니는 작가보다 열등한 위치에 존재하는 인물들의 우스꽝스러움으로부터 비롯된다. 그러므로 이들의 세계에 관한 한 작가는 철저하게 관찰자 혹은 국외자의 위치에 머물러 있다. 이는 「달밤」의 황수건이나 「손거부」에 대한 작가의 태도를 지적하는 것으로도 충분할 것이다. 이에 비해 정서의 아이러니에서 작가와 작중 인물의 상대적인 위상은, 첫번째 경우와 유사하면서도 그 정서라는 점에서는 양자가 동일한 수준을 유지하고 있다. 구성의 아이러니를 구성해 내는 인물들은 작가의 동정이나 비웃음의 대상이 되는 열등한 인물이다. 그러나 정서의 아이러니는 작가보다 열등한 인물이면서도 그 정서라는 측면에서는 결코 비웃음이나 연민이라기보다는 공감의 차원에서 대등하게 존재하는 인물들에 의해 만들어 진다는 것이다. 세 번째의 것인 인식의 아이러니는, 작중 인물과 작가의 위상이 대등하거나 오히려 인물이 작가(곧 초점화자)보다 우월한 곳에 존재함으로써 이루어진다. 이러한 사실은 「돌다리」나 「영월영감」의 경우를 지적하는 것만으로도 충분할 것이다.

이와 같은 세 개의 아이러니는 각각의 방식으로 소설의 서사를 하나의 단일한 중심으로 통합시키는 기능을 한다. 따라서 이 셋은 모두 서사 구성의 원리로서의 아이러니라는 보다 큰 틀로 통합될 수 있으며, 바로 이같은 아이러니야말로 이태준이 소설을 통해 구현하고자 했던 예술성의 본질이라 할 수 있을 것이다. 그가 소설은 예술이라고 말했을 때, 그것은 이미 살펴본 바와 같이 객관적이고 완결된 형식미를 의미했으며, 그 형식미를 완성하는 가장 본질적인 요소가 아이러니이기 때문이다.

그러나 이태준의 소설 세계를 논의함에 있어 아직 이것만으로는 충분치 않다. 그의 소설 중에는 여기에서 언급한 논리의 틀 안에 포함되지 않는 중요한 소설들이 존재하고 있기 때문이다. 「고향」(1931)이나 「장마」(1936), 「패강냉」(1938), 「토끼 이야기」(1941), 「무연」(1942) 등이 그것이다. 위에서 언급한 바와 같이 아이러니를 구성적 본질로 하고 있는 소설들은 초점인물과 작가의 목소리를 철저하게 구분하여 작가의 목소리가 작품 속으로 개입되는 것을 배제하고 있다. 그럼으로써 객관적인 형식미를 추구한다. 이를 이태준의 용어를 빌려 예술소설이라 칭한다면, 「장마」나 「패강냉」 등은 심경소설이라 할 수 있다. 여기에서는 작가의 목소리가 초점화자나 초점인물의 목소리 속으로

서슴없이 개입하여 작가의 내면과 주관성을 진솔하게 진술하고 있다. 따라서 예술소설이 철저하게 만들어진 것이라면, 심경소설은 자연스럽게 씌어진 것이라 할 수 있다. 곧 앞 절에서 살펴 본 바와 같이 이 둘은 각각 예술가 의식과 지사 의식의 산물이라 할 수 있는 것이다. 예술소설에 비하면 심경소설은 상대적으로 적은 분량이지만, 이태준의 전 소설 세계에서 차지하고 있는 의미로는 예술소설에 맞설 만한 무게를 가지고 있다. 그것은 무엇보다도 그가 소설을 통해 구현하고자 했던 예술성의 의미, 곧 예술가 의식의 의미를 스스로 묻고 다지는 행위의 소산이기 때문이다. 그러므로 심경소설에 대한 논의는 바로 그가 추구했던 소설적 예술성의 의미를 추적하는 일과 일치한다.

Ⅲ. 심경소설의 의미와 처사 의식

심경소설을 통해 가장 두드러져 보이는 것은 반속물주의라는 요소이다. 이것은 「고향」(1931)과 「서글픈 이야기」(1932), 「순정」(1935), 「장마」(1936), 「패강냉」(1938) 등에서 다양한 방식으로 검출되고 있다.

「고향」(1931)의 초점인물 김윤건은 동경에서 대학을 마치고 6년 만에 귀향 길에 오른다. 고학으로 대학을 다녔던 터라 가진 것이 없기로는 지금도 마찬가지이다. 그러나 귀향길에 오른 그의 감회는 남다르다. 그는 고아라 마땅히 갈 곳도 없으며 정해진 직장도 없지만, 바로 그렇기 때문에 조선 전체를 고향으로 알고 조선을 위해 일하고 싸우리라는 열정으로 충만해 있는 것이다. 그러나 그의 이러한 의기는 귀국길에 오르는 순간부터 깨져 나가기 시작하여, 서울을 무일푼으로 돌아다니는 순간 처절하게 좌절당한다. 왕년의 사회운동 이론가는 변절하였고, 의기가 투합할 만한 친구는 감옥에 있다. 신간회 사무실은 잠겨 있고, 취직하러 간 신문사의 태도도 싸늘하기만 하다. 오로지 자신의 영달을 위해 아부하며 살아가는 속물들만이 판치고 있다. 그에게 남은 것은 그 속물들에 대한 분노와 속물들이 판치는 세계에 대한 환멸뿐이다. 그는 우연히 참석한 술자리에서 그 속물들을 향해 폭력을 행사하기도 한다. 그러나 이런 방법으로 얻을 수 있는 것은 고작 경찰서 유치장 행일 뿐이다.

「서글픈 이야기」(1932)의 화자 '내'가 초점인물 강군을 존경했던 것도 그가 이러한 현실을 벗어난 탈속적인 인물이었다는 점에 있었다. 그러나 그 역시 결국 타락한 현실의 일부가 되고 만다. 그만큼 세속적인 현실의 힘은 완강하다. 「아무일도 없소」(1931)의 초점인물 K ─ 이는 잡지사 기자가 된 김윤건, 혹은 동경에서 귀국한 후 《개벽》사에 입사한 이태준이라 해도 좋을 것이다 ─ 의 경우도 마찬가지이다. 그는 '나의 붓은 칼이 되자'는 심정으로 잡지사에 입사했다. 그에게는 그것이 속물들의 세계에서 최소한 간상배 노릇은 하지 않은 채 살아 갈 수 있는 길이라 생각했던 것이다. 그러나 그의 생각과는 딴판으로, 잡지사 역시 이제는 단순한 상업 기관에 지나지 않으며, 그 제도의 요구에 따라 그는 에로물 취재를 위해 유곽으로 가야 한다. 그것이 현실이다. 그러나 이태준의 입장에서 보자면 그 현실은 좀처럼 받아들이기 어려운 것이며, 현실의 힘이 완강할수록 그 현실을 인정하지 않으려는 주체의 의지도, 「순정」(1935)에서와같이 강하게 나타난다. 그렇다면 속물들의 세계에 맞서는 또다른 길, 그 세계와 야합하지 않고 자신의 의기를 실현할 수 있는 또다른 길은 무엇인가. 「패강냉」(1938)의 현은 예술가가 되는 길이라고 답한다.

「패강냉」에는 세 명의 인물이 등장한다. 초점인물이자 초점화자인 현과 그의 친구들인 박, 김 등이다. 현은 소설가로 박의 편지를 받고 십여 년 만에 평양으로 간다. 박은 평양의 고등보통학교에서 조선어와 한문을 가르치고 있으며, 김은 실업가이자 평양 부회의원이다. 현의 시선에 포착된 평양은 폐허와 같은 서글픔으로 묘사된다. 조선조의 흔적이 약여하게 남아 있는 평양의 풍경 때문이기도 하지만, 그를 부른 박의 정서가 그러하기 때문이다. 조선어와 한문 교사인 박은 전임 자리가 위태롭다. 조선어와 한문 시간이 점차 줄어들어 시간 강사로 족

할 정도가 되었으며, 그나마 오래 갈 것 같지가 않기 때문이다. 그러한 박의 모습에서 현은 비애를 느낀다.

　　정거장에 나온 박은 수염도 깎은 지 오래여 터부룩한대다 버릇처럼 자조 찡그러지는 비웃는 웃음은 전에 못보던 표정이였다. 그 다니는 학교에서만 찌싯찌싯 붙어 있는 것이 아니라 이 시대 전체에서 긴치않게 여기는, 찌싯찌싯 붙어 있는 존재 같았다. 현은 박의 그런 찌싯찌싯함에서 선뜻 자기를 느끼고 또 자기의 작품들을 느끼고 그만 더 울고 싶게 괴로워졌다.

(전집2, 105면)

현은 박을 위로하기 위해 평양에 왔으나 그 역시 박의 처지와 다르지 않다. 점차 설 자리가 사라져 가는 조선어 교사 박과 마찬가지로, 조선에서 조선어로 그나마 팔리지도 않을 소설만을 쓰는 소설가 현은 말 그대로 '찌싯찌싯 붙어 있는' 존재인 것이다. 이러한 점은 실업가이자 부회 의원으로 군림하고 있는 김과 대조될 때 더욱 명확해진다. 박과 현의 시각에서 보자면 김은 전형적인 출세한 속물이다. 현은 평양에 도착해 평양 여인들이 머리에 놓여 있던 하얀 나비 같은 머리 수건이 사라지고 없음을 의아하게 여긴다. 이에 대해 박은 김과 같은 경세가들, 그 '비러먹을 자식들'이 금지시켰다고 전한다. 그러나 김은 '이 자식들아 너이야말루 비러먹을 자식들인게. 그까짓 수건 쓴게 보기 좋을건 뭐며 이 평양부내만 해도 일년에 그 수건값허고 당기값이 얼만지 알기나 허나?' 하고 당당하게 힐난한다. 그와 술상을 마주하고 앉은 현은 이러한 김의 태도가 내내 못마땅하다. 김이 간간이 일어를 섞어쓰는 것도 그러하다. 이 둘 사이의 갈등이 정점에 이르는 것은 예술에 관한 문제 때문이다. 김은 현에게 이제 '방향 전환'을 하라고 충고한다. 그 방향 전환이란 일본어로 소설을 쓰거나, 조선어로 쓰더라도 팔릴 만한 글을 쓰라는 것을 의미한다. 이런 말을 듣자 현의 감정은 마침내 폭발해 버린다.

　　"아닌게 아니라 자네들 이제부턴 실속을 채려야 하네."

"어떻게 채려야 실속인가?"

"팔릴 글을 쓰란 말일세, 자네들 쓰는걸 인제부터 누가 알아야 읽지 않나? 나두 가끔 자네 이름이니 좀 읽어볼가 해도 요미니꾸꿋데……도 – 모이깡……."

"아니꺼운 자식……. 너이 따윈 안 읽어두 좋다. 그래 방향 전환을……. 뭐……. 어디가 글쓰는 놈이 선견이구 어쩌구 하는구나? 똥내나는 자식……."

"나니?"

김이 발끈해진다. 김이 발끈해지는 바람에 현도 다시 농담기가 걷히고 눈이 뻔쩍 빛난다.

"더러운 자식! 나닌 무슨 말라빠진……." 하더니 현은 술을 깨이려고 마시던 사이다 컵을 김에게 사이다채 던져버린다. 깨여지고 뛰고 하는 것은 유리병만이 아니다. 기생들이 그리고 쏠린다. 뽀이들도 드러온다.

"이자식? 되나 안되나 우린 이래뵈두 예술가다! 예술가 이상이다. 이자식……."

(전집 1, 15면)

여기에서 주목할 것은 '우린 이래뵈두 예술가다! 예술가 이상이다'라는 말이다. 현이 김에게 '우리는 예술가다'라고 외치는 것은 말 그대로 속물들의 세계에 맞서는 예술가로서의 자존심을 뜻하는 것으로 볼 수 있다. 그런데 '예술가 이상이다'라는 말은 어떤 의미를 갖는가.

속된 세상을 경멸하는 예술가는 스스로의 세계를 창조해 냄으로써, 즉 예술이라는 자기 이념성의 세계를 구축함으로써 그 속된 세계와 결별한다. 곧 세계로부터 자신의 고유한 영역을 유리시켜 내는 것이다. 여기에서 예술은 그 나름으로 자족적인 세계이며, 그 자체로서 독자적인 자기 이념성을 갖는다. 그러므로 이러한 예술의 세계는, 그 바깥 세계에 대해 상대적으로 대립하여 존재함에도 불구하고, 그만큼 세계에 대해 초연하며, 또한 공격적이라기보다는 소극적이고 폐쇄적인 것으로 존재한다. 이를테면 이태준은, '자기를 한번 정확하게 진단한 이상은 자기의 것을 자기의 투로 써서 천하에 떳떳이 내어놓을 것이다……. 목전에는 독자가 적어도 좋다. 아니 한 사람도 없어도 슬플

것이 없다. 그 고독은 그 작자의 운명이요 또 사명이다. 고독하되, 불
리하되, 자연이 준 자기만을 완성해 나가는 것은 정치가나 실업가는
가져 보지 못하는 예술가만의 영광인 것이다'[5]고 말하고 있다. 이 같
은 태도는 현이 말하는 예술가의 자존심과 정확히 일치한다. 그러나
현에게는 예술가가 단지 예술가에 불과한 것이 아니라 '예술가 이상'
의 의미를 갖는다. 그 의미를 묻는 일은 이태준의 소설 쓰기의 저변에
놓여 있는 예술가 의식 그 자체의 의미를 묻는 일에 해당된다. 그가
말하는 '예술가 이상'이란 자족적인 것으로서의 순수한 예술 행위가
그 바깥 세계에 대해 적극적인 의미를 가지고 있다는 것으로 읽힐 수
있기 때문이다. 즉 '나는 예술가다'라는 말이 단순히 속된 세계와의 결
별을 의미하는 것이라면, '예술가 이상이다'라는 말은 그 세계에 대해
자신의 정당성을 적극적으로 주장하는 것이 된다. 논리가 여기에 이르
면, 현과 이태준에게 예술이란 순수한 자기 이념의 차원뿐 아니라 또
한 속된 세계에 대한 적극적인 대항 의식의 차원에 존재하는 것이 된
다. 즉 예술은 그 자체로 순수한 아름다움의 세계일 뿐 아니라 그와
동시에 타락한 세계에 맞서는 적극적인 무기인 것이다.

이와 같이, 이태준에게 순수한 형식미로 등장했던 예술이 동시에
속화된 세계에 대한 무기일 수 있고, 또한 예술가 의식이 속물주의에
대한 일종의 대항 의식으로 존재한다는 것은, 역으로 이태준에게서 예
술가 의식은 이미 그 자체 안에 지사 의식을 포함하고 있는 것으로
이해될 수 있다. 이러한 사실은 이미 2절에서 지적한 바 있거니와, 소
설에도 이러한 이중성이 존재하고 있는 것이다. 여기에서 예술가 의식
이란 일종의 금욕적인 의식, 세계로부터 자신을 격리시키는 태도이며,
반대로 지사 의식은 세계에 대해 적극적으로 발언하고 자신의 주장을
실천하고자 하는 적극적인 의식이다. 그러나 이태준에게 이 둘은 동시
적인 존재이면서도 다음과 같은 상이한 위상을 가지고 있다.

이태준에게 있어 예술가 의식은 매우 선명한 논리를 가지고 나타난

---

5) 누구를 위해 쓸 것인가, 《조선일보》 1937. 5. 25 ~ 26, (전집 17, 309면)

다. 이는, 예술가란 순수한 예술미의 추구자이지 그 어떤 이데올로그나 운동가가 아니라는 주장, 혹은 톨스토이와 루나찰스키의 예술론을 인정할 수 없었다는 회고를 통해 확인해 볼 수 있지만, 무엇보다도 우리가 예술 소설이라 부른 작품들의 존재가 그 뚜렷한 징표이다. 그러나 이에 비해 지사 의식이란 그다지 투명한 것은 아니다. 그것은 지사 의식이 독자적인 논리의 형태라기보다는, 추악한 현실과 타협할 수 없다는 일종의 심정이나 태도의 차원에서 나타나는 것이기 때문이다. 즉 이태준에게 예술가 의식이 논리의 차원에서 투명하게 존재하고 있다면, 지사 의식은 심정의 차원에서 불투명하게 자리하고 있는 것이다.. 그리고 이 둘은 위의 「패강냉」에서 볼 수 있듯이 서로 밀접하게 연관되어 있다. 여기에서 지사 의식이라는 심정적 진실은 예술가 의식을 제약하여 그것이 구극에까지 나아가는 것을 방해하고 있으며, 또한 순수한 예술미의 추구라는 논리의 틀이 존재하지 않는다면, 그에게서 지사 의식이라는 심정적 진실의 형태로 현상할 수도 없는 노릇이다. 그러므로 이 둘은 서로가 서로를 제약하여 어느 한 편도 즉자대자적인 이념의 차원으로, 곧 주관적인 심정과 객관적인 논리가 하나로 어우러진 상태로 나아가는 것을 억제하고 있는 것이다. 이러한 의식의 상태를 이 글에서는 처사 의식이라는 이름으로 규정하고자 한다.

여기에서 처사 의식이란, 이념의 자기 전개 기반이 확보되어 있지 않은 상태의 의식을 의미한다. 그러므로 처사에게 가능한 것은 현실로부터 한 발 떨어져 나와 금욕적 태도를 고수하는 일 뿐이다. 그러나 동시에 처사는 현실 참여에의 강한 지향성과 현실에 대한 비판 정신을 가지고 있다. 처사는 현실로부터 스스로를 격리시켰음에도 불구하고 스스로 그것을 패배라고 인정하지 않고 있기 때문에, 현실적 발판이 마련된다면 언제든지 현실의 한복판으로 뛰어들어 스스로의 이념을 전개시킬 준비가 되어 있다는 것이다. 이태준에게 있어 예술가 의식이 스스로를 현실로부터 격리시키는 일종의 금욕적 정신으로 존재하고 있다면, 속물들의 세계에 대한 분노로 형상화되는 지사 의식은 강한 현실지향성의 산물이다. 이 둘이 분리 불가능하게 결합되어 있는 상태, 그것이 곧 이태준의 글 쓰기가 근거하고 있는 처사의식인 셈이다. 그리고 이러한 처사 의식의 관점에서 볼 때만이 예술가가 단순한 예술가의 차원을 넘어 '예술가 이상'일 수 있는 것이다.

이 같은 문제의식과 관련하여 이태준에게서 또 하나 문제삼을 수 있는 것은 이른바 골동취미 혹은 의고주의의 의미이다. 이는 논자에 따라 민족주의로, 혹은 반근대주의로 해석되어 왔다. 그러나 이태준의 의고주의는 단지 그 자체로서 국한된 것일 뿐 아니라 그의 소설 쓰기와, 또한 해방 이후 문학가 동맹에 참여하고 맑시스트로 변신한 그의 독특한 행적에 관한 이해와 연관되어 있는 문제이기도 하다.

IV. 의고주의와 근대성의 두 차원

이태준의 의고주의 혹은 의고 취미는 이미 널리 알려져 있다. 그가 주재했던 잡지 《문장》의 편집 성향이나, 이병기, 정지용 등의 인물과 결부되어 하나의 세계관으로 규정되기도 했으며, 더러는 민족주의적인 것이나 반근대적인 것으로 해석되기도 했다. 실제로 이러한 의고주의는 「까마귀」(1936)나 「패강냉」(1938), 「영월영감」(1939), 「석양」(1942) 등의 소설에 부분적으로 투영되어 있으며, 그의 수필 「설중방란기」(1936)나 「고완품과 생활」(1939) 등에서는 본격적으로 서술되고 있다. 이태준의 이러한 의고 취미의 대상은 난초, 낚시질, 고문서, 골동품 등이다. 대표적인 예로 먼저 난초의 경우를 보자.

「雪中訪蘭記」에 따르면, 이태준은 정지용과 더불어 휘문고보 시절 그의 스승이었던 가람댁을 방문하여 난향을 완상한다. 그 광경을 그는 '가람께 양란법(養蘭法)을 들으며 이 방에 눌러 일탁(一卓)의 성찬(盛饌)을 받으니 술이면 난주(蘭酒)요 고기면 난육(蘭肉)인듯 입마다 향기로웠다... 청향청담청소성(淸香淸談淸笑聲) 속에 진잡(塵雜)을 잊고 반야(半夜)를 즐기었도다. 다만 한(恨)됨은 옛 선비들을 따르지 못하여 여차량야(如此良夜)를 유감이무시(有感而無詩)로 돌아온 것이다'라고 표현하고 있다. 이러한 정경과 고풍스러운 문체는 그의 의고 취미를 보여 주는 데 모자람이 없다. 더욱이 난초는 그 자체로서 선비의 기품과 절개를 의미하는 전통적인 상징물이기도 하다. 그러나 이를 곧바로 이태준의 성향이나 정신과 연결시키고 그것을 반근대적인 것이라 평가하는 것은 다소 성급한 일이다. 난초를 바라보는 이태준의 시선이 동경과 신비감에 가득차 있는 것이기 때문이다.

이를테면 위의 글에서 그는, '우리는 옷깃을 여미고 가까이 나아가 잎의 푸름을 보고 뒤로 물러나 횡일폭(橫一幅)의 묵화(墨畫)와같이 백천획(百千劃)으로 벽에 엉클어진 그림자를 바라보았다'고 말하고 있다. 여기에서 주목할 것은, 그에게 엄동설한에 꽃을 피운 난초와 그 향기가 '옷깃을 여미고' 보아야 하는 그 어떤 신비로운 대상으로 존재하고 있다는 사실이다. 말하자면 그는 난초의 세계를 그 어떤 경이와 동경의 시선으로 바라보고 있는 것인데, 이러한 동경의 시선이란 근본적으로 주체와 대상 사이의 분리를 전제로 하고 있다. 곧 동경이란 한 세계의 울타리 밖에 있는 자가 그 안을 선망하는 시선이며, 그 세계의 한복판에 서 보지 못한 이방인이 세계의 중심을 향해 던지는 눈길이다. 그에게 난초는 자기 세계에 존재하는 것이 아니라, 자신이 동경으로 바라보는 다른 어떤 세계에 존재하고 있는 대상인 것이며, 따라서 난초로 상징되는 세계는 결코 이태준 자신의 것이 아닌 셈이다. 이러한 사실이 소설 「무연」에서는 보다 명확하게 드러나고 있다.

위의 글에서 이태준은 난초의 향기를 '청향(淸香)'이라는 말로 표현한 바 있지만, 또한 그는 소설 「無緣」(1942)에서 낚시질을 청유(淸遊)라 하고 「석양」(1943)에서 석굴암 구경을 청복(淸福)이라 부른다. 이러한 '청(淸)'의 이미지, 무구 청정한 반속(反俗)의 이미지야말로 그가 동경 어린 눈길로 바라보는 대상의 본질이라 할 수 있다. 「무연」에서는 그가 이러한 '청(淸)'의 세계를 얼마나 그리워하고 있는지가 생생하게 묘사되고 있다. 서울 근교의 낚시터를 순례하던 화자 '나'는 어릴 적 기억을 더듬어 외가댁이 있던 동네의 못을 찾아간다. '나'의 눈에 비친 요즈음 낚시터의 풍경은 청유라는 말과는 거리가 멀어, 고기만을 탐내는 속인들의 난장판에 지나지 않는다. 이와는 반대로 낚시에 관한 외조부의 기억은 청유 그 자체이다. 그는 외조부가 손수 낚시대를 만들던 기억을 꼼꼼하고 상세하게 복원해 내며 그 기억을 찾아간다. 그러나 외갓댁 동네에 도착했을 때 터져 나온 첫마디는, '아아! 십 년이면 산천도 변한다는 십 년이 두어 번 지났기로 과연 세월에는 산천도 못믿을 것이든가!'[6]라는 탄식이다. 산을 깎아 길을 내고, 둑을 쌓아 수원지를 만든 탓에 개울도 못도 간신히 옛 자취만을 남기고 있을 뿐이다. 그리고 한 노파가 있어, 자갈을 날라 흔적만 남은 못을 메우고 있다. 불구를 비관하여 못에 투신한 아들의 넋을 건지기 위함이라는 것이다. 이러한 광경을 보며 '내'가 느끼는 것은 짙은 허무감이다.

> 자연도 주인과 함께 오고 주인과 함께 가는 것인지 몰라!
> 기거무시의 생활부터 없으며 이제는 전설일 밖에 없는 그런 청복을 시정에서 파는 속취 분분한 물감 칠한 낚싯대로 더부러 낚으러 다닌다는 것은 그 생각부터가 한낱 부질없는 꿈이런가!
> 외갓댁 문중에서 아직 몇집은 이 동리에 게신줄 짐작하나 나는 수긋하고, 그 아들의 넋을 물을 메꿈으로써 건지기에 골독한 늙은 어미의 애달픔을 한편 내 속에 맛보며 길만 걸어 동구 밖을 나서고 말았다.
> 한 사조의 밑에 잠겨 산다는 것도, 한 물 밑에 사는 넋일 것이였다. 상전벽해라 일러는 오나 모든게 따로 대세의 운행이 있을뿐, 처음부터 자갈을 날러 메꾸듯 할 수는 없을 것이다.   (전집 2, 204~205면)

그가 꿈꾸었던 외조부의 청유는 단지 기억 속에만 존재하는 것이다. 그것을 다시 실현하려 함은 아들의 넋을 건지려는 노파와 같이 부질 없을 뿐이다. 여기에서 청유는, 이제는 도달할 수 없는 아득하고 안타까운 어떤 것으로 존재하고 있다. 한 때는 자신이 그 세계의 일부였으나 이제는 결코 회복할 수 없는 것에 대한 동경의 시선이 이 소설 전체를 지배하고 있다. 곧 '청(淸)'의 세계는 이제 더이상 그의 것

---

6) 전집 2, 200면.

이 아니며, 단지 동경할 수밖에 없는 도달 불가능한 세계인 것이다.

이러한 사정은 또한 골동품이나 고전을 바라보는 시선에서도 동일하다. 이태준이 골동품(骨董品)이라는 말 대신 고완품(古玩品)이라는 말을 쓰고자 했던 것은 이미 잘 알려져 있는 사실이다. 그의 '고완품과 생활'에 의하면, 골(骨)자가 '앙상한 죽음의 글자'임에 비해 고(古)자는 '여운 그득한 글자'이다. 난초나 낚시가 '청(淸)'의 이미지로 나타나는 것과 마찬가지로, 그가 말하는 고완품이나 고전의 세계를 지배하는 것은 이 같은 '고(古)'의 이미지이다. '고(古)'의 이미지를 보다 구체적으로 설명하고 있는 것으로는 『문장강화』의 다음과 같은 구절을 들 수 있다.

> 고전은 아득해서 좋다.
> 　시간으로 아득함은 공간으로 아득함보다 오히려 이국적이요 신비적이다. 고경조신의 그윽한 경지는 고탑의 창태와 같이, 연조라는 자연이 얹어주고 가는 가치이다. 창연함! 오래오래 울쿼야 나오는 마른 버섯과 같은 향기! 이 것은 아모리 명문이라도 일조일석에 수사할 수 없는, 고전만이 둘를 수 있는 일종 배광인 것이다.　　　　　　　　　　　　　(《문장》, 1940. 3, 135면)

여기에서 '고(古)'의 세계는 아득함이나 신비감으로 표현되고 있다. 그것은 조상의 것이었으면서도 어떤 이국적인 것보다 더 이국적인 느낌으로 다가온다. 곧 이태준에게 그 세계는 낯선 그 무엇, 지금 자신이 몸담고 있는 세계와 판이하게 다른 어떤 것이다. 그의 또 다른 수필 「고완」에 의하면, 그는 사백여 년 전에 만들어진 대혜보각사(大慧普覺師)의 「서장(書狀)」을 입수한 적이 있다. 그 책은 추사의 장인(藏印)도 찍혀 있는 희귀본으로 워낙 난해하여 이태준으로서는 한 줄도 제대로 음미할 수 없었다. 말하자면 그는 '고(古)'의 세계에 관한 한 철저한 이방인이라 할 수 있다. 그러나 그러한 사실은 큰 문제가 되지 않는다. 그가 즐겨 완상하는 것은 책의 내용이라기보다는 오히려 '한참 드려다보아야 책제가 떠오르는 태고연한 표지라든지…… 선인들의 정독한 자취를 보는 것'[7]이기 때문이다. 그는 거기에서 그윽하고 현묘한 향기를 느끼며, 그 세계를 동경에 가득 찬 눈길로 바라보고 있다. 스스로 경험해 보지 못한 세계이기에 신비롭고, 지금으로서는 도달할 수 없는, 혹은 가지 않을 곳이기에 단지 응시하고 있을 수밖에 없다. 이와 같은 동경의 눈길은 「영월영감」이나 「불우선생」의 화자가 초점 인물들을 바라보았던 시선과 정확하게 일치하고 있다. 그러므로 이태준에게 '청(淸)'이나 '고(古)'의 세계는 그 자체로서 지극한 아름다움을 지닌 것이지만 그로서는 결코 그 세계를 향해 투신할 수도 없는 것이며, 또한 그 아름다움을 자신의 세계로 이끌어 올 수도 없는 것인 셈이다. 무엇보다도 그는 근대적 감각을 지닌 예술가이자 소설가이기 때문이다.

　가) 사상은 동양인의 천재다. 명상은 본질상 생활에 어둡고 운명에 밝았다. 나올 것은 비관이었다. 불도는 현실로 본다면 비관의 종교다. 동양의 교양이 고도의 것이면 고도의 것일수록 선(禪)의 경지를 품지 않은 것이 없을 것이다……. 그래서 동양에선 아(雅)의 표현인 운문엔 자랑스러운 서명들이 전해와도 속(俗)의 표현인 소위 패사, 소설류에는 작자가 성명을 남김조차 떳떳하지 못했던 것이다……. 고고표일(孤古飄逸)한 동방시문에다 셰익스피어나 도스토예프스키의 모든 작품을 견주어 보라. 얼마나 그 살덩이와 피의 비린내로 찬 여풍항속(閭風巷俗)류에 타(墮)한 것뿐이랴.
　그러나 현대의 승리는 서구 저들에게 있다. 하시(下視)는 하면서도 저들의 뒤를 슬금슬금 따라야 하는 데 동방의 탄식이 있는 것이다.
(「탄식하는 동양정취」, 〈조선일보〉 38. 8. 7)

　나) 나는 이 '도청도설(道聽塗說)' 혹은 '가담항설(街談巷說)'이란 말에 몹시 불쾌를 느꼈었다. 소설이라고 반드시 먼지가 일고, 가래침이 튀고, 비린내가 나고, 비명이 일어나야만 한다는 조건은 어대 있는가? 될수있는대로 먼지를 피하고 가래침을 안 보고 비린내를 안 맡고, 비명을 안 들으며 써보려 하였다. 이것은 틀림없이 그 소설 천시에 대한 반감에서 일어난 나의 '소설'에의 인식부족이었다…… 감각도 좋고, 스타일도 좋고, 지성, 풍격도 다 좋으나 이런 것들은 결국, 자기를 어서 윤색해 보려는 창백한 산문가의 신경쇠약

---

7) 전집 15, 248면.

이 아니었던가? '현세의 제 현상에 촌가의 방심이 없는 가장 정력적인 집착의 기억', 문자로 흐르는 곤곤(滾滾)한 인간장강(人間長江)이 곧 산문, 곧 소설의 정체요 위용일 것이다……. 오늘 작가들로서 가장 먼저 반성해야 될 것은 시력의 박약, 산문을 수예화시키려는 데서 일어나는 '욕교반졸(欲巧反拙)'이 아닐가. 이것은 누구에게보다 자신에게 하는 말이다.

(전집 15, 250면)

위의 가)에 따르면, 동방의 정신 곧 청정하고 고아한 난초와 고완의 세계는 선(禪)의 상태에서 구극의 경지에 이른다. 그것이 값지고 귀한 것임에는 이론의 여지가 없다. 그러나 궁극적으로 서양 정신이라는 거대한 흐름 속에 묻혀 버릴 운명의 것이다. 여기에서 셰익스피어와 도스토예프스키로 대표되는 서양 정신이란 말할 것도 없이 근대 정신을 의미한다. 그것을 '하시(下視)하면서도 슬금슬금 따라야 하는' 역설적인 상태가 동방의 불행이라 말하고 있지만, 사실 그것은 이태준 자신의 것이기도 하다. 이와 같은 다소 유보적인 태도는, 그러나 그가 소설가의 입장에서 발언할 때는 나)와 같은 보다 명료한 형태로 나타난다. 고아 청정한 고완과 난초의 세계는 시의 세계이다. 그 세계는 모든 것을 타락시키는 원천으로서의 시간의 힘이 전혀 미치지 못하는, 오히려 '고탑(古塔)의 창태(蒼苔)'와 같이 사물에 정채를 부여해 주는 곳이다. 그러나 그가 쓰고자 하는 소설이란 무엇보다도 산문이다. 산문을 시로 만들고자 하는 것은 오히려 '욕교반졸(欲巧反拙)'의 지경에 떨어질 것이다. 그러므로 소설가에게 필요한 것은 시의 청정한 세계로부터 벗어나 저 '곤곤한 인간장강'의 세계로 적극 뛰어드는 일, 곧 근대 정신의 한복판으로 나서는 일이다.

이러한 논리를 염두에 둔다면, 글쓰기를 향한 그의 태도가 어느 곳에 근거하고 있는지는 자명해진다. 곧 그는 근대적인 예술가로서의 소설가라는 미적 근대성의 자리에 서 있는 것이다. 그가 상찬해 마지 않았던 '고(古)'와 '청(淸)'의 세계는 단지 동경하는 것에 불과할 뿐이다. 그는 결코 그 세계의 일원이 아닐 뿐더러 일원이 되고자 하지도 않는다. 「고완품과 생활」에서 그는 '젊은 사람이 그야말로 완물상지(玩物

喪志)하는 것도 반성해야 할 것이다. 그렇지 않아도 각 방면에서 조로
(早老)하는 동양인에게 있어서는 청년과 고완이란 오히려 경계할 필요
부터 있을른지 모른다"[8]고 말하고 있다. 이것은 「영월영감」이 그의
조카 성익에게 하고 있는 말이기도 하다. 요컨대, 고서적이나 골동품
을 완상하는 것이 그 자체로서는 고상할 수 있으나 청년의 지기(志氣)
를 저상(沮喪)할 지경에 이르러서는 안 된다는 것, 곧 근대적인 세계
에의 지향성을 방해해서는 안 된다는 것이다. 그러므로 고완은, 단지 '
완상이나 소장욕에 끄치지 않고, 미술품으로, 공예품으로도 정당한 현
대적 해석을 발견해서 고물 그것이 주검의 먼지를 털고 새로운 미와
새로운 생명의 불사조가 되게 해"[9] 줄 때, 즉 근대적 미의식의 차원에
서 고완품의 예술미를 재평가해 낼 때 비로소 의미를 갖게 된다. 이와
같이 논리가 '고(古)'나 '청(淸)'의 세계를 향한 이태준의 근본적인 시
각일 때 그의 의고주의를 복고적 민족주의나 반근대적인 것이라고 할
수 없을 뿐더러 오히려 철두철미 근대 지향적인 것이라고 해야 마땅
할 것이다.

  그러나 문제는 여기에서 끝나지 않는다. 근대란 근본적으로 합리주
의와 자본주의의 세계이다. 즉 그것은, 그가 속물이나 간상배로 규정
했던 「고향」의 은행원, 「아무일도 없소」의 편집부장, 「장마」의 실업
가 강군, 「패강냉」의 부회의원, 더 나아가서는 고기만 탐하는 「무연」
의 낚시꾼 들의 태도가 지배하는 세계인 것이다. 그는 이 타락한 근대
의 풍경으로부터 애써 스스로를 격리시키고자 했고, 그 결과로 도달한
곳이 순수한 예술미의 세계였으며 또한 고완의 청정한 세계였다. 그러
나 그 예술미나 고완의 세계 역시 결국 근대성이라는 커다란 파장으
로부터 벗어나 있는 것이 아닐 뿐 아니라, 위에서 살펴본 바와 같이
오히려 철두철미 근대적인 세계의 산물이다. 말하자면 그는 근대의 논
리에 맞서기 위해 또다른 근대를 내세운 셈인데, 그렇다면 이 둘은 어

---

8) 전집 17, 325면.
9) 위의책, 326면.

떻게 구분될 수 있는가.

근대 자본주의, 일제의 식민지 지배에 의해 이식되어 온 조선 자본주의의 논리적 근거는 말할 것도 없이 합리주의 정신이다. 이것이 이광수의 「자녀중심론」이나 염상섭의 「개성론」으로 현상할 때, 곧 봉건적 유제로부터 인간 일반을 해방시키는 원리로 작용할 때, 그것은 신성한 빛일 수 있었다. 그러나 합리주의가 여기에서 더 나아가 일제의 식민지 지배를 공고화하고, 마침내 천황제 파시즘이라는 철저한 도구적 합리성의 타락한 차원으로 등장함에 이르러서는 결코 빛일 수 없으며, 오히려 경멸하고 조소해야 마땅한 대상이 된다. 이태준에게 이러한 근대성은 어떤 의미에서건 비판의 대상일 뿐이다. 이를 사회적 근대성이라 한다면, 이에 맞서 그가 내세운 반속물주의나 처사 의식은 미적 근대성이라 할 수 있다.[10] 여기에서는 논리의 진리보다 정서의 진실이 강조되고, 일상을 지배하는 도구적 합리성의 논리에 맞서 자기 목적적인 예술미의 탈합리성이 부각된다. 그것은 근대 세계 그 자체에 대한 전면적 부정이 아니다. 단지 도구적 합리성의 차원으로 타락해 버린 근대성에 대한 규정적 부정이다. 그러므로 그것은 근대를 부정하는 것이면서 동시에 근대를 지향하는 것이다. 이태준은, 이와 같이 타락한 근대를 부정하고 비판하는 자리에서는 지사가 되며, 이에 맞서 독자적인 예술미의 세계를 만들어 내는 자리에서는 예술가가 된다. 지사 의식과 예술가 의식이 동시에 맞물려 존재하고 있는 것을 우리는 처사 의식이라고 불렀거니와, 이태준의 처사 의식이란 말을 바꾸면 근대성에 대한 비판과 추구가 동시에 잠재되어 있는 것이라 할 수 있다. 곧 타락한 근대성을 부정하면서 동시에 새로운 근대성을 추구하는 것, 그것이야말로 이태준의 처사 의식 속에 잠재되어 있는 독특한 본질이라 할 것이다.

---

10) 근대성을 이와 같이 두 가지로 나누어 보는 논리는 이미 니체에서부터 연원하고 있으며, 특히 최근의 보러의 저작에 의해 선명하게 논리화되고 있다. Karl Heinz Bohrer, *Der romantische Brief*, München, 1989, 1장 참조.

V. 맺음말

예술가 의식과 지사 의식의 결합체로서의 처사 의식이란 궁극적으로 두 개의 상반된 힘을 가지고 있다. 이 둘은 상황의 변화에 따라 언제든지 다른 하나를 배제하고 스스로 전면으로 나설 준비가 되어 있다는 것이다. 이태준에게 해방 공간이란 지사 의식이 마음껏 활약할 수 있는 공간으로 존재했다. 그 공간에서 이태준은 다음과 같이 주장했다. '이제 우리들은 예술만 갖고 고민할 때가 아니다. 예술가던 정치가던 민중의 지도자인 것만은 같은 것이다. 최선과 가장 진실한 방향을 구하기 위해 심사숙고할 것, 결정한 다음에는 정정당당한 작품으로써 민족 혁명을 추진하기 위해 전투적 역할을 완수하지 않으면 안되는 것도 정치가와 같은 것이다'[11] 곧 이태준은, 소설가가 이제는 현실 속으로 적극 뛰어들어 계몽주의자가 되어야 한다고 주장하고 있는 셈이며, 이에 대한 구체적인 방안으로 계몽소설, 역사소설, 아동문학을 제시하고 있기도 하다.[12] 지사 의식이 아무런 장애 없이 활약할 수 있는 공간에서 예술가 의식은 거치장스러운 외투일 뿐이다.

그러나 그 외투를 벗어던지는 순간, 곧 지사 의식이 예술가 의식의 매개 없이 홀로 등장하는 순간 처사 의식의 긴장은 사라져 버린다. 해방 전 이태준의 소설이 간직하고 있던 정신적 긴장이 사라져 버리는 것이다. 해방 공간의 이태준의 소설은 단적으로 말해, 이와 같은 방식으로 파괴된 처사 의식의 산물이다. 「해방전후」(1946)를 경계로 하여 그 이후에 발표된 이태준의 소설은 말 그대로 극단에 이른 계몽적 글쓰기, 곧 지사적 글 쓰기의 소산이다. 또한 그 경계에는 그가 새로이 발견한 유토피아의 모습, 『소련기행』(1947)이 가로 놓여 있다. 유토피아의 모습이 생생하게 살아 있는데 예술가 의식 따위의 의장이 무슨

---

11) 「隨想 － 履霜」, 〈서울신문〉, 1946. 1. 1, 류보선, 「역사의 발견과 그 문학사적 의미 － 해방후의 이태준의 문학」, 『한국현대문학연구』 제1집, 1991, 240면에서 재인용
12) 앞글 같은 면 참조.

소용이 되겠는가. 오로지 그 유토피아를 새로운 조국에 건설하고자 하는 뜨거운 열정만이 용솟음치고 있을 뿐이다. 「농토」(1947)도, 「첫전투」(1949)도, 또한 「고향길」(1952)도 모두 그러한 지사적 열정의 소설적 고백이다. 이 지점에 이르면, 식민지 시대의 그가 타락한 모습의 사회적 근대성에 맞서 추구해 왔던 미적 근대성은 다시금 사회적 근대성에 자리를 내 준다. 이 두 번째의 사회적 근대성은, 애초에 그가 대항하고자 했던 첫 번째 사회적 근대성과는 천양의 차이가 있다. 그는 그렇게 믿었고, 그것을 실천에 옮겼다. 그의 이러한 변신을 우리는 어떻게 평가해야 하는지는 해방 공간의 그의 소설을 주된 대상으로 하는 또 다른 글을 기약해야 하겠다. 그것은 문학과 삶 사이의 간극을 묻는 일, 둘 중 어느 것이 우선적인 것인지를 묻는 일을 통해 가능한 것, 주관적인 가치 판단이 개입할 수밖에 없고 그러므로 매우 조심스러워야 하고 또한 여전히 우리 시대에도 문제적인 것이기 때문이다.

(서울대 박사과정)

『문장강화』를 통해 본 이태준의 문학관

한 상 규

I.

이태준의 문장관, 혹은 더 나아가 그의 문학관은 1939년부터 쓰여진 『문장강화』에 잘 드러나 있다. 『문장강화』에는 그 자신의 개인적 문학관은 물론이고 비슷한 시기에 동일한 문학관을 표방했던 여러 문인들의 언어관까지도 담겨있다. 그 문인들은 대부분 〈구인회〉를 중심으로 활동한 사람들인데, 가령 박태원, 김기림 등의 모더니즘 문필가들이 그들이다. 그런 점에서 『문장강화』는 그저 말의 기술적 표현을 꼼꼼하고도 체계적으로 다룬 일반적인 문장작업 혹은 개괄적인 해설서 이상이라고 할 수 있다. 바꾸어 말해, 그 책은 문장작법에 대한 개괄적 설명 이외에도 그 당시의 모더니즘 문필가들의 문학관을 알게 모르게 정당화하고자 하는 의도 또한 가지고 있다. 본고는 그같은 사실에 착안하여 박태원, 김기림 등의 문장관을 이태준의 그것과 함께 다룸으로써 이태준의 『문장강화』가 서 있는 문학적 지반의 성격을 밝혀 보고자 한다.[1] 그를 위해 본고는 먼저 이태준이 제시하는 새로운 문장작법이란 어떤 것인가를 알아보고, 또 그러한 새로운 문장작법이

---

1) 필자는 「예술적 지각과 그 미학적 지반」(《한국학보》, 1991, 가을)이라는 글에서 박태원, 김기림, 이태준 그 세 사람을 중심으로 한 모더니즘 문학 활동의 미학적 기반에 대하여 한 차례 검토해 본 적 있다. 여기서는 이태준의 언어관이 구절마다 깊숙이 배어 있는 『문장강화』를 근거로 주로 이태준 중심의 논의를 해나가고자 한다.

어떻게 실현될 수 있는지 그가 제시하는 그 구체적인 실천방안에 대해서 하나하나 짚어 본 뒤에, 그 같은 기술적 언어관의 이면에 있는 배경적 의미에 대해 포괄적으로 살펴 보기로 한다.

Ⅱ.

이태준은 『문장강화』에서 올바른 글쓰기라면 크게 두 가지 것을 경계해야 한다고 한다. 비개성적인 유형화된 글쓰기가 그 하나요, 아무런 방법적 자각도, 기술적 배려도 가해지지 않는 일상의 말하기가 그 다른 하나다. 여기서 유형화된 글쓰기란 말하듯 자연스럽게 쓰여지지 않는 글, 혹은 몇가지 정해진 규범대로 일률적으로 쓰여진 고답적인 글을 뜻한다. 이태준은 그와 같은 글쓰기의 전범을 고대소설 속에서 구하는데, 그에 의하면 고대소설은 대체적으로 늘 상품화된 문구로 글을 기계적으로 써내려 간다는 것이다. 즉, 이런 작품, 저런 작품에서 동일한 고사가 자주 발견된다든가, 실제 상황에 걸맞지도 않는 온갖 사물들의 이름이 과장된 묘사를 위해 한꺼번에 동원된다든가 하는 식의 왜곡된 수사법이 그 심한 예다.[2]

이와 같은 피해를 막고자 이태준은 글쓰기의 철저한 언문일치화를 주장한다. 소위 실제감정과 실제생각 및 사실적인 감각적 묘사에 매우 투철한, 이른바 '글짓기'가 아닌 '말짓기'를 그는 한껏 강조하는 것이다. 말짓기란 글을 위한 글, 문장어를 의식한 인위적인 글과는 달리 언문일치에 바탕해 자연스럽게 쓰여지는 글을 뜻한다. 이태준에 의하면 '현대문장'은 '춘원 이광수에 와 완성된' 언문일치의 문장을 그 기조로 한다.

현대성을 착색하려 고민하는, 모든 신문장들이 이 언문일치 문장을 모체로

---

2) 이태준, 『문장강화』, 창작과 비평사, 1988, 18 ~ 19쪽.

하고 각양각종으로 분화작용을 일으키는 것만은 사실이라 하겠다. 언문일치
의 문장은 틀림없이 모체문장, 기초문장이다. 민중의 문장이다. 앞으로 어떤
새 문체가 나타나든, 다 이 밭에서 피는 꽃일 것이다.[3]

그러나 이태준은 언문일치만으로 현대문장이 완성되는 것은 아니라
고 한다. 말하자면, 언문일치는 현대적인 문장의 충분조건에 불과할
뿐, 그 자체로 가장 문장다운 문장이 되는, 필요충분조건은 아니라는
것이다. 가장 문장다운 문장은, 이태준에 기댈 때, 개성적인 문장의 발
견에 의해 마련된다. 즉, 각 개개인의 기술적 개발 위에서 현대적인
문장이 이룩된다. 이 때, 문장 기술은 어떤 정해진 규범이나 법칙을
맹목적으로 추종함에서 얻어 지는 것이 아니고, 그 반대로 작가 개인
의 창조적 노력과 탐구에서 얻어 진다는 것이 이태준의 생각이다.

여기에 문장의 현대가 탄생되는 것이다. 언문일치 문장의 완성자 춘원으로
도 언문일치의 권태를 느끼는 지 오래지 않나 생각된다. 이 권태 문장에서
해탈하려는 노력, 이상 같은 이는 감각 편으로, 정지용 같은 이는 내간체에
의 향수를 못 이기어 신고전적으로, 박태원 같은 이는 어투를 달리해, 이효
석, 김기림 같은 모더니즘 편으로 가장 뚜렷들하게 자기 문장들을 개척하고
있는 것이다.[4]

그 당시에 가장 개성적인 문장을 구사한 인물들로 알려진 작가들이
다수 인용되어 있다. 문학사에서 이들은 단순히 언어적 유회에 능한
기교적인 작가들로 평가가 나 있지만, 이태준이 볼 때, 그들의 언어적
기술은 단순히 말을 화려하게 꾸미는 수사학적인 차원에서 이루어진
작위적인 장난이라기보다 어디까지나 언어의 표현 능력을 더욱 강화
하고 섬세히 하려는 의도에서 비롯된 것이다. 이들은 말하자면, 언문
일치의 정신 위에서 그를 바탕으로 말의 감각적이고 사실적인 표현의

---

3) 이태준, 앞의 책, 296쪽.
4) 이태준, 위의 책, 296쪽.

기능을 최대한까지 밀고 나간 작가들이라는 것이다.[5]

이로 보아 이태준이 지향하는 문장은 두 가지 단계의 지양을 통해 이루어 진다고 할 수 있다. 그 첫 단계는 고대소설의 문장에서와 같이 지나치게 전범화된 표현을 의식하고 쓰여진 경직된 작법의 경우이며, 그 두 번째 단계는 말하듯 쓰는 언문일치가 이루어 질 때라도 문장이 단순히 평범하고 개념적이 뜻의 전달에 그치고 마는 소박한 언문일치의 상태에 머무르는 경우이다. 이 두 계단을 거친 뒤의 문장이 이태준이 말하고자 하는, 현대적인 문장, 개성적인 문장이 된다. 이 개성적인 현대 문장에는 '법이 있지도, 없지도 않다.' 즉, 미리 정해진 규율에 따라 쓰여져서도 안되지만, 남들 사용하는 그대로, 아무런 의식적 자각 없이 일상적 사용법 그대로를 본따서도 안된다. 그러므로 정해진 작법이 없는 작법, 개인의 노력에 의해 끊임없이 새로운 형태로 조직되는 새로운 기술적 작법만이 이태준이 요청하는 작업이다. 이러한 기술적 작법을 통해 우리가 일상적으로 늘 접하는 말의 표현능력이나 그 범위는 더욱 강화되고 확장되며 그 기능 또한 더욱 섬세해진다.

Ⅲ.

앞에서 개성적인 접근을 통해 말의 감각적이고 사실적인 표현 능력을 최대화하는 것이 이태준이 꿈꾸는 개성적인 현대문장이라고 지적한 바 있거니와, 현상의 정확한 지각이야말로 이태준을 비롯한 그 당시의 몇몇 문인들이 갖고 있던 문장의 이상이다.[6] 여기서 현상의 정확한 지각이란 주어진 대상을 피상적인 말 뜻에만 의존해 그 대상의 존재를 막연히 환기시키고만 넘어가는 지시적 태도를 지양하고 사물의 감각적 파악을 극대화하는 일을 말한다. 이른바, 말을 사물에 밀착시

---

5) 이태준, 앞의 책, 198쪽.
6) 졸고, 앞의 글, 31쪽.

키는 행위들 그것을 뜻하는데, 그와 같은 사물의 감각적 파악을 위해 이태준은 실제로 몇 가지 기술적인 방법을 내세운다. 그 원칙물이란 일물일어설과 말의 감각적 입체화 및 개성적 발견 등이다.

차례로 살펴 보면, 첫째, 일물일어설이란 상황 표현에 있어 그 상황만이 갖고 있는 특수한 정취를 정확하게 포착하기 위해 언어를 엄정하게 선별해서 쓰는 것을 말한다. 즉, 한 가지 경우는 그에 부합되는 적절한 단어가 하나밖에 있을 수 없다는 투철한 언어 의식에 입각해 사태 표현에 최대한의 정확성을 기하는 행위를 그것은 뜻한다. 이태준은 플로베르와 모파상의 입장을 그대로 따라 작가라면 누구나 '지금 이 순간'의 상황을 대충 환기시키거나 비슷하게 그려내는데 만족하지 말아야 하며, 그 상황이 자아내는 미세한 느낌마저 세세하고도 정확하게 잡아 낼 수 있어야 한다고 강변한다.

모빠상의 말대로 유일어를 찾는 노력을 피해 아무 말로나 비슷하게 꾸며버리는 것은, 자기가 정말 쓰려던 문장은 아니요 그에 비슷한 문장으로 만족하고 마는 것이나 마찬가지다. 자기가 쓰려던 문장은 끝내 못 쓰고 마는 것이다.[7]

둘째, 입체적 감각의 창조와 관련된 경우, 이태준에 의하면 말에는 어감이라는 것이 있는데, 말의 생명력은 이 어감에서 비로소 된다고 한다.[8] 보통의 경우, 말은 전달하고자 하는 내용의 단순한 대응매체로 만족하는 경향이 있다. 이것은 '어떻게 말하나'보다는 '무엇을 말하나'에만 골몰할 때 흔히 발생한다. 즉, 개념의 전달로 말의 소임이 다 끝나는 것으로 생각할 때, 말은 단순히 의미 전달의 일시적인 도구로 간주된다. 그러나 그렇게 되면 말에는 감각적 생동감이 없어지게 된다. 즉, 아주 일반적인 의미에서 어떤 상황이 어떻다 하는 데서 말의 역할은 끝나게 되고, 대신 그 말이 사용되는 상황이나 사건이 지니고 있

___

7) 이태준, 앞의 책, 78쪽. 같은 책 42쪽에도 동일한 내용이 다루어 지고 있다.
8) 이태준, 위의 책, 43쪽.

는 미묘한 느낌과 그 체취까지는 미처 파악할 수 없다는 것이다. 이를 테면, 인물간의 담화에 있어 인물들이 사용하는 말이 그저 그 내용전달에만 급급해 할 경우, 그 말들을 통해 추측될 수 있는 인물의 인간적 풍모나 성격적인 것 따위가 일절 사라지게 된다. 여기서 말의 감각화나 다층화가 적극 요구되는데, 이태준이 말하는 어감이라는 것도 실상 그러한 언어의 입체화와 직결된 것이다.

이를 위하여 이태준은 그와 같은 목적을 달성하기 위한 몇 가지 구체적인 방법을 알려주는데, 가령 1) 의성어와 의음어로 대표되는 풍부한 감각어의 적극적인 활용과, 2) 음운 하나의 변화에도 신경을 쓰는 미시적인 관찰태도의 배양이 그것이다. 그리고 3) 일상의 어태에 대한 꼼꼼한 사생과 수집 또한 그가 강조하는 항목이다.

1) 운문인 경우엔 더욱 물론이지만, 산문에 있어서도 특히 묘사인 경우엔 이 풍부한 의음, 의태어를 되도록 많이 이용할 필요가 있다. 표현 효과를 위해서뿐 아니라 우리 문장의 독특한 성향미(聲響美)를 살리는 것도 된다.

2) 다 밥 먹었느냐 묻는 말이다. 그러나 다 말이 가지고 있는 신경이 다르다. '잡수셨읍니까?' 하면 '까'가 몹시 차고 딱딱하고 경우 밝고 도드라진다. '잡쉈수?'는 너무 텁텁해서 사십 이상 마나님의 흉허물없는 맛이 난다. '잡수셨에요?'나 '잡수셨나요'는 휘우뚱하는 리듬이 생긴다. 날씬한 젊은 여자의 몸태까지 보인다. 그냥 '진지?' 하는 단어만에는 은근한 맛이 나고 그 '진지'에 ㄴ을 붙여 '진진?' 하면 액센트가 훨씬 또렷해진다. 말하는 사람의 명랑한 눈이 보인다.

위에서 보거니와 받침의 농간은 여간 중요하지 않다. 될 수 있는 대로 받침이 없는 말만 시키면 말이 가벼워질 것이요 받침이 있는 말만 시키면 무게와 탄력이 생기되 ㄱ이나 ㄷ이 많이 나오면 거셀 것이요 ㄴㅁㅂㄹ이 많이 나오면 연싹싹하고 매끄러워 대체로 명랑할 것이다. 뜻이 닿는 한에서는 성향(聲響)까지도 성격적인 것에 통일되어야 할 것이다.

3) '근데' '놀리죠' '재밌나?' '가시렵쇼' 등을 보면 작가가 '어떻게 말하나?'에 얼마나 날카롭게 주의하였나를 넉넉히 엿볼 수 있다. 그러기에 상시(常時)에 여러 가지 인물이 여러 가지 경우에 무심코 지껄이는 어태(語態)를

사생 수집할 필요가 있다. 사생한 어록을 그대로 쓸 경우도 없지 않을 것이요, 또 쓰려는 내용에 맞도록 고친다 하더라도 결국, 그 고치는 어감에의 실력이란 사생과 수집에서처럼 쌓을 길이 없을 것이다.[9]

세 개의 인용문에 공통되는 것은 언어란 단순한 내용 전달에 예속된 도구가 되어서는 안되며, 그 자체가 하나의 생동하는 존재가 되어야 한다는 것이다. 바꾸어 말해, 언어가 개념의 빈 껍데기, 혹은 아무런 부피감도 중량감도 느껴지지 않는 평면적인 도구에 그쳐서는 안된다는 것이다. 그와 달리 언어라는 기호와 존재가 보다 밀착될 수 있도록 언어가 가지고 있는 감각적 결을 최대한 다양하게 개발함으로써 언어를 보다 입체적인 것으로 만들어야 한다는 것이다. 이와 같은 언어의 감각적 결을 보호하기 위해 이태준은 『문장강화』 곳곳에서 감각적 어휘의 개발은 물론이고 단어의 음운 하나하나에도 신경을 곤두세울 것을 적극 종용한다. 이렇듯 표현의 정밀을 기하기 위해 음운 하나의 미세한 변화에도 주목하는 미시적 태도는 박태원에게서도 자주 발견되는 현상이다. 박태원은 자신의 「표현, 묘사, 기교」라는 글[10]에서 '표현에 있어 가능한 한도까지의 정확을 기해야 한다.'는 전제하에 심지어 컴마 하나의 쓰임에도 소홀히 하지 않을 것을 당부한다. 박태원에 의하면 '원갖 문장부호의 효과적 사용은, 사물의 표현, 묘사를 좀더 정확하게 좀더 완전하게 하여 늘 것이다.'

셋째, 개성적 발견. 이태준에 의하면 창작에 있어 작가의 개성이 무엇보다 중요하다. 여기서 개성이란 한 뛰어난 천재만이 가질 수 있는 특이한 그 어떤 것을 뜻하지 않는다. 대신 사물을 바라보는 인습화된 시각을 뚫고 사물에 대한 감각을 좀더 언어의 새로운 형태 속에서 정밀하게 느끼도록 하는 기술적 능력을 뜻한다. 이태준이 생각하는 개성적인 예술가란 우리로 하여금 사물을 정확하게 지각하지 못하도록 방해하는 관습적인 관찰태도를 깨뜨리는 존재다. 바꾸어 말해 새로운 각

---

9) 이태준, 앞의 책, 63쪽, 49쪽, 44 ~ 45쪽.
10) 박태원, 〈조선중앙일보〉, 1934. 12. 17 ~ 31.

도의 비전을 열어 보임으로써 어떤 인습적인 관찰 방식의 적용하에서 막연하게만 지각되던 사물의 모습을 보다 명징한 형상으로 드러내보이는 존재가 바로 개성적인 예술가다. 여기서 명징성을 획득한 사물의 투명함이란 한 독창적인 예술가가 임의대로 창조해 낸 관념적인 것을 뜻하지 않는다. 그와 달리 예술가 개인의 발견이 있기까지는 일상인 모두가 미처 지각하지 못했던 존재의 숨겨진 부면을 그것은 의미할 뿐이다.

이태준은 감각적인 투명함을 획득하기 위해 사물을 바라보는 고정된 방식을 지속적으로 파괴할 것을 요구한다. 아울러 지금껏 아무도 그렇게 보지 않았고, 그렇게 보려고 하지 않는 새로운 방식으로 사물을 바라봄으로서 사물에 대한 지각을 다각화시키고 심화시켜야 함을 그는 끊임없이 강조한다. 그와 같은 새로운 방식으로 지각의 심화를 성취한 예로 이태준은 무엇보다 이상과 정지용을 손꼽는다. 이를테면, '옥수수 밭은 일대 관병식(觀兵式)입니다. 바람이 불면 갑주 부딪치는 소리가 우수수 납니다.'라는 이상의 수필 한 대목이라든가 '감람 포기 포기 솟아오르듯 무성한 물이랑이여!'라는 정지용 시 구절의 거론이 그것이다.

> 세월은 유수 같다.
> 광음이 살같이 지나…
> 진리는 의연하되 얼마나 케케묵은 형용인가? 귀에 배고 쩔어서 도리어 거짓말처럼 느껴진다. 남이 이미 해 놓은 말을 쓰는 것은 임내다. 세월이 빠른 것을 '유수 같다' 한 것은, 처음 말한 그 사람의 발견이다. 정도 문제지만 남의 발견을 써선 안된다. 문장에 있어서야말로 특허권 도덕을 지켜야 한다. 될 수 있는 대로 나는 나로서 발견해 써야 한다.(…) 끊임없는 새 언어의 탐구자라라야 한다.[11]

인습적인 표현 방식에 대한 불만이 개성적인 표현 방식을 낳게 한

---

11) 이태준, 앞의 책, 81 ~ 82쪽.

원동력이 되는 것이지만, 새로운 표현 수단에 대한 이러한 지향은 단지 우리들이 경험하고 느낀 사실을 가장 정확하게 나타내고자 한 데서 비롯된 것일 뿐이다. 따라서 이태준이 강조하는 개성적 발견이란 것도 실상은 표현의 정확성에 대한 강렬한 욕구의 반영에 다름아니다. 그러한 정확성을 위해 요구되는 것은 주의의 집중 및 일상적 언어의 관습적인 힘에 저항할 수 있는 참심한 표현의 개발이라고 이태준은 말한다. 그를 뒷받침하듯, '척후병과 같은 민활, 정밀한 관찰' '예리한 관찰과 신경' '날카로운 촉각' 등등의 어구들이 이태준의 『문장강화』 도처에서 눈에 띤다.

IV.

이태준은 여기 저기서 어떻게 하면 사물의 표현을 보다 효과적으로 할 수 있는지에 관해 여러 가지 측면에서 얘기한다. 그러나 정작 그 표현 대상인 사물의 성격에 대해서는 별반 언급이 없다. 언급을 회피한다기보다 그에게는 제재의 위상이나 그 성질 따위가 거의 중요하지 않은 것처럼 보인다. 글을 쓰는 데 있어 이태준에게 자못 중요한 것은 어떤 사물이 얼마나 가치있느냐 하는 것보다, 혹은 세계관의 측면에서 이념적으로 그것이 얼마나 의미가 있느냐 하는 것보다 비록 주어진 대상이 아무리 사소한 것일지라도 그것을 작가가 얼마나 실감나게 구상화할 수 있느냐 하는 것이다. 말하자면, 아무런 화제거리가 될 수 없는 그런 하찮고 가벼운 소재라도 감각적인 명료성만을 획득할 수 있다면, 그것만으로도 글의 기본 요건은 충족된다는 것이 이태준의 생각이다.

이태준은 그래서, 가령 '제재는 진기해야만 쓰지 않는다. 뉴스 재료와는 다르다. 아무리 평범한 데서라도 자기의 촉각이 감득해 내기에 달린 것'라고 말한다. 또 동일한 이유로 그에 의하면 '제재가 재미있어야 재미있고, 제재가 슬퍼야 슬플 수 있는 것은 신문기사뿐이다. 신문의 문장이 아니라 사람의, 개인, 개성의 문장이란 제재가 반드시 슬퍼야 슬프고 제재가 반드시 즐거워야 즐겁고, 제재가 반드시 굉장해야 굉장한 글이 되는 것은 아니다. 아무리 쇄소(瑣少), 평범한 것이라도 얼마든지 훌륭한 글이 된다.'[12] 이처럼 소재 그 자체의 무게보다 어떠한 것이든지 감각적으로 정교하게 처리하는 기술적 방법이 우선적으로 주목되어야 한다는 발상은 김기림과 박태원에게서도 똑같이 발견된다.

> 1) 어디선가도 인용한 일이 있지마는 「엘리엇」은 「에즈라 파운드」에 대하여선가 이런 의미의 말을 하였다. 「내가 그에게 이끌리는 것은 그가 무엇을 말하는가 하는 점이 아니고 어떻게 말하는가 하는 점이다.」라고……. 무엇을 말하느냐 하는 것은 예술에 있어서 중요한 일이다. 또한 어떻게 말하는가 하는 점도 중요하다. 어떤 경우에 「어떻게 말하는가」… 하는 그것만이 어떤 예술의 매력이 되는 때도 있다.[13]

> 2) 이 점을 우리는 생각해야 한다. 창작에 있어 우리는 자유로웁게 또 솜씨있게 기교를 구사해야지, 기교의 지배를 우리가 바더서는 안된다. 그러나 역시 그 수법은 그러케도 물리치기 어려운 매력을 가지고 있다.[14]

이들은 작품이 감당해야 할 세계관의 몫을 한편으로 명백히 의식한다. 그러나 그렇다고 해서 그것이 그들에게 정신적인 부담을 안겨주는 절박한 현실적 과제로까지는 생각되지 않았다. 그 대신, 만일 가능하다면, 있으면 더 좋을 그런 존재로서의 당위적인 의의밖에 지니지 못한 것으로 간주된다. 그들이 창작함에 있어 무엇보다 절실하게 느낀 부분은 창작 재료의 무게보다 그것을 적절히 다루는 기술적 수법이다. 그 기술적 수법을 통해 그들이 얻고자 한 것은 소재의 사회, 역사적 가치보다 그것의 감각적 투명함이다.

---

12) 이태준, 앞의 책, 201 ~ 203쪽.
13) 『김기림전집 3』, 심설당, 1988, 116쪽.
14) 박태원, 앞의 글.

그런데, 특정이념과 관계된 세계관의 존재와는 무관하게 다만 주어진 자료의 정제된 제시와 투명한 형상화에 오직 기술적으로만 봉사한다는 사실과 관련하여 이태준을 비롯한 박태원, 김기림은 철저히 '도구적인 지성'의 개발에 집착한다. 여기서 도구적인 지성이란 어떤 이념 체제나 낭만적 상상력의 유입 없이 주어진 소재나 현상을 단지 기술적으로 정갈하게 제시하려는 고도로 의식화된 기교적 방법 그 자체를 일컫는다. 이태준의 경우, 특히 금속성의 정확함과도 같은 치밀한 배려나 의식적인 계산이 언어에 끊임없이 가해질 때, 현대적인 문장이 이룩된다고 보고 기술의 계속된 수련을 강조한다.[15] 그리고 그러한 기술적 제어가 세계관의 형성이나 현실의 구조적인 비밀을 탐구하는 역사적인 작업에 대한 제어가 세계관의 형성이나 현실의 구조적인 비밀을 탐구하는 역사적인 작업에 대한 별 고려 없이 이루어진다는 점에서, 언어에 관한 그러한 기술적 통제는 수단화된 지성에로 연결된다. 이와같이 대상의 감각적 표현을 오로지 효과적으로 수행하기 위해서만 예술적 설계와 계산이 고려될 때, 이러한 뜻에서의 도구화된 지성은 '어떻게' 의식에 경사된다고 하겠다.

밝든, 어둡든, 차든, 덥든, 슬프든, 즐겁든, '어떻게 의식'이 활동하지 않고는 그 진미, 진경은 표현되지 않는다. '어떻게?'를 알려면 감각해야 된다. 시각, 청각, 후각, 미각, 촉각, 오관 시경이 척추병과 같은 민활, 정밀한 관찰이 없이는 불가능한 것이다. 그러므로 예민한 감각은 반드시 예리한 관찰을 선행조건으로 한다. 그리고 감각의 표현은 언제든지 신경질적이다.[16]

대상을 우선 일차적으로 단지 기술적인 면에서 어떻게 요리하는가와 관련된 이 수단적 지성의 존재는, 다소의 편차에도 불구하고[17], 사

---

15) 이태준, 앞의 책, 16쪽.

16) 이태준, 위의 책, 215쪽.

17) 수단적 지성의 역할과 그 범위가 이태준에게 있어 주로 정확한 감각적 표현에 깊이 관여해 있었다면, 김기림에게 있어 그것은 문명 감수와 혹은 비판에까지, 다시 말해 좀 더 내용적인 주제에도 어느 정도 걸쳐 있었다고 볼 수 있다.

실 김기림의 문학관에서 그 극명한 표현을 얻고 있다. 김기림에 의하면 지성에는 두 가지 부류가 있는데 수단(방법)으로서의 지성과 목적으로서의 지성이 그것이다. 그런데 김기림의 경우, 그는 그 둘 중에서 무엇보다 수단적 지성이 요구된다고 한다. 그 수단적 지성으로 말미암아 예술은 비로소 현대적인 예술이, 곧 '의식적, 계획적, 지적 예술'이 된다는 것이 김기림의 생각이다. 물론 그 생각 속에는 감각적인 문장은 말할 것도 없고 문학 작품 그 자체의 질서가 그 수단적 지성에 기초해서 이루어진다는 사실이 포함되어 있다.

> 수단으로서의 지성은 우선 시와 시인 사이에 거리를 설정한다. 그래서 작품 그것에 위치를 부여한다. 다음에는 문학 자체에 질서를 준다. 또한 개개의 작품에 그것에 해당한 질서를 준다. …아름다운 상이다. 형태의 질서성을 본다. …아름다운 「스타일」이다. 비록 그 속에 낭만적인 것처럼 보이는 것이 있을지라도 그것은 벌써 통어되고 계산된 것일 것이다.[18]

V.

이태준은 자신의 문학관이 암묵적으로 표방된 『문화강화』에서 현대적이며 개성적인 문장의 정체가 무엇인지를 밝힌다. 그에 따르면 그 정체는, 문장어를 의식한 고답적인 글의 경계와, 또 말하듯이 쓰더라도 아무런 의식적 자각 없이 기술적 통제의 여과없이 일상적 용어법 그대로 쓰여진 평범한 구어의 극복에서 확보된다.

그에 바탕해서 그는 가장 현대적인 개성적 문장이 지향하는 바를 한마디로 요약하는데, 사물에 대한 정확하고도 극명한 지각이 그것이다. 말하자면, 감각적인 명료성의 획득이 현대 문장의 제 일차적 목표가 된다는 것인데 그를 실천하기 위한 구체적인 방법으로 이태준은 대략 세 가지를 제시한다. 일물일어설과 언어의 감각적인 운용 및 사

---

18) 『김기림전집 2』, 186쪽.

물에 대한 개성적 접근이 그것이다.

여기서 일물일어설이란 주어진 표현 대상에 다가서는데 있어 매우 엄정한 태도를 취하는 것과 관련된다. 즉, 그것은 유형화된 표현 방식으로 어떤 상황이나 사물을 대충 막연하게 인지하고 넘어가지 않는 태도, 곧, 한 가지 상황에는 그 상황에 적합한 단 하나의 표현 방법만이 있다고 생각하는 엄격한 글쓰기 자세를 뜻한다. 그리고 언어의 입체적인 개발이란, 말에는 단순히 뜻 이외에도 그 나름의 '감정과 체격과 신원'이 있다는 것을 전제하여 그 말을 여러 측면에 ─ 가령 음운론적인 측면과 형태론적인 측면에서 ─ 다층적으로 개발하고 이용해야 함을 뜻한다. 이태준에 의하면 '뜻 이외에 그 언어, 문자가 발산하는 체취, 분위기, 그것을 선이용할 필요가 있다'는 것이다.[19] 이 점은 박태원도 마찬가지여서 그는 「표현, 묘사, 기교」라는 글에서 그와 같은 사실을 뚜렷하게 명시한다. 이를테면, '언어에 있어어든, 문장에 있어어든 우리는, 다만 내용을 통하여 어느 일정한 의미를 전할 뿐에 그쳐서는 안된다. 반드시 그와 함께 그 음향으로 어느 막연한 암시를 독자에게 주도록 하여야만 한다. 내용으로는 이지적으로, 음향으로는 감각적으로' 라고.[20]

한편, 사물에 대한 개성적인 접근을 이태준은 힘주어 강조하는데, 그것은 사물을 늘 보는 대로 바라봄으로써 연유된 지각의 상투화를 막고 사물을 가능한 한 관찰한 대로의 생생함으로 그려내기 위해, 이른바, 예술가는 늘 주의를 사물에 집중하고 또 신선한 표현 방식을 지속적으로 개발해야 함을 뜻한다.

이태준의 경우, 이상의 몇 가지 기술적 실천 위에서 무엇보다 대상의 명료한 재구를 작품 속에서 기획하는데 그 기획이 어디까지나 주어진 대상을 단지 기술적으로 적절하게 처리하는 방법적인 것에만 걸쳐 있는 것이 우리의 주목 대상이 될 수 있다. 그 점은 이태준뿐만

---

19) 이태준, 앞의 책, 225쪽.
20) 박태원, 앞의 글.

아니라 박태원이나 김기림 등에게서도 분명하게 나타나는 사실이어서 그들이 서 있는 문학적 지반의 공통점이 무엇인지를 확연하게 드러낸다. 즉, 자신을 둘러싼 현실적 배경의 사회, 역사적 의미보다 그 배경의 감각적 천착에 그들의 공통점이 놓여 있다. 그럼으로써 그들은 자신의 현실 주변에 대하여 선명한 인상을 얻었지만, 대신 한편으로는 자신이 소속되어 있는 현실 존재의 부인할 수 없는 실재성을 확인함으로써 자신들에 대한 현실적 간섭을 피할 수 없는 필연적인 사실로서 받아들인다.

(서울대 박사과정)

2부

■단편소설론

동경과 좌절의 미학
- 이태준론 -

강 진 호

Ⅰ. 머리말

이태준은 근대 소설사에서 매우 독특한 특성을 보여준 작가의 한 사람이다. 그는 문학의 효용성이 고도로 강조되던 식민치하의 현실에서 순수문학의 기치를 내건 〈구인회(九人會)〉의 중심작가이자 동시에 '경향문학의 퇴조 이후 나날이 그 존재가 뚜렷하게 나타난 작가'[1]였다. 또 그는 문학의 사회적 역할에 대해서 냉소적인 태도를 보이며 형식적 완결성에 남다른 집착을 보였고 많은 양의 통속, 역사물을 남겼다. 그리하여 한때 그는 프로측으로부터 혹독한 비판을 당하기도 하지만, 일제가 사라진 해방후에는 오히려 남다른 기민함을 보여 좌익에 적극 관여하고 작품 역시 이전과는 확연히 다른 양상을 보여준다. 예컨대 순수문학에 집요한 관심을 보였던 작가가 해방후 급격한 변신을 보여 사회주의를 찬양하는 '문학적 사건'을 연출하는 것이다. 이런 독특한 행적으로 말미암아 그는 순수 문학자로 평가되기도 하고 한편으로 좌익 문학가로 분류되기도 한다.

기존 논의 역시 이런 맥락에서 크게 두 범주로 나누어지는데, 하나는 그를 순수문학의 옹호자이자 철저한 문장가(文章家)로 보는 관점이다. 연구의 대부분을 차지하는 이런 시각은, 이태준을 사회 현실에

---

1) 백철, 『조선신문예사조사』, 신구문화사, 1968.

대한 관심보다는 문장의 정련(精鍊)과 기교에 치중한 작가로 규정하고 20년대 중반 이후의 프로작가들과 대비시키곤 했다. 그로 인해 이태준은 사회에 대한 관심보다는 기교를 앞세운 작가로 문학사에 정리되기에 이르렀다. 둘째는 이태준 소설에 내재된 사회 현실에 대한 관심에 주목하여 그의 소설을 평가하는 입장이다. 즉 1938년 이후 확연히 드러나는 현실 인식과 소설관의 변화에 주목하여 사회적 인식의 심화라는 측면에서 그의 소설을 보는 견해로, 이는 해방 이후의 행적을 염두에 둔 것이라 할 수 있다. 그렇지만 외견상의 특징을 기준으로 하여 그를 평가할 경우 적지 않은 문제를 노정하게 되는데, 예컨대 그를 순문학자로 볼 경우 상당수 작품에서 보이는 사회의식과 변혁적 열망을 어떻게 설명할 것인가 하는 문제에 봉착하며, 리얼리스트로 규정할 경우 그의 소설이 과연 현실에 대한 구조적 인식에 바탕한 작품인가의 문제에 직면하게 된다.

최근의 논의에서 이태준의 사회의식이 유독 강조되는 것도 실상 이런 한계에서 크게 벗어난 것은 아니라고 할 수 있는데, 이는 그간 그에 대한 논의의 진폭(振幅)이 그리 깊지 못하다는 사실을 말해주는 것이기도 하지만, 중요한 것은 월북작가들에 대한 논의가 80년대 후반의 정치적 상황(이를테면 민족민주운동의 고양기)과 맞물린 까닭에 임화, 이기영, 한설야, 김남천 등에게 집중되어 왔고, 그것도 주로 사회·정치적 측면에서 거론된 사실과 관계된다. 이런 논의로 하여 문학의 사회적 역할과 사명이 심도있게 논의되고 동시에 잊혀진 작가들이 복원됨으로써 문학사가 훨씬 풍요로워진 것은 부인할 수 없는 사실이다. 그렇지만 그것이 임화 등과는 확연히 다른 특성을 보이는 이태준의 본질을 밝히는 데 얼마나 유용한 것인가에 대해서는 적잖이 회의적이다.

임화, 한설야 등에게 있어서 문학이란 결코 삶과 분리될 수 없는 것으로, 삶과 사회에 대한 탐구가 곧 문학적 성과를 담보하는 중요한 요소였다. 한설야의 한 평문[2]에서 단적으로 확인되듯 그들은 먼저 사회과학을 공부했고, 그 이론에 의거하여 현실을 목적의식적으로 그려냈다. 그렇지만 이태준은 사회 대신에 문장을 고민했고 영화를 보며 인물의 성격을 스케치했다. 그에게 있어서 문학이란 사회적 삶과 직결된 것이 아니라 '만들어지는 것'이며, 임화 등이 표방한 '현실의 반영'과는 거리가 먼 것이다. 이런 점에서 한설야 등이 도구적 합리성에 기초한 작가라면 이태준은 미적 합리성[3]에 기반한 작가라 할 수 있다. 이태준이 보인 문장에 대한 집요한 관심이나 인물 형상화에 대한 노력, 플롯의 견고성 등에서 이런 사실은 새삼 확인되는 것으로, 당시 그를 스타일리스트나 기교파로 분류한 데서도 이 점은 드러난다.

이 글은 이런 평가를 수용하면서, 이태준 문학 전반(全般)을 하나의 체계로 설명하려는 의도를 갖고 있다. 예컨대 순문학적인 측면과 해방 후의 정치활동을 관통하는 일관된 원리가 무엇이냐 하는 점이다. 기존 연구의 대부분은 해방전의 단편에 집중되어 그를 순수문학자로 평가하여 왔는데, 과연 그러한 평가가 온당한 것인지 또는 그가 지닌 어떠한 요소가 해방후의 급격한 변신을 가능케 한 것인지, 아울러 그것이 기왕의 평가대로 한갓 '훼절'이나 '문학적 사건'에 불과한 것인지 하는 의문에서 이 글은 시작된다.

이러한 질문에 답하기 위해서 여기서는 낭만적 동경이라는 개념을 사용하기로 한다. 예컨대 식민지 시대 이태준 소설에서 보이는 민족주의적 성향과 현실비판적 모습이 현재의 삶을 가로막는 존재로서의 일제(日帝)에 대한 단순한 부정과 결부된다는 점, 환언하자면 '소망하는 세계'에 대한 동경이 역으로 현실에 대한 비판과 부정으로 나타난다는 점에서 소설의 중심축을 필자는 낭만적 동경으로 보고자 하는 것이다. 기존 논의에서는 그를 민족주의자로 설명하기도 했지만, 식민치하의

---

2) 한설야, 「고난기」, 《조광》(1938. 10). 여기서 한설야는 '문학작품을 읽기보다는 사회과학이나 문학평론을 읽기를 택한 것은 문학자로서의 머리를 좀더 넓히고 무겁게 하고 단단히 하고 깊게 하기 위함'이라는 말로 사회과학 공부의 중요성을 피력한다.

3) 도구적 합리성이나 미적 합리성은 모두 합리주의를 기반으로 한다는 점에서 동일하지만, 전자가 계몽주의적 성격을 지닌다면, 후자는 미적 완결성과 자율성을 강조한다는 점에서 구별된다.

현실을 비판하거나 부정한다고 해서 그것이 바로 민족주의적이라고 할 수는 없는 것이며, 더구나 민족주의가 본질적으로 국민주권주의를 바탕으로 하는 것[4]이라면, 막연한 동경과 지식인의 울분을 피력하는 수준에 그치는 그의 소설을 결코 민족주의라고 할 수만은 없는 것이다. 또 작품상의 비판이 감각적 차원에 머물고 구조적인 것으로 나가지 못한다는 사실 역시 간과할 수 없다. 따라서 이태준에게 있어서 기존 상태를 초월해야 한다는 필요성과 현재의 사회 속에서 발견할 수 없는 가치체계를 탐구해야 한다는 필요성은 사회주의나 민족주의라는 특정 이념에 의거한 것이라기 보다는 주관주의에 기반한 추상적 동경에 불과하다는 점에서 다분히 낭만적인 것이다.

흔히 낭만주의[5]를 사조적 개념으로 이해하지만, 그것은 하나의 세계관이자 미학원리라 할 수 있다. 그것은 어느 시대나 나타나는 것으로, 철학적으로는 객관세계에 대해 인식주의의 우위성이라는 전제 위에서 인간 정신의 자율성을 주장하고 자아(自我)의 무한한 고양을 희구하는 독일 관념론의 주관주의적 태도를 기반으로 한다. 또 정치적으로는 불란서 대혁명 후 독일을 비롯한 후진국 민족주의 운동과도 연결되어 있고, 한편으로는 근대의 급격한 산업화 및 도시화로 야기되는 자본주의 체제의 문제점들에 대해 날카롭게 반발하면서 기계적인 것에 대해 유기체적(有機體的)인 자연과 생명을 갈구하는 시대 상황을 반영한 것이기도 하다. 요컨대 낭만주의는 고전주의에 반발한 18세기 말 19세기초의 문예사조에 국한되는 것이 아니라 어느 시대에나 두루 나타날 수 있는 하나의 세계관이자 미학원리로, 주관주의와 부단한 동경(憧憬)을 그 내재적 속성으로 한다. 이런 견지에서 데뷔작 「오몽녀

---

4) 송건호 · 강만길편, 『한국민족주의론 I』, 창작과비평사, 1982.

5) 이 글에서 이태준을 낭만주의자로 규정하는 것은 아니며, 단지 그를 규율한 문학관의 한 축으로 낭만적 특성을 강조한 것이다. 따라서 낭만성은 서구적 의미의 낭만주의를 뜻하기보다는 '주관주의와 부단한 동경'을 내적 특질로 하는 한정된 의미로 사용된다. 낭만주의에 대해서는 다음의 글을 참조했다. 『낭만주의』(L. R Furst, 이상옥 역, 서울대 출판부), 『문예사조』(김용직 외, 문학과 지성사), 『독일 낭만주의 연구』(장남준, 나남).

(五夢女)」이래 이태준 소설에 일관되게 나타나는 주관적 동경과 문명화된 세계에 대한 비판, 과거에 대한 향수 등은 낭만주의에 근사(近似)한 것으로 이해될 수 있다.

이 글은 이러한 맥락에서 해방전의 이태준 소설을 설명하고, 그것이 현실에 조응하면서 어떻게 변모하고 있는지를 살펴보고자 한다. 결론부터 말하자면 해방후의 첫 작품 「해방전후(解放前後)」를 쓸 때까지는 식민지 이래의 낭만적 동경과 비판적 시각이 그대로 유지되지만, 월북후 소련을 다녀온 뒤에는 민족의 문제가 아닌 계급의 문제로 관심 영역이 전환되고 이후의 소설은 이런 변화된 인식을 담게 된다. 이를테면, 식민지 시대 이래 동경했던 세계의 구체적인 상(像)으로 '소련'을 대치하고 그것이 작가의 이념과 형상화 방식에 일대 전환을 초래하는 것이다. 이태준이 30년대에 프로문학에 강하게 반발했던 〈구인회〉를 중심으로 활동하다가 월북을 하게 되고 마침내는 열정적인 사회주의자로 변신하게 된 이면에는 이러한 논리적 정합성이 예비되어 있었다.

Ⅱ. 주관적 동경과 속악한 현실

이태준이 문단에 첫발을 내디딘 1925년 전후는 3·1운동을 계기로 고조된 민족운동이 사회 전분야로 확산되면서 소작쟁의와 노동쟁의가 빈발하여 현실에 대한 관심이 급격히 고조되던 시기였다. 그리하여 현실에 조직적, 집단적으로 맞서는 프로문학 단체(KAPF)가 결성되고, 그들의 이념에 공감하는 유진오, 박화성, 이효석, 채만식 등의 동반자 그룹이 형성되기도 한다. 이태준 역시 이런 현실에 전혀 무관심했던 것은 아니어서 본격적인 창작이 개시된 30년대 이후의 작품에는 현실에 대한 분노와 비판이 작품의 중요한 일부를 차지한다. 「고향」「실락원 이야기」에는 식민지 청년의 분노와 좌절이 그려지고, 「꽃나무는 심어 놓고」「봄」에서는 당대 이주 농민들의 애환이, 「불우선생」「복

덕방」 등에서는 불우한 노인들의 소박한 꿈과 현실적 좌절이 그려진
다. 그리하여 30년대 후반기에는 만주 이주 농민의 문제를 토착인과
일인(日人)의 구조적 관계 속에서 형상화한, 프로문학에 버금가는 「농
군(農軍)」 같은 성과작을 낳기도 한다. 그렇지만 이들 작품에 나타나
는 작가의 비판이 객관 현실에 대한 구조적 인식에서 비롯된 것이 아
니라 단편적인 체험이나 간접 경험[6]에 바탕한 점, 그리고 이면에는
강한 동경이 내재된 점에서 리얼리즘 소설과는 구별된다.

이런 의미에서 데뷔작 「오몽녀」는 이태준의 본래적 특질을 꾸밈없
이 보여 주는 작품이라 할 수 있거니와, 여기서 이태준은 문단의 주류
적 분위기와는 무관한 자신의 욕망을 내보여 이후 소설의 근본 특성
의 하나를 암시한다. 요컨대 사회나 시대의 문제는 전혀 거론되지 않
으며, 단지 한 인물의 욕망 충족 과정만이 집요하게 추적된다.

'오몽녀'는 가난하게 자랐고 남 속이기를 평범하게 하는 인물로, 남
편(지참봉) 몰래 돈을 훔치거나 맛난 음식을 독식(獨食)하는 탐욕스러
운 여인이다. 또 나이 많은 남편에게 본능적 욕구를 충족하지 못하여
어부인 금돌과 정을 통하고, 이후 권력으로 유혹하는 남순사와도 관계
를 맺는다. 그런데 남순사는 오몽녀를 첩으로 들이려는 욕심에서 지참
봉을 독살하고, 재산과 권력을 앞세워 오몽녀를 협박한다. 그렇지만
그런 압력에 굴하지 않는 오몽녀는 젊고 건강한 금돌을 택하여 '해삼
위(블라디보스톡)'로 도망한다.

이처럼 오몽녀는 마치 「감자」(김동인)의 '복녀'와 흡사한 모습을 보
여주지만, 복녀가 윤리성과 인간성의 문제에서 인간성을 강조하려는
기능적 인물로 설정되었다면, 오몽녀는 처음부터 그러한 윤리적인 문
제와는 무관한 인물로 설정되어 있[7]다. 여기서 우리는 욕망을 억압하
는 외부 현실에 반발하고 내면적 욕구에 순응하는, 말하자면 현실의
문제보다는 주체의 욕망을 중시하는 이태준의 고유한 모습을 접하게

---

6) 이태준은 「농군」이 만주 기행시 조선 출신 이주농민들로부터 들은 "전설"을 소재로
   한 것임을 수필집 『無序錄』에서 밝힌 바 있다.
7) 송하춘, 『1920년대 한국소설연구』, 고대민족문화연구소, 1985, p.230.

된다. 그에게 있어서 외부 현실이란 단지 주체의 욕망을 가로막는 장애에 지나지 않으며, 가치판단의 준거는 현실이 아니라 주체의 이상(理想)이다. 실로 이태준 문학은 이런 자아의 무한한 실현과 그것을 가로막는 외부 요인에 대한 반발을 그린 것이라 해도 과언이 아닌데, 이런 사실의 이면에는 강한 주관주의적 특성이 놓여 있음을 간과할 수 없다.

흔히 낭만주의의 내적 특성의 하나로 거론되는 주관주의는 주관에 관계되지 않는 객관적 진리를 부정하는 것으로, 주관을 근본 원리로 하여 가치의 주관성을 옹호하는 것으로 풀이된다. 그리하여 내면의 경험, 내면적 세계를 진실이라고 생각하며, '나'(주관)를 억압하는 일체의 외부상황에 반발하고 비판한다. 이때 그 억압적 요소가 주체의 열정을 억압하는 이성적 형식일 때 낭만주의는 자유분방한 무형식을 주장하고, 인간 본연의 생명력을 침식하는 사악한 문명일 때는 자연친화로 연결된다. 이태준의 초기 소설에서 발견되는 현실에 대한 감정적 분노는 모두 이러한 사실의 연장에 놓여 있다.

홀애비 '황영감'이 자식과 행복한 미래를 꿈꾸지만 허무하게 무너진다는 「행복」이나, 동경에서 돌아온 청년의 소박한 꿈(즉 '한적하고 궁벽한 산촌에서 순박한 아이들을 가르치며 살고 싶다')을 실현하려는 의지를 보여주는 「실락원 이야기」, 꿈과 같은 설레임의 대상이던 결혼 생활이 실제로는 전혀 판이하다는 사실을 깨닫고 마침내 집을 뛰쳐나오는 여주인공을 그린 「코스모스 이야기」 등이 그러한 예라 할 수 있다. 여기서 인물의 행위를 규율하는 준거는 내면의 진실이고, 그것을 억압하는 외부 현실은 한갓 장애 요인에 불과하다. 그리하여 작품은 외형상 현실 비판의 형태를 취하기도 하지만 구조적인 것으로 나가지 못하고, 일면적인 폭로나 감정적인 반발을 드러내는 데 그치게 된다. 이런 특성이 보다 극명하게 드러나는 것이 「고향」(1931)이라 할 수 있거니와, 여기서 작가는 고학(苦學)으로 어렵게 학업을 마친 '김윤건'을 통해서 귀국후 겪게 되는 일련의 좌절을 보여준다.

염상섭의 『만세전』을 방불케하는 이 작품에서, 작가는 우선 고향과도 같은 조선이 일제의 식민통치에 의해 짓밟히고 있지만, 대부분의 지식인들은 그러한 상황을 목격하고도 퇴폐적인 삶을 살아 가고 있음을 비판한다. 특히 일자리를 구하는 과정에서 목격하게 된 종로와 파고다 공원에 득실거리는 가난한 사람들의 모습과 그런 현실을 외면한 채 자신들의 실리만을 꾀하는 지식인들의 반민중적 모습이 대비되면서 작가의 비판은 더욱 고조된다. 이 점에서 이 작품은 이태준 작품으로는 상당히 예외적인 면모를 보여준다. 그렇지만 이러한 비판이 구체적인 매개 없이 이루어져 단지 감정적인 분노를 드러내는 수준에 머물고 있음을 알 수 있는데, 즉 현실 비판의 가늠자가 작가의 관념 속에 내재된 '존재해야 할 세계'에 근거하고 있는 까닭에 '조선'은 구체적인 삶의 터전이라기보다 단순한 동경과 향수의 대상으로만 제시되는 것이다. 이를테면, 『만세전』이 주인공의 여로(旅路)를 통해서 당대 현실을 파노라마식으로 제시하고, 그것을 통해서 현실에 대한 울분을 드러내는 형국이라면, 「고향」은 동경과 향수의 대상이었던 조선이 막상 귀국하고 보니 속악한 현실로 변해 있다는, 이상과 현실의 괴리에서 흥분하고 부정하는 형국이다.

   '나의 고향은 어데냐?'

   윤건은 심사가 울적할 때마다 보던 책을 다다미 위에 집어 내던지고 그리운 곳을 톺아 보곤 하였다. 함경북도 배기미냐, 서울이냐, 철원이냐, 그저 막연하게 조선땅이냐, 그러면 배기미나 서울이나 철원에 누가 나를 기다리고 있느냐, 아무도 없다. 배기미 같지도 않다. 서울도, 철원도 아닌 것 같다. 그러나 그는 이 말 끝에 "조선땅이 아니다"라는 말은 해 본 적이 없었다.[8]

이처럼 김윤건에게 있어서 조선은 꿈과 동경의 대상이며 동시에 구체적 현실이라기보다는 기억 속에 각인된 관념적 공간이다. 따라서 그가 조선에 돌아온 후 참담한 현실에 분노하고 흥분하는 것은 이러한 맥락에서 보자면 당연한 것이다. 그에게 있어서 조선은 적어도 이

---

8) 이태준, 「故鄕」, 〈동아일보〉, 1931. 4. 21. (1회).

상향에 가까운 공간이기 때문이다. 이와같이 이태준 소설에서 보이는 현실 비판은 '존재하는 현실'에 대한 부정과 또 다른 세계에의 지향이라는 낭만성과 긴밀히 결부되어 있어 식민치하의 현실이 막연한 부정의 대상으로밖에는 인식되지 않고 있으며, 구체적인 탐구의 대상으로 설정되지는 못하고 있다. 따라서 작중 인물들이 일제의 식민정책에 의해서 변질되는 조선의 현실에 격분하고 부정하는 모습을 보임에도 불구하고 구체적인 전망의 제시로는 나가지 못하게 된다. 이 시기 발표된 「기생 산월이」 「어떤날 새벽」 「은희부처」 「불도나지 안엇소」 등의 작품 역시 사회적으로 불행한 인물을 소재로 하지만 대부분 감상성과 주관적 동경을 피력하는 수준에 머무는 것은 이런 맥락이다.

그런데 이런 주관주의적 경향은 작가가 현실의 실체를 인식하고 체험하는 과정에서 점차 변모하는 양상을 보이는데, 예컨대 참담한 현실이 내면적 진실의 추구를 더 이상 허용하지 않게 되자 과거(過去)를 향하거나 반문명(反文明)의 형태를 취하기도 한다. 「패강냉(浿江冷)」과 「돌다리」는 이런 지향을 보여주는 대표적인 작품이라 할 수 있거니와, 여기서 이태준은 문명화된 현실에 대한 강한 반감을 내보이며, 그것을 과거에 대한 동경이나 토지에 대한 애착으로 제시한다.

「패강냉」에서 작가는 10년 만에 내려온 평양에서 경찰서와 빌딩이 늘어가고 재래의 아름다운 풍속이 사라진 모습을 목격하고 마치 폐허와 같다는 느낌을 받는다.

　　오면서 자동차에서 시가도 가끔 내다보았다. 전에 본 기억이 없는 새 삘딩들이 꽤 많이 늘어섰다. 그 중에 한 가지 인상이 깊은 것은 어느 큰거리 한 뿌닥이에 벽돌공장도 아닐 테요 감옥도 아닐 터인데 시뻘건 벽돌만으로, 무슨 큰 분묘와 같이 된 건축이 웅크리고 있는 것이다. 현은 운전수에게 물어보니, 경찰서라고 했다.

　　또 한 가지 이상하다 생각한 것은, 그림자도 찾을 수 없는, 여자들의 머리수건이다. (중략) 현은 단순하면서도 흰 호접과 같이 살아 보였고, 장미처럼 자연스런 무게로 한송이 얽힌 당기는, 그들의 악센트, 명랑한 사투리와 함께 '피양내인'들만이 가질 수 있는 독특한 아름다움이었다. 그런 아름다움을 제 고장

에 와서도 구경하지 못하는 것은, 평양은 또 한 가지 의미에서 폐허라는 서글 픔을 주는 것이었다.[9]

여기서 문명 비판은 그것을 앞세운 일제에 대한 비판으로 연결되는 통렬함을 보이는데, 특히 일본의 〈조선어말살정책〉으로 조선어와 한문을 가르치다 시간강사로 전락한 '박'을 만나고는 이런 서글픈 감정은 더욱 심화된다. 그리하여 술자리에서 '김'이 '현'에게 방향전환을 하여 팔리는 글을 쓰라고 하자 '현'은 흥분하여 친구들에게 행패를 부리게 된다.

이러한 내용의 단편으로 「고향」과 동일한 구도와 발상을 보여주지만, 주목되는 점은 「고향」에서 보였던 주관적 동경이 반문명과 과거에 대한 향수로 이어지는 점이다.

다락에는 제일강산이라, 부벽루라, 빛낡은 편액들이 걸려 있을 뿐, 새 한 마리 앉아 있지 않았다. 고요한 그 속을 들어서기가 그림이나 찢는 것같아 현은 축대 아래로만 어정거리며 다락을 우러러본다.

질펵하게 굵은 기둥들, 힘 내닫는 대로 밀어던진 첨자와 촛가지의 깎음새들, 이조(李朝)의 문물(文物)다운 우직한 순정이 군데군데서 구수하게 풍겨나온다. (중략) 끝없는 대동벌에 점점히 놓인 구릉들과 함께 자못 유구한 맛이 난다.[10]

이렇듯 작가의 동경은 근대 도시에서 이방인처럼 남아 있는 옛 것을 향한다. 거기서 그는 시속(時俗)과는 거리가 먼 전아함과 고답미(高踏美)를 발견하는 것이다. 그런데 그것은 위의 인용문에서 확인되듯, 다분히 유가적인 것임을 알 수 있는데, 그것은 일련의 수필[11]과 자전적 성장소설 『사상의 월야』에서도 확인되는 것으로, 그는 성장과

---

9) 이태준, 「浿江冷」, 『이태준전집』(2 권), 깊은샘, 1988, pp.210∼211.
10) 이태준, 「패강냉」, 위의 책, p.209.
11) 수필집 『무서록』에 수록된 「고완」 「고완품과 생활」 「난초」 등이 대표적인 예가 된다.

정에서 한말(韓末) 유학자였던 부친의 영향을 강하게 받았고, 그로 인해 유교적 이념을 내면화한 사실과 관계된다. 그가 아버지에 대한 존경심을 작품 곳곳에서 표하거나 소설 속의 인물이 지사적 면모를 드러내는 것은 이런 맥락이며, '부벽루'에 대한 찬탄 역시 같은 것으로 이해할 수 있다.

그렇지만 이런 유교적인 친화성은 일시적인 현상일 뿐 그의 내면을 규율하는 세계관으로까지는 고양되지 못한다. 말하자면 현실에서 더 이상 내면적 진실을 추구할 수 없게 되자, 과거로 방향을 선회하여 정적(靜的)이고 전아한 공간에 일시적으로 자아를 은폐시킬 뿐 지속성을 지니지 못하는데, 이는 「해방전후」에서 드러나듯, 상황이 바뀌자 곧바로 부정되는 형국이기 때문이다. 따라서 이태준을 선비의식이나 지사의식으로 설명할 수는 없는 것이며, 그것은 단지 그를 구성하는 한 요소일 뿐이다. 이런 의미에서 그를 유가적 이념에 기반한 민족주의자로 볼 수는 없는 것이다.

한편 「돌다리」에서는 이런 동경이 농토에 대한 친화로 드러난다. 병원을 확장하기 위해 농토를 팔겠다는 창선과 그것을 반대하는 아버지의 일화를 '돌다리 보수공사'를 빌어 표현한 이 작품에서, 무엇보다 두드러지는 것은 토지에 대한 아버지의 강한 애착과 그것을 묵묵히 수긍하는 창선의 태도이다. 토지를 팔아서 병원을 증축하겠다는 창선의 계획은 현실적으로 타당하고 합리적이건만, 땅에 대해서는 '이해를 초월한 종교적 신념'을 가진 아버지의 뜻은 그와는 상반된다. '땅이란 일시 이해를 따져 사구 팔구'하는 것이 아닌 '천지만물의 근거'라는 것이다. 목제(木製) 다리가 놓여 있음에도 불구하고 굳이 떠내려간 돌다리를 보수하는 심리 역시 동일하다. 돌다리에는 어린 시절의 추억이 얽혀 있고, 할아버지가 그 다리를 건너서 자연으로 돌아갔으며, 어머니도 그 다리를 건너서 시집을 왔다. 말하자면 무심히 지나칠 물건이 아니라 '인정'을 베풀어야 할 대상이다. 그리하여 아버지는 주변의 비웃음에도 불구하고 돌다리를 복구한다.

이렇듯 이태준은 문명화된 현실에 반(反)하는 인물을 통해서 반문명적 지향과 농토에 대한 본능적 친화를 표현한다. 그의 작품이 도시, 농촌, 농민, 지식인, 노인 등 다양한 소재를 다루고 있음에도 불구하고 근본에는 이런 특성이 관통하는 까닭에 현실 비판을 주된 목표로 하는 프로 소설과는 다른 독특한 분위기와 성격을 갖게 되는 것이다.

이와같이 해방전 이태준 소설에는 부단한 동경과 주관적 자의식이 근본에서 관철되고 있음을 알 수 있다. 그로 인해 사물을 냉정하게 응시하기 보다는 주관적인 사상이나 감정, 기분을 중시하고 시적 아름다움을 창조하려 하는 다분히 서정적인 특징을 갖게 된다. 또 소설의 분위기가 전반적으로 비애와 우수(憂愁)의 정조를 지니는 것도 이런 사실에서 연유하는 것으로, 주인공은 현실을 탐닉하기 보다는 그것을 부정하고 막연한 동경을 피력하는 까닭에 현실적 삶은 애잔한 슬픔을 갖게 되는 것이다. 그렇지만 그것은 민족주의라든가 유가적 이념이 뒷받침된 것이 아닌 까닭에 동경의 대상이 부단히 변화되는 모습을 보여 준다. 해방후 그는 새로운 상황이 전개되자 또 다른 대상을 찾는 기민함을 보이는데, 해방의 감격과 자신의 변신과정을 서술한 자전소설 「해방전후」에는 과거가 단지 비애와 동정의 대상으로 변하고, 새로운 것으로 '공산당'을 수용하게 된다. 이런 의미에서 그를 민족주의나 선비의식을 기반으로 한 인물이라고는 볼 수 없으며, 단지 주체의 내밀한 욕망을 부단히 추구하는 낭만적 인물이라 할 수 있다.

Ⅲ. 해방과 자기 부정의 도정(道程)

이태준이 해방 소식을 접한 것은 해방전·후의 내면풍경을 서술한 자전(自傳)소설 「해방전후」를 통해 볼 때 해방된 다음 날이다. 그는 친구의 전보를 받고 상경하는 도중에 차 속에서 해방소식을 전해 듣고 '코허리가 찌르르'한 감격을 받았다고 한다. 그는 곧 상경하여 〈조선문학건설본부〉에 임화, 김남천과 더불어 요직(부위원장)을 차지하고 과거의 '소극적인 처세'에서 벗어나 '의연히' '일'해야 할 공간으로 해방기를 맞이한다. 이후 1946년 2월에는 남로당의 하부조직인 〈민주주의 민족전선〉의 문화부장, 현대일보의 주간 등을 역임하며, '부르조아 민주주의 혁명론'으로 요약되는 남로당 노선의 열렬한 옹호자로 변하여 마침내 남한의 체제와는 다른 길을 선택한다. 이러한 일련의 행위에서 해방전과는 엄청난 간극을 목격하게 되는데, 프로문학에 반기를 든 〈구인회〉의 대표적 인물이며, 문학의 자율성에 남다른 집착을 보였던 그가 이처럼 계급 노선을 편들고 문학을 선전의 도구로 인식하는 비약을 보이기 때문이다. 당시 그의 행적을 '문학적 사건'이라 규정했던 것도 실상 이런 단절을 헤아릴 수 없었기 때문이다. 그렇지만 이런 외견상의 변화에도 불구하고 그는 이 시기까지 해방전과 동일한 사유구조와 문학관을 지니고 있었는데, 이는 해방후의 심경과 행적을 서술한 「해방전후」에서 단적으로 확인된다.

「해방전후」는 크게 두 개의 이야기로 되어 있다. 하나는 해방전의 행적을 회고하는 부분이며, 다른 하나는 해방후의 심경과 〈조선문학건설본부〉에 관여하게 된 경위를 서술한 부분이다. 이러한 두 개의 이야기를 통해서 식민현실에 대한 자신의 태도와 해방후 변모의 심리적 과정을 보여주고 있다. 여기서 주목되는 점은 주인공 '현'이 좌익에 가담하는 계기, 즉 박헌영의 8월 테제에 기초한 '부르조아 민주주의 혁명론'을 수용하는 계기가 당위적 차원에서 이루어진다는 점이며, 동시에 거기에는 식민지 시대 이래의 낭만적 동경이 그대로 투영되고 있다는 점이다. 첫번째 사실은 그의 자전소설 「해방전후」의 다음과 같은 구절에서 선명한 형태로 제시된다.

현은 그들의 태도와 주장에 알고보니 한군데도 이의(異意)를 품을 데가 없었다. 「장래 성립할 우리정부의 문화, 예술 정책이 서고, 그 기관이 탄생되어 이 모든 임무를 수행할 때까지, 우선, 현 계단의 문화 영역의 통일적 연락과 각부문의 질서화를 위하야」였고 「조선문화의 해방, 조선문화의 건설, 문화전선의 통일」 이것이 전진구호(前進口號)였던 것이다. 좌우를 막론하고 민족이 나아갈 노선에서 행동통일부터 원측을 삼어야 할 것을 현은 무엇보다 긴급으로 생각한 것이오, 좌익작가들이 이것을 교란할가 보아 걱정한 것이며, 미리부터 일종의 증오를 품었던 것인데 사실인즉 알어볼수록 그것은 현자신의 긔우(杞憂)였었다. 아직 이 이상 구체안이 있을 수도 없는 때이나, 이들로서 계급혁명의 선수를 걸지 않는 것만은 이들로는 주저나 자중이 아니라, 상당한 자기비판과 국제노선과 조선민족의 관계를 심사숙고한 연후가 아니고는, 이처럼 일견 단순해 보히는 태도나 원측만엔 만족할 리가 없을 것이었다. 현은 다행한 일이라 생각하고 즐기여 그 선언에 서명을 가치하였다.[12]

이글은 〈조선문학건설본부〉에 적극 가담하게 된 심경을 서술하고 있는 부분으로, 이태준이 조직에 가입하는 직접적인 동기가 '민족적 대단결'이라는 당위적 차원에 기초하고 있음을 보여준다. 계급적 편견에 사로잡혀 있으리라 짐작했던 좌익이 그와는 달리 민족의 행동 통일을 주장한다는 점에서 공감을 하게 되고 마침내 '서명을 가치하'는 것이다. 그런데 여기서 문제되는 것은 이태준의 생각이 바뀐 것이 아니라 '그들'(즉 프로작가들)의 태도가 '상당한 자기비판'을 통해서 변모했다고 인식하는 점이다. 즉 자신의 입장은 식민지 시대와 동일한데 프로문학을 주장했던 사람들이 과거의 편견을 버리고 정당한 노선을 걷고 있다는 것이다. 이태준이 좌익에 가담한 원인이 이러한 오해에서 비롯되고 있음은 흥미로운 일인데, 그는 좌파의 논리를 민족대통합의 견지에서 자신의 생각과 별반 차이가 없다고 오인하여 그들의 행동에 적극 동조하는 것이다. 따라서 자신이 좌익에 몸담고 있음에도 불구하고 스스로는 좌(左)나 우(右)가 아닌 민족적인 것으로 믿게 되며, 해방전과도 하등의 차이를 느끼지 못한다. 단지 '소극적'에서 '적극적'으로 처세의 방식이 변했을 뿐이다.

그렇지만 이것은 당시의 상황을 조금만 주의깊게 살핀다면 얼마나 자의적인가를 알 수 있다. 이태준이 민족대단결의 원칙으로 오인한 조선공산당의 8월테제는 '반제 반봉건'으로 요약되었던 당시의 정세관에 기초해 '부르조아 민주주의혁명'을 지향한 것으로 사회주의 혁명으로

---

12) 이태준, 「해방전후」, 《문학》(창간호), 1946, pp.22 ~ 23.

나가기 위한 과도적인 혁명론이었다.[13] 따라서 그것은 제계급·계층간
의 단순한 연합이 아니라 노동계급의 당파성을 지도원리로 하는 '통일
전선(統一戰線)'인 바, 이태준이 이해하고 있는 제계급·계층의 '협동
단결(協同團結)'과는 본질을 달리한다. 그렇지만 대외적인 구호로는
민족의 단결을 주장했다는 점에서 당위적 세계관에 기초한 이태준에
게는 무조건적인 환영의 대상으로 비칠 수밖에 없게 된다. 이와같이
상황을 오인한 이태준에게는 '통일전선'의 핵심 원리인 민중성(혹은
민중연대성)이나 노동자 계급의 지도성 문제는 당연히 피안의 것으로
밖에는 존재하지 않게 되며, 좌익에 관여하는 것도 민족자주국가를 세
워야 한다는 당위적 신념의 투영에 지나지 않게 된다. 그에게 있어서
조선공산당의 혁명노선은 계급혁명이 아니라 민족적 대동단결이었던
것이다.

「해방전후」는 이러한 점을 곳곳에서 보여준다. 적색(赤色)데모를
반대하는 논리가 민족적 단결을 저해하기 때문이라고 보는 점이나 '자
본주의적 민주혁명'으로 당시 상황을 이해한 점, 그리고 '인민공화국
만세'를 적은 현수막을 걸지 못하게 강력히 만류하는 장면 등이 그 예
라 할 수 있다. 이와같이 이 시기의 이태준은 좌익의 논리보다는 오히
려 진보적 우익의 입장에 근접하는 사고를 보여주며, 좌파의 통일전선
을 수용하는 계기도 그것에 대한 오인에서 비롯되고 있다.

이러한 사고의 변화로 말미암아 그는 과거 한때 호감을 보였던 유
가적인 것을 헌신짝처럼 버리고, 대신 '공산당'을 동경의 대상으로 수
용하게 되는 것이다.

과거 '현'(작가)은 일제의 회유와 압력으로 친일(親日)을 하지 않을
수 없었던 상황에서 이조의 후예인 김직원 영감의 당당한 풍모와 지
조에 적지않은 감화를 받았다. 그는 한가한 시간이면 김직원과 더불어
옛싯귀를 음미하거나 편액(扁額)을 감상하면서 마음의 안정을 찾았

____

13) 해방후의 정치 상황에 대해서는 다음 글들을 참고할 수 있다. 『한국현대사』(강만길,
　　창비사, 1984), 『해방후 한국변혁운동사』(민중운동사연구회, 녹진, 1990), 『한국현대민
　　족운동연구』(서중석, 역사비평사, 1991).

던 것이다. 그러던 어느날 뜻하지 않게 해방이 되고, 더 이상 '일제'의 눈치를 보지 않고 자신의 삶을 설계할 수 있는 기회를 맞이한다. 말하자면 본원적 욕망을 가로막았던 일제라는 현실적 장애물이 사라지고 이제 자신의 의지대로 세상을 설계할 수 있게 된 셈이다.

이렇듯 상황이 급변하자 현은 자신의 과거를 완강히 부정하는 모습을 보이는데, 이를테면 과거의 삶은 일제로 인하여 위축된 것이었고, 사회운동에 관여하지 않은 것은 독립운동을 하는 우리 민족의 힘이 원체 미약했기 때문이라는 것이다. 그렇지만 시대가 바뀐 현재 더 이상 옛것을 고수할 것이 아니라 현실에 적극 참여해야 하며, 그것은 공산당을 중심으로 뭉치는 것이라고 한다. 김직원은 '현'의 이런 논리를 공산당에게 이용당하는 것이라고 반박하지만, 현은 그를 단지 '세계사의 대사조 속에 한 조각의 티끌' 같은 존재로 동정할 뿐이다.

이렇듯 새롭게 변신한 이태준에게 있어서 자신이 동경해 마지 않았던 옛날은 한갓 신기루로 변하고 새로운 이상형을 추구하는 부단한 동경의 과정에 돌입한다. 그렇지만 이 시기까지 그는 사회주의자는 아니었다. 그것은 그의 논리체계 내에는 아직도 민중이 대상에 지나지 않고 있으며, 그들을 계도하고 이끌 지도자는 여전히 지식인으로 설정되어 있기 때문이다. 만약 그가 사회주의를 제대로 이해했다면, 민중이 역사의 주체이고 그들의 입장에서 사회 현실을 바라보아야 했을 것이다. 그렇지만 이러한 변화는 소련 기행 이후에나 이루어진다.

Ⅳ. 소련체험과 신념의 소설화

「해방전후」와 『농토』 사이에 『소련기행(蘇聯紀行)』이 놓여 있음은 이런 맥락에서 주목할 만한 일이다. 이태준이 1917년 혁명후 새롭게 전개되고 있는 사회주의 현실을 목격하고 세계관과 지향점에 일대 전환을 보이는데, 그 계기가 이 여행을 통해서 마련되기 때문이다. 따라서 기행집 『소련기행』에는 「해방전후」에서 보이던 작가의 갈등과 사

회주의에 대한 의구심이 사라지고 대신 새로운 사회를 향한 신념과
열정이 강하게 투사되어 있다. 이런 의미에서 『소련기행』은 「해방전
후」와 중편 『농토』를 잇는 교량적 역할을 한다.

이태준이 월북후 곧바로 '방소문화사절단'의 일원이 되어 소련기행
을 떠나는 배후에는 기석복(奇石福)을 위시한 소련계 2세의 지지가
작용하고 있음은 이미 알려진 사실이다. 기석복은 당시 〈로동신문〉의
주필을 맡고 있던 인물로 이태준의 문학을 높이 평가하고 그를 적극
적으로 후원하는데 1952, 3년도의 남로당계의 숙청에서 이태준이 제
외된 것은 이들과 맥이 닿아 있었기 때문이다. 이들의 후원으로 이태
준은 월북과 동시에 이찬, 이기영, 허정숙, 노동자·농민 대표와 더불
어 '방소문화사절단'의 일원으로 2개월간(8월 10일~10월 17일) 소
련을 방문하게 되는데, 이 여행을 통해서 이태준은 사회주의자로 변신
하게 된다.

① 나는 참으로 황홀한 수개월이였다. 인간의 낡고 악한 모든 것은 사라졌고
새사람들의 새생활, 새관습, 새문화의 새세계였다. 그리고도 소련은 날로 새로
운 것에로, 마치 영원한 안정체, 바다로 향해 흐르는 대하처럼 끊임없이 나아
가고 있었다.[14]

② 나무가 꽃을 피우고 열매를 맺듯, 즐거운 창조적 노동에서 되는 일은 어
떤 노동자의 일도 예술이며, 모-든 사람은 일종의 예술가가 않되면 않된다 하
였다. 함마 소리, 선반 갈리는 소리, 範型 떠내는, 육중한 打壓機 내려치는 소
리, 모두가 그 주위에서 일하는 사람들의 즐거운 기분과 경쾌한 율동적인 행동
때문에 일종 거대한 음악적 환경같었다.[15]

③ 쏘베트 문학에서는 일관해 사회주의적 레알리즘인데 그 원천은 고르키에
있노라 했으며 주제의 적극성 문제에 및었을때, 문예신문 편집국장은, 그것은
그다지 큰 문제가 아닐 것이라 했다. 아모리 주제가 크기로 예술성이 없으면

---

14) 이태준, 『소련기행』, 백양당, 1947, p.2.
15) 위의 책, p.182.

문학작품일 수 없고, 아모리 예술성에 노력했어도 그 시대가 요구하는 문제를 반영하지 못했다면 무가치한 것이 아니냐 하고 웃었다.[16]

①은 소련기행의 감회를 말하고 있는 부분이고, ②는 공장을 견학하면서 느낀 심정을 서술하고 있는 부분이며, ③은 쏘비에트 작가동맹을 방문하여 듣게 된 일화를 기록한 대목이다. 이미 여러 논자들에 의해 주목된 바 있는 『소련기행』은 전편이 소련에 대한 호의적인 설명과 예찬으로 되어 있다. ①에서 그런 사실이 단적으로 확인되거니와, 식민지 시대 이래 갈망했던 세계가 소련에서 구체적 현실로 존재함을 발견하고 흥분된 감정을 토로하고 있는 것이 바로 『소련기행』인 것이다. 그런데 이러한 모습은 소련의 본질적인 모습을 접하고 느낀 심정이라기보다는 그들의 선전을 무비판적으로 수용한 측면이 강하지만, 주목되는 것은 ②와 ③에서 볼 수 있듯, 노동과 문학에 대한 인식론상의 전환을 보이는 데 있다. '창조적 노동에서 되는 일은 어떤 노동자의 일도 예술'이라는 자각은 노동자들의 창조적 활동 자체가 예술이라는 것으로 그들을 하나의 대상으로만 인식했던 해방전의 모습과는 선명히 대조된다. 다시말하면 사회주의의 본질이 노동의 신성함에 기초하고 있다는 점, 노동이 이루어지는 구체적 현장이 예술의 토대가 된다는 점 등에 대한 소박한 이해를 보이는 것이다. 이제 그에게 있어서 문제시되는 것은 지식인이 아니라 노동을 통해서 자기를 실현하는 건강한 민중인 것이다. 이런 맥락에서 『소련기행』 곳곳에 보이는 노동자들에 대한 긍정적이고 호의적인 서술은 단순한 췌사(贅辭)가 아니라 작가의 세계관상의 변화를 보여주는 뚜렷한 증거이며, 동시에 민중연대성에 대한 소박한 이해의 표현이다. 환언하자면 예술은 민중의 삶을 대상으로 한다는 점과 그들의 이해, 욕구, 정서, 심리를 표현해야 한다는 민중적 입장을 소박하게나마 이해하는 것이다.

이러한 인식상의 변화가 사회주의 미학관의 기본 전제를 수용하는

---

16) 앞의 책, p.236.

방향으로 나가는 것은 자연스러운 일이라 하겠는데, 노동하는 생활 자체가 바로 예술이 된다는 것과 '시대가 요구하는 문제를 반영하지 못했다면 무가치한' 문학이라는 깨달음이 그것이다. 이리하여 그는 이 시기 이후 문학이 사회·정치 현실과는 무관한 자율적인 것이라는, 해방전과는 근본적으로 구별되는 문학관을 갖게 된다. 즉 해방전에는 작가의 미적 이상을 표현하는 것이 문학이라는 표현론적 문학관에 기초했다면, 이 시기에는 그와는 달리 객관현실의 본질적 국면을 반영하는 것이 문학이라는 반영론적 문학관에 서게 되는 것이다. 그가 창작방법론인 사회주의 리얼리즘을 통해서 '주제의 적극성 문제'와 '현실의 반영'이라는 새로운 사실을 접했다고 고백하고 있음은 이런 맥락이라 하겠다.

　그런데 류보선이 날카롭게 간파하고 있듯이[17] 이러한 변모가 내적 필연성을 결(缺)하고 있다는 점에서 그 한계를 지적할 수 있다. 즉 이태준은 소련의 현실을 접하고 그 나라의 긍정적인 면모를 적극 수용하지만 그것을 받아들이는 내적 동기가 명확하지 않다는 점에서 사회주의에로의 경도가 무매개적인 것이다. 말하자면 그에게 있어서의 사회주의는 구체적 현실이라기보다는 모든 제도적·인간적 모순이 사라진 관념의 투사물로만, 말을 바꾸자면 해방전 소설에서 일관되게 유지되었던 낭만적 동경이 혁명후의 소련으로 대치되는 형국이다. 『소련기행』의 어느 부분에서도 소련의 구체적 현실, 즉 당시 스탈린 체제의 교조성이 심화되어 혁명후 새로운 모순이 가시화(可視化)되던 현실에 대한 인식은 찾을 수 없으며, 자본주의 사회에 대한 비판 역시 발견할 수 없다. 왜 사회주의가 되어야 하며, 그것은 자본주의의 어떠한 모순을 지양한 것인가에 대해서는 관심이 없는 것이다. 소련은 다만 '날로 새로운 것에로, 마치 영원한 안정체, 바다로 향해 흐르는 대하'와 같은 동경의 대상일 뿐이다. 따라서 그의 변모는 주체의 능동적 인식과 실천을 매개한 자발적인 것이라기보다는 기행을 통한 외적(外

---

17) 류보선, 「역사의 발견과 그 문학사적 의미」, 『한국의 전후문학』, 태학사, 1991.

的)계기가 강하게 작용한 것이라는, 그리고 그것은 식민지 이래의 낭만적 동경이 대치되는 형국이라는 점에서 추상화된 신념의 수준을 벗어나지 못하게 된다.

『농토』에서 이 점은 구체적으로 확인되거니와, 이것은 이태준이 사회주의자로 변신한 후 쓴 첫 작품이며 동시에 월북후의 대표작이다.

양반집 머슴이었던 '억쇠'가 해방후 변화된 현실 속에서 역사의 주체로 성장하는 과정을 서술하고 있는 이 작품에서, 작가는 하층민들의 생활상에 주목하여, 당시 북한 사회의 핵심적 사안이었던 토지개혁 문제를 사실적으로 형상화하고 있다. 해방전의 「꽃나무는 심어놓고」 「산월이」 등의 작품에서도 하층민의 생활상이 묘사되고 있지만 단편적인 삽화 이상의 의미를 벗어나지 못했다면, 이 작품에서는 그들이 사회·역사의 주체로 부각되며, 주인공의 성격도 지주와 소작인을 매개하는 그리고 상승 계층을 대표하는 전형인물로 제시된다. 따라서 『농토』는 역사적으로 실재화되어 있는 지배·예속의 구조가 어떻게 역전되고 있는가를 보여주는,[18] 그리하여 북한의 사회주의 혁명과정을 문학화하는 중요한 성과를 획득한다.

주인공 억쇠와 그의 아버지 천돌이는 대대로 노예적 상태를 벗어나지 못한 인물이다. 그들에게는 주인(지주)에 대한 복종과 '이를 갈자! 미워하자!'라는 증오심만 충일할 뿐, 인간적 삶이라고는 전혀 존재하지 않는다. 주인 아씨의 출산을 위해서는 죽어가는 아내마저 피접(避接)시켜야 하는 천돌의 비극적 일화에서 이 점은 극명하게 표출되거니와, 봉건적 주종관계 속에서 천민의 삶이란 한갓 미물에 지나지 않는 것이다. 이러한 수모 속에서 성장한 억쇠에게 '노동자, 농민의 세상'을 약속하는 사회주의는 당연히 꿈과도 같은 유혹일 수밖에 없다. 상황이 급변하자 억쇠는 이전의 소극적인 태도에서 벗어나 새로운 국가건설에 매진하는 적극적인 인물로 변모하여 토지개혁을 주도하고, 마

---

18) 이러한 점은 김승환의 논문에서도 언급된 바 있다. 김승환의 「부르조아 민주주의혁명적 세계관으로부터 사회주의 리얼리즘에로의 소설적 전화와 토지문제로 현현된 주인과 노예의 변증법적 역전과정」(이우용 편, 해방공간의 문학연구 II, 태학사, 1990) 참조.

침내는 새세상·새조선을 끌어갈 주체로 떠오르게 된다.

　이러한 내용을 서술하면서 작가는 당시 농촌 현실과 혁명후의 건설 과정을 사실적으로 묘사하고 있다. 토지 개혁과정에서 땅을 빼앗기지 않기 위해 월남하는 지주들의 몰락상, 농민들의 소소유자적 이기심, 미·소에 대한 민중들의 반감과 호의 등이 사실적으로 형상화된다. 특히 작가는 억쇠를 봉건적 질곡을 극복하고 새로운 국가 건설에 매진하는, 피착취계급의 열망과 의지를 담지한 적극적 인물유형으로 형상화하여 해방후 북한 사회의 실제적인 모습을 제시한다. 『농토』가 문제적인 것은 이러한 특수상황, 즉 상승하는 계급과 하강하는 계급의 이해가 첨예하게 대립되는 시기에, 소작인 억쇠의 형상을 통해 상승하는 계급의 세계관을 구현하고 있기 때문이다. 당시 북한은 소련의 후원에 힘입어 토지개혁과 친일분자 처벌을 통해 식민지 이래의 제반 모순을 바로잡고 사회주의 제도의 정착에 박차를 가하는데, 이 과정에서 많은 수의 민족반역자와 지주들이 처형되거나 숙청되지만 대다수 민중들은 그것을 환영하고 적극 호응했던 사실을 상기한다면, 『농토』가 지닌 문제성은 새삼 확인되는 사실이다.

　이러한 문제성에 힘입은 『농토』는 해방전과 대비하자면 다음과 같은 점에서 뚜렷한 차이를 보여준다. 먼저 민중의 시각이 채택되고 있는 점. 앞에서 살펴보았듯이 해방전의 대부분의 소설은 지식인을 주인공으로 하고 있으며 그들의 이상주의적 시각에 의해서 사회 현실이 묘사되었다. 그렇지만 여기서는 그와는 달리 민중의 시각에서 사회현실이 인식, 묘사된다. 예컨대 억쇠는 단순히 소작인이 아니라 대대로 억압받고 착취당하던 민중의 대리인이며 동시에 그들의 열망과 힘을 체현한 전형인물인 바, 작가는 이런 시각을 빌어서 사회를 바라보고 그들의 열망을 형상화한다. 둘째로 사회의 본질적 국면을 간취하고 있는 점. 이것은 『소련기행』에서 확인된 바 있는 노동에 대한 인식과 상통하는 것으로, 노동하는 인간에 대한 긍정적인 묘사와 그들의 입장에서 사회현실을 바라보는 민중적 시각과 조응된다. 다시 말하면 사회에서 가장 고통받는 계급의 입장이 바로 사회발전의 객관적 성격을 체현(體現)하며, 그들의 해방을 통해 전인류가 해방될 수 있다는 당파성(黨派性)의 개념에 근접하는 인식을 보여주는 것이다. 『농토』에서 이태준의 정치감각이 한층 돋보이는 것은 이들과의 이데올로기적 결부를 통해서 사회발전의 합법칙성과 방향을 포착해내고 전망의 구현까지를 도모하고 있기 때문이다. 따라서 『농토』는 개별 사건이나 인물의 단편적인 나열에서 벗어나지 못했던 해방전과는 달리, 상승하는 계급의 시각에서 제반 사회적 관계와 동력(動力)이 포착되며, 이런 점에서 이 작품은 이태준의 문학관의 변모를 입증하는 구체적인 예가 된다.

그렇지만 이러한 성과에도 불구하고 『농토』는 작가의 세계관이 구체적인 매개와 실천을 통한 변화가 아니라 관념적으로 '이상적 세계'인 사회주의를 추종(追從)한 것인 까닭에 작품 역시 이러한 특성을 드러내게 된다. 즉 주인공인 '억쇠'의 성격이 마치 작가의 그것처럼 현실적인 매개 없이 변화·발전하며, 매개적 인물로 설정된 '성필'이나 '사회주의 청년'의 행동 역시, 소설 속에서는 극히 미미하게 서술되고 있음에도 불구하고, 농민들의 행위와 방향성을 제시하는, 압도적 역할을 수행하는 강한 계몽성을 드러내는 것이다. 현실에 대한 불만에 가득차 있던 억쇠가 해방을 맞으면서 갑자기 긍정적인 인물로 탈바꿈하여 토지개혁을 주도하고 농민을 이끄는 지도자로 나서는데, 이 과정에서 억쇠는 토지개혁의 필연성을 자각하고 스스로 변모·발전하는 것이 아니라 '성필'을 비롯한 전위(前衛)분자와 당의 지령에 의해 추동되는 형상을 취한다. 즉 그는 지령에 의해 움직이는 무의지적 인물로 작품의 주인공이라기보다 오히려 보조적 역할에 머문다. 따라서 억쇠는 내적 계기를 갖추지 못한 채 관념화되는 특징을 보이며 단지 작가의 개입과 전위의 계몽적 설교를 통해서만 역사발전법칙을 자각하는 기능적 인물 범주를 벗어나지 못하는 것이다.

이것은 작가의 사회주의에 대한 이해가 주관적 신념과 열정의 수준을 크게 벗어나지 못하고 있음을 새삼 확인시켜 주는 것으로, 소련과 미국의 대비에서도 이 점은 확인된다. 소련은 우호적이고 미국은 타도

해야 할 제국주의라는 인식은 그것의 타당성 여부를 차치하고라도 작가의 인식이 관념의 차원에서 크게 벗어나지 못하고 있음을 말해준다. 그에게 있어서 소련은 무조건적인 긍정의 대상이며, 미국은 그 정확한 실상도 알지 못한 채 부정의 대상으로만 비치는 것이다.

이것은 당시 북한사회가 혁명에 대한 낙관적 신념과 열기로 충만되어 있었다는 점과 그것이 '무갈등(無葛藤) 이론'으로 표출되었다는 사실로 설명되기도 하지만, 필자의 견해로는 작가의 변모가 무매개적이라는 데 보다 근본적인 원인이 있다고 생각된다. 즉 이 시기 이태준에게 있어서 문제되었던 것은 사회주의를 향한 배타적 신념이었고 그것을 가로막는 현실적 장애는 이성적 탐구와 비판의 대상이라기 보다는 단순한 부정의 대상에 지나지 않았던 것이다. 따라서 이 작품이 리얼리즘 소설로서 일정한 성과를 획득하고 있음에도 불구하고 작가의 세계관이 주관적 열정에 압도되어 주인공의 성격이 관념적으로 조종되는 까닭에 추상화 경향을 보이는 것이다. 그리하여 억쇠의 형상은 민중의 열망과 지향을 담지하고 있음에도 불구하고 현실성을 획득하지 못한 채 관념화되는 특성을 보이게 된다.

이후 이태준은 전쟁기를 경과하면서 10여 편의 중·단편을 쓰는데, 대부분의 작품에서도 이러한 열정은 유지된다. 미군에 대한 원수를 백배천배로 갚자는 결의를 서술한 「백배천배로」, 겁 많은 병사가 용기 있는 전사로 변화되는 과정을 그린 「누가 굴복하는가 보자」, 미군들의 잔학상을 폭로한 「미대사관」, 야전병원 간호장 김옥실의 고귀한 인간애를 그린 「고귀한 사람들」, 나이어린 소년단원들의 투쟁상을 통해 미군의 잔학상을 폭로한 「네거리에 선 전사들」, 빨치산 대원인 김칠복이 고향에 잠입하여 처자식의 참상마저 외면한 채 냉정히 임무를 수행하고 귀대하는 과정을 그린 「고향길」, 해방후 문맹퇴치 과정을 사실적으로 형상화한 「호랑이 할머니」 등은 모두 이런 맥락의 작품이다. 이 작품들은 대부분 이원(二元)대립적 구성과 주인물(主人物)의 긍정적 성격화, 이념의 무매개적 개입 등에서 『농토』와 동일선상에 놓인다.

이런 맥락에서 보자면, 『농토』 이후의 작품에서도 해방전의 미적 전유방식이 그대로 유지되고 있음을 알 수 있다. 즉 현존하지는 않으나 소망하는 혹은 필요로 하는 어떤 것을 부단히 동경하며, 그것을 창조하기 위하여 현존하는 것을 변형하는 식민지 이래의 낭만적 동경이 근본에서 관철되고 있는 것이다. 다만 해방전의 소설에서는 '이상 세계'에 대한 상(像)이 막연했다면, 소련체험 후에는 그것이 사회주의로 구체화된 차이를 보이며, 전쟁기에는 이상을 가로막는 존재가 '지주'에서 '미국'으로 변화되고 있을 뿐이다.

V. 맺음말

이후 이태준은 북한의 체제정비 과정에서 과거 〈구인회〉활동의 반동성과 전쟁기 소설의 친미적 성향(?)이 문제되어 소련파와 더불어 숙청되고, 함경도의 어느 인쇄소에서 문선공이 되어 불우한 말년을 보낸 것으로 전해진다. 남다른 심미안과 열정을 지녔던 문학인이 남의 글을 사식하는 문선공이 된 역사적 비운을 안은 채 영원히 기억의 피안으로 사라진 셈이다.

결국 이태준의 소설은 부단한 동경과 좌절을 그린 것이라 해도 과언이 아니다. 식민지 시대에는 프로 측에도, 그렇다고 민족주의 측에 가입하지 않았던 순수 문학자가 해방후 누구보다도 먼저 정치에 뛰어들었고 마침내 월북으로 이어지는 급격한 변신을 보이거니와, 그 이면에는 '낭만적 동경'이 강하게 내재되어 있음을 알 수 있다. 그러한 동경이 시대 변화에 조응하여 때로는 자아의 무한한 팽창을 드러내거나 40년대 암흑기에는 전아한 고전의 세계로 자신을 숨기다가, 해방이라는 급격한 고양기에 직면하여 '소련'으로 대상을 바꾸는 기민함을 보이는 것이다. 기존 문학사에서 그의 소설이 '지조나 이념을 기반으로 하고 있는 선비기질과는 판연히 다'른 단지 '딜레탕티즘'[19]에 불과하다

---

19) 김현·김윤식, 『한국문학사』, 민음사, 1973, p.199.

는 견해를 피력했던 것도 실상은 이런 특성을 염두에 둔 것이다. 그리고 그의 소설에서 보이는 사회 현실에 대한 비판도 이런 부정과 동경의 심리가 '존재하는 현실'에 대한 단편적인 분노와 비판으로 드러난 것이며, 이는 소설 속의 비판이 결코 구조적인 차원으로까지는 나가지 못한 데서 확인되는 사실이기도 하다. 이런 견지에서 그는 이기영, 한설야 등의 프로작가와는 본질적으로 구별되며, 오히려 박태원이나 현덕 등과 근사한 것이 된다. 이태준의 행방이 소설사에서 문제되는 것은 아직까지도 그 이유가 명확히 해명되지 않은, 이 작가들의 월북 동기를 여러 점에서 시사한다는 점이다.

그렇지만 이태준은 소설이나 정치에서 그리 만족스러운 결과를 보여주지는 못했는데, 그것을 단지 '역사적 우연'으로만 치부할 수는 없을 것이다. 그것은 무엇보다 식민지와 해방기라는 격변의 현장을 체험한 지식인이자 작가로서의 이태준이 엄정한 자기비판을 보여주지 못했기 때문이다. 그는 부단한 동경만을 피력했을 뿐, 왜 현실이 부정되어야 하는지, 자신의 동경이 궁극적으로 무엇을 의미하는 것인지를 반성하지 않았다. 현실의 논리를 무시한 주관적 동경을 위약한 것이며, 더구나 물적토대를 갖지 못한 지식인으로서의 문학인의 동경은 더 많은 위험성을 내포하기 마련이다. 이런 의미에서, 분단과 이념의 대립이 해소되지 않은 현재, 이태준은 여전히 하나의 문제로 남게 된다. 참된 문학인의 자세는 무엇이고, 진정한 문학은 어떠해야 하는지를 부단히 묻게 하는 것이다.

(고려대 강사)

단편소설에 드러난 현실인식 연구
- 해방전을 중심으로 -

이 선 미

I.

 1930년대는 우리 문학에서 내용면이나 형식면으로 '근대화'라는 것이 본격화하는 시기라 생각된다. 실제로 이때에 '모더니즘'이라는 용어가 문학사적인 의미를 갖고 등장하게 되며, 이런 경향이 문단에서 하나의 그룹을 형성하여 〈구인회〉의 활동이 있기도 했다.[1]

 이런 문학사적인 맥락에 이태준이 한몫을 담당했다는 것은 잘 알려진 사실이다. 이태준은 〈구인회〉를 이끌고 《문장》지를 주관하면서 근대적인 문학양식을 확립하려고 힘쓴 사람이다. 그는 〈구인회〉에서도 중심적으로 활동을 했으며, 《문장》지에서는 소설부분을 책임지면서 소설을 추천하여 작가를 배출할 정도였다. 그리고 그가 문장지에 쓴 소설평들은 현대소설에 대한 지식을 바탕으로 소설을 평가하는 시각이 역력히 드러난다고 생각된다.

 그러나 이태준이 소설형식의 현대적인 측면에 관심을 기울인 것에 비해, 그가 쓴 소설의 성격을 논하기는 좀 까다로운 점이 있다. 게다가 이태준은 해방후 정치적 신념을 달리하여 임화, 김남천 등과 같이 활동을 하며, 스스로 월북하여 『소련기행』이라는 책을 발간하기도 한

---

1) 이런 과정에 대해서는 서준섭의 『한국 모더니즘 문학연구』(일지사, 1988)가 도움이 될 것이다.

다. 이런 점들이 그의 전작품을 일관된 관점에서 파악하려는 연구자들에게 어려움을 준다.

이런 두 요인들 중 첫째는 그의 작품이 하나의 성격으로 평가하기 어려운 다른 경향들이 공존하는 경향을 보여준다는 사실과 연관되어 있다. 그래서 그런지 그가 해방후의 변화를 보여주기 전인 식민지 시대에도 그에 대한 평가는 다양했다. 우선 최재서는 단편작가로서 이태준을 높이 평가했다. 그는 이태준 소설의 특징을, "스켓취적 필치"와 "인물들의 평범한 생활 가운데 있는 유-모아와 페이소스"를 표현하는 "작가의 선명한 기법"으로 "인생의 그늘 속에 움직이는 희미한 존재들"을 선명한 인간상으로 새롭게 태어나게 하는 점이라고 했다.[2]

반면에 카프에 속한 비평가였던 임화도 이태준 소설에 대해서 1930년대 후반에 적극적으로 평가했다. 그 대표적인 것이 「현대소설의 귀추」(〈조선일보〉, 1939. 7)에서 「농군」을 평가하는 대목이다. 여기서 임화는 이태준의 소설들을 일별하고 있는데, 이태준 소설들이 보여준 애처롭고 슬픈 감정이 비극 속에 있는 용기를 낳게 하여 「농군」의 주인공을 창조할 수 있었다고 본다. 그리하여 "소박하고 아름답고 그리고 폐부를 찌르는 슬픔에 사모친 이러한 회화를 그릴 수 있는 작가는 필시 우수한 시인임에 틀림없을 것이"라고 평가한다.[3]

이처럼 이태준은 동시대에 이념적으로 경향을 달리하는 두 비평가 모두에게 훌륭한 작가로 평가받았다. 그런데 이것은 이태준 문학에 대한 70년대 이후의 평가에서도 그대로 답습되고 있어 흥미롭다. 백철, 김우종, 김현, 이재선, 정한숙[4] 등은 약간씩 다른 점들은 있지만 대체로 이태준의 문학을 '순수문학'으로, 감상주의나 상고주의로, 또는 사회현실에 대한 관심은 별로 없고 작품의 기교나 문장에 관심을 기울인 것으로 평가하고 있다. 그러나 또 한편으로는 위의 견해들보다는

---

2) 최재서, 「단편작가로서의 이태준」, 『문학과 지성』, 1938, 176쪽.
3) 임화, 「현대소설의 귀추」, 『문학의 논리』, 학예사, 1940, 432쪽.
4) 이것은 이들이 쓴 문학사에서 보여준 견해들로서 이 책의 부록에 실린 연구목록의 문학사 부분을 참조.

나중의 것들로서 이태준 문학의 예술성을 옹호하면서도 이것이 사회 현실에 대한 관심과 어울려 주제에 있어 민족의식과 현실비판적인 성격을 갖게 된다는 점을 주장하는 연구들이 있다. 이선영, 신동욱, 민충환, 정현기, 강진호, 송인화, 이선미, 최유찬 등의 연구가 이에 해당한다.[5] 그리고 최근에 연구된 것들은 후자의 견해들을 이어서 이태준 소설 전체를 해명하려는 데 집중되고 있는 것으로 보인다.[6]

이처럼 이태준 문학이 상반된 다른 관점에 의해서 동일한 수준의 평가를 받고 있다는 점은 이태준의 문학이 보여주는 미적 특질이 그만큼 복잡하며, 문학 내적인 것이나 문학사에서 중요한 문제들을 아우르고 있다는 의미가 될 것이다. 그리고 그만큼 해명하기 어렵다는 것도 의미할 것이다.

이 글에서는 이런 평가들을 전제하면서 연구를 시작하려 한다. 작품의 형식을 통해 같은 이야기라도 다른 주제를 가질 수 있기 때문에, 어떤 문장으로 어떻게 이야기를 구성하는가가 중요하게 고려되어야 한다고 작가 스스로도 강조하듯이, 그의 소설들은 미적인 완성을 위해 노력을 기울인 흔적이 역력하다. 반면, 이태준이 중견작가로서 활동했던 1930년대 후반의 소설들은 조선의 불운한 상황과 비참한 조선사람들을 주제로한 작품들이 많다. 이로써 그가 사회문제에 관심을 기울인 것을 알 수 있고, 때로 사회비판적인 시각을 읽어낼 수 있다. 그래서 이 글에서는 이태준의 소설들이 지닌 형상화의 특성이 어떻게 현실을 그려내게 되는가, 그리고 이렇게 작품에 드러나는 현실의 모습이 어떻게 변화해 가는가를 살펴보려 한다. 그리고 그 과정 속에서 이태준 소설들이 지닌 현실성의 의미를 따져보고자 한다.

이를 위해 이 글에서는 해방전 소설들을 시기별로 살펴보려 한다. 즉 이런 변화과정들이 통시적인 관점에서 드러날 수 있다고 생각하며, 이것은 미적 형상화의 성숙과 현실인식의 성숙 모두를 내포한다고 할

---

5) 이 책의 부록에 실린 연구목록을 참고.
6) 이 책의 부록에 실린 박사논문 연구목록 참고.

것이다. 또한 이런 변화들은 해방후의 변화를 문학 내적으로 해명하는 것과도 연결될 수 있을 것이다.

이런 과정은 이태준의 모든 단편소설들을 통시적으로 고찰하는 가운데 잘 드러날 수 있겠지만, 여기서는 이 글의 논지를 명확하게 해주는 것이라고 생각되는 몇 개의 작품만을 중심으로 살펴보려 한다. 이런 방식을 취하는 이유는 전체적인 주제나 작품에 드러난 인식내용의 변화만이 아니라, 작품의 짜임새의 변화 속에서 인식적 특성을 추적하고자 하는 의도 때문이다. 여기서 중점적으로 다루려는 작품들은「달밤」(1933. 11),「꽃나무는 심어놓고」(1933. 3),「복덕방」(1937),「패강냉」(1938),「영월영감」(1939),「농군」(1939),「밤길」(1940) 등이다. 그리고 처음에 「꽃나무는 심어놓고」보다 시기적으로 뒤에 해당하는 「달밤」에서 논의를 시작하는 것은 두 작품의 성격과 이태준 소설세계의 핵심을 설명하는 데에 「달밤」이 이야기를 풀어가는 단초가 될 수 있다고 판단했기 때문이다.

II.

이태준의 소설들은 초기에서부터 인간의 물질적인 욕망과 속물성, 그리고 이런 것들과 대비되는 인간의 순수한 심성과 따뜻한 인간애 등이 주제를 이루고 있다. 특히 초기 소설들은 어찌보면 그의 소설 가운데 사회성이 두드러진다고 할 만큼 사회적인 주제의식이 뚜렷하다고도 할 수 있다.[7] 그래서 이 글의 논의를 시작하기 전에 이 소설들을 간단히 일별하여 그것에서 전체로 가는 시작을 마련하고자 한다.

이 소설들은 대부분 어긋난 현실을 보여주고 있다. 그리고 그 어긋남은 현실이 빚어내는 삶의 아이러니를 통해 드러나는 경우가 많다. 즉 잘못되어가는 현실을 비판하는 직접적인 서술보다도 아이러니를

---

7) 유종호,「인간사전을 보는 재미」, 이선영 편,『1930년대 민족 문학의 인식』, 1990.

사용하여 그런 현실을 빚어내는 삶의 우연성과 운명적 힘을 통해 삶에 대한 우수를 자아내려는 경향이 강하다. 반면에 인물의 현실비판성이 강한 작품의 경우는 인물의 주관성이 너무 강하게 드러나서 현실을 감상화하는 경향이 있다.

다시 말하면 아이러니적 방법을 사용하여 서술자가 이야기되는 현실에 대해 객관적 거리를 유지하면서도 주관적인 서술자가 개입하여 사건을 설명하는 경우가 있는가 하면, 인물과 서술자가 상황을 객관화시키지 못하여 그 상황에 빠져들어 감상이 과도하게 드러나 작품이 주관화되는 경우가 있다. 「행복」, 「그림자」, 「기생 산월이」, 「아무일도 없소」 등이 전자에 해당한다면, 「결혼의 악마성」, 「고향」, 「코스모스 이야기」 등은 후자에 해당한다.

그렇지만 이런 점을 고려한다 하더라도 이 소설들에서 드러나는 현실의 내용은 여전히 문제적이다. 여기서 비판적으로 제시되는 당대 사회의 모습은 자본의 논리로 새롭게 재편되는 현실과 그것이 가져온 인간심성의 타락, 그리고 그 현실에서 살기 위해 품었던 욕망의 좌절 과정이다. 어쨌든 변화된 현실의 타락성과 속물성을 문제삼고 있는 것이다. 이것은 이태준의 소설들을 이해하는 데 중요한 점이다. 왜냐하면 초기 소설들에서 변화하는 현실의 모습은 이런 측면으로만 한정되어 있으며, 이태준 소설들에서 비판적으로 그려지는 현실의 형상은 여기서 크게 벗어나지 않기 때문이다.

이태준의 초기 소설들이 보여주는 현실비판적 주제와 형상화의 미숙을 고려하면서 이런 점들이 어떻게 지속되고 지양되는가를 살펴보기로 하자.

이태준이 『달밤』이라는 창작집을 내고 〈구인회〉를 시작할 무렵부터는 작품들이 초기의 미숙성을 점차 벗어나 기법적으로 세련되어지고 주제도 훨씬 명확히 드러나 자신의 소설세계를 좀 더 분명하게 그려보여 준다.

「달밤」은 도시적 인물이 서울 변두리에서 '시골스러운 것', '천진한 것'에서 느끼는 감상을 모자라는 인물의 성격으로 드러내는데, 이 과정에서 모자라는 인물은 개성적으로 성격화된다. 이 소설의 주인공 황수건은 성북동이라는 서울 변두리, 시골 같은 동네에 사는 신문배달부이다. 신문배달부라 하지만 원배달부가 아니라 보조배달부인데, 황수건의 평생 소원은 원배달부가 되는 것이다. 그래서 신문사를 차리면 되지 않느냐는 화자의 말에 그건 생각해 보지 않았다고 대답하는 천진하고 바보스러운 인물인 것이다. 이런 황수건의 성격은 실제에 있어서는 그리 주목할 만한 점이 없을 수도 있다. 그런데 화자인 '나'에 의해 서술되면서 황수건은 아름다운 성격으로 그려진다.

황수건은 모자라고 가난하다. 그런데 그의 이 가난은 사회적 관계[8]로 인한 것이 아니다. 즉 그가 처한 사회적 조건에 의해 그의 의지와 상관없이 그와 같은 조건에 있는 많은 사람들이 공유하는 그런 것이라고 할 수 없다. 그는 모자라는 인물이어서 가난하다. 모자라는 인물이어서 직업을 가질 때마다 잘못을 저질러 해고되는 것이다. 그리고 모자라서 자신의 처지를 정확히 반성하지 못한다는 것이 그의 처지를 더욱 비참하게 하고 이것이 그의 비극이 된다. 그는 천성적으로 타고난 모자람으로 가난하게 사는 것이어서 그의 가난은 행복한 미래를 전망할 수 있는 아무런 조건도 가지고 있지 않다. 그는 그저 가난하게 살 뿐이며, 작가는 그의 가난에 동정하면서도 그의 가난을 규정하는 그의 천진한 성격이 유지되기를 바란다. 그러나 무조건 그의 천진성이 유지되기를 바라는 것은 아니다. 그런 천진하고 순박한 성격도 고귀한 것으로 대우받으면서 살 수 있는 사회, 즉 모자란다고 하여 결함으로 인식되지 않는 사회를 꿈꾼다. 이런 희망에는 사람에 대한 존경심이나, 순박한 심성에 대한 인간애가 드러난다고 할 수 있다.

그는 아무것도 아닌 것을 가지고 열심스럽게 이야기하는 것이 좋았고, 그와는 아무리 오래 지껄이어도 힘이 들지 않고, 또 아무리 오래 지껄이고

---

8) 여기서 사회적 관계란 이 인물이 살아가는 사회의 인간과 인간이 맺고 있는 관계를 의미한다. 경제적 용어를 빌리면, 생산관계라고도 할 수 있지만, 여기서는 좀더 포괄적인 의미로 쓴다.

나도 웃음밖에는 남는 것이 없어 기분이 거뜬해지는 것도 좋았다. 그래서 나
는 무슨 일을 하는 중만 아니면 한참씩 그의 말을 받아주었다.[9]

나는 가까운 친구를 먼 곳에 보낸 것처럼, 아니 친구가 큰 사업에나 실패
하는 것을 보는 것처럼 못 만나는 섭섭뿐이 아니라 마음이 아프기도 하였다.
그 당자와 함께 세상의 야박함이 원망스럽기도 하였다.[10]

나는 그 다섯 송이의 포도를 탁자 위에 얹어 놓고 오래 바라보며 아껴 먹
었다. 그의 은근한 순정의 열매를 먹듯 한 알을 가지고도 오래 입안에 굴려
보며 먹었다.[11]

세 인용문에서 알 수 있듯이 황수건의 의도나 내면은 하나도 드러
나지 않고, 여기서 드러나는 심리는 화자인 '내'가 황수건에 대해서 느
끼는 것이다. 그런데 이 화자의 심리에는 인간에 대한 '따뜻함'이 분위
기로서 전달되고 있어 황수건의 성격이 고귀하고 아름답게 드러난다.
그래서 독자가 황수건이 지닌 성격의 고귀함을 느끼게 되는 것은 화
자가 전달하는 이 분위기를 통해서라고 할 수 있다. 즉 화자는 황수건
이 처한 사회적 조건을 객관화시켜서 그의 가난을 탐색하지는 않지만,
황수건처럼 모자람을 지닌 사람들도 인간답게 살 수 있는 세상을 희
망하고, 그런 삶이 좌절될 수밖에 없는 현실을 슬퍼한다. 이런 희망과
슬픔이 이태준 소설의 성격을 규정하는 요인이라고 생각된다. 따라서
「달밤」에서 드러나는 감상적인 화자의 성격 때문에 작품은 전체적으
로 감상적이게 되는 면이 있지만, 화자가 희망하는 사회의 모습에는
인간에 대한 '따뜻한 사랑'이 담겨 있어서 그의 전 소설들과 연관시켜
볼 때 간과할 수 없는 주제를 읽어낼 수 있을 것이다.
앞서도 말했듯이 이태준의 초기 소설들은 감상적인 화자나 감상적
인 주인공이 등장하여 작품의 주제를 너무 주관적으로 이끌어가는 경

---

9) 이태준, 「달밤」, 『이태준전집 1』, 깊은샘, 1988, 116쪽.
10) 이태준, 위의 책, 118쪽.
11) 이태준, 위의 책, 122쪽.

향이 있었다. 그런데 「달밤」에서는 이런 감상성이 불우한 처지에 있
는 사람에 대한 동정심으로 드러나는 점은 동일하지만, 화자가 주인공
에 동화되어 자기의 위치를 잃지 않고, 주인공과 거리를 유지함으로써
그 동정을 화자 한 사람의 경험이 아닌 일반적인 경험으로 유지해 나
가고 있다. 게다가 그저 사회성을 지닌 인물이 사회에 감상적으로 대
응하는 식의 이야기가 아니라, 관찰하는 화자가 자신의 취향에 따라
인물에 대한 에피소드를 뽑아서 인물의 성격을 재구성한다. 그럼으로
써 작가가 부정하고자 하고 긍정하고자 하는 세계의 상이 미적 형상
안에 드러나는 것을 이 소설이 거둔 미덕이라 할 수 있을 것이다.

이렇게 본다면, 이태준의 초기 소설들이 보여준 사회성은 그 소재
적인 면에서만 그러하고 미적으로 성숙되지 못한 것이었으며, 오히려
현실에 대한 부정과 긍정하는 가치를 간접적으로 드러내는 미적 형상
을 통하여 작가의 현실인식은 구체화된다고 할 수 있다.

「달밤」에서 그려내는 주인공의 성격이 사회적 관계에서 드러나지는
못하지만, 작품에서 화자가 꿈꾸는 세계에는 평화롭고 순박한 삶이 드
러나 있으며, 그것에서 배어나는 인간에 대한 사랑이 다소 추상적이더
라도 이태준 소설 전체에 있어 의미있는 것이라면, 「꽃나무는 심어
놓고」도 이런 점들과 연결되는 작품이라고 생각된다.

이 작품의 주인공 방서방네는 가난한 소작농인데, 고향에서 살 수
없어서 서울로 이사 가는 길을 장면화하면서 이 작품은 시작된다. 그
들은 원래 조선인 지주에게 땅을 얻어서 소작을 하고 있었다. 그런데
언젠가 그 지주가 망해서 일본 회사에 땅이 넘어가 더 많은 소작료를
내게 된 것이다. 그들이 살아 온 내력에는 조선 농민의 몰락상이 드러
나 있다.

아뭏든 김의관네가 안성인가 어디로 떠나가고, 지주가 일본 사람의 회사로
갈린 다음부터는 제 땅마지기나 따로 가진 사람 전에는 배겨나기가 어려웠
다. 텃세가 몇 갑절이나 올라가고 논에는 금비를 써라 하고, 그것을 대주고
는 가을에 비싼 이자를 쳐서 벼는 헐값으로 따져가고, 무슨 세납 무슨 요금

하고, 이름도 모르던 것을 다 물리어 나중에 따지고 보면 농사지은 품값은 커녕 도리어 빚을 지게 되었다. 그들이 지는 빚은 달리 도리가 없었다. 소가 있으면 소를 팔고 집이 있으면 집을 팔아 갚는 것밖에. 그래서 한 집 떠나고 두 집 떠나고 하는 것이 삼 년 안에 오류 호가 떠난 것이었다.[12]

이처럼 방서방네는 고향이 살기 어려워 서울로 가지만 서울에서는 방 한 칸도 마련하지 못하고 다리 밑에서 살게 되는데, 아내는 한 노파에게 속아 유곽으로 팔려가고, 아이는 굶어 죽고, 방서방은 일 년 후에 인력거꾼이 된 모습으로 작품은 끝이 난다.

「달밤」의 황수건은 천성적으로 모자라기 때문에 가난하게 살았지만, 방서방은 "술 한잔 허투루 먹는 법이 없고 담배도 일하는 날이나 일꾼들을 주려고만 살 줄 알았던 남편"이어서 그의 아내는 남편을 한없이 불쌍하게 여기고, 더불어 이런 남편을 받아주지 않는 세상을 원망한다. 이렇듯 이 작품은 가난의 실상과 그러한 상황의 부당함이 드러난다는 점에서 「달밤」과는 질을 달리하는 '가난'이 문제적인 상황의 실체이다. 즉 방서방네는 사회적 관계 속에서 그려져 있다고 할 수 있다.

이렇게 본다면, 방서방네가 서울로 이주한 이후의 일들은 이런 관계를 더욱 분명하게 드러내는 사건이 될 수 있을 것이다. 방서방네는 서울에 와서 다리 밑에서 연기를 낸다고 순경에게 감시를 받으며, 결국, 돈 때문에 인간을 사고 파는 노파에 의해 방서방의 아내는 팔리는 신세가 되어 가족관계는 파탄에 이른다. 이것은 그들을 억압하는 것이 어떤 운명적인 외부적 힘이 아니라, 잘못되어 가고 있는 사람살이의 관계방식에서 연유된 것임을 알 수 있게 하는 대목이다.

그런데 이런 사건들 속에서 방서방은 도시의 문명이 지니고 있는 사악성과 이기성에 반감을 가지면서 고향을 이상적인 세계로 설정하고 있다. 그렇지만 그들은 고향이 살기 어려워서 떠나온 실정이며, 고

---

12) 이태준, 앞의 책, 105쪽.

향에 사는 많은 사람들이 그들처럼 계속 떠나는 형편이다. 그런데도 여기서 고향을 이상적인 곳으로 연상하는 것은 단지 실재하는 고향을 그리워하는 것이 아니라, 그가 꿈꾸는 세계를 '고향'의 이미지 속에 상징화하고 있는 것이란 것을 짐작할 수 있다.

그런데 다시 또 문제가 되는 것은 이들이 꿈꾸는 고향의 모습에는 그들이 장차 살고 싶어 하는 세계의 모습이 투영되어 있지만, 이것은 인간과 인간이 맺어 온 사회관계의 변화 속에 그려져 있지 않다는 점이다. 그들이 땅에 대해 갖는 집착과 애정, 자연과 합일되는 세계에 대한 희망, 이런 것들로 그들이 원하는 것이 표현된다.

이 작품의 처음 부분에서 독자는 방서방네 부부가 고향집을 언덕 아래로 두고 느끼는 감정과 사쿠라 나무를 심으면서 느꼈던 것을 통해 그들이 간직하고 싶어하는 것을 볼 수 있다.

아무델 가도 저런 동네는 없을 것이다. 읍엘 갔다와도 서당턱만 내려서면 바람 한점 없이 아늑하고, 빨래하기 좋고 먹어도 좋은 앞개울물이며, 날이 추우면 뒷산에 올라 솔잎만 긁어도 며칠씩은 염려없이 때더니…… 이젠 모두 남의 동네 이야기로구나![13]

방서방네도 허턱 타관으로 떠나기는 처음부터 싫었다. 동리를 사랑하는 마음, 자연을 사랑하는 것이나 이웃을 사랑하는 것이나 모두 사쿠라를 심어주는 그네들보다는 몇 배 더 간절한 속에서 우러나는 것이었다. 사쿠라 나무를 심었을 때도 혹시 죽는 나무나 있을까 하여 조석으로 들여다보면서 애를 쓴 사람들이요. 그것들이 가지에 윤이 나고 싹이 트는 것을 볼 때는 그는 자연 속에 묻혀 사는 그들로서도 그때처럼 자연의 신비, 봄의 희열을 느껴 본 적은 일찍 없었던 것이다.[14]

이 두 인용문은 인간의 행복은 어디서 생겨나며, 인간이 자신이 지닌 심성을 가장 잘 드러낼 수 있는 조건이란 어떤 것인가를 드러내는

---

13) 이태준, 앞의 책, 103쪽.
14) 이태준, 앞의 책, 105∼106쪽.

대목이다. 즉 농촌에서도 도시에서도 인간을 얽어매는 새로이 형성된
여러 가지 것들은 인간을 오히려 사악하고 이기적이게만 하지, 순수하
고 착한 심성 속에서 살아갈 수 없게 만든다는 것이 방서방의 의식에
드러난다. 그렇기 때문에 고향을 통해 기억되는 과거의 경험은 과거에
대한 그리움이 아니라, 방서방이 꿈꾸는 세계의 모습인 것이다. 그리
고 그것은 자연과 합일되는 가운데 인간의 착하고 순수한 심성을 유
지할 수 있으며 선하게 살 수 있다는 다분히 이상적이고 비현실적인
생각이 내재되어 있는 점에서 낭만적인 것과도 통한다고 할 수 있다.
이렇게 본다면 이 작품들에서 그려지는 이상적 세계의 모습은 자연과
인간이 합일되는 경지에서 인간의 '행복'이 완성될 수 있다는 인식이
내재된 것으로 생각할 수 있으며, 이것은 어떤 면에서 「달밤」의 인식
과도 통하는 측면이라 할 수 있다.[15]

　게다가 이 작품에 등장하는 주인공 방서방도 감상적인 인물로 드러
나서 그의 시선과 심리를 따라 이야기가 전개되는 이 작품은 감상적
인 성격이 드러나기도 한다. 즉 방서방이 도시에서 느끼는 부적응과
낯선 감정은 어떤 감정 자체에 대한 직접적 서술로 드러나는 것이 아
니라, 자연적 현상에 대해서 그가 느끼는 것으로 드러나서 정서적인
공감이 주도적인 분위기를 형성한다.[16] 또한 벗꽃이 핀 일본 집 뜰을
보고는 고향 생각이 나서 술을 먹고 세상을 원망하는 그의 행동에서
도 감상적인 분위기는 전달되며, 이런 것들이 자연과 인간의 관계에서
행복을 꿈꾸는 작품의 주제를 더욱 부추기는 역할을 하고 있다.

---

15) 이런 것들이 기반이 되어 이태준 소설들에서는 자본주의적 관계나 봉건적인 관계 양
　　상을 거의 발견할 수 없는 것이라 생각된다. 또 해방후 소설들에서 드러나는 사회주의
　　의 모습도 인간의 자연적인 순수성이 완성되는 천진무구한 모습으로 드러난 것으로 보
　　아 이런 시각으로 사회주의를 받아들이게 된 것이라 생각된다.

16) 예를 들면, 방서방네가 서울로 가는 길 중 신작로에 들어서서 논길과 신작로를 비교하
　　면서 신작로는 "눈에도 마음에도 설은 길"로 표현한다든가, 전봇대에서 나는 앵앵하는
　　소리도 "멧새나 꿩 소리보다는 엄청나게 무서웠다"고 표현하는 것을 통해서 주인공의
　　정서를 전달한다.

Ⅲ.

이기적이고 속물화된 현실, 그 현실을 부정하기 위해서 제시하는 낭만적인 세계의 모습이 지닌 막연하고 추상적인 성격이 「복덕방」이나 「패강냉」에 이르면 좀더 구체화된다. 부정하는 현실의 모습이나 자본주의의 속물성이 인물들이 처한 구체적 현실이나 갈등관계로 드러난다. 이것은 폭력적이고 거대한 힘을 지니면서도 구체적인 실체로 드러나지 않는 외부세계에 의해 파괴되는 나약한 인간의 비참한 삶을 그린 앞의 소설들과 비교되는 점이다.

「복덕방」에는 세 노인이 등장한다. 그들은 모두 제각기 과거에 현재보다 나은 삶을 가지고 있었다. 복덕방 주인인 서참의와 복덕방 신세를 지면서도 서참의에게 미안해 하지 않는 안초시와 가끔씩 놀러오는 박희완 영감이 그들이다. 이 작품은 안초시가 추석을 며칠 앞 둔 어느 날 복덕방에서 돈 벌 궁리를 하고 있는 것으로 시작된다.

먼저 복덕방의 주인인 서참의는 합방전에는 참의로 다니다가 합방이 된 후에는 별 수가 없을 것 같아 복덕방을 차린 늙은이다. 그는 한번쯤 뒤돌아보고 싶은 과거를 가지고 있으며, 세 인물들 중에서는 유일하게 그 과거의 실체가 드러나 있는 인물이다. 서참의[17]는 한말 무관으로 지내던 시절을 그리워하면서 감상에 젖기도 하지만 학교에 갔다 들어오는 아들과 쌀값을 치르는 아내를 보고는 이내 "살아야지 별수 있나" 하고 자신의 현실로 돌아가는 현실적인 인물이다.

박희완 영감은 두 노인 사이에서 그들을 중재하고 사건을 발생시키는 역할에만 한정되어 있어 상대적으로 제공되는 정보가 적은 인물이다. 그는 "업"을 가져보려고 "속수국어독본"이 손때에 절고, 베고 자서 머리때까지 새까맣게 절도록 항상 끼고 다니면서 공부를 하지만

---

17) 본래 '참위'가 한말 무관직명이며, '참의'는 문관직명인데 이 글에서는 텍스트를 깊은 샘에서 엮은 전집으로 하고 있어 그 표기에 따라 '참의'로 한다. 민충환,『이태준 연구』와 장영우의 박사학위논문 89쪽을 참고 바람.

대서업 허가는 전혀 딸 것 같지 않은 상태에 있다. 현실적으로 가능해 보이지 않지만 무엇인가를 해보려는 박희완 영감의 꿈이 때에 절은 책을 통해 드러나고 있다. 어쨌든 그는 서참의처럼 직업을 가지고 있지 않지만, 그런 직업을 가지려고 한다는 점에서 허황되거나 속물적으로 드러나지는 않는다.

반면, 안초시는 어떻게든 요행을 타서 한몫 잡아 보려고 하는 점에서 현실적이지도 않고 성실하지도 않은 인물이다. 이런 점에서 이 두 노인 모두와 대별되며, 이 노인들 가운데 과거에 대한 향수도 현실에 대한 욕망도 가장 강한 인물이다. 그래서 그런지 안초시는 돈의 비정한 논리가 관철되는 새로운 사회의 질서에 가장 예민한 인물로 그려져 있다. 즉 안초시는 새로이 형성되는 사회가 돈의 논리를 따라 움직이는 것을 간파하고 있으며, 삶에 대한 욕망이 강한 만큼 그 돈의 논리를 따라가려고 머리를 짜고 있다.

그런데 그의 성격에서 드러나는 속물성은 영악한 것이기보다 어리숙한 면이 강한 것이며, 이 어리숙함 때문에 그가 비정한 현실논리에 의해 좌절될 것이라는 것은 어느 정도 예감된다. 즉 안초시는 세 인물들 중에서 가장 속물적이어서 새로운 것이 가져다주는 물질문명을 맹목적으로 원하고 있지만, 예순을 앞둔 나이에 마지막 여생을 한 번 보란듯이 살아보리라는 그의 꿈은 다소 허황되기는 하지만 순수하고 소박하여 누구나 공감할 수 있는 것이어서 그리 속물적으로 보이지 않는다. 또한 안초시가 돈을 벌려는 속셈은 비정한 돈의 논리와는 달리 요행을 바라는 허황된 심리에서 계산된 것이어서 그는 속물적이기보다는 비정한 현실과 어울리지 않는 희극적 인물로 보이기도 한다. 그리고 이런 점들 때문에 안초시는 많은 사람들에게 공감을 불러일으키고 동정심을 사게 된다고 할 수 있을 것이다. 이런 점은 안초시의 비극성을 규정하는 요인이 된다.

몇 년 전부터 되는 일이 없는 안초시는 딸에게마저도 대접받지 못하게 되면서 자존심은 상하고 세상에 대해 심사는 더 뒤틀리기만 하여 "젠장"이라는 말이나 "흥" 하는 코웃음이 습관이 되었다. 그렇지만 그는 아직 서참의의 복덕방직을 우습게 보며 화투장을 띠며 자신을 구해줄 운수를 믿고 살아간다. 그러나 그것은 비정하고 냉엄한 현실에 비해 너무 어리숙한 것이어서 억지스러움을 숨길 수 없다. 이런 억지스러움은 안초시의 밖으로만 쥐어지는 손가락을 통해서 잘 드러난다. 그리고 이 장면은 안초시의 허황된 성격과 요행에만 희망을 걸 수밖에 없는 막다른 상황이 잘 드러나는 대목이다. 그러나 그렇게도 믿었던 안초시의 말년의 운세는 "악한 꿈"으로 끝나고 그가 벼르며 기다리던 다음 해 추석 어느 날 안초시는 서참의의 복덕방에서 시체로 발견된다. 비정한 돈의 논리로 새롭게 변해가는 현실에서 요행을 잡아보려고 화투장 운세에까지 여생을 걸었던 안초시는 이미 예견된 비참한 최후를 맞음으로써 비극적 삶이 희극적으로 느껴지기까지 한다.

그런데 이 작품에서 안초시의 비극성의 배후에는 낡은 것과 새로운 것의 대립과 갈등관계가 놓여 있어 보다 현실에 천착해 들어가는 주제의식을 보여주게 된다.

서참의와 안초시, 그리고 안경화는 문화풍속을 놓고 갈등관계에 처한다. 이 셋의 갈등이 노골적으로 드러나는 것은 발레를 구경하는 장면에서이다. 안초시의 딸 안경화는 발레를 하는 무용가이다. 현대적인 문화풍속을 담당하고 있는 사람인 것이다. 새로운 사회에 끼어들기를 바라는 안초시는 우쭐거리며 동료들을 데리고 구경을 간다. 그런데 아직 유교적인 문화풍속에 젖어있는 조선의 노인들에게 거의 벗다시피 하는 발레가 천박하고 쌍스러운 것으로 보이는 것은 어쩌면 당연할 것이다. 호탕하고 거침없는 서참의는 여기서 안초시를 힐난하고, 어쨌든 현대적인 새로운 현실과 교섭하려는 안초시는 무식한 놈이라고 서참의를 욕한다. 이 두 노인은 새로운 문화를 놓고 대립하고 있는데 실제로는 낡은 것을 상징하는 서참의와 새로운 것을 대변하는 안경화와의 대립이라 할 수 있다.

그런데 이 갈등은 단순히 새로운 것과 낡은 것의 대립이 아니라, 그 속에 가치가 전제되어 있어 작품의 주제와 관련시켜 볼 만한 의미있는 부분이다. 즉 낡은 것은 서참의의 삶이나 세 노인의 관계에서 볼 수 있듯이 봉건적인 인습보다는 쇄락해가는 풍속의 아름다움이나 인 륜적 도리로 드러난다. 반면에 새로운 것에 해당하는 안경화는 이기적 이고 속물적인 심성으로만 드러나며, 부녀간의 도리도 저버리는 부도 덕한 모습으로 드러난다.

즉 여기서 새로운 것은 부정적인 것이고 낡은 것은 지켜야 할 긍정 적인 것이라는 가치평가를 읽을 수 있으며, 이 낡은 것은 바로 문화정 서나, 인륜적 도리를 지키는 풍속 등이라 할 것이다. 게다가 이 작품 에서 부정하는 현실의 모습은 화자의 거부감이 투영된 묘사 속에서 더욱 구체적으로 전달되고 있다.

「돈만 가지면야 좀 좋은 세상인가!」
심심해서 운동삼아 좀 나다녀보면 거리마다 짓느니 고층건축들이요 동네 마다 느느니 그림 같은 문화주택들이다. 조금만 정신을 놓아도 물에서 가주 튀어나온 미어기처럼 미끈미끈한 자동차가 등덜미에서 소리를 꽥 지른다. 돌 아다보면 운전수는 눈은 부르떴고 그 위에는 금시계줄이 번쩍거리는, 살진 중년신사가 빙그레 웃고 앉았는 것이었다.[18]

여기 묘사된 현실의 단면은 사회문제를 바라보는 화자의 시각을 드 러냈다고 할 수 있다. 새 사회에서 물질적인 혜택을 누리는 돈있는 사 람들의 모습이 안초시의 시선을 빌어 화자에 의해 묘사되는데, 화자의 반감이 드러나고 있다. 이 화자의 반감 때문에 이 작품에 등장하는 금 시계는 「서글픈 이야기」(1932)의 금시계와는 다른 것이 된다. 「서글 픈 이야기」에서 화자인 '나'는 금시계를 찬 친구가 야속하고 그를 변 하게 한 세상이 원망스러워 슬퍼하는 것이라면, 이 작품의 화자는 새 로운 사회에서 혜택을 누리는 사람들에 대한 거부감과 부당함을 드러 냄으로써 사회현실에 대한 비판적인 시각을 보여주고 있다.

게다가 이런 새로운 것의 도덕적 부당함이나 속물적인 속성을 부각 시키기 위해 자연의 묘사를 통해 인물의 심리와 상황을 드러내는 것

______

18) 이태준, 『이태준전집 2』, 깊은샘, 1988, 43쪽.

은 이 작품의 주제와 관련하여 작품 형상화의 중요한 미덕이 될 것이다. 즉 인물의 심리가 반영된 자연에 대한 묘사는 주인공의 비극적 운명과, 그것의 가치를 정서적으로 공감할 수 있게 한다고 생각된다.

하눌은 철리같이 티였는데 조각구름들이 여기저기 널리었다. 어떤 구름은 깨끗이 바래말린 옥양목처럼 힌빛이 눈이 부시다. 안초시는 이내 자기의 때묻은 적삼생각이 났다. 소매를 나려다보는 그의 얼굴은 날래 들리지 않는다. 거기는 한조박의 녹두반자나 한잔의 약주로서 어쩌지 못할, 더 슬픔과 더 고적함이 품겨있는것 같았다.
  혹 혹 소매끝을 불어보고 손끝으로 투겨보기도 하다가 목침을 세우고 눕고 마렀다.[19)]

추석 가까운 날씨는 해마다의 그때와 같이 맑았다. 하눌은 철리 같이 티였는데 조각구름들이 여기저기 널리었다. 어떤 구름은 깨끗이 바래 말린 옥양목처럼 힌빛이 눈이 부시다. 안초시는 이번에도 자기의 때묻은 적삼 생각이 났다. 그러나 이번에는 소매 끝을 불거나 떨지는 않었다. 고요히 흘러나리는 눈물을 그 더러운 소매로 닦었을 뿐이다.[20)]

앞의 인용문은 작품의 앞부분에 나오는 것이며, 뒤의 것은 일 년이 지난 추석 전 어느 날 안초시가 자살하기 직전의 것이다. 이 두 개의 인용문에서는 자연묘사에 안초시의 심정이나 상황이 적실하게 반영되어 있다. 앞 인용문에서 안초시는 적삼을 불고 떨고 한다. 그리고는 누워서 땅을 사면 얼마의 이익이 남을까를 계산한다. 여기에는 돈을 벌어 보란듯이 살지도 모른다는 한가닥 희망과 자존심이 꿈틀거리고 있다. 뒤의 인용문은 삶에 걸었던 모든 희망이 사라진 안초시의 절망적 인식이 안초시의 행동을 통해 드러나고 있으며, 낡은 것의 운명과 연결되어 안초시의 눈물은 공감을 불러일으킨다.
  그리고 자연묘사를 통해 안초시의 비참한 운명을 은유적으로 형상

---

19) 이태준, 앞의 책, 37쪽.
20) 이태준, 위의 책, 47쪽.

화하는 것은 물질문명과 대비되는 낡은 것의 순수성과 연결되어 주제를 한층 강화하는 면이 있다. 즉 티없이 맑은 가을 하늘과 안초시의 운명을 연결시켜 속악한 현실과 비교되는 낡은 것의 순수함과 가치, 아름다움을 이미지를 통해 처리한다. 이로써 낡은 것을 아름답고 긍정적인 가치이고, 새로운 것은 속된 것으로 드러나는 작품의 주제를 더욱 선명하게 한다고 생각된다.

「패강냉」에서도 자연 묘사는 낡은 것의 순수함을 드러내는 데 중요한 역할을 한다. 「패강냉」은 주인공 현이 평양의 자연 경관을 감상하면서 조선 산하의 운명을 예감하고 비애에 젖는 것으로 시작된다.

다락에는 제일강산이라, 부벽루라, 빛낡은 편액들이 걸려 있을 뿐, 새 한 마리 앉아 있지 않았다. 고요한 그 속을 들어서기가 그림이나 찢는 것같이 현은 축대 아래로만 어정거리며 다락을 우러러본다.

질퍽하게 굵은 기둥들, 힘 내닫는 대로 밀어던진 첨차와 촛가지의 깎음새들, 이조의 문물다운 우직한 순정이 군데 군데서 구수하게 풍겨나온다.

……생 략……

현은 피우던 담배를 내던지고 저고리 단추를 여미였다. 단풍은 이제부터 익기 시작하나 날씨는 어느덧 손이 시리다.

「조선 자연은 왜 이다지 슬퍼 보일까?」

현은 부여에 가서 낙화암이며 백마강의 호젓함을 바라보던 생각이 난다.[21]

「패강냉」의 첫머리이다. 주인공 현은 감수성이 예민한 작가이다. 그는 작가의 감수성과 관찰력으로 평양의 산하를 바라본다. 그 산하는 스러져간 부여의 산하와 같은 느낌을 준다. 자연에 대한 묘사는 이 작품이 보여주는 스러져가는 것들에게서 느낄 수 있는 삶의 비애와 우수를 전하는 이미지를 형성해 준다. 게다가 조선의 산하를 쇄락해가는 것으로 느끼게 하는 원인은 일본의 군국주의 정책으로 인한 것이어서 「패강냉」의 주제는 더 의미심장하다. 즉 사라져가는 것들에 대한 아

---

21) 이태준, 앞의 책, 209쪽.

폼은 곧바로 새로이 형성되는 파시즘의 질서를 의식하는 것으로 연결되어 파시즘의 억압적인 측면이 문화적 감성으로 예리하게 포착된다. 특히 이 소설은 현이라는 작가의 시선을 초점으로 하여 서술되고 있어서 작가인 현의 정서가 작품의 정서로 드러나 문화침탈에 대한 감각이 예민하게 드러난다.

현은 평양의 자연경관을 보고 비감에 젖은 채 술집에서 박과 김을 만난다. 여기서 현은 십여 년전에 와서 사귀었던 기생 영월이를 만나는데, 평양의 정취를 가득 담고 있던 그 기생도 어느덧 유성기 소리에 맞춰 '딴스'를 추는 상황이 되었다. 그녀가 '딴스'를 추는 것은 돈을 벌어야 살 수 있기 때문이다. 돈이 힘이고 돈의 논리를 따라 사람살이도 변한 것이다. 게다가 평양여인들의 머리수건도 돈이 많이 든다는 이유로 없앴다고 한다. 문화적인 것들이 자본의 논리에 의해 훼손되는 현상이 현에게는 조선이 없어진 것 같은 절망감을 준다. 또 조선어를 가르치고 조선어로 글을 쓰는 박이나 현이 생존을 위협받는 현실에서 돈 잘 버는 김은 현에게 팔리는 글을 쓰라고 한다. 현은 참지 못하고 사이다 컵을 김에게 던지고 자리를 박차고 강가에 나와 서리를 밟거든 그 뒤에 얼음이 올 것을 각오하라는 말을 되뇌이며 비애를 느낀다.

이 작품에서도 중요하게 드러나는 삶의 가치는 일본의 침탈에 의해 훼손되어 가고 있다. 우선 위에서도 인용했듯이 평양의 자연 경관은 '이조의 문물다운 우직한 순정'을 지니고 있어 애틋하다. 그리고 평양여인들의 머리수건은 평양의 문화와 그 아름다움을 대변하는 것이어서 현에게는 간직하고 싶은 것이다.

현은 평양여자들의 머리수건이 늘 보기 좋았다. 현은 단순하면서도 흰 호접과 같이 살아 보였고, 장미처럼 자연스런 무게로 한 송이 얽힌 댕기는, 그들의 악센트, 명랑한 사투리와 함께 '피양내인'들만이 가질 수 있는 독특한 아름다움이었다. 그런 아름다움을 제 고장에 와서도 구경하지 못하는 것은, 평양은 또 한 가지 의미에서 폐허(廢墟)라는 서글품을 주는 것이었다.[22]

---

22) 이태준, 앞의 책, 211쪽.

허물어지고 빌딩들로 바뀌는 조선 산하의 옛 모습과 조선적인 문화 풍속의 아름다움이 지켜야 할 가치가 된다. 서양사람들의 '딴스' 때문에 사라져가는 기생 영월이의 소리 몇 마디, 그녀의 흰저고리 옥색치마와 쪽진머리가 가치있는 것이다. 이는 조선의 고유성을 상징하는 문화와 풍속이며, 봉건적이고 인습적인 것과는 거리가 멀다. 그래서 서양문화는 속물적이고 말초적인 것으로 드러나서 조선문화와 대비되며, 조선적인 문화와 풍속은 사람들의 순수함을 지닌 아름다움으로서 하나의 가치가 되는 것이다. 즉 속악한 것과 고아한 것의 대비이다. 이런 문화의식은 곧바로 그것을 지키는 예술가인 현 스스로에 대한 자의식으로 연결되어 자신의 모습을 지키는 것이 어려울 수 있다는 위기감이 되며, 여기서 민족의식의 싹을 볼 수 있다.

이 시기는 1938년 경으로 일본의 문화침탈이 노골적으로 진행되던 때이다. 이런 시기에 속물적이지 않고 고아한 것을 아름다운 것, 지켜야 할 것으로 여기던 현의 의식이 조선적인 문화풍속의 아름다움에서 그것을 보고 그것을 지키는 자로서 자신을 자각한 것은 민족적인 자존심이 될 수 있다. 즉 현의 현실감은 조선적인 것과 자신의 입장을 동일시하는 과정에서 느낀 감각적인 수준의 절박함에서 연유한 것이지만, 이 동일시는 이 시기의 상황이 주는 의미망 속에서 민족의 흥망성쇄를 곧 자신의 일로 받아들이는 민족의식이 된 것이다. 이제 작가인 현 자신의 존재 의미는 조선의 존재와 같아지는 것이다. 이러한 동일시와 민족의식의 주제화는 이태준의 소설들이 밟아온 과정에서 겪은 변화의 결과일 수도 있지만, 변화되는 현실 상황으로 인해 이태준 소설들의 현실 연관이 달라져서 이룬 행복한 일치일 수도 있을 것이다. 어쨌든 이런 일치 속에서 이루어진 「패강냉」의 리얼리즘적 성과는 문학사적 의미를 부여받기에 부족함이 없을 것이다.

그렇지만 여전히 이 작품에서도 새로운 것의 실체는 사회적 관계에 대한 의식으로 드러나지는 못한다고 할 수 있다. 작가 현이 문제상황으로 느끼는 것은 자신이 자연이나 사물과 겪는 과정에서 느끼는 번민의 수준으로 그치고 있다. 그래서 그것은 사회적 의미의 갈등을 형성하지 못한다. 따라서 현이 체험하는 갈등은 개인적인 차원의 것이며, 그 갈등의 해결 방법은 김에게 사이다 컵을 던지는 즉발적인 행동을 통해 예술가로서의 자존을 선언하는 수준으로 그치고 만다. 이런 결과는 「고향」에 나타난 김윤건의 관념적 태도와 그다지 다를 것이 없다.[23]

그러나 이 작품이 변화의 갈림길에 놓이게 되는 부분이 또 하나 있다. 그것은 현이 십여 년 전에 사귀었던 기생 영월이의 현실관이다. 영월이는 평양의 옛 모습을 가장 많이 갖고 있는 인물이다. 현은 영월이를 보고 애틋함을 금할 길이 없다. 그런데 그런 영월이도 돈을 벌기 위해 손님의 비위를 맞추며 '딴스'를 춘다. 기생에게 세상은 그다지 만만하지 않다. 젊음이 밑천인 기생이 늙어서 자신의 힘으로 살 수 있으려면 젊을 때 돈을 벌어야 하고 그러기 위해서는 무엇이든 손님이 원하는 것은 할 수 있어야 한다는 것이 그의 논리이다. 김에게는 사이다 컵을 통째로 던져버리는 현도 영월이에게는 아무말도 하지 못한다. 현실은 돈의 논리가 관철되고 있으며, 현도 이것을 인정할 수밖에 없다. 그리고 살기 위해서는 그 논리에 어느정도 적응하여 힘을 가져야 한다는 것이 현의 태도 속에 드러난다. 게다가 이런 영월이를 현은 그다지 속물적으로 보지 않는다. 인정하고 싶지는 않지만 변하는 현실의 한 부분으로 보고 있는 것이다. 이런 논리는 바로 이후의 작품인 「영월영감」에서 보다 뚜렷한 형태로 제시된다.

---

23) 「고향」은 1931년 작품으로 주인공 김윤건이 일본 유학을 마치고 조선에 와서 일본의 식민지적 흔적과 친일적으로 변한 사람들을 보며, 현실에 절망하는 과정을 그린 소설이다. 그런데 이 작품에서 김윤건은 구체적인 자기 현실을 갖지 못한 인물로서, 일어난 일들을 목격하면서 자신의 입지를 찾지 못하고 현실에 대한 울분을 감정적으로 폭발하여 유치장 신세를 지게 되는, 비현실적 정열만 앞세우는 관념적인 인물로 그려지고 있다. 졸저, 앞의 책, 53쪽 참고.

Ⅳ.

이태준의 소설들은 30년대 후반에 들어서면 현실에 적극적으로 대응하는 경향을 보여준다. 현실의 논리를 받아들여 현실적 힘을 가져보려는 인물들이 등장하는데, 이런 인물의 성격화를 보여주는 작품이 「영월영감」이다.

어느날 성익의 집에 소식이 끊긴 지 여러 해 되는 영월 아저씨가 찾아온다. 그는 젊어서 영월 군수도 지낸적이 있으며, 번득이는 눈과 풍모로 마을의 어른으로 지내시던 분이다. 게다가 아저씨는 언젠가 "심경에 큰 변화를 일으킨 듯 논을 팔고 가대와 종중(宗中)의 위토(位土)까지를 잡혀 쓰면서 한동안 경향 각지로 출입이 잦았"[24]던 적도 있던 분이다. 그러나 아저씨가 하는 일은 세도를 얻기 위한 것이거나 자기만의 이해를 구하는 것은 아니다. 이렇게 보면 종중의 위토까지 팔아서 경향 각지로 분주하게 돌아다니는 모습은 '불우선생'의 모습과 닮은 데가 있다. 그들은 실질적인 힘 없이 민족에 대한 열정과 기개로 세상을 살아가는 이상주의자의 또 다른 모습이다. 그래서 혹자는 이들을 민족주의자로 보기도 한다.

그런데 영월영감은 불우선생의 모습을 지니고 있지만, 동시에 문명화되고 도시화되는 자본주의 사회를 적극적으로 받아들이려는 태도도 지니고 있다. 이전의 소설들에는 돈의 힘을 좇아 움직이는 물질문명에 대한 반감과 그 물질문명의 속물성이 강하게 드러나 있다. 또 불우선생만 하더라도 그가 거지꼴을 하면서 꿈꾸는 것은 민족을 위한 사업이지만, 돈의 힘을 빌어서 어떤 일을 하겠다는 방법에 대한 인식은 전혀 보여주지 않는다. 그런데 영월영감은 돈의 힘을 이용해서 무슨 일인가 현실을 변화시킬 일을 할 수 있을 것이라는 신념에 찬 인물이다. 이것은 이태준 소설들이 보여준 현실관의 커다란 변화를 의미한다.

---

24) 이태준, 앞의 책, 72쪽.

「자연으루 돌아와야 할 건 서양사람들이지. 우린 반대야. 문명으루, 도회
지루, 역사가 만들어지는 데루 자꾸 나가야 돼…….」
　이렇게 영월영감은 목소리가 더 우렁차지며 얼굴이 더 붉어지며 가을비에
이끼 끼는 성익의 집 마당을 부산하게 나섰다.[25]

　이전 작품들에서는 부정적으로만 드러나던 물질문명은 영월영감에
게는 역사가 만들어지는 중심으로 이해되고 있다. 그리고 그것을 음미
하는 성익의 태도 역시 어느 정도 그 논리의 현실성을 긍정하는 것이
며, 이것은 자연과 인간의 합일에서 행복을 꿈꾸었던 반문명론적 생각
이 변화되는 것을 의미한다.

　그러나 영월영감의 문명지향론이 논리적으로 현실에 대한 정확한
인식에 기초하고 있다고 보기는 어렵다. 영월영감은 상대적으로 동양
인이 너무 자연에만 몰두한다고 본 것이다. 자연과 문명의 조화를 추
구해야 하며, 동양사람은 문명으로 나가야 한다는 것이다. 그는 문명
이 지닌 현실적 의미를 이성의 힘으로 인식하지 않는다. 그래서 그가
주장한 문명의 모습은 자본주의적 투기성의 대표격인 금광으로 드러
난다. 이로써 영월영감은 문명이나 역사가 만들어진다는 것은 알아챘
지만 인간의 이성적 힘이 아닌 물질, 돈의 힘으로 움직인다는 이해에
근거하고 있다는 것을 알 수 있다.

　물질의 힘이 작용하지 않은 순수의 모습에서 가치를 찾던 이태준의
소설들은 돈의 힘을 중심으로 변화하는 현실에 적극적으로 대응하려
한다. 그것은 자연과 문명의 조화이다. 그러나 조화는 두 가지를 변증
법적으로 통일한 것이 아니라, 자연에 너무 몰두하니까 문명으로 가야
한다는 중용의 논리이다. 이런 논리는 삶에 대한 적극적인 태도는 보
여줄 수 있지만 본질적으로 현실을 극복하고 미래를 그려낼 수 있는
힘을 생산하지 못한다는 점에서 한계가 있다. 이런 점에서 영월영감의
태도는 현실을 파고드는 힘은 있으나, 어디로 파고들어야 하는지에 대
한 방향 감각은 없는 행동주의자의 모습을 드러낸다. 이런 편향들은

---

25) 이태준, 앞의 책, 73쪽.

이후의 작품들에서도 나타난다고 생각된다.

「농군」과 「밤길」은 이태준의 작품들 중에서 현실인식이 돋보이는 작품이다. 「농군」의 주인공은 이전 농민들처럼 서정적인 분위기 속에서 가난한 현실을 슬퍼하는 우수에 찬 농민이 아니다. 또 「밤길」은 비와 칠흙 같은 밤이 주는 극단적 상황에서 절망의 끝으로 떨어져 나간 삶을 아름답기보다 끔찍하게 그려내고 있다.

이런 변화는 한편으로는 「영월영감」이 지닌 자연과 문명의 조화론에서 보여준 현실대응 방식의 변화가 가져온 결과이며, 또 한편으로는 앞서 「패강냉」에서 얻게 된 현의 자의식 속에 들어있는 민족의식의 발전양상이라 할 수 있을 것이다. 따라서 「패강냉」의 현실인식과 「영월영감」에서 본 문명지향성과 현실적 힘에 대한 긍정적 반응은 이후 작품들의 성격에 작용하게 된다고 할 수 있을 것이다.

「농군」은 봉천행 보통급행 삼등간 열차를 타고 만주로 가는 한 농가의 모습으로 시작한다. 주인공 창권이는 밭과 산을 조금 가지고 소작을 하며 살던 농민이다. 그런데 점점 살기가 어려워져 그동안 정들었던 강아지도 떼놓고 고향을 떠나 낯설은 만주땅을 찾아 가는 길이다. 이태준 농민소설들처럼 이 소설도 정감어린 정서적 교감이 가능한 세계는 고향이고, 새로이 찾아 떠나는 곳은 소외와 두려움이라는 낯선 정서가 그들을 위축시키는 곳으로 설정되어 있다. 그래서 「꽃나무는 심어놓고」의 방서방이 서울에서 경찰에게 두려움을 느끼듯이 창권이도 국경에서 취조하는 형사에게서 두려움을 느낀다. 그리고 이것은 창권이가 새로운 삶 전체에 대해서 느끼는 두려움을 의미한다. 이 소설도 이같은 정서적 이질감으로 시작한다.

그런데 이렇게 어렵게 찾아온 '장쟈워푸'는 보금자리를 마련해 놓고 있지 않았다. 밭농사를 하는 토착민들과 논농사를 하는 조선 농민들과 이해가 엇갈려서 죽음을 불사하는 심각한 갈등이 생긴다. 고향에서 살기 어려워 이국땅 만주를 찾아온 사람들에게 생존이 달려있는 이 싸움에서 사람들은 모두 적극적인 자세로 대결한다. 그리고 창권이네들은 적지 않은 희생을 치룬 끝에 농사를 지을 수 있는 도랑을 확보한

다. 여기 등장하는 농민들은 이농민의 절박함과 위기감을 거쳐 허무론
자가 되지 않고 적극적인 태도를 지니게 된다. 이렇게 볼 때 이전 소
설들과 비교하여 이농민들의 태도는 달라진 면이 있다.

　이전 소설들과 비교하여 또 하나 달라진 면이 있다면, 낯설고 두려
워하는 정서적 이질감이 현실인식의 계기를 이룬다는 것이다. 창권이
네는 정들었던 강아지도 떼놓고 만주를 찾아간다. 잠이 깨서 둘러 본
기차 안의 낯선 기운은 고향에 두고 온 강아지에 대한 그리움을 일깨
운다. 강아지를 생각하는 이들의 정서는 「꽃나무는 심어놓고」 등 몇
편의 이농민 소설들에서 드러난 '두고 온 고향'의 이미지 속에 들어있
는 이상적 세계에 대한 원망과 정서적 동질감 등에 연결될 수 있다.
창권이에게도 고향은 그것이 상징하는 것들과 어우러져 그가 꿈꾸는
이상적 세계의 한 부분이 된다.

　그러나 이전 소설들에서는 이농민들이 느끼는 현실감이 '아름다운
슬픔'이 될 수 있도록 그려졌지만, 「농군」에서 창권이나 그 아내가 느
끼는 정서적 이질감의 절정인 형사를 만나는 대목은 현실에 대한 위
기감을 조성하여 서정적인 분위기를 느끼게 하기보다는 절박한 현실
인식의 계기가 되고 있다. 그래서 이들의 삶은 정서적 이질감을 겪는
현실에서 자연과 합일되는 낭만적 세계를 꿈꾸는 것으로 끝나지 않고,
현실에 적극적으로 대처하여 현실에서 그런 전망을 만들어 보려는 자
세를 보여주게 된다. 힘없고 주눅든 모습의 창권이가 농사 지을 땅을
두고 피흘리며 싸우는 것은 이런 현실감이 뒷받침되어 있기 때문이다.

　그렇지만 서사적 갈등 상황에서 적극적이고 집단적으로 대결하는
창권이네들의 삶의 이면에 설정된 관계의 성격은 이전에 이태준 소설
들에서 삶을 드러내던 수준과 그다지 달라지지 않았다고 생각된다. 그
들이 싸우게 된 원인은 땅에 대한 애정과 집착이다. 이런 것이 그들의
생존과 연결된 듯이 보이기도 하지만 사실 이것은 종교와도 같은 벼
한 톨에 대한 집념에서 시작된 것이다.

　봇도랑 속은 거의 한 길이나 우묵해지고 양지가 되어 집에 있기보다 따스

하고 그 구수하고 푹신한 흙은 냄새도 좋고 만지기에도 좋았다. 물만 어서 떨떨 굴러와 논자리들이 늠실늠실 넘치도록 들어가만 준다면 논은 해먹지 않고 그것만을 보고 죽더라도 한이 풀릴 것 같았다. 까마득한 삼십 리 밖, 이 푹신푹신한 생흙바닥으로 물이 고이며 흘러오리라고는, 무슨 꿈을 꾸고나서 그것을 생시에 바라는 것같이 허황스럽기도 했다. (생략)

창권이네가 맡은 구역은 제일 끝구역이다. 여기만 물이 지나간다면 흙이 태고적부터 썩어 댓진같은 황무지는 문전옥답으로 변하는 날이다. 삼만 평이면 일백 오십 마지기(百五十斗落)는 된다. 양 석씩만 나준다면 삼백 석 추수다. 대뜸 허리띠 끈을 끌러놓게 되는 날이다. 무연한 벌판에 탐스런 모춤이 끝없이 놓여 나갈 광경을 그려보면 팔쭉지가 근지러워진다. 창권은 후다닥 뛰어일어나 날깊은 괭이를 내려찍는다. 잔돌 하나 없는 살흙은 허벅지게 픽 박힌다.[26]

창권이네가 피흘리는 싸움을 하게 된 갈등의 원인과, 그들이 원하는 것이 위 인용문에 드러난다. 창권이네는 논농사를 짓기 위해 물을 얻으려는 것이다. 그것은 사회관계[27] 속에 존재하는 갈등이 아니라, 단지 논농사를 짓지 못하게 하는 중국사람들의 고집스러움과 논농사를 지을줄 모르는 생활습관 때문에 생겨난 것이다. 그리고 창권이네가 논농사를 고집하는 것도 이들이 지닌 벼에 대한 몸에 밴 문화에 기인하는 것이다. 이것은 자신의 노동의 결과를 사회적인 관계로 인해 빼앗기게 되며, 그것을 지키기 위해 싸워야 하는 문제와는 질적으로 다르다. 이들은 벼와 벼를 기를 수 있는 물에 대한 애착에 의해 싸움을

---

26) 이태준, 앞의 책, 103쪽.

27) 이때의 사회관계는 지·소작관계, 즉 봉건적인 생산관계를 의미한다. 즉 논농사를 짓는 농민들은 대부분 땅이 좋건 나쁘건 간에 땅과 갈등관계를 겪는 것이 아니다. 그 갈등의 관계는 땅을 갖고 있는 사람과 그것을 경작하는 사람간의 관계에서 일어난다. 그렇기 때문에 땅을 매개로 인간과 인간의 갈등이 생겨난 것이고, 이 갈등의 당사자인 농민들은 이 관계를 극복하는 방법으로 새로운 인간관계에 근거한 사회를 꿈꾼다. 이런 점에서 볼 때 이태준의 소설들에서는 자연과 인간이 맺는 관계를 통해 인간의 문제가 설정되는 경향이 강하며, 특히 갈등이 첨예하게 드러나 있는 「농군」의 경우도 땅에 심은 벼를 누가 가져갈 것인가가 아니라 땅에 무엇을 경작할 것인가를 놓고 갈등이 생긴다는 면에서 당대의 사회관계 속에 설정된 갈등관계라 할 수는 없을 것이다.

하는 것이다. 즉 이런 싸움의 형태는 자연과 인간과의 관계로 현실의 어긋남을 드러내고 그러한 관계의 화합 속에 이상적 세계를 그리던 이전의 소설과 인식에 있어 그다지 차이가 없다고 할 수도 있다. 그리고 이런 면 때문에 「농군」에서 드러난 갈등의 성격을 당대 농민들의 사회관계를 문제삼고 있다고 평가하는 데 주저하게 되는 것은 어쩌면 당연한 것인지도 모른다.

그렇지만 이렇게 본다 하더라도 「농군」에서 농민들이 겪는 갈등이 노골화되어 인물의 성격변화를 가능케 한 것은 「패강냉」의 리얼리즘 성격과도 연결될 수 있을 것이다. 그리고 해방후 『농토』의 억쇠와 같은 인물의 변화를 설명할 수 있는 계기가 될 것이다.

이 글의 처음 부분에서 말한 바 있듯이 이태준의 해방후 소설들에 형상화되어 있는 인물들도 자본주의적 현실을 살아온 흔적은 별로 보이지 않는다. 해방후 소설들에 등장하는 인물들은 주로 정의롭고 순수한 성격을 지니고 있으며, 회의와 번민이 없는 태고적 순수를 표상하는 성격에 가깝다. 그리고 이것은 이 소설들에서 전망하는 사회주의의 성격을 규정한다. 이렇게 본다면 「농군」의 인물이 지닌 성격과 갈등구조가 『농토』의 성격으로 연결되는 점을 찾을 수 있을 것이며, 해방을 전후로 한 이태준 소설들의 변화상을 해명하는데 중요한 요소가 될 것이다.

「농군」이 이태준 소설들의 변화 과정에 중요한 역할을 한다면, 「농군」 이후의 작품인 「밤길」은 좀 다른 면에서 이태준 소설의 변화 과정을 드러내는 소설이다.

「농군」의 정서나 인물의 현실 대응방식 등이 「꽃나무는 심어놓고」에 비견될 수 있다면, 「밤길」은 「봄」에 비교 될 수 있는 작품이라고 생각된다. 이 작품들의 관계도 「농군」을 얘기하면서 말했듯이 작품의 정서에서 차이나는 점이 있다. 「봄」은 고향에서의 삶을 버리고 소외감 속에서 비애를 느끼는 노동자를 그리고 있으며, 전체적으로 이 비애의 정서를 서정적으로 묘사하여 '아름다운 슬픔'을 자아내게 하는 특성이 있다. 그러나 「밤길」은 '밤'이라든가 '비'의 이미지를 통해 서정적 효과도 발휘하지만, 이 작품에 설정된 철철 내리는 비는 상황의 절박함이나 긴장감을 고조시킨다. 또 사건들이 계속 진행되는 것이어서 긴장감은 서정적으로 포장될 여유가 없다. 이런 것들은 오히려 비참한 현실을 있는 그대로 드러내는 역할을 하여 현실을 잔인하고 끔찍스럽게 느끼게 하는 효과를 일으킨다.

초기 이태준 소설에서 느껴지는 비애의 정서는 서정적인 묘사 속에서 아름다움과 통하는 순수한 정서를 전달하여 낭만적인 효과를 거두었는데, 「밤길」에서는 서정적 묘사나 이미지에서도 긴장은 이완되지 않고 현실이 끔찍하게 드러난다.

그런데 이 작품은 황서방 개인이 처한 비참한 삶이 드러나는 과정에서 이 인물의 사회관계가 드러남으로써 인물의 분노가 정황의 인과관계 속에서 보편성을 얻게 되는 점이 주목할 만하다. 즉 삶의 우연성이나 운명적인 것으로 문제를 처리하여 현실에 대한 허망함을 일깨우는 낭만적 정서와는 다르다는 것이다.

주인공 황서방은 짓는 동안만 자신의 차지가 되는 삼십 간이 넘는 대궐 같은 집의 공사를 맡고 있는 노동자이다. 가족을 맡겨두고 온 서울의 행랑채 방은 그의 아내가 안집 일을 거들어 주고 있기로 한 것인데 그 아내가 힘이 들어 도망을 간다. 결국 그 주인집에서 애들을 데리고 내려와 그에게 던져주듯이 주고 간다. 막내인 갓난아이는 병이 들었고, 그는 다 죽어가는 갓난아이를 병원에 데리고 가지만 돈이 없어 진찰도 받지 못하고 그냥 죽기를 기다리다가, 남의 새집에서 애를 죽일 수 없다는 권서방의 권고에 따라 죽지도 않은 아이를 물구덩이에 묻는다. 황서방이 처한 여러 가지 관계와 상황들이다. 그런데 이 모든 상황들에서 황서방은 인간 이하로 취급받는다.

정거장에는 두 딸년이 오르르 떨고 바깥을 내다보다가 애비를 보자 으아 소리를 내고 울었다. 젖먹이는 울음소리도 없다. 옆에서 다른 사람들이 무심히 들여다 보았다가는 엥이! 하고 안 볼 것을 보았다는 듯이 얼굴을 돌린다.
황서방은 가슴이 섬찍하는 것을 참고 받아 안았다. 빈 포대기처럼 무게가

없다. 비린내만 혹 끼친다. 나리님은 어느새 차표를 샀는지, 마지막 선심을
쓴다기보다 들고가기가 귀찮다는 듯이, 예따 이년아, 하고 젖은 지우산을 큰
계집애한테 던져 주고는 시원스럽게 차 타러 들어가 버리고 만다.
황서방은 아이들을 끌고, 안고, 저 있던 데로 돌아올 수밖에 없다.[28]

  월미도쪽이 더 새깜해지더니 바람까지 치며 빗발이 굵어진다. 황서방은 다
리를 치켜 걷었다. 앓는 애를 바짝 품안에 붙이고 나리님이 주고간 지우산을
받고 나섰다. 허턱 병원을 찾았다. 의사가 왕진갔다고 받지 않고 소아과가
아니라고 받지 않고 하여 네번째에 찾아간 병원에서 겨우 진찰을 받았다. 의
사는 애 아비를 보더니 말은 간호부에게만 무어라 지꺼리고는 안으로 들어
가 버린다.
  「안되겠읍죠?」
  「아는구려.」
하고 간호부는 그냥 안고 나가라고 한다.[29]

  황서방은 자신보다 높은 신분에 있는 것 같은 사람들인 나리님이나
의사에게 같은 인간으로서 대접받지 못한다. 게다가 지나가는 사람들
조차도 죽어가는 아이를 보고 못 볼 것을 봤다는 듯이 대한다. 황서방
이 자신의 현실과 관련되어 있는 사람들과 맺고 있는 관계는 그 사회
의 비정함을 드러낸다. 그리고 황서방과 같은 사람들이 소외되는 사회
임이 드러나고 있다. 이것은 황서방이 자신이 당한 불행을 모두 아내
의 탓으로 돌리는 것에서 알 수 있듯이 황서방의 인식으로는 드러나
고 있지 않지만, 이야기를 이끌어가는 서술자의 목소리를 통해 '나리
님'의 선심 쓰는 태도나, 의사의 황서방에 대한 태도에 드러나고 있다.
이런 서술로 인해 독자들은 황서방이 아내를 원망하듯이 아내를 탓하
는 데 동조하기도 하지만, 이런 상황의 원인이 아내에게 돌려질 수는
없다는 인식도 얻을 수 있을 것이다.[30]

---

28) 이태준, 「밤길」, 『이태준 전집 3』, 깊은샘, 1988, 35쪽.
29) 이태준, 위의 책, 35 ~ 36쪽.
30) 이 점은 「꽃나무는 심어놓고」의 방서방이 아내를 원망하고 세상을 탓하는 장면과 비
   교해 볼 수 있을 것이다. 같은 내용이면서도 이야기의 주제가 서술자의 차이에 따라
   달라지고 있다고 생각된다.

「밤길」의 서술상황과 인물관계 등을 통해 이런 것들을 해석해 낼 수 있다면, 「밤길」은 이전 소설들과는 달리 자본주의적 질서가 삶의 곳곳에 침윤되어 있는 현실의 모습을 사회적인 관계 속에서 드러내고 있다고 할 수 있을 것이다. 그리고 이런 변화에는 '분노'의 감정이 매개되어 있기 때문에 감정의 성격도 현실의 심각성과 직접적으로 연결되는 것이라 할 수 있다. 게다가 「밤길」은 사회적 관계 속에서 억압받는 인물이 이상적으로 동경하는 세계가 드러나지 않고, 상황 그 자체가 집중적으로 드러나기 때문에 인물의 감상성이 투영될 여지가 그만큼 줄어드는 점이 특징적이기도 하다.

어쨌든 이렇게 볼 때 「농군」과 「밤길」의 현실은 해방후 이태준의 소설들이 겪게 되는 변화의 계기가 되어, 해방후 소설들의 미덕과 한계를 규정하는 요인이 된다고 생각할 수 있을 것이다.

V.

1920년대에 이념적으로 또는 형식적으로 새로운 모습을 보여준 문학들이 1930년대에 와서는 이러저러한 과정들을 겪으면서 성숙해갔다고 할 수 있을 것이다. 그래서 이 시기는 카프의 문학운동도 성숙한 단계를 갖게 되며, 〈구인회〉를 중심으로 한 모더니즘 문학도 자기 모습을 갖추게 된다.

이 두 가지 문학 흐름이 그 발생적인 측면에서는 서로가 서로를 견제하고 다소 배제하는 가운데 이루어진 것이지만, 그것이 익어가는 과정에서는 현실이라는 큰 바탕 위에서 서로 침투해가는 것은 당연하다 할 것이다. 그렇기 때문에 시간적인 거리를 두고 지금 이 시점에서 이 당시 문학을 역사적으로 살펴보려면 그 발생적인 면에서의 차별성에만 집착해서는 안될 것이라 생각된다. 오히려 그러한 다른 줄기들이 서로 현실과 관계하면서 어떻게 변화 발전해가는가가 밝혀져야 할 것이다. 게다가 우리 문학은 해방후 또 한번의 이념적 변화를 겪기 때문에 이런 것에 대한 올바른 판단은 해방후의 문학을 설명하는 데도 필수적인 부분이 될 것이다.

이런 면에서 이태준의 1930년대 단편소설들은 많은 시사점을 준다. 이태준은 앞서도 말했듯이 〈구인회〉를 만들고 이끈 사람이지만, 그의 소설들은 현실의 어긋난 부분을 작품 속에 끌어들이려는 흔적이 역력하다. 게다가 해방후에는 이념적으로 사회주의를 받아들이고 있다. 이렇게 볼 때 이태준의 소설들은 겉으로 보기에는 상이한 여러 가지 현상들을 아우르는 위치에 있다 할 수 있으며, 그렇기 때문에 우리 문학사의 여러 가지 연결점들을 설명하는 데 중요한 의미가 있는 것이다.

이 글에서는 이런 점들을 염두에 두고 1930년대 작품들의 변화를 살펴보았다.

이태준의 초기 소설들은 사회비판적인 주제의식이 강하다. 그러나 창작의 미숙성으로 관념적인 서술자의 개입이 심해 작품이 주관화되거나 고대소설의 전지적 서술자의 모습이 드러나서 이태준 소설의 전체적인 성격과는 다른 효과를 내게 된다. 이런 주관적 경향들은 『달밤』 창작집을 내던 시기를 전후로 하여 지양되며, 시점이나 서술자의 목소리, 묘사와 서술 등이 적절하게 사용되어 형상화에 있어 성숙한 면모를 보여주게 된다. 그래서 이전 시기의 소설들은 창작의 미숙성으로 인해 이태준 소설의 성격을 논하는 자리에서 준비단계로만 설정하고, 「꽃나무는 심어놓고」가 씌어진 시기를 전후로 하여 특징을 살펴보았다.

초기소설에 해당하는 「달밤」과 「꽃나무는 심어놓고」에서는 속악한 물질문명이 판치는 세상을 부정하기 위해 모자라는 인물에게서 드러나는 순수함과 그들의 삶도 존중되는 휴머니즘적인 이상상이 드러나거나, 자연과 합일되는 경지에서 인간의 행복한 삶을 꿈꾼다. 이런 것들은 순수한 심성이 내재되어 있지만, 이상적이고 비현실적이라는 점에서 낭만적이라 할 수 있는데, 특히 작품의 주인공이나 서술자가 꿈꾸는 세계의 모습이 자연에 동화되는 인간의 모습으로 그려지고 있는 것은 이태준의 소설을 고찰하는 데 문제적인 부분이다.

작품에 드러난 세계의 형상을 통해 작가의 사상이나 현실인식을 파악할 수 있다고 할 때, 이런 세계상은 이태준이 동경하는 이상적 세계의 원형이라 할 수 있으며, 이를 통해 그의 소설들이 변화하는 과정을 그의 현실관과 연관시켜 파악할 수 있다고 보았다.

이태준은 사람살이의 최선의 상태를 자연과 인간의 조화로운 관계에서 파악하고 있지 인간과 인간이 맺는 관계의 성격, 예컨대 제도나 계급관계 등의 문제로 파악하지 않는다. 그래서 근대를 반대하는 것도 근대라는 사회적 관계가 속물적이어서 인간의 자연적인 순수성을 훼손하고 있기 때문이며, 임화가 극찬한 「농군」의 서사적 긴장과 비장미도 봉건적인 생산관계가 인간의 삶을 억압하는 상황 속에 설정된 것이 아니라, 농민들의 땅에 대한 집착과 조선민중의 벼 한톨에 대한 애착에서 생겨난 것이다. 이런 자연적이고 인정(人情)적인 정서로 결합된 관계가 인간의 삶을 행복하게 할 수 있는 이상적인 것으로 설정되어 있다. 그리고 이런 자연친화적 경향은 문체나 묘사에서도 드러나는데, 서정적인 분위기 속에 묘사된 자연과 인간의 아름다운 관계가 작품의 분위기를 압도하는 것도 이런 것에서 연유한다고 할 수 있다.

이런 경향은 이태준의 작품들에 대한 통시적인 고찰을 통해 확인할 수 있었다. 시골스러운 도시 변두리에 사는 반편을 보고 태고적 순수를 발견하는 감상적 화자나, 방서방이 두고온 고향의 모습에서 떠올리는 흙에 대한 향수 등은 자연과 합일되는 것에서 인간의 행복을 꿈꾸는 것이라 할 수 있을 것이다. 또 안초시의 비극적 죽음이나 현의 비애도 자연의 티없이 순수한 아름다움을 거스르는 속물적인 물질문명과의 대비 속에서 형상화되고 있으며, 문명의 현실적 힘에 대한 인식 전환으로 가능했던 「농군」의 적극적 인물들의 행동도 결국은 벼 한톨에 대한 종교적 신념이 있었기에 가능한 것이었다.

이태준의 소설들에서 현실은 이렇듯 자연과 인간의 관계망 속에서 포착되어 드러나기 때문에, 그 소설들은 전반적으로 사회의 본질적인 문제에 다가가지 못하고 개성적인 인물형상화를 보여준다고 평가받고 있다. 그렇지만 이 글의 문제의식은 이런 형상화의 인식적 특성을 해명하는 일과, 이런 특성이 그 자체의 논리로서 현실을 끌어안게 되는 경향을 통시적으로 해명하려는 것이었다. 즉 이 소설들의 이러한 특성이 현실에 대한 추상적인 이해로 머무는 것이 아니라, 미적인 아름다움을 통해 현실을 아름답고 순수하게 만들어 보려는 작가의 의도 속에서 행복한 인간의 삶을 향한 염원을 볼 수 있다는 생각이었다. 그리고 일련의 창작과정에서 작가가 현실과 부단히 교섭했던 흔적을 역력히 발견할 수 있었다.

　이태준의 소설들은 이처럼 속악한 '근대'를 거부하고 비판하지만, 동시에 행복하고 아름다운 삶을 꿈꾸고 있었으며, 그것은 자연적인 것, 순수한 것, 조선적인 것과 관련된 것이기 때문에 현실에 대한 적극적인 관심을 이끌어낼 수 있는 것이었다. 우리 문학사에 있어서 '근대'란 난숙기의 자본주의를 이식당한 식민지에서 형성된 것이기 때문에 이런 반발은 어찌보면 근대문학을 형성해가는 과정의 한 편을 차지하는 모습이라고 할 수 있을 것이다.

(연세대 박사과정)

문학과 정치
- 해방 후 이태준 소설 연구 -

장 영 우

I. 머리말

을유년의 해방은 전쟁에 참패한 일본 제국주의자들 못지않게, 그들의 혹독한 압제의 굴레에 갇혀 있던 우리 민족에게도 커다란 충격으로 다가왔다. 이 파천황적 사건을 가리켜 '하늘이 무너지는 듯한 일'[1] 혹은 '아닌 밤중에 찰시루떡을 받는 격'[2]으로 비유한 몇몇 선각자들은 해방의 비주체적 성격을 날카롭게 인식하고 이후에 전개될 우리 민족사의 파행적 진행에 심각한 우려를 표명하였다. 다시 말해 미·소 연합군과 일본 제국주의 사이의 대전(大戰)에 한국이 실질적으로 참여한 바가 없으므로 '장래에 국제간에 발언권이 박약하리라'고 예견한 백범의 우려는 당장 눈앞의 현실로 나타났던 것이다. 일본의 패망과 함께 종식된 제2차 세계대전에서 승전국으로 대두한 미국과 소련은 한반도에 진주군의 자격으로 입성하였고, 그들은 38선을 경계로 자국(自國)의 이익과 이념에 적합한 통치행위를 펴나가기 시작하였다. 미·소의 대립과 갈등은 자연히 민족을 좌익과 우익으로 편가름하는 계기로 작용하였으며, 그것은 마침내 우리 민족과 국토가 양분되는 참혹한 비극의 서막에 지나지 않았다.

---

1) 김 구, 『백범일지』, 문학예술사, 1982, p.243.
2) 고심백, 「각 당파의 인물기」, 《민심(民心)》, 1945. 11, p.39.

당시 국제 정세와 국내 사정에 제법 정통했던 선각자들도 미·소 양대국의 은밀한 세력 다툼과 그로 인한 민족의 분열을 제어하는 데는 역부족일 수밖에 없었다는 점에서 민족(사)적 비극의 본질이 드러난다. 더욱이 대다수 한국인들은 일왕이 무조건 항복했다는 외적 사건에만 흥분하여 현실을 이성적으로 분석하는 일에는 소홀하였다. 그들은 승전국의 신분으로 진주한 미·소 양국이 자국의 이익을 우선적으로 추구하리라는 가장 기본적인 현실 인식도 하지 못한 채 과도한 낭만적 전망의 신기루에 홀려 우왕좌왕하고 있었다. 이런 사정은 문학계에서도 별반 다르지 않아서 과거 KAPF의 주요 이론가였던 임화·김남천 등은 발빠르게 문인 단체를 결성하는 등 문단적 헤게모니를 선점하려는 의도를 드러내었다. 〈조선문화건설중앙협의회〉와 〈조선프롤레타리아예술동맹〉 등의 좌익 문학(예술)단체가 〈조선문학가건설본부〉로 통합되면서 문단적 세력을 확장할 무렵, 우익측에서도 다소 뒤늦게나마 〈전조선문필가협회〉 〈조선청년문학가협회〉 등을 결성하여 좌익 계열의 문학적 강령과 이론에 정면 반발, 문학인들 사이의 좌우익 대립과 갈등은 본격적인 양상을 띠게 되었다. 이와 같은 상황에서 이태준이 문단의 문제적 인물로 대두되는 까닭은 그가 일반인의 예상을 배반하고 좌익 계열 문학단체의 선두 그룹에 소속되었다는 사실에서 연유한다.

이태준은 1925년 「오몽녀」를 발표한 이래 주로 민족주의 색채와 상고주의 정신이 강하게 반영된 작품을 발표하여, 이른바 순수문학가로 지목되었던 작가였다. 그의 일제 하 작품 중에는 동반자적 성향이 드러나 보이거나[3] 엄정한 현실인식에 입각하여 당시 하층민들의 실상을 폭로한 것들이 적지 않지만, KAPF류의 계급문학에는 다분히 배타적인 태도를 가지고 있었다.[4] 이런 전례로 미루어 볼 때 그의 전향

---

3) 방준원, 「이태준론」, 《백민》, 1946. 10, p.28.
　　유종호, 「'인간사전'을 보는 재미」, 이선영 편, 『1930년대 민족문학의 인식』, 한길사, 1990, p.299.
4) 이태준, 「소설의 어려움 이제야 깨닫는 듯」, 《문장》, 1940. 2, p.20.

이 매우 의외적인 사건으로 인식되었던 것은 어쩌면 당연한 현상이었다고도 할 수 있다.

이 글은 해방 후 이태준의 행적과 작품세계를 규명하고자 하는 목적에서 쓰여진다. 그리고 이 글은 해방 후 이태준의 행적과 작품세계가 과거의 그것과 현격한 차이를 보이고 있는 점은 인정하지만, 그것이 돌연변이적이거나 환골탈태에 가까운 전면적 변화가 아니라는 기본 인식을 전제로 하고 있다. 다소 성급하게 필자의 의견을 앞세운다면, 이태준의 좌익활동은 그가 젊은 시절부터 간직하고 있었던 민족주의적 관심의 향방이 과거와 다르게 표출되었을 뿐, 이데올로기의 본질과는 다소 거리가 있는 것이었다고 생각한다. 그렇다고 하여 이태준의 해방 후 작품에 간과할 수 없을 정도로 좌편향적 태도가 각인되어 있는 사실 자체를 부정하려는 것은 아니다. 하지만 그런 작품이 이른바 사회주의 리얼리즘의 이론이나 김일성 창작지도 원리에 의존하고 있으면서도 이태준 특유의 소설 미학적 바탕을 완전히 몰각하고 있지 않다는 점은 마땅히 주목되어야 할 특징이라 여겨진다.

Ⅱ. 자기비판과 방향전환 —「해방전후」·『소련기행』

1945년 8월 15일부터 약 3년간에 걸친 기간은 우리 근대사에 있어 가장 정치적 성향이 강한 시기였다. 당시 우리 민족이 해결해야 할 가장 긴급한 과제는 자주적 민족 독립국가의 건설, 철저한 토지개혁을 중심으로 한 반봉건적 제관계의 타파, 식민지적 통치기구의 해체 등 이른바 반제·반봉건의 과제라는 정치적 성격을 띤 것이었다. 새로운 역사를 지향하는 민족 전체의 이념과 지표가 미처 합의되지 않은 상태에서 백가쟁명식으로 표출된 사상·이념 혹은 구호는 당시의 정세와 사회적 분위기를 더욱 혼미한 상태로 몰아 넣었다. 이와 같은 국민적 분열과 사회적 혼란이 구체적 형태로 나타나기도 전에 정치적·이념적 성격이 강한 단체를 결성한 〈조선문학건설본부〉[9](이하 〈문건〉

으로 줄임)의 현실 대응력은 자못 놀라운 바가 있었다. 임화·김남천
·이원조 등 과거 **KAPF**의 소장 맹원들이 주축이 되어 일제하 대표
적인 친일 어용단체였던 〈조선문인보국회〉 자리에 〈문건〉의 간판을
내걸면서 앞으로 전개될 상황변화에 적극 대처할 수 있는 위치를 선
정하고 나섰던 것이다. 〈문건〉은 곧이어 〈조선문화건설중앙협의회〉
(이하 〈문협〉으로 줄임)로 명칭을 바꾸면서 일제하 순수문학 진영의
주도자급이었던 이태준을 끌어들인다. 이 부분에 대한 이태준의 회고
는 「해방전후」[6]에 상세히 기술되어 있다.

현은 십칠일날 새벽, 뚜껑 없는 모래차에 모래 실리듯한 사람 틈에 끼여,
대통령에 누구, 육군 대신 누구, 그러다가 한 정거장을 지날 때마다 목이 터
지게 조선만세를 부르며 이날 아침 열시에 열린다는 건국대회에 밎이지 못
할까 보아 초조하면서 태극긔가 휘날리는 열광의 정거장들을 지나 서울로
올라왔다. (중략)
현이 더욱 걱정이 되는 것은 벌서부터 기치를 올리고 부서를 짜고 덤비는
축들이, 전날 좌익 작가들의 대부분임을 알게 될 때, 문단 그 사회보다도, 나
라 전체에 좌익이 발호할 수 있는 때요, 좌익이 제멋대로 발호하는 날은, 민
족 상쟁 자멸의 파탄을 일으키지 않을까, 하는 위험성이였다. 현은 저 자신
의 이런 걱정이 진정일진댄, 이러고만 앉엇을 때가 아니라 생각되여 그 「조
선문화건설중앙협의회」란 데를 찾어갔다. (pp.21 ~ 22)

작중인물 현은 작가 자신으로 보아도 좋을 듯하다. 왜냐하면 이 작
품의 부제가 '한 작가의 수기'로 되어 있고, 이태준의 소설에서 현이란
인물이 등장하는 것은 대부분 작가의 자전적 요소가 강하게 반영된

---

5) 〈문건〉이 결성된 시기는 1945년 8월 16일이다. 이 단체는 이틀 후 〈조선문화건설중
앙협의회〉로 그 명칭을 바꾸는데, 이때 이태준이 함께 참여한 것으로 보인다. 따라서
〈문건〉의 핵심인물로 임화 등과 함께 이태준을 거론하고 있는 일부 논자들의 주장은 명
백한 오류라 할 수 있다. 왜냐하면 이태준은 8월 17일에 상경했고 문인대회에 참석할
수 있었던 것은 상경 당일인 17일이나 그 이튿날인 18일에야 가능했을 것이기 때문이
다.
6) 이태준, 「해방전후 – 한 작가의 수기」, 《문학》, 1946. 8. 이하 작품 인용은 괄호 안에
면수만 제시함.

작품들이기 때문이다. 인용문을 통해 드러나는 정보는 이태준이 8월 17일에 상경했다는 것과,[7] 〈문협〉의 발호로 나라 전체가 혼란에 빠지고 마침내는 '민족 상쟁 자멸의 파탄'으로 치닫지나 않을까 우려하는 그의 지사적 태도이다. 이태준이 일본의 항복선언이 있은 이틀 후에야 서울에 모습을 드러냈다는 사실은 그의 해방 전 행적을 해명하는 일차적 자료가 된다. 또한 〈문협〉을 주도하는 인물이 좌익 일색이라는 점에 대경실색했다는 진술에서 그의 반좌익적 사고의 일단을 감지해 낼 수 있다. 그렇다면 일제 말기 이태준은 어째서 서울을 떠나 있었던 것일까. 이 점에 대하여는 필자의 논문에서 개략적으로 살펴본 바 있으므로 재론하지 않거니와, 1942년을 전후로 하여 친일적 글쓰기를 한 뒤 강원도 안협으로 낙향하여 낚시로 암담한 세월을 이겨내고 있었던 점만은 지적하고자 한다. 또한 그곳에서 이른바 '기인여옥(其人如玉)'이라 할 김직원을 만나게 되는데, 그는 이태준의 회고 취향과 해방 후의 사상적 변화를 이해하는데 결정적인 역할을 하는 인물이라는 점에서 특별히 주목된다. 김직원은 '기미년 삼일운동 때 감옥살이로 서울에 끌려'왔던 지사로서 '창씨를 안하고 견디는 것은 물론, 감옥에서 나오는 날부터 다시 상투요 갓'을 고집한 전형적인 선비이다. 또한 그는 현과 시국을 논하는 자리에서 '그전대로 국호도 대한, 임금도 영친왕을 모셔내다 장가나 조선부인으로 다시 듭시게 해서 전주이씨 왕조를 다시 모셔보구 싶다'는 개인적 희망을 피력할 만큼 구제도(舊制度)의 유습을 그리워하는 봉건적 지식인이기도 하다. 요약하자면 김직원이란 인물은 일제하 이태준의 정신적 지향이었던 상고주의의 표본으로서, 현과 함께 작가가 창조한 또 하나의 자아라 할 수 있다.

---

7) 이러한 기록은 백철의 자서전에도 언급되어 있다. "1945년 8월 17일 오전 열시(…) 한청(韓靑) 빌딩 앞에 김남천이 서성대고 있었다. (…) 그러자 이태준이 그 자리에 나타났다. 이때 만나면 우선 감격적인 감탄사를 발하고 힘차게 악수를 하고 그리고 서로 무사히 살아남았다는 것을 축하하는 인사가 오고 갔다. 상허는 지금 막 강원도 고향으로부터 서울에 도착한 길이라고 했다. 해방이 된 것도 어제 16일 오후에야 전해 듣고 알았다는 것이다."(백철, 『문학자서전·하』, 박영사, 1975, p.298)

김직원을 작가의 제2의 자아라 볼 수 있는 근거는 그의 사상적 지향이나 외적 행적이 과거 이태준이 경도되었던 상고주의의 특징적 면모를 그대로 드러내 보인다는 점에서 찾을 수 있다. 또한 작품의 전반부에서는 김직원과 현이 유사한 세계관·가치관을 가진 인물로 묘사되다가 후반부에 두 사람 사이의 의견 대립이 장황할 정도로 묘사되어 있는 것도 이 점과 무관하지 않아 보인다. 현이 〈문협〉 활동에 적극적으로 참여하자 그의 지우(知友)들은 무척 걱정했던 것으로 보이는데, 그들과의 논쟁보다도 김직원과의 의견 대립을 상세히 그려 보인 것은 결국 그를 작가의 과거 모습으로 인식하고 있었기 때문이다. 다시 말해 현과 김직원과의 대립은 옛것을 숭상하고 현실의 변화에 방관자적 자세를 취했던 과거의 이태준과 새로운 세상을 맞이하여 의욕적인 활동을 벌이려는 현재의 이태준 사이의 내적 갈등이라 할 수 있다. 이태준이 김직원이라는 허구적 인물을 내세워 자신의 심경과 고뇌의 일단을 피력해 보인 이유는 자명하다. 그것은 과거 〈구인회〉 혹은 《문장》 시대와 판이하게 달라진 현재의 행적에 대해 어떤 식으로든지 해명할 필요가 있다고 생각했기 때문이라 본다.

그럼에도 불구하고 이태준은 자신의 변화에 대하여 스스로도 확신을 갖지 못한 것이 아닌가 여겨질 정도로 현과 김직원의 대립을 파멸의 구조로 이끌고 있다. 이태준은 해방 후 우리 문학의 나아갈 방향을 거론하는 자리에서 ①계몽적 작품의 중요성 ②역사소설의 신전개 ③아동문학에의 포진 ④신인들에 대한 기대[8]를 주장하고 있으며, 〈문협〉의 노선 또한 문학의 계몽성에 상당한 비중을 두고 있었다. 이태준이 제시한 네 가지 사항은 그가 당시를 새로운 문학이 발흥해야 할 중요한 시기로 인식하고 있었음을 알게 한다. 다시 말해 그의 주장은 예전의 문학 모두를 괄호 안에 넣고 새로운 세계관과 현실인식을 토대로 하여 과거와는 전혀 다른 문학을 창조해야 한다는 것으로 요약된다. 특히 그가 마지막 항목에서 신인들에 대한 기대가 각별하다고

---

8) 이태준, 「전망이기보다 주장」, 《개벽》, 1946. 1, pp.98~99.

한 것은 해방 후 지식인들 사이에서 벌어진 자기비판 행위와도 밀접한 상관성을 갖는다. 그는 '이미 생활의 기반이 고정되어버린 40대 이상 작가들에겐 그 생활의 비약을 바라기 어려'우며, 어떤 새로운 문학을 기대하기 곤란하다고 단언한다. 그 때 이태준의 나이가 사십대 초반(마흔세 살)이었던 점을 감안하면 그의 주장은 곧 맹렬한 자기비판에 다름없는 것이었다는 사실을 이해하게 된다. 일제시대에 친일적 행위를 한 일부 문인들의 자기비판 문제에 대하여 이태준이 취했던 자세는 매우 완강한 것이었다. 다음의 인용은 그 문제에 대한 이태준의 태도가 대단히 공격적이고 감정적이기는 해도 문제의 핵심에 어느 정도 근접해 있음을 알게 한다.

이태준이 발언한 말로서 '일본놈 때도 출세를 하고 해방되어서도 또 선두에 나서려 하다니. 이럴 수가 있느냐'고 하면서 그런 분자들을 빼지 않으면 자기네는 이 준비위에 참석할 수 없다고 잘라서 말하였다. 그리고 면전에서 Y씨와 L씨가 지적되었다. 그때 Y씨가 한 말이 '정치인들에 비기면 우리 문학인들이 한 일은 아무 것도 아닙니다. 그러나 다들 의사가 그렇다면 물러가지요' 하고 퇴장을 하겠다는 의사를 표시했다.[9]

나는 8·15 이전에 가장 위협을 느낀 것은 문학보다 문화요 문화보다 다시 언어였읍니다. 작품이니 내용이니 제2 제3이요 말이 없어지는 위기가 아니였읍니까? 이 중대간두에서 문학 운운은 어리석고 우선 말의 명맥을 부지해 가야 할 터인데 어학관계에 종사하는 분들은 검거되고 예의 홍원사건 아닙니까? 학교에서 교편을 잡고 있는 분들은 직업을 잃고 조선어의 잡지 등 신문 문화 간행물은 거의 없어지게 되엿읍니다. 어듸서 조선문화를 논할 여지조차 있었읍니까? 그런데 이 시점엔 소극적으로나마 관심을 갖지 않고 도리혀 조선어 말살정책에 협력해서 일본말로 작품활동을 전향한다는 것은 민족적으로 여간 중대한 반동이 아니었다고 봅니다. 그러므로 나는 같은 조선작가로 최후까지 조선어와 운명을 같이 하려 하지 않고 그러케 쉽사리 일본말에 붓을 적시는 사람을 은근히 가장 원망했읍니다.[10]

---

9) 백 철, 앞의 책, p.300.
10) 이태준 외, 「문학자의 자기비판」, 《중성(衆聲)》, 1946. 2, p.45.

위 인용문에는 이태준의 자기비판 원칙이 분명하게 밝혀져 있을 뿐
만 아니라 당시 지식인들이 과거의 친일 행위에 대하여 어떤 시각을
가지고 있었는가가 드러나 있다. 먼저, 이태준은 소극적으로라도 친일
행위를 한 사람은 철저히 자기반성을 해야 한다고 주장한다. 이른바
〈봉황각좌담회〉라 불리우는 「문학자의 자기비판」에서도 이태준은 직
접 김사량을 거론하고 있지 않지만,[11] 발언 내용을 주의깊게 분석해
보면 그 대상이 김사량이라는 사실은 명약관화하다. 그러나 우리의 주
목을 끄는 것은 이태준의 이와 같은 발언이 임화의 말 뒤에 이어졌다
는 점에 있다. 임화가 '남은 다아 나보다 착하고 훌륭한 것 같은데 나
만이 가장 낫부다고 감히 긍정할 수 잇어야만 비로소 자기를 비판할
수 잇'을 것이라고 말하자 그 자리에 참석한 모든 사람이 동감을 표시
했다. 따라서 임화의 자기비판의 기준에 동조했던 이태준이 유독 김사
량을 꼬집어 그의 허물을 지적하고 나섰다면 그것은 이율배반적 행동
이라고 말할 수밖에 없다. 그러므로 이태준의 강경한 발언 이면에는
일제시대에 일어로 창작하거나 시국적 성향의 글을 썼던 모든 문인들
의 철저한 반성을 촉구하려는 의도가 강하게 반영되어 있는 것이 아
닌가 생각된다. 그리고 그 말 속에는 자신의 행위에 대한 반성의 의미
도 당연히 포함된다고 보아야 할 것이다. 어떤 의미에서 일어로 창작
하는 것보다는 우리 글로 일제에 영합하는 글을 쓰는 행위가 더욱 반
민족적일 수 있기 때문이다. 일어로 창작된 작품의 독자는 최소한 일
어를 해독할 능력이 있는 사람들로 한정되지만, 우리 글로 쓰여진 시
국과 관련된 글은 한민족 대부분을 대상으로 한다는 점에서 그 파급
효과는 더욱 클 수밖에 없다. 이 경우 이태준이 이무영과 함께 『대동
아전기』를 번역한 행위가 문제점으로 지적되어야 마땅하였겠지만, 불

---

11) 오히려 이태준의 말에 이어 직접 김사량의 지난 행적을 거론한 사람은 이원조였다.
   ("검열을 통과하는 데도 일어를 쓰는 것이 유리하지 않을까 하고 쓴 사람도 있고 일어
   로 쓰느니보다는 안쓰는 것이 낫다고 해서 안들엇든 분도 있는데 나로서는 차라리 붓
   을 안들엇든 것이 올았다고 봅니다. 그러타고해서 김사량씨를 공격하는 것은 아닙니
   다.")

행하게도 위 좌담회는 이태준과 김사량의 의견 대립을 예각적으로 드러낸 것 같은 분위기에서 종결되고 말았다. 앞서 지적한 것처럼 이태준이 자신을 비롯한 40대 이상의 기성문인들에게 더이상 기대할 것이 없다는 투로 말한 것에 유념한다면, 〈봉황각좌담회〉에서의 발언이 자신의 부끄러운 행적을 호도하기 위한 과장된 제스처로 이해될 수는 없는 것이다. 이태준이, 일제 말기에 붓을 꺾고 침묵을 지키기보다는 '우리 민족에게 해독을 끼치지 않을 정도로는 조선어를 한마디라도 더 써서 퍼뜨린 편이 나았다'고 한 말 속에는, 일제의 침략 전쟁 행위를 예찬한 글을 번역했던 자신의 행적에 대한 반성적 태도가 개입되었다고 해석하는 편이 보다 적절하리라 생각한다.[12)]

〈봉황각좌담회〉가 중요하게 인식되는 또다른 이유는, 참석자들 사이에 오고간 단편적인 이야기들이 「해방전후」에서 현이 김직원을 계몽하는 중요한 전거로 이용되고 있다는 점이다. 가령 '대의명분론'이라든지 해외파와 국내파에 관한 현과 김직원 사이의 의견 대립이 그 대표적 예에 해당한다. 〈봉황각좌담회〉에서 이태준이 대의명분론의

---

12) 박재섭은 "현의 자기반성 내지 참회가 '일제하 봉건적 소견문학'의 창작을 대상으로 할 뿐, 대동아전기 번역, 문인보국회 참여 등 일제하에서 대일협력의 처신을 대상으로 하고 있지 않은 점"을 들어 이태준의 태도를 "죄의식의 허위청산"으로 규정한다. (「해방기소설연구」, 서강대 석사논문, 1985, 이우용 편저, 『해방공간의 문학연구 II』, 태학사, 1990, p.211에서 재인용) 일견 타당한 해석으로 보이며, 많은 논자들이 이와 유사한 관점을 취하고 있다. 그러나 해방 후 상경한 이태준이 문인들의 첫모임에서 이 문제를 본격적으로 거론하였을 뿐만 아니라 매우 강경한 입장을 취한 것이 자신의 반성을 전제로 하지 않은 정치적 행동이라 볼 근거는 어디에서도 찾아볼 수 없다. 이태준의 해방 전 작품을 통해서도 확인할 수 있었던 것처럼 그는 비교적 자신에게 솔직한 편이었다. 이와 마찬가지로 「해방전후」에 나타난 이태준의 반성적 태도 역시 대체로 솔직한 자기고백으로 여겨진다. 가령 그는 〈문인보국회〉에 참석한 뒤로 시골 생활에 어느 만큼 도움을 받았노라고 고백하고 있는데, 그가 만약 허위로 과거를 청산하려 했다면 반대측 사람들에게 비난의 표적이 될 만한 요인을 일부러 제공하여 스스로를 궁지로 몰아넣는 어리석음을 범할 리는 없다고 보기 때문이다. 이 부분에 주목한 정과리·홍정선은 이태준의 자기반성이 '하나의 허위상 가식'에 불과한 것이라는 단선적 견해에 대하여 신중하고도 유보적인 입장으로 대처하고 있다. (정과리·홍정선, 「한국현대문학사 ④」, 《문예중앙》, 1989. 여름, pp.290~1 참조)

허구성을 지적한 뒤 현재로서는 택민론(澤民論)의 정신을 고취시킬 필요가 있다고 하자 이원조가 이에 찬동하는 견해를 밝힌다. 이원조는 택민론의 의의가 '자기반성에 출발하야 결국은 실천에 잇스리라'고 해석하고 있는 것이다. 대의명분론을 정치문제로 전환하여 해외파에게 정권을 맡기는 것이 부당하다는 점을 지적한 이는 임화이고, 한설야와 이태준 역시 임화의 의견에 동조하고 있다. 좌담회 석상에서 가볍게 주고받은 이야기를 작품에 형상화했다는 것은 이태준이 이 문제를 매우 심각하게 받아들였다는 증거로 볼 수 있다. 가령 현은 '군자는 불처혐의간(不處嫌疑間)'이어야 한다는 김직원의 말에 다음과 같이 답변한다.

> 나리들과 임군들 놀음에 불쌍한 백성들만 시달려선 안된다고 자기가 왕위를 폐리같이 버리면서까지 택민론을 주장한 광해군이, 나는, 백성들은 어찌 됐든지 지배자들의 명분만 찾던 그 신하들보다도 몇 배 훌륭했고, 정말 옳은 지도자였다고 생각합니다. (p.31)

계모 인목대비를 폐위하고 이복동생 영창대군에게 사약을 내리는 등 역사의 폭군으로 기록되는 광해군을 옳은 지도자로 치켜세우는 현의 논리 전체를 정당하다고 할 수는 없겠지만, 그가 어떤 의도에서 역사적 사실을 인용하고 있는가는 충분히 짐작이 간다. 그것은 현재의 상황이 개인적 안위와 명분보다도 국가와 민족 전체의 장래를 먼저 생각해야 하는 '민족사의 가장 긴박한 시기'라는 현의 현실 인식에서 비롯된 것이다. 대의명분론을 직접 해외파·국내파의 문제로 연결시킨 데서 현의 의도는 좀더 분명한 모습을 띤다. 결국 그는 국내 공산파의 역할을 강조하고 그들의 위상을 부각시키기 위하여 광해군의 예를 끌어들였던 것이다.

그러나 이태준이 공산당의 이념이나 행동강령에 전적으로 동의했다고 말하기는 어렵다. 무엇보다 그는 해방이 되자 좌익단체가 나서는 것을 '발호(跋扈)'로 받아들였을 뿐 아니라 그들의 행동이 자칫 '민족

상쟁 자멸의 파탄'을 초래할지도 모른다고 우려할 만큼 부정적인 시각을 가지고 있었다. 일제하 **KAPF**의 계급문학론에 심한 거부감을 느끼고 순수문학인의 모임을 사실상 주도했던 이태준이, 시골에서 상경하자마자 좌익문학단체인 〈문협〉을 제발로 찾아갔다는 사실[13]은 그가 얼마나 사태를 심각하게 생각하고 있었는가를 알려주는 예증이 된다. 그는 '마음 속으로 그들(전날 좌익이었던 작가와 평론가 – 인용자)을 경계하면서' 〈문협〉의 선언문을 읽은 뒤 약간의 정신적 혼란을 경험한다. 그것은 〈문협〉의 강령이 자신이 생각했던 것과 대부분 일치하는 것이었기 때문이다. 그래서 이태준은 '즐겨 그 선언에 서명을 같이' 하였다고 하지만, 이것은 결국 이태준의 사회주의 사상에 대한 이해가 소박한 수준에 머물고 있음을 말해주는 것에 지나지 않는다. 말하자면 그는 사회주의자들의 상용어인 '인민' '조직' '투쟁'과 같은 용어에는 전혀 주목하지 않은 채 전체적 내용이 자신의 생각과 일치하는 데 놀랐던 것이다. 그가 좌익 이데올로기에 예민할 정도로 거부반응을 보였다는 사실은 「해방전후」 곳곳에 나타난다. 이태준의 분신이라 할 수 있는 현은 '모 – 든 권력은 인민에게로!'라는 구호가 비록 진리일지 몰라도 아직 '민중'[14]의 귀에는 이르다고 판단하고 있으며, 좌익 데모

---

13) 이 점에 대해 각별히 주목한 논자는 신형기이다. 그는 현(이태준)의 행동을 적극적인 것으로 이해하면서 '이태준과 같이 내밀한 자긍심에 예민하고 깔끔한 성벽을 갖고 있을 경우, 현실변화에 부응하려는 노력은 더욱 조급한 형태로 나타날 수 있었다. 그러한 경우일수록 자기존경이나 나르시스틱한 만족을 확보한다는 것은 중요한 문제였을 것이기 때문'(신형기, 「중간층 작가의 의식전이 양상 – 이태준을 중심으로」, 『해방기소설 연구』, 태학사, 1992, p.114)이라고 내적 근거를 설명하고 있다. 필자도 신형기의 이러한 의견에 대체적으로 동의한다. 그러나 '이태준의 자기비판은 결코 전면적이거나 진솔한 것이 아니었다.'라는 단정적 판단에 대하여는 견해를 달리 한다.

14) 이태준이 '인민'이란 용어를 본격적으로 사용하기 시작한 것은 월북 이후의 일로 보인다. 다시 말해 이태준은 한동안 '인민'이라든지 '적기(赤旗)'라는 용어에서 풍기는 이념성·투쟁성에 대한 경계심을 늦추지 않았으며, 「해방전후」와 『농토』에서는 '민중'·'대중'이란 용어를 사용하는 것으로써 '인민'에 대한 자신의 체질적 거부감을 드러냈다. 이런 정황으로 미루어 보아 이태준의 〈문협〉 참여는 과학적 세계인식에 기초한 것이 아니라 다분히 심정적 차원에서 연유한 것이며, 계급론적 관점에서가 아니라 민족지사적 우월감에서 이루어진 것임을 알 수 있다.

때 적기(赤旗)를 뿌린 동료와 심하게 논쟁을 하기도 하고, 〈문협〉 사무실에 '인민공화국 절대 지지'란 전단이 내걸리자 서기장에게 강력히 항의하고 나선다. 이런 우여곡절과 함께 과거의 친구들로부터 〈문협〉에서 발을 뺄 것을 종용받으면서도 끝내 자신의 생각을 굽히지 않는 것은 해방 전 자신의 소극적 처세와 친일행위에 대한 나름대로의 반성, 일제 말기부터 막연히 예감한 새로운 사조의 대두와 그에 따른 민족주의자로서의 사명감 등에서 연유한 것으로 보인다.

  이태준의 작품 세계는 1937년을 전후로 하여 현실인식에서의 변화를 보여준 바 있거니와, 특히 「토끼 이야기」·「무연」 등을 통해서 당시 세계를 휩쓸던 제국주의 사조가 언젠가는 새로운 사상에 의해 대체될 것이라는 점을 시사하고 있기도 하다.15) 하지만 그것은 냉정한 정세판단이나 과학적 세계인식에 기초를 둔 것이 아니었기 때문에 스스로도 확신을 갖지 못한 채 시골로 낙향했던 것이다. 해방이 되어 세상이 바뀌자 이태준은 자신의 행동방향을 어떻게 정립해야 할 것인가 하는 문제에 직면하게 되었고, 전체적 행동 원칙이 자신의 생각과 흡사한 〈문협〉에 기꺼이 참여하게 되었던 것이라 할 수 있다. 잘 알려진 것처럼, 〈문협〉의 강령은 박헌영의 8월 테제를 골간(骨幹)으로 하고 있으며, 이것은 당시를 '부르조아 민주주의 혁명 시기'로 파악한 정세관에 기초한 것이다. 부르조아 민주주의 혁명이란 '봉건세력을 반대하여 부르조아적인 사회정치적 개혁을 실현하는 투쟁에 노동계급을 비롯한 근로대중이 자기의 독자적인 정치경제적 요구를 내걸고 적극적으로 참가하는 혁명투쟁, 부르조아 혁명에 비하여 봉건잔재를 철저히 청산하고 노동계급의 혁명투쟁을 더욱 발전시킬 조건을 조성하나 생산수단에 대한 사적 소유 일반을 폐지하는 것을 자기의 직접적인 목적으로 내세우지는 않는다'16)는 원칙에 입각한, 부르조아 혁명의 진보적이고 발전된 형태이다.17) 박헌영의 8월 테제는 1945년 8월 20

---

15) 장영우, 「이태준 소설 연구」, 동국대학원 박사학위 논문, 1992. 8, pp.110～131.
16) 『정치사전』, 사회과학출판사(평양), 1973, p.481.

일 경성 콤 그룹과 화요회 계의 인물을 중심으로 〈조선공산당재건준
비위원회〉를 결성하면서 그 잠정적 정치노선으로 채택한 것이다. 이
로써 박헌영 계열은 공산당 내부의 헤게모니 싸움에서 주도권을 쥐게
되었고 남로당을 결성하기에 이른다. 따라서 〈문협〉을 비롯하여, 이후
〈조선프롤레타리아예술동맹〉과 연합한 〈조선문학가동맹〉의 지침은
기본적으로 박헌영의 8월 테제를 골격으로 한 것이며, 이러한 단체에
소속된 문인들의 가치관·세계관·행동방향 또한 거기에 종속될 수밖
에 없었다. 그러나 이태준은 월북 전까지만 하더라도 박헌영의 8월 테
제를 완전하게 이해하고 있었던 것 같지 않다. 왜냐하면 「해방전후」
에서 현이 김직원을 계몽시키려 내세우는 논리가 대부분 8월 테제에
서 빌어온 것임에도 불구하고, 김직원을 설득하고 계몽하는 일이 불가
능하며 자신에겐 그런 기술이 없음을 자인하고 있기 때문이다.

　명분론자 김직원과 택민론자 현의 현실인식이 날카롭게 충돌하게
된 계기는 신탁통치에 관한 양자의 견해 차이에서 비롯된다. 현이 공
산파만 두둔하는 것에 노여움을 느끼고 돌아갔던 김직원은 그 이튿날
다시 현을 찾아와 신탁통치 문제를 제기하고 나선다. 다분히 감정이
앞선 김직원에게 차근차근 당시의 국제정세를 설명하면서 찬탁의 당
위성을 주장하는 현의 논리는 일견 타당해 보이기도 한다. 그러나 신
탁통치안은 미국과 소련이 자국에 우호적인 정부를 수립하려는 의도
에서 나온 것이며, 따라서 양국의 이해가 첨예하게 맞부딪치게 된 상
황에서 그것은 전혀 현실성이 결여된 탁상공론일 수밖에 없었다. 또한
좌익계열이 반탁에서 찬탁으로 급선회한 이유에 대해서는, ①소련지
령설 ②정치적 헤게모니 선취설 ③공산정부 수립 기도설[18] 등의 가설

------

17) 김남식은 부르조아 민주주의 혁명의 이러한 사전적 정의를 예거하면서 당시 사회경제
　　적 상황으로 보아 오히려 '인민 민주주의 혁명(일명 반제 반봉건 민주주의 혁명)'으로
　　설정해야 옳았을 것이라는 의견을 제시한다. (김남식, 「박헌영과 8월테제」, 『해방전후
　　사의 인식 2』, 한길사, 1985, p.117)
18) 이완범, 「한반도 신탁통치문제 1943～46」, 『해방전후사의 인식 3』, 한길사, 1987,
　　p.266.

이 제기되는 것에서 알 수 있는 것처럼 정치성이 강하게 노정되어 있어, 현의 논리는 설득력이 빈곤하다. 뿐만 아니라 신탁통치안에 반대하는 글[19]을 직접 쓰기도 했던 이태준으로서는 자가당착적 오류를 범하고 있는 셈이다. 한편, 찬탁을 지지하는 좌익계열의 논리는 우리 민족의 이민족 지배에 대한 거부감을 전혀 고려하지 않았다는 점에서 철저히 반민족적이었다. 민족과 국가의 장래가 달린 문제를 감정적 차원에서 접근하는 것이 옳은가 하는 본질적 문제제기에 앞서, 일제에게 36년간이나 지배받으며 누적되어 왔던 민족적 정서를 배반한 좌익의 논리가 민족의 커다란 반발에 부닥치게 되리라는 점은 상식으로 이해되는 것이었다. 이것은 '계급보다 민족의 비애'에 더 솔직했다는 현의 입장에서 보더라도 명백한 자기모순이 아닐 수 없다. 따라서 김직원의 몰이해가 그의 완강한 봉건제적 사고방식에 연유한 것만이 아니라는 사실도 분명해진다.

앞서 필자는 김직원을 작가의 또다른 자아로 이해하였다. 그렇다면 작가가 자신의 분신이라 할 현과 김직원을 내세워 두 사람 사이의 사상적 갈등을 파국으로 몰고 간 까닭은 무엇일까. 그 원인은 아무래도 이태준의 비교적 솔직한 자기반성적 태도와 독특한 작가적 전략에서 찾아야 옳을 것이다. 이태준은, 필자의 판단으로는, 해방 후 어느 작가 못지않게 자기반성 문제로 고민했던 작가로 여겨진다. 작가의 자전적 고백에 해당하는 또 다른 작품으로 채만식의 「민족의 죄인」이 자주 거론되지만, 그것은 '상대방에 대한 공격성의 형태'[20]를 강하게 노정하였으며 궁극적으로 "민족의 죄인'이란 명제가 '죄인의 민족'이란 명제로 바뀌게"[21]되는 역설적 상황을 야기한다. 이태준의 「해방전후」는 이와 유사한 상황을 설정하고 있지만 작가의 태도에 있어서 근본적인 차이를 드러낸다. 그는 일제 말기에 어쩔 수 없이 친일적 행위를 한 일에 대하여 상황논리로써 변명하고 있기는 해도 가상의 인물을 내세

---

19) 이태준, 「수상(隨想) – 이상(履霜)」, 〈서울신문〉, 1946. 1. 1.
20) 정과리 · 홍정선, 앞의 글, p.292.
21) 김윤식, 『한국현대문학사(1945~1980)』, 일지사, 1987, p.30.

위 자신의 부끄러운 행적을 호도하는 식의 어설픈 자기합리화를 꾀하
지는 않는다. 관점에 따라 해석의 차이가 있을 수 있겠으나, 해방 전
의 행적과 〈문인보국회〉 참석 이후의 심경을 솔직히 토로한 점, 또는
김직원이라는 자신과 닮은 인물을 내세워 과거와 현재의 사상적 단절
을 기도하고 있는 점 등은 철저한 자기반성의 자세가 아니라면 곤란
한 사례들인 것이다.

「해방전후」는 이태준의 일제 말기의 심경과 해방 후의 내면풍경을
비교적 진솔하게 반영하고 있다. 한편, 이 소설이 갖는 최대의 미덕은
작가의 분신이라 할 수 있는 현과 김직원의 대립이 파국으로 종결된
다는 역설적 구도에서 찾아진다. 이태준이 사회주의 문학이 요구하는
문학의 대중성과 계몽성의 문제에 좀더 충실했더라면 이 작품의 결말
은 전혀 다르게 구성되었을지도 모를 일이다.

1946년 7월 하순 무렵에 월북[22]한 이태준은 이기영·이찬·허정숙
등과 함께 〈방소문화사절단〉에 참여하여 소련을 방문한다. 1946년 8
월 10일 ~ 10월 17일까지의 2개월 여에 걸친 소련방문기를 일기 형
식으로 엮은 책이 『소련기행』[23]인데, 이 글은 소련에 대한 일방적인
찬양과 긍정으로 일관되어 있다. 이태준에게 있어 소련은 '인간의 낡
고 추한 모든 것은 사라졌고, 새 사람들의 새 생활, 새 관습, 새 문화

---

22) 이태준이 월북한 정확한 일시는 알려져 있지 않지만, 7 ~ 8월 사이로 보는 것이 일반
적 견해이다. 그는 7월 1일의 〈수해지구문예강연회〉에서 개회사를 하였고 〈현대일
보〉에 연재하던 장편 『불사조』를 7월 19일자(90회분)로 중단한 뒤 종적을 감추었다
가 8월 10일 소련방문사절단의 일원으로 북한에서 모습을 드러내는데, 이를 근거로
위와 같은 추정을 하고 있는 것이다. 그러나 당시 사정이 38선 왕래가 비교적 자유스
러웠다고 하더라도 이태준처럼 사회적으로 널리 알려진 사람이 어느날 갑자기 월북하
기란 그리 쉽지 않았을 것이며, 또한 북한에 가자마자 소련방문단에 참여하지는 않았
으리라 추측된다. 현수는 이태준이 소련을 방문하기 얼마 전 평양에 모습을 보였다고
회고하고 있다. ("이태준이 평양에 나타나자 얼마하지 않아서 방쏘문화사절단의 한 사
람으로 모쓰크바에 갈 것이란 말이 떠돌았고 과연 얼마 후에 그는 쏘련으로 갔다."
『적치(赤治) 6년의 북한문단』, 국민사상지도원, 1952, p.154) 이렇게 월북 준비 기간
과 월북 후 소련방문단 참여까지의 시간을 고려한다면, 그의 월북 시기는 대략 7월 하
순 무렵으로 좁혀지게 될 것이다.

23) 이태준, 『소련기행』, 조소문화협회·조선문학가동맹, 1947.

의 새 세계'(p.2)로 인식되며, 그곳에서 만난 사람들은 '당원과 농촌 청년들, 대신급이나 말단 하관이나 관료 기분이라고는 조곰도 보히지 않는 평민 태도들, 모두다 「요순 때 사람들」'(p.268)로 묘사된다. 한마디로 소련은 '진리의 나라'(p.279)이며, 소련 국민들은 '만일 생존경쟁이 악랄한 자본주의 사회에 갖다 놓으면 어떻게 살아 나갈가 싶'(p.269)을 정도로 순박한 사람들이라는 것이 이태준의 소련기행 소감인 것이다. 대부분의 논자가 지적하고 있는 것처럼 『소련기행』에 나타난 이태준의 태도는 과도한 흥분과 감동, 전폭적인 경의와 찬양, 소련에 대한 무식과 관찰력의 부족에 기인한 순진성 등으로 요약된다. 말하자면 이태준은 소련의 현실을 과학적 인식의 토대 위에서 객관적으로 관찰·분석하기를 거부한 채 눈앞에 전개된 현상을 맹목적으로 긍정하는 자세를 보이고 있는 것이다. 그는 현실과 관념의 차이가 느껴질 때 그것에 대해 갈등을 느끼거나 심각하게 고민하려 하지 않고 자신의 생각을 현실에 꿰어 맞춘다. 가령, 9월 3일(소련 전승 기념일) 밤늦게 구두를 닦기 위해 나왔다가 구두닦이가 자리에 없는 것을 보고, '이런 것이 과연 불편한 것인가? 불편하다고 주장해야 하는가? 밤에도 상점들이 문을 열고, 늦도록 신 닦는 사람은 제 안해와 제 어린 것들과 즐길 시간 없이 그 자리에만 붓백어 있어야 하는 사회가 정말 편한 사회일까?'(pp.92～93)라는 궤변으로 현실을 합리화하는 경우가 그 대표적 예라 할 수 있다. 그러나 다음과 같은 진술은 그가 소련적 현실과 이상을 조선에 무조건적으로 견강부회하려 하지 않았다는 사실, 즉 조선의 현실상황에 가장 적합한 문학적 지향이 무엇인가를 심각하게 고민하고 있었다는 사실을 알려 준다.

① 「사회주의적인 내용을 민족적인 형식으로」? 우리 조선에 있어서는 어떤 것인가?
조선 실정으로는 「민주주의적 내용을 민족적 형식으로」일 것이다. 그러나 작품에 있어 프로파간다와 예술성의 결합이란 지난한 것으로 우리는 이런 것을 은근히 이번 소련에서 모색중이나 문학작품들은 갑재기 읽을 수 없고 연극에서나 기대가 큰데 아직은 모스크바에서는 고전, 애레완에서는 고전은

아니나 민족적 형식일 뿐, 푸로파간다적인 것은 아니었다.(pp.149∼150)

　② 화제에 창작방법론이 나왔을 때, 쏘베트 문학에서는 일관해 사회주의 레알리즘인데 그 원천은 꼬르키에 있노라 했으며 주제의 적극성 문제에 및였을 때, 문예신문 편집국장은, 그것은 그다지 큰 문제가 아닐 것이라 했다. 아모리 주제가 크기로 예술성이 없으면 문학작품일 수 없고, 아모리 예술성에 노력했어도 그 시대가 요구하는 문제를 반영하지 못했다면 무가치한 것이 아니냐 하고 웃었다. (p.237)

　위 인용문을 통해 우리는 적어도 다음과 같은 두 가지 사실을 확인할 수 있다. 첫째, 이태준이 '민주주의적 내용을 민족적 형식'에 담아야 할 것이라 주장하고 나서고 있지만, 그것은 그의 독특한 해석적 관점에서 비롯된 것이 아니라 〈전국문학가동맹〉(이하 〈문맹〉으로 줄임)과 당 중앙위원회의 일관되고도 공식적인 입장[24]이라는 점이다. 둘째, 이태준이 가장 심각하게 갈등을 느꼈던 문제가 문학의 예술성과 정치성 가운데 무엇을 우선 순위에 놓을 것인가의 문제, 즉 과거 KAPF 시절의 형식/내용 논쟁의 굴레에서 아직도 자유롭지 못하다는 사실의 확인이다. 따라서 그가 소련 문예신문 편집국장의 말을 인용한 의도는 명백해 보인다. 이태준은 그를 통해 아무리 사회주의 리얼리즘을 강조하는 문학이라 하더라도 문학의 예술성은 훼손될 수 없으며 훼손되어서도 안 될 것이라는 점을 시사받고 마음속으로 안심했을 것으로 추측된다. 실제로 그는 KAPF의 내용(주제) 우위론에 반감을 느끼고 문학 고유의 예술성을 옹호하는 〈구인회〉를 결성한 전력이 있는 작가이다. 이러한 점을 고려할 때 이태준의 사고는, 논의의 범위를 문학관에 국한시킬 경우, 해방 전과 큰 편차를 보이지 않고 있음을 알게 된다. 결국 그는 사회주의 리얼리즘의 창작 방법론을 기계적·교조적으

---

24) 당 중앙위원회, 「조선민족문화건설의 노선(잠정안)」, 〈해방일보〉, 1946. 2. 9. "사회주의를 내용으로 하고 형식에 있어 민족적인 민족문화는 사회주의적 경제체제를 반영한 문화형태이므로, 우리에게는 아직 이러한 정치경제의 토대가 서있지 않기 때문에 이러한 사회주의적 민족문화는 아직 있을 수 없다."

로 수용하기를 거부하고 예술성의 토대 위에서 주제를 형상화하는 선택적 관점에서 받아들였던 것으로 보이는데, 이 점은 『불사조』를 연재하기 직전에 쓴 글[25]에서 보다 구체적으로 나타난다.

그러나 이태준의 리얼리즘관이 매우 소박한 인식의 토대 위에서 구축된 것이라는 사실에서 그가 북한에서 겪어야 했던 비극의 단초가 찾아진다. 시종일관 계급적 관점보다 민족의 단결을 앞세웠던 그의 현실인식과 문학적 견해는 프롤레타리아 계급문학을 앞세운 북한의 문예강령과 날카롭게 대립되는 것이었다. 단적인 예로, 해방 직후 북한의 문예이론은 민주주의 민족문학의 계급성을 탐구하는 데 상당한 노력을 투여하고 있으며,[26] 인민성의 문제에 있어서도 〈문맹〉측에서는 민중연대의 차원에서 이를 수용한 반면 북한에서는 대중화와 작가의 현장체험을 강조하는 관점으로 인식할 만큼 커다란 시각 차이를 드러내고 있었다. 따라서 남한에서 쓰여진 「해방전후」와 소련기행 후 북한에서 쓰여진 『농토』 사이에 세계관의 변화와 창작방법상의 거리가 개입되리라는 추론은 당연한 논리적 귀결이라 할 수 있다.

Ⅲ. 전형성과 계몽성 ― 『농토』

『농토』[27]는 잘 알려진 대로 1946년 3월 5일 발포된 '북조선 토지개혁에 관한 법령'을 제재로 하여 쓰여진 작품이다.[28] 이 작품에 대한

---

25) 이태준, 「시대성과 예술성」, 〈서울신문〉, 1946. 1. 25.

   1. 취재는 민족 공통의 문제와 연관되어야 할 것

   2. 계몽적이어야 할 것(…) 첫째, 사상적인 면, 둘째, 국어국문의 보급

   3. 예술이어야 된다. (…) 아무리 거대한 것일지라도 민족적 문제를 제시하는데 그치거나, 완전한 것도 계몽교과서의 임무만으로서는 '문화'의 운동일 뿐 '문학'의 운동이 아니며 결과적으로는 '문학의 건설'은 아니다.

26) 임진영, 「해방직후 민주건설기의 북한문학」, 『해방전후사의 인식 5』, 한길사, 1989. 이우용 편저, 『해방공간의 문학연구 Ⅱ』, 태학사, 1990, p.582에서 재인용.

27) 이태준, 『농토』, 삼성문화사, 1948. 8.

선행연구가들의 견해를 종합해 보면, 과거 이태준의 작품에 비해 질적
변화와 발전의 면모를 드러내 주는 것이 사실이지만, 주인공의 성격과
행동이 무매개적으로 변화·발전하거나 사회주의 교리에 맹목적으로
추종하고 또 이를 설명하는 위치에 서 있어 전형적인 계몽소설의 차
원에 멈추고 말았다는 것으로 요약할 수 있다.[29] 따라서 『농토』의 선
행연구를 통해 드러나는 문제점은 이 작품의 토대를 이루는 세계관과
창작원리가 무엇이며 또한 그것이 어떻게 형상화되었는가 하는 점과
관련된다고 할 수 있다. 필자는 이 문제를 전형성과 계몽성과의 관련
하에서 규명해 보고자 한다.

해방 후 좌익계열의 문학창작 방법론은 〈문맹〉의 '혁명적 로맨티시
즘을 계기로서 내포한 진보적 리얼리즘'[30]을 거쳐 〈북조선예술총연
맹〉의 '고상한 리얼리즘'[31]으로 전개된다. 임화에 의해 주창된 혁명적
낭만주의는 '꿈을 실질적 내용으로 하여 리얼리즘을 타개하려는 의도'
에서 비롯된 것이며, 이를 계기로서 내포한 진보적 리얼리즘은 비판적
리얼리즘과 사회주의 리얼리즘의 중간 단계에 속한다. 그러나 진보적
리얼리즘은 ①세계관과 객관적 현실간의 모순, ②창작방법의 세계관
에 대한 우위현상, ③작가가 자신의 세계관을 사회주의적 세계관으로

---

28) 현수는 이기영의 『땅』이 북한의 문화부장 김창만의 지시에 의해 쓰여졌다고 말하면
   서, 이태준의 『농토』도 그런 사정 하에서 쓰여졌을 것이라고 밝히고 있다. 한편, 그는
   "그 주인공으로 자작농이 선택되었다는 이유로 비난이 많았다."는 흥미로운 진술을 하
   고 있다. (현수, 앞의 책, p.28) 현수의 이러한 지적은 그의 기억력의 혼동에서 비롯된
   착오가 아니라면 이태준이 주위의 비난을 받은 후 약간의 손질을 거쳐 발표했을 가능
   성을 시사한다. 그러나 이 두 가지 가정 가운데 어느 하나도 사실로 확인할 수 있는
   자료나 방법이 열려져 있지 않다.

29) 특이한 것은 해방 후 이태준의 문학행위 전체를 실제 이상으로 낮게 평가하는 삼지수
   승의 견해이다. 그는 「해방전후」→『소련기행』→『농토』에 이르기까지 일관되게 반영
   된 작가적 입장을 "한번 역성들려고 하면 옹호할 수 없는 것도 완전히 정당화되는 문
   장가로서의 무참한 이태준의 모습"으로 평가한다. (三枝壽勝, 「해방후의 이태준」, 부
   록 참조.)

30) 김남천, 「새로운 창작방법에 관하여」, 『건설기의 조선문학』, 조선문학가동맹, 1946,
   p.165.

31) 한 효, 「창작방법론의 전제」, 《문화전선》, 1946. 11. 3, p.39.

변혁시키지 못한 점, ④역사발전의 합법칙성에 대한 전망과 확신이 결여되었다는 점 등의 한계를 자체적으로 간직하고 있었다. 이런 의미에서 진보적 리얼리즘은 '보편적인 자본주의화의 단계를 거치지 않은 조선 근대사회의 역사 발전 과정 속에서 파행적으로 생성된 창작방법론'[32]이라 정의할 수 있다. 이에 반해 고상한 리얼리즘은 무엇보다 문제적 인물의 성격 묘사에 초점을 맞추어 논의를 전개한다. 특히 안막은 김일성을 고상한 조선 사람의 전형으로 지목하는 한편, '위대한 시대에 부끄럽지 않은 고상한 사상성과 예술성을 가진 예술창조와 문학창조'[33]의 건설을 제창한다. 그는 '김일성의 연설 중에서 직접 따온 「고상한」이라는 구절을 소중하게 되풀이하면서 김일성이 요구했던 생기발랄한 민족적 품성을 그리는 것이야말로 새로운 조선문학의 고상한 목표'[34]임을 명백하게 주장하고 나섰던 것이다. 이런 맥락에서 보면 1947년 이후 북한에서 쓰여진 문학작품에 김일성의 창작지도이념이 적지않게 반영되었을 것이라는 사실은 어렵지 않게 추정할 수 있다. 실제로 김일성은 1946년 5월 24일에 행한 연설에서 다음과 같이 북한 문예이론의 기본 골격을 제시하고 있어 주목을 끈다.

① 인민대중 속에 일상적으로 깊이 들어가서 인민의 생활과 투쟁을 구체적으로 세심하게 연구할 것
② 문화인 대열의 사상적 통일과 단결을 강조할 것
③ 인민대중을 교양·선전할 순회극단과 강연을 조직하고 대외선전망을 조직하여 대외선전사업을 강화할 것
④ 일제 잔재에 반대하여 투쟁할 것
⑤ 민족문화유산을 계승하는 데 있어 민족적 형식과 민주주의적 내용을 결합시킬 것[35]

---

32) 김승환, 『해방공간의 현실주의 문학 연구』, 일지사, 1991, p.121.
33) 안 막, 「민족예술과 민족문학 건설의 고상한 수준을 위하여」, 《문화전선》, 1947. 7, p.5.
34) 신범순, 「해방기 시의 리얼리즘 연구」, 서울대 박사학위 논문, 1990, p.16.
35) 김일성, 「문화와 예술은 인민을 위한 것으로 되어야 한다.(문화인들은 문화전선의 투사로 되어야 한다)」, 『김일성저작집 2』, 조선로동당출판사, 1979, pp.231~125. (임진영, 앞의 글, p.584에서 재인용)

『농토』는 김일성의 위와 같은 창작지침을 일정 수준 반영하는 입장에서 쓰여진 것이라 보인다. 그것은 일단 이 작품이 과거 이태준의 작품 성향과는 판이하게 천민 출신의 소작농을 주인공으로 설정하여 해방 전후의 농촌 현실을 사실적으로 묘파하고 있다는 데서 짐작할 수 있다. 때문에 『농토』가 출간되자 '이기영의 『땅』, 이북명의 「노동일가」와 더불어 해방 후 북한의 새로운 현실을 가장 잘 반영한 소설'[36)로 평가되거나, '토지개혁을 주도한 작품으로서 작가는 주인공 억쇠를 통하여 조선 사회가 걸어온 구체적 현실의 특질을 해부하였으며 토지개혁의 력사적 전망과 필연성을 일관한 예술적 수법으로 형상화함으로써 인민들의 민주주의적 사상으로 교육 선전하는 데 커다란 효과를 나타낸 작품'[37)으로 칭송받을 수 있었던 것이다.

『농토』는 양반집 씨종이었던 억쇠가 점차 대자적 민중으로 의식화되면서 새로운 세계의 전형적 인물로 성장하여 가는 과정을 그린 소설이다. 이 작품에서 주목되는 것은 무엇보다 억쇠가 지닌 의식의 성장 과정이며, 그것을 통해 인물의 전형성과 주제의 계몽적 성격이 확연하게 드러난다. 『농토』는 작품에 나타난 시간적 배경을 기준으로 할 때 해방 전과 해방 후의 두 단락으로 나뉘어진다. 전반부에 해당하는 부분이 분량상으로는 전체 작품의 반 이상을 차지하고 있지만, 내용적으로는 해방 후의 급격한 역사적 변혁과정에서 주인공이 주체적 인물로 성장하는 후반부가 상대적으로 중요한 몫을 담당한다.

싸락눈이 내리는 한겨울 밤, 억쇠 어미의 죽음으로 시작되는 이 작품의 전반부에는 억쇠의 반항적 성격이 강조되어 나타난다. 그는 노예근성이 골수에까지 미친 아비와는 달리 어미가 천한 이름으로 불리는 것을 부끄러워하며 정작 어미가 죽은 뒤에도 별로 슬퍼하지 않는다. '억쇠는 울기는 고사하고 죽은 어미와 이런 꼴의 아비를(아내가 죽은 뒤에도 곡 한번 못하고 주인집 마님의 노여움을 걱정하는 — 인용자)

---

36) 안함광, 『민족문학에 대하여』, 문화전선사, 1949.

37) 신고송, 「해방 후 4년간의 문학예술계의 약진상」, 《조소문화》, 1949. 8, pp.17~18.(김승환, 앞의 책, p.185에서 재인용)

발길로 질르기나 할 것처럼 새파랗게 노려보는 눈이었다. (p.10)'에서
보듯 억쇠의 성격은 대단히 반항적인 것으로 서술되고 있지만, 반항의
대상이 부모로 설정되었다는 점에 문제가 있다. 다시 말해 그가 보여
주는 반항적 자세는 신분제도의 근본적 불합리함이라든지 주인 계층
의 비인간적 행태에 울분을 느끼고 제도적 모순 자체를 타파하겠다는
본질적 차원의 것이 아니라 개인적·가족적 신분에 대한 모멸감에서
비롯된 것이라는 점에서 일정한 한계를 내포하고 있다. 이러한 억쇠의
성격은 『농토』의 전반부를 통해 별다른 변화의 양상을 드러내지 못할
뿐 아니라 지주의 종 신분으로 소작인에게 거들먹거리는 재미를 느낄
정도로 타락하는 성격의 파탄과정을 보여준다. 처음에는 가재울 사람
들의 눈치를 보며 행동거지에 조심하며, 추수를 마친 소작인들이 그
자리에서 대부분의 곡식을 지주에게 빼앗기는 광경을 목격하고 안쓰
럽게 생각하던 그가 어느새 지배자로서의 우월의식에 빠져드는 것이
다.

    억쇠도 그 이듬 해부터는 장근이네나 점둥이네가 봄내 여름내 피땀을 흘
리고 가을 마당질에 와서는 남좋은 일만 하고 물러나는 꼴에도 그것을 처음
볼 때처럼 마음에 찔리지 않았다. 찔리지 않을 뿐더러 나리님이나 아씨의 권
리를 작인들 앞에 대신 써볼 때는 권리를 주는 주인에게는 아첨이 절로 늘었
고 그 권리에 복종해야 하는 작인들에게는 모르는 새 거드름이 늘어 점둥이
나 장근이네 마당에 가서는,
    『별놈의 소리 다 듣겠네! 며칠 안 됐으니 이자를 더러라? 누가 장리쌀 먹
으래서 먹었어?』
하고 아이 어른 가릴 것없이 곳잘 허튼소리가 나오게끔 되였다.
(pp.37 ~ 38)

    자신의 신분을 망각하고 함부로 행동하던 억쇠가 자기반성의 계기
를 맞게 된 것은 주인집의 경제적 몰락이라는 외부적 조건 때문이었
다. 『농토』 전체를 통해 억쇠의 의식의 변화·발전과정이 수차례 반
복되고 있지만, 이 모든 것이 주체적 각성에 의한 것이라기보다 외적

요인의 변화 내지는 매개적 인물의 도움에 의한 것이라는 사실은 특별히 유의할 만한 점이다. 억쇠가 전형적 인물 설정이 못되었다는[38] 안함광의 지적도 이런 점에서 연유한 것으로 보이나, 오히려 억쇠의 성격이 상황의 변화에 따라 점진적으로 발전하고 있다는 점에서 긍정적 의의를 찾아야 하리라 생각한다. 억쇠의 성격이 사회주의 리얼리즘에서 말하는 전형적 성격과 일치하는 것은 아닐지라도 작품 전체를 통해 미래지향적으로 발전하는 그의 성격이 전형성의 범주에서 크게 벗어나는 것은 아니다.[39] 왜냐하면 억쇠의 성격의 변화과정은 궁극적으로 역사의 주체로 성장하여 가는 과도기적 양태이며, 그러한 굴절과정을 통해 비로소 대자적 민중 혹은 긍정적 인물로의 성장이 가능하기 때문이다.

주인의 경제적 몰락에 따라 노예적 신분에서 벗어나게 된 억쇠부자는 비로소 농촌현실을 객관적으로 이해하게 된다. 그들 부자는 '어미는 일생이요 애비도 거이 일생이요 자식은 철나도록 세 식구가 종사리를 한 대까로 받은 돈 사백 원(p.46)'을 밑천으로 자작농이 될 꿈에 부풀지만 팔근이가 중간에 끼어듦으로써 애초의 계획이 좌절되고 소작농으로 전락한다. 그러나 정작 억쇠 부자를 절망하게 하는 요인은 절대적으로 지주에게만 유리하게 제도화된 소작료이다. 억쇠 부자가 권생원의 논을 소작하여 거두어 들인 첫수확은 벼 서른네 가마인데, 이 가운데 소작료로 열일곱 가마가 지주의 몫으로 돌아간다. 나머지에서 수세(水稅)·비료대·소견품삯·호세·동회비 등으로 열 가마 가량 제해지고, 장리쌀 먹은 것, 텃도지 등으로 두어 가마는 실히 빼앗기게 된다. 결국 억쇠 부자의 순수확은 벼 다섯 가마도 채 못되는 셈인데, 이것이 당시 소작농들이 대체적으로 겪어야 했던 냉엄한 삶의 현장이었던 것이다. 지주와 소작인의 관계는 토지로만 매개되는 것이 아니라 신분적 주종관계로 확대된다는 점에서 그 불합리성이 강조된

---

38) 안함광, 「8·15 해방 이후 소설문학의 발전과정」, 『문학의 전진』, 문화전선사, 1950, p.29.
39) 스태판 코올/여균동 편역, 『리얼리즘의 역사와 이론』, 한밭출판사, 1982, p.152 참조.

다. 예전에 억쇠가 가재울 마을 사람들에게 위세를 부릴 수 있었던 근거는 전적으로 그가 주인과 가까운 거리에 있다는 단순한 사실 때문이었다. 그러나 소작농으로 신분이 바뀐 그는 권생원의 심부름을 제대로 못했다는 이유로 인해 인간적인 수모를 겪고, 소작농의 비애를 절감한다. 말하자면 상황의 변화는 억쇠로 하여금 현실을 보다 냉정하고 객관적으로 인식하게 하는 계기로 작용하며, 이러한 과정의 반복을 통해 그는 서서히 대자적 민중으로 성장할 수 있었던 것이다.

　억쇠의 성격이 발전되는 과정에서 상황의 변화가 매우 중요한 동인으로 기능하고 있지만, 그에 못지않게 중요한(어쩌면 그보다 더욱 중요한) 것이 성필을 비롯한 매개인물의 역할이다. 이 작품에 등장하는 매개인물은 모두 사회주의자[40]로 설정되어 있다는 점에서 동일인이라 할 수 있다. 이들의 역할은 주로 억쇠를 비롯한 가재울 농민들로 하여금 계급적 인간 관계의 불합리함을 깨닫고 이를 계기로 새로운 역사의 주역으로 성장하도록 계도하는 일에 집중된다. 권생원의 땅을 거부하고 동척 땅을 붙이기로 한 억쇠는 가을이 되자 기묘한 계산법('쓰보가리')에 의해 전보다 더많은 소작료를 징수해가는 동척의 횡포를 경험한 후, '소작을 평생 해먹느니 진작 죽어버리는 게 마땅(p.71)'하다고 절망한다. 이때 성필과 낯선 사회주의자가 나타나 뿌리깊은 노예근성을 버리지 못하는 마을사람들의 경직된 의식을 강하게 충격한다. 그들은 패배적 숙명관의 두꺼운 각질(角質)에 갇힌 마을사람들에게 '문젠 간단헌게, 앉어 빼앗기구 죽느냐 일어나 싸워서 안 뺏기구 사느냐 양단간에 하나 뿐(p.96)'이라고 역설함으로써 그들의 투쟁의식에 인화성 강한 불씨를 던진다.

　『(……)어느 누가 듣든지 죽도록 농사진 사람 굶어죽지 않겠다구 나서는 노릇을 궂다군 안할거요. 이런 떳떳한 일일바엔 여러분 맘먹게 달린 것 아니

---

40) 억쇠가 가재울로 오는 열차 안에서 만난 죄수의 신분은 끝내 밝혀지지 않지만, 억쇠는 그를 사회주의자로 단정짓고 있다. 이러한 억쇠의 생각은 작가의 의도를 전적으로 반영하고 있는 것으로 보인다.

요? 지주편에서 다신 얕잡어 보지 못하게 지주들의 병정인 관리놈들이 허턱 지주편만 들구 나서지 못하게, 작인들도 미물이 아니라 사람이란 것 똑같은 사람이란 걸 한번 본뵈기를 보힙시다. 여러분을 짓밟는 발은 여러분의 손으로 분질러놔야지 하눌만 쳐다본다구 되는게 아니오. (……) 쏘련을 보시오. 여러분은 모르고 있으리다만 거기서 땅은 모두 농사짓는 사람만 갖게 된거요. 땅을 차지허구 농군들이 지어논 농사를 들어다가 저이만 호의호식하던 불한당 지주떼들은 거기선 다 없어진거요. 절로 그렇게 된줄 아시요? 농군들이 들구일어난거요. (……)』 (p.97)

낯선 사회주의자의 열변에 가장 자극을 받은 인물이 억쇠인 것은 당연하다 하겠는데, 그는 열차 안에서 만났던 죄수를 떠올리면서 '겉으로는 평온하게 보이는 세상에도 속으로는 목을 내걸은 사람들의 피투성이 싸움이 계속되고 있다는 것 (p.102)'을 비로소 깨닫게 된다. 그러나 억쇠는 낯선 사회주의자에 의해 현실을 직시하는 한편 사회의 불평등 구조를 깨뜨려야 한다는 당위론에 적극 공감하면서도 직접적인 행동을 취하지 못한다. 그것은 그의 성격이 완결된 인물로 형상화되지 않고 발전적 인물로 그려지고 있다는 사실과 밀접한 관련을 맺는다. 다시 말해 그가 주체적 인물로 형상화되기 위해서는 아직도 매개인물과 매개상황의 도움이 필요한 것이다. 거듭 반복되는 진술이지만, 억쇠의 성격은 주변상황의 변화와 주변인물의 도움에 의해 서서히 변화·발전되는 양상을 보인다. 이런 맥락에서 해방과 북한의 토지개혁은 억쇠의 성격을 완결짓는 결정적 상황 변화라 할 수 있다.

여러 논자가 지적하고 있듯이, 『농토』에서 농민의 소소유자적 성격이 가장 잘 드러난 부분은 가을철 수확과 그것의 분배와 관련된 대목이다. 이러한 농민의 소소유자적 성격은 해방 후에도 완전히 불식되지 못해서, 삼칠타작이란 소문이 돌자 누가 칠분을 차지하는가 하는 문제에 예민하게 반응하는 형태로 드러난다. 이때 성칠은 성실한 교사가 순박한 학생을 지도하듯 차근차근 억쇠의 개인적 이익에만 몰두하는 그릇된 피해의식을 계도해 나간다. 그는 노련한 교사답게 억쇠의 의중을 간파하고 작인들이 칠할을 차지하는 것이 마땅하다는 점을 주지시킨 뒤, 나 혼자만의 이익이 아니라 우리의 이익을 위해 싸워야 하고, 그것이야말로 조선의 이익이 된다는 점을 역설한다. 성필의 말에 억쇠는 개인의 이익만을 생각했던 자신을 부끄러워 하는데, 다음 인용은 억쇠가 얼마나 성실하고 이해력 좋은 학생인가를 알려주는 예이다.

> 억쇠는 가만히 고개를 숙이고 있었다. 이김에 다러난 녀석의 땅이니 땅이나 생길가 하는 저 하나뿐의 욕심으로만 흥분이 되여오군 한 저 자신이, 언제든지 농민전체와 조선전체의 리익에 열중해 있는 성필이의 말을 들을 때마다 눈이 한겹씩 더 무지의 안개가 걷히는 기쁨도 기쁨이려니와 한편으로 자기의 무지와 개인본위의 욕심이 슬몃이 부끄럽기도 했다. (p.143)

억쇠의 성격은 끊임없이 변화한다. 그런 의미에서 그는 발전적 성격의 한 전형적 유형을 대변한다고 할 수 있으며, 『농토』가 지니는 계몽성도 모두 그의 성격의 발전과정과 긴밀한 연관관계를 유지한다. 이 소설이 당시 북한에서 찬사를 받을 수 있었던 가장 근본적인 원인은 철저히 원칙에 입각한 토지개혁의 정당성을 선전·계몽하는 데 주안점이 두어졌기 때문이라 판단된다.[41] 작품에 드러나 있는 것처럼 북한의 토지개혁은 모든 북한주민에게 희망과 의혹을 동시에 안겨준 부담물이었던 것으로 보인다. 그들은 토지개혁의 원칙과 인정(人情) 사이에서 묘한 갈등을 체험하는데, 그러한 갈등이 집약되어 나타난 사건이 바로 안과부의 토지몰수에 관한 원칙론과 인정론의 날카로운 대립이다. 가령 분이만 하더라도 "법대로 헌다면 안과부네 몇알 안되는

---

41) 이러한 판단은 앞서 지적했던 현수의 글이 단순한 추측만은 아닐 것이라는 사실을 확인시켜 준다. 이기영의 『땅』이 1948년 5월에 발표되고 곧이어 『농토』가 발간된 사실로 미루어 보더라도 이 작품이 토지개혁을 주제로 한 작품을 창작하라는 당의 지령과 전혀 무관하게 쓰여진 것이라고 여겨지지는 않는다. 참고적으로 지적하면, 안함광은 이기영의 『땅』을 가리켜 "토지개혁을 테마로 한 최초의 작품"이라 평가하고 있으며(안함광, 「북조선 창작계의 동향」,《문화전선》3호, 1947. 2, p.26), 『농토』는 "토지개혁을 중심으로 농민의 성장만이 아니라 조선사회의 발전사의 일단면을 제시"한 작품이라고 치켜 세우고 있다. (안함광, 「8·15 해방이후 소설문학의 발전과정」, 『문학의 전진』, 문화전선사, 1950, p.29)

논두 몰수라니 과부가 기름장살 해 늙으막에 겨우 먹을 만치 작만헌 걸 어째 뺐는다는거유. 그런건 잘못이니까 토지개혁이란 게 뒤집힐 것만 같어!(p.170)"라고 우려할 정도로 가재울 사람들은 토지개혁의 실상에 대해 어둡거나 그 결과에 대해 짙은 의구심을 가지고 있었다. 또한 그들은 토지와 상관없는 집까지 몰수하는 일을 전혀 이해하지 못할 뿐아니라 일종의 반발감마저 갖는다. 그것은 토지개혁이라는 어휘가 주는 의미의 범주에서 벗어나는 행위이며 전통적으로 지켜오던 미풍양속을 송두리째 부정하는 몰인정한 행동으로 여겨지기 때문이다. 이러한 분이의 의구심에 대해 억쇠는 대체로 동감을 표시한다. 다시 말해 억쇠 자신도 토지개혁의 당위성은 인정하면서도 그 실천방법에 대해 매우 회의적인 생각을 가지고 있다는 사실이 드러나는 것이다. 그러나 농민대회에서 최초시(성필의 아버지)를 만나 토지개혁의 의의에 대해 자세히 전해 듣고 난 억쇠의 성격은 또다시 발전한다. 그는 비로소 사태를 정확히 이해하고 주체적인 성격의 인물로 완성되는 것이다. 억쇠는 인정이나 미풍양속이라는 미명 하에 얼마나 오랫동안 사람들이 자신의 정당한 권리를 침해받았던가를 깨달으면서 철저한 원칙론자의 입장에 선다.

농민대회가 시작되고 실행위원이 토지개혁의 취지를 설명하는 부분에서 『농토』의 계몽성과 목적성은 보다 확연한 형태로 제시된다. 특히 우리의 주목을 끄는 것은 김일성의 담화를 해설하는 실행위원의 말을 듣고 모든 사람들이 토지개혁의 정신을 분명히 인식하게 된다는 아래 인용이다.

나중에 북조선인민임시위원회 위원장 김일성 장군의 담화를 해설해주는 데서 토지개혁의 정신이 분명히 인식되는 듯, 머리들을 끄덕이였고 억쇠는 몇 대목은 머리 속에 외와 넣을 수가 있었다.

「조선이 조선사람 모두가 잘사는 나라가 되쟈면 동포끼리 제일 큰 착취제도요, 노예제도인, 지주 있고 소작인 있는 제도부터 없새야 된다는 것, 민족끼리 누구나 동등한 권리를 갖고 평등하게 발전하는 나라를 세우쟈는 데 반대하는 민족반역자나 친일파들의 근거가 되는 지주계급을 없새버리쟈는 것, 민족의 팔활이 넘는 농민의 생활을 높여서 그들도 자식을 가르키게 하고 그들도 암흑생활에서 벗어나 문명한 생활을 할 수 있도록 하기 위해서라는 것……」

억쇠뿐 아니라 모두들 고개가 절로 끄덕여졌다. 나중엔 박수가 쏟아졌다. (p.178)

농민들이 토지개혁의 기본취지를 이해하는 데 김일성의 담화가 이용되고 있는 위 인용은 사건 전개의 유기적 흐름을 방해하고 선전적·계몽적 특성만 돌출시켜 줄 뿐이다. 작품의 내적 구조를 형성하는 데 아무런 필연성도 제공하지 못하는 부분을 생급스럽게 삽입한 원인은 아무래도 문학외적 조건의 영향을 받은 것으로 추정된다. 그리고 이런 추정이 어느 정도 타당하다면 그것은 『농토』가 당의 지령에 의해 쓰여진 작품이라는 사실을 확인시켜주는 단서가 될 것이다.

억쇠의 성격이 긍정적 인물 positive hero로 구체화되는 결정적 계기는 안과부와 권생원의 처리 문제에 관해 원칙론을 주장하는 그의 웅변에서 찾아진다. 그는 이제까지 여러 명의 매개인물의 도움으로 의식의 발전을 보여주다가 결말 부분에 이르러 스스로의 확신을 대중에게 전파시킬 수 있을 만큼 주체적 인물로 성장한 것이다. 그는 안과부와 권생원의 처지가 전혀 다르다는 것을 조목조목 따지면서 법령의 엄정성이 어째서 요구되는지를 설명해 나간다. 그의 발언이 힘을 갖게 되는 근거는 법령의 권위도 실추시키지 않고 마을주민들의 동정도 수용하고자 하는 그의 융통성있는 태도에 기인한다. 그리하여 억쇠는 가재울 농촌위원 다섯 명 가운데 한 명으로 선출되고, '이 날 하룻동안 십 년을 살은 것(p.191)' 같은 희열감에 사로 잡힌다. 그의 어린 시절의 반항적 기질이 상황의 변화와 매개인물의 추동에 따라 변화하면서 마침내 새로운 역사의 전형적 인물로 완성되는 것이다.

『농토』는 '사회주의를 향해 선도해 가는 그러한 사회적 힘의 문제'[42]를 다룬 사회주의 리얼리즘 계열의 작품이다. 이 작품에서 사회

---

42) 루카치/문학예술연구회 역, 『우리시대의 리얼리즘』, 인간사, 1986, p. 94.

주의를 향해 선도해 가는 사회적 힘은 등장인물의 성격 발전과정에 따라 구체화되는데, 그 중심인물이 억쇠인 것은 두말할 필요조차 없는 일이다. 그렇다고 하여 성필 등 매개인물(루카치의 용어를 따르면 '완결된 인물 fertige Gestalt')의 역할이 부차적인 것으로 밀려나는 것은 아니다. 그들은 상황의 변화에 따라 비슷한 성격의 인물로 등장하여 억쇠를 의식화하고 마침내 그를 역사의 주체로 성장시키는 데 결정적 도움을 준다. 이들의 작품내적 성격이 문제가 되는 것도 이 때문인데, 가령 성필 등 매개인물의 성격에 논의의 초점을 맞추게 되는 경우 억쇠는 단순히 수동적이고 기능적인 인물로 전락한다. 왜냐하면 억쇠는 마지막 순간까지도 스스로의 주체적 각성과 의지에 따라 행동하기보다는 항상 매개인물의 계도와 선동에 따라 의식의 허물벗기를 계속하고 있기 때문이다. 그러나 『농토』에서 차지하는 성필 등의 위상이 억쇠의 그것을 능가하지 못한다는 사실은 자명하다. 이들의 기능은 억쇠라는 새 역사의 전형적 인물을 주조(鑄造)하는 데 반드시 거쳐야 할 담금질과 같은 수단적·과정적 범주를 벗어나지 못한다. 또한 억쇠의 긍정적 인물로서의 특징이 성필 등의 완결된 인물의 권위에 의해 희석되거나 훼손되지 않는다는 점도 분명해 보인다. 즉자적 민중으로서의 억쇠가 대자적 민중으로 거듭나고 역사의 주체 세력으로 성장하기 위하여는 반드시 그에 적합한 시련과 계기가 마련되어야 하며, 성필 등 사회주의자는 이러한 매개적 기능에 충실하는 것으로써 소임을 마칠 수 있었다. 만약 그들이 가재울 농민의 잠든 의식을 일깨우는 일에 시종일관 관여하는 형식으로 사건이 전개되었다면 이 소설은 그야말로 당 정책의 해설서 이상의 의미를 갖지 못했을 것이다.

『농토』는 전형적인 계몽소설[43]이라 할 수 있다. 그럼에도 불구하고 이러한 계몽성이 작품의 완성도나 미적 가치에 치명적인 손상을 가하는 것은 아니다. 이태준은 해방 후 새로운 문학의 과제로 계몽성을 강

---

43) 류보선, 「역사의 발견과 그 문학사적 의미 — 해방 후 이태준의 문학」, 한국 현대문학 연구회, 『한국현대문학연구』 제 1 집, 1991, p.253.

조한 바 있으며, 김일성의 창작지침에도 이 점은 분명히 제시되어 있다. 이때 이태준이 의도한 계몽성과 김일성이 제시한 계몽성을 같은 개념으로 이해하는 것 자체가 무리지만, 어쨌든 이태준은 당의 지령을 어느 정도 수용하면서 자신의 목적을 추구했던 것이라 생각된다. 앞서 지적한 대로 이 작품은 당의 지시에 의해 쓰여진 것이라 보이지만, 전적으로 당의 지령에 충실하게 쓴 작품으로 이해하기엔 납득이 안되는 부분도 적지 않다. 그와 같은 증거는 북한에서 즐겨 쓰는 '인민'이란 용어 대신에 '민중·대중'이란 어휘를 사용한 점에서 우선적으로 찾아진다. 또한 이 작품에는 해방 전 작품에서 보여 주었던 서정적 분위기 묘사, 달밤의 이미지 등이 고스란히 남아 있어 작품의 예술성이 주제에 종속당하는 것을 거부했던 그의 고집이[44] 그대로 반영되어 있음을 알게 된다. 이런 점에 비추어 볼 때 이태준은 소련 기행 이후에도 사상의 근본적인 변화를 체험하지 않은 것으로 추측된다. 그는 여전히 계급보다 민족을 먼저 생각하는 소박한 민족주의 정신을 버리지 않았던 것으로 이해되며, 그것은 『농토』에서 세계관과 창작방법 사이의 불일치라는 형태로 나타난다. 물론 세계관과 창작방법이 동일해야 한다는 원칙은 사회주의 리얼리즘 이론가들에 의해서도 비판받는 것이지만,[45] 이태준의 경우는 은연중에 세계관보다 창작방법을 우위에 놓는 태도를 표명하였으며 그러한 자신의 생각을 포기하려 하지 않았던 것이다. 결국 『농토』는 북한 김일성 집단이 요구하는 당성·계급성·인민성을 고취시키는 대신 인물의 전형성과 주제의 계몽성을 강조하

---

44) 최근에 북한의 내무성부상을 지냈던 강상호(姜尙昊)씨가 증언한 바에 따르면 이태준은 당의 지령을 고분고분하게 따르지 않았던 것으로 보인다. ("내게 죄가 있다면 「황해제철·청진제철 등 공장과 기업에 나가 이들 공장노동자들이 김일성 수상의 빨찌산 혁명정신을 받들어 불철주야 공장을 가동해 생산을 배가하고 있다는 내용의 소설을 만들어 김일성 수상의 사상과 당의 영도, 마르크스 레닌 정신 등이 반영되고 인민들에게 감동을 주게 하라」는 당의 명령을 거역한 뿐이다. 나는 그같은 작품들을 쓴 이기영과 한설야를 정통작가로 보지 않는다. 분명히 말하지만 나는 그들처럼 작가의 양심을 뭉개고 개인숭배에 앞장서는 변절 작가가 될 수 없다." 〈중앙일보〉, 1993. 6. 15)

45) 로젠탈, 「예술작품의 세계관과 방법의 문제」, 로젠탈 외/홍면식 옮김, 『창작방법론』, 과학과 사상, 1990, pp.16~19.

는 우회적 방법으로써 문학의 정치적 종속관계에서 벗어나려 한 작품으로 해석할 수 있다. 이태준은 사회주의 국가의 미래를 과학적 인식의 토대 위에서 전망하고 있는 것이 아니라 소박한 이상주의적·낭만적 전망으로 대체하고 말았다. 이것이 그의 인식론적 한계에서 비롯된 것인지 혹은 의도적 전략에 기인한 것인지 자세히 알 길이 없지만, 그는 근본적으로 이데올로기와 친숙할 수 없는 인간형이며 따라서 이념이 예술을 압도하는 상황에서 방향감각을 상실하고 관성적 글쓰기를 지속할 수밖에 없었던 것이다.

Ⅳ. 잠정적 결론

필자는 지금까지 이태준의 해방 후 작품분석을 통하여 그의 작품경향과 사상적 변화의 궤적을 살펴 보았다.

「해방전후」는 작가의 분신이라 할 수 있는 두 인물을 내세워 자신의 심경적 변화를 고백한 작품이며, 따라서 주로 인물의 심리분석에 치중하였다. 필자는 현과 김직원을 작가의 분신으로 이해하여, 그들 사이의 사상적 대립과 갈등을 작가 자신의 내적 갈등과 사상의 변화에 대한 작가의 적극적인 해명으로 받아들였다. 이런 관점에서 이태준이 「해방전후」에서 보여준 자기반성적 태도는 비교적 솔직한 것이었다고 판단하였다.

『농토』에서 작가의 관심은 억쇠의 성격의 발전과정에 초점화되어 있기 때문에 작품분석의 기준이 「해방전후」와 다를 수밖에 없게 되었다. 양반의 씨종으로 태어난 억쇠는 상황의 변화와 매개인물의 도움을 받아 대자적·주체적 민중으로 성장할 수 있었으며, 작품의 주제는 북한의 지령에 맞추어 계몽성을 현저히 드러낸 것으로 분석하였다. 이러한 작품분석 결과 이태준은 일제시대부터 간직해 왔던 민족주의적 정신을 이념에 오염시키지 않으려고 마지막 순간까지 노력했던 것으로 결론지을 수 있었다. 이태준이 해방 후 이념에 기울었던 것은 소박한 민족주의자의 자기반성의 결과일 뿐이며 사회주의 이데올로기 그 자체에 현혹되거나 경도되었기 때문은 아니라는 점은 이로써 분명해졌다. 따라서 해방 후 이태준의 소설에 나타난 변화의 모습을 세계관 혹은 사상의 근본적 변화로 파악하는 일련의 주장은 의도적 오류에 의한 것임을 알게 되었다.

그러나 이 글에서 『첫전투』와 『고향길』이 제외되었다는 이유 때문에 필자의 위와 같은 주장은 잠정적인 것일 수밖에 없다. 왜냐하면 『첫전투』·『고향길』 역시 이태준의 작품인 점은 부인할 수 없는 사실이며, 해방 후 이태준의 소설을 검토하는 이 글에서 위 작품집이 논의되어야 할 필연성은 어떤 논리로도 부정되기 어렵기 때문이다. 『첫전투』 등이 우리의 관심을 끄는 중요한 요인은, 이 작품집에 실린 소설들에 인민의 투쟁의지 고취, 반미감정의 앙양 등 북한 김일성 집단이 요구했으리라 짐작되는 투쟁적·선동적 주제가 전혀 여과되지 않고 제시되어 있기 때문이다. 또한 문체나 묘사에 있어서도 예전과 달리 비속어가 자주 등장하며, 섬뜩할 정도로 잔인한 표현이 작품의 예술성을 침식하는 것도 유의할 만한 점이다. 예를 들면 '놈들의 유들유들한 비곗덩이를 생각할 때는 그만 못먹을 것을 삼킨 듯 목구멍이 뿌듯하도록 전신에 피가 곤두서는 것이다.'[46), '왜가리같은 놈들의 주고 받는 말소리'[47), '트루맨에서부터 애치슨, 맥아더. 모든 전쟁방화자들의 살과 뼈를 이 부뜰린 놈들이 대신해서라도 조선인민이 당하는 아픔을 골수 깊이 맛보도록 해주고 싶었다.'[48)와 같은 원색적인 표현이 거의 모든 작품에 반복적으로 나타난다. 또한 위 작품집에는 인간의 삶에 대한 다양한 해석과 여러 유형의 인물 성격화에 대한 관심, 전통적 문화와 인간에 대한 깊은 사랑, 서정적 분위기 묘사 등과 같은 이태준 소설의 장점이며 성과라 할 수 있는 요소들이 전혀 자취를 감추고 있다. 한마디로 『첫전투』·『고향길』 등은 권력이 요구하는 비예술적 주제를

---

46) 이태준, 「첫전투」, 『첫전투』, 문화전선사, 1949, p79.
47) 이태준, 「백배 천배로」, 『고향길』, 재일본 교육자동맹 문화부, 1952, p.2.
48) 이태준, 「미국 대사관」, 위의 책, p.20.

원색적 색깔로 뒤발함으로써 더욱 볼썽사납게 되어버린 조악한 화첩(畫帖)일 뿐이다.

　이념이 예술성을 철저히 압도한 상황에서 쓰여진『첫전투』·『고향길』등을 본격적인 문학의 차원에서 논의하기란 매우 어려운 일이다. 그러나 그런 사실이 위 작품들을 논의의 대상에서 제외시켜도 좋다는 면죄부 역할을 하는 것은 물론 아니다. 오히려 그러한 외적 조건은 이태준의 사상적 변화의 실체를 규명하는 데 가장 유효하고 적절한 판단 기준이 될 수도 있다는 반론이 제기될 소지는 충분하기 때문이다. 그럼에도 불구하고 이 글에서『첫전투』등을 거론하지 않는 까닭은, 그 작품들이 쓰여진 당시 정황을 객관적으로 설명해주는 자료를 거의 찾을 수 없다는 점에 연유한다. 또한『첫전투』·『고향길』등에 반영된 작가의 세계관과 그것의 미적 전유방식이 과거의 작품과 현격한 질적 차이를 보인다는 점도 간과할 수 없다. 따라서『첫전투』등은 이제와는 다른 관점으로 분석해야 하리라 생각하며, 그것은 그 자체로서 하나의 독립적인 글을 요청하는 것이다.

(동국대 강사)

「오몽녀」 언술의 특성과 수사법

김 현 숙

Ⅰ. 서 언

월북한 작가들의 해금으로 활발한 문학연구가 이루어지고 있어 그 동안 한국문학사를 정리하는 데에 채울 수 없었던 여백들이 메꾸어 질 수 있게 되어 참 다행스럽게 생각한다. 해금이 주는 또 하나의 의미는, 그들이 월북했다는 이유 때문에 작품의 내용이나 경향과는 상관 없이 평가되어 문학을 전 모습으로 볼 수 있는 기회를 빼앗았던 것을 이데올로기적 편견 없이 그들의 작품을 바라볼 수 있도록 했다는 사실에 있다. 그러나 해금은 문학을 이데올로기의 실천성으로만 보려는 문제만이 아니라 문학을 문학적인 구조로 볼 수 있게 되어 해금 이상의 큰 의미가 있다고 하겠다.

더구나 본 글에서 다루어질 이태준의 경우에는 그가 월북한 작가이기는 하나 그의 작품의 경향이 월북 이전에 자신의 문학관을 정립하여 문학을 한 작가라는 점을 고려해 볼 때 그의 문학에서는 이데올로기의 실천적 장으로서가 아니라 문학을 표현의 미학으로서 보려했던 점을 그의 남긴 글들에서 볼 수 있기 때문이다.

본 글에서도 그의 첫작품인 「오몽녀」(개작본)의 표현의 특징을 살펴보려고 한다. 그렇게 하기 위해서 언술을 통해 나타나는 인물의 특성, 화자를 통해 드러나는 인물들의 행위의 방향, 이들이 이루어내는 공간의 문제들을 중심으로 다루어 보겠다.

한 작가에 의해서 쓰여지는 문장 표현의 언술은 한 작품마다 다르게 나타나는 것이 아니라 전체적인 특성으로 묶여질 수 있는 공통의 요소가 내재하고 있음을 부인할 수 없다. 이러한 점들이 그마다의 특성으로 묶여지고 설명될 때 문학론이나, 문체론의 이름으로 묶여질 수 있을 것이다. 이미 이태준은 이 시절부터 그 나름대로 문학론의 정립을 함께 세우고 있었고 문장론에서도 수사법(rhetoric)의 기원과 쓰임을 세우고 있을 정도였다. 그리고 그는 상당한 문학표현의 지식들을 그의 작품 속에 하나하나 실제로 적용하고 있음을 알 수 있다.

그러므로 본 글에서는 그가 개작을 통해서까지 드러내 주고자 했던 인물들의 치밀한 묘사와 생명력의 문제를 그의 언술을 하나 하나 점검해서 특징을 규명하고자 한다.

그렇게 하기 위해서 필자는 작가와 독자의 관계를 정보 발신자와 정보 수신자의 관계로, 언술은 정보 내용과 함께 정보 전달 방법으로 보았다.

Ⅱ. 인물묘사와 언술의 층위

서사문학은 인물의 이름을 창조하는 데서부터 시작된다.[1] 즉 작가가 인명을 창조하는 것은 한 생명의 개성을 창조하는 것이며, 존재의 의미를 부여하는 것이다. 그러므로 작가는 작중 인물의 이름을 지을 때, 작품의 흐름과 명명(命名)된 인물의 역할에 밀접한 관련성을 지을 수밖에 없다. 일반적으로 명명의 방법에는 첫째 일종의 알레고리의 명명방법[2]이 있고, 둘째는 음성 상징을 이용한 명명[3]이 있고, 셋째는

---

1) "우리는 이상스럽게도 모든 시대의 설화나 서사시가 언제나 한 인간의 이름으로 요약되고 만다는 것을 발견하게 된다. 〈일리아드〉의 모든 영웅들의 이름이나 〈오딧세우스〉 장군의 이름… 우리나라의 〈홍길동전〉, 〈춘향전〉, 〈심청전〉, 〈홍부전〉에 이르기까지 서사적 예술은 인물의 이름으로 집중된다는 사실을 알 수 있다." 『이어령전집』 Vol. 10, 갑인출판사, 1978, pp.303.

인유적 명명법[4]이 있으며, 넷째는 가장 평범한 것으로 사회 통념적인 관습적 명명법[5]이 있고, 다섯째 철자의 병렬법에 의한 상징적 명명법이거나, 우리나라의 이름자로 한 글자씩하고 영어의 알파벳에서 한 글자씩으로 명명하는 방법이 있고, 여섯째는 자연적인 연령을 나타내는 호칭으로 명명(命名)하는 경우로 나눌 수 있다. 한국 작가들이 '한국 민족의 전문적인 상황과 얽혀[6] 작중인물들의 명명은 일반적으로 무관심'한 데 비해 작가 이태준의 경우 인명 창조나 호칭에 다양성을 주려고 하고 있음을 볼 수 있다.[7] 그러한 점을 위에서 분류한 갈래로써 살펴보겠다.

이 작품에는 4명의 등장인물이 있다. 여주인공 오몽녀와 금돌, 지참봉, 남순사가 그들이다. 이들의 수수께끼를 푸는 단서는 다음의 글로써 시작된다.

> 누구나 오몽녀는 지참봉의 딸인 줄 안다. 그러나 기실은 총각으로 늙어 온 지참봉이 아홉살 된 오몽녀를 점치러 다닐 때 길잽이로 삼십 몇 원에 사다 길러온 것이다.
> 그런데 벌써 오륙 년 전부터는 혼례는 했는지 안했는지 이웃 사람들도 모르건만 지참봉과 오몽녀는 부부와 같은 생활을 해온다.
>
> 『이태준전집·1』(깊은샘, 22쪽)

---

2) 첫째, 우유적(寓喩的) 명명법으로 일종의 알레고리 명명 방법이 있고 주로 고대소설의 방법으로 '홍부'는 홍하는 남자요, '놀부'는 놀고먹는 사람 '심청'은 마음이 맑고 깨끗한 사람이란 뜻.

3) 음성상징 명명법은 소리의 맑음과 탁함… 부드러움과 무거움의 소리로서 人物의 이미지 형성에 기여하게 하는 명명법이다. 아나벨리(Annaabel Lee)/프루후록(prufrock).

4) 성서나 혹은 기존의 인물명을 변조 또는 인유하여 삼는 경우이다.

5) 사회적인 습관에 따라 작중인물의 혈연, 신분 등을 단적으로 상징해 줄 수 있는 것이다. 보기 : 개똥이, 쇠똥이, 이어령, 앞의 책, p.312.

6) 아펠래이션이라고 하는 것은 작은 것이 아니다. 적어도 그것을 한 민족의 전 컬큐럴 콘텍스트와 얽혀있는 것으로 소설가의 숙명처럼 따라다니기 마련인 것이다. 아무리 근대적인 멋진 인물형을 그리려고 하더라도 그에게 명명된 고유한 우리 성명은 한자 옥편과 밀착되어 완고한 이미지를 고집한다. 그리고 인물명의 이미지는 한복을 양복으로 갈아입듯이 쉽사리 바뀌어지지 않는다. 이어령, 앞의 책, p.316.

7) 졸저, 『문학상상력과 공간』, 창, 1992.

이 글을 통해서 보여주는 인물 지참봉은 고유 명사의 이름으로서가 아니라 그의 신체적 결함을 도구적 호칭으로 부르고 있다. 그의 호칭은 사회적 습관에 따른 명명법으로서 그 호칭을 통해 그의 사회적 신분, 위치 등을 알 수 있겠다. 또한 성을 지씨로 쓰고 있는 것은 뒤의 ㅊ음과의 마찰을 줄이기 위한 것으로 보인다.

또 하나의 등장인물인 남순사의 경우에도 지참봉의 경우와 마찬가지로 사회적 습관에 따른 명명법과 순사라는 직업을 가진 이들의 사회적인 인상, 대우, 행위의 복합적인 것을 함께 설명하기 위한 사회통념의 명명법이라 할 수 있겠다.

또한 오몽녀의 배신, 도망의 목적 대상이 되고 있는 금돌이라는 인물의 경우는 작가 스스로가 사회적인 신분을 알려줄 수 있는 상징법과 일종의 우유적인 알레고리의 수법을 쓰고 있다. 그것은 금(金)이라는 광물질의 속성에 돌이라는 이름을 합쳐놓음으로 변화하지 않는 남자의 이름으로 느껴지게 되기 때문이다.

이렇게 파악된 인물들의 명명의 층위로부터 이들이 이루어내는 행위와 관련하여 이들 중 특히 오몽녀에 대해 좀 더 분석해 보겠다.

위의 인물들을 통해 오몽녀의 과거와 현재를 알게 된다. 이러한 성장에 관한 정보가 지참봉과의 관계를 정보로 다음처럼 나타나고 있다.

고유명사(np) 의미소[8] (오몽녀 ↔ 지참봉)의 관계는

(팔리다) ↔ (사다)의 경제적 관계로 나타나고 있다.

또한 계속되는 오몽녀에 대한 언술(discourse)은

d1 오몽녀(사랑해오건만) 그 <u>반대였다.</u>
d2 <u>불만할 것도</u> 무리는 아니다.

---

8) 의미소(lexia)를, R. Barthes는 독서의 최소 단위로 본다. R. Barthes, S/Z, 1970, p. 13. 이와같은 의미로 Veselovsky는 모티브(Motif)로서 본다.
 Propp Vladmir, *Morphology of the Forktail*, 2nd ed(Univ. of Taxas Prsss, 1927), p.12.

d4 조금도 미안해 하지 않는다.

d3 먹는 법이 없다.

이들의 관계언술은 '반대' '불만' '법이 없다' '미안해 하지 않다'의 부정적 흐름으로 이어지고 있으며 −Vp「속이다 1 − 속이다 2.」(뒤 Ⅲ장)의 관계로 이어질 것을 암시하고 있다. 이러한 암시는 여주인공의 행위(VP)의 진행과정에 따라 그 의미를 나타내고 있다. 이 때 −Vp는 정태적(형용사류) 언표와 동태적(동사류) 언표로 형성된다.

오몽녀의 의미는 정태적 언술을 통해 독자들에게 설명되며, 동태적 언술을 통해 서사 흐름으로 이해되어 그녀에 대한 총체적 의미 파악이 이루어진다. 그 중 서사 흐름의 역동성은 행위언표에 의해 드러나게 되는데 이 작품의 행위 언표인 '만나다'는 오몽녀의 정보와 관계가 깊다

그러므로 그녀의 정보의 기능은 '만나다'에서 '만남'의 행위코드[9] (Proairetic code)가 진행되므로 그녀의 행동과 의문과 궁극적인 답변을 주게 된다.[10]

그러나 인물의 의미는 단일 해독 코드로서 완성될 수 있는 것이 아니다. 즉 만나다의 행위는 만나다 ↔ 헤어지다의 거시적 행위 고리를 지니며 그 반복에 의해 생겨나는 의미를 추적하므로써 인물의 수수께끼는 풀리게 된다. 오몽녀와 앞의 d2∼4의 항에서 나타낸 남편과의 관계는 불만하다.→ 먹이는 법이 없다→ 미안해 하지 않는다에서 남편과의 관계가 부정적이며 그 층위는 구체적으로 다음처럼 연결된다.

---

9) 행위코드(proairetic)는 행동코드라고도 하며, 주인공들의 행위만 기록해 나가도 행위고리가 이루어진다. 이들의 행위순서는 出發로부터 시작되며, 마지막에는 到着하다, 머무르다로 나타난다(R. Barthes, S/Z, 1970, p.79)

10) 작품에서의 모든 행위들은 깊이있게 또는 사소하게, 진실되게 또는 기만적으로 나타나게 되는데 이것이 곧 작가가 독자에게 제시한 다양한 戰略중에 하나가 된다.

  Kenneth Burker(1941), *The philosophy of the Literature Form*(Revised Edition) : N. Y. : Vintage Books. 1957). p.3

오몽녀 – 금돌 만나다 (행위코드)
     (지참봉)배반하다(1) (해석코드)
   – 금돌 만나다 (행위코드)
     (지참봉)배반하다(2) (해석코드)
   – 금돌과 도망가다 (행위코드)

이러한 흐름으로 볼 때 오몽녀를 드러내 주는 언술은 배신이다. 오몽녀는 '배신'의 의미를 지닌 여인이다.

앞에서 언급했던 대로 지참봉, 남순사의 명명은 사회적 통념상의 기준으로 이해되어질 수 있는 명명법인 데 비해 오몽녀는 그런 의미·로 이해한다면 배우지 못한 한 촌여인내의 이름이다. 그러나 그 여인이 이루어내는 행위와 그 결과는 배신으로, 도망으로 이어지고 있다. 드러내 놓지 않고 부정행위를 하는 여인이 오몽녀인 것이다. 작가 상허는 그런 모호한 여인을 드러내는데 「오몽녀」라는 명명으로 나타내고 있다.

Ⅲ. 초점화자와 行爲者의 층위

지금까지 일반적인 소설을 분석하는 이론에서 다루어지던 화자,[11] 시점의 문제가 이제는 구체적으로 누가 보고 누가 이야기하는가가 관심의 대상이 되고 있다.

초점화자(forcalized narrator)는 구체적으로 인물, 사건을 말하는

---

11) ① Vernon Lee – 인물이 보여지는 방법
　　 ⅰ) 분석적이고 판단적인 작가의 시점에서 상상되는 방법
　　 ⅱ) 다른 인물의 시점으로 보는 방법
　　 ⅲ) 인물 자신의 내적 시점으로 보는 방법
　　 ⅳ) 어느 누구의 시점도 아닌, 외적인 방법으로 그려지는 방법
　　　　Susan Sniader Lanser(1981), p.208
　　 ② 화자와 각 인물의 촛점(focalization)의 축은 다음과 같다.

사람이다. 보면서 말할 수도 있고 보는 것과 상관없이 서사의 내용을 전달하는 경우일 수도 있다. 이때 단순히 보여주는 경우가 아니라면 서사 내용에 전달자의 주관이 개입됨은 너무도 당연하다 하겠다. 그리고 경우에 따라서는 작품의 내용을 전달하는 경우도 있고 작품을 알려주기 이전에 작품을 만들게 된 경위나 주변적 사실을 함께 작가의 소리로 알려주는 경우가 있다. 「오몽녀」는 후자의 경우라 할 수 있다. 「오몽녀」의 경우 작가는 텍스트에 대한 정보를 다음처럼 준다.

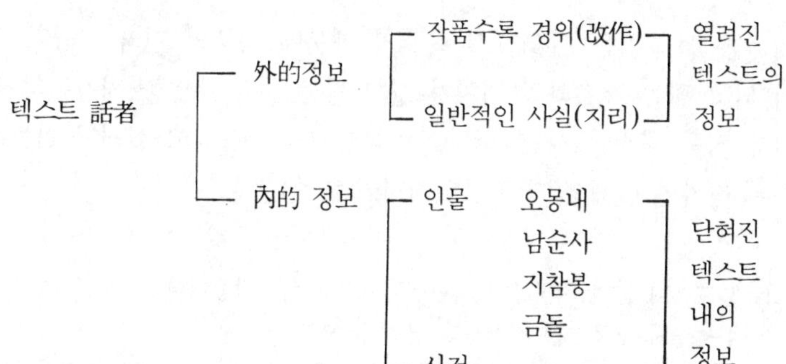

작가가 작품의 수록 경위에 대해 텍스트 외적인 정보를 주므로 독자들은 작가의 목소리(narration)로 작품을 대하게 된다. 그 실제적 설명은 다음과 같다

N. 1 이 작품을 오직 나의 처녀작(수록경위)이란 애착에서 여기 거둔다.
     모델 소설이 아닌 것, 여기 나오는 현실도 지금은 딴판인 십오륙 년 전 옛날임을 말해둔다.
N. 2 서수라(西水羅)라 하면 함경북도에도 아주 북단 원산, 성진, 청진 웅

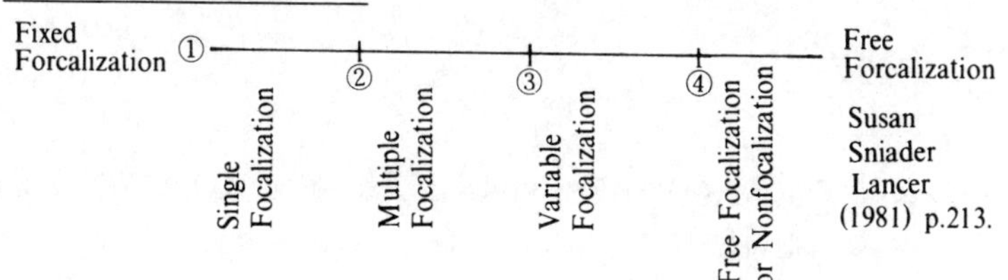

기를 다 지나 마지막으로 붙어 있는 항구다.

　이 서수라에서 십 리쯤 북으로 들어가면 바로 두만강가요, 동해변인 곳에 삼거리(三街里)라는 작은 거리가 놓였다. 호수는 사십여에 불과하나 주재소가 있고 객주집이 사오 처나 있고 이발소 하나 있고 권련, 술, 과자, 우편절수 등을 파는 잡화점이 하나 있고, 그리고는 색주가 비슷한 영업을 하는 집 외에는 모두 농가들이다. 그런데 이 사오 처 되는 객주집의 하나인 제일 웃머리에 지참봉네라고 있다.

『이태준전집 1』(깊은샘, 21 쪽)

이러한 서술 2는 서술 1의 목소리 때문에 작품의 지리적 공간 배경이 되고 있는 서수라의 위치가 실제 작품 내의 주인공 지참봉의 집까지를 작품 내적인 사건 장소로 인식할 수 있게 되고 실제 독자들은 함축된 작가와 실제의 작가를 일치시키려 한다.

　N. 3 그러니 눈먼 지참봉이 가난뱅이로 살 것은 사실이다.
　N. 4 누구나 오몽녀는 지참봉의 딸인 줄 안다.
　N. 5 오륙 년 전부터는 혼례는 했는지 안했는지 이웃사람들도 모르건만…

또한 N. 3의 "사실이다", N. 4의 "누구지~안다", N. 5의 "아무도 모르건만"의 서술은 일반적인 사실로서 화자가 정확한 정보를 주고 있음을 독자들에게 알리려는 의도이므로 독자들은 믿을 수 있는 화자로 생각하게 된다.

「오몽녀」의 초점 화자는 전지적인 시점과 능력으로 일반적인 사실을 정보로 주고 설명하는 방법을 취하고 있는 점은 인물의 경우도 마찬가지이다.

　a. 지참봉

① 호칭 : "벼슬을 해서 참봉이 아니라 젊었을 때부터 실명이 되어서 참봉참봉 하고 불러온다."

② 사실(상태)
　㉠ 눈먼 지참봉이 가난뱅이로 살 것은 사실이다.
　㉡ 사십이 넘은 지참봉.
　㉢ 오륙 년 전부터 혼례는 했는지 안했는지 이웃사람들도 모르건만 지참
　　봉과 오몽녀는 부부 같은 생활을 해온다.
　㉣ 북어처럼 마르다.
　㉤ 두 눈이 퀘엥하게 부른 얼굴에는 개기름이 쭈르르 흐르고 있다.
　㉥ 풋고추만한 상투에는 먼지가 하얗게 앉고, 그래도 망건은 늘 쓰고 있
　　다.
③ 감정
　㉠ 오몽녀를 끔찍이 사랑해 오건만…
　㉡ 순사가 틀리지 않을 것을 「틀림없을 것은」믿었다.
　㉢ 진작부터 의심은 했지만
　㉣ 풍기기만 할 것 같다.
　㉤ 간줄 알게 되다.
　㉥ 점점 달게 되다.
④ 행위
　㉠ 애걸하였다.
　㉡ 팔을 부들부들 떨다.
　㉢ 눈을 부릅뜨고 덤비다.
　㉣ 동자없는 눈이 몇번이나 휘번뜩거렸다.
　㉤ 쓴 웃움이 흘렀다.
　㉥ 정지 웃간에 가 귀를 솟구다.

　지참봉을 나타내는 언술에서는 상태를 나타내는 '사실'의 표현은 관
찰자의 서술이다. 그러나 '감정'의 ㉠~㉥의 "~믿었다, ~진작부터,
~알게 되다, ~점점 달게 되다"의 표현은 화자＝지참봉의 입장에서
쓰고 있다. 그리고 행위에 오면 다시 관찰자의 서술을 하고 있다.
　이러한 관찰자 서술과, 남주인공과 일치된 화자의 서술은 여주인공
오몽녀에는 다음처럼 나타난다.

　b. 오몽녀

오몽녀는 지참봉이 아홉 살 된 여자아이를 데려다 길러 지금은 아내처럼 살고 있는 여인이다. 이 여인을 표현하거나, 설명한 서술 부분을 텍스트 내에서 찾아보면 다음과 같다.

b1 같이 살아갈 남편이란 아버지뻘이나 되는 늙은 소경이라 불만할 것도 무리는 아니다.

b2 어쩌다 좋은 반찬이 생기더라도 남편을 먹이는 법이 없다.

b3 마주 앉아 먹건만 보지 못하는 남편은 먹든 못 먹든 저만 집어먹으면서도 조금도 미안해 하지 않는다.

b4 그와 반대로 낫살이 차갈수록 살이 오르고 둥그스름한 얼굴은 허여멀겋고 뺨에는 늘 혈색이 배여 있다.

b5 이 조그마한 두멧거리에선 일색인 체 꼬리를 치기는 넉넉하였다.

b6 인물은 훤언한 오몽녀건만 자라나기를 빈한하게 자랐고, 눈먼 남편을 속여오는 버릇이 늘어 남까지 속이기를 평범히 하게 되었다.

b7 남의 것이라도 제 맘에만 들면 숨기고 훔치고 하였다.

b8 어쩌다 손님이 들 때나 자기가 입덧이 날 때는 돈들이지 않고 곧잘 맛난 반찬을 장만하였다.

b9 기침을 한번 하고는 뒤를 휘—돌아보고 아무도 없음을 살핀 다음에 고기잡이 배 속으로 날름 들어갔다.

b10 얼른 안색을 고치고 생긋 웃어준다.

b11 지참봉에 대한 불만이 더욱 커 갔다.

b12 금돌이와 지참봉을 비교해 보는 버릇이 박혔다. 비교해 보고 날 때마다 금돌이 생각이 났다.

b13 배가 비지 않고, 금돌이가 있기를 오히려 바라면서 다시 바다로 나왔다.

b14 금돌이 배에 다니기를 심심하면 이웃집 말 다니듯 하였다.

b15 지참봉이 점이나 쳐서 잔돈푼이나 생기면 오몽녀는 그 돈을 노리었다가는 병을 들고 술집으로 갔다. 그러면 그날밤엔, 지참봉은 술냄새도 못 맡아도 금돌이는 얼근해서 뱃전을 장고삼아 치면서 오몽녀의 등을 어루만졌다.

b16 오몽녀는 마음이 싱숭생숭해졌다.

위와 같은 표현에서 오몽녀의 서술 어휘에서는 초점화자의 평가 감정이 포함된 설명을 알 수 있다. 즉 작중화자가 오몽녀의 상황과 심리 상태를 윤리적으로 평가하고 있다. 그러한 점은 b1 : "불만할 것도 무리가 아니다", b3 : "남편을 먹이는 법이 없다." b5 : "꼬리를 치기는 넉넉하였다.", b6 : "남까지 속이기를 평범히 하게 되었다." b7 : "숨기고 훔치고 하였다." 같은 어휘로서 알 수 있다.

c. 금돌이(金乭)

또한 오몽녀가 상대하는 젊은 남성인 금돌이는 오몽녀가 생선을 훔치기 위해 들어간 배의 주인이다. 금돌에 대한 화자의 설명은 다음과 같다.

c1 이 배 주인은 한 이태 전에 웅기서 들어왔다는 금돌(金乭)이라는 총각인데 워낙 어부의 자식이라 바다에 익숙해서 혼자 여기와서도 어업을 하고 있었다.

c2 이것은 여러 번이나 도적을 맞은 금돌이가 하필 그날은 고기도 한번 팔 것밖에 더 잡지 못하여 누가 훔쳐가나 한번 지켜볼 겸, 나가지 않고 있었던 것이다.

c3 이 거리에선 화초로 여기는 오몽녀임을 알 때, 그는 큰 생선이 절로 안에 떨어진 듯 즐거웠다.

c4 금돌이는 싱글거리면서 오몽녀의 곁으로 다가서더니, 부들부들 떨리는 손을 오몽녀의 어깨로 가져 간다. 그리고 엷은 구름 속에 든 달을 가리켜 보인다.

c5 금돌의 마음도 점덤 달게 되었다.

   금돌은 오몽녀에게 의심을 품기 시작하던 바 하루 아침은 해뜰머리인데, 소장네 집으로 생선을 팔러가다가 오몽녀가 주재소 숙직실 쪽에서 나타나는 것을 보았다.

c6 지참봉만 못지않게 주먹을 떨었다. 그리고 금돌은 이날 쌀을 대엿 말 싣고, 간장, 된장, 나무, 먹을 물, 장개비해서 배에 두둑히 실었다.

c7 금돌은 오몽녀가 배에 오르기가 바쁘게 배를 띄웠다. 배는 밤으로 한 십리 밖에 있는 무인도에 닿았다.

위의 서술에서 금돌이는 작중화자의 감정이 개입된 표현이 없다. 객관적 입장에서 금돌에 대해 일반적인 사실로서 표현되고 있고, 오몽

녀가 저지르는 잘못된 일의 협조자나 동조자가 아니다. 오몽녀·지참
봉의 사건에 표면적으로는 나타나지 않는 인물로서, 오몽녀와 재물을
차지하고 있다.

이들의 만남은

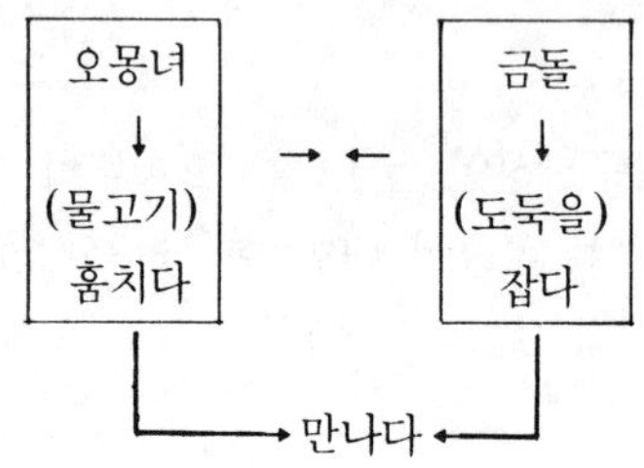

그러나 이들의 행위는 다시

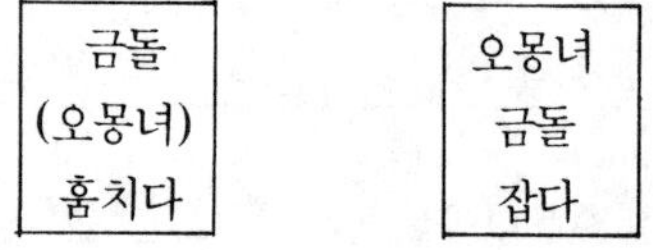

로서 똑같이 훔치는 행위를 하고 있으나, 훔치는 행위나 속이는 행위
의 인물 정보는 오몽녀에게 더 많이 나타나고 있다.

d. 남순사

남순사는 오몽녀를 탐내 오몽녀에게 죄명을 씌워 경찰서 숙직실에
잡아들였고, 결국은 지참봉을 죽인 인물이다. 남순사에 대한 표현은
다음과 같다.

d1 그 후 남순사는 으례 만나야 할 것으로 생각했으나 주재소 숙직실은 으
   례 조용한 처소는 아니었다. 하루밤은 술이 얼근한 김에 남순사는 용기를
   얻어 지참봉네 집으로 들어섰다.

d2 지참봉 손에 잡힌 구두 한 짝은 너무도 뚜렷한 증거물이 된다. 남순사는

할 수 없이 지참봉의 입부터 막고 돈 장이나 집어주지 않을 수 없
게 되었다.

d3 남은 우선 지참봉의 입을 막아놔야 겠기에 모두 자기의 짓이라 거짓 자
백 하였다.

d4 어떤 놈의 짓인지 이 밤으로, 거리의 술집들을 뒤지고 서수라나 웅기까지
가더라도 기어히 오몽녀를 찾아내고 싶었다.

d5 지참봉에게 오늘 밤으로 오몽녀를 데려온다고 장담을 하고 나왔다.

d6 남순사는 급했다. 오몽녀가 기껏해야 서수라나 웅기로 나간 것이 틀리지
않은 것 같은데 거기까지 다니며 찾자니 일자가 걸린다.

d7 참봉이 묵묵히 앉아 기다려줄 것 같지 않다. 이런 소문이 소장의 귀에 들
어만 가면 순사도 떨어지고 낯을 들고 다닐 수도 없다.

d8 고작해야 서수라나 웅기, 어떤 술집에 들어박혔을 것만 같다. 가기만 하
면 담박 뒤져낼 자신이 생긴다.

d9 뒤져내어서는 우선 오몽녀를 며칠 데리고 지내고 싶다. 오몽녀는 그새 분
도 바르고 물색옷도 입고 땟가락내는 것도 좀 배웠을 것 같다.

d10 그런 때벗은 오몽녀를 찾아다 다시 지참봉에게 더럽히고 싶지가 않
다.

d11 "지참봉만 없으면 찾아놓은 오몽녀?" 남은 입속에 걸직한 침을 삼킨
다.

d12 남은 밀수업자들에게 압수한 독한 호주(胡酒)를 한 병, 역시 압수품인
아편을 얼마 떼어넣고 밤늦어 지참봉을 찾아간 것이다.

d13 남은 이젠 오몽녀는 찾기만 하면 내 것이라 하고 서수라로 웅기로 싸다
녔으나 헛탕만 잡고 오륙 일 만에 돌아왔다. 남은 오몽녀를 만나자 잠깐
어쩔 줄을 몰랐다.

d14 그간 자기가 범죄 중에 가장 큰 것을 범하면서까지

d15 애먹은 생각을 하면, 또 어떤 놈과 어디로 가 그렇게 여러 날씩 파묻혀
있다온 생각을 하면 당장 잡아다 족치고 싶으나 이왕 지나간 것보다는
앞으로의 욕심이 목밑에서 꿀꺽거린다.

d16 네가 잡혀가지 않을 길은 하나밖에 없다. 그 길은 내 첩이 되는 것이다
하고 달래기도 하였다.

　이상에서 알 수 있는 남순사의 성격은 **d1~d12**에서 나타나있듯 교
활하나 오몽녀를 끔찍이 탐내어 지참봉을 죽이면서까지도 오몽녀를

차지하려고 한다. 그러나 그러한 남순사도 결국은 오몽녀에게 속고 만다. 아무리 교활한 순사라도 오몽녀가 한 수 위임을 보여주고 있다.

이들의 이러한 관계를 초점화자의 서술어휘로서 요약하면 다음과 같다.

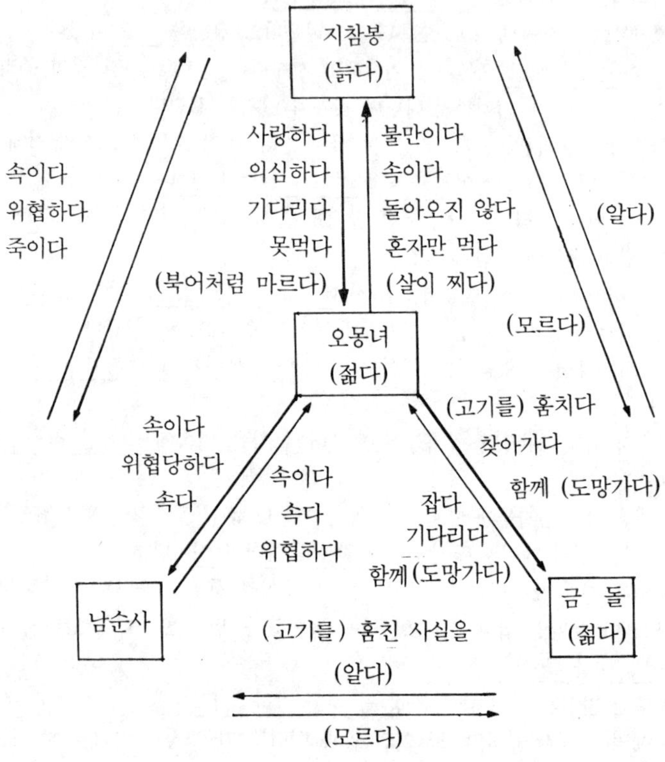

Ⅲ. 행위어와 공간의 생성

이태준 작품 속의 인물들, 그 중에서도 의미있는 행위로서 서사적 흐름을 이끌어 가고 있는 인물들은 행위주로서 그들 나름대로의 공간을 생성하고, 공간의 영향을 받는다. 그들이 처한 모든 복합적인 상황에서 그들은 소설 내에 살아있는 인물들로서 행동을 하기 때문이다. 또한 그들의 행위는 텍스트 한편 한편마다의 유의미성으로부터 작품 전체에 연결되는 확대성도 동시에 지닌다.[12] 또한 주인공들의 행위는 시간순서에 따라 어떤 순차성을 지니고 나타난다. 바르트는 「S/Z」에서 한 행위와 또 다른 행위에는 행위의 고리로서 이어지는 거시적인 행위와 거시행위 속에 내포되는 미시행위가 있음을 말하고 있다. 이럴 때 미시행위는 행위고리로 연결되며 거시행위로 옮아가기 전까지 모든 행위를 완전히 이루어내고 다음 행위로 옮아가는 것은 아니다.[13]

이런 관점에서 이태준 작품의 행위주와 공간과의 관계는 /내(內)/공간[14] 해체자들의 변별성이라는 특성으로 나타난다. 즉, 이태준의 작품 속의 인물들은 /내/공간을 해체하는 행위를 하고 있다. 그리고 그들의 해체행위는 또다른 공간으로의 이행을 의미하며, 그들이 처하게 되는 새로운 공간의 의미가 관심의 대상이 된다.

이 부분에서 기본으로 다루고 있는 /내/공간인 집 공간의 의미는 바슐라르가 『공간의 시학』에서 언급하고 있는 인간 삶의 중심이며, 아무리 넓은 것일지라도 건축물로서가 아니라 '거처로서의 집'을 의미한다고 할 수 있다. 따라서 집의 /내/공간이 내밀하고 화평하기 위해서는 /외/공간으로부터 보호받아야 한다. 그러므로 /내/공간의 완전한 보호는 /내/공간에서 /외/공간으로, 혹은 /외/공간에서 /내/공간에 이르는

---

12) 작품 내에서의 모든 행위들은 깊이있게 또는 사소하게, 진실되게 또는 기만적으로 나타나게 되는데 이것이 곧 작가가 독자에게 제시한 다양한 戰略 중의 하나가 된다.

Kenneth Burke(1941), *The philosophy of the Literature Form*(Revised Edition : N. Y. : Vintage Books, 1957), p.3

줄리아 크리스테바의 '모든 텍스트는 인용의 한 모자이크로서 형체를 얻는다. 모든 텍스트는 다른 텍스트의 흡수와 변형이다'라는 意味 맥락임. 로저파울러, 『언어학과 소설』, (金貞信 역, 문학과 지성사, 1985), p.93.

13) 야콥슨이 1919년에 문학이 과학의 대상은 문학이 아니라 文學性, 즉 주어진 한 작품을 문학 작품이게끔 하는 것, 그것이다. 郭光秀 역, 『構造詩學』(문학과 지성사), pp. 133~134.

14) 여기서 내공간이라 함은 가족을 기본 단위로 하는 가족들의 거주공간으로 집, 가정을 의미한다. 방은 가족공간, 가정의 최소단위로서 동의어로 본다.

모든 통로의 폐쇄로서 가능해진다. 그러나 우리의 삶이 /내/공간 안에서만 이루어질 수는 없듯 서서문학의 사건도 /내/공간에서만 이루어질 수는 없는 것이다. /내/·/외/공간의 역동적 힘이 서사문학의 인물들이 이루어내는 것이며, 동시에 이태준 문학의 인물들이 이루어내고 있는 바탕이기도 하다. 그의 단편 작품의 인물들은 대체적으로 일회적인 '떠남'의 행위가 /내/공간을 해체하는 것이 작품 한 편마다의 거시적 행위의 양상이다. 이 '떠남'은 여성과 남성에서 행위의 의미화가 다르게 일어나고 있다. 또한 여성의 경우에는 '떠남' 양상이 '배반'이라는 정서적, 감정적인 의미층을 형성하고 있다. 또한 '떠남'을 '/내/공간으로부터 나간다'라는 의미로 규정했을 때 /내/공간 해체는 단일한 형태로만 나타나고 있는 것은 아니다.

그러한 점을 「오몽녀」를 분석해서 제시하면 다음과 같다.

「오몽녀」의 '떠나다'의 기능

이태준 작품에서 나타나고 있는 행위 '떠나다'의 양상이 /내(內)/공간인 가족공간을 해체하는 경우 각 단락(sequence) 실례를 들어 살펴보면 다음과 같다.

이 항목은 여성행위로서의 기능을 의미한다.

행위단락	의미형성
S1 : (오몽녀가) 지참봉에게 팔려오다 ———	
S2 : 금돌이 배에 가다	——— 속이다 1
S3 : 주재소 남순사에게 가다 ———	
S4 : 금돌이와 무인도에 가다	——— 속이다 2
S5 : 남순사 속이고 금돌이와 도망가다 ———	속이다 3

'오다'와 '가다'의 행위로서 이루어진 오몽녀의 행위가 S2의 금돌이 배에 가게되므로 배반의미층이 형성되고, 배반층의 강화는 남순사가 지참봉을 죽임으로써이다. 남순사는 지참봉만 죽이면 오몽녀는 자기 뜻대로 될 줄 알지만 오몽녀는 남순사까지 속인다. 따라서 앞의 행위

분절단락에서 생겨나는 의미 층위는 다음과 같다.

	행위주체 현상	의미층 형성
S1	他意(오다)	家族空間 형성
S2	自意(가다)	지참봉 속이다(집공간해체 준비)
S3	他意(오다)	지참봉 속이다
S4	他意, 自意(오다 가다)	남순사 속이다
S5	自意(가다)	남순사 속이다→(해체)

거시적인 행위는 '오다→도망가다'로 이루어졌으며, 그 문장 내의 이러한 거시적인 행위의 단락들을 충족시켜주는 미시적인 행위의 단락들은 다음과 같다.

오몽녀와 관계	공 간	미시적 행위
지참봉	집	• 사랑받다 • 속이다
금돌	배	• 훔치다 • 잡히다(만나다) • 사랑하게 되다 • 함께 도망하다
남순사	주재소	• 잡혀가다 • 일방적으로 당하다 • 속이다

여기에서 주거공간인 집은 /내/공간으로서 가족인 지참봉과 오몽녀를 위한 공간이어야 함에도 불구하고 이 작품에서의 역할은 '잠을 자는 곳＋돈을 버는 곳'의 2가지 기능을 행함으로써 오몽녀에게 물질적인 유혹을 느끼게 하는 곳이다.

오몽녀가 남순사와 관계를 갖게 되는 주재소는 밤과 낮의 두 기능으로 나타나고 있다. 즉, '잠을 자는 곳＋죄인을 잡아들이는 곳'으로서, 위의 집의 기능에서 돈을 버는 곳으로서의 물질거래가 자의적인 것이라면, 주재소에 드나드는 것은 죄의 유무에 관련된 타의적인 것이지만 집공간보다는 개방적인 곳이다. 그리고 오몽녀가 자의로 갈 수 있는 곳이 아니다. 금돌의 배는 이 작품에서 가장 내밀한 곳이다. 즉, 금돌과 오몽녀 이외에는 아무도 없다. 그리고 쉽게 이동할 수 있는 능력도 지니고 있다. 또한 돈이 없어도 먹을 것을 걱정하지 않아도 되는 곳이기도 하다.

이러한 공간적 특성과 관련지어 세 인물을 대비하여 보면 다음과 같다.

	지참봉	남순사	금돌
연령	노인	중년	청년
공간	집	주재소	배
움직임	–	–	+
경제움직임	돈	(죄인)	돈
(오몽녀)애정	–	–	+

이런 맥락에서 볼 때 오몽녀 개인에게는 금돌과의 만남이 가장 이상적이다.

그러나 오몽녀가 지참봉과 부부처럼 살고 있기 때문에 남순사나 금돌과의 만남은 가족윤리(외간남자를 만난서는 안되는)를 위반하는 것이 된다. 이 때 나타날 수 있는 상황은, 첫째 오몽녀가 지참봉으로부터 용서를 받고 다시 가정으로 돌아오는 경우와, 둘째는 오몽녀가 자신의 의사대로 행동을 택하는 경우이다.

그러나 처음부터 속이는 여자로 설정된 오몽녀가 다시 지참봉과 화합하게 된다는 것은 그녀의 행위 서술에 대해 진실성을 주지 못하게 되므로 택할 수 있는 서술방법이 아니다. 또 하나의 방법은 오몽녀가 자신의 의지대로의 행동을 할 계기를 주는 것이다. 그러기 위해 지참봉은 오몽녀가 '자기를 배신하며 만나는 자'라고 생각한 남순사를 위협하다 도리어 죽음을 당하게 되고, 오몽녀는 끝까지 드러나지 않는 인물인 금돌이와 도망을 가게 된다. 이들이 도망가기 위해 이용되는 배는, 육지에 닿게 하는 기능과, 물에 떠있는 기능으로 볼 때, 그 기능이 /내/공간 안전확보의 경계를 넘나드는 인물인 오몽녀의 성향과 동일성으로 그려져 있다.

Ⅳ. 결론

남다른 문학적 미학성을 지녔던 작가 이태준은 월북한 이후 북한에서도 작가가 할 수 있는 일은 글쓰는 일이라 하여 당의 일은 하지 않은 채 글쓰는 일[15]만하다 숙청당했다고 한다.

그가 왕성한 문학생활을 하기 시작할 때 쓴 「오몽녀」에서도 다른 어떤 요소보다 그의 여러 가지 문학적 장치의 특징들을 볼 수 있었다. 이상의 분석을 통해 그러한 내용들을 대개 정리해 보면 다음과 같다.

그는 관찰자에 의해 보여지는 인물들의 행동을 중심으로 한 사건을 서술하고 있다. 이때 보여지는 인물인물들의 외적인 행위뿐 아니라 내면까지도 서술해주므로 관찰자와 전지적 시점 사이를 넘나드는 서술 기법을 쓰고 있으며 이때 초점화자에 의해 서술 대상이 되고 있는 인물은 긍정적인 측면의 서술이 아니라 부정적인 대상의 인물로 그려지고 있는 점이다.

또한 주인공 오몽녀와 그 대상의 세 남자 지참봉, 남순사, 금돌의 관계는 오몽녀가 이용하고 속이는 대상이며, 그녀가 마지막으로 선택하는 것은 배를 가지고 있는 청년 금돌이다. 여기에서 금돌이 가진 배의 유동/정착의 속성이 오몽녀에게도 적용 가능한 것으로서 나타나고 있다. 인물의 명명, 속성, 상황 등의 분위기의 일치성 등 그가 끊임없이 추구한 미학성들은 작품 한 편에만 존재하는 것들이 아니라 모든 작품의 특질이기도 하고, 미학의 방법론이라 여겨진다.

이상으로 작가 이태준의 개작 오몽녀의 분석을 언술의 층위에서 다루어 보았다. 아직도 이 작가는 더 많은 층위에서 분석되고 연구되고 평가되어야 할 장을 지닌 작가임에 틀림없다.

(이화여대 교수)

---

15) 강상호, 「내가 치른 北韓숙청」, 〈중앙일보〉, 1993. 6. 7.

상허 단편소설의 구조와 기법

이 익 성

I. 들어가는 말

1930년대 소설에 있어서 이태준의 소설은 당대의 평가에서뿐만 아니라 현재의 소설사적 맥락 속에서 그 의의를 아무리 강조해도 지나치지 않을 것이다. 왜냐하면 소위 전형기라 일컬어지는 1930년대 문단에 있어서 이태준의 소설은 모더니즘과 리얼리즘이라는 이념적 편향성을 지니고 있지 않았지만, 그 나름대로의 소설 미학적 의의를 가지고 있기 때문이다. 그런데 이태준의 소설에 대한 연구는 그가 보여준 작가적 변모와 관련하여 논의하려는 경향과 더불어 그가 당대에 보여준 작가적 행위와 관련하여 논의되려는 두 가지 별개의 경향이 혼류되어 일정한 연구 방향을 가지지 못한 채 있는 실정이라고 할 수 있다. 이러한 두 가지 경향은 모두 상허의 소설 자체를 검토하여서 추출된 연구 경향이라기 보다는 작가의 일정한 특징을 소설에 꿰어 맞추려는 무리한 연구 방향이라고 생각된다. 본고에서는 이태준의 소설에 관한 견해와 소설을 중심으로 하여 이태준 소설의 특징을 점검하고자 하는 의도에서 출발하려고 한다.

본격적 논의에 앞서 이태준 문학에 대한 연구사를 간략히 개관할 필요가 있다. 우선 이태준이 주로 활동하던 1930년대 당대로부터 해방 후 한국전쟁 전까지 그의 소설에 대한 평가는 김기림과 김환태, 신남철, 최재서, 김문집, 박태원, 백철, 김동석 등의 논의를 들 수 있는 바, 이들은 모두 단편소설에 나타난 특징을 평론적 관점에서 논의하고 있다.[1] 그리고 남한의 경우 을유 해방 이후 월북 작가의 해금이 있기 전까지는 작가 자신의 월북이라는 객관적 사실에서 기인한 연구에 있어서의 제약으로 문학사나 소설사에서의 간략한 언급에 그치고 있으며,[2] 북한의 경우에 한국 전쟁 이후 남로당 숙청 이후 상허가 부르조아 작가라는 이유로 문학사에서뿐만 아니라 구체적인 작가론이 전무한 상태이다. 물론 이러한 제약에서 자유로운 일본인 연구자에 의한 연구가 해금 조치 이전에 이루어지다가,[3] 해금이 이루어지기 시작할 무렵에 본격적인 작가론이 이루어지기 시작하였고,[4] 현재에 이르러서는 상당한 연구 성과가 축척되어 있다.

그런데 이러한 이태준 연구에 있어서 중요한 문제는 다음 두 가지로 나누어 제기된다고 할 수 있다. 그 두 가지 문제 중에서 첫번째 문제는 작가론적 입장에서 이태준의 월북에 대한 뚜렷한 이유에 대해 납득할 만한 해명이 필요하다는 사실일 것이고, 두 번째 문제는 상허에 있어서 의미있는 단편소설과 양적인 면에서 상당 분량을 차지하고 있는 장편소설과의 연관 관계에 대한 해명이라고 할 수 있다. 우선 첫 번째 문제는 해방 이전의 작품 성향과 해방 이후 작가의 변모 사이에 일정한 단층 현상이 드러나고 있는데, 이러한 사실에 대한 객관적 해명이 필요한 것으로 생각된다. 물론 그의 심경을 드러내는 「해방 전후」라는 소설이 작가적 변모의 해명에 대한 작은 단서로 작용하기는 하지만 완전한 해명에 이르기에는 미흡한 감이 있는 것이 사실이다.

---

1) 이들의 논의의 제목은 이 책의 부록을 참조.

2) 백철, 조연현, 김우종, 김윤식, 이재선 등의 논의가 대표적인 바, 구체적인 논의의 제목은 이 책의 부록을 참조.

3) 장장길(長璋吉)과 삼지수승(三枝壽勝)의 논의가 대표적인 것으로 그 논의의 제목은 이 책의 부록을 참조.

4) 민충환의 전기를 중심으로 한 연구와 이익성과 강진호의 논의를 시발로 하여 최근에까지 제출된 많은 석박사 학위 논문에서, 그리고 여러 연구자들의 연구 성과에 힘입어 여러 가지 면에서 이태준에 대한 논의가 활발하게 이루어지고 있다. 지금까지의 논의의 구체적인 목록은 이 책의 부록을 참고.

두 번째 문제는 몇몇 연구자에 의해 부분적으로 다루어지고 있는바, 앞으로 연구 성과가 축척되고 그에 따라 차츰 해결될 것으로 생각된다.

본고에서는 이러한 문제점과 관련하여 논의를 진행하기보다는 상허 이태준의 문학 세계에서 보여주고 있는 특징을 소설 기법 논의와 관련하여 살펴보고, 그리고 단편소설의 특징을 고찰하기로 한다. 즉 본고의 목적은 이태준 소설에 있어서 보다 의미있는 것으로 여겨지는 단편 소설의 특징을 소설 기법과 관련하여 논의하는 데 있다. 그러므로 이 글에서 필자는 먼저 상허 이태준이 말하는 소설 기법을 그의 문장론과 관련하여 논의하고 이어 그의 소설 작품 중에서 단편 소설을 중심으로 하여 상허 단편소설의 특징을 소설 기법과 관련하여 논의하고자 한다.

Ⅱ. 이태준에 있어서 소설 기법 논의

1. 소설 기법으로서의 묘사

소설을 평가하는 방식으로는 모방적 혹은 주제적 가치에 따른 방식과 형식적 가치에 따른 방식으로 구분할 수 있다. 현대 소설 혹은 근대 소설과 고전 소설을 구분할 때에 위의 평가 방식에 따른 구분은 매우 유효하다고 생각된다. 물론 여기서 중요한 것은 두 가지 평가방식은 서로 분리될 성질의 것이 아니라는 사실이다. 왜냐하면 주제를 표출하는 기법이나 소설 형식은 일정하게 관련을 맺기 때문이다. 상허 이태준은 현대 소설과 이전의 고전 소설을 구분할 때, 전자보다는 후자와 관련하여 논의를 전개하고 있다. 가령 그가 고전 소설의 특징을 설명하는 다음의 인용에서 이것은 확연해진다.

먼저 구식소설(舊式小說)에서 대강 한마디 말하려는 것은, 그들이 현재 문단에서 문학으로 대우되지 못하는 사실이 그 원인이다. 천우신조의 망상(忘想)을 그대로 수법으로 고진감래, 사필귀정의 충효례찬과 권선징악을 일삼는 고대소설은 물론이요, 그 시대의 실제인물, 실제생활을 쓰기 시작한 이인직 전후의 신소설이란 것도, 소설사에서 취급이 되되 문학으로, 예술로 예우되지 못하는 것은 마찬가지 운명이다. 「장화홍련전」, 「홍부전」같은 작품들이 우리의 고전 문학으로 재음미되여 있기는 하나 현대인의 소설 관념에서는 극히 먼 거리에 떠러져 있기는 하나다. 한마디로 말하면 표현에 진실이 없었던 까닭이다. 인물 하나를 진실성이 있게 묘사해 놓은 것을 찾기가 어렵다. 장화의 계모 허부인, 홍부형 놀부, 춘향이나 이도령이나 하나 제대로 그려나간 것이 없다. 문장이란 처음부터 끝까지 낭독조만을 위해 쓸데없는 과장이나, 유식한 체해서 대상을 무조건하고 압도해 나가려는 전고법에만 몰두하고 말었다.[5]

위의 인용에서 이태준은 고전 소설이 가지고 있는 스토리 제시 방식이 모두 '말하기(telling)'로 일관하고 있음을 주장하고 있다. 그런데 여기서 고전 소설의 구체적 예로 든 작품을 문제 삼을 필요가 있다. 「홍부전」이나 「춘향전」이 판소리게 소설로 판소리라는 구연(口演)의 대본과 관련되어 말하기와 직접적으로 관련되지만, 「장화홍련전」의 경우에는 다른 설명이 필요하다. 이 다른 설명이란 당대 소설 독자들이 대부분 문맹자였다는 사실과 더불어 이야기꾼으로서 강담사(講談師)나 강독사(講讀師)들의 성행이라는 사실과 관련되어 '말하기'라는 스토리 제시 방식을 상당 부분 채택하고 있을 수 있다는 가능성이다. 이러한 맥락에서 상허가 고전 소설을 '애기책'이라고 한 것도 일단은 설명할 수 있다.

소설에 있어서 문장의 구성은 작중인물간의 대화를 직접 인용하는 경우를 빼면, 묘사와 서사로 되어 있다.[6] 이 중에서 묘사는 스토리 제

---

5) 이태준, 「소설독본」, 《여성》, 1928. 7.

6) 묘사와 서사의 차이를 스토리 제시 방식에 해당하는 용어로 바꾸어 말하면, '보여주기 showing', '말하기 telling'로 말할 수 있다. 물론 부스 Booth는 『소설의 수사학』에서 조금 다른 의견을 제시하기도 하지만(『소설의 수사학』 제1장 참조), 쥬네트 Genette가

시 방식으로서 '보여주기(showing)'과 밀접하게 연결되어 있다.

> ―(생략)― 이야기가 너무 끌리었으나, 아무리 생각해 봐도 소설이 아니라, '이야기책' 그것이다.
> ―(생략)― 묘사가 한 장면도 없으면 이야기다.
> ―(생략)― 들려주는 건 소용이 없다. 보여주어야 소설이다.[7]

위의 인용에서 이태준은 고전 소설과 구분되는 현대 소설의 변별적 자질로, 그리고 현대 소설이 지향해야 할 것으로서 '보여주기'임을 주장하고 있다. 그리고 이 '보여주기'를 위해 스토리 제시 방식으로 묘사가 필수적임을 말하고 있다.

묘사라는 것은 대상이 되는 인물이나 사물 혹은 상황을 언어를 매체로 하여 그려내는 것이다. 특히 소설에 있어서는 매체로서 언어가 문제시된다. 상허가 소설에 있어서 언어표현 문제 특히 묘사를 강조한 것은 그 자신이 애착을 가지고 있던 언어 혹은 문장 자체에 대한 특별한 관심과 깊이 관련이 된다.

> 묘사란 '그려내는 것'이다. 그림으로 그려내는 것이 아니라 문자로 그려내는 것이 여기서 말하는 묘사다.
> 이 묘사에 능하지 못하면 모든 정경, 인물에 '참됨'과 '자연스러움'을 나타내지 못하는 것이니 이떤 글에고 정말 같아서 읽는 사람의 눈에 그 인물, 그 정경이 그대로 보이는 듯하지 않으면 그 글은 실패다.
> 글을 보는 것은 그림과 같이 어떤 인물이면 인물, 정경이면 정경을 시신경으로 직접 느끼는 것이 아니라 그 글의 묘사에 의지해서 마음 속에 추상해

이야기 시간과 텍스트 시간과의 관계를 지속의 개념을 통해 설명한 것(*Narrative Discourse*, 제 2 장 참조)은 매우 시사적이다.

7) 이태준, 「소설선후」, 《문장》. 위의 인용은 상허가 30년대 우리문학사에서 중요한 역할을 하고 있는 문학 전문 잡지 《문장》의 소설 부분 추천자로 있으면서 응모한 여러 작가의 소설 작품을 읽고 그 가운데서 소설을 선발한 추천 과정에 대한 심사평이다. 이것은 필자 생각에 그가 소설에서 무엇을 중요하게 생각하고 있는가를 가장 확실하게 보여주고 있다.

가지고 보는 것이다. 그러므로 묘사에 만인이 다같이 수긍할 보편적의 자연
스러움, 참다움이 없으면 그 글은 누구의 마음 속에서나 자연스러운 추상을
일으키지 못할 것이다. 즉 그 글은 독자의 심안에 작가가 보히려든 어떤 종
류의 온전한 인물, 온전한 정경을 보이지 못하고마는 것이다.[8]

위의 인용에서 말하는 묘사에 대한 설명은 소설에 국한되어 있는
것은 아니다. 모든 글쓰기 즉 작문에 관련된 것으로, 소설에 있어서
언어 표현의 문제, 즉 소재의 소설화 문제이다. 보통 소설에서 스토리
를 제시하는 방식은 작중 인물의 대화를 통한 극적 제시 방식과 작중
화자의 목소리가 텍스트 표면에 드러나서 스토리를 제시하는 방식으
로서의 서술이 있다.[9] 전자에 대한 관심은 그가 번안 혹은 번역한 3
편의 희곡 작품에 나타나 있으며, 또 앞에서 인용한 《문장》의 「소설
선후」에서 여러 차례 말한 묘사에 대한 강조와 관련된다고 할 수 있
다. 그리고 후자에 대한 관심은 '묘사'를 소설 기법의 가장 중요한 부
분이라고 하는 다음의 인용에서 확인된다.

　셋째, 소설 기법의 제일장 제일과적인 묘사에 무관심 들이다. 독자들은 귀
는 없고 눈만 있거니 해야 된다. 들려주는 건 이야기 책이다. 보여주는 것만
이 소설의 표현이다. 도모지 묘사들을 못한다. 아무리 굉장한 주제라도 묘사
를 거치지 못하고는 영원히 소재이거나 소재 해설에 불과하다.[10]

위의 인용에서 알 수 있듯이 상허는 소설 기법 중에서 가장 기초가
되면서도 가장 중요한 것이 묘사임을 매우 강조하여 말하고 있다

---

8) 이태준, 「글 짓는 법 ABC」, 《중앙》, 1934. 11.
9) 상허는 「소설과 문장」(《사해공론》, 1935. 6)에서 이것을 '지문'과 '회화문'으로 나누어
　설명하고 있는데, 이것은 러보크 P. Lubbock가 그의 저서인 『소설기술론』에서 제시한
　'회화적(pictorial) 방식'과 '극적(dramatic) 방식'으로 구분하고 있는 것과 유사한 것이
　다.
10) 이태준, 「작가 지망생을 위하야」, 《문장》, 1940. 2.

2. 묘사와 작중화자

소설 속에서 사건이나 상황이 전개되어질 때에 이것을 전달하는 방식으로 '말하기 Telling'와 '보여주기 Showing'가 있다. 이 중에서 후자는 '묘사 description'라는 표현 방식을 필요로 한다. 이태준이 소설 기법으로서 묘사를 강조할 때, 상허의 소설 기법 논의는 당대의 소설 기법에 대한 수준과 관련되어 있다. 상허가 소설에 대해 공부를 하고 습작을 시작할 무렵인 1920년대에 있어서 비교적 본격적인 소설 기법 논의는 현철의 소설 논의와 김동인의 소설 기법 정도일 것이다.[11] 이 것들 중에서 주목되고 동시에 소설 기법을 보다 상세하게 논의하고 있는 것은 김동인의 『소설작법』이다. 여기서 동인은 현재 우리가 시점(point of view)이라는 것으로 논의하고 있는 것을 '문체'라는 제목으로 '일원묘사', '다원묘사' 그리고 '순객관묘사'로 나누어 간단한 도식까지 동원하여 설명하고 있다.[12] 이러한 김동인의 시점에 관한 논의는 일본 자연주의 소설 논의와 관련된 것으로 주로 작중화자로서의 작자의 작중 인물간의 관계를 중심으로 한 시점 논의에 가까운 것이며, 창작 주체로서의 작가를 위한 소설 기법 논의이다.[13]

앞에서 시점이란 용어를 사용했는데 이 시점에 관한 논의는 최근의 문제 제기 이후 새로운 국면으로 접어들고 있다. 이 문제 제기는 지금까지의 시점 논의가 서로 연관성이 있기는 하지만 서로 다른 두 개의 용어를 하나의 용어로 사용함으로써 혼돈이 되고 있다는 것이다. 이

---

11) 여기서 현철의 소설론으로 「소설개요」(《개벽》 제1호, 1920. 6)를 들 수 있다. 여기서 현철은 소설을 희곡과 관련하여 소설 기법과 구조에 대해 논의를 전개하였다.

12) 김동인, 「소설 작법」, 『동인전집』 제10권, 홍자출판사, 1968, pp.104~120.

13) 이러한 추론은 권영민의 1988년 정신문화연구원 비교문학 연구발표회에서의 발표에서 위의 도식을 중심으로 간략하게 다루어진 바 있으나, 논문으로는 아직 발표되지 않았다. 그리고 필자가 1910년대 백대진의 문학론을 검토하면서 일본의 자연주의에 대한 조사를 하던 중에도 이 도식을 확인한 바 있다. 이에 대한 자세한 논의는 후고를 기약하여야 할 것이다.

서로 다른 두 개의 문제란 '누가 보았는가'의 문제와 '누가 말하는가'의 문제이다.[14] 이러한 혼동은 지각자이면서 동시에 화자인 한 개인이 보는 행위와 말하는 행위를 동시에 행할 수 있기 때문이다. 그러나 이 두 가지 행위는 틀림없이 구분되는 행위이다. 이러한 두 가지 행위에 대해 쥬네트는 우리가 관습적으로 시점이라고 부르는 것을 초점화와 목소리로 분리하여 구체적인 작품을 분석하기 시작하였다.[15] 그 결과 시점 논의에 대한 새로운 국면을 타개하였다. 물론 소설로 대표되는 서사물의 표면에 드러나는 것은 목소리이다. 그리고 초점화는 초점화자에 의해 텍스트 표면에 드러나기 전까지는 작중화자의 지각 행위에 불과하다. 이런 의미에서 작중화자는 서술을 하거나 서술의 필요에 부응하는 행위자이기 때문에 텍스트 표면에 드러나 지각될 수도 있고, 텍스트 표면에 드러나기는 하지만 지각되지 못할 수도 있다.[16] 결국 시점과 가장 직접적으로 관련된 작중화자는 소설을 쓰는 작자가 상정한, 그리고 작중인물들의 대화 부분을 직접 인용한 부분을 제외하고 텍스트 표면에 구체적으로 나타나는 목소리의 소유자라고 할 수 있다.

　이런 작중화자의 개념은 서술된 소설 텍스트로부터 추상된 스토리와의 관련 양상에 따라 구분하기도 하고,[17] 소설 내의 작중인물과의 관계 아래에서 구분하기도 한다.[18] 전자의 경우에는 비교적 최근 들어 논의된 것이고 후자는 비교적 오랜 기간에 걸쳐 사용된 것으로, 상허

---

14) S. R. Kennan : 최상규역, 『소설의 시학』문학과 지성사, 1985, 5장과 6장 참조.

15) G. Genette : trans. by J. F. Lewin, *Narrative Discourse*(Cornell Univ. Press ; Itaca & New York, 1980). 제5장과 제6장 참조.

16) S. Chatmann, *Story and Discourse—Narrative Structure in Fiction Film*(Cornell Univ. Press. ; Ithaca & London, 1983), 제5장 참조.
　쥬네트는 작중화자의 기능을 푸르스트의 『잃어버린 시간을 찾아서』를 분석하면서 5가지로 구분하여 설명하고 있다. (쥬네트, 앞의 책, pp.255~256)
　그 기능은 1. 서술 기능(Narrative function), 2. 지시기능 (Directing function), 3. 의사소통 기능(Function of Communication), 4. 증명 기능(Function of Attestation), 5. 이념적 기능(Idealogical function)이다.

18) '일인칭 화자 Ich-Erz hler' 와 '삼인칭 화자 Es-Erz hler'로 구분하는 방식이 대표적인 구분 방식이다.

의 경우는 소박하게나마 뒤의 구분 방식을 이해하고 있었던 것으로 생각된다. 이러한 추론은 상허 단편 소설에서 보여지는 일관된 작중화자의 구사, 다른 말로 하면 일관되게 쓰여지는 목소리의 드러남은 작품 구조에 있어서 묘사가 기여하는 것과의 관련 양상을 보여준다는 측면에서 가능할 것이며, 동시에 이것은 이태준 소설의 우수성을 가늠해 보는 근거로 다시 한번 점검해 보아야 할 것이다. 이 경우 이태준 단편 소설에서 묘사는 스토리에 직접적으로 관련되어 있기보다는 간접적 동인이라고 할 수 있고, 그러므로 이러한 묘사는 작중화자가 초점화자를 매개로 하여 텍스트 표면에 구체적으로 드러난다고 생각된다.

3. 작중화자와 성격화

소설 텍스트로부터 추상된 스토리에 있어서 성격(Character)은 여러 가지 특성을 지닌 하나의 조직체이다.[19] 이 조직체의 구성 인자는 소설 텍스트 내에서 추출된 성격 표지이다. 그런데 이 성격이란 용어에는 이 조직체 전부를 지칭하는 의미와 더불어 이 조직체 중에서 하나의 개별적 특성을 지칭하는 의미가 모두 내포되어 있다. 다시 말해 성격의 의미를 작중인물이 지니는 불변적인 특질로 보는 미시적 개념과 인물의 모든 속성을 내포하는 것으로 보는 포괄적 개념의 상충 현상이 존재하고 있는 것이다. 그러나 이 두 관점을 대비해 보면서, 등장인물이 소설 내에서 어떠한 기능을 지니며 어떻게 인물의 형상화가

---

19) 성격이라는 용어에 대해 소설 일반론에서 가장 넓게 사용하는 것은 등장인물이라고 하는 용어가 있다. 사실 일상어로 성격은 한 인물의 한 가지 속성을 지칭하기도 하지만, 학술적으로 영어 단어인 Character란 용어는 성격이라는 미시적 개념과 등장인물이라는 한 개인의 모든 속성을 포함하는 개념을 내포한다. 그러므로 성격이란 용어로 등장인물이라는 용어까지도 포함하는 통일적 개념어로 확정하는 것이 바람직하다고 생각한다.

이루어지고 있는가를 고려할 때 '성격'은 인물의 구조적 성향을 분석하여 얻을 수 있는 구조 요인인 것이다.[20]

그러므로 소설 구조와의 관련성 하에서 파악되는 성격은 소설 텍스트 표면에 드러나는 성격 표지에 의해 형성되고, 이러한 성격 표지가 소설 텍스트 표면에 드러나는 방식을 성격화(Characterization)라고 할 수 있다. 이런 성격화는 성격화의 방식에 따라 즉 소설 텍스트에 드러나는 목소리와의 관련성에 따라 구분하면 직접적 성격화(Direct Characterization)와 간접적 성격화(Indirect Characterization)로 나누어 볼 수 있다.[21] 어떤 의미든지 소설 속에서 인물을 그려내는 것은 소설을 구성하는 데 가장 어려운 문제일 것이다. 상허 역시 이 어려운 성격화의 문제에 대한 어려움에 대해 다음과 같이 말하고 있다.

> 외모를 묘사하는 데는 그 사람이 실재의 인물이라면 그 인물의 외모가 생긴 그대로 또 그 사람이 상상에서 나온 인물이라면 자기가 상상한 그대로 특징을 충분히 그리면 될 것이지만 성격을 그리는데 드러서는 그렇게 단순하지 않을 것이다. 이것은 먼저 글쓰는 그 사람의 인간적 경험 다소에 달렸다고도 볼 수 있거니와 아무런 인정의 특징을 날카롭게 엿보아 그 사람이라면 할 만한 몸짓 할 행동을 그려야 할 것이다. 그 사람이라면 할 것이 문제다.[22]

위의 인용에서처럼 성격화의 문제에 대해 이태준은 인물의 특징을 만화가가 만화를 그리면서 인물의 특징을 잡아내는 어려움과 비교하면서 소설가가 인물의 특징을 성격화하는 어려움을 토로하고 있다.

그런데 이러한 성격화 방식 중에서 직접적 성격화는 등장인물에 대해서 직접적이고 권위있는 작중화자의 목소리를 통해서 거의 단정적

---

20) 박동규, 『현대한국소설의 성격 연구』, 문학세계사, 1981, pp.25~29 passim.
21) S. R. Kennan(앞의 책, 제4장 참조)은 직접 한정(direct definition)과 간접 한정(indirect definition)으로 나누어 설명하고 있다. 이 저서에서 그녀가 말하는 한정(definition)이란 용어는 일반화나 개념화와 유사한 개념으로 사용한다.
22) 이태준, 「글짓는 법 ABC」, 《중앙》, 1934. 11.

으로 등장인물의 인물적 특징을 제시하는 성격화 방식이다. 소위 작가의 개입이라는 말로 설명되는 것과 관련된 이러한 직접적 성격화 방식은 서사 문학에 있어서 가장 전통적인 수법의 하나이다. 이러한 성격화 방식은 스토리 제시방식 중의 하나인 '말하기'와 관련된다. 그러므로 이태준이 현대 소설의 요건을 말하면서 직접적 성격화 방식에 대해 거의 언급이 없는 것은 전통적인 서사문학으로서 이러한 고전 소설 혹은 고대 소설을 경시하는 혹은 당연시하는 맥락에서 이해된다.

이에 비해 간접적 성격화 방식은 등장인물의 특징적 요소로서의 행위, 언행, 육체적 외양 등의 구체적 성격 표지를 제시함으로써 그 등장인물의 성격을 암시적으로 드러내 보이는 성격화 방식이다. 상허는 성격화 방식 중에서 바로 이 간접적 성격화 방식에 대해 여러 가지 측면에서 다음과 같이 논의하고 있다.

표현하려는 대상에 인물처럼 복잡다단한 것은 없다. 늙은 코끼리가 제 아무리 체구가 광대하여도 한 소녀의 심리의 복잡을 당치 못한다. 인물이란 외모부터도 만인만색인데다 인물을 전적으로 대표하는 성격이란 대이대차가 있고, 동일인의 성격으로도 정서, 행동은 경우에 따라 천차만별이기 때문이다.

그러나 어려움엔 또한 법의 묘함이 있다. 인물 만화를 보라. 그 소박한 몇 조의 점선색으로 복잡한 두뇌자들인 히틀러어도 뛰어나오고, 무쏠리니도 뛰어 나온다. 묘법이란 별 것이 아니다. 그 인물의 외형으로 또는 내면으로 특징만 붙잡아 놓으면 꼼짝못하는 것이다. (중략)

인물은 인물 그 자체의 자기 표현이 항상 있다. 나무처럼, 산처럼 부동의 대상이 아니라 쉴 새 없이 표정이 있고, 말이 있고, 행동이 있고, 그런 모든 것을 통해서 감정과 의지가 늘 표현되며 있다. 그러니까 먼저는 이런 표정, 말, 행동의 기축인 외모에서 특징을 찾는데 관점을 둔 세밀한 조사가 필요하다.

그 사람의 성격을 규정하는 외부적 조건으로 남녀로소의 별은 물론이요, 키 크고 작은 것으로, 살찌고 야윈 것으로, 이마 넓고 좁은 것으로, 얼굴 빛의 희고 검은 것, 눈 크고, 작고, 맑고, 어둡고, 두리두리하고, 안존하고, 입술이 얇고, 두터운 것, 말소리가 맑고, 탁하고, 느리고, 빠른 것, 앉음 앉이, 거름거리 등 이런 것이 가장 성격과 유기적인 인과를 갖는 것이니 이런 점에 예리하고, 다소 과장적인 묘사가 필요한 것이다. 기타, 옷모양, 취미, 교양, 직업 등도 그 인물을 성격적으로 윤색하는데 적당한 안료가 되는 것은 물론이다.

그러나 인물을 초목이나 동물처럼 가만히 세워 놓고 묘사만 하는 것은 서투르다. 그 글에 나오는 필요한 언행과 사건을 써나가는 속에서 그 인물의 성격적인 것을 독자 모르는 새 일점, 일선씩 가벼히 텃치해 나아가 읽고 나면 은연히 그 인물이 두드러지게 해야 가장 자연스럽다.[23]

위의 인용은 성격화의 어려움을 해결하기 위해 직접적 성격화가 구식임을 인식하고 새로운 성격 창조의 문제를 심각하게 고민하여, 첫 부분에서는 인물의 외양적 특징과 관련하여 단순한 인물 표현의 문제에 대해 논의하고,[24] 마지막 부분에 이르면 성격 창조가 소설 전반에 걸쳐서 이루어져야 하는 소설 구조와의 관련성과 관련하여 논의하고 있다. 그 결과 상허는 "소설은 사건보다 먼저 인물이 있다"라든지 "소설은 인간의 발견이다"라고 하여 소설 속에서 창출되는 것은 스토리 자체보다는 소설 구조 속에서 가장 핵심적인 역할을 하는 성격의 중요성을 강조하고 있다.[25] 그러므로 이태준의 단편 소설을 검토할 경우, 그의 소설 속에서 가장 핵심적으로 중요하게 검토할 것은 성격에 대한 논의라고 생각된다.

—(생략)— 주인공을 성격화하노라고 무척 애를 썼다. 그러나 독자를 강제로 붓잡고 보혀주려 해선 안된다. 본 줄거리를 전개시켜 가면서 기회 기회에서 읽는 사람은 모르게 주인공을 다듬어야 한다. 주인공을 성격화하는 일이란 작자의 혼자만 알고하는 비밀일수록 최상이다.[26]

---

23) 이태준, 『증정(增訂) 문장강화』, 박문서관, 1946, pp.268～271.

24) 상허가 제시한 성격화 요인은 R. McCauley & G. Lanning(*Technique in Fiction* (Harper & Row, 1964))가 제시한 성격화의 9가지 기본 요소와 유사하다. 맥콜리와 래닝이 제시한 9가지 요소를 제시하면 다음과 같다.

　　1. 육체적 외양, 2. 동작, 제스쳐, 버릇, 습성, 3. 타인에 대한 행동, 4. 말씨, 5. 자신에 대한 태도, 6. 그 인물에 대한 타인의 태도, 7. 물리적 환경, 8. 과거, 9. 命名 또는 비유 등의 프린즈(Frinze)기법.

25) 이태준, 「소설선후」, 《문장》.

위의 인용에서 상허는 작가가 상정한 작중화자가 소설 속에서의 성격화 방식을 논의하면서 작중화자와 성격의 거리를 생각한 것으로 추정할 수 있다. 보통 거리라는 개념은 작가와 독자, 그리고 스토리의 여러 성격들을 분리시키는 것으로, 여기서 우리가 논의하는 거리란 미학적 거리를 말하는 것이다.[27] 보통 소설에서 작자는 작중 화자와 성격의 거리를 통해 생겨나는 긴장으로 개성적 인간형을 창출하기도 하고 전형적 인간형을 창출하기도 하는데, 이러한 소설에 있어서 구체적인 성격화는 작가가 작중화자와 성격의 거리를 조절함에 따라 성취되는 것이다. 그런데 이 시점을 다른 말로 하면 아마도 소설가가 소설 속에서 작중화자를 통제하고 조절하는 일이라고 말할 수 있다. 그러므로 시점과 관련하여 성격화의 과정에 대해 말한다면, 이 성격화 과정은 개성과 상호 침투되어 하나의 인간형을 소설 속에 구현하는 것이다. 작가는 성격화의 과정 속에서 소설가에게 있어서 가장 기초적인 소설 기법으로서 시점을 통해 등장인물을 구체화하는 성격화의 과정을 수행한다.

Ⅲ. 이태준 단편소설의 구조와 특질

이태준은 처녀작인 「오몽녀」를 비롯하여 해방 이후 북쪽으로 넘어갈 때까지 50여 편의 단편소설과 8개의 단편소설집을 출간하는 등 활발한 창작 활동을 하였다. 본고에서는 해방 이전 상허의 단편소설을 중심으로 하여 그의 문학 세계를 살펴보기로 한다. 이를 위해 여기서는 먼저 상허 단편소설의 유형을 구분하고, 그것의 특징에 대해 살펴

---

26) 이태준, 「소설선후」, 《문장》.

27) W. C. Booth(최상규역, 『소설의 수사학』, 대방출판사, 1985)는 거리라는 개념을 작중화자와 함축적 작자의 관계에서 사용하고 있는데, 이 책에서 이 거리라는 개념을 도덕적인 것, 지적인 것, 정서적인 것, 물리적인 것으로 나누어 설명하고 있다.

보기로 한다.

1. 유형 구조

의사소통의 매개자로서 작중화자는 소설 텍스트에 목소리로 나타난다. 이러한 작중화자는 소설 텍스트의 구조와의 관련성 하에서 구분되어야 한다. 그런데 한 편의 소설 텍스트의 구조는 이야기되어지는 사건이나 상황들의 조합이라고 할 수 있고, 이것은 구체적인 한 편의 소설 텍스트 속에서 일정한 특성을 가진다. 소설 텍스트 속에서 그 작품의 구조는 소설에 등장하는 인물이나 사건들의 여러 가지 양태가 드러남으로써 완성된다. 이 때 인물의 행동이나 사건들을 통해 작가가 보여주는 이야기는 여러 개이다. 그러므로 개별 작품의 구조는 한 소설 텍스트 안에 존재하는 이야기들 간의 관계 속에서 추출되는데, 이러한 맥락에서 소설 텍스트의 유형 구조를 살피기 위해 서술적 층위(Narrative level)라는 개념을 설정할 필요가 있다. 서술적 층위라 함은 작중화자의 말하는 위치의 차이, 즉 수준의 차이라고 잠정적으로 말할 수 있다.[28] 하나의 소설 텍스트가 구성되어지는 여러 개의 이야기 사이의 관련 양상을 중심으로 소설의 유형 구조를 나누면 단선적인 것과 중층적인 것으로 나눌 수 있다.[29] 본고에서는 이태준의 단편

---

28) 서술적 층위를 수준의 차이라는 면에서 정의한 쥬네트의 정의를 참고하면 다음과 같다.(G. Genette, 앞의 책, p.228)

"We will define this difference in level by saying that any event a narrative recounts is at a diegetic level immediately higher than the level at which the narrating act producing this narrative is placed."

29) 여기서 단선적 구조라는 개념은 스토리에 있어서 단선적이란 말과 차이가 있는데, 이것은 스토리와 작중화자 그리고 초점화자의 단일성에 근거하며 서술 내적(intra-diegetic)인 것과 서술 외적(extra-diegetic) 작중화자가 단일한 초점화자의 중재를 통해서 이루어진다. 그리고 중층 구조는 스토리 구조와 작중화자의 관련하여 볼 때, 스토리의 구조에 있어서 층위가 다른 스토리 혹은 작중화자가 중첩되는 작품 구조를 가지는 것으로, 이것은 메타서술적인(meta-diegetic) 서술 구조를 가진다.

소설을 내용적인 면에서 유형 구조를 살피기보다는 작품의 서술적 층위에 따라 유형 구조를 살피기로 한다.

1. 관찰과 수필적 사담 구조의 단편소설

소설에서는 어떠한 의미에서든지 이야기가 서술되기 마련이다. 이 때 이야기는 작가가 상정한 작중화자라는 가상의 실체에 의해 서술된다. 이태준의 단편소설 중에서 소설 구조상 단선적 구조의 작품들은 초점의 대상이 되는 인물을 초점화하여 그 인물을 중심으로 서술된다. 이 구조 유형의 작품들은 3인칭 작중화자인 경우에 선택적 전지의 작중화자와 편집자적 전지적 작중화자로 나타나고, 1인칭 작중화자의 경우에는 경험적 작중화자이자 주인공이 서술하는 형식으로 나타난다.

a) 관찰의 구조 유형

소설에 있어서 작중화자의 목소리에는 초점화자의 지각 행위가 전제되는 경우도 있고 전제되지 않을 수도 있다. 그런데 작중화자가 전지적 입장에서 소설을 기술할 경우 작중화자는 작중화자의 서술 태도 혹은 초점화 대상의 유형에 따라 편집자로서의 작중화자와 선택적 전지의 작중화자로 크게 나누어진다. 이것을 세분하면 선택적 전지의 작중화자의 경우에는 초점화 대상에 따라 복수 선택적 전지의 작중화자와 단일 선택적 작중화자로 구분된다.[30] 이러한 분류에서 복수 선택적 전지의 작중화자는 초점 대상이 변화하면서 이야기가 중첩되기 때문에 이야기 구조상 중층 구조에서 논의되어야 할 것이다.

이태준 단편 소설에 있어서 편집자로서의 작중화자가 나타나는 작품은 「코스모스 이야기」, 「행복」, 「어둠」, 「농군」, 「돌다리」, 「꽃나무는 심어놓고」, 「기생 산월이」를 들 수 있다. 이들 작품들은 작가 혹

---

30) N. Friedmann(「Point of View」: *Form and Meaning in Fiction*(Univ. of Georgia Press : Georgia)은 시점 논의에 있어서 전지적 작중화자에 대해 비교적 상세하게 논의하고 있다.

은 함축적 작자(implied author)의 개입이 두드러지게 나타난다.

가령 「코스모스 이야기」에서 최명옥이라는 여인의 가출을 둘러싼 내막을 드러내 보여줌에 있어서 작가 혹은 함축적 작가의 신념을 보여 주고 있다. 즉 이 작품에서 "거죽이 아름다우면 속알이 아름답지 못하다"라는 사회적 통념을 신랄하게 공격하고자 하는 작가 혹은 함축적 작가의 신념을 직설적으로 표출하고 있다. 「행복」에서 불행한 과거를 가진 비극적 운명의 주인공 황영감의 모습은 아들의 체포라는 구체적 사건을 통해 비참하게 제시되거나, 「어둠」에서 해석노인의 죽음에 대한 공포가 늦게 얻은 아들 '기용'을 매개로 하여 선명하게 부각되는 것은 작가 혹은 함축된 작가가 작중화자를 매개로 하여 전달하려고 하는 신념이 전제되어 있기 때문에 가능한 것이다. 그리고 「꽃나무는 심어놓고」에서 작중화자는 궁핍화된 시골을 떠나는 이농현상으로서의 사회적 현상을 방서방 한 개인의 운명에 국한시켜 겨울이라는 시간적 공간과 서울이라는 공간적 공간 하에서 설명한다든지, 「기생 산월이」에서 산월이의 운명 제시는 위와 같은 맥락에서 이해된다.

이에 비해 「농군」의 경우는 이태준 자신의 만주 기행시 만주에 이주해 있는 조선 농민으로부터 전해들은 전설을 토대로 하여 소설화했다는 점을 감안할 때 작품 외적으로 편집자로서의 작중화자의 소설 구조를 가질 가능성이 내재해 있다.[31] 그리고 작품 내적으로는 주인공 윤창권 일가를 중심으로 벌어지는 사건을 중심으로 하여 전개되는 작품 자체에도 이것을 확인할 수 있다.

선택적 전지의 작중화자가 나타나는 작품으로 단선적 구조 유형의 작품은 「고향」, 「아담의 후예」, 「촌떠기」, 「봄」을 들 수 있다. 이들 작품들은 초점의 대상이 되는 한 인물을 초점화하여 기술하는 형식을 가지고 있다. 「고향」은 김윤건이라는 대학 졸업생이 동경을 떠나 서

---

31) 이태준, 『무서록』, 박문서관, 1941. 9, pp.307 ～ 310.
　　이 수필에서 이 작품의 취재원이 비교적 자세하게 설명되어 있다는 측면에서 다른 소설과 다를 뿐만 아니라 이태준의 창작 과정을 살펴볼 수 있다고 생각된다.

울로 돌아오는 귀향의 행적을 중심으로 한 작품이다. 이 작품은 서울로의 귀향이라는 여로에서 작은 에피소드들이 초점화의 대상인 주인공 김윤건이라는 인물을 중심으로 서술됨으로써 나름대로 서사구조에 있어서 완결성을 획득하고 있다. 「아담의 후예」는 원산 부둣가에서 비참한 삶을 영위하면서도 딸을 찾겠다는 일념으로 살아가는 안영감의 모습이 양로원 사건을 통해 서술되고, 「촌띄기」에서 궁핍화된 농촌 현실의 중압감을 이기지 못하고 자기 고향을 떠나는 농민의 모습이 장군이라는 인물을 통해 형상화되고 있다. 그리고 「봄」은 시골을 떠나 서울로 올라 와서 아내마저 잃고 인쇄공으로 전락한 '박'이라는 인물의 휴일 하루의 모습을 그려냄으로써 '박'으로 대표되는 당대 노동자의 현실을 스케치하고 있다.

그리고 '관찰'의 작중화자가 확실하고도 선명하게 드러나는 작품들로 「모던 껄의 만찬」, 「미어기」, 「코가 복숭아처럼 붉은 여자」, 「마부와 교수」, 「천사의 분노」와 같은 콩트(Conte, 장편소설)를 들 수 있다. 이들 작품은 하나의 에피소드를 장면제시적(Scenic) 방식을 통해 제시하고 있는 소설들이다. 이러한 '관찰'의 작중화자가 나타나는 작품들은 하나의 주요 스토리가 단선적으로 제시되어 단선적 작품 구조 유형을 가짐으로써 나름대로 구조적 완결성을 획득하고 있지만, 필자 생각에 이들 작품들이 이태준 단편소설에 있어서 주조적 성향을 이룬다고 할 수 있느냐에는 회의적이다. 왜냐하면 하나의 인물이나 사건에 초점을 맞춤으로써 지나치게 스토리 중심으로 흐르고 있으며, 그럼으로써 상허 자신이 강조한 보여주기 보다는 말하기에 치중하였기 때문이라고 할 수 있다.

b) 수필적 사담의 구조 유형

작가 혹은 함축적 작가 자신의 이야기를 일인칭의 작중화자를 통해서 서술하는 형태의 소설로 주인공 — 화자가 거의 전적으로 자신의 사고 내용, 감정, 지각 내용에 국한시켜 소설화한 이태준의 소설로는 「빙점하의 우울」, 「장마」, 「아련」, 「무연」이 있다. 이 소설들은 일정한 플롯을 가지지 않고 기술됨으로써 수필적 사담의 성격을 지닌다. 「빙점하의 우울」과 「장마」는 주인공－작중화자가 집을 나와 서울 시내로 나갔다가 그곳에서 겪은 몇 개의 에피소드를 중심으로 이루어졌다는 측면에서 거의 동일한 구조 유형의 작품이다. 이러한 소설들은 작가 혹은 함축적 작가 자신의 생각이나 느낌이 매개없이 표출됨으로써 사소설적 요소를 가진다. 그런데 「장마」는 집을 나오기까지의 경위와 집을 나와 조선중앙일보사와 조광사 등의 잡지 신문사와 책방을 거치면서 당대의 실제의 작가 이름이나 호가 그대로 드러나 있고, 서울의 실제 지명이 그대로 드러나 있으며, 친구를 만나 점심 식사를 하고 집으로 돌아 오기 전까지의 과정이 기술되어 있다면 「빙점하의 우울」에서는 집으로 돌아오면서 만난 에피소드를 중심으로 서술되어 있다는 면에서 연작 형태를 띤다.

 「아련」과 「무연」은 어려운 시대적 상황 하에서 쓰여져 어떠한 이념적 혹은 문제적인 것을 내포하지 않은 신변잡기적 요소가 강하게 드러나는 소설이다. 「아련」은 집 앞에 버려진 갓난 아기를 고아원에 데려다가 주었다가 다시 집으로 데려다가 양자를 삼는 하나의 사건을 '나'라는 주인공－화자가 서술하는 소설이고, 「무연」은 오랫만에 외가집을 찾아갔다가 집으로 돌아오는 여로를 중심으로 서술되고 있는 소설이다. 이 두 작품은 골동품에의 취미나 낚시라는 취미가 전제되어 있다. 즉 주인공－화자가 자기의 취미인 골동품이나 낚시질에 대한 장광설이 나열되어 있는데, 이것이 수필적 사담의 세계로의 길잡이가 된다는 것이다. 그러므로 「무연」에서 선비소에 돌을 붓는 늙은 노파에 대한 이야기는 남에게 들은 이야기를 요약해서 들려주는 형식을 가지면서도 그것이 외가집에서의 낚시의 추억과 결부시키기 위한 낚시에 대한 장황한 설명까지도 단선적 구조 유형을 파괴하지 못하게 한 것이다.

 지금까지 논의한 단선적 구조 유형의 단편소설들은 들려주기(말하기를 독자의 입장에서 생각하면 이렇게 말할 수 있을 것이다)에 치중함으로써 보여주기로서의 묘사가 열등한 위치에 놓인다. 그리고 작중화자가 주인공의 심리묘사에 치중하거나 작중화자 이외의 화자나 함축적 작가의 개입이 지나치게 두드러져 몇몇 작품을 제외하고 완결된 작품 구조를 드러내 보여주지 못하고 있다.

2. 액자소설적 구조의 두 유형

a) 복수 초점화의 구조 유형

작중화자의 목소리가 소설 텍스트 표면에 드러나기 위해서는, 작중화자의 내면적 심리 묘사를 제외하면, 초점화자의 지각 행위가 선행된다고 할 수 있다. 그런데 초점화의 대상이 하나의 사상이 아니라 복수인 경우에 작품구조상 복수 초점화를 통한 목소리가 소설 표면에 나타난다. 이 때 3인칭의 목소리가 드러나는 경우 이 목소리의 양상은 첫째로 하나의 목소리가 세 명 혹은 그 이상의 작중 인물에 대해 서술하는 방식과, 둘째로 주인공의 느낌이나 생각을 통해 주인공 이외의 다른 하나의 작중 인물에 대해 서술하는 방식으로 나타난다. 첫번째 경우가 나타나는 이태준의 소설로 「오몽녀」와 「복덕방」 같은 작품을 들 수 있다. 이 중에서 「오몽녀」는 이태준의 데뷔작으로 잘 알려져 있는 작품이다. 이 작품에서 여주인공 '오몽녀'가 김돌과 같이 무인도로 가서 생활하는 사건과 남순사가 오몽녀의 남편이었던 지참봉을 살해하고 그 재산을 챙기는 장면은 동시에 일어나는 것으로, 이 두 가지 사건을 전지적 작중화자로 하여금 서술하고 있다. 「복덕방」 역시 복덕방에 모여 있는 세 노인에 대한 서술은 복수 초점화가 전제된다. 이러한 복수 초점화는 소설 구조의 필요에 의해 초점화 대상이 변이를 가능하게 한다. 「복덕방」에서 안초시에 대한 서술과 서참의와 박희완 영감에 대한 서술의 교차는 이러한 초점화 대상의 변이를 보여주고 있는 예이다. 이외에 이러한 시점 변이와 조금 다르지만 그래도 유사한 작품으로 「불도 나지 안엇소, 도적도 나지 안엇소, 아무 일도 없소」를 들수 있다. 에로물을 찾기 위해 찾아간 사창가에서 만난 창부와의 대화를 통해 이 소설의 이야기를 전개하는 과정 속에서 작중인물의 목소리가 서술 표면에 드러나는 것은 서술자와 작중인물의 목소리가 동시에 나타남으로 인해서, 우리는 이 작품의 서술 층위의 중층 구조를 쉽게 알 수 있다. 즉 이 작품 속에서 작중화자의 목소리와 작중인물의 목소리가 혼합되어 서술하는 중층 구조를 여실하게 보여주고 있는 것이다.

작중화자가 주요 초점화의 대상이 되는 인물과 다른 작중인물에 대해 서술하는, 다시 말해 관찰 대상이 되는 주인공이 다른 주요인물을 초점화하여 소설을 구성하는 소설 작품으로 「결혼의 악마성」, 「어떤 젊은 어미」, 「순정」, 「뒷방마냄」, 「영월영감」, 「삼월」, 「철로」, 「점경」, 「사냥」을 들 수 있다. 「결혼의 악마성」에서 액자 기능을 수행하는 도입 부분을 제외하고도 주인공 S가 문학 청년 H와의 결혼 모습을 통해 제시하는 내용, 「어떤 젊은 어미」에서 권의학사의 눈에 비친 '칠녀'를 통해 제시하는 내용, 그리고 「순정」에서 현의 눈에 통해 제시되는 경옥의 모습은 동일한 기법을 통해 드러내는 주제로서, 이 주제는 진정한 사랑의 추구와 관련되어 있으며, 이것은 성격화 유형의 동일성에 기인한 결과로 생각된다. 그리고 「삼월」, 「철로」, 「점경」, 「사냥」은 앞의 작품에 비해 작품에서 주인공이 관찰하는 인물로서의 성격이 차지하는 비중이 크지 않다는 의미에서 등장인물이 배경으로 존재한다고 할 수 있다. 즉 「삼월」에서 부모님과 집안 식구들, 「철로」에서 여름 휴가 때면 찾아 오는 아가씨, 「점경」에서 찌까다비 신은 젊은이, 그리고 「사냥」에서 멧돼지 고기를 베어간 시골 총각은 초점화의 대상이 되기는 하지만 작품 구조상 원경으로서의 배경으로 존재하고 있는 것이다. 그리고 초점의 대상이 주인공을 제외한 다른 성격에서 자연이나 사물로 옮겨진 작품으로 「밤길」, 「패강냉」, 그리고 「토끼 이야기」를 논의할 수 있다. 「패강냉」의 전반부에서 을밀대나 부벽루 등의 자연 환경에 대한 묘사 부분이나 그곳에서 술을 마시면서 행하는 대화 장면의 묘사 부분은 주인공 '현'에 대한 묘사부분과 다른 초점화자의 매개를 통한 작중화자에 의해 이루어지고 있다. 「밤길」에서 죽은 아들을 땅에 묻고 돌아오는 길에서 주인공에 비친 자연

풍경에 대한 묘사 역시 유사하게 이러한 작품 구조 속에서 이해되며, 「토끼 이야기」에서 토끼 사육에 대한 작은 에피소드나 주인공 '현'의 회상 장면도 거의 동일하게 이해된다. 즉 「토끼 이야기」에서 보이는 개인으로서 '현'의 고민과 토끼사육을 통해 드러나는 사물에 대한 초점화는 회상의 단서로 기능하게 된다.

b) 교차적 이중 서술의 구조 유형

액자소설 중에서 작중화자—주인공이 청자를 포함하는 서술태도나 서술상황을 가진 소설 구조 유형, 다시 말해 작가 혹은 함축적 작가로서의 작중화자가 스스로 사건 행동의 참여자이기도 하고 관찰의 거리를 유지하는 참여자로 등장하여 다른 작중인물의 형태, 삶의 내력 혹은 경험의 고백을 듣고 이것을 보고한 뒤에 다시 작중화자의 원상태로 돌아오는 구조 유형이 교차적 이중 서술의 유형을 가진 작품에 대해 논의하고자 한다.

구조 유형에 속하는 작품은 크게 두 가지로 나누어 설명할 수 있다. 그 첫번째 구조 유형의 소설이 작중화자—주인공이 사건 행동에의 참여자로 나타나는 소설이고 두 번째 구조 유형의 소설이 관찰의 거리를 유지하면서 회상의 형식을 통해 소설을 전개하는 유형의 소설이다. 첫번째 유형의 소설로 「달밤」, 「서글픈 이야기」, 「색시」, 「가마귀」, 「손거부」, 「불우노인」을, 그리고 두 번째 유형의 소설로 「그림자」, 「온실화초」, 「은희부처」, 「어떤날 새벽」, 「사막의 화원」을 들수 있고, 이 두 유형 구조의 중간에 놓인 작품으로 「누이」를 들 수 있다.

우선 두 번째 유형의 소설 중 「그림자」에서 기생인 소련과의 로맨스가 회상이라는 형식이라는 형식을 띠고 서술되는데 이것은 관찰의 거리를 기법으로 이해된다. 그리고 「온실화초」에서 하숙집 주인의 딸 A와의 로맨스 역시 회상이라는 형식을 통해서, 「은희부처」에서 은희 부처의 돌연한 방문을 계기로 하여 주인공에게 추억을 회상하는 서술의 형식으로, 「어떤날 새벽」에서는 도둑의 침입으로 촉발되는 아내의 회상을 요약적으로 서술하는 형식을 통해, 그리고 마지막으로 「사막의 화원」에서는 피서지의 식당에서 '하나꼬'라는 여인에 얽힌 이야기를 소재로 하여 과거와 현재가 교차되어 나타난다. 이들 작품들은 모두 어떤 계기를 통해 회상이라는 형식으로 과거의 이야기를 서술함으로써 과거와 현재가 교차되어 나타나고 있다. 이러한 과거와 현재의 교차를 통해 이 작품들은 초점화의 대상과 일정한 거리를 가짐으로써 애상적 분위기를 만들어 내고 있다.

그리고 첫번째 구조 유형의 소설로 「달밤」, 「서글픈 이야기」, 「색시」, 「가마귀」, 「손거부」, 「불우노인」을 꼽을 수 있는데, 이 작품들은 주인공＝작중화자가 관찰의 대상이 되는 특이한 인물을 관찰해나가는 형식을 공통적으로 보여주고 있다. 「달밤」에서 초점의 대상은 '황수건'이란 인물이다. 이 작품에서 황수건이란 인물의 성격화는 주인공－작중화자에 의해 이루어진다. 즉 황수건의 인간상을 전체적으로 단정적으로 성격화하기보다는 간접적 성격화의 방식으로 부분적이지만 핵심적인 면을 제시함으로써 성격화한다. 그리고 결말 부분에서 '달밤'이라는 서정적 공간에 담배를 물고 지나가는 모습을 제시하면서 성격을 완성하고 있다. 「서글픈 이야기」에서는 주인공의 눈에 비친 강군의 대비되는 두 모습을 제시하고 있다. 즉 동경 유학 시절에 노자와 장자의 허무주의 사상에 심취하여 노장을 논하는 강군의 모습과 몇 년후 현실에 집착하여 살아가는 그의 모습을 관찰하면서 강군의 변모에 대해 주인공＝화자의 감정 토로가 강하게 보이는 작품이다. 이에 비해 「색시」는 집에 와 있던 이름 모르는 식모 '색시'의 성격을 하나씩 하나씩 제시하고 있으며, 「가마귀」에서는 친구의 별장이라는 공간에 던져진 주인공＝화자인 '나'가 폐병 환자 여인과의 만남, 그리고 그 여인의 죽음을 가마귀의 반복적 울음을 통해 상징적으로 제시하고 있는 소설이다. 그리고 「손거부」에서는 문패 사건을 계기로 하여 알게 된 손거부라는 인물의 우직한 부성애를 관찰과 회상의 방식을 통해 제시하고 있으며, 「불우노인」에서는 불우한 위치에 놓여 있는 '송노인'의 모습을 역시 동일한 방식으로 제시하고 있다. 이러한 구조 유형의 소

설들은 한 인물의 성격화에 있어서 동일한 성격화 방식을 통해 작품
구조상 교차적 이중 서술로 이루어지고 있다. 이러한 소설들은 한 특
별한 개성적 인간형을 부분적으로 제시함으로써 당대의 어떤 전형적
인간형에까지 이르게 하였다. 이러한 구조 유형의 소설들은 이태준 소
설의 가장 중요한 특질로 논의될 수 있는 서정적 특징의 구조 유형이
될 가능성이 있을 것이라고 생각된다.

2. 단편 소설의 특질

1. 소설 구조와 묘사

이태준이 현대 소설과 고전 소설의 변별적 자질 중의 하나로 주장
한 '보여주기'는 이태준의 묘사에 대한 강조와 작품의 실행에서 어느
정도 성공하였다고 생각된다. 그런데 이것은 단지 소설 기법에 대한
관점에서라기보다는 소설 구조적인 관점에서 논의될 성질의 것으로,
'보여주기'와 '들려주기'가 어떻게 관련성을 지니는가를 검토되어야 한
다.[32]

묘사는 글쓰는 기술 '작문의 기술'의 한 부분으로 서사와 더불어 소
설을 이루는 중요한 소설 기법의 하나이다. 소설 기법으로서 묘사는
초점화자의 지각행위와 작중화자의 서술 행위를 포함할 때만이 가능
하다. 그러므로 묘사가 "문자로 대상을 그려내는 것"이라고 말한 이
태준의 설명은 상식적인 표현이면서도 묘사의 본질을 가장 정확하게

---

32) 부스는 『소설의 수사학』에서 소설에 있어서 '보여주기'는 불가능한 것이고 소설에서
는 오직 화자(teller)의 '말하기'만이 가능하다고 주장한 바 있다. 이러한 주장은 소설
텍스트 표면에 드러나는 것이 작중화자의 목소리뿐이기 때문에 일면의 타당성을 지닌
다고 할 수 있다. 그러나 이러한 주장은 필자 생각에 피상적인 관찰이라고 생각된다.
왜냐하면 소설 텍스트의 표면에 드러나는 작중화자의 목소리는 어떤 경우 즉 대상에
대한 묘사 부분에 이르면 초점화자의 매개 행위로서의 지각 행위가 전제되지 않는다면
별다른 의미를 상실하기 때문이다.

표현한 것으로 생각된다. '문자로 그려내는' 행위로서 묘사에 있어서 '문자로'라는 것에는 작중화자의 서술 행위를 나타내는 의미와, '그려내는' 행위가 초점화자의 지각 행위보다 구체적으로 말하면 보는 행위가 전제되어 있음을 알 수 있는 것이다. 그런데 이러한 초점화자의 지각 행위와 작중화자의 서술 행위는 소설 텍스트 표면에는 목소리로 구체화되어 나타난다. 그러므로 소설 텍스트의 분석은 단순히 구체화된 작중화자의 목소리만이 문제시 될 수 있다. 그런데 묘사라는 소설 기법을 문제삼을 때에는 이런 목소리뿐만 아니라 목소리가 구체화되기 이전의 초점화자의 초점화 과정까지를 포함하는 것을 대상으로 하여야 할 것이다. 그런데 묘사는 그 대상이 가시적이냐 그렇지 않으냐에 따라 묘사의 특성이 달라지는데, 가시적인 대상으로는 인물의 육체적 외양이나 공간적 배경이 있으며 비가시적인 것으로는 인물의 심리 상태, 감정, 생각 내용 등이 있다. 그러므로 대상의 차이에 따라 묘사의 특성 때문에 소설 구조와의 관련성이 규정된다기보다는 기술적(Descriptive)이다.

개별적 소설 작품은 구조적 완결성을 획득하기 위해서 다양한 소설 기법이 시도된다. 묘사라는 소설 기법 역시 구조적 완결성에 기여한다고 할 때, 묘사는 대상을 단순하게 그려내는 것만을 지칭하지 않고 그려진 대상을 통해서 소설 구조에 기여할 때만이 의미있는 것이 되는 것이다. 그러므로 의사소통의 수단으로서 소설 텍스트에 기술되어진 묘사는 대상 그 자체를 지향한다기보다는 작품 구조를 지향한다.

상허 이태준의 단편소설 속에서 인물 묘사나 배경 묘사는 이러한 의미에서 작품 구조에 기여한다. 「달밤」은 상허의 대표작 중의 하나로 꼽히는 작품으로 첫 단편집의 이름이기도 하다. 이 작품은 당대에 있어서 서울의 변두리인 성북동이라는 공간적 배경을 중심으로 하여 그 공간적 배경에 등장하는 황수건이라는 관찰 대상을 중심으로 하여 황수건의 행위와 어스름한 달밤의 분위기를 조화시키고 있다. 그리고 이 작품에서는 대부분의 다른 상허 단편소설과 같이 작가로 상정된 작중화자가 관찰자가 되어 이야기를 이끌어 나가고 있다. 약간은 덜

떨어진 듯한 황수건의 여러 가지 행위는 작품을 읽는 독자들에게 미소를 머금게 한다. 즉 삼산학교에서 사환 노릇을 하면서 보여준 관찰 대상이자 주인공 황수건의 행위, 신문배달을 하면서 보여준 그의 모습, 그리고 주인공에게서 돈 몇 푼을 얻어 장사를 하다가 다 털어먹는 황수건의 모습은 달밤의 어수름한 분위기에 어울리는 인물 설정이다.

「달밤」에서 시작하는 상허 소설의 서정적 분위기는 이후 상허 단편 소설의 중요한 하나의 중요한 단서로 작용하여 인물묘사와 배경묘사를 통해 달밤의 분위기를 만들어 나가고 있다고 생각된다. 그리고 『가마귀』에서 「가마귀」와 「손거부」라든가 『돌다리』에서 「석양」같은 작품은 「달밤」의 분위기를 그대로 간직한 작품인 것이다. 이러한 소설들은 어리숙한 성격을 창조하고, 이 어리숙한 인물에 어울리는 배경을 강조하는 서술상황이 중심을 이루는 소설이다. 「가마귀」는 친구의 퇴락한 별장에서 방을 얻어 외롭게 지내는 작가가 폐병 요양을 하러 근처 마을에 와서 머무르고 있는 처녀에게 관심을 가졌는데 그 처녀는 죽고 말았다는 것이다. 연민 때문에 애인이 되어주려고 했더니 약혼자가 있었다. 까마귀 소리를 불길하게 여기는 것을 안타깝게 여겨 한마리 잡아 예사 새와 다름이 없는 줄 알게 하려 했는데, 까마귀를 활로 쏘아 죽이는 날 처녀는 운명했다. 까마귀를 핏덩이로 만들자, 그 처녀에 대한 기대도 끝나고 마는 좌절을 맛보았다. 서술자이자 주인공인 그 작가는 패배의식에 사로잡힌 예외자가 되어 음산한 기분으로 살아가면서, 자기 주변의 일을 불길하게 해석하는 기이한 상상에 사로잡힌다. 그리고 「손거부」에서 손거부라는 인물은 「달밤」의 황수건을 연상시키는 인물이다. 「석양」을 보면 근심을 떨쳐버리려 고독에 잠기는 주인공이 고도 경주를 찾아 애독자인 소녀를 만나 골동품을 어루만지는 듯한 감각으로 사랑을 했다는 내용이다. 현실에서 도피하는 자세를 미화하고 독자도 석양의 분위기에 들떠 모호한 감상을 느끼게 하는 작품이다.

그리고 상허 문학의 또 다른 특징적 분위기로서 인생의 황혼기에 접어든 노인을 등장시켜 고독하고 쓸쓸한 분위기를 자아내는 일련의 소설들이 존재한다. 즉 『달밤』의 「불우선생」이나 『복덕방』의 「우암노인」과 「복덕방」, 그리고 『돌다리』의 「영월영감」이나 「뒷방마냄」과 같은 작품에서는 인생의 황혼기에 접어든 노인의 모습을 그려냄으로서 상허소설의 독특한 또다른 분위기를 창출하고 있다. 처음 발표하였을 때 「어둠」이라는 제목으로 발표하였다가 작품집 『달밤』에서 「우암노인」으로 제목을 바꾼 작품에서 인생의 황혼기에 있는 쓸쓸한 노인의 심정을 그려내고 있는 것은 이것을 확인시켜 주고 있다. 이러한 인생의 황혼기인 노년의 고독감을 다루는 작품들은 「달밤」과 같은 작품에서 보여지는 관찰대상으로서의 주인공의 모습은 변함이 없지만 '달밤'이나 '황혼' 혹은 고도라는 공간적 배경이 인간이면 모두 겪어야 하는 시간적 배경으로 바뀌면서 또 다른 서정적 분위기를 만들어 내고 있는 것이다. 이를 김동석은 조선적인 것의 집착이라고 하였고,[33] 김윤식은 상고주의의 소산이라고 한 바 있다.[34] 그러나 이러한 지적은 상허 소설의 한 부분인 노인이 초점의 대상이 되는 이러한 소설을 상허문학의 전체로 보고 있기 때문이 아닌가 생각된다.

그러면 이태준의 단편 소설에서 주된 흐름은 과연 무엇일까? 이 문제와 관련하여 볼 때 이태준 단편소설의 주된 흐름은 다소는 감상적인 느낌을 주는 애상적인 분위기 속에서 보여지는 뒤떨어진 사람의 고독과 애수를 동정과 유모어로서 보고 그리려고 노력한 것으로 생각된다.[35]

2. 액자소설의 의미

소설로 대표되는 서사물은 이야기와 화자를 가지게 마련이다.[36] 특

---

33) 김동석, 『예술과 생활』, 박문출판사, 1947.
34) 김윤식, 「고전과 작위성」, 『한국 근대문학사상비판』, 일지사, 1987.
35) 이러한 의견은 크게 보아 다음의 논의와 밀접하게 관련된 것으로 생각된다.
　　　신남철, 「작가 심정의 문제」, 〈동아일보〉, 1937. 6. 23.
　　　최재서, 「단편작가로서의 이태준」, 『문학과 지성』, 인문사, 1938.
36) "By narrative we mean all those literary works which are distinguished by two

히 단편소설의 경우에는 양적인 제약으로 인해서 스토리 자체보다는 화자를 포함한 소설 기법의 문제가 더욱 중요한 것으로 작용할 수 있다. 그러므로 단편소설에 있어서 서술 수준의 변화를 통한 스토리의 제시는 단편소설에 있어서 액자소설의 소설 양식을 필요로 하는 중요한 이유가 된다. 일반적으로 액자소설이라 함은 이야기 속에 이야기가 포함되어 있는 것으로 서술 수준의 변화나 화자의 바뀜을 통해 스토리를 제시하는 소설 구조를 특징으로 한다. 한국근대 소설사에서 개화기의 서사문학을 시발로 하여 1920년대를 거치면서 액자소설의 양상은 상허 이태준을 비롯한 1930년대에 이르러서도, 그리고 여전히 단편소설의 중요한 형식적 장치로 현재까지 존재하고 있다.[37]

이태준의 처녀작 「오몽녀」에서 중요하게 서술되는 인물이자 주인공 '오몽녀' 이외에 남순사의 이야기는 삽화적 액자 유형을 보여주었으며, 이것은 그가 동경 유학을 마치고 귀국하여 본격적인 창작 활동을 하면서 많은 단편소설 작품에 액자적 형식을 시도할 단서로 작용하고 있었다. 상허의 단편소설들은 액자소설적 구조를 지닌다. 물론 단편소설 자체가 가지는 액자소설적 요소에 기인한다고 할 수도 있겠지만, 상허의 단편소설 중에서 관찰자적 작중화자가 나타나는 단편소설들은 액자소설적 작품 구조를 가진다. 상허의 단편소설 중에서 관찰자적 작중화자가 존재하는 작품은 관찰하는 인물에 대한 서술과 관찰자 자신의 서술이라는 이중적 서술 수준이 존재한다는 의미에서 액자소설적 작품 구조를 지니고 있으며, 이것의 존재 양상은 매우 다양하다. 이렇게 이태준의 단편소설에 있어서 액자소설적 작품구조가 두드러지게 나타나는 것은 소설에 있어서 객관성을 확보하기 위한 하나의 수단이라고 생각된다. 왜냐하면 '들려주기'를 통한 스토리 제시가 이미 고전

---

characteristics : the presence of a story and story-teller."(R. Scholes & Kellog, *The Nature of Narrative*, Oxford Univ. Press, 1966, p.4.)

37) 이재선은 그의 저서 『한국단편소설연구』(일조각, 1975)에서 이것에 대해 논의한 바 있고, 이익성은 「「화중화(話中話)」의 형식적 특징과 그 의미」(『관악어문연구』 제17집, 1992. 12)에서 개화기의 액자소설 「화중화(話中話)」의 의미에 대해 논의한 바 있다.

소설적 특징이라고 주장하는 이태준에게 있어서 보여주기라는 객관적인 현대소설의 특징을 드러내기 위해서 극화된 작중화자가 필요했을 것이며, 이 필요를 충족하기 위해 형식적 시도로서 액자소설적 구조를 사용했기 때문이다.

Ⅳ. 맺는 말

지금까지 우리는 이태준의 소설 기법 논의를 서술학적 방법론을 원용하여 살피고, 그러한 방법론과 관련하여 상허의 단편소설을 형식구조적 측면에서 유형을 분류하고 그 특징에 대해 논의했다. 여기서 필자는 앞의 논의를 요약하여 설명하고 이어 몇 가지 남는 문제를 제기하고 본고를 마무리하고자 한다.

상허의 소설기법 논의를 요약하면, 첫째로 이태준이 현대 소설의 요건 중의 하나로 지적한 '보여주기showing'에 대한 강조는 당대 다른 소설가들의 내용 편향성과 대비되어 소설이 새로운 차원으로 도약하기 위한 준비와 관련되어 있다. 둘째로 이태준에게 있어서 보여주기의 강조는 주로 묘사에 대한 관심으로 나타났다. 그러한 맥락에서 글쓰기에서 묘사에 대한 강조로 직접적으로 나타났다고 생각된다. 세째로 묘사와 관련하여 소설에 있어서 성격화의 방법론에 집착한 것을 살펴보았다. 이러한 성격화에 대한 방법론은 상허 소설에 있어서 당대 개별적 인간상의 창조와 관련된 것으로 생각된다. 이러한 상허의 소설 기법 논의는 소위 전형기라 일컬어지는 1930년대 문단에 있어서 상허 소설의 문단적 위치를 자기매김하는데 있어서 단편 소설의 우위성을 확보하기 위한 한 방법론으로 작용하고 있다는 의의를 지적할 수 있다.

그리고 이태준 단편소설을 형식구조적인 측면에서 유형 분류하여 살펴본 결과 각 유형들의 특징을 요약하면, 첫째로 관찰의 작중화자가 나타나는 단편소설의 유형은 스토리 중심으로 흘러 단조로운 구조를 가지고 있다. 그런데 이러한 유형의 단편소설은 이념적 지향성을 가진 당대의 다른 작가들이 즐겨 소설화한 지식인 문제라든지, 농촌 문제를 다루기는 하였지만 일정한 차이점을 노정하고 있다. 둘째로 수필적 사담의 일인칭 주인공의 단편소설은 '들려주기'에 치중함으로써 작가 자신의 주변적 신변잡기를 나열하고 있는 듯한 인상과 더불어 작품 구조상 산만한 특징을 보이고 있다. 즉 첫째와 둘째의 단선구조적 유형은 주인공의 심리묘사에 치중하거나 작중화자 이외의 화자나 함축적 작가의 개입이 두드러져 작품의 구조적 완결성을 다소 해친다고 생각된다. 이에 비해 복수 초점화의 구조와 교차적 이중서술의 구조를 보이는 단편소설이라고 이름 붙인 중층적 구조 유형의 소설은 대부분 서정적 분위기 속에서 개성적 인간형을 효과적으로 창출하고 있다는 의미에서 가장 이태준다운 특징을 보여주고 있다. 결국 이태준 단편소설의 특질은 첫째로 상허가 논의한 보여주기 기법과 관련된 묘사가 국부적인 것이 아니라 소설 구조적 차원에까지 기여함으로써 소설사에 새로운 차원으로 나아갔다는 것이고, 둘째로는 이전 소설사로부터 있었던 액자소설적 구조를 단편소설의 장르적 특징과 결부시켜 상허의 소설 속에 구현함으로써 소설적 완결성을 획득하고 있다는 것이다.

이제 이 글에서 논의한 것 중에서 다루지 못한 것을 몇가지 지적하고 이 글을 끝내고자 한다. 첫째는 해방 이후 단편소설까지를 포함하지 못했다는 것으로, 이것은 후고를 기약하기로 한다. 둘째는 단편소설 전체를 동일선 상에 놓고 논의함으로써 그 작품이 창작될 때의 상황에 대한 고려를 하지 못했다는 사실이다. 이것은 논의의 편의상 그런 것임을 밝혀둔다. 세째는 형식논리에 따르다 보니 중간적 위치에 속하거나 애매한 것을 필자가 정한 틀 속에 맞추어 논의한 것을 지적하고 싶다. 이것 역시 논의의 편의를 위한 방편일 따름이지 이태준 소설 자체가 지니는 한계는 아님을 지적하고 싶다.

(서울대 강사)

이태준 소설의 이미지 연구

이 혜 원

Ⅰ. 서 론

지금까지 행해진 이태준에 대한 평가는, 역사의식과 사상이 부재하고 패배적 인간상의 표출에 머물고 말았다는 일부 부정적인 평가를 제외하고는, 뛰어난 단편소설 작가라는 의견으로 모아지고 있는 듯하다. 그리고 그러한 평가의 근거로는 주로 그의 단편소설에서 이루어진 성공적인 인물 묘사가 언급되고 있다. 이태준의 소설이 단편에서 그 가치를 획득할 수 있다는 사실과, 인물 창조가 가장 특징적인 요소라는 기존의 평가는 전적으로 타당한 것으로 보인다. 그러나 이태준 소설에 대한 연구는 인물에 대한 고찰을 제외하고는 본격적인 작품 논의가 진척되지 않은 상태이기 때문에 연구의 활성화와 함께 다양한 접근 방법이 요청된다.

이에 본고에서는 이태준 소설에 대한 새로운 접근의 가능성을 이미지의 측면에서 살펴보려고 한다. 이태준 소설에서 이미지는 작가의 스타일리스트로서의 면모와 소설의 미적 성취도에 대한 또다른 증거가 될 수 있다는 점에서 주목된다.

이태준은 근대적 소설가로서의 자의식이 뚜렷했으며, 특히 표현 방법에 높은 관심을 보인 것으로 드러난다. 여러 번에 걸친 개작과 섬세하고 명확한 묘사에서 소설의 완결성과 기교에 관한 작가의 배려를 살펴볼 수 있다. 또한 작가 스스로 문체나 표현의 중요성을 피력한 글도 상당수 있어 그가 의식적으로 언어미를 추구하였음이 입증된다. 그는 묘사를 인물이나 배경을 그려내는 방법으로 간주하였다. 이태준 소설의 특징적인 요소인 인물이나 분위기는 묘사의 치밀성과 밀접하게 관련되는 것이다. 이미지 역시 묘사와는 불가분리의 관계에 있으며 그 미학적 특성을 대변한다는 점에서 이태준 소설의 표현 기법을 살펴보는데 중요한 근거로 작용할 수 있으리라 본다.

소설에서의 이미지 분석은 시 분야만큼 활발하게 행해지지는 않지만, 이태준 소설처럼 서정성이 풍부하고 섬세한 문체를 보이는 경우 작품의 미학적 구조를 내밀하게 드러내는 데 유효한 방법으로 적용될 수 있다. 이미지 분석은 그 과정에서 필연적으로 주관적인 판단에 의지하게 된다. 그러므로 얼마나 심도있는 내밀한 독서를 통해 이미지의 특성을 포착할 수 있느냐가 연구의 관건이 된다. 본고에서는 직관적인 독서를 통해 이태준 소설에서 이미지의 효과와 특징적인 이미지를 감지하고, 이어 각 작품에 나타나는 이미지의 요소를 구체적으로 비교·분류하는 분석적인 방법을 통해 그것을 확인하고 체계화시키는 틀을 마련하였다.

이태준의 소설[1]에서 이미지는 '빛'과 '물'의 요소를 중심 축으로 한다. 분석의 과정에서 이미지에 관한 가장 기초적인 단서를 제공하는 어휘를 통해 볼 때, 이태준의 소설에서는 '달' '밤' '달밤' '불빛' '바다' '강물' '비' 등이 높은 빈도수를 차지하며 반복 중첩되는 양상을 보인다. 이 어휘들은 '물'과 '빛'의 이미지로 포괄할 수 있으며 다양한 의미망 속에서 전체를 일람할 수 있는 하나의 관점을 제공해준다. 이태준의 소설에서 이미지와 관련된 어휘나 단편적인 장면은 무수히 많으나, 여기서는 특히 이미지의 요소가 밀도있게 내포되어 있는 몇몇 주요 작품들을 통해 이태준 소설의 미적 특질을 살펴보려고 한다. 도식화의 위험을 무릅쓴다면, 창작 시기와 병행하여, 처음에는 빛과 관련된 이미지가, 그 다음에는 물과 관련된 이미지가, 그리고 마지막에는

---

1) 여기서는 해방 이전에 쓰여진 단편소설에 국한하기로 한다.

물과 빛이 혼합된 이미지가 나타나는 것으로 볼 수 있다. 이 변모의 양상을 추적하는 과정에서 작가의 미의식과 현실인식과의 상관성을 드러낼 수 있다면, 이태준 소설에서 이미지의 비중을 새롭게 인식할 수 있는 계기가 될 것이다.

Ⅱ. '빛'의 이미지

이태준의 최초의 소설로 알려진 「오몽녀」(〈시대일보〉, 1925. 7. 13)에서 사건의 시작은 '으스름한 달밤'에서 비롯된다. 눈멀고 나이 많고 가난한 지참봉과 함께 사는 오몽녀는 무력한 남편에게 아무런 애정도 느끼지 못하면서 살아가던 중, 어느 날 생선을 훔치러 금돌의 배에 들어간다.

> 으스름한 달밤에 바구니를 끼고 맨발로 보드라운 모래를 사쁜사쁜 밟으며 바닷가로 나왔다. 뭍에 대어있는 배 앞에 가서는 우뚝 서더니, 기침을 한번 하고는 뒤를 휘 ― 돌아보고 아무도 없음을 살핀 다음에 고기잡이 배 속으로 날름 들어갔다.[2]

여기서의 달빛은 무의식과 관능의 세계를 열어주는 밤의 빛이다. 생선을 훔치러가는 오몽녀의 동작은 조심스럽다거나 주의깊다기보다 은밀하고 유혹적이다. 다음 장면은 자연스럽게 금돌과의 만남으로 이어진다. '어스름한 달빛 속에서 오몽녀와 금돌을 실은 배는 뭍에서 보이지 않을 만치 나와 돛을 내렸다.'(전집·1 - 23쪽) 이처럼 금돌과 오몽녀의 관계는 달빛을 배경으로 하여 이루어진다. 금돌을 통해 관능적인 세계로 빠져들게 되는 오몽녀는 이후에 남순사와도 관계하지만, 결국은 본능의 선택에 의해 금돌을 따라 나서게 된다. 그러므로 이 소

---

2) 이태준, 「오몽녀」, 〈이태준 문학전집·1〉, 깊은샘, 1988, pp.22~23.
  이후 페이지 수는 이 책에 의거함.

설의 첫부분에서 행해진 달밤의 묘사는 오몽녀의 행적에 대한 풍부한 암시를 담고 있는 셈이다. 우리 소설에서 「오몽녀」 이전에 그와 같은 본능 추구형 인물이 전격적으로 그려진 예는 드물다. 이 소설은 오몽녀가 관능에 눈뜨고 그 욕구를 충족시켜 나가는 과정을 일관성있게 그려 보인다. 그 첫 장면을 장식하는 달빛의 이미지는 여성적인 본능의 세계를 자연스럽게 유도해내고 있다는 점에서 작품의 구조적 미학에 기여하는 바가 크다. 이처럼 이태준의 성공적인 소설에서 이미지는 작품의 전체 구조와 자연스럽게 융합되며, 그 의미를 보강하는 구실을 한다.

「오몽녀」 이후, 이태준은 더 이상 본능 추구형 인물을 그려내지는 않는다. 여전히 오몽녀나 지참봉, 금돌, 남순사 같은 평범한 인간군이 주된 인물을 형성하지만, 그들은 본능의 세계가 아닌 현실 속에 서서히 자리잡는다. 「달밤」과 「오몽녀」에 나타나는 '달밤'의 이미지를 비교해 보면 그 차이를 분명하게 알 수 있다.

「달밤」(《중앙》, 1933. 11)에서는 황수건이라는 흥미로운 인물이 등장한다. 그는 우둔하면서도 천진스런 인물로, 신문 배달을 하는 중에 작중 화자인 '나'를 만나게 된다. 이 소설에서 황수건의 행적은 바로 '나'의 눈을 통해 그려지게 된다. 황수건은 신문 배달, 그것도 보조 배달부를 하다가 다른 사람에게 밀려나게 되고, '나'의 도움으로 참외장사를 시작하지만 그나마 실패하고 그 와중에 아내마저 달아나 버리는 불운한 처지에 놓인다. 이 소설의 마지막 장면은 환한 달밤, '나'와 마주치게 되는 황수건에 대한 묘사이다.

> 어제다. 문안에 들어갔다 늦어서 나오는데 불빛 없는 성북동 길 위에는 밝은 달빛이 깁을 깐듯 하였다.
> 그런데, 포도원께를 올라오노라니까 누가 맑지도 못한 목청으로
> 「사…… 게……와 나…… 미다까 다메이…… 끼…… 까……」
> 를 부르며 큰 길이 좁다는 듯이 휘적거리며 내려왔다. 보니까 수건이 같았다. 나는
> 「수건인가?」

하고 아는 체하려다 그가 나를 보면 무안해할 일이 있는 것을 생각하고, 휙 길 아래로 내려서 나무 그늘에 몸을 감추었다.

　그는 길은 보지도 않고 달만 쳐다보며, 노래는 그 이상은 외지도 못하는듯 첫줄 한 줄만 되풀이 하면서, 전에는 본 적이 없었는데 담배를 다 퍽퍽 빨면서 지나갔다.

　달밤은 그에게도 유감한 듯하였다.(전집·1 - 122쪽)

　하는 일마다 실패하고 아내마저 잃어버린 이 불행한 사나이가 술에 취해 비틀거리며 가고 있는 정황은 밝은 달빛과 어우러져 묘한 애상감을 자아낸다. 여기에서 '나'와 황수건이 최초로 만나는 것도 밤이었다는 사실을 기억할 필요가 있을 것 같다. 황수건에 대해 작중 화자가 동정심과 연민을 느끼는 것은 그와 같은 선량하고 바보스런 사람이 살아가기에 너무 각박한 세월이기 때문이다. 황수건을 둘러싼 현실은 한마디로 '밤'인 것이다. 황수건은 신문 원배달부가 되고자 하는 소박한 꿈도 이루지 못할 정도로 무능하다. 그러나 그는 참외 장사에 실패한 후에도, 비록 훔친 것이긴 하나 '나'에게 포도를 갖다주는 등 인정을 잃지 않는다. 이렇게 어리석지만 착한 '못난이'는 어느 사회에나 존재하기 마련이다. 전통사회에서 그들은 주변의 관심과 동정 속에서 보호받으며 살아갈 수 있었다. '서울이라고 못난이가 없을 리야 없겠지만, 대처에서는 못난이들이 거리에 나와 행세를 하지 못하고, 시골에선 아무리 못난이라도 마음놓고 나와 다니는 때문인지, 못난이는 시골에만 있는 것처럼 흔히 시골에서 잘 눈에 뜨인다. 그리고 또 흔히 그는 태고 때 사람처럼 그 우둔하면서도 천진스런 눈을 가지고, 자기 동리에 처음 들어서는 손에게 가장 순박한 시골의 정취를 돋워 주는 것이다.'(1 - 113) 라는 작중 화자의 생각은 황수건 같은 인물에 대한 전통사회의 관점을 드러내 준다. 그러나 각박하고 삭막해진 현실은 그런 자들에 대한 포용력을 상실해 버렸다. 황수건의 방황에 대한 작중 화자의 안타까움이 큰 것은 그 때문이다. 사회의 보호벽과 따뜻한 동정을 잃어버린 못난이들에게 엄습하는 현실의 어두움을 이 소설에서는 주된 배경을 이루는 밤을 통해 반영하고 있다. 그러나 마지막 장면의 '밝은 달빛'은 이 소설이 비극으로 떨어지는 것을 막아준다. 황수건 같이 불행하긴 하지만 다소 희극적이기까지 한 인물에게 검은 밤의 비극적 분위기는 어울리지 않는다. 깁을 간 듯한 밝은 달빛 아래 유감스러운 듯 방황하는 모습으로 그려짐으로써, 황수건은 희화적이면서도 애처로운 인물로 선명하게 각인된다. 이 작품에서 '달밤'이 창출하는 분위기는 주인공 황수건이 처한 불운한 시대의 정황과 그의 천진한 성격에서 빚어지는 묘한 대비를 함축적으로 드러낸다.

「오몽녀」의 달밤이 사회적 문맥이 완전히 배제된 상태의 원초적이고 본능적인 분위기의 표출에 기여하는 데 반해, 「달밤」에서의 그것은 전반적인 사회현실을 암시하고 있어 작가 의식의 변모를 엿볼 수 있게 한다. 이태준은 비슷한 시기에 「달밤」의 황수건 외에도 「색씨」의 가정부나 「손거부」의 주인공같은 선량하지만 약간 모자라는 인물들을 통해 각박해진 삶의 양상을 표현하고 있다. 이런 인물들과 함께 작가의 특별한 관심의 대상이 되는 또다른 인물군으로 불우한 노인들이 있다. 노인들 또한 사회의 변화로 인해 더 이상 존경의 대상이 아닌, 초라하고 의지할 곳 없는 불우한 인물들로 그려진다. 더구나 그들은 미구에 닥쳐올 죽음의 그림자 때문에 더욱 비참한 모습을 갖는다.

「우암노인」(《개벽》, 1934. 11)은 「불우선생」「아담의 후예」「복덕방」「영월영감」과는 다르게 사회적인 처지의 변모보다는 자신의 내면적인 갈등, 특히 죽음에 대한 두려움으로 고통을 겪는 노인의 심리를 매우 섬세하게 포착하고 있다. 인생 말년에 소실을 통해 아들을 얻은 우암노인은 그 자식에 대한 염려와 사이가 나빠진 본부인과 소실의 관계, 무엇보다 죽음에 대한 걱정 때문에 잠을 이루지 못한다.

죽음!
노인은 다시 잠에 들기가 힘들었다. 될 수 있는 대로 안정하려 깔끄러운 눈은 감았으나, 귀에서 사뭇 징을 치듯 소란스럽고 무시무시한 소리가 일어나기 시작했다. 다시 눈을 떠 천장을 바라보았다. 천장은 끝이 없다. 그냥 아무것도 아니 보이는 시커먼 어둠은 한이 없이 높은 것도 같고 한이 없이 깊은 것도 같았다. 그리고 죽음이란 아무것도 안 보이는 저런 빛의 것이려니도 생각하니 방안이 갑자기 깊고 깊은 산속이나 바닷속처럼 견딜 수 없이 쓸쓸스러웠다. 그리고 이 끝없이 깊은 어둠과 쓸쓸함이 이제부터는 큰마누라보다도 작은마누라보다도 기용이보다도 더 가깝게 사귀어 나가야만할 그것임을 깨달을 때, 노인은 무서운 야수와나 마주치는 듯 머리끝이 쭈 곤두솟았다.

「저 짐생!」

시커멓게 생긴 무슨 그림자는 한걸음 덥석 앞으로 다가서는 것 같았다.

보숭보숭하던 이마에는 땀기까지 촉촉히 끼친다.

「후……。」

우암노인은 머리맡을 더듬었다. 성냥갑을 찾음이다. 담배라도 다시 한대 붙여 물고 싶었거니와, 그보다는 불이, 한점의 불티라도 불빛이 그리워서였다.

(1 – 187)

여기서의 빛과 어둠은 삶과 죽음에 대한 명백한 상징이다. 죽음에 대한 공포는 컴컴한 천장과 시커먼 그림자 같은 형체로 생생하게 표현된다. 죽음의 그림자에 가위눌릴 듯하던 노인이 찾는 것은 어둠을 몰아낼 불빛이다. 여기서의 빛은 존재의 소멸에 대항하려는 의지를 나타낸다. 어둠의 압도적인 위협 앞에 그 빛의 존재는 미약하기 그지없다. 작가는 이처럼 현실이나 숙명 앞에 왜소해진 인간의 모습을 실감나게 그려낸다. 그의 소설에서는 무력한 자아와 위협적인 세계를 나타내는 이미지가 이처럼 대조적으로 선명하게 쓰이는 예가 많다.

「오몽녀」에서 탈사회적인 본능의 공간을 형성하던 달밤의 이미지는, 「달밤」에서는 사회적으로 무력하기 그지없는 황수건의 애수를 서정적으로 묘출하는 배경으로 작용한다. 「우암노인」에서는 노구에 겪는 고독과 죽음에 대한 두려움을 섬세하게 묘사하고 있다. 이처럼 이태준의 초기 소설에 나타나는 어둠과 빛의 이미지는 주로 본능과 애수, 고독감 등 인간 본연의 감정을 서정적으로 묘사하는 데 기여한다. 여기에서 어둠은 빛과 상반된 의미에서 무기력한 인간의 존재를 부각시키는 부정적 이미지라고 할 수 있다. 이제 우리는 또다르게 인간을 위협하는 부정적인 물의 이미지로 접근해 가야할 것 같다.

Ⅲ. '물'의 이미지

물의 이미지가 본격적으로 나타나는 소설은 「바다」이다. 「바다」
(《사해공론》, 1936. 7)에서 주인공 옥순의 죽음을 부르게 되는 최초의
물은, 먼저 그녀의 아버지와 정혼자인 왈룡을 데려간 거센 풍랑이다.

　　파도는 정말 소리만 들어도 무서웠다. 비도 채찍처럼 휘어박지만 빗소리쯤
은 파도가 쿵하고 나가떨어진 뒤에 스러지는 거품 소리만도 못한 것이요. 다
만 이따금 머리 위에서 하늘이 박살이 나는 듯한 우뢰 소리만이 파도와 다투
어 기승을 부린다.(1 － 229)

바다는 이태준 소설에서의 부정적인 물 이미지 중에서도 가장 공격
적이고 난폭한 모습을 보인다. 그것은 비극적인 숙명을 부르는 파괴적
인 물이다. 파도의 거친 움직임에 비하면 빗줄기는 거품 정도에 불과
한 것으로 표현된다. 위의 장면에서 파도는 하늘의 폭군인 우레와 어
울려 그 사이의 인간을 자취도 없이 삼키는 폭력적인 물로 등장한다.
부정적인 물의 이미지를 더욱 강조하는 것은 완전한 어둠이다.

　　해도 다 지나간 듯 바다도 하늘도 캄캄해만졌다. 다른 때는 이 언덕에 나
서면 시오리라고는 하지만 아래웃동리처럼 알른거리던 배기미(梨津)의 불빛
도, 이날은 한정없이 올려솟는 파도와 그 부서지는 자욱한 안개 속에 묻혀버
리고 바다는 불똥 하나 보이지 않는, 온전한 암흑이었다. 이 암흑 속에서 물
이라기보다 산이 무너지는 듯한 파도 소리, 그리고 귓등을 갈기고 젖은 옷자
락을 찢어갈 듯이 덤비는 바람과 빗발, 게다가 가끔 자지러지게 우뢰 소리가
정수리를 내려쨓는 것이다. (1 － 229 ～ 230)

난폭한 자연의 축제인 양 파도와 바람과 빗발, 우레, 그리고 어둠이
뒤섞인 이 광란의 현장에서 인간적인 존재는 자취도 없이 사라진다.
배기미의 조그만 불빛은 암흑 속으로 빨려들어가고, 배기미 마을 사람

들의 운명도 풍랑에 의해 결단난다. 옥순 아버지의 파선 소식을 받은 옥순 어머니는 망연하기만 하다. '번쩍 번갯불에 켜졌던 어머니의 얼굴은 조갑지속처럼 해쓱한 것이 그냥 바다 쪽만 향하고 서 있는 것이다.'(1 - 230) 무서운 자연의 폭력 앞에 무기력한 인간의 모습은 이렇게 그려진다. 그러나 거친 자연 앞으로 내몰린 옥순의 아버지와 왈룡 부자의 불행에는 보다 인간적인 이유가 내재해 있다. 정혼한 지 삼년째나 되는 옥순과 왈룡을 성례시키기 위하여, 풍랑의 조짐에도 불구하고 값나가는 생선을 찾아 먼 바다로 나간 것이 그들의 죽음을 부른 것이다. 그리고 가난은 옥순을 죽음으로 이끄는 또다른 불행을 예비한다. 그 풍랑의 밤이 지나고 밝아진 다음날, 바다를 마주한 옥순의 분노와 절망감은 그녀의 비극적인 운명을 긴밀하게 암시한다.

　　옥순은 그 물의 절벽이 닥들려올 때마다 이를 악물고 바르르 떨었다. 그 능글능글한 물의 절벽으로 마주 내닫고도 싶었다.(1 - 232)

　　노도와 같은 거친 운명의 벽 앞에 선 이 연약한 처녀의 분노는 이처럼 처절하다. 그러나 그녀는 운명에 대한 저항이 결국은 자신의 죽음을 부를 수밖에 없는 비운을 겪게 된다. 이 장면에서의 암시처럼 그녀의 죽음은 결국 바다에서 완성된다. 그러나 그 죽음은 거친 자연의 폭력에서 기인하는 것이 아니라, 서서히 침투해 들어오는 가난의 무서운 중압에 의해 이끌리는 것이다. 옥순의 죽음을 예고하는 바다는 오히려 지나치게 평온하여 불길한 예감을 주는 그런 바다이다.

　　두어 달 뒤, 바다는 언제 그런 풍랑이 있었느냐는 듯이 갓난아이들도 나가 놀게 잔잔하고, 하늘도 그런 풍운 있은 것은 아득한 태초의 전설이라는 듯이 양떼 같은 구름송이만 수평선을 둘러 피어오르는 따갑되 명랑한 여름날 아침이었다.(1 - 233)

　　옥순의 아버지와 정혼자를 데려갔던 폭풍의 밤과는 극단적으로 대조되는 잔잔하고 평화로운 여름날 아침, 옥순은 그녀를 술집으로 팔아 넘기려고 하는 구장과 안경 쓴 남자의 방문을 받게 된다. 가난을 미끼로 자신을 수치스런 운명의 구렁텅이로 밀어넣으려는 그들의 저의를 깨달은 후, 바다로 나간 옥순은 또 한번 자신의 죽음의 형식을 예감한다. '사람은 어째 갈매기처리 물에 뜨지 못하구 빠져죽능야?'(1 - 237)는 옥순의 독백은 운명의 중압에 의해 바다로 끌려 들어가게 되어 있는 자신의 숙명을 예고하는 것이다. 결국 옥순의 죽음은 아름답고 고요한 바다로 조용히 빠져드는 황홀하게 비극적인 형식으로 이루어진다. 이 소설은 숙명과 현실의 폭력 앞에 노출된 무력한 인간의 비애를 풍부하고 암시적인 바다의 이미지와 함께 효과적으로 드러내 보인다.

'바다'와 함께 '비'는 이태준 소설에서 매우 큰 비중을 차지하는 물의 이미지이다. 「장마」와 「밤길」에서 우리는 흥미로운 대조를 이루는 비의 이미지를 만나게 된다. 「밤길」의 비가 격렬하고 파괴적인 양상을 갖는 것에 비해 「장마」의 비는 축축하게 대기를 적시며 쉬지 않고 내린다. 「밤길」의 비가 좀더 직접적으로 삶의 암울함을 강조한다면 「장마」의 비는 자질구레한 일상과 현실에 대한 회의를 불러일으킨다. 「밤길」의 비는 뒤에서 살펴보기로 하고, 먼저 「장마」에 나타나는 비의 이미지에 접근해 보도록 하자.

「장마」(《조광》, 1936. 10)에서 비는 작중 화자의 일상과 기억의 연상 작용을 매개하는 연결 고리로서 기능한다. 첫 부분에서는 장마철 곰팡이 때문에 일어난 부인과의 말다툼 중에, 아이들 옷에 핀 곰팡이의 책임을 경제적으로 무능력한 주인공 자신이 물게 되자 싱거운 농담으로 얼버무린다는 평범한 일상의 소묘가 행해진다. 곰팡내 나는 일상과 '곰팡이 슨 창작욕'을 자극하기 위해 주인공은 집을 나선다. 이 소설에서 주인공이자 작중 화자인 '나'는 작가 자신의 모습에 가깝다. 자신을 작중 화자에 근접시켜 서술하는 작품에서 작가의 목소리는 전면에 나타나게 되어 있다. 포도원 앞의 맑은 개울을 지나가며, 이런 물을 보고 '빨래하기 좋겠다!'고 하는 '조선여성들의 불우한 풍속'을 슬퍼한다는 서술에서 작가 자신의 낭만적인 정서를 엿볼 수 있다. 그는 곰보 가게를 지나면서 곰보와 곱추 부부의 인연을 생각하고는 자기네 부부의 만남을 떠올리기도 한다. 이렇게 끊임없이 이어지는 생각은,

> 비는 다시 뿌린다. 남산은 뽀얗게 운무 속에 들어 있다. 고개는 올라올 때보다도 내려갈 때가 더 무엇을 생각하며 걷기에 좋다.(2 – 21)

에서와 같이 계속적으로 내리는 비로서 연결된다. 그러니까 비는 과거와 현재, 일상과 기억을 이어주는 매개물로서 작용하는 것이다.

이런 식으로 계속해서 이어지는 자유 연상의 중간 중간에서 발견되는 현실에 대한 비판적 시각은 작가의 의식을 살펴볼 수 있는 좋은 자료가 된다.

> 안국동(安國洞)서 전차로 갈아탔다. 안국정(安國町)이지만 아직 안국동이래야 말이 되는 것 같다. 이 동(洞)이나 이(理)를 깡그리 정화(町化)시킨데 대해서는 적지 않은 불평을 품는다. 그렇게 비지니스의 능률만 본위로 문화를 통재하는 것은 그릇된 나치스의 수입이다. 더구나 우리 성북동(城北洞)을 성북정(城北町)이라 불러보면 '이주사'라고 불러야 할 어른을 '리상'이라고 남실거리는 격이다. 이러다가는 몇 해 후에는 이가니 김가니 박가니 정가니 무슨 가니가 모두 어수선스럽다고 시민의 성명까지도 무슨 방법으로든지 통제할런지도 모른다.
> 모든 것에 있어 개성(個性)을 살벌하는 문화는 고급한 문화는 아닐 게다.(2 – 25)

일제 통치에 대한 작가의 암시적인 비판을 엿볼 수 있는 부분이다. 전통의 통제와 변조는 작가가 가장 우려했던 식민 통치의 해악이다. 기존의 가치를 뒤엎고 정신의 뿌리까지 침투하는 전통 부정의 폐해는 급격한 사회 의식의 변모와 인간성의 상실을 가져오기 때문이다. 「장마」에서 가장 부정적으로 그려지고 있는 '강군'의 기회주의적이고 세속적인 처세술은 바로 전통 부재의 아노미 상태에서 참다운 인간적

가치를 상실해가고 있는 우리 민족의 정신적 위기를 대변하는 것이다. '비는 그저 내린다. 못 먹는 맥주를 두어 컵이나 먹었더니 등어리가 후끈거린다. 이런 것이 다 나에게도 교젯속 공부일지 모른다.'(2 − 35) 에서처럼 사회의 변모에 대해 작가는 자조적으로 반응한다. 이 소설의 처음부터 끝까지 계속되는 장마는 바로 이러한 현실의 분위기를 나타내는 것이기도 하다. 장마비에 조금씩 곰팡이가 쓸어가듯이, 교활한 외세의 침투로 도덕성과 전통의 가치가 퇴락한 현실 속에 내리는 비를 이 소설은 곳곳에서 매우 암시적으로 그려내고 있다.

「패강냉」(《삼천리 문학》, 1938. 1)에서는 사라져가는 전통에 대한 애착과 암울한 시대 현실에 대한 울분이 보다 긴밀하게 표출되고 있다. 여기서도 역시 작가 자신을 연상시키는 주인공 '현'이 등장하여, 10년 만의 평양 방문에서 느끼는 감회와 비애를 직설적으로 드러내게 된다. 소설 첫 부분의 '대동강은 너무나 차다. 물이 아니라 유리 같은 것이 부벽루에서도 한 뼘처럼 들여다 보인다.'(2 − 209)에 나타나는 부정적인 물의 이미지는 마지막의 '이상견빙지(履霜堅冰至)'와 대구를 이루면서 강한 암시성을 띤다. 유리같이 차고 단단한 물의 이미지는 서리와 연결되고 그것이 다시 얼음의 이미지로 변하면서, 악화되어 가는 현실에 대한 내밀한 은유를 이룬다.

친구 박을 찾아 평양을 방문한 현은 대동강 물에서 차가움을 느끼며 '조선 자연은 왜 이다지 슬퍼 보일까?'라고 생각한다. 그에게 조선의 자연이 슬퍼보이는 보다 실제적인 이유는 당면한 현실에 대한 비판적 시각에서 찾을 수 있다. 이어서 구체적으로 서술되는 평양의 변모에 대한 안타까움이 그 구체적인 증거가 된다. 그는 우선 시가지에 새로 들어선 건물들에서 '무슨 큰 분묘'같다는 인상을 받게 된다. 그리고 평양 여자들의 머리수건이 사라진 것을 보고는 평양이 또 다른 의미에서 폐허가 되었다는 서글픔을 느낀다. 개화와 발전의 미명 하에 고유한 아름다움을 잃어가고 있는 평양에서 현은 분묘나 폐허 같은 부정적인 인상을 받을 뿐이다. 현은 계속해서 을밀대를 차지한 군인과 비행장이 들어선 주암산의 모습에서 전통적인 문화의 공간에 침투한 일제 통치의 실상을 목격한다. 이러한 유적지의 변모를 묘사함으로써 작가는 일제의 편리한 개발 전략에 의해 자리를 빼앗기고 본래의 가치를 상실해 가는 전통과 문화 유산의 처지를 간접적으로나마 상기시킨다. 이어 벌어지는 술자리의 광경도 전통 문화에 대한 작가의 애착을 잘 드러내 준다. 전통적인 풍류를 유행가와 댄스가 대체하고, 친일로 출세한 소설가가 큰소리치는 술자리에서 주인공은 참았던 울분을 터뜨린다. '되나 안되나 우린 이래뵈두 예술가다! 예술가 이상이다 이 자식.'(2 – 219) 하는 주인공의 말에서 예술가로서의 양심과 자긍심을 살필 수 있다. 작가는 시대의 변화에 편승하여 사욕을 채우는 세속적인 인간들과는 반대로, 잊혀져 가는 전통의 가치를 인식하고 잘못되어 가는 현실을 비판하려 한다. 그의 각성된 의식은 '이상견빙지'라는 주역의 글귀에서 불길한 시대의 운명을 읽어낸다.

> 강에는 배 하나 지나가지 않는다. 바람은 없으나 등골이 오싹해진다. 강가에 흩어진 나뭇잎들은 서릿발이 끼쳐 은종이처럼 번뜩번뜩인다. 번뜩이는 것을 찾아 하나씩 밟아본다.
> 「이상견빙지(尼霜堅冰至)…….」
> 주역에 있는 말이 생각난다. 서리를 밟거던 그 뒤에 얼음이 올 것을 각오하란 말이다. 현은 술이 확 깨진다. 저고리를 여미나 찬 기운은 품속에 사무친다. 담배를 피우려하나 성냥이 없다.
> 「이상견빙지……. 이상견빙지…….」
> 밤 강물은 시체와 같이 차고 고요하다. (2 – 219)

서리나 얼음 같은 차고 단단한 물의 이미지는 오래지 않아 닥쳐올 얼어붙은 시대를 예고하는 것이다. 작가는 술이 깨는 듯한 충격을 느낀다. 그의 예감대로 일제 말기에 더욱 강화된 식민 통치에 의해 민족 전체의 압박과 수난은 극에 달하고 대다수의 작가들은 양심의 위기에 처하게 된다. 마지막 문장에 나타나는 시체와 같이 차고 고요한 물은 죽음에 근접한 시대 상황에 대한 미학적 암시를 이룬다.

지금까지 살펴본 작품들에서 우리는 작가의 현실인식이 점차 심화되는 양상을 살필 수 있다. 「오몽녀」의 탈사회적인 소설 공간에서 출발한 작가는 이후 「패강냉」에 이르기까지 지속적으로 정치 사회적 관심을 소설의 맥락 깊숙이 투여하는 의식의 변모를 보인다. 그러나 이 때까지의 작품에 나타나는 현실인식은 간접적이고 수동적인 비판의 형식을 갖는다. 보다 적극적이고 능동적인 현실 극복의 의지를 나타내는 작품의 등장은 다음 시기를 기다려야 한다.

Ⅳ. '물'과 '빛'이 혼합된 이미지

이태준의 단편소설 중에서 「농군」(《문장》, 1939. 7)은 치열한 현실 극복 의지와 긍정적인 결말을 보이는 매우 예외적인 작품이다. 그러나 그러한 적극적인 현실 극복의 의지는 「패강냉」에 이르기까지 이미 상당히 심화된 당대 현실에 대한 비판적 인식에 바탕을 두고 있는 것이다. 또한 이 소설에 나타나는 긍정적인 결말은 만주라는 이국적인 공간을 배경으로 했기에 가능했던 것으로 보인다. 대상을 달리하지만 이민족과의 투쟁이라는 주제를 만주를 배경으로 그려냄으로써 작가는 식민지 현실을 극복하려는 의지를 우회적으로나마 표출할 수 있었던 것이다.

이 소설의 중심을 이루는 윤창권 일가는 척박한 고향을 떠나 만주의 조선인 촌에 이주하여 황무지 개간의 꿈을 실행하기에 힘쓴다. 그러나 개간에 필수적인 수로공사는 자신들의 밭농사가 피해받을 것을 두려워하는 토착민들과의 갈등을 부른다. 토착민들과 결탁한 군부가 출동하여 본격적으로 공사를 방해하지만, 조선인들은 결사적인 대항으로 마침내 물을 끌어들이는데 성공한다. 물꼬가 트이는 감격적인 장면이 이 소설의 결말 부분을 장식한다.

창권의 넙적다리에선 선뜩선뜩 피가 터졌다. 총알이 살만 뚫고 나갔다. 아내의 치마폭을 찢어 한참 동이는 때다. 무언가 시커먼 것이 대가리를 휘저으

며 도랑 바닥을 설설 기어오는 것이다. 아내와 어머니는 으악소리를 지르고
물러났다. 아! 그것은 배암이 아니었다. 물이었다. 웃녘에서 또 소리를 질렀
다. 물 내려간다는 소리였다. 아, 물이 오는 것이었다.
　창권이네 세 식구는 그제야 와락 눈물이 쏟아졌다.
　물줄기는 대뜸 서까래처럼 굵어졌다.
　모두 물줄기로 뛰어들었다. 두 손으로들 움켜본다. 물은 생선처럼 찬 것이
펄펄 살았다. 물이다. 만주 와서 처음 들어보는 물 흐르는 소리다. 입술이 조
여든 창권은 다시 움켜 흙물인 채 벌컥 벌컥 들이켰다. (2 - 105)

　이 장면은 매우 인상적인 물의 이미지를 담고 있다. 가장 동물적인
물인 피와 배암처럼 꿈틀거리며 다가오는 물은 이 소설의 공간을 격
렬한 생명력으로 가득 채운다. 여기서의 물은 이태준 소설에서의 물
이미지로서는 예외적으로 긍정적인 의미를 창출하는 것이다. 그것은
살아 움직이는 생명이며 희망의 젖줄이다. 흙물을 들이키는 창권의 행
위는 삶에 대한 강렬한 의지를 나타낸다. 그러나 이 생명수의 획득은
많은 희생을 동반한 것이다. 이 소설을 가득 채우는 피와 물의 홍수는
생명을 향한 극적인 투쟁의 흔적이다. 피와 물이 뒤섞인 이 처절한 생
존의 현장은 눈부신 빛의 이미지와 합쳐지면서 드디어 환희의 절정을
마련한다.

　몇 달째 꿈 속에나 보던 광경이다. 일망무제, 논자리마다 얼음장처럼 새벽
하늘이 으리으리 번뜩인다. 창권은 더 다리에 힘을 줄 수 없어 노인의 시체
를 안은 채 쾅 주저앉았다. 그러나 이내 채쳐 일어났다. 어머니와 아내에게
부축이 되며 두 주먹을 허공에 내저었다. 뭐라고인지 자기도 모를 소리를 악
을 써 질렀다. 위쪽에서 위쪽에서 악쓰는 소리들이 달려내려온다.
　물은 대간선 언저리를 철버덩 철버덩 떨궈 휩쓸면서 두간통 봇통이 뿌듯
하게 내려 쏠린다.
　논자리마다 넘실넘실 넘친다.
　아침햇살과 함께 물은 끝없는 벌판을 번져나간다.(2 - 105 ~ 106)

여기서 우리는 물과 빛이 어우러져 최고로 상승된 역동적인 이미지

를 발견할 수 있다. 밝은 빛과 생명의 물이 만나 화해롭게 번져가는 벌판은 이태준 소설에서 가장 희망적인 공간을 이룬다. 이처럼 빛과 물의 통합된 이미지로 표출되는 생명력의 절정감은 이 소설의 적극적인 현실 극복의 의지를 효과적으로 보강해 준다. 이 소설의 성공적인 구성은 끝 부분을 화려하게 장식하는 물과 빛의 역동적 이미지에 의해 완결미를 얻고 있다.

마지막으로 살펴볼 작품 「밤길」은 「농군」과는 상반되는 의미에서, 그러나 역시 성공적인 이미지 조합의 예가 될 수 있을 것이다.

「밤길」(《문장》, 1940. 5∼6·7합병호)에서도 「장마」에서와 마찬가지로 처음부터 끝까지 비가 내린다. 그런데 이 소설에서의 비는 「장마」에서보다 훨씬 부정적인, 비극을 부르는 물의 이미지이다. 이 소설의 주인공인 모군꾼 황서방은 열나흘째 줄곧 그치지 않는 비 때문에 생업을 중단하고 벌었던 돈을 모두 까먹고 있는 형편이다. 설상가상으로 그의 아내가 주인집의 은수저와 빨래를 훔쳐 가지고 달아나자, 서울서 주인나리가 어린 딸들과 갓난 아들을 데리고 내려와서는 사정없이 욕설을 퍼붓고 가버린다. 젖먹이는 비린내를 훅 끼치며 죽어가는 상태이다. 이때부터 황서방은 젖먹이를 품에 안고 비 내리는 밤길을 헤매 다니게 된다. 병원에서 밤을 넘기지 못할 것이라는 진단을 받고 돌아온 황서방의 절망감은 어둠과 빗소리로 더욱 고조된다.

> 캄캄해졌다. 초를 사올 돈도 없다. 아이의 얼굴이 희끄무레할 뿐 눈도 똑똑히 보이지 않는다. 빗소리에 실날 같은 숨소리는 있는지 없는지 분별할 도리가 없다. (3 − 36)

이 소설에서 어둠과 비는 항상 병행하면서 부정적인 정황을 강화한다. 어둠의 무게에 눌려 어린 아이의 존재는 미약하기 그지 없다. 숨소리마저 빗소리에 가려져 분별이 가지 않는다. 이같이 압도적인 외계의 중압은 그에게 저항하려는 인간의 의지를 더욱 처절한 것으로 만든다. 황서방은 어린 사내아이에 대한 강한 부성애에도 불구하고 죽어가는 아이를 묻기 위해 스스로 땅을 파야하는 비운에 사로잡힌다. 다음은 동료 모군꾼인 권서방과 함께 아이를 묻으러 가는 장면이다.

　　허턱 주안쪽을 향해 걷는다. 얼마 안 걸어 시가지는 끝나고 길은 차츰 어두워진다. 길만 어두워지는 것이 아니라 바람이 세차진다. 홱 비를 몰아 붙이며 우산을 떠받는다. 황서방은 우산을 뒤집히지 않으려 바람을 따라 빙그르 돌아본다. 그러면 비는 아이 얼굴에 흠뻑 쏟아진다. 그래도 아이는 별로 소리가 없다. 권서방더러 성냥을 그어대라고 한다. 그어대면 얼굴은 죽은 것이나 마찬가지다. 빗물 흐르는, 비비틀린 목줄에서는 아직도 발랑거리는 것이 보인다. 바람이 또 친다. 또 빙그르 돌아본다. 바람은 갑자기 반대편에서도 친다. 우산은 그예 뒤집히고 많다. 뒤집힌 지우산은 두 번, 세 번만에는 갈기갈기 찢어지고 말았다. 또 성냥을 켜보려한다. 그러나 성냥이 눅어 불이 일지 않는다. 하늘은 그저 먹장이다. 한참 숨을 죽이고 들여다 보아야 희끄무레하게 아이 얼굴이 떠오른다. (3 - 38)

점점 어두워지는 밤길에 비와 바람까지 가세해 암울한 분위기를 고조시키고 있다. 사방에서 몰아치는 바람에 갈갈이 찢기는 우산이 폭력적인 운명을 마주한 인간의 처지를 대변하는 듯하다. 비비틀린 목줄기가 발랑거리는 어린 아이의 모습은 애처로움을 더한다. 성냥불마저도 켜지지 않는 완전한 어둠, 먹장 같은 하늘 밑에서 이들의 비극성은 극적으로 고조된다. 이 소설의 처절하고 비극적인 분위기는 황서방이 보여주는 삶에 대한 강렬한 의지와 애착에도 불구하고 먹장같이 암울한 현실만이 심화되는 데서 온다. 황서방은 「달밤」에서의 황수건이 개인의 무능력 때문에 고난을 겪는 것과는 달리, 불운이 겹치면서 고통을 겪는다. 삶에 대한 적극적인 의지와 대응 태세를 갖추고 있음에도 불구하고 계속해서 고통을 당하는 황서방의 존재는 그만큼 불합리하고 암담한 현실을 반증하는 것이다. 이 소설에서 황서방을 위압하는 부정적인 현실의 상황은 지속적으로 내리는 비와 먹장 같은 하늘로서 암시된다. 비와 어둠이 혼합된 가장 부정적인 이미지가 자식을 생매장해야하는 이 사나이의 비참한 현실을 더욱 강조한다.

> 황서방은 그만 길 가운데 철벅 주저앉아 버린다.
> 하늘은 그저 먹장이요, 빗소리 속에 개구리와 맹꽁이 소리뿐이다.(3 － 41)

이 소설의 전체 구조를 선명하게 압축시키고 있는 마지막 장면이다. 어린 아이를 파묻고 난 후 허탈하게 주저앉은 황서방과 비와 어둠에 뒤덮힌 세상은 암울한 현실 앞에서 좌절하는 인간의 의지를 드러낸다. 이는 「농군」에서 현실 극복의 가능성이 긍정적으로 그려지는 것과는 대조적인 양상으로, 식민지 현실의 암담한 분위기를 반영한 것으로 보인다. 이후 가중된 일제 말의 현실적 외압 속에서 작가는 더이상 「농군」처럼 적극적인 삶의 의지를 표출하는 작품이나 「밤길」처럼 암담한 현실에 대한 생생한 묘사를 행한 작품을 산출하지는 못한 것으로 드러난다. 일례로 1940년대 초의 암울한 상황에서 쓰여진 「석양」(《국민문학》, 1942. 2)은 작가의 신변잡기에 해당하며, 여기에서 세련되게 구사된 '석양'의 이미지도 지극히 개인적인 심리 묘사에 소용되고 있을 뿐이다. 따라서 해방 직후 이태준이 보여준 적극적인 현실 참여의 행적은 일제 말의 소극적인 처세 경향에 비추어 볼 때 돌발적인 것으로 해석되기도 한다. 그러나 지금까지 살펴본 바와 같이 이태준의 소설이 현실에 대한 관심이 고조되는 방향으로 꾸준히 진행되어 왔음을 염두에 둘 때, 해방 직후 이태준 소설의 급격한 변모는 일제 말의 외압에 의해 잠재됐던 사회현실에 대한 관심이 분출되었던 것으로 보는 것이 더 타당할 것이다.[3]

---

[3] 이에 대한 보다 구체적인 논증은 류보선, 강진호의 다음 논문을 참조할 것.
  류보선, 「역사의 발견과 그 문학사적 의미 － 해방 후 이태준의 문학」, 『한국현대문학연구』, 제1집, 1991.
  강진호, 「해방후 이태준 소설의 변모 양상」, 《어문논집》, 제30집, 1991.

V. 결 론

　이상에서 본고는 '물'과 '빛'이라는 이미지의 두 축을 따라 이태준의 몇몇 단편소설이 갖는 의미와 미적인 질서를 추적해 보았다. 이러한 과정을 통해 「오몽녀」의 탈사회적인 공간에서 출발하여 「달밤」「바다」「장마」「패강냉」 등에서 점차 강화되어, 「농군」과 「밤길」에서 절정에 이르게 되는 작가의 현실 인식과 병행하여, 이미지의 흐름 역시 삶과 현실에 대한 내밀한 암시를 이루며 작품의 구성과 의미에 효과적으로 기여하고 있다는 사실을 발견할 수 있었다.

　이태준 소설에서 빛의 이미지의 긍정적인 값이 전면에 나타나는 예는 별로 없다. 그것은 어둠과의 극명한 대조 속에서 간접적으로 생명과 삶의 의지를 드러내 준다. 「오몽녀」에서 본능적 세계를 유도하는 달빛과 「우암노인」에서 생명에 대한 애착을 나타내는 불빛은 약간 예외적인 것이라 하더라도, 「달밤」에서는 황수건이 처한 어두운 시대 현실이 밤으로 그려지는 가운데, 환한 달빛의 이미지가 그로 하여금 비극적 정황으로 이끌리는 것을 막아주는 것으로 볼 수 있다. 「농군」에서는 유일하게 희망적인 삶을 예고하는 밝은 햇빛이 등장하여 이 소설의 강렬한 현실 극복 의지를 뒷받침한다. 「밤길」의 먹장 같은 어둠은 빛이 완전히 차단된 절망적인 상황을 암시하는 것으로서 이 소설의 비극적 분위기를 결정한다.

　물의 이미지 역시 주로 부정적인 의미와 결합된다. 「바다」에서는 주인공을 죽음으로 몰아가는 숙명적인 바다가, 「패강냉」에서는 서리와 얼음으로 연결되는 차가운 물의 이미지가 악화되어 가는 현실을 암시한다. 비의 이미지는 그 추락의 방향같이 암울하고 부정적인 현실을 반영한다. 「장마」에서는 무기력한 일상과 현실 속으로 축축하게 내리는 비가, 「밤길」에서는 삶의 의지를 좌절시키는 난폭하고 파괴적인 비가 내린다. 「농군」에서는 예외적으로 현실 극복의 의지와 강렬한 생명력을 상징하는 긍정적인 물의 이미지가 나타난다. 특히, 「농군」과 「밤길」에서의 물의 이미지는 각각 밝은 햇빛과 먹장같은 어둠이라는 또 다른 이미지와 연계되면서 의미의 확산을 이루며, 작가의 현실에 대한 높은 관심이 강렬하고 역동적인 이미지와 어울리면서 극적인 미학적 공간을 창출하고 있다.

이태준의 소설에서 이미지는 분위기 창출과 인물의 성격 묘사에 효과적으로 작용한다. 이러한 이미지의 효과는 그의 스타일리스트로서의 면모와도 밀접한 관련을 갖는 것으로, 뛰어난 단편 소설 작가로서의 그의 기량을 또다른 측면에서 입증해 주는 것으로 보인다. 또한 그의 소설에 현실인식과 삶에 대한 적극적인 의지가 부재한다는 기존의 평가 역시, 어둠과 비의 이미지가 반복되면서 의미하는 암울한 현실에 대한 이해와 「농군」에서 빛과 생명수가 결합되어 표출하는 삶에 대한 열정적인 의지 등으로 미루어 볼 때, 재고되어야 할 것으로 보인다. 섬세하고 암시적인 소설적 장치 속에서 현실의 위기적 상황을 묘사하려했던 이태준의 소설은 현실인식의 측면과 미학적 측면에서 동시에 추적해 보아야만 올바른 이해에 도달할 수 있을 것이다.

(고려대 박사과정)

이태준 소설의 인물 성격화 유형

이 병 렬

Ⅰ. 들어가는 말

소설이 사건이고, 그 사건의 주체가 인물이라면, 소설은 다시 인물의 어떤 행위라는 말도 된다.[1] 더구나 소설이라고 하는 허구의 세계를 떠받치고 있는 것은 사건의 전개가 아니라 인물의 개성이기에, 작가는 창작에서 사건의 전개보다는 인물의 창조에 더 역점을 두지 않을 수 없다. 말하자면 소설의 창작은 인물의 특이한 개성에 의한 인간, 인생, 세계의 새로운 발견이라고 하는 모습을 띠고 있기 때문에, 창작에서 인물의 창조와 인물의 전개는 그 핵심적인 일이라고 하지 않을 수 없다.[2] 결국 소설을 쓴다는 것은 궁극적으로 인물을 창조해 내는 작업이라는 말과 같은 것이다.

문제는 소설 속의 인물이 어떻게 창조되는가이다. 작가가 자신의 소설 속에서 인물을 창조해 내는 방법은 작가의 개성에 따라 조금씩 다를 수 있다. 정한숙은 인물의 성격창조가 서술과 묘사 그리고 대화로 이루어진다고 전제한 후, 성격묘사의 내면과 외면, 대화, 애펠레이션 그리고 분석적·극적 방법 등 네 가지를 제시하고 있다.[3] 그러나 어느 방법을 택하느냐 하는 문제는 작품을 쓰는 목적 및 작품의 규모

---

1) 송하춘, 『발견으로서의 소설기법』, 현대문학사, 1993. 2, 113쪽.

2) 송 면, 『소설미학』, 문학과 지성사, 1985. 4, 195쪽.

3) 정한숙, 『소설기술론』, 고려대출판부, 1973. 1, 96~110쪽.

나 범위에 따라 결정될 것이다. 본고는 이러한 문제에서 출발, 이태준 소설에 등장하는 인물들의 성격화 유형을 분석, 그 특질을 규명하는 데에 목적이 있다.

이태준은 소설에서 인물의 창조를 특별히 강조한 작가이다. 이러한 사실은 그가 《문장》의 소설 추천 심사위원으로 소설 선후 평을 쓴 것을 보면 알 수 있다.

「다례」는 플롯이 좋와서 한참 만지적거리었으나 아모래도 박씨의 성격이 살지 못했다. 이것도 약속한다. 먼저 인물을 살려놓고 볼것이다. 심한말로 인물만 살면 플롯은 없어도 좋다. 인물이란 어떤것이고간에 생활을 가진 것이니 인물만 제대로 움직여 놓으면 결국 거기에 적거나 크거나 플롯은 절로 두드러질 것이다.[4]

「무한평행」역시 보이는데 둔하고 들려주는데만 용의하였다. 그래 인물들의 일 같지 않고 작자의 일로 느껴진다. 인물이 나서야 한다. 작자는, 사건의 책임은 안저도 좋다. 먼저, 인물에 책임을 지라.[5]

아모리 대가라도 인물을 살리지 못하고 그 소설을 구하는가 보라. 소설을 생각으로나 사건으로 만들거니 할게 아니라 인물로 만든단 정의를 가짐도 좋다.[6]

다소 장황한 인용이 되었으나 이태준은 이처럼 그의 소설 선후 평에서 예외없이 인물창조의 중요성을 강조하고 있다. 그가 소설에서 강조하는 것은 첫째가 인물의 성격화이다. '인물만 살면 플롯은 없어도 좋다' 혹은 '사건의 책임은 안저도 좋다. 먼저, 인물에 책임을 지라'는 말이 이를 뒷받침한다.

이러한 소설관을 바탕으로 이태준은 자신의 소설 속에서 여러 계층

---

4) 이태준, 「小說選後」, 《문장》 제 6 호, 1939. 7, 134쪽.
5) 이태준, 「小說選後」, 《문장》 제 7 호, 1939. 8, 109쪽.
6) 이태준, 「小說選後」, 《문장》 제 8 호, 1939. 9, 102쪽.

의 인물들을 창조했으며, 그 성격화의 방법은 여러 가지 유형으로 나눌 수 있다. 이제 이태준의 전 소설을 대상[7]으로 그 성격화 유형을 제목과 명명법, 분위기, 사건의 전개, 간접제시 그리고 유년기 체험의 형상화 다섯 가지로 나누어 분석, 그 특질을 규명해 보고자 한다.

Ⅱ. 이태준 소설의 인물 성격화 유형

1. 제목과 명명에 의한 성격화

소설이 새로운 인간형을 창조하는 작업이라 할 때, 창조된 인물을 통해 주제가 반영되는 것이며, 그렇게 반영된 주제를 직접적으로 표상하는 것이 바로 제목이다. 제목은 그 작품의 얼굴이요, 제목 읽기는 그 작품을 이해하기 위한 최초의 시도가 된다. 따라서 제목은 그 작품이 지닌 비밀을 푸는 암호 같은 것으로 생각할 수도 있다. 물론 내용과 전연 엉뚱한 제목을 붙일 수도 있지만 대개의 경우 그 제목은 작품의 구조로써 이름붙여지는 것이 정상일 것이다.[8] 따라서 제목에는 소설 속에 형상화된 인물의 성격 – 주제가 구체적 혹은 암시적으로 드러나는 것이며, 제목을 분석하는 것은 그 소설의 주제 – 성격화된 인물을 탐구하는 것이 된다.

이태준 소설의 제목 중 특이한 것 중의 하나는 아이러니 기법에 의한 것들이다. 즉 인물의 성격이나 사건의 내용과는 전혀 상반된 의미

---

7) 본고의 연구 대상은 이태준의 전 소설로 한다. 다만 논의의 편의상 성격화 유형의 대표적인 작품을 집중 분석하기로 하며 텍스트는 『이태준전집』(깊은샘, 1988. 5 – 단편의 인용은 이에 따르고 별도 표시가 없는한 『단편집』으로 명시하며 작품명과 권 수 및 쪽 수만 밝힌다.)과 『이태준문학전집』(서음출판사, 1988. 8 – 장편의 인용은 이에 따르며 별도 표시가 없는 한 『전집』으로 명시하며 작품명과 권 수 및 쪽 수만 밝힌다.)및 단행본(광복 이후의 작품)으로 한다.
8) 전상국, 『소설창작교실』, 문학사상사, 1991, 359쪽 발췌.

의 제목이 바로 그것이다. 풀누룽갱이를 먹는 것을 「만찬」으로, 한 여인의 전락과 죽음을 「아무 일도 없소」로, 위선자의 이중성을 「천사의 분노」로, 재물과는 전혀 어울리지 않는 인물을 「손거부」로, 창녀와 주방장의 사랑의 도피와 좌절을 「사막의 화원」으로, 금의환향이 아닌 고향을 공격하기 위한 정찰길을 「고향길」로 묘사한다. 부분적인 예에 지나지 않지만 이러한 제목들은 그 작품 속에 서술되는 사건과 인물들의 성격을 반어적으로 묘사하고 있으며, 사건의 내용을 암시함은 물론 인물의 성격까지 나타내 주고 있다.

또 하나의 특징은 인물과 관련된 제목이 많다는 사실이다.[9] 게다가 이들 인물과 관련된 제목들은 소설 속의 주인공, 즉 주제를 표출하는 성격화된 인물을 가리키는 것으로, 이를 통해 제목이 주인공을 성격화하고 있다고 볼 수도 있다. 특히 「불우선생」, 「슬픈 승리자」, 「호랑이 할머니」 그리고 「고귀한 사람들」은 제목이 곧 주인공의 성격이며, 장편인 「구원의 여상」, 「성모」 그리고 「불사조」 등은 바로 '구원의 여상', '성모', '불사조'와 같은 여성을 형상화하고 있는 작품으로 제목에 이것이 잘 나타난다. 그러나 직접적으로 인물을 성격화하고 있는 것은 바로 그 인물의 이름이다.

인물의 성격화의 가장 단순한 형태는 명명이다.[10] 서사문학은 인물의 이름을 창조하는 데 있다. 작가가 인명을 창조하는 것은 한 생명의 개성을 창조하는 것이며, 존재의 의미를 부여하는 것이다. 그러므로 작가는 작중인물의 이름을 지을 때, 작품의 흐름과 명명된 인물의 역할에 밀접한 관련성을 지을 수밖에 없다.[11]

---

9) 인물과 관련된 제목에는 다음과 같은 것들이 있다.

「오몽녀」, 「누이」, 「산월이」, 「은희부처」, 「불우선생」, 「천사의 분노」, 「슬픈 승리자」, 「미어기」, 「아담의 후예」, 「어떤 젊은 어미」, 「마부와 교수」, 「박물장사 늙은이」, 「촌띄기」, 「우암노인」, 「색시」, 「손거부」, 「영월영감」, 「농군」, 「뒷방마냄」, 「호랑이 할머니」, 「고귀한 사람들」, 「구원의 여상」, 「성모」, 「화관」, 「황진이」, 「딸삼형제」, 「왕자 호동」, 「불사조」.

10) R. Wellek & A. Warren, *Theory of Literature*, Penguin Books, 1949, p.21.

11) 김현숙, 「이태준소설의 기호론적 연구」, 이화여대 대학원 박사학위논문, 1991. 2, 130쪽.

이태준 소설의 등장인물 명명법의 특징적인 것은 크게 세 가지로 나눌 수 있다. 아이러니 명명법, 약자에 의한 명명법 그리고 음성 상징에 의한 것이 그것이다.[12] 그리고 이들은 각기 특별한 의미이건 평범한 것이건 인물의 성격화에 기여하고 있는 것이 사실이다.

1) 아이러니 명명법

아이러니의 기본 특색은 현실과 외관 사이의 대조이다.[13] 이 아이러니가 이태준 소설에 등장하는 인물의 명명에도 사용되고 있다. 「오몽녀」의 '오몽녀', 「만찬」의 '꽃분이', 「행복」의 '만석', 「손거부」의 '손거부', '대성', '복성', '녹성', 「촌띄기」의 '장군이'가 그 대표적인 예이다.

특히 「촌띄기」의 '장군이'는 결코 '장군(將軍)'과는 어울리지 않는 심성이 약한 농부이다. 하는 일마다 실패하고 결국에는 아내를 처가에 보내고 자신은 고향을 떠나며 아내가 불쌍하여 떡을 사먹이는 정적인 인물이다. 그런 인물의 이름이 '장군'이다. '꽃분이', '만석', '손거부', '대성', '복성', '녹성'도 마찬가지이다.

현실과 외관의 대조, 즉 인물의 성격과 명명(命名)의 대조를 통해 역으로 그 인물의 성격이 선명하게 드러나고 있다.

2) 약자(略字)에 의한 명명법

이태준의 소설에 등장하는 인물 중 구체적인 이름이 없이 약자로

---

12) 더 세부적으로 나누면, 한자 의미에 의한 것(「성모」의 순모(順慕), 덕인(德仁), 「제이의 운명」의 필재(弼宰), 천숙(天淑) 등 장편의 인물들), 가족관계에 의한 것(「만찬」의 어머니, 「온실화초」의 할머니, 「백과전서」의 아버지, 아내, 「봄」의 딸 등), 연령에 의한 것(「빙점하의 우울」의 소년, 「점경」의 아이, 어른, 「철로」의 청년, 처녀, 「무연」의 노파 등), 관습에 의한 것(「실락원 이야기」의 간난이, 「박물장사 늙은이」의 과수댁, 「밤길」의 황서방, 권서방 등), 직업과 계급에 의한 것(「오몽녀」의 남순사, 「행복」의 형사, 「고향」의 은행원, 「어떤 젊은 어미」의 권의학사, 「마부와 교수」의 마부, 교수, 「순정」의 박취체역, 「복덕방」의 안초시, 서참위 등)을 들 수가 있다.

13) D. C. Muecke, *Irony — The Critical Idiom Series 17*, Methuen & Co. Ltd, 1970(문상득 역, 『아이러니』, 서울대출판부, 1980, 32쪽).

된 이름을 가진 경우가 많다. 물론 이 경우 다시 한글 약자와 영문 약자로 나눌 수 있다.

한글 약자인 경우 특이한 것이 '현'이다. 작품의 내용상 '현'이 성인지 이름인지 구분할 수 없다. 게다가 '현'이 등장하는 「순정」, 「패강냉」, 「토끼 이야기」 그리고 「해방전후」 네 편 모두 이태준의 자전적 소설로 평가되는 것들이다.[14] 따라서 이들은 모두 작품의 주인공들이며 하나같이 작가 이태준과 같은 지식인들이다. 「순정」의 현의 직업은 기자이며, 「패강냉」과 「토끼 이야기」 그리고 「해방전후」에서는 작가이다.

이태준이 그의 소설 속에 '현'을 네 번이나 등장시켰다는 것은 '현'이란 이름에 특별한 애착을 가졌다는 증거가 된다. '현'이 성씨일 경우 '검을 현(玄)'으로 그 의미는 '검지도 붉지도 않다'이며, 이름일 경우 '鉉', '賢', '顯', '炫', '俔'[15] 등으로 이는 포용력 혹은 중용을 뜻한다. 모두 좋은 의미로서 '현'이란 이름에서 풍기는 성격은 남성다운 포용력 혹은 지식인이다. 실제 이태준 소설 속의 '현'은 강하지는 않지만 모두 그러한 성격의 인물들이다. 따라서 이태준은 '현'이란 약자를 통해 작중인물을 남성다움, 포용력, 지식 등을 갖춘 성격의 소유자로 만들고 있다고 할 수 있다.

그 외의 한글 약자는 「미어기」의 오군, 「장마」의 강군, 「패강냉」의 박, 김, 「사냥」의 한, 윤, 「뒷방마냄」의 윤 등이다. 이 경우 이름으로 사용되는 성씨는 특별한 의미를 갖지 못한다. 「장마」의 강군, 「패강냉」의 박, 김, 「사냥」의 윤은 보조적인 인물이며, 「미어기」의 오군과 「뒷방마냄」의 윤은 이름에는 특별한 의미가 없는 경우이다.

이와 유사한 것이 영문 약자로 된 이름들이다. 「온실화초」의 A와 B, 「아무 일도 없소」의 K기자, 「결혼」의 S와 T,[16] 「불우선생」의 H

---

14) 이들 작품이 이태준의 자전적 소설이라는 것은 민충환, 강진호, 장영우의 공통된 평가이다. 또한 김현숙은 '현'을 이태준의 호인 상허(尚虛)의 끝 자음과의 유사성으로 설명하고 있다.(김현숙, 앞의 글, 142쪽.)
15) 법무부에서 정한 '이름에 쓸 수 있는 한자' 참조.

군, 「천사의 분노」의 P부인, 「빙점하의 우울」의 K군 등이 그들이다. 이들 중 「천사의 분노」의 P부인만이 주인공이고, 「온실화초」, 「결혼」, 「아무 일도 없소」의 인물들은 모두 사건에 의해 성격화되며 나머지는 커다란 비중이 없는 보조적인 인물에 지나지 않는다.

이렇게 볼 때, 이태준의 소설에서 약자로 명명된 인물의 경우 '현'을 제외하면, 역설적인 표현일는지 모르나, 특별히 성격화할 필요가 없는 인물의 성격화를 위한 명명법이라 할 수 있다.

3) 음성 상징에 의한 명명법

우리 말의 자음 중 파찰음(ㅈ, ㅉ, ㅊ)과 거센소리(ㅍ, ㅌ, ㅋ, ㅊ)는 강하고 힘찬 느낌을 주는 소리이다. 전반적으로 보아 이태준의 소설의 인물 이름에는 이러한 음이 많이 사용되지 않는다.[17] 이는 그의 소설에 형상화된 인물들이 대부분 정적인 인물들이기 때문이다. 그러나 1930년대 말 이후, 그리고 월북 후의 작품에서는 이러한 음을 인물의 이름에 적절히 사용하여 인물의 성격을 강인한 것으로 만들고 있다.

「고향」의 '박철'은 주인공 김윤건이 한때 존경하던 인물이다. 바로 김윤건이 일본으로 유학가기 전에 사회주의 운동가로서 민중을 일깨우던 인물이다. 그의 그러한 성격에 어울리는 이름이 강인한 음성 상징으로서의 '철'이다.[18]

이는 「농군」의 윤창권과 황채심도 마찬가지이다. 윤창권은 이농민

---

16) 「결혼」의 원제는 「결혼의 악마성」이고 원작에서 남편의 이름은 H였다. 그 후 개작에서 남편 H가 T로 바뀌었다. 이렇게 볼 때 H와 T는 그것이 예를 들어 R이나 G로 바뀐다고 해도 특별한 의미가 없는 것으로 김군, 박군과 같은 것이다.

17) 물론 전혀 없는 것은 아니다. 「삼월」의 창서, 「철로」의 철수, 「코스모스 피는 정원」의 치영, 「돌다리」의 창섭 등 파찰음이자 거센소리인 ㅊ이 들어가는 이름이 있다. 그러나 이들은 마찰음은 ㅅ, 비음인 ㅇ과 어울리면서, 그리고 사건의 진행과 함께 결코 강인하다거나 용감한 인상을 나타내지 못하고 있다. 더구나 '철수'의 경우는 ·지극히 평범한 이름으로 짝사랑 끝에 슬퍼하는 인물이다.

18) 그것이 哲, 喆, 鐵, 澈, 徹 중 어느 것이건 '철'이라는 음에서 강인한 이미지를 풍길 수 있는 것이다.

으로서, 만주에 정착하기 위해 그곳 원주민과 투쟁해 나가는 과정에 성격이 강인하게 형성된다. '창권'이란 음에서 그 강인함이 드러나며, 창권을 포함한 이주민의 지도자 황채심 역시 그 음에서 성격이 나타난다.

이러한 예는 이태준이 월북 후 발표한 소설에서 두드러지게 나타난다. 「아버지의 모시옷」의 찬옥, 「첫전투」의 권판돌, 「백배 천배로」의 최훈, 「고귀한 사람들」의 박오철, 진평수, 「고향길」의 김칠복이 바로 그 예이다.

'찬옥'은 항일애국지사를 아버지로 둔 노동자로서, 단순한 노동자에서 사회주의 노동운동에 뛰어드는 투사로 성장한다. 「코스모스 이야기」의 '명옥'이란 이름보다는 '찬옥'이란 음이 노동운동가로서의 강인한 이미지를 살리고 있다.

'권판돌', '최훈', '박오철', '진평수', '김칠복' 등은 모두 빨치산 혹은 인민군 전사들이다. 단순한 병사가 아닌 책임감이 강하고 모두가 용감한 전사들이다. 이러한 인물들은 그들이 내뱉는 적개심 혹은 전투의욕이 고조된 대화와 함께 ㅍ, ㅊ 음이 풍겨주는 강인한 인상으로 성격화되고 있다.

2. 분위기를 통한 성격화

이태준 소설의 등장인물은 배경 혹은 분위기를 통해 성격화되는 경우가 많다. 이 경우 이태준이 즐겨 그린 정적인 인물[19]이 바로 이태준 소설 특유의 서정적 분위기에 의해 성격화된 인물들이다.

단편 「밤길」의 황서방은 심성이 착하기만 한 노동자이다. 행랑살이를 하다 첫아들을 보자 돈을 모아야겠다는 생각에 가족을 주인집에 맡겨놓고 인천 월미도로 내려와 신축공사장에서 모간꾼 노릇을 한다.

---

19) 이태준의 단편에 등장하는 대부분의 인물은 동적이기 보다는 정적인 인물로 이는 기존 연구의 공통된 결론이다.

일하는 것도 잠시, 계속 내리는 비 때문에 일은 중단되고 노임을 선불
로 받아 연명을 한다.

> 월미도 끝에 물에다 지어놓은, 용궁각인가 수궁각인가는 오늘도 운무에 잠
> 겨 보이지 않는다. 벌써 열나흘 째 줄곧 그치지 않는 비다.[20]

첫 두 문장에서 이 작품의 분위기를 느낄 수 있다. 어두움 속에 내
리는 비는 이 작품 속의 인물들의 어두운 운명을 더욱 어둡게 만들고
있다. '열나흘 째' 그치지 않는 비, 그 비가 내리는 곳은 '삼십 간이
넘는 큰 집' 공사장이다.

젊은 아내는 가출하고 남은 아이들은 굶주림과 병에 시달린다. 이
를 보다 못한 주인 영감이 아이들을 이끌고 내려온다. 갓난아이의 병
세는 매우 위독하여 병원에서는 오늘밤을 못넘기겠다고 한다. 주인이
들어오기도 전에 시체를 내갈 수 없다는 생각에 아직 숨이 붙어 있는
아이를 안고 어두운 빗속으로 나온다. 동료인 권서방과 함께 아이가
빨리 죽기를 기다리지만 아이는 금방 죽을 것 같으면서도 쉬 숨이 끊
어지지 않는다.

어떻게든 아이를 살려야 한다는 생각이 아니라 황서방과 권서방은
어서 아이의 목숨이 끊어지기를 바라고 있다. 밤, 내리는 비, 거기에다
세찬 바람, 그리고 끊어지지 않는 아이의 생명, 그러기에 「밤길」의 분
위기는 더욱 처절하다. 둘은 계속 걷다가 아이의 숨이 끊어졌다고 판
단하며 산비탈 물구덩이에 아이를 묻는다. 황서방의 아내에 대한 증오
는 극에 달한다.

> 「으흐흐…… 이리구 삶 뭘 허는 게여? 목석만두 못한 애비지 뭐여? 저것
> 원술 누가 갚어…… 이년을, 내 젖퉁일 썩뚝 짤러다 묻어줄 테다.」
> 「황서방 진정해요.」
> 「노래두…….」

---

20) 「밤길」, 『단편집』 3, 31쪽.

「아, 딸년들은 또 어떻게 되라구?」

「…….」

황서방은 그만 길 가운데 철벅 주저앉아 버린다.

하늘은 그저 먹장이요, 빗소리 속에 개구리와 맹꽁이 소리뿐이다.[21]

생명이 채 끊어지지도 않은 것을 묻어야 하는 아비의 마음, 어미의 젖을 그리다 죽은 아이의 한을 풀어주겠다는 뜻으로 어미의 젖퉁일 썩뚝 짤러다 주겠다는 황서방의 절규이지만 결국 그는 철벅 주저앉고 만다. 그러나 황서방을 성격화하는 것은 아내의 가출 그리고 이어지는 . 아이의 죽음 등의 사건이 아니다.

비록 절규를 통해 증오의 모습을 보이고는 있지만 황서방의 성격화는 바로 이어지는 분위기에 의해 이루어진다. 먹장, 빗소리, 개구리와 맹꽁이 소리는 황서방이 당하는 슬픔에는 아무런 관심도 없다. 그러기에 착하기만 한 황서방의 슬픔은 더욱 비참한 것이 된다. 계속되는 밤 —어두움—비—바람에 이어 평온하기만 한 개구리와 맹꽁이 소리는 바로 황서방의 슬픔을 더욱 슬프게 만들며 성격화에 기여하는 것이다.

이처럼 이태준의 소설에 등장하는 인물은 분위기를 통해 성격화되는 예가 많다. 「석양」의 '매헌'과 타옥, 「그림자」의 '나'와 '소련', 「달밤」의 '황수건', 「우암노인」의 '우암노인', 「촌떠기」의 '장군이', 「봄」의 '박서방', 「바다」의 '옥순', 「장마」의 '나', 「철로」의 '철수', 「가마귀」의 '그'와 '여인', 「무연」의 '나' 등이 그들이다.

3. 사건 전개에 의한 성격화

소설이 궁극적으로 새로운 인간형을 창조하는 작업이라 했지만, 그렇게 창조된 인물을 담고 있는 것은 사건, 즉 이야기이다. 즉 '어떤 사건'을 통해 '주인공'이 드러나고, 이에 의해 '주제'가 나타나는 것이다.

---

21) 「밤길」, 『단편집』 3, 40〜41쪽.

언제 어디서 누가 무엇을 어떻게 왜 했다는 이야기를 통해 평면적이건 입체적이건 그 인물의 성격이 드러난다. 바로 사건 전개를 통한 인물의 성격화이다.

이태준 소설에 등장하는 인물도 예외는 아니다. 그러나 사건의 전개 과정 속에 성격화되는 인물은 정적인 인물이 아니라 동적이며, 평면적이 아니라 입체적이다. 왜냐하면 고정된 성격이 아니라 사건이 전개됨에 따라 그 성격이 변화 발전하기 때문이다.

앞에서 밝힌 것처럼 이태준 소설의 등장인물들은 대부분이 정적 인물들이다. 그러나 서정성보다는 서사성이 강한 작품, 특히 장편에는 사건 전개에 따라 성격이 변화 발전하는 인물들이 많이 나타난다.

특히 월북 후 작품인 「농토」의 '억쇠'는 그 좋은 본보기가 된다.

주인 노마님이 부르면 '후닥닥 일어서기부터' 하고 평생 '앉아서 대답이란 해 본 적이 없는' 노비 천돌이지만 그의 아들 억쇠는 주인댁에 너무나도 비굴한 부모에 반항이라도 하듯 어미의 시신 앞에서 '울기는 고사하고 죽은 어미와 이런꼴의 아비를 발길로 질르기나 할 것처럼 새파랗게 노려보'는 인물이다. 작품의 첫머리에 설정된 억쇠의 성격은 변화 발전할 가능성을 미리 암시하고 있는 것이다.

어미가 죽고 그 길로 가재울로 가는 기차 안에서 억쇠는 한 죄수를 만난다. 서술자는 농민 반제투쟁과 소작쟁의, 그리고 노조 적색사건 등을 서술하며 은근히 그 죄수를 그런 쪽으로 보게끔 만들어 놓고 있다. 이름하여 민족주의자이다. 이는 억쇠의 고정관념을 뒤흔들어 놓는 하나의 계기가 된다.

가재울로 온 억쇠는 가재울에 온 지 며칠 안 되어 시골을 좋아하게 된다. 또한 그는 아씨자가 사온 화초를 가꾸면서부터 흙의 정직성, 농토의 소중함을 어렴풋하게나마 알게 된다. 그러나 여전히 노비의 아들을 벗어나지는 못한다. 결정적으로 억쇠의 생각이 달라지는 것은 그 해 타작마당에서이다.

여기서 억쇠는 농지를 매개로 묶여 있는 신분관계를 알게 된다. 그러나 억쇠는 이러한 농민들의 비애에 곧 무감각해지지만, 주인댁이 몰락하면서 억쇠부자는 노비에서 소작농으로 바뀌며 그 농민들과 같은 입장이 되면서 더욱 절실하게 땅에 대한 애착을 느낀다.

주인댁이 망하면서 억쇠부자는 돈 사백 원과 문짝도 없는 깎지방 한채를 얻어 자립을 한다. 동네 사람들에게 크게 미움을 사기 전에 주인집이 망해 억쇠부자에겐 다행이었다. 여러 사람들의 도움으로 살림을 꾸린 억쇠부자는 사백 원 돈으로 농토를 마련하려 하지만 뜻을 이루지 못하고 소작인에 머문다. 소작 첫해, 서른네 가마나 수확했으나 이리저리 제하고 남은 것은 고작 다섯 가마니가 채 못된다. 이듬해에는 동척땅을 얻어보지만 결과는 더 형편없었다. 억쇠는 농장관리인 가도오를 찾아가 항의하지만 결과는 뻔했다.

동척땅을 다시 얻어야만 하는 상황에서 억쇠는 그의 자각에 결정적 계기를 맞는다. 성필이와 같이 온 낯선 사람은 동척 작인들이 모인 자리에서 지주와 작인의 관계를 설파한다.[22] 결국 억쇠는 그날 밤 잡혀가 투쟁의식이 있다는 이유로 이십구 일 구류를 살고 나온다.

이런 와중에 징용문제가 대두되고 억쇠의 징용문제를 기화로 억쇠부자는 전재산을 빼앗기다시피 처분한다. 억쇠는 농업요원이란 이름으로 종살이를 하게 되고, 억쇠 아비는 보국대라는 강제노동에 걸려 철도 공사장으로 끌려갔다가 병에 걸려 썩은 콩 볶은 것을 먹고는 죽는다. 아비의 시신을 거두고 난 억쇠는 악에 바친다.

마침 도꾸지는 억쇠를 멀리 심부름을 보내고 분이 오빠인 노마의 징용문제를 기화로 분이를 불러들여 겁탈을 하려든다. 이를 눈치챈 억쇠는 도꾸지를 두들겨 패고는 가재울을 떠난다.

이듬해, 광복이 되자 억쇠는 떳떳하게 도꾸지네 농사와 집을 거둔다. 소련군이 들어오고 '자본주의 국가의 식민지에서 해방이 된' 농민들이 이제는 더이상 착취를 당하지 않고 살아야 된다는 소련군 장교의 말에 '소련군 만세!'를 부른다. '삼칠타작'이란 말이 나오고 농민조합이 생겼다. 그 해의 타작마당은 8·15 그날보다 더욱 해방을 느끼

---

22) 물론 이는 다분히 작위적이라 할 수 있으나 본고에서는 논외로 한다.

는 농민들이다. 추수가 끝나자 억쇠와 분이는 결혼을 한다.

마침 권생원은 땅을 팔기 시작하고 모든 사람들이 들뜨나 억쇠는 농민조합 그리고 인민위원회의 말을 믿고 땅을 안 산다. 이는 그만큼 그전의 낯선 사람이나 성필의 말을 믿기 때문이다. 드디어 토지개혁은 시작된다. 무상몰수 무상분배가 그것이다. 봉건주의적인 신분관계에 워낙 길들여진 농민이기에 안과부네 땅까지 몰수한다는 법령을 이해하지 못한다. 농민조합의 실행위원들이 나와 설명을 하지만 봉건의 질곡에서 벗어나지 못하는 농민들은 안과부네를 걱정한다. 이에 억쇠가 나선다. 성필의 아버지 최초시로부터 들은 바가 있기 때문이다. 개인적 자각을 넘어 사회적 자각에 이른 억쇠의 모습이다.

"우리가 이 일을 우리동네 일루만 알어선 안됩니다." (중략)
"그뿐 아닙니다. 이 토지개혁이 우리 조선서 전에두 없었구 이앞으로도 또 있을 수 없는 굉장한 일입니다. 또 시시비비가 많을 일입니다. 인민위원회에서 훌륭헌분들이 연구허구 연구해서 결정한 법령입니다. 저댁 할머니 같은 사정이 아니 더 딱한 사정두 전조선에 얼마든지 있을걸 그분들이 몰랐을 것 같읍니까? 죄다 짐작허구 연구해서 결정한 법령인걸 우린 믿어야 합니다……."[23]

안과부네 처리문제에 대한 억쇠의 입장은 그의 독자적인 판단으로 정에 이끌려 대사를 그르칠 수 없다는 확고부동한 신념이다. 이는 성필과 최초시를 통해 터득한 것이다. 결국 농촌위원을 선발하여 토지개혁의 실무를 맡기게 되는데 다섯명의 농촌위원에 농민조합부위원장인 달운이는 빠졌어도 권생원과 억쇠가 선출이 된다. 집으로 돌아온 억쇠는 하룻동안 마치 십 년을 보낸 것 같은 생각을 하며 새조선 건설의 꿈에 부푼다.

「농토」에서 그리고 있는 것은 '억쇠'라는 인물을 통해 형상화된 새조선의 새로운 농민상이다. 새로운 농민상의 모습은 토지개혁 논의를

---

23) 이태준, 『농토』, 삼성문화사, 1948. 8, 181～182쪽.

위한 농민대회에 잘 나타나며, 억쇠가 이런 인물로 성장하기까지 여러 사건과 인물들이 유기적으로 연결되어 작용한다. 억쇠의 자각을 직접적으로 도와준 인물은 바로 성필과 낯선사람 그리고 최초시이다. 한편 일본인의 앞잡이 노릇을 하는 팔근이, 달근이, 그리고 새로운 지주로 등장하여 광복 후에도 여전히 유력자로 남으려는 권생원 등은 역설적으로 억쇠의 자각을 도와준다.

어머니의 죽음, 타작마당의 비애, 주인댁의 몰락, 억쇠 부자의 타작마당, 동척과의 소작쟁의, 도꾸지와 분이의 관계, 광복 그리고 농민대회는 억쇠가 성장해 가는 과정 속에 겪은 사건들이다. 이러한 사건의 전개 과정과 이와 관련된 여러 인물들과의 갈등 속에서 억쇠는 새로운 농민상이란 인물로 성격화된 것이다.

「농토」의 '억쇠'와 마찬가지로 「제이의 운명」의 필재와 천숙, 「구원의 여상」의 이인애, 「불멸의 함성」의 김정길, 「성모」의 안순모, 「화관」의 임동옥, 「사상의 월야」의 이송빈, 「불사조」의 정여란 등은 만남과 헤어짐, 그리고 다른 인물들과의 갈등 즉, 사건의 전개에 의해 성격화되는 인물들이다.

4. 간접제시에 의한 성격화

인물의 성격 묘사 방법은 등장인물의 성격의 여러 가지 특징을 요약해서 설명하는 직접적인 방법이 있을 수 있고, 또는 대화와 행위를 통하여 극적으로 표현하는 방법도 있을 것이다. 소설의 본질에 근거를 둔다면 후자가 보통일 것이나, 보다 직접적인 묘사 방법이 많이 이용되고 있으며 또한 많은 경우에 있어서 좋은 효과를 보기도 한다. 어느 방법을 택하느냐 하는 문제는 작품을 쓰는 목적 및 작품의 규모나 범위에 따라 결정된다.[24]

직접제시란 사건의 진행이나 성격의 형성과정을 행동으로 보여주지

---

24) C. Brooks & R. P. Warren, *Understanding Fiction*, New York, 1943, p.107.

않고, 그것들을 작가가 직접 설명해주는 방법이다. 이런 소설일수록 인물이나 사건보다는 작가의 의도가 두드러지게 나타나는 점이 특징이다.[25] 따라서 드라마로서의 작품의 생생함을 반감시키고 아울러 독자가 나름대로의 상상력을 동원하여 작품 속으로 참여하는 기회를 감소시킬 우려가 있다.[26]

한편 간접제시란 사건이 진행되고 성격이 형성되는 과정을 서술자가 설명하지 않고 직접 행동으로 보여주는 방법이다. 이런 소설일수록 작중인물들의 행동이 돋보인다는 점이 특징이다. 활동사진의 한 장면이나 공연중인 연극의 무대처럼, 감독이나 연출가의 모습은 어디론가 사라져버리고, 오직 인물과 사건과 장면이 소설 속에 가득할 뿐이다.[27]

물론 이 두 가지 방법 중 어느 한 가지만이 한 편의 소설 전체를 차지하는 것은 아니다. 유능한 작가일수록 이 두 가지 방법을 적절하게 조화시키면서 인물을 성격화한다. 문제는 언제 어느 장면에서 어느 방법으로 인물을 성격화하느냐에 달려 있다. 등장인물의 특징이나 사건을 요약해야 할 시기, 직접적인 묘사의 시기, 인물의 감정을 대화나 행위를 통해서 표현할 시기 등은 작품의 전반적인 목표와, 또한 작품의 행위가 발단이 되어 복잡해지는 중간과정을 거쳐 필연적인 결말에 이르게 되는 과정의 표현방식에 달린 것이다.[28]

이태준 역시 이러한 두 가지 방법을 모두 사용하고 있다. 그러나 장·단편 모두에서 부인물의 경우에는 주로 직접제시로 일관하지만, 특징적인 것은 대부분의 단편에서는 간접제시로 결말을 맺고 있다는 것이다. 사건의 전개 과정인 발단 – 전개 – 위기 – 절정 – 결말[29]에서 결말을 제외하면 직접제시와 간접제시가 혼합되어 있다. 특히 발단 혹

---

25) 송하춘, 앞의 책, 119쪽
26) C. Brooks & R. P. Warren, 앞의 책, 108쪽.
27) 송하춘, 위의 책, 118쪽.
28) C. Brooks & R. P. Warren, 앞의 책, 108 ~109쪽.
29) C. Brooks & R. P. Warren의 이론을 따랐다.

은 전개과정에서는 직접제시를 주로 쓰고 있다. 그러나 결말에서는 주로 간접제시를 통해 등장인물의 행동을 돋보이게 하며, 작가의 설명을 생략함으로써 독자의 상상력을 그만큼 확대하고 나아가 독자들의 기억 속에 인물의 성격이 선명하게 남게 하고 있다.

「달밤」에는 이러한 인물의 성격화 과정이 뚜렷하게 보인다. '황수건'이 이 작품의 주인공이다.

> 그는 말 몇마디 사귀지 않아서 곧 못난이란 것이 드러났다. 이 못난이는 성북동의 산들보다 물들보다, 조그만 지름길들보다, 더 나에게 성북동이 시골이란 느낌을 풍겨주었다.[30]

작중 서술자이자 관찰자인 '나'가 성북동을 시골로 느끼는 것은 황수건을 보고나서이다. 그는 '못난이'이다. 작품의 첫머리에 나오는 서술자의 설명 즉 '말하기'이다. 이러한 말하기는 곧 황수건이 '나'의 집에 신문을 돌리며 나와 만나 대화를 나누면서 '말하기'와 '보여주기'로 혼합된다.

> 하 말이 황당스러워 유심히 그의 생김을 내다보니, 눈에 얼른 두드러지는 것이 빡빡 깎은 머리로되 보통 크다는 정도 이상으로 골이 크다. 그런데다 옆으로 보니 장구 대가리다.
> 「그렇소? 아뭏든 집 찾느라고 수고했소.」
> 하니 그는 큰 눈과 큰 입이 일시에 히죽거리며
> 「뭘입쇼, 이게 제 업인뎁쇼.」
> 하고 날래 물러서지 않고 목을 길게 빼어 방안을 살핀다. 그러더니 묻지도 않는데
> 「저는입쇼, 이 동네 사는 황수건이라 합니다.」
> 하고 인사를 붙인다.[31]

---

30) 「달밤」, 『달밤』, 한성도서, 1934, 141쪽. (이하 작품명과 몇쪽만 밝힘).
31) 「달밤」, 142 – 143쪽.

서술자가 관찰한 바를 설명해 주면서 '나'와 '황수건'과의 대화 그리고 '황수건'의 행동을 보여주고 있다. '나'와 '황수건'의 만남은 계속 이어지는데 만날 때마다 둘의 대화는 이어진다. 그러나 서술자는 이를 독자에게 모두 보여주지는 않는다. 그간의 대화를 통해 서술자가 알아낸 '황수건'에 관한 것을 적절하게 요약하여 설명해 줄 뿐이다.

이후 계속되는 황수건과의 대화 내용 그리고 '나'가 알아낸 '황수건'의 면모, 즉 삼산 학교를 쫓겨난 이유, 참외 장사를 실패한 내력, 아내의 가출 사연 등은 서술자의 말하기로 표현되고, 황수건의 우둔함과 천진함을 나타낼 수 있는 대화 내용은 보여주기로 묘사, 두 가지 방법을 혼합하고 있다. 이러한 혼합을 통해 황수건이 어떠한 인물인지 서서히 드러난다. 그러나 천진하지만 우둔한 '황수건'의 외로움, 그리고 이러한 인물을 통해 작자가 노리는 의도는 결말의 보여주기를 통해 확연하게 드러나면서 황수건이란 인물이 뚜렷하게 성격화된다.

> 어제다. 문안에 들어갔다 늦어서 나오는데 불빛 없는 성북동 길 위에는 밝은 달빛이 깁을 깐듯하였다.
> 그런데, 포도원께를 올라오노라니까 누가 맑지도 못한 목청으로
> 「사…… 게……와 나…… 미다까 다메이…… 끼…… 까……」를 부르며 큰 길이 좁다는 듯이 휘적거리며 내려왔다. 보니까 수건이 같았다. 나는
> 「수건인가?」
> 하고 아는 체하려다 그가 나를 보면 무안해할 일이 있는 것을 생각하고, 휙 길 아래로 내려서 나무 그늘에 몸을 감추었다.
> 그는 길은 보지도 않고 달만 쳐다보며, 노래는 그 이상은 외지도 못하는듯 첫줄 한 줄만 되풀이 하면서, 전에는 본 적이 없었는데 담배를 다 퍽퍽 빨면서 지나갔다.
> 달밤은 그에게도 유감한 듯하였다.[32]

황수건이 부르는 노래는 '술은 눈물이냐 한숨이냐'하는 당시에는 꽤나 유행하던 일본 유행가이다.[33] 전에는 본 적이 없는 담배를 피우는

---

32)「달밤」, 156 – 157쪽.

황수건, 술에 취해 큰 길이 좁다는 듯이 휘적거리며 내려오는 모습, 게다가 맑지도 못한 음성으로 부르는 '술은 눈물이냐 한숨이냐'는 노래소리는 그간 말하기와 보여주기를 통해 그렸던 황수건의 모습을 더욱 뚜렷하게 만드는 서술자의 '보여주기', 즉 간접제시이다.

이태준의 단편 중 집중적인 연구대상이 되는 단편의 경우, 예를 들어 위에 지적한 「달밤」 외에, 「가마귀」, 「복덕방」, 「손거부」, 「돌다리」, 「꽃나무는 심어놓고」, 「영월영감」 등은 모두 이러한 결말에서의 간접제시의 대표적인 예이다.

5. 유년기 체험을 통한 성격화

이태준의 장편은 단편과는 달리 뚜렷하게 구분되는 두 부류의 인물을 성격화하고 있다. 둘 다 청년이지만 하나는 서자나 고아 혹은 고학생으로서의 남성이요, 다른 하나는 재색을 겸비한 여성이다. 물론 이들은 작품 전반부에서는 애정의 삼각관계 속에 갈등하며 사랑에 실패하지만, 후반부에 들어서는 공통적으로 개인적·사회적인 자각에 이르고 민중 혹은 사회를 위한 사업에 뛰어드는 인물들이다.

따라서 이태준 장편에서 창조된 인물의 특색으로 고아 혹은 고학생으로서의 남성과 적극적·대사회적 인물로서의 여성을 꼽을 수 있다. 그런데 문제는 이 두 부류의 인물들이 모두 이태준의 유년기 체험의 형상화를 통해 성격화된 것이라는 사실이다.

　작가가 복원시키는 유년시절의 그 기억, 그 장면들이야말로 그 작품의 문학성을 높이는 장치 역할을 한다. 그것은 작가의 머리 속에서 수십년 동안 걸러진 끝에 선택된 것이므로 미적 구조까지 거의 완벽하게 갖춰졌다고 봐도 좋을 것이다. 유년기의 기억을 밑천 삼아야 좋은 작품을 쓸 수 있다는 것도 그런 의미에서 한 말이다.[34]

---

33) 민충환, 『이태준 소설의 이해』, 백산출판사, 1992, 180쪽.
34) 전상국, 앞의 책, 308쪽.

이태준의 유년시절의 기억 중 작품에 형상화된 중요한 것은 바로 고아 혹은 고학생의 체험과 가정을 떠맡았던 어머니 혹은 외할머니에 대한 기억이다. 전자가 고아 혹은 고학생으로서의 남성을 성격화하는 데에 결정적으로 기여했다면 후자는 주인공들이 개인적 사회적인 자각과정을 통해 사회와 민족을 위한 사업에 뛰어드는 적극적·대사회적 인물을 성격화하는 데에 기여하고 있다.

1) 고아 혹은 고학생 체험

이태준은 아버지 이창하의 서자로 태어났다. 게다가 일찍 아버지를 여의고, 어머니가 생계를 꾸렸으며 그 어머니마저 세상을 뜬 후에는 외할머니의 손에 이끌려 오촌들의 집을 전전했다. 양반인 장기 이씨의 가문에서 이태준의 인척들이 서자인 그에게 보내는 시선이 곱지 않았을 것은 유교적 가부장적 제도의 유습이 남아있던 당시 정황으로 보아 충분히 짐작되는 사실이고, 더구나 고아였던 그의 고충은 그만큼 컸을 것이다.

보통학교를 마치고 고향을 떠난 이태준은 그후 줄곧 타향살이를 한다. 서자라는 굴레를 쓰고 태어난데다 고아로 여러 곳을 떠돌아야 했던 현실은 어린 이태준에게 커다란 충격이었을 것이고, 자신의 삶을 헤쳐 나가는 과정 속에 심적인 부담으로 작용했을 것 역시 추측이 가능하다.

이러한 서자, 고아 혹은 고학생 체험이 그의 소설에 나타나는 것은 오히려 자연스러운 현상이라 할 수 있다.[35] 문제는 그러한 체험들이 장편에 등장하는 인물의 성격 창조 혹은 사건 전개에 어떠한 영향을 미쳤는가 하는 점이다.

이태준의 장편소설에 등장하는 주요인물이 대부분 고아 출신이거나 고학생이라는 사실은 잘 알려져 있다. 「구원의 여상」의 손영조, 「제

---

35) 이는 장장길(長璋吉)과 삼지수승(三枝壽勝) 이후 대부분의 연구자들의 공통된 견해이다.

이의 운명」의 윤필재, 「불멸의 함성」의 박두영, 「성모」의 김상철, 「화관」의 박인철, 「딸삼형제」의 남필조, 「사상의 월야」의 이송빈 등은 작품의 주인공 혹은 중심인물들로 모두 고아이거나 고학생이다.[36] 이들은 공통적으로 모두 사랑에 실패한다. 그 이유는 한결같이 고아이건 고학생이건 현실적인 문제로서의 가난이었고, 상대는 모두 부유한 가정의 딸이다.

이런 고아 혹은 고학생의 전형이 「사상의 월야」의 주인공 '이송빈'이다.

송빈의 일가는 아버지 이문교의 개화 도모 실패로 아라사 땅에 망명하여 새로운 삶을 시작한다. 송빈의 나이 겨우 네 살 때였다. 아라사에 온 지 얼마 되지 않아 아버지는 웅기에서 온 행인들에게 무슨 소식을 듣더니 이때부터 병이 심해져 그곳 블라디보스토크에서 삼십오 세를 일기로 눈을 감는다.

가장을 잃은 일가는 아라사를 떠나 조선으로 돌아오는 배를 탄다. 그 배 안에서 어머니가 갑자기 유복녀 해옥을 분만하는 바람에 고향까지 오지 못하고 웅기의 조그만 포구 배기미에 정착하고 만다. 이곳에서 송빈 일가는 '강원도집'이란 음식점을 경영하며 얼마간 생활의 안정을 찾는다. 그러나 얼마 지나지 않아 어머니마저 세상을 뜨자 졸지에 고아가 된 송빈 삼남매는 외조모를 따라 강원도 용담으로 오게 되고, 그곳에서 송빈은 오촌댁에 맡겨졌다가 다시 모시울에 있는 다른 오촌댁에 입양 형식으로 간다.

오촌댁에서 송빈은 그 집 무남독녀 정선과 숙모의 심한 괄시를 받으며 부모 없는 설움과 외로움을 느끼며 지내다 오촌이 죽자 외조모와 함께 용담에 있는 또 다른 오촌댁에서 기거한다. 용담으로 돌아온 송빈은 창가를 배워 봉명학교에 어렵지 않게 입학하게 되고, 이 사립 봉명학교를 우수한 성적으로 졸업한다.

---

36) 장편의 중심인물 중 여성이 고아이거나 고학생인 경우도 있다. 「구원의 여상」의 '이인애', 「청춘무성」의 '최득주'가 대표적인 예이다. 더구나 역사소설인 「황진이」의 '황진이'는 황진사의 서녀이며, 「왕자호동」의 '호동왕자'도 후궁의 아들로 서자이다.

다른 아이들은 송빈이만 못한 상을 받고도 저희 아버지 어머니께로 뛰여 가 끌러 보이고, 맡기고 즐거워 하였다. 송빈이는 한아름되는 상을 안고 혼자 웃말로 올라 왔다. 해옥이꺼정 읍에 누나한테 가 있고 없는 때였다. 송빈이는 웃골 오촌댁 사랑 웃방에 와서 문을 닫으니 무슨 꿈 속처럼 조용하였다. 이댁 작은 아버지도 작은 어머니도 아직 학교에서 아니 올라오신 모양이었다. 송빈이는 백노지에 쌓인 상품을 혼자 끌렀다. 옥편이 한 권, 시문독본이 한 권, 벼룻집이 하나, 그리고 공책과 연필들이었다.

송빈이는 이것들을 다시 쌀줄 모르고 언제까지나 멍하니 앉아 있었다. 어머니께서 잠간 어디 나가시기나 한 것처럼 어머니를 기다리고 있는 자기를 한참 뒤에야 깨달았다.

'왜 나한텐 어머니가 없나!'

송빈이는 졸업날 혼자 울다가 쓰러져 낮잠이 들고 말았다.[37)]

송빈이 자신에게는 어머니가 없다는 사실을 뼈저리게 느끼는 대목이다. 자신보다 못한 학생들은 모두 부모들의 축하를 받는데 졸업식의 주인공이었던 자신은 축하해 주는 사람 하나 없다는 사실, 이는 어린 송빈의 가슴에 잊지 못할 뼈아픈 슬픔으로 기억된다.

게다가 읍에 간이농업학교가 생겼으나 송빈은 돈이 없어 고민하다가 입학수속 기일이 일 주일이 지나서야 오촌의 보증으로 입학한다. 입학은 하였으나 경제적 어려움을 감당하지 못한 송빈은 한 달 만에 학업을 포기하고 용담을 떠난다.

원산으로 간 송빈은 물산객주집 점원으로 있으면서 지내다 가출 소식을 듣고 찾아온 할머니의 도움으로 시간의 여유를 갖고 많은 문학 서적을 탐독한다. 그러다 먼 일가인 윤수 아저씨로부터 외국유학을 권유받고 안동현으로 그를 찾아가나 만나지도 못하고 되돌아 온다.

서울로 올라온 송빈은 배재학당에 응시하여 합격하나 돈이 없어 입학을 하지 못하고, 공영상회에 들어가 낮에는 일하고 밤에는 청년회관 야학에서 고등과정을 배운다. 그곳에서 다시 윤수 아저씨와 그의 딸

---

37) 「사상의 월야」, 『전집』 5, 85∼86쪽.(이 작품은 광복 후 뒷부분이 부분적으로 개작된다. 본고에서는 개작된 것을 대상으로 한다.)

은주를 만나 은주의 집으로 거처를 옮긴 후 은주의 학업을 돌보아 주다가 이듬해 송빈은 휘문고보에 은주는 숙명여고보에 나란히 합격한다.

이때부터 둘은 사랑하는 사이가 되고 서로 결혼을 약속하지만 은주는 이미 집안에서 정혼한 곳이 있었고, 송빈은 부모 없는 가난한 학생이라 그 스스로 은주에게 적극적이지 못해 둘의 사랑은 이루어지지 않는다. 결국 은주는 다른 사람에게 시집을 가고 송빈은 낙담한다.

어려서 겪어야 했던 부모가 없다는 사실, 그리고 '내 모든 그리운걸 한데 뭉쳤던' 사랑의 여인을 잃는 현실은 송빈에게 또 다른 세계로 나아가기 위한 통과 제의였다. 그것은 개인적인 자각에서 사회적인 자각으로의 발전이라 할 수 있다.

이즈음 송빈이 다니는 휘문고보에는 학교에 대한 학생들의 불만이 크게 늘어나고 있었는데, 송빈은 교주의 명령에 불복했다는 이유로 정학을 받게 되고 이를 계기로 교주에 대한 학생들의 반발 시위가 벌어져 송빈은 주동자의 혐의로 퇴학처분을 받게 된다. 은주와의 사랑의 실패에 이은 퇴학 처분으로 낙심해 있던 그는 친구 일선의 도움으로 일본으로 공부하러 떠난다.

'오 이게 현해탄! 역사에서 뒤떨어지는 조선을 일본만큼도 끌어올려 보려 김옥균(金玉均)선생이 오고 가고 하던 그 뒤에는 망명으로 건너가고 말으신 이 현해탄! 내 아버지께서도 이 바다를 건느실 때는 뜻이 크셨을 게다! 결국 이루지 못하고 이 바다를 건너오셨고, 나중엔 역시 시세에 어두운 우물안 애국자들에게 매국노니 역적이니 하는 억울한 누명만 걸머지고, 그예 조국을 버리고 이 현해탄과 한 바다인 동해를 나서 노령지방(露領地方)으로 망명하셨던 거다! 거기서 돌아가신 설흔 다섯살인 아직도 청년이시던 내 아버지! 그 애닯은 심정은 어떻하셨을가!

오! 아버지? 이 미거한 것이나마 아버지의 뜻을 이으오리다! 선각자들의 수난에 보답하오리다!'[38]

---

38) 「사상의 월야」, 221쪽.

아버지와 어머니의 죽음, 고아라는 사실과 그에 따른 친척의 냉대와 외로움, 고학생으로서의 고난과 모든 그리운 것은 총체였던 사랑에 실패, 이러한 과정을 겪으며 송빈은 새롭게 태어나는 것이다. 민족을 생각하고, 김옥균과 자신의 아버지와 같은 선각자를 생각한다. 자신도 그러한 인물이 되어야겠다는 결심이다. 이러한 사회적인 자각은 사랑의 실패가 없었다면 불가능했을 것이다. 이러한 송빈의 모습 혹은 사회적 자각 과정이 여러 형태의 고아 혹은 고학생의 모습으로 장편에 나타나고 있다.

「구원의 여상」의 손영조, 「제이의 운명」의 윤필재는 「사상의 월야」의 송빈처럼 고아이자 고학생이며, 「불멸의 함성」의 박두영, 「성모」의 김상철과 그의 친구 박정현, 「화관」의 박인철, 「딸삼형제」의 남필조, 「별은 창마다」의 어하영과 주익형, 「불사조」의 김정업은 고학생이다. 이들의 고아 혹은 고학생으로서의 모습 그리고 유학을 통한 변신은 「사상의 월야」에서 보여준 송빈의 또 다른 모습으로, 이는 이태준의 유년기 고아체험과 청년기의 고학생 체험이 형상화되어 성격화된 인물이라 할 수 있다.

2) 어머니와 외할머니의 이미지

이태준은 러시아 땅에서 일찍 아버지를 여의고, 어머니의 손에 자랐으며 그 어머니마저 세상을 뜬 후에는 외할머니의 손에 이끌려 오촌들의 집을 전전한다. 철원에서 보통학교를 마치고 고향을 떠난 이태준은 그후 줄곧 타향살이를 하는데, 그의 가출소식을 듣고 원산까지 달려온 할머니의 보살핌을 받았다.

앞에서 지적한 고아 혹은 고학생 컴플렉스와 함께 이태준의 의식에는 부 상실에 따른 여성 중심의 생활이 자리잡았다는 추론이 가능하다. 물론 그 여성상은 어머니와 할머니에 의한 것이었다. 이를 뒷받침하고 있는 것이 그의 자전소설인 「사상의 월야」이다. 「사상의 월야」에는 아버지의 죽음에 이은 어머니의 고생과 어머니의 죽음 이후 외할머니의 역할이 상세하게 서술되어 있다.

아버지가 돌아가시어 집안이 온통 울음 속에 있되, 눈물 한방울 나와 보지 않은 송빈이에게 할머님만은 죽는다는 말만으로도 저윽 가슴에 파동이 생긴다. 송빈이는 실상 이런 할머님도 외할머님인줄도 모르고 자란다.[39]

‘할머니보다 어째서 너희 아버지가 먼저 죽었느냐’, ‘할머니가 먼저 죽어야 된다’는 어린 동무의 말에 송빈이는 화를 낸다. 그만큼 송빈은 아버지보다는 할머니에 대한 의존도가 크다. 양반의 집안에 소실로 들어가 남편과 함께 러시아로 망명했고 남편이 죽자 식솔을 이끌고 귀국하여 배기미에서 음식점을 경영하며 가정을 이끌었던 이태준의 어머니, 그리고 그런 딸과 함께 외손주들을 보살펴야 했던 외조모는 생활력이 남달리 강해야 했을 것이고, 그러한 강한 생활력의 여성상이 어린 이태준의 의식에 잠재되었으리라 하는 것은 충분히 설득력이 있는 것이다.

이러한 어머니와 외할머니의 이미지가 이태준의 장편소설에 반영된 것이 바로 적극적이고 대사회적인 여성상이다. 이태준은 연애 소설, 통속 소설이라 폄하되는 그의 장편소설에서 거의 예외 없이 매 작품마다 이러한 여성상을 창출해 내고 있다. 「구원의 여상」, 「성모」, 「화관」 그리고 「불사조」는 제목 자체가 주인공인 여성을 상징하는 것이고, 그렇지 않은 경우라 하더라도 작품 속에 이러한 성격을 가진 인물을 하나씩은 형상화하고 있다.

「구원의 여상」의 이인애는, 이태준의 장편에 자주 등장하는 남성과 마찬가지로, ‘부모 없이 외가에서 자란’ 여성이다. 그녀는 역시 고아이자 외사촌의 가정교사로 들어온 손영조와 사랑하는 사이가 된다. 그러나 인애의 외가에서는 그녀를 상처한 안주사에게 시집보내려 하고, 안주사가 인애를 겁탈하려는 위기에서 영조가 그녀를 구한다. 영조가 안주사의 마수에서 인애를 구하는 것은 순수한 사랑에서였다. 이 일로 둘은 인애의 외가를 나오게 되지만 사랑은 더욱 깊어만 간다.

---

39) 「사상의 월야」, 18쪽.

인애는 독지가인 H부인의 도움으로 서울의 미션스쿨 여자전문부에 입학한다. 그리고 그녀는 바느질을 해서 번 돈으로 영조를 일본에 유학보낸다. 물론 사랑의 힘이다. 그런 영조가 일본 유학중 사회주의운동에 간여하게 되고, 어느 날 그는 일시 귀국하는데, 인애는 기숙사의 후배이자 '귀한 것을 모르고 자'란 명도와 함께 그를 만나러 간다.

전부터 인애의 소극적 성격에 불만을 품고 있던 영조는 활달한 성격의 명도에게 성적인 매력을 느끼지만 인애에 대한 사랑이 없어진 것은 아니다. 일본에서 나오며 '보석 백인 금반지'를 사다 인애에게 끼워 줄 정도이다. 인애 역시 '오늘밤에는 실토를 하자. 영조가 내 옵바가 아니고 내 애인이란 것, 그리고 이 반지도 보히구.'라고 생각하지만 생각에 그치고 만다. 그만큼 인애는 소극적이었다.

그러나 영조의 마음은 명도를 만나는 순간 이미 그녀에게로 돌아섰고, 고아에다 몸까지 약한 인애보다는 '아모렇게 꺾어도 좋을 부드러운 풀꽃'같고 '큰 무역상으로 근래에 와서는 창고업까지 하는 노련한 실업가'를 아버지로 둔 명도에게 이끌리어 그와 동거하기에 이른다. 그러나 곧 경찰에 쫓기는 영조는 도망을 가고, 명도는 영조를 찾아 임신한 몸으로 동경까지 가지만 그곳에서 영조의 친구인 김기석을 만나 다시 그와 동거에 들어갔다가 낙태까지 하게 되자 아주 영조를 잊는다.

뒷날 영조가 서대문 형무소에 수감되자 인애는 폐결핵의 몸으로 그에게 차식을 제공하며 보살핀다. 적극적이고 헌신적인 여성으로 변한 것이다.

'나는 조고만 아조 변변치 않은 것이라도 의(義)를 한 것뿐이다. 그 양복이 손영조 아니야 몰으는 사람의 것이면 어떠냐. 내가 내 힘으로 그런 경우에 있는 사람의 더러운 옷을 빨아주어 조고만치라도 그런 사람의 건강과 위안을 돕는다면 그것이 오직 나의 커다란 기쁨일 것이다. 그 사람이 하필 손영조기 때문에 하는 것은 아니다.'[40]

---

40) 「구원의 여상」, 『전집』 4, 199쪽.

수감된 영조의 옷을 가져다 빨면서 하는 인애의 독백이다. 자신을 버리고 명도에게로 간 영조를 인애가 구원하는 것이다. 그러면서도 그녀는 영조와 명도 어느 누구도 원망하지 않는다. 게다가 영조만이 아닌 '그런 경우에 있는 사람'이면 모두 도울 수 있다는 생각이다. 그러나 영조는 결국 탈옥을 하고, 가택 수색의 충격으로 인애는 각혈을 하며 전에 영조가 주었던 반지를 낀 채 쓰러져 죽는다.

영조가 하는 일이 구체적으로 무엇이고, 그가 바라는 사회가 어떠한 사회인지 소설 속에는 분명하게 제시되어 있지 않음에도 인애는 그를 따른다. 사랑의 실패, 그러나 인애는 그것을 통해 자신이 진정 사랑해야 할 사람이 누구인가를 깨닫는 것이다. 그가 도와야 하는 사람은 '하필 손영조기 때문'이 아니라 그녀의 도움을 필요로 하는 사람이면 된다는 것이다. 이것이 고아로 자라 서로 의지하던 영조에게서 버림을 받은 후 그녀가 깨달은 그녀의 갈 길이다. 개인적 차원의 사랑에서 사회적 차원의 사랑으로 승화된 삶이라 할 수 있다.

「구원의 여상」의 손영조와 이인애, 「제이의 운명」의 윤필재, 「불멸의 함성」의 박두영, 「성모」의 김상철, 「화관」의 박인철, 「딸삼형제」의 남필조, 「청춘무성」의 최득주, 「사상의 월야」의 이송빈, 「별은 창마다」의 어하영과 주익형, 「불사조」의 김정업 등은 모두 고아이거나 고학생으로 주로 남성들인 이들은 이태준의 고아·고학생으로서의 유년기 체험을 통해 성격화된 것이다.

이들은 작품의 전반부에서 모두 애정의 삼각관계 속에 갈등을 일으키지만 후반부에서는 애정관계를 극복하고 모두 대사회적인 자각을 통해 민중과 사회를 위한 사업에 뛰어든다. 「제이의 운명」의 윤필재, 남마리아 그리고 심천숙, 「성모」의 안순모, 「화관」의 임동옥, 「불사조」의 정여란 등은 교육사업에 뛰어들며, 「불멸의 함성」의 박두영과 김정길, 「청춘무성」의 최득주와 원치영, 「신혼일기」의 차순남은 사회사업에, 「화관」의 박인철, 「딸삼형제」의 남필조, 「신혼일기」의 유소춘, 「별은 창마다」의 어하영과 한정은 등은 문화사업에 뛰어든다. 이들은 이태준의 어머니 혹은 외할머니의 이미지의 형상화를 통해 성격화된 것이라 할 수 있다.

Ⅲ. 마무리

지금까지 이태준의 소설에 등장하는 인물의 성격화 유형을 제목과 명명법, 분위기, 사건의 전개, 간접제시 그리고 유년기 체험의 형상화란 측면에서 살펴보았다.

논의에서 드러나듯이 이태준은 그의 소설 속에서 인물과 관련된 제목을 통해 성격화될 인물을 암시했고, 아이러니 기법 혹은 음성 상징에 의한 명명법을 통해 뚜렷한 성격을 표출했다. 서정적 정서를 불러일으키는 분위기를 통해 정적인 인물을 효과적으로 드러냈으며, 단편의 경우 주로 결말에서의 간접제시를 통해 독자의 상상력을 극대화하면서 인물의 성격을 선명하게 남겼다. 동적 혹은 입체적 인물은 대부분 사건의 전개 과정 속에 그 성격을 형상화했고, 특히 장편에서는 유년기 체험의 형상화를 통해 두 부류의 인물을 뚜렷하게 성격화했다.

물론 이들 중 어느 한 유형이 이태준의 소설 속에서 독립적으로 작용하여 인물을 성격화하고 있는 것은 아니다. 적어도 두세 가지의 유형이 혹은 전체 유형이 혼합하여 하나의 인물을 창조해 내는 것이다. 사건 전개와 간접제시가 결합하고, 유년기 체험이 사건 전개와 혼합되기도 한다. 또한 명명법과 분위기가 결합하고 분위기와 간접제시가 결합된다.

「달밤」의 '황수건'은 달과 밤이라는 이미지를 통한 서정적 분위기, 그리고 간접제시 등이 결합하여 성격화된 인물이며, 「손거부」의 '손거부'는 아이러니 기법에 의한 명명법과 간접제시 등이 결합하여 성격화된 인물이다. 장편의 인물들은 유년기 체험을 바탕으로 하여 사건의 전개 과정 속에 성격화된 인물들이다.

따라서 논의의 목적상 이태준의 소설에 등장하는 인물의 성격화 유형을 다섯 가지로 나누어 고찰했지만 이러한 유형을 명확하게 구분짓는 것은 어려운 일이다. 왜냐하면 논의에서 드러나듯이 여러 유형이 혼합하여 하나의 인물을 창조하고 있기 때문이다. 게다가 이 다섯 가지의 유형이 이태준의 소설만이 지닌 고유한 성격화의 방법은 아닐 것이다. 그러나 분명한 것은 이러한 유형이 이태준 소설에 나타나는 인물 성격화의 두드러진 유형들이며, 이를 통해 이태준은 분명 '선명한 인간상'을 창조하는 데에 성공했다는 사실이다.

단편의 경우 서정적 분위기와 결부된 지극히 정적인 인물을 선명하게 형상화함으로써 그가 강조한 소설에서의 인물 창조를 실제적으로 보여주었고, 장편의 경우 비록 그것이 연애 소설 혹은 통속 소설이라 폄하되기도 하지만, 삼각관계에 이은 사회적인 자각의 과정 속에 성장 소설 혹은 교양 소설[41]이라 평가받을 수 있는 근거가 되는 인물들을 창조한 것이다.

그러나 논의의 목적상 언급하지는 않았으나 당대 다른 작가들 그리고 전후 시기 작가들의 작품에 나타난 인물의 성격화 유형이 비교 검토된다면 이태준 소설의 인물 성격화의 특징은 더욱 뚜렷하게 규명될 수 있을 것이다.

(숭실대 강사)

---

41) 장영우(「이태준 소설연구」, 동국대 대학원 박사학위논문, 1992. 8)와 안남연(『이태준 장편소설 연구』, 대영현대문화사, 1993. 1)의 논의 참조.

3부

■ 장편소설론

이태준 장편소설의 소설사적 의미
-『不滅의 喊聲』[1]을 중심으로 -

채 호 석

> "구제도가 세계에서 선재하는 폭력이었고, 그에 반해 자유가 개인적 환상이었던 한, 한마디로 구제도가 자신의 정당성을 믿었고 또 믿어야만 했던 한, 구제도의 역사는 비극적이었다. (중략) 근대적 구제도는 현실적인 주인공들이 죽어버린 세계질서라는 희극배우일 따름이다. 역사는 완전하다. 그리고 역사는 낡은 형태를 무덤으로 보낼 때, 여러 단계를 거쳐 이 작업을 행한다. 세계사적 형태의 최후의 단계는 희극이다."
>
> — K. 마르크스, 「헤겔 법철학 비판 서문」.[2]

I. 머리말

어떠한 '자유로운 글쓰기'도 환상일 수밖에 없다. 작가가 행하는 지난한 노력에도 불구하고 그가 추구하는, 자신의 실존으로부터 출발하여 거기서 한 걸음도 벗어나지 않는, '진정한' 자유로움이라는 것은 환상에 불과하다. 자신이 살고 있는 역사, 사회, 그리고 문학적 전통, 나아가서는 그가 행했던 이전의 글쓰기로부터도 그는 자유로울 수 없다. 그런 의미에서 한 작가에 대한 연구, 하나의 문학작품에 대한 연구는 한편으로는 작가의 개인적인 전기적 사실과, 그의 정신적 상처, 그리고 그 상처로부터 벗어나기 위한 작가의 고통스러운 노력으로부터 출발할 수 있겠지만, 또 한편으로는 그가 살고 있었던 시대와 사회로부

---

1) 『불멸의 함성』은 1934년 5월 15일부터 1935년 3월 30일까지 朝鮮中央日報에 연재되었다. 여기서는 깊은샘 출판사에서 1988년에 나온 『이태준전집』 8권과 9권을 저본으로 한다.

2) 김영기 옮김, 『마르크스 엥겔스의 예술론』, 논장, 1989, pp.93 ~ 94.

터 출발할 수도 있는 것이다. 더욱이 그의 작품이 일정한 문학적 전통과 그 맥락 속에서 쓰여지고 읽히는 것이라고 한다면, 그의 작품을 문학사적 맥락 속에서 검토할 필요가 있는 것이다. 그리고 어쩌면 한 작가를, 그리고 그의 작품을 문학사적 맥락 속에 위치시키는 것이야말로 한 시대의 문학사를 구성하는 첫걸음인지도 모른다.

이태준은 빼어난 단편 작가로 알려져 있다. 당대의 평가에서뿐만 아니라 후대의 평가에서도 그러하다. 이태준에 대한 연구들이 대체로 단편에 집중되어 있었음을 보아서도 알 수 있다. 최근에 들어서 이태준의 장편에 대한 연구가 조금씩 나오고 있으나[3] 아직 이태준 장편의 전모를 드러내기에는 부족하다. 대부분의 연구가 이태준의 장편 속에 나타난 '작가의식'에 초점을 맞추거나, 아니면 기법, 혹은 인물유형의 검토에 한정되어 있기 때문이다. 그렇기 때문에 이제까지의 연구에서는 작가로서의 이태준의 일관된 면모를 확인할 수는 있었지만, 내적인 부정합성이나, 양식적 차별성에는 아직 시선이 미치지 못하였다. 더욱이 이태준 소설이 우리 소설사의 맥락 속에서 어떤 위치를 차지하고, 그것이 어떠한 의미를 지니는가에 대해서는 연구가 거의 없는 실정이라고 할 수 있다. 그러므로 이태준에 대한 연구는 다음과 같은 전제 아래 이루어져야 한다. 첫째, 장편이건 단편이건 그것이 한 작가의 작품이라는 점에서 본다면, 이태준의 장편소설과 단편소설 가운데 어느 하나를 취하고 어느 하나를 버려서는 안 된다. 둘째, 또한 그렇다고 해서 단편소설이 보이는 특성으로 장편소설을 규정하는 것도 옳지 않을 것이다. 이태준의 장편소설이 통속성을 갖고 있다면, 그 통속성을

---

3) 이태준에 대한 기존의 연구에 관해서는 이 책에 실려 있는 연구사 검토 논문을 참조할 수 있다. 최근에 이태준을 대상으로 한 박사논문 네 편이 나왔는데, 이들 모두 장편을 논의 속에 포함시키고 있어, 이제 이태준에 대한 연구가 본격적인 궤도에 올랐음을 보여주고 있다.

安南姸, 「李泰俊 長篇小說 研究」, 한국외국어대학교 대학원 박사학위논문, 1992.

張榮遇, 「李泰俊 小說 研究」, 동국대학교 대학원 박사학위논문, 1992.

李明禧, 「李泰俊 文學 研究」, 숙명여자대학교 대학원 박사학위논문, 1993.

李秉烈, 「李泰俊 小說의 創作技法 研究」, 숭실대학교 대학원 박사학위논문, 1993.

인정해야 하는 것이지, 그것을 흥미에 영합한 '잘못'으로 보아서는 곤란한 것이다. 세째, 단편소설과 장편소설의 창작방법은 같지 않다. 따라서 단편소설과 장편소설은 동일한 문학적 유산에 의해 영향받으면서도 동시에 각기 다른 문학사적 맥락에 놓여 있는 것이다.

이 세 가지 사항을 전제로 한다고 할 때, 현재의 연구 수준에서 이태준의 작품들에 대해 논의되어야 할 것은 다음과 같은 것이다.

첫째, 이태준에게 있어서 장편소설과 단편소설은 각각 무엇을 의미하고 있는가.

둘째, 이태준의 '본격적' 단편과 '통속적' 장편 각각의 창작 방법은 어떠한 것인가.

세째, 본격적 단편과 통속적 장편이 모두 한 작가의 소산이며, 또한 그 경향이 필연적인 것이라고 할 때, 그 둘을 잇는 매개항이 될 수 있는 것은 무엇인가.

그리고 마지막으로 이태준의 소설은 우리 문학사에서 어떤 맥락 속에 놓여 있고, 그 맥락 속에서 어떠한 의미를 지니고 있는가.

이 가운데 현재의 핵심적인 논점은 마지막의 것이다. 그러나 이 논점이 그 자체로 해명되는 것은 힘들고 앞의 제 논점들을 해명한 후에야 비로소 가능하다. 이 글의 주논점 또한 마지막 논점으로, 우선 현재까지 별로 논의되지 않았던, 그러나 문학사적 맥락에서는 매우 의미가 깊다고 생각되는 장편소설을 주대상으로 삼는다. 이를 위해, 먼저 이태준 장편소설의 '창작 원리'라고 할 수 있는 부분을 중점적으로 검토한 후, 이를 토대로 하여 이태준 단편과의 연관성, 그리고 나아가서 이미 이전에 존재했기 때문에 어쩔 수 없이 문학사적인 준거로서 존재했던 장편들과의 연관성을 살펴봄으로써, 이태준 장편소설의 소설사적 맥락을 가설적으로나마 밝혀보고자 한다.

이태준의 장편소설은 모두 13편으로 알려져 있다.[4] 그러나 이들을 모두 동일한 방법으로 접근하기는 데는 무리가 따른다. 『思想의 月

---

4) 장편소설의 목록은 본서의 말미에 실린 부록 〈작품연보〉를 참조.

夜』의 경우는 작가의 자전적인 소설로 알려져 있는데, 그것을 그대로 받아들인다면, 우선 이 소설이 작가의 직접적인 경험에서 자유롭지 못하다. 그리고 또 한편으로 이 소설은 작가의 직접적인 경험을 바탕으로 하여 구성된 것인 만큼, 작가의 내밀한 욕망이 오히려 감춰졌을 수도 있다. 즉 작가의 의도적인 과장이나, 혹은 의도적인 회피가 있을 수 있다. 이 '의도성'은 확인하기 힘든 것일 뿐만 아니라 확인한다고 하더라도, 작가의 내면의 일부를 들여다보는 것으로서, 단지 논의의 보충에 도움을 줄 수 있을 뿐이다. 『黃眞伊』와 『王子好童』의 경우는, 제목에서도 드러나듯이 당대의 일반사람들에게 어느 정도 알려져 있는 역사적인 인물을 대상으로 설정하고 있어, 또한 그 대상에서 작가가 자유롭지 못하다. 물론 이들 작품에 대해 다음과 같은 질문을 통해서 참고할 만한 사항을 발견할 수는 있다. 첫째, 작가는 왜 굳이 '황진이'라는 인물과 '호동'이라는 인물을 택하였는가. 둘째, 작가가 해석하고 있는 두 인물은 일반적인 해석과 어떠한 점에서 차별이 있고, 또 어떠한 점에서 동일한가. 그러므로 이들 작품에 대한 분석은 본고의 직접적인 목적에 부합되지 않아 일차적인 논의의 대상에서는 제외한다. 따라서 이들 장편소설 중 『思想의 月夜』와 『黃眞伊』, 『王子 好童』을 대상에서 제외한다면, 논의될 수 있는 장편은 모두 10편이라 할 수 있다. 장편소설에 관해 논의하고자 하는 이 소론에서는 이 10편을 모두 다루어야 할 것이겠지만, 여기서는 『불멸의 함성』으로 대상을 한정한다. 이 작품을 주된 연구대상으로 삼은 것은 이 글의 끝에서 밝혀지겠지만, 이태준 장편 소설이 지니고 있는 경향성을 가장 확실히 드러낼 수 있는 대상이라고 판단했기 때문이다.

Ⅱ. 『불멸의 함성』의 두 개의 창작 원리 — 애정의 삼각관계와 계몽주의

1. 형식적 구성 원리로서의 애정의 삼각관계

『불멸의 함성』을 읽을 때 가장 눈에 띄는 것은 아마 애정의 삼각관계일 것이다. 그리고 이 애정의 삼각관계는 이 소설을 이끌어가는 형식적인 틀이기도 하다. 소설의 사건을 구성하고 있는 이 애정의 삼각관계에 대해서 먼저 살펴보자.

『불멸의 함성』에는 세 개의 삼각관계가 등장한다.

(가) 원옥 – 두영 – 형옥

(나) 오상 – 원옥 – 두영

(다) 원옥 – 두영 – 정길

이 세 개의 삼각관계가 차례로 펼쳐지면서 작품이 전개되어 나간다. 그런데 이 삼각관계를 살펴볼 때, 중요한 의미를 지니는 것은 작중의 중심적인 인물이 모두 이 삼각관계 내에서만 의미를 갖는다는 점이다. 삼각관계가 어떠한 방식으로든가 해소되고 나면, 그 인물은 작품 속에서는 부차적인 인물로 되거나 아니면, 작품 속에서 사라져 버린다. 따라서 삼각관계는 작품을 구성하는 핵심 원리임을 확인할 수 있다.

예컨대 (가)의 삼각관계는 두영을 둘러싼 형옥과 원옥 사이에서 일어나는 삼각관계이다. 두영은 물론 원옥에게 마음을 두고 있고, 원옥 또한 두영에게 마음을 두고 있지만, 형옥의 적극적인 접근으로 두영이 흔들리면서 비로소 삼각관계가 성립한다. 그러나 이러한 갈등은 작품 내에서는 어떠한 의미도 부여되지 않고 있기 때문에 이 갈등 자체는 무의미한 것이고, 단순히 갈등을 위한 갈등의 차원에 머물게 된다. 그렇다고 한다면 작품의 앞부분을 차지하고 있던 (가)의 삼각관계는 작품의 전개과정에서 주요 인물인 정길을 등장시키기 위한 역할, 그리고 단순히 흥미를 유발하는 장치로서의 역할만을 행하게 된다. 이 삼각관계는 형옥이 자신의 학교 선배 정길에게 자신의 자리를 대신하게 함으로써 (다)의 관계로 되고, 더 이상 형옥은 긴장을 유발하는 동인이 되지 않기 때문에 부차화되어, 형옥은 작품 속에서 의미있는 역할을 맡지 않는다.

(나)의 삼각관계는 (가)와는 약간은 다른 의미를 갖고 있는 것처럼 보인다. 먼저 삼각관계의 한 축을 형성하는 천오상이 사회주의자로 나온다는 점이 이채롭다고 할 수 있다.[5] 사회주의자로서의 천오상의 등장은 삼각관계가 새로운 양상을 띠게 될 것을 예상하게 한다. 그리고 어느 정도는 그러하다. 원옥이 천오상의 사랑과 두영의 사랑 사이에서 · "마음으로 사랑하긴 두영이하구 하구, 몸으로, 또 사상으로 사랑하긴 천오상하구 하구"(p.154) 하는 식의 혼란을 겪게 되기 때문이다. 그리고, 그와 아울러서 남녀의 육체적인 사랑의 문제가 등장한다. 그러나 곧바로 이러한 문제는 커다란 의미를 갖지 않게 되는데, 천오상과 원옥과의 동침이라는 것이, 사상의 문제가 아닌 것이기 때문이다. 다시 말해서, 원옥이는 사상적인 자각에 의해서, 혹은 천오상의 사상적인 영향으로 능동적으로 천오상과 동침하고 천오상의 아이를 갖게 되는

---

5) 천오상을 사회주의자로서 등장시키는 것이 객관적인 사실에 부합하는 것인지는 좀더 따져 보아야 한다. 왜냐하면, 이 작품의 배경은 1918년 혹은 1919년으로 보이기 때문이다. "그때는 세계대전 직후였다."(『불멸의 함성 1 – 이태준 전집 8권』, 깊은샘 출판사, p.21). 그리고 3 ~ 4년이 지난 뒤이므로 1922년 정도로 생각할 수 있다. 그런데 천오상의 검속은 명확히 '공산당' 관련이라고 나와 있다. 최초의 공산당 검거가 1925년 11월에 있었으므로(스칼라피노, 이정식 공저, 한홍구 옮김, 『한국공산주의운동사1』, 돌베개, 1986, p.118), 천오상의 검속은 그 이후라고 보는 것이 옳고 그렇다면 적어도 3년 이상의 시차가 있다. 이 3년 이상의 시차는 단순한 착오라고 보기는 어렵다. 작품을 개화기 말에서 시작하였음에도 불구하고, 작가는 이 대목에서는 작품을 쓰는 당대를 그리고 있다고 보인다. 이는 단순한 착오는 아닌 듯하다. 이태준이 카프에 반발해서 구인회에 들어간 것이 1933년이라고 한다면, 여기에서 사회주의자의 등장은 그와 연관시키는 것이 더욱 적확한 듯하다. 그러나 이 자체가 중요한 것은 아니므로 이 자리에서는 더 이상 문제삼지 않는다. 다만, 이태준이 작품의 창작 과정에서 – 적어도 장편소설의 경우 – 리얼리즘의 기율을 염두에 두고 있지 않음을 지적해 둘 필요는 있다. 왜냐하면 이는 이태준의 장편소설 창작방법과 관련된 것이기 때문이다.

것이 아니기 때문이다. 천오상이 주장하던 자유연애의 사상은 천오상이 원옥에 대한 자신의 욕구를 합리화하는, 그리고 원옥이 자신을 합리화하는 변명거리에 지나지 않는 것으로 나타난다. 그리고 천오상이 원옥에 대해서 끊을 수 없는 애정 – 작가는 이것을 왜곡된 애정의 방식으로 받아들이고 있다 – 을 갖고 있음을 확인하게 되는 순간부터 더 이상 사상의 문제가 아니라 애정의 '방식'의 문제로 변한다. 이제는 누가 순수한 방식으로 타인을 사랑하는가가 문제가 된다. 천오상이 붙들려 들어가서 '순간적으로' '보복하려는 마음'으로 원옥을 끌어들이지만, 곧바로 원옥의 고통을 보고 회개한다. 그리고 원옥은 무죄로 방면된다. 그렇다면, 천오상의 검속은 단지 원옥이 천오상의 아이를 가졌음을, 그리고 그것을 속이고 있었음을 폭로하는 기능 이상의 것은 감당하지 않고 있다. 천오상의 회개 이후 천오상이 더 이상 논의되지 않음도 이에 연유한다. 원옥과 두영 사이에 갈등이 유발되고, 작품의 중심이 원옥의 과거를 안 두영과 원옥 사이의 긴장으로 이행한 이후, 천오상은 작품 속에서 사라진다. 원옥이 천오상의 아이를 낳았음에도 불구하고, 더 이상 천오상의 존재 자체는 작품 속에 나타나지도, 지나가면서 언급되지도 않는다.

결국 마지막으로 남는 것은 세 번째 삼각관계, 곧 (다)의 관계이다. 그렇다면 (다)의 관계의 핵심은 무엇일까. 천오상의 아이를 가졌다는 것이 법정장면을 통해서 두영에게 폭로되고 난 후, 두영은 원옥을 '넓은 사랑'으로 받아들이려 한다. 그러나 이러한 두영에 대해, 원옥은 비뚤어진 방식으로 대한다. 두영이 원옥으로부터 떠나는 것도 원옥이 보이는 이 비뚤어진 방식 때문이다. 두영이 유학을 떠난 후 원옥과 그의 모친이 정길에 대해 행한 방해공작이 결정적으로 두영이 원옥을 떠나게끔 만드는 것이다. 한편에 정길의 사랑이 있음은 물론이다. 그러나 정길의 사랑이라는 것은 그리 큰 영향을 미치지 못하고 있다. 정길에 대한 사랑으로 인해 원옥과의 결합이 이루어지지 않은 것이 아니라 원옥과의 원만한 결합이 이루어지지 않았기 때문에 정길과의 사랑이 가능한 것이다.

원옥이라는 방해물 - 두영의 '진실한 사랑'의 거부, 소유에의 욕망 - 은 이처럼 일차적으로는 허위성의 성격을 지닌다. 그리고 이 허위성이 결정적인 작용을 한다. 진실한가 그렇지 않은가의 여부가 두영의 판단의 기준이 되는 것이면서 동시에 그의 행위를 규정짓는 것이다. 원옥이 천오상의 아이를 가졌음에도 불구하고 그를 받아들이려 하는 것, 그리고 두영이 원옥을 사랑하기를 포기하고, 정길에 대한 사랑을 확인하고 정길에게로 가는 것, 이에는 모두 사랑의 원칙으로서의 진정성이 놓여 있다.[6] 두영이 갈등 속에서도 끊임없이 원옥의 모든 것을 수용하고자 하는 '완미한' 인간상으로 나타나는 반면, 원옥이 그러한 두용의 '완미함'을 이용하는 간악한 인간으로 보이는 것, 이처럼 문제가 개인의 진정성과 허위성의 문제로 파악되는 것은 그들이 지니는 사회적 성격이 탈각되는 것을 의미한다. 앞에서 천오상과 두영, 그리고 원옥과의 관계가 사회적인 성격을 띠고 있는 것처럼 보이지만 실제로는 커다란 의미를 지니는 것이 아님을 말한 바 있듯이, 두영과 원옥 그리고 정길과의 사이에 존재하는 것도 사회적인 것이라기보다는 개인적 성격의 문제인 것이다. 이는 이 작품 속에 등장하는 인물들이 철저하게 사회성을 박탈당한 개인으로 그려져 있음과도 연관되고 있다. 그들은 가족이나 사회적인 것으로부터 철저하게 격리되어 있는 존재들이다. 그들의 행위의 바탕에는 자기 자신으로부터 출발하는 내발적인 것만이 존재할 뿐이지 그 사회적 규정성은 드러나 있지 않다.

그러나 놓쳐서는 안될 것은 이 이면에 또 다른 관계가 존재한다는 사실이다. 원옥과 정길 그리고 두영 사이의 애증의 갈등에는 원옥이 지닌 허위성외에 또 하나의 의미가 감추어져 있음을 알 수 있는데, 그것은 가족관계이다. 두영이 원옥에게 사랑을 느끼고 있지 않음에도 불

---

6) 두영은 동경으로 떠나면서 정길에게 편지를 보내는데, 그에 대한 사랑의 고백을 다음과 같이 하고 있다(물론 이 때는 정길마저도 포기한 때이기도 하다), "저는 이 세상에서 감사할 수 있는 사람을 생각한다면 누구보다 먼저 당신인 것을 깨닫습니다. 이 세상에서 '진실'을 가진 사람, 믿음성을 가진 사람도 지금 내가 꼽아보기로는 첫째 당신, 그리고 둘째는 꼽을 수 없습니다."(『불멸의 함성 1 - 이태준 문학 전집 9』, p.288).

구하고 어찌할 수 없이 원옥을 받아들이는 것은 이 가족관계 때문이다. 두영이 그로부터 자유롭다고 생각했음에도 불구하고 가족관계라는 것은 현실적인 것으로 강고하게 작용하는 것이다. 비록 결혼식은 치루지 못하였지만, 그들은 사회적으로 가족이라고 인정된 관계이고, 원옥이 정길에게 협박을 하는 것도, 그리고 원옥이 두영의 어머니를 모시는 것도 이 인정된 관계를 바탕으로 하고 있다. 원옥이 주장하는 것은 그 과정은 어떠한 것이건간에 자신이 두영의 아내라는 것이며, 그로부터 형성되는 가족관계의 강고함이다.

제도로부터 자유롭게, 자신으로부터 출발하는 행위에 대해 부여되는 가치와, 가족관계라는 제도적 가치, 작품 속에서 나타나는 이 두 가치의 대립을 해결하는 방식은 무엇일까. 그 해결은 정길에게서 발견되는데, 곧 '정신적 사랑'이다. 정길은 그가 간호부가 됨으로써, 의사가 될 두영의 정신적 반려자가 되기로 한다. 이러한 정신적 반려자로서의 정길의 자기정립은, 두영으로 하여금 비록 원하지는 않는 것이지만 어쩔 수 없이 원옥에게로 돌아가게 만든다. 그러나 이 정신적 사랑은 현실의 변화를 생각하지 않는 현실 수용적인 것이다. 정길에게 있어서는 정신적 사랑으로 고양되는 것, 두영에게 있어서는 원옥에게로 돌아가는 것, 가족이라는 제도의 틀을 수용하는 것이다.

결국 애정의 삼각관계는 원옥 – 두영 – 정길의 경우를 제외하고는 단지 이야기의 흥미를 가져오기 위한 하나의 수단에 지나지 않는다는 점에서 통속성[7]을 벗어날 수 없게 된다. 그리고 사건을 이끌어 나가

---

7) 이태준 소설의 통속성에 대해서는 이미 여러 연구자들이 지적한 바 있다. 『불멸의 함성』을 문제삼은 것으로서는 장영우, 「李泰俊 小說 研究」(동국대학교 박사학위 논문, 1992)와, 최혜실, 「이태준 장편 소설에 나타난 애정의 삼각 구도」(『한국의 현대문학 1 – 한국 근대 장편 소설 연구』, 모음사, 1992)이 있다.

전자의 논문에서는 이 소설이 "세 명의 여인이 한 남성을 사랑하는 복잡한 삼각관계, 그리고 천오상이라는 사회주의자의 등장 및 주인공의 미국으로의 진출 등 소설적 재미를 두루 누릴 수 있는 요소를 두루 간직한" 소설로 보면서, 미국으로 가는 배에서 두영이 계몽의 성격을 지니고 있음에 비해, 미국생활에서는 연애 문제에만 초점을 두고 있다는 점을 지적하면서 주제의 파탄이 일어나고 그로 인해 통속소설로 되고 말았다고 하고 있다. 이와 함께 어용과 천오상이 단순히 부차적 인물로 된 것도 통속 소설의 측면이

기 위한 것으로서의 다중의 삼각관계 외에 또 다른 통속성을 이끌어
내는 것은 원옥―두영―정길의 삼각관계의 핵심이 각 개인들의 진정
성의 문제에 놓여 있다는 점이다. 한 인간의 진정성을 묻는 것은 곧바
로 소설 속의 인물들을 개인으로서, 그리고 단지 선과 악의 추상명사
로 대립시키게 된다.

2. 이데올로기적 층위로서의 계몽적 민족주의

삼각관계가 이 소설의 이야기를 이끌어 가는 구조적 층위이고, 그
것이 작품의 형식을 규정하고 있다고 한다면, 이 작품의 내용적인 측
면을 규정하고 있는 것은 이데올로기의 층위이다. 이 이데올로기적 층
위의 내용성은 두 가지 측면을 지니고 있는데, 하나는 민족주의요, 또
하나는 근대적 개인주의이다. 그리고 이 이데올로기적 층위의 방식은

라고 지적하고 있다. 그러나 이처럼 이 소설이 소설의 재미와 사상을 결합시키는 데까지 나
아가고 있지 못하다고 보는 것은 양자가 갖는 관계를 단순히 분리/결합의 관계로 파악하고
있는 데서 오는 것이 아닌가 하는 의심을 갖게 한다. 오히려 이 두 가지는 그의 소설에 있
어서는 분리할 수 없이 서로를 제약하는 통일적인 것으로 보아야 한다.
　최혜실의 논문은 이태준 소설에 나타나는 애정의 삼각관계에 대해서 집중한 연구이다. 이
에 따르면 애정의 삼각관계는 '돈'의 훼손된 가치를 비판하고 '사상'의 존재를 부각시키기
위한 도구로서" 메타포로서 사용되고 있다고 보고, 그것을 "은유로나마 존재했던 그의 현
실 인식과 반항정신"으로 보고 있으며, 후기에 가면 이러한 삼각구도가 해체되면서 황당한
이야기로 되거나 '통속화'되면서 현실인식과 반항정신이 와해되어 간다고 보고 있다. 그러
나 과연 그 이전의 삼각관계가 통속적인 것이 아니라고 할 수 있을까. 단지 초기의 장편의
등장인물이 보이고 있는 의식이 '민족적'인 것이라고 해서, 그리고 등장인물간의 갈등이 깊
이 있는 것은 아니라고 하지만 '돈'으로 나타나는 자본주의적인 것에 대한 비판을 중심으로
이루어지고 있다고 해서, 초기의 장편에 나타나는 삼각관계가 통속적인 것이 아니라고 할
수 있을까. 문제는 이러한 삼각관계가 유발한다고도 할 수 있는 최소한의 긴장이라는 것이
당대에 어떠한 의미를 지니고 있는가 하는 점이다. 최혜실의 연구에서는 이 점이 간과되어
있다. 이러한 긴장을 고아의식과 '제도'로서의 아버지라는 측면에만 연관시켜 이태준의 개
인적인 측면으로 한정하고 있을 뿐이다. 아버지가 어떻게 제도와 연관되는가에 대한 검토가
없기 때문이라고 할 수 있다. 따라서 최혜실의 연구는 이태준 장편소설에 나타난 애정의 삼
각관계에 대한 흥미있는 분석에도 불구하고 이태준 개인의 차원을 넘어서지 못하는 한계를
지니고 있다.

계몽으로 나타난다. 이 이데올로기의 층위를 중심으로 본다면, 앞에서 보았던 삼각관계와는 다른 측면이 눈에 띤다.

먼저 이 소설의 첫 장면인 어용의 퇴학 장면.

어용의 퇴학 사건은 개인의 욕구와 그것을 제한하는 학교 제도와의 대립으로 보인다. 제도가 자신을 지속하기 위해서는 개인적인 삶을 돌아볼 수 없는 것이고, 그러한 측면에서 개인적인 문제는 고려될 수 없는 것이다. 제도의 원칙이 어용의 수업 듣는 것을 방해한다. 그리고 이러한 부분은 이 소설을 자본주의적인 제도의 모순, 그리고 돈이 물신화되는 사회의 모순에 대해 날카롭게 비판하는 것으로 받아들이게 한다. 그러나 과연 그러한가. 최선생과 어용의 대립, 그리고 교장과 두영의 대립을 최선생과 교장이 자본주의적 제도의 원칙을 되풀이하는 기호로서만 파악할 수는 없다. 최선생과 어용의 대립은 단순히 제도적 원칙의 기호로서의 최선생과 어용의 대립은 아니기 때문이다. 그것은 최선생이라는 인간과의, 그리고 교장이라는 인간과의 대립이기 때문이다. 제도와 개인간의 대립 이외에 그것을 '넘어서는' 개인간의 대립도 보인다는 점은 이 작품을 해석하는 데 있어서는 중요한 점이다.[8] 사회적 제도적 — 이는 자본주의적인 것이라고 할 수 있으며, 또한 제도가 지니는 보수적인 성격이기도 하다 — 원칙 사이의 대립 가운데 놓인 개인의 욕망(교육받고자 하는 욕망이며, 그런 이유로 순정한 욕망)이 개인 대 개인의 대립으로 전화되는 것은 앞서 말한 대로 개인을 사회적 연관에서 떼어낸다. 그리고 이는 다른 한편으로 개인에 대립하는

---

8) 이태준의 장편소설을 통속소설이 아니라 교양소설로 규정하고 있는 안남연의 「李泰俊 長篇小說의 作中人物 類型 硏究」(《한국어문학연구》 제 4 집, 한국외국어대학교, 1992)에서는 이태준 소설의 인물을 통속적 인물, 교양적 인물, 일상적 인물로 나누어 살피고 있다. 과연 이태준 소설이 교양소설인가에 대해서는 논란의 여지가 있고 본고의 논지와도 어긋나는 것이지만 이 점은 논외로 하자. 오히려 이태준 소설에 대한 연구가 대부분 인물유형에 관한 연구로 되어 있다는 점이 흥미로운 사실인데, 현금의 소설연구 방법론의 수준이 인물유형 연구의 수준을 크게 넘어서고 있지 못한 탓도 있겠지만, 이태준 장편소설 자체가 그 근거를 제공하고 있기도 하다. 그러나 본고에서는 이들의 유형이 어떠한가에 중심을 두기보다는 이들 인물들이 유형적 인물로 파악될 수 있다는 점, 그리고 그것이 이태준 소설의 한 특성이 되고 있다는 점에 초점을 둔다.

사회적 제도를 그 자체로 물신화하는 것과 동일하다. 따라서 그것은 어찌할 수 없는 것으로 나타난다. 사회적 제도가 물신화되고 개인이 고립되어 파악됨으로써 이 문제는 더 이상의 추구가 불가능하다. 왜냐하면 두영은 교장과의 대화에서 실질적으로 패배하고 말기 때문이다. 그렇다고 해서 이러한 패배가 다른 방식으로 극복되는 것도 아니다. 어용이 감옥에 들어감으로써 이 대립은 더 이상 문제가 되지 않는다. 어용을 끝으로 더 이상 학교 제도의 문제는 논의되지 않는다.

두 번째 문제. 천오상의 등장.

이 문제는 사상적인 문제가 삼각관계에 걸려 있는 유일한 부분이다. 그러나 앞서 살펴본 바와 같이 천오상의 등장은 새로운 가능성을 열어주는 듯이 보이기는 하지만 기본적으로는 제한되어 있는 것이다. 원옥의 갈등이라는 것이 처음에는 천오상의 사상과 두영이라는 인간 간의 대립으로 나타나지만, 그것은 곧바로 천오상이라는 인간의 인간성과 두영이라는 인간의 인간성의 문제로 화해버리고 말기 때문이다.

세 번째 문제, 두영의 유학. 두영의 유학에 대해서는 두 가지에 초점을 맞출 필요가 있다. 하나는 두영이 미국으로 가는 과정 속에서 필리핀 학생과 나누는 대화.[9] 또 하나는 그의 유학 자체의 의미. 여기서는 전자보다는 후자에 초점을 맞추고자 한다. 후자에 초점을 맞추는 것이 이 소설을 전체적으로 보는 길일 수 있기 때문이다.

두영의 유학 동기는 원옥과의 결혼의 실패이다. 삼각관계에서의 한 끝을 놓고 다른 끝으로 가는 과정이 유학의 과정이다. 두영은 자신이 정길을 사랑한다는 것을 확인했지만 유학을 떠날 당시에는 원옥과 정길 모두를 포기한 상태였다. 바로 이 지점, 두영이 사회적 소명을 위

---

9) 이에 대해서는 이 소설에 대한 기존의 모든 연구들이 초점을 맞추고 있다. 그리고 이 부분이 이태준의 민족주의가 가장 잘 나타나 있는 부분이라고 하고 있다. 실상 필리핀이 미국의 식민지 상태에 놓여 있었고, 그러한 점에서 미국을 지향하는 필리핀 학생에 대한 이태준의 비판은 '민족주의적' 성격을 띠고 있다. 그러나 이 부분은 이후 상론되겠지만, 이태준의 바로 그 계몽적 민족주의가 그의 소설을 어떻게 제한하고 있는가를 보여주는 부분이기도 하다.

해 유학의 길을 떠나는 것이 그가 삼각관계로부터 벗어남으로써 가능하다는 점은 이 소설의 이해에 있어 대단히 중요한 지점이 아닐 수 없다. 왜냐하면 첫째, 그의 삼각관계의 현실로부터 멀어져 유학의 길을 떠나는 것은 그가 없는 사이에 현실을 진행시키기 위한 것이다. 두영의 선택과 판단 이전에 삼각관계는 정리된다. 둘째, 그의 민족의식이라는 것은 이 사랑의 문제에서 벗어날 때에만 가능한 것처럼 보이기 때문이다. 원옥과 정길 사이에서 벗어날 때에만, 그리고 그러함으로써 그가 원옥과 정길을 포함한 현실에서 벗어날 때에만 그의 민족주의는 의미를 갖는다. 지금까지 그를 현실적으로 붙잡고 있던 원옥과 정길이 없는 현실이라는 것은 그에게는 더 이상 현실이라기보다는 자신의 이념을 펼치고 확인할 수 있는 관념적 공간에 지나지 않는다. 그는 그 속에서 생활하고 판단하는 것이 아니라 기본적으로 그 밖에 서 있을 뿐이다. 미국 유학 도중에 생긴 모든 사건들, 인종적 차별, 광산 노동자의 타락한 생활, 이러한 모든 일들은 그의 순결성과 대비되는 한에서만 의미를 갖는다. 그와 그들의 사이에는 세계를 살아가는 바른 길의 인식자와, 그렇지 못한 자 사이의 간격이 놓여 있고, 그 간격 속에서 그는 존경과 추앙을 받는다. 이러한 장면들에서 보이는 두영의 의식이라는 것은 그가 사회적 경륜, 의사가 되어서 세상의 앓는 사람을 치료하는 일을 하는 데에까지 나아가는 과정에서 그의 순결성을 더욱 더해주는, 그의 소명의식을 더욱 더해주는, 그리고 한편으로는 두영이 갖고 있는 우월감을 만족시켜 주는 한갖 장치에 지나지 않는다.

　그렇지만 이러한 그의 유학과 그의 선각자, 선구자로서의 꿈은 그가 정길의 편지를 받고 고국으로 돌아왔을 때 허망한 것임이 드러난다. 두영의 귀국, 정길과의 헤어짐. 원옥에게로의 돌아감. '슬픈 행복'. 이들은 두영이 갖고 있는 이상이라든가 꿈이라는 것이 얼마나 현실 앞에서는 무력한 것인가를 잘 드러내준다. 그의 이념이 현실을 떠나서 펼쳐질 수 있는 것이었다면, 현실에 돌아오면서부터는 그 이념은 패배하는 것이다. 현실은 두영을 가족이라는 제도에서 한발자욱도 벗어날 수 없게끔 만들고 있기 때문이다. 정길이 두영에게 '정신적인 아내'가 되겠다고 하면서 두영의 곁을 떠나고, 두영이 천오상의 아이에게 줄 인형을 사들고 원옥의 집으로 돌아오는 것은 그가 갖고 있는 이념이 현실 속에서 패배했음을 보여주는 것이다. 그리고 여기서는 더 이상 두영은 삼각관계 속에서 스스로 선택하고 판단하는 존재가 아니다. 그는 단지 그가 전혀 관여하지 않는 현실에 의해 선택과 판단이 강요되는 존재일 뿐이다. 하나는 가족관계로서, 그리고 또 하나는 추상적인 이념으로서.

쉽사리 포기되지 않는 이념은 이제 정길에게서 표출된다. 정길이 애정의 논리로 선택하는 간호사의 꿈. 두영이 의사가 된다면, 자신은 간호부가 됨으로써 두영의 정신적 아내가 되겠다는 것은, 두영에게 있어 현실에 패배당한 이념이 다른 형태로 정길에게 투영되는 것이다. 물론 이 또한 두영이 정길과 원옥의 삼각관계 속에서 자신의 현실적 패배를 선언하는 것과 맞닿아 있음은 물론이다. 앞에서 말한 바 있는 가족관계의 강고함 속에서, 정길의 이념 지향적 선택이 현실에서의 패배[10]를 감내하는 것이라는 사실 이 소설에서 매우 중요한 부분이다. 정길이 이념을 택하는 것이 두영으로 하여금 그가 거부하고자 한 현실 속으로 돌아올 수밖에 없게 만들기 때문이다.

이상에서 논의된 바를 정리해보면 다음과 같다.

첫째, 『불멸의 함성』의 창작원리는 구성적 측면에서는 중첩된 삼각관계의 설정과 해소의 반복이다. 이때, 삼각관계를 구성하고 해체하는

---

10) 이것을 '보다 완전한' 정신적인 사랑의 승리가 아니라 패배라고 보는 것은 두영의 가치기준에 비춘 것이다. 삼각관계 자체가 원옥과 정길이 각기 두영과 결혼하고자 하는 데서 성립하는 것이라면, 정길과 두영이 결혼하지 못하는 것은 실제적인 패배일 수밖에 없다. 이것을 정신적 사랑의 승리라고 감복하게끔 하는 것은 현실로부터 유리하여 허공으로 떠올라가 이념의 세계에 사는 것에 불과하다. 이러한 이념의 세계가 두영의 지향하고자 하는 바, 그리고 이태준의 지향하고자 하는 바가 아님은 물론이다. 두영, 혹은 두영의 목소리를 빈 이태준이 지향하고자 하는 바는 이념의 추구가 아니라 일견 신성해 보이는 이념의 현실적인 실현이다. 그가 의사가 되고자 하는 것, 그리고 원옥을 포기하고 정길과 결혼하고자 하는 것 모두 이에 기반한 것이다.

원리는 개인의 진정성이다.

둘째,『불멸의 함성』을 지배하는 이념적 원리는 계몽적 민족주의이다. 그러나 이러한 이념은 삼각관계의 외부에서만 자신의 힘을 펼치는 것으로 나타난다. 삼각관계 내부에서 계몽적 민족주의는 어떠한 힘도 발휘하지 못한다. 그러나 그럼에도 불구하고 미국유학이라는 공간이 설정되고 미국으로 유학가는 과정이 상당히 많은 분량을 차지하고 있는 것은 이념으로서의 계몽적 민족주의가 자신의 힘을 펼 수 있게끔 하기 위한 것이다. 유학은 한편으로는 적극적으로 자신의 이상을 실현하기 위한 과정이지만 또 한편으로는 원옥과 정길 사이, 곧 삼각관계의 현실에서 이탈하는 것이기도 하다. 삼각관계에서 이탈한 이념은 그것의 실현을 가로막는 제반 장애물에 부딪치게 되고, 미국에의 유학과정은 이러한 제반 장애물과의 투쟁으로 나타난다.

세째, 구성적 원리로서의 삼각관계와 이념적 원리로서의 계몽적 민족주의가 분리되는 것은, 이념과 현실의 분리이기도 하다. 삼각관계 내에서의 현실은 그가 어찌 해볼 수 없는 무력함을 확인하는 공간이다. 반면 이 현실을 떠나면 그의 이념은 곧바로 힘을 획득한다. 작품 속에서 이 이념은 순간순간 출현하지만(예컨대, 원옥에게 보내는 두영의 편지 속에서, 그리고 '불멸의 함성'이라는 제목을 들고 나온 동경유학생 강연회에서 이 이념이 출현한다) 그것은 현실의 관계에 아무런 영향을 미치지 못한다. 삼각관계를 떠남으로써만 힘을 획득하는 이 이념은 다시 두영이 삼각관계에 들어서면서부터(원옥과 정길의 편지) 빛을 잃고 만다. 그럼으로써 삼각관계 자체는 의미를 상실하고 단지 사건의 전개, 그것도 흥미로운 전개를 위한 수단으로서의 의미마저 지니게 된다(천오상의 경우).

바로 이러한 점에서 이태준의 소설을 기본적으로는 통속 소설로 규정할 수 있게 된다. 통속 소설이 단지 독자의 흥미를 이끌어내겠다는 작가의 의도가 아니라 그것이 현실 속에서 기능하는 바에 의해서 규정되는 것이라고 한다면,『불멸의 함성』은 이태준의 의도에도 불구하고 통속소설로 귀결될 수밖에 없게 된다.

다시 말해『불멸의 함성』이 단지 애정의 삼각관계를 취택하고 있다는 이유만으로 통속 소설로 규정하는 것이 아니라, 이념과 현실이 분리되어 각기 자신의 빛을 발하고 있기는 하지만(그 빛의 강렬함이라든가 그 빛의 현실적인 힘이라든가 하는 것은 논외로 하고), 전자가 후자에 끊임없이 끌려들어오거나 아니면 부차화되고 있다는 점에서『불멸의 함성』은 통속성을 지적할 수 있는 것이다.[11]

그렇다면 이러한 삼각연애와 이념의 실현공간을 한 작품에서 묶어주는 것은 무엇일까. 그것은 아마도 "소설이란 인생의 기록, 감격성이 있는 인생생활의 기록"(『불멸의 함성 1 - 이태준 전집 9』, 서음출판사, 1988, p.9)이라는 이태준의 소설관일 것이다. 이태준에게 있어서 이와 같은 소설관은 소설 속에서 고난을 헤쳐가는 '진정성' 있는 인물이 겪는 인생 역정으로 드러난다. 이 진정성은『불멸의 함성』에서는 두영이 지켜나가고자 하는 생활신조에서 표명된다. " - 언제든지 네 자신에게 물어라. 네 양심 만한 지도자는 없을 것이다 - "(『불멸의 함성 - 이태준전집 8』, 깊은샘, 1988, p.46). 그러나 문제는 이 진정성과, 그리고 주인공의 계몽주의적 성격으로 인해, 모든 것이 주인공이 추구하는 바와 그것을 가로막는 것과의 싸움으로 나타난다는 점이다. 계몽주의적 지식인이 사회에 대하는 방식이란 이미 성장한 어른이 미숙한 어린 아이를 대하는 방식과 같은 것이다. 따라서 주인공의 성장이라는 것은 존재하지 않는다. 이미 사회의 진실, 그리고 그것이 추구하는 바

---

11) 류보선은 「역사의 발견과 그 문학사적 의미」(현대문학연구회, 『한국의 전후문학 - 현대문학연구 1 집』, 태학사, 1991)에서 이태준의 장편을 관통하고 있는 요소를 통속성과 계몽성이라고 보고, 이 양립하기 어려운 두 요소가 양립할 수 있는 것을 "작가가 부정하는 인물과 긍정하는 인물의 구분점이 현실적인 근거를 지니고 있다는 점"에서 찾고, 그 근거는 "반(反) 봉건성과 민족의 해방에 대한 열정"이라고 하고 있다(pp.235 ~ 236). 그리고 이 점에서 다른 작가의 통속 소설과 이태준의 소설이 다르다고 한다. 김말봉의 「찔레꽃」과 이태준의 장편소설들이 갈라지는 지점이 이에 있다는 점에 대해서는 부인할 수 없다. 그러나 복잡한 삼각관계 자체가 통속성을 띠고 있다고 하는 점, 그리고 반봉건성과 민족의 해방에 대한 열정 때문에 통속성과 계몽성이 양립할 수 있다는 점에 대해서는 이의가 있다. 삼각관계 그 자체로는 통속성을 말할 수 없으며, 또한 계몽적 통속 소설도 존재할 수 있기 때문이다.

의 진실성은 보장되어 있는 것이고 그것을 방해하는 요소만이 존재하는 것이다. 따라서 이 주인공의 운명, 현실과의 부딪침은 시간성을 갖지 않는다. 불멸의 함성에서 두영이 다른 현실을 만나기 위해서는 시간적인 경과가 필요하지 않고 단지 공간의 이동만이 필요하다. 바로 미국으로의 유학이 그것이다.

주인공의 운명이 시간성을 갖지 않고, 공간적인 전개만을 갖는다는 것은 다른 측면에서도 살펴볼 수 있다. 이태준의 소설에는 세대가 나타나지 않는다. 이태준의 소설에는 바로 당대인만이 존재하지 그 이전 세대도 그 이후 세대도 존재하지 않는다. 그들은 이전 세대로부터, 그리고 그들이 살아온 역사로부터 완전히 떨어져 있다. 소설 속에서 주인공들의 부모 세대들은 부차적인 인물들에 지나지 않는다. 부모의 세대는 주인공들의 행동과 움직임을 방해하기는 하지만, 그것은 한갖 방해물의 범주에 속할 뿐이다. 따라서 이태준의 소설은 역사적 압력에서 자유로울 수 있다.

Ⅲ. 이태준 장편소설의 경향적 특성과 단편과의 연관

앞 절에서는 『불멸의 함성』에서 이념과 현실이 분리되어 있음을 지적하였다. 그러나 이것만으로는 논의에 충분하지 않다. 다음의 몇 가지 문제가 제기되기 때문이다.

첫째는 『불멸의 함성』에서 나타나는 이념과 현실의 분리가 단지 이 작품에서만 나타나는 것인가 하는 문제이다. 이 작품에 한정된 것이라면, 이를 이 작품 자체의 한계라고 말하고 말면 그뿐인 것이다. 이는 이 분리가 경향적 혹은 필연적인가를 묻는 것이다. 이러한 분리가 이태준의 장편소설에 경향적으로 나타나는 것이고 또 그것이 필연적인 한에서만 이상의 분석은 의미를 갖기 때문이다. 그런데 이 분리는 경향적인 것이며 필연적인 것으로 보인다.

둘째, 이태준의 장편소설의 창작원리가 삼각관계와 계몽성이라고 한다면, 이는 단편소설과는 어떠한 연관을 갖는 것인가. 이태준 소설의 전면모를 이해하기 위해서는 이 점은 필수적인 것이다.

세째, 이러한 분리와 그에 기인한 통속성은 어떠한 의미를 갖는 것인가. 이는 이태준의 소설을 문학사 속에 위치지우는 문제이다. 앞의 경향이 필연적인 것이라고 하더라도 그것이 개인적인 것이라면 문학사적으로는 커다란 의미를 부여하기는 힘들 것이기 때문이다. 이태준 소설을 이태준 개인의 체험으로 해석해내는 것은 이미 많은 연구자들에 의해서 이루어진 바다. 고아의식, 부의식, 그리고 그에 기대고 있는 민족주의적 지향 등등. 그러나 그것만으로는 이태준의 역사적 의미가 밝혀지지 않는다. 오히려 당대의 소설들, 그리고 이전에 존재하는 소설의 문법을 참조함으로써 비로서 이태준 소설이 지니는 역사성이 드러날 수 있다.

이 모든 것을 밝히는 것은 여기서는 불가능하다. 앞에서 이 글을 써나가는 연구자의 문제의식이 문제 발견적이고 이태준에 대한 논의를 진전시키는 데 필요한 문제를 제기하는 데 있다고 한 바 있다. 여기서는 『불멸의 함성』이라는 구체적인 작품을 통해 발견한 것을 시험적으로 확대해 보는 데 그치고자 한다.

먼저 첫번째 문제점부터 검토해 나가기로 하자. 이를 위해서는 다른 장편들을 고찰하는 것이 필요한데, 가장 적합한 것은 『제2의 운명』이다. 이태준이 자신의 첫 장편소설이라고 말하고 있을 뿐만 아니라 자신의 정열을 모두 바친 소설이라고 말하고 있기 때문이다.[12) 또한 이 소설은 『불멸의 함성』 연재 직전에 연재를 마친 소설이기도 하다. 그런 점에서 가장 비교에 적절한 대상으로 보인다.

『제2의 운명』 역시 애정의 삼각관계를 기본 구도로 하고 있다. 이

---

12) 이태준은 『제2의 운명』 서에서 "이 소설은 나의 첫 장편이다. 처음으로 많은 독자를 상대하고 써 보는 것이라 나는 높은 연단에나 오르는 것처럼 몹시 긴장했었다. 그리고 첫사랑을 하듯이 내 온 정열을 바쳐서 썼다. 내 청춘이 맛본 가장 아름다움을 다 이 소설 속에 넣어 보려 했고, 내 청춘이 맛본 가장 슬픔을, 또 가장 벅차던 희망을 다 이 소설 속에 쏟아보려 하였다."(『제2의 운명』, 한성도서주식회사, 1937)

소설은 일견 "'돈'을 매개로 한 갈등에서 선의 승리와 악의 패배가 번갈아 나타나는" 소설로, 그리고 "돈과 사랑의 대결에서 후자를 패배"시킴으로써 이 사회의 모순을 비판하려 하였으며, 사랑의 승리를 통해 '대사회적 승리'를 보이는 소설로 보인다.[13] 그러나 이 소설이 과연 '돈'을 매개로 한 갈등을 보이고 있는가는 재론할 필요가 있다. 이 소설의 앞부분을 차지하는 심천숙과 유필재, 그리고 박순구의 삼각관계를 살펴보자. 물론 심천숙을 사이에 두고서 유필재는 박자작으로부터 돈을 받는 가난한 고학생인 반면, 박순구는 상당한 재력과 지위를 가진 박자작의 아들이다. 한편에는 돈이 있고, 또 한편에는 돈이 없음은 이 소설을 돈을 매개로 한 소설로 보이게끔 한다. 그러나 실제적인 대립은 돈과는 관련이 없다. 이 소설이 돈을 매개로 한, 그리고 그것을 통해 사회의 모순을 비판하고자 한 것이라고 한다면, 심천숙이 박순구와 결혼하는 것이 돈 때문이지 않으면 안된다. 그러나 심천숙이 박순구와 결혼하는 것은 돈 때문이 아니라 박순구와 그의 친구인 김수환의 계략에 의한 것이다.[14] 그렇다면, 이 전반부의 삼각관계에서 돈이 하는 역할은 계략에 속아 사랑하는 사람을 잃는 주인공 유필재를 더욱 가련하게 만드는 것일 뿐이지 선택의 기준으로서 작용하지는 않는다.[15] 결국 이 삼각관계의 형성과 해소는 유필재가 가난한 고학생이라

---

13) 최혜실, 앞의 논문, p.41.

14) 이런한 계략에 의해 구성된 소설을 뒤집으면 곧바로 탐정 소설이 된다. 탐정소설이 감추어져 있는 어떤 진실을 여러 단서를 통해서 밝혀가는 데서 독자의 흥미와 긴장 ─ 과연 진실은 어떠한 것인가 ─ 을 이끌어 내는 것이라고 한다면, 이 진실이 작가에 의해서 독자들에게 제시되고 있고, 주인공들은 이러한 진실을 모르는 속에서 활동하게 됨으로써, 독자들에게 안타까움을 느끼게 하는 것이다. 이 모두 독자의 흥미를 끌어들이기 위한 기법이라고 할 수 있다. 이러한 기법은 모두 사실이란 명확하게 밝혀질 수 있는 것이라는 점을 전제로 한다. 곧 사실에 대한 지식은 전제되어 있는 것이고, 그것을 아는가 모르는가만이 문제가 된다. 따라서 그것은 대체로 사실에 대한 새로운 인식으로 향해 가기보다는 오히려 기존의 인식에 머무르게 하는 효과를 지니고 있다.

15) 그런 점에서 이 소설은 『장한몽』과 같은 '사랑이냐 돈이냐'의 논리에서는 벗어나 있다. 약간의 여담이지만, 우리 소설사에는 통속소설은 여러 계보 및 유형이 있다고 보인다. 예컨대 『장한몽』과 같은 '돈이냐 사랑이냐'의 유형, 그리고 『찔레꽃』과 같은 유형, 그리고 또 하나의 유형으로 이태준의 소설 ─ 굳이 말하자면 계몽적 통속 소설이라고나

는 사실이나, 아니면, 그가 갖고 있는 이상과는 무관한 것이다.

이제 후반부를 보자. 이 작품의 후반부는 유필재가 영어교사로 갔다가, 남마리아를 만나고, 남마리아와 함께 관동의숙 재건 사업에 뛰어들었다가 남마리아를 잃고 마는 과정으로 이루어져 있다. 여기서는 더 이상의 삼각관계는 존재하지 않는다. 남마리아가 돈을 취하기 위해서 만나는 주기환이 있어, 그가 돈을 미끼로 남마리아를 겁탈하려고 하고, 그 때문에 남마리아가 목숨을 잃기는 하지만, 그것은 그럼에도 불구하고, 이상(이는 물론 계몽주의적 이상이다)을 위해 실천하는 과정 속에서 맞닥뜨리는 고난과 그 가운데서의 희생에 불과하다.

『제2의 운명』을 『불멸의 함성』과 동일한 작품이라고 하기는 힘들다. 『불멸의 함성』에서는 삼각관계가 소설의 중심이 되어 있고, 이념이 독자적인 공간을 요구함에도 불구하고 그 독자적인 공간이 부차화되는 모습을 보이지만, 『제2의 운명』의 경우 이상을 실천하는 공간이 나름대로의 현실적인 공간을 획득하고 있기 때문이다. 반면 『제2의 운명』의 경우 삼각관계와 이념은 각기 소설 속에서 독자적인 공간을 획득하고 있기는 하지만 상호 침투하지는 못하는 모습을 띤다. 이 점은 매우 중요한 사실일 수 있다. 왜냐하면, 『불멸의 함성』의 경우, 삼각관계와 계몽적 민족주의의 분리는 현실과 이념의 분리이기 때문이다. 그러나 이처럼 가능성을 보였던 이념이 독자적인 활동의 공간을 획득할 가능성[16]은 사라진다. 남마리아가 죽은 이후 그동안 돈을 보내 주었던 천숙이 나타나고, 천숙이 관동의숙 재건에 힘쓴다고 하자 필재는 떠나 버리기 때문이다. 이는 이념이 현실화될 공간이 이전에 존재했던 삼각관계의 여파로 인해 사라지는 것을 의미한다고 할 수 있다. 결국 『제2의 운명』은 이념이 자신의 현실적 공간을 획득하는 데 실

할까―을 설정할 수가 있지 않을까 한다. 그러나 이에 대한 천착은 다른 자리를 빌어야 할 것이다.

16) 계몽주의적 이상이 독자적인 공간을 획득하고 현실과 결합할 때에 「상록수」라는 작품이 나올 수 있다. 이는 달리 말해 계몽주의적 이상이 가장 나은 수준의 소설적 육체를 가지고 나타난 것이 『상록수』라는 것이다.

패했다는 점에서 『불멸의 함성』과 같은 자리에 놓이게 되는 것으로, 『불멸의 함성』은 이와 비교한다면, 삼각관계로서의 현실이 더욱 복잡한 형태로 강고하게 되고, 이념의 공간이 현실성을 더욱 잃어버린 소설이라고 할 수 있다.

이렇게 본다면, 『불멸의 함성』이 보이는 삼각관계로서의 현실과 계몽적 민족주의로서의 이념의 분리가 우연적인 것이라고 할 수는 없다. 『불멸의 함성』이 보이는 분리는 『제2의 운명』에서도 확인되는 데서도 알 수 있듯이 일련의 장편소설에서 나타나는 경향적인 것이라고 할 수 있다. 그렇다면 이태준 장편소설의 창작원리로서의 삼각관계, 그리고 계몽적 민족주의가 단편하고는 어떠한 연관을 갖고 있는 것일까. 이제 우리는 두 번째 문제 곧 이태준의 단편과 장편이 맺는 연관관계를 살피는 문제에 다가서게 된다.

이태준의 단편들이 기본적으로 그가 민중이라고 부르는 사람들을 대상으로 하고 있음은 이미 여러 연구들을 통하여 밝혀져 있는 바이다. 최재서가 말하듯이 "낙백한 유자(儒者), 누항(陋巷)에 침면하는 퇴기, 불우한 소학교원이나 혹은 유랑하는 농민, 어리석은 신문배달부, 생에 희망을 잃은 노인"[17]들이 그의 소설의 대상들이다. 이런 민중들에 대해서, 이태준은 분노하기도 하고, 때로는 방관자적인 입장을 취하기도 하고, 또 혹은 그들의 삶의 방식에 동참하기도 한다. 그러나 그는 그들의 현실 그 자체가 어떠한 것인가를 적극적으로 천착하고 들어가 그 모순을 심원을 파헤치기보다는 그 결과를 그리는 것에 초점을 두고 있다. 이는 한 연구자가 지적하고 있듯이 이태준이 "당대의 모순구조가 바로 이들 민중에게 직접적으로 체현된다는 것을 인식하고 있음에도 불구하고 바로 이들이 역사 변혁의 주체임을 인식하지 못하"[18]고 있기 때문일 것이다. 그 모순의 근원을 추적해 들어가지 못하고 그 결과만에 중심을 두게 될 때, 그의 소설이 최대한 다가갈 수

---

17) 최재서, 《문학과 지성》, 인문사, 1938, p.175.
18) 류보선, 앞의 논문, p.234.

있는 것은 비극성일 것이다. 이 비극성에 미치지 못할 때, 이태준의 소설은 방관자적인 입장을 취하게 되거나 아니면 그러한 현실에 대한 즉자적인 분노의 수준에 머물고 만다.

예컨대 「아무 일도 없소」(《동광》, 1931. 7)나 아니면, 「천사의 분노」(《신동아》 1932. 5)와 같은 작품을 보자. 「아무 일도 없소」에서는 에로기사 취재를 나간 잡지사 기자의 이야기를 다루고 있다. "나의 붓은 칼이 되자 저들을 위해서 칼이 되자"라는 소명의식을 가진 K는 M 잡지사에 취직을 한다. 그러나 그가 취재를 맡은 것은 '신춘 에로 백경집'이라는 에로 기사이다. 그는 잡지사에 대해 구역질을 느끼지만 그것은 생활의 압력에는 미치지 못하는 것이었다. K는 기사거리를 찾아 몇 번을 매음굴에 들어간다. 그가 거기서 만난 것은, 만세때 만주로 간 아버지, 늙은 어머니를 가진, 그리고 여공생활을 하다가 성병까지 얻은 한 여인이었다. 자신의 본래의 소명의식을 새삼스럽게 깨닫고 뛰쳐나온다. 그러는데 야경꾼의 딱딱이 소리가 마치 세상에는 아무 일도 없다는 듯이 울리고 있다. 「천사의 분노」는 성탄절을 기념하여 거지들을 초대하여 저녁식사를 대접하는 한 자선가가 다음날 아침 그가 아끼는 자동차 속에서 거지 하나가 얼어죽은 것을 보고 분노한다는 대단히 짧은 소설이다. 이 소설들은 물론 이태준의 단편을 대표할 수 있는 작품이라고는 할 수 없다. 그러나 이태준 단편이 지니고 있는 특성 중의 하나를 매우 잘 보여주고 있는 소설이기도 하다. 「아무 일도 없소」는 매음굴의 비참함과, 그럼에도 불구하고 마치 아무 일도 없다는 것처럼 울리는 딱딱이 소리를 대조함으로써, 삶의 표면 그 밑에 있는 삶의 이면을 드러내고자 하고 있다. "보라, 당신들이 보는 세상의 이면은 이런 (추악한) 것이다!!" 그러나 이 삶의 이면이라는 것은 그닥 새로운 것은 아니다. 그가 대조한 두 측면 모두가 다른 측면에서 본다면 삶의 표면일 수 있다고 할 수 있을 것이다. 사회의 어두운 이면에 대한 그의 분노가 어떠한 것이든 그 인식의 깊이가 얕은 것임은 쉽게 알 수 있다. 적어도 한 쪽에 사회주의 문학이 있는 한에서는 그러하다. 1920년대 중반에서 30년대 초반에 이르기까지의 신경향파

소설과 카프의 소설에서 이미 그보다 내용적으로는 깊이 인식되고 있기 때문이다.

이처럼 그닥 새롭지 않은 것을 마치 새로운 것처럼 제시하는 것은, 이태준의 현실 인식이라는 것이 얼마나 표면적인 것인가를 드러내고 있을 뿐이다. 「불우선생」 같은 작품에서 보이는 다소 시대착오적인, 그러나 나름대로 올곧은 삶의 방식을 추구하는 불우선생의 모습도, 단순히 자본주의적인 사회와 시대착오적 인물을 대비하는 것에 불과하다. 이태준의 소설이 현실을 깊이 파고 들어가지 못하고 그 표면적인 데에 머물고 있음으로 해서, 그의 단편소설은 소설적인 서사성을 획득하기보다는 서정성을 추구하게 된다.[19]

이태준의 단편소설이 서정성을 취한다는 것, 그리고 그것이 현실 인식의 제한성에서 기인한다는 것은 앞서 밝힌 장편소설의 창작원리와 매우 밀접한 연관을 갖고 있다. 서정성이 추구되기 때문에 단편에서는 과정보다는 결과에 초점을 맞춘다. 이태준이 보는 현실이란 부정되어야 할 것들이 미만한 현실이지만, 그 부정적 현실들은 서로 연관을 갖지 못하고 현실 속에 널려져 있을 뿐이다. 그들은 단지 아직 깨이지 못한 존재이거나, 아니면 돈에 의해 타락한 존재, 그리고 돈이 지배하는 사회에서 밀려난 존재들로 피해받은 대상에 불과하다. 그러므로 이태준 단편에서는 역사적 의미에서의 시간성은 커다란 의미를 지니지 못한다. 그것이 어느 시대이건 돈이 지배하는 사회에서는 그들

---

19) 이러한 서정성은 「가마귀」에서 정점에 이른다. 이 작품에서 모든 사회성은 탈각되고, 남는 것은 분위기일 뿐이다. 까마귀의 배를 갈라 그 속에는 내장밖에 없음을 보여주겠다는, 그럼에도 불구하고 인간사는 아무런 변화가 없다는 이 인식, '치졸한' 근대성·죽음의 비극성을 대비하는 이 소설은 그 '분위기'로 인해 이태준 단편소설 중 가장 성공한 작품의 하나로 꼽힌다.

그러나 이는 단편소설과 장편소설의 양식에 걸친 문제이기 때문에 그 치졸함이나, 사회적 역사적 리얼리티의 박약함은 곧바로 부정될 것은 아니다. 루카치가 단편소설을 장편소설과는 달리 서사 양식에 속하기보다는 서정 양식에 속하는 것이라고 파악하고 있다는 것은 잘 알려진 논의이거니와, 여기서도 단순한 사회적 역사적 리얼리티의 부재를 말하기에는 곤란하다. 과문한 탓인지 우리 문학사에서 단편소설과 장편소설의 양식에 관한 논의는 없는 것으로 알고 있다.

이 겪는 것은 모두 동일하다. 그러므로 이태준이 갖고 있는 민중에 대한 애정은, 그리고 그로부터 형성되어 나온 분노나 안타까움은 구체적이라기보다는 추상적이다. 서로 연관을 갖고 있지 못하고, 또 그 연관성이라고 해보아야 모두 돈 때문에, 그리고 돈을 중시하는 사회에 의해 고통받고 있다는 사실뿐이다. 이처럼 사회는 부정적인 것이고, 이태준은 이 사회의 부정성을 인식하지만, 이는 추상적인 이상에 비추어 부정적인 것이다. 그리고 이태준은 이 부정성에 대해 비판의식을 갖고 있지는 하지만, 그 부정성 자체를 파고 들어가지 않고 있기 때문에, 이 부정성 자체는 추상적인 것이다. 따라서 이에 대립하는 그의 이상이라는 것도 마찬가지로 추상적인 것에 지나지 않는다. 우리가 이태준이 반자본주의적 의식을 굳이 부정할 필요는 없지만, 그렇다고 해서 이 반자본주의적 의식이 자본주의를 넘어서지 못하고 자본주의 내에 고착되어 있음도 간과할 수는 없다. 그렇기 때문에 부정성의 의식과 그것을 넘어서고자 하는 의지는 기껏 민중을 위해서 자신을 희생하겠다는 희생의 의지로만 나타날 뿐이고, 그것이 내용성을 획득하게 되더라도 그것은 잃어버린 옛 가치에 대해 사라져가는 것이 안타깝기는 하지만, 그렇다고 해서 그것을 회복해야 한다고 적극적으로 주장하지도 못하는 어정쩡한 태도를 보이고 있음에 불과하다.

장편이 요구하는 것이 이야기의, 혹은 파편적인 단편들의 집적이 아니라고 한다면, 장편의 서사성을 획득하기 위해서는 현실 자체의 발전의 방식에, 그리고 그 역사성에 다가가야 한다. 그러나 이태준의 단편의 세계에서 출발해서는 진정한 의미의 서사성으로는 나아갈 수 없다. 비로소 삼각관계가 의미를 갖는 지점이 바로 여기일 것이다. 역사적 시간성을 획득하지 못한 단편의 세계가, 그리고 현실 자체로 파고 들어가기보다는 그에 대한 부정성만을 비추어보이는 단편의 세계가 장편의 형식을 취하고자 할 때, 그 세계는 장편에서 마찬가지로 시간성, 역사성을 획득하지 못하고 단지 무시간적으로 동일한 평면으로 확대될 수밖에 없다. 이처럼 동일한 평면으로 확대될 때, 그것을 담지하는 요소가 바로 애정의 삼각관계라고 보인다. 애정의 삼각관계를 통해

서 비로소 장편은 '사건'을 담을 수 있게 된다. 곧 장편에서 요구하는
서사성을 간신히 애정의 삼각관계로서 '형식적으로' 담아내게 되는 것
이다. 따라서 앞에서 이미 밝힌 바 있는 장편소설의 세계, 다시 말해
서 삼각관계로서의 현실과 계몽적 민족주의로서의 이념의 분리와 그
독자성, 그리고 전자에 대한 후자의 기능적 종속이, 단편의 세계와 따
로 떨어져 있는 것이 아니라, 그 이면에 불과함을 확인하게 된다.

Ⅳ. 희화화된『무정』 – 이태준 장편소설의 문학사적 의미

이제 우리는 마지막 문제로 들어갈 수 있다. 도대체 이태준 장편소
설은 문학사적으로 어떠한 의미를 지니고 있는가 하는 문제이다. 이는
왜 굳이 이태준이 삼각관계라는 '형식'을 취했는가 하는 문제와 밀접
히 관련되어 있는 것이다. 이를 이태준의 개인사를 통해서 해명할 수
도 있을 것이다. 그러나 그것으로는 문학사적 의미를 해명해 내는 데
는 부족하다. 오히려 이를 우리 소설의 전통의 문제와 연관시킬 수는
없을까. 이태준이 장편을 발표하기 이전에 이미 염상섭에 의해서『삼
대』가 발표된 바 있고, 그리고 이기영의『고향』이 연재되고 있었다.[20]
그러나 이태준의 장편소설은『삼대』나『고향』의 소설문법에 다가서
있기 보다는 오히려 이광수의『무정』에, 그리고 1931년에 동아일보
에 발표된『흙』에 연관되어 있다고 보인다.『무정』에서 시작된 삼각
관계와 도저한 계몽성에 이태준의『불멸의 함성』은 기대고 있는 것이

---

20)「삼대」는〈조선일보〉에 1931년 1월 1일에서부터 같은 해 9월 17일까지 연재되었
  고,「고향」은 역시〈조선일보〉에 1933년 11월 15일에서 1934년 9월 21일까지 연
  재되었다.『第二의 運命』이 연재된 것이〈朝鮮中央日報〉에 1933년 8월 25일부터
  1934년 2월 23일까지이고,『不滅의 喊聲』이〈朝鮮中央日報〉에 연재된 것은 1934년
  5월 15일부터 1935년 3월 30일까지이다. 따라서『제2의 운명』이 연재되기 시작했
  을 때는 아직『고향』은 연재되지는 않았지만,『불멸의 함성』이 연재될 때에는『고향』
  이 거의 끝나갈 무렵이었다. 따라서 이태준이 최소한『불멸의 함성』을 연재할 때에는
  『고향』을 염두에 둘 수 있었을 것이다.

다. 이태준이 단편의 세계를 장편소설로 확대하려고 했을 때, 그가 발견한 것은『삼대』가 아니라『무정』이었다는 점은 흥미로운 사실이다. 『불멸의 함성』은 이광수의『무정』과 흡사한 면이 상당히 많다. 도저한 계몽주의가 그러하고 삼각관계가 그러하다. 계몽적 이상을 가진 이태준이 장편소설을 쓰고자 했을 때, 이광수의『무정』이 눈에 들어온 것은 당연한 것인지도 모른다. 자신의 소설적 전통을『무정』에서 찾은 것, 그것이 이태준이 지니고 있는 우리 소설사에 대한 이해이다. 이태준은『무정』에서 삼각관계를 배워오고, 주인공의 계몽주의를 가져왔다. 그러나『불멸의 함성』과『무정』사이에는 커다란 심연이 놓여 있다.『불멸의 함성』이 곧바로 이광수의『무정』에 닿아 있으면서도, 그와는 다른 질을 지닌다는 점에『불멸의 함성』의, 그리고 이태준 장편소설의 문학사적 의미가 있는 것이다.

앞선 연구들에서 이미 밝혀져 있듯이 이광수의『무정』은 그것이 1917년이라는 시기에 나왔다는 것, 그리고『무정』의 삼각관계가 전통과 근대에 닿아 있는 것으로 조선의 근대화 과정 속에서 전통과 근대의 대립을 표상하고 있다는 점, 따라서 삼각관계 자체는 개인적인 것이 아니라 역사적이라는 것, 그것을 넘어서는 것이 바로 계몽적 민족주의라는 것, 그리고 그것은 당대의 성장하는 계급의 세계관의 가능성과 한계를 '소설적으로' 드러내고 있다는 것, 그리고 마지막으로『무정』은 전통적인 소설 문법을 넘어선 근대적 문학이라는 것 등으로 인해 역사적인 무게를 지니고 있는 것이다.[21]

그러나 앞에서 살펴보았듯이『불멸의 함성』은『무정』에 기대고 있으면서도 그로부터는 한껏 벗어나 있다.『무정』에서 두 시대의 대립을 표상하던 삼각관계는 개인의 진정성의 대립으로 개인화되어 있고, 『무정』에서 애정의 삼각관계마저도 넘어설 수 있었던 계몽적 이상은 삼각관계에서 벗어날 때에만 자신의 영역을 획득할 수 있었던 것이다.

---

21)『무정』의 역사적 의미는 김윤식의「〈무정〉의 문학사적 성격」(『한국근대문학사상사』, 한길사 1984)와 서영채의「〈무정〉 연구」(서울대학교 석사학위 논문, 1992)에서 뛰어나게 해명되어 있다.

『무정』에서 비록 역사적으로 제한된 형태로나마 자신의 현실성을 획득했던 계몽적 이상은 이제 현실의 영역에서 벗어남으로써만 가능한 것이었고, 오히려 이 계몽적 이상은 이태준에게 있어서는 삼각관계 그 자체에 제한되기도 하는 것이다. 임화가 「본격소설론」에서 근대적 정신의 미확립을 말하면서 "태준(그는 25년 이후의 비경향문학이 낳은 가장 큰 작가다)을 볼 때, 형식적 부분적인 진보를 인정하면서도 구조, 성격, 전체의 「콤포지슌」에 있어 춘원 상섭에 미치지 못함을 단언할 수 있다. 연약하게 세련된 춘원이나 상섭의 전통이 태준의 소설이라 할 수 있다."[22]고 이태준을 평가할 때, 그가 염두에 두었던 것도 이러한 점일 것이다. 1917년에 자신의 역사적 의미를 최대한도로 발휘하였던 계몽주의가, 그리고 그 소설적 반영으로서의『무정』이 1920년대와 30년대 초를 거친 이후에, 그는 기껏해야『흙』이라는 사이비 계몽소설로밖에 나타날 수 없었다고 한다면, 이태준의 소설은 기껏해야『흙』의 수준을 반복하는 것에 불과하며, 그리고 그것은 계몽적 민족주의가 시대적 적합성을 상실했음에도 불구하고 여전히 자신의 의의를 시대착오적으로 고집할 때 어떻게 파산되는가를 보여주는 것에 불과하다. 그런 점에서 우리는 이태준의 장편소설을『무정』이 역사적으로 희화화된 형태라고 말할 수 있고, 바로 이 점에 이태준 장편소설의 소설사적 의미가 있을 것이다.

V. 맺는 말

머리말에서 말했듯이 자유로운 글쓰기는 불가능하다. 그것이 '문학'이라고 인정받아야 하는 것일 경우에는 더욱 그러하다. 자유를 원하는 작가에게는 이 문학적 전통에 어떠한 방식으로든 연관을 맺지 않을 수 없다는 사실이 고통스러움이겠지만, 거꾸로 바로 그 제한성, 부자

---

22) 임화, 「본격소설론」,『문학의 논리』, 학예사, 1931, pp.374~375.

유스러움이야말로 그 작가를, 그리고 그 작품을 역사적인 것으로 만드는 것인지도 모르겠다. 그리고 연구자들이 보아내어야 하는 것도 바로 이러한 사실일 것이다.

이 글에서는 바로 그러한 제한성을 확인하고, 그 속에서 이태준 장편소설의 역사성 - 부정적인 것이건, 긍정적인 것이건간에 - 을 밝히고자 하였다. 이태준의 『불멸의 함성』과 『제2의 운명』을 통해서, 이태준 소설의 창작원리로서 형식적 원리로서의 애정의 삼각관계와 이념적 원리로서의 계몽적 민족주의를 확인하고 그것이 무시간성을 자신의 원리로 하고 있는 이태준 단편의 세계가 장편의 세계로 확대되기 위해서 필수적인 것이었음을 밝혔다. 또한 그 삼각관계가 이광수의 『무정』의 창작원리와 동일한 것임을 확인할 수 있었고, 1930년대 중반이라는 시기에, 이미 또 하나의 원리로서 사회주의가 한편에 존재하고, 그리고 계몽적 민족주의가 역사적으로 자신의 힘을 갖지 못한 시기에, 『무정』의 반복인 『불멸의 함성』이 나왔다는 것은, 『무정』의 '희화화'에 불과한 것임을 가설적으로 제시하였다.

그러나 이 결론 또한 가설적인 것에 지나지 못하다. 이태준 단편의 세계를 이러한 측면에서 전체적으로 점검하지도 못하였고, 또 이 글에서 세운 가설이 1930년대 후반기에 연재되는 통속 소설인 『청춘무성』이나 『별은 창마다』와 같은 작품들을 대상으로 할 때 어떻게 확대 적용될 수 있는가도 밝히지 못하였기 때문이다. 1930년대 후반이라는 역사적 시기, 전망의 동요, 그로부터 오는 암울함 같은 것은 더 이상은 1930년대 후반에 나온 통속 소설들의 문제, 그리고 단편의 문제, 나아가서는 1930년대 후반의 문학사 전체를 해명하는 데 도움이 되지 못한다. 역사적 상황의 제한과 그로 인한 변화라는 것이 이 시점에 와서는 1930년대의 문학을 해명하는 데 적합하지 않기 때문이다. 역사적 상황이 영향을 미치지 못한다는 것이 아니라, 이제는 연구의 지평이 확대되고, 그리고 방법론이 더욱 심화되어야 한다는 것, 역사적 상황와 문학적 양식의 변화가 맺는 복잡한 관계를 해명하려는 노력이 없이는 더 이상 연구가 한걸음도 진전할 수 없다는 것이다. 그리고 이것은 우리 모두의 과제일 것이다.

(충북대 · 인하대 강사)

장편소설에 나타난 여성의식

이 명 희

Ⅰ. 서 언

페미니즘이란 여성주의를 의미하기 때문에, 여권주의·여성해방주의라는 정치적 범주에서 논의되고 있는 용어이다. 여성해방론의 기본적 노선은 남성 지배적 사회 체제 내에서 여성 '자신이 '타자'(The other)라는 사실을'[1] 인식함에서 출발하여 '남성 중심주의로부터 벗어나서 여성 중심주의적 전망을'[2] 확립하고자 한다. 그래서 여성해방 운동가들은 궁극적으로 '총체적인 인간 해방'[3]으로 나아가고자 한다. 이런 의미에서 여성문학이란 '여성해방 문학을 의미'[4] 하며, 여성문학이라는 일련의 과정을 통하여 여성주의를 획득한다. 이렇게 본다면 페미니즘 문학 비평은 위에서 지적한 여성주의의 입장에서 문학 작품을 조명하는 새로운 문학 비평 방법론이며 여성의 입장에서 여성의 눈으로 작품을 '다시 보기 re-vision'[5]라는 새로운 관점을 요구한다.

---

1) 릴리안 로빈슨, 「무엇이 과연 품위를 지키는 것인가」, 『여성 해방 문학의 논리』, 창작과 비평사, 1990, p.23.

2) 조혜정, 『한국의 여성과 남성』, 문학과 지성사, 1993, p.22.

3) 김영혜 외, 「여성문학론 정립을 위한 시론」, 『여성운동과 문학』, 실천문학사, 1988, 271.

4) 좌담, 「페미니즘문학과 여성운동」, 『여성해방의 문학』, 또 하나의 문화 제3호, 평민사, 1987, p.15.

5) Judith Fetterley, *The Resisting Reader*, Indiana Univ. Press, 1978, p.xxii.

이 글은 이태준의 장편을 페미니즘적 시각에서 다시 본다는 소박한 의미를 갖는다. 즉 이태준 문학은 페미니즘 문학 비평의 각도로 보았을 때 얼마나 새롭게 평가될 수 있는가에 대한 가늠이다. 이와 같은 의도에 부합하기 위해서는 작품이 씌어진 당대의 페미니즘 이론이 어떻게 전개되었고 어떤 의미를 지니는가, 이태준이 이해하고 있었던 여성의식은 어떤 수준에 도달해 있었는가, 그 당시의 여성해방론과 이태준이 가지고 있었던 여성의식의 단면이 작품에 어떻게 형상화되고 있는가, 더 나아가 이태준은 페미니즘 입장에서 작품을 통하여 무엇을 독자에게 전달하고자 했는가를 면밀히 살펴보면서 서로간의 상관 관계를 추적해야만 할 것이다. 그러므로 이 글은 이런 전개 과정을 통하여 이태준의 여성의식과 당대 페미니즘 이론과의 함수 관계를 살피는 작업이 될 것이며 동시에 페미니즘 문학 비평의 관점으로 작품을 다시 보는 계기가 될 것이다.

대상 작품은 장편 중 『딸삼형제』, 『행복에의 흰손들』, 『법은 그러치만』, 『청춘무성』, 『구원의 여상』, 『화관』, 『성모』로 제한한다. 작품은 발표 당시의 원본을 원전으로 삼고자 한다.

Ⅱ. 여성 해방론과 여성의식

1. 근대 여성 해방론의 전개

당시의 진보적 분위기와 어느 정도 개진된 여성해방론은 1920년대에 들어서면서 서구의 여성 해방론에 큰 영향을 받는다. 특히 신교육을 받은 여성들은 진보적 이론과 고답적 현실 사이의 갈등을 겪으면서 시행착오를 경험하게 되는데, 1920년대와 1930년대에 가장 큰 반향을 그린 여성 해방 사상은 자유주의 여성관을 주장한 엘렌케이 사상과 사회주의에 입각한 코론타이의 연애관이다.[6]

우선 엘렌케이 사상은 자유 연애와 결혼, 자유 이혼론 그리고 모성관으로 대변된다. 엘렌케이는 연애를 사회적 행복을 구성하는 것과 인생의 중심을 이루는 것으로 파악한다. 엘렌케이 사상의 요점은 '성(性)의 문제는 인생의 문제이요 사회 행복의 문제인데 이 문제에 비하면 기타 인생에 잠재한 모든 문제는 전혀 무의미한 문제'[7]라고 말한 부분에서 단적으로 드러난다. 그의 결혼관은 철저한 연애 중심 결혼관이라 할 수 있는데, '어罪한 결혼이던지 거긔 연애가 잇스면 그것은 도덕일다. 가량 어罪한 법률상에 수속을 경한 결혼이라도 연애가 업스면 그것은 부도덕일다.'[8]라는 부분에서 그의 연애 중심 결혼관이 뚜렷히 나타난다. 또한 그는 결혼이 연애를 중심으로 이루어졌으므로 연애가 없어지면 마땅히 이혼하는 것이[9] 당연하다는 입장을 취한다. 모성론의 핵심은 '모성이야말로 심령의 교육자'[10]에 있으며, 직업인이기 이전에 훌륭한 자식을 키우기 위한 어머니로서의 직분을 더욱 중요시한다는 데 있다. 그밖의 엘렌케이의 여성해방론에 대한 관심도는 여러 곳에서 음미[11] 된다.

반면 코론타이는 자유 연애와 결혼을 강조하고 있기는 하나 사회주의적 여성관을[12] 바탕으로 하고 있기 때문에, 그의 연애는 사회의 건설을 위한 수단에 지나지 않는다. 코론타이 이론은 남성과 여성의 평등함을 전제로 하고 남성과의 불평등을 해결하기 위해서 여성이 남성에의 예속 관계를 벗어나야 한다는 점에 주안점이 두어지며, 그러기 위해서는 여성의 경제적 독립이 가장 급선무임을 강조한다. 그래서 코

---

6) 그밖에 엥겔스와 베벨의 부인론과 카펜타·칼막스·톨스토이 등의 연애관이 보인다. 그리고 여러 이론 설명에서 입센의 『인형의 집』이 소개되면서 '노라'가 성해방의 대명사로 불려지고 있다.

7) 노자영, 「여성운동의 제일인자 엘렌케이」, 《개벽》, 1921. 2, p.51.

8) 위의 글.

9) 七寶山人, 「위인의 연애관 에렌케이의 연애관」, 《신여성》, 1926. 1, p.32.

10) 채정근, 「근대여류위인열전 생명의 사도 엘렌·케이」, 《여성》, 1940. 9, p.71.

11) 外觀生, 「여권운동의 어머니인 '엘렌케이' 여사에 대하여」, 《신여성》, 1926. 6. 엘렌케이, 「전쟁과 부인」, 《동광》, 1932. 2.

12) 김옥엽, 「'싸벳트 러시아'의 신연애 신결혼」, 《신여성》, 1932. 3.

론타이 여사는 '연애보다 일이 제일'이라는 결론에[13] 도달하며, 여성을 경제의 한 단위로 보는 전제 하에 남녀 평등의 권리를 주장한다. 결국 그녀의 논지는 직업인으로서의 여성을 존중하기 때문에 엘렌케이의 모성론과는 상반된다.

그 밖의 여러 방면으로 남녀평등을 주장하는 이론이 대거 등장한다. 남편의 노동의 댓가만이 소중한 것이 아니라 아내들의 가사 노동도 중요한 것임을 인식해야 한다며 아내의 일과 노동을 돈으로 계산하자는 주장도[14] 나오며, 《신여성》에서는 특집으로 〈지상정조문제논의〉가 이루어지기도 한다. 여성에게만 정조를 강요하는 것은 '피차 신의상으로 株는 남녀동권의 의미에서'[15] 부당함을 피력하면서 남성도 정조를 지켜야 한다고 말한다. 이 문제가 부인과 과부의 문제로 확대된다. 아내에게 정조를 바란다면 남자도 정조를 지켜야 함을 요구하는 것은 아내로서 당연한 권리이며, 과부의 경우 그의 재혼은 당사자 자신의 결심에 의한 것이지 결코 사회적 인식에 의해 좌우될 것이 아님을 이 글은 강조한다. 그리하여 위의 논리는 '여자 해방 운동이라 함은 즉 여자의 인간적 자각 개성적 각성을 촉진하야 남자와 평등한 지위에 대립하게 하는 운동'[16]이라는 데 공감을 표하면서 남녀 평등을 지상 과제로 떠올리고 있다.

위의 논지들을 정리해 보면 그 당시 여성해방론의 중추적 핵심을 추려 볼 수 있는데, 이는 엘렌케이 사상과 코론타이 사상을 양대 축으로 설명될 수 있는 문제이다. 첫째, 자유 연애(결혼)와 성개방이라 할 수 있다. 둘째, 가부장적 이데올로기를 극복하기 위해서 여성들은 여성 자신의 인간적·개성적 자각이 이루어져야 함을 강조하고, 반드시

---

13) "경제적 독립을 얻고 남성과 같은 전선 우에서 보다 낳은 사회의 건설을 위하여 활동하지 않으면 안된다"(조원경, 「연애와 이혼의 자유 코론타이 여서의 주장」, 《중앙》, 1934. 5, p.40)는 입장에서 나온 것이다.
14) 송화자, 「안해에게 월급을 주라」, 《신여성》, 1925. 1.
15) 유광열, 「지상정조문제논의 남자정조론」, 《신여성》, 1932. 3, p.25.
16) 이경숙, 「여자해방과 우리의 필연적 요구」, 《신여성》, 1925. 1, p.78.

경제적 독립을 해야 함을 중요한 문제로 거론한다. 셋째, 남녀 평등 내지 남녀 동권을 부르짖는다. 그러나 모성론에 있어서 엘렌케이 사상과 코론타이 사상은 다른 분기점을 마련한다. 엘렌케이의 경우는 어머니로서의 여성 다시 말해서 훌륭한 자제를 낳고 키우는 여성으로서의 입장을 더욱 강조하며 코론타이는 직업과 일이 우선이라는 실리성을 강요한다. 1920년대와 1930년대의 여성해방론이 위와 같이 정리될 수 있다면, 다음 과제는 이태준이 그 당시의 여성해방론을 어떻게 받아들였고 그의 여성의식은 어떤 계제에 있었는가를 살펴보는 일이 될 것이다.

2. 이태준의 여성의식

이태준의 여성의식은 《중앙》에서 '연애와 결혼 문제'라는 주제를 걸고 쓴 「인생과 연애」, 「연재 장편과 작가—두 연재물에 대하여」, 「본지에 빛날 신장편소설」, 「묵죽과 신부」라는 이태준의 글에서 찾아진다.

이태준은 사랑과 연애를 인생 최대의 과제이며 지상 최고의 낙원으로 보고 있다. 그는 사랑을 저주하는 사람은 불행한 사람이고, 사랑을 모르는 자는 인생을 모르는 최하의 문맹자로 인식한다. '인생의 모든 복락이 결혼에서 시작된다'[17]는 인식도 이런 선상에서 이해가 가능해진다. 이는 일견 연애지상주의를 방불케 할 정도로 보이는 데 무리가 따르지 않는다. 이런 인식은 사랑과 연애를 예술 이상의 가치로 평가하는 데서 최대치를 보이며 '사랑은 예술 이상으로 표현욕에 불탄다. …(중략)… 연애는 예술보다도 개인적의 것이요 절대적의 것이다. 예술보다도 공리와는 원거리로 절연된 신성한 존재이어야 할 것이다.'[18]라는 인용에서 명백히 드러난다.

---

17) 이태준, 「본지에 빛날 신장편소설」, 〈조선일보〉, 1937. 7. 28.
18) 이태준, 「인생과 연애」, 《중앙》, 1934. 5, p.3.

사랑과 연애란 '예술 이상의' 표현을 가지며 '예술보다' 신성함을 지녀야 한다는 논리는 이태준이 예술적(문학적) 행위와 예술가에 대한 자존을 상당히 가졌던 사람임을 상기한다면 상대 평가가 가능해진다. 그가 내린 연애에 대한 가치 평가는 당대에 거론된 연애 중심 사상과 비견될 수 있는 요체를 충분히 함유하고 있다. 위 인용에서 예거된 '공리와는 원거리로 절연된 신성한 존재'는 코론타이 여사의 이론에 반격을 가하는 근거가 되기도 하는데, 코론타이 여사가 연애를 공리적이고 경제적으로 본 것과 대척점을 이루는 것이다. 연애에서 신비성을 배격한 코론타이 여사의 '연애보다 사업이 중하다'[19]라는 논지는 바로 사랑의 신비성을 중요시 여긴 이태준에게 있어서 심히 받아들이기 어려운 논리임에 틀림없다. 급기야 이태준은 코론타이 여사를 '사랑의 고전성을 침뱉은 사람'[20]이라고 비난하기에 이른다.

이런 연애지상주의적 가치관은 〈연재 장편과 작가 — 두 연재물에 대하여〉에서도 나타난다. 이태준은 대부분의 여성들이 환경과 현실에 안주하여 사랑을 타락시키고 결혼을 수단화해 가는 현실에 개탄한다. 그는 이성을 보는 데 있어서 '신(神)과 시(詩)'를 반드시 지켜야 한다고 본다. 여기서의 신은 신비성을 말하며, 시는 실리적인 것을 배제한 감성의 중요성을 대변한다. 이렇듯 그는 사랑과 연애를 최대의 인생 과제와 최선의 행복으로 보면서 공리성을 철저히 배격하고 있다. 이러한 이태준의 사랑관은 현대 여성의 진정한 행복을 가정에서만 구할 수 없다는 인식으로까지 발전한다. 아래 인용은 이를 잘 대변해 주고 있다.

더구나 여성도 가정만이 그들의 소재지일 수는 없는 시대이다. 그들의 행복권은 날로 넓어가며 있는 것이다. 재봉시간에 지은 수놓은 에프론을 입고 신랑을 위해 아침 채단을 구상하는 데도 여성의 행복은 있지만, 노트는 덮어버린 채 대현실에 직면해서 민중을 위해 어떤 임무와 어떤 무대의 히로인이

---

19) 조원경, 앞의 글, p.41.
20) 이태준, 「인생과 연애」, 《중앙》, 1934. 5, p.4.

되는 데도 현대여성의 당당한 행복의 깃발은 펄럭이는 것이다.[21]

   현대 여성에게 있어서는 가정만이 여성의 행복을 줄 수 있는 장소가 될 수 없으며 사회로 나와 민중을 위해 일을 한다면 이 역시 여성의 행복을 추가할 수 있는 일임을 역설한 위 인용은 '가정을 벗어 나와서 사회적 활동을 하기에 힘써야'[22] 한다는 여성해방론과 근본적으로 일치하는 것이다. 일과 사회에서 여성의 몫을 인정했다는 점, 이를 민중을 위한 가치있는 임무로 연결시켰다는 점에서 그의 여성해방론은 타당성을 획득한다. 그러면서도 현대 여성이 지녀야 할 점을 다음과 같이 열거하는데, '떨고 굶주리되 사랑과 체도를 헐지 않는 여유, 이거야말로 높은 교양이요 예의요 자존심일 것…(중략)…이만 교양, 이런 자존심이 현대 우리에게, 현대 여성에게 엄연히 군림하고 게신가?'[23]라는 그의 주장은 일견 질문을 통하여 현대 여성의 바람에 대한 해답을 얻고 있는 듯하다.

   지금까지 살펴본 바와 같이 이태준의 여성의식은 그 당시의 자유연애 사상이나 연애(결혼) 지상주의에 상당히 공감하고 보조를 맞추고 있다. 그러나 그는 사회주의 사상에 근거한 코론타이 여사의 연애의 공리성에는 상당한 반감을 가지며 그와는 상반된 연애의 신비성을 줄곧 주장한다. 그 밖에 그는 어머니로서의 교육을 강조하는데 이는 작품 분석을 통하여 얻을 수 있는 결론이므로, 다음으로 다루어야 할 과제는 그 당시의 여성해방론과 이태준의 여성의식이 작품에 어떻게 형상화되는지 살펴보는 일일 것이다. 그렇게 함으로써 우리는 그의 작품을 페미니즘 문학 비평 방법론에 의거해 다시 보는 계기를 갖게 될 것이다.

---

21) 이태준, 「연재 장편과 작가 ― 두 연재물에 대하여」, 《대동아》, 1942. 7.
22) 심은숙, 「우리 신여성의 진로」, 《여성》, 1937. 2, p.25.
23) 이태준, 「묵죽과 신부」, 『무서록』, 박문서관, 1944, p.192.

Ⅲ. 여성의식 모티브와 페미니즘

1. 가부장적 이데올로기의 극복

주인공이 무지와 순진의 유년 상태에서 시련과 고난을 겪음으로 완전한 성숙과 각성의 단계로 이행되어져 자기 존재의 실체를 깨닫게 된다면 우리는 이런 류의 소설을 성장 소설이라 일컫는다. 그래서 이 같은 소설은 '순진의 유년 상태로부터 악의 발견, 생의 본성에 대한 깨달음, 자아 발견과 사회적인 조정의 성숙 단계로 옮겨 가는 과정에서 치르는 통과 제의적인 소설'[24]이라 설명된다. 이태준의 장편에는 성장소설의 모델이 여러 작품에서 보여진다. 이같은 유형으로 우리는 『딸삼형제』의 송정매, 『행복에의 흰손들』에서의 유소춘, 『법은 그러치만』에서의 김서운을 들 수 있다. 그런데 이들의 시련과 고난은 결혼이나 그에 준하는 체험의 형태로 설정된다는 점에서 주목할 만하다. 왜냐하면 결혼이나 그에 준하는 체험을 겪음으로써 자아 발견과 깨달음의 단계로 들어서는데, 이는 통과 제의적인 문턱이 바로 '가부장적 이데올로기'라는 점과 밀접하게 관련되기 때문이다.

우선 『딸삼형제』는 송정매, 정란, 정국이라는 세 자매를 통하여 여성이 구시대적 사고 방식에서 신시대적 의식으로 과감한 변모를 가져야 하고 남성 역시 새로운 의식을 가져야 함을 주장한다. 여기서 구시대적 사고는 전근대적 사고를 의미하며 이는 다시 가부장적 이데올로기, 부권제, 남근 지배사상으로 설명할 수 있다. 이에 대한 근거는 작품 분석이 이루어지면서 자연스럽게 드러날 것이며, 우선 송정매의 무지와 시련 그리고 깨달음의 과정을 살펴보는 것이 선결 과제일 것이다. 송정매는 자신의 의사가 전혀 반영되지 않은 조혼을 하게 되는데,

---

24) 이재선, 『한국문학주제론』, 서강대출판부, 1989, p.372.

이는 '부모의 안목으로 상당한 문지를 골라 전래 습속을 가추어서 사당에 봉고하기에 떳떳한 혼인'[25]을 하고자 하는 부모의 욕심에서 비롯된 것이다. 그러나 송정매는 남편이 침모의 딸 복순과 불륜의 관계임을 알고 그 길로 시집에서 도망 나온다. 그 충격으로 어머니마저 돌아가신다. 이런 일련의 사건 전개 과정은 조혼 폐습의 비판이라는 작가의 의도를 드러내고 있음과 동시에 가부장적 사회 속에서 자신의 의지와는 상관 없이 살아온 한 여성의 시련과 자각 과정을 그려내고 있다.

그후 송정매는 회사에 취직을 하고 거기서 남필조를 만나 결혼 생활을 하나 남편의 남성 중심적 사고를 직접 경험하고 새로운 자립의 길을 걷는다. 남성 중심적 사고는 남성 중심의 정조관을 의미하며 자립의 길은 정신적・경제적 독립을 가리킨다. 여기서의 독립은 '우리가 아무리 자유해방을 고창하며 남녀평등을 절규하드라도 식물(食物) 문제를 남자에게 의뢰하면 재래의 노예 생활을 면할랴해도 불가능…(중략)…기능과 능력에 따라서 남자와 가튼 생활을 하게 되면 이것이 곳 성적 혁명이며 완전한 자유평등'[26]이라는 자못 중요한 의미를 지닌다. 남필조가 재결합을 원하자 송정매는 「…(전략)…내가 그이허구 또 사는 건 내가 또 한번 더러워지는 거니까…」, 「그건 별 문제구…도윤일 사랑헌다구 도윤의 노예가 되는 것두 네 말대루 과욕이니까……난 사실 그동안 그이만 지내치게 원망햇엇다. 먼저 내 자신이 얼마나 현명치 못햇니!」[27]라고 말함으로써 비로소 자아 발견과 깨달음의 세계로 입문하며, 위에서 지적한 경제적 독립의 의미를 독자로 하여금 되새기도록 하고 있다.

아들 도윤 때문에 재결합을 한다는 것은 '도윤의 노예가' 되는 것이라는 인식과 자신이 '현명치 못햇'다는 자아 발견은 그가 '여자란건 어느 정도론 참고 사는, 인종(忍從)하는 미덕(美德)두 잇어야'[28]한다는

---

25) 이태준, 『딸삼형제』, 〈동아일보〉, 1939. 2. 5.
26) 이경숙, 앞의 글, p.76.
27) 같은 작품, 1939. 7. 17.

부권제 의식을 과감히 탈피하고 완전한 자유의 발판을 마련하는 계기가 된다. 사실 송정매의 이러한 깨달음에는 송정국의 신시대적 의식이 큰 힘으로 작용한다. 송정국의 정조관은 그 당시에 여성해방론의 입장에서 주장하는 정조관을 그대로 표명하고 있는 바, 아래 진술을 통해 우리는 이태준이 당시의 여성해방론에 상당한 관심을 가졌고 여성해방론의 영향선상에 있었음을 확인할 수 있다.

> 『…(전략)…아무리 내 자신의 이성관(異性觀)이나 연애관(戀愛觀)이 이론정연한 거라두 대다수의 남자들이 그냥 남존여비(男尊女卑)중독자들이니까 자유주의 소녀 하나가 아무리 떠든댓자 바다에 돌던지기지!…(후략)…』
> …(중략)…
> 『흥은 뭐야요. 남자가 처녈 요구하는데 여자가 총각을 요구하는게 잘못이야요? 무리야요? 허영이야요? 대답허시래두?』[29]

위의 인용은 여성들이 여성해방론에 이론적으로 철저하면서 실천에 임하는 반면 대부분의 남성들이 가부장적 이데올로기에서 한치도 벗어나지 못하는 실상을 은근히 비판하면서, 진정한 남녀평등의 지양점은 이론보다는 남녀 모두의 의식의 변화에 있음을 지적하고 있다. 그리고 여자 역시 남자에게 정조를 요구해야 마땅하다는 송정국의 대변은 '현재에 잇어 여자에게 정조직히기를 강요하는 것과 가티 남자에게도 정조직히기를 강요'[30] 하는 것은 당연하고 '안해에게 정조를 바라거든 당신도 정조를 지켜주시요. 그것만은 여자로서도 남자에게 요구할 수 잇는 권리'[31]라는 논조와 같은 것이라 하겠다. 또한 이런 선상에서 분석이 가능한 것이 『행복에의 흰손들』이다.

『행복에의 흰손들』은 전문학교를 졸업한 민화옥·유소춘·차순남

---

28) 같은 작품, 1939. 5. 29.
29) 같은 작품, 1939. 7. 14~17.
30) 유광열, 앞의 글, p.25.
31) 신영철, 「지상정조문제 논의 -인처정조문제-」, 《신여성》, 1932. 3, p.27.

이 신여성으로서의 그들의 삶을 정진해 나간다는 내용을 담고 있다. 유소춘은 황순필이라는 남성과 결혼을 하지만 행복한 삶을 영위하지 못한다. 그 이유는 황순필이 지나치게 남성중심적 사고를 지니고 있으며, 이런 사고 아래 취첩 행위가 공공연하게 이루어지고 있다는 데 있다. 황순필은 그러한 자신의 행동을 반성하기는커녕 단지 아내의 끝없는 이해만이 아내가 할 직분임을 강조한다. 이 작품에서 주의를 요하는 부분은 유소춘의 행동이다. 그녀는 남편의 남성중심적 사고를 받아들이지 않고 독립적으로 자신의 삶을 개척해 나간다. 바로 여기에 작가의 의도가 숨어 있다. 여성의 정신적·경제적 독립의 중요성은 이미 위에서 밝힌 바 있다. 유소춘은 부권제의 굴레로 여성의 삶을 속박하고자 하는 것을 이혼이라는 형식을 빌어 과감히 벗어난다. 사회의 분위기와 연관된 남편의 인식과 진보적 여성으로서의 유소춘의 의식은 다음과 같은 대목에서 확연히 드러난다.

> (저따위 남잘 공공연히 중게할 방법이 없는건, 우리 여자들로 볼 땐, 사회가 여간 큰 결함을 가진게 아니다!)…(중략)…
> 「저두 꿈 같어요. 지금 와 노-라를 경험헌다는게 너머나 케케묵은 이야기 같어 말씀드리기두 부끄러워요.」
> 「노-라!」
> 성원은 그 한마디에 소춘의 정황을 대개 짐작하는 듯하였다.
> 「거야 신녀성들이 진부헌게 아니라, 신청년들이 어태 진부헌 탓이겠지!」[32]

한 남성의 문제점을 사회 구조적 결함으로 이해하는 입장은 '여성 문제에 대한 소설적 탐색은 곧 사회의 구조적 억압에 대한 탐색'[33]이라는 견해와 같은 맥락에 놓여 있으며, 또한 이것은 당대의 사회적 분위기가 아직 근대적 여성의식을 받아들일 만큼 성숙되지 않은 것을 뜻하기도 한다. 소설가 박성원이 이 점에 대해 '신청년들이 어태 진부

---

32) 이태준, 『행복에의 흰손들』, 《조광》, 1942. 9.
33) 박혜경, 「분노와 대결을 넘어서서」, 《문학사상》, 1990. 2, p.103.

헌’ 때문이라고 정곡을 찌르는 것은 특히 유의할 만한 부분이다. 또한 이태준이 유소춘의 이혼을 ‘노-라를 경험’ 한다고 비유하고 있는 것도 흥미로운 일이다. 그 당시 노라는 여성해방의 대명사로 알려졌고 가정으로부터의 탈출 또는 자유해방과 등가로 이해되었던 사실을 상기한다면, 유소춘의 이혼은 구시대적인 인식인 유교적 가부장제의 극복이라는 명제와 자연스럽게 연결된다. 여기서 노라의 경험이 입센의 제일의 이상인 ‘자각적 생활’[34]을 의미한다는 것은 두말할 필요조차 없는 일이다. 그러므로 결혼을 통한 자아 발견과 존엄성 회복이 결국 가부장제의 극복이라는 정신적 성장을 가져온 것이다. 그밖에 작가는 민화옥이라는 인물을 통하여 구시대와 신시대의 갈등을 시어머니와 며느리의 갈등으로 표면화하고 있다. 또한 구시대의 구조적 모순은 며느리인 민화옥을 통하여 신랄하게 비판되고 있어, 일련의 이런 전개는 이태준이 바라고자 하는 신여성의 방향을 제시하고 있다. 이 같은 시각은 며느리인 민화옥이 ‘(내 생활의 건설, 이것이 없이는 가정이란게 무의미…(중략)…그런 시집사리를 그대로 겪으라는 것은 도저히 수긍할 수 없는 무리한 주문인 거다!)…(중략)…「난 생존만을 할 순 없다!」 화옥은 적지 않은 반동심이 올려솟았다. 「내가 옳다고 인정하는건 단행할 뿐이다.」’[35]라고 말한 부분에서 어렵지 않게 확인된다.

위의 인용은 민화옥이 ‘내 생활의 건설’을 중시여기고 단지 ‘생존만을’ 위해 살 수 없다는 인격적 존재로서의 대우를 바라고 있음을 극명하게 드러낸다. 자신이 옳다고 생각한 것은 어떠한 어려움과 난관이 있어도 이를 극복해 나간다는 민화옥의 의지를 우리는 간과할 수 없다. 이런 힘들이 모여서 민화옥·유소춘·차순남 세 여성은 신여성으로서 길을 택하고 정진하는 데 있어서 이웃과 국가의 미래를 생각한다. 이러한 작가의 의도는 진정한 여성의 행복을 위해 애쓰는 손들에게 ‘진심을 열어 동정해 주며, 격려해 주며, 의논성스럽게 한번씩 잡아

---

34) 현 철, 「근대문예와 입센」, 《개벽》, 1921. 1, p.134.
35) 같은 작품, 1942. 10 ～ 11.

주고 싶은 손들'[36]이라는 표현에서 찾을 수 있다. 이태준은 이 소설을 통해서 현대 여성으로 나아가는 여러 어려움에 처한 여성들을 격려해 주고자 했던 것으로 보인다. 그리고 그는 가장 바람직한 현대 여성의 모습을 바로 세 여성을 통해서 보여 주고 있다. 차순남은 '여성문화사'라는 사업을 열어 국민과 인류를 위해 가치있는 일을 하고자 하며, 유소춘은 새 윤리를 제창하는 작가 생활에 만족을 하며, 민화옥은 신식 주부로 이웃에 많은 도움을 주는 여성이 된다. 그러므로 이 세 여성의 위치를 보여줌으로써 결국 이태준은 자신의 삶을 건설해 나가는 여성을 현대 여성의 참다운 모습으로 제시하고자 했던 것이다.

『법은 그러치만』의 김서운 역시 결혼에 준하는 동거를 통하여 남성지배 이데올로기에서 기인한 성고정 관념과 성차별이라는 뼈아픈 경험을 겪은 후 자아에 눈을 뜨고 자신을 발견한다. 여기서 남성지배 이데올로기에 기인한 성차별은 '지배/피지배의 관계'나 '위계 서열적인 남존여비의 이념'[37] 아래에서 부부 생활을 유지하는 것을 말한다. 김서운은 도시 또는 육지에 대한 꿈 때문에 고향을 떠나나 화가 심우경의 노리개로 전락하고 만다. 이것이 빌미가 되어 김서운은 이근철이라는 마약 중개업자에게 끌려와 부부 생활을 강요당하는데, 이근철은 김서운이 저지른 방화를 약점으로 잡아 강압적으로 부부 생활을 유지한다. 강압적이고 협박적인 부부 생활, 지배·피지배의 성관계임을 '완전히 유폐된 생활을 하지 않으면 안되게 되었다.' '애비 같은 연갑이나마 끽소리 못하고 이 이근철이가 하라는 대로 아내의 시중을 드는 수밖에' '털끝만치라도 사랑을 느껴서 있음이 아닌'이라는 곳에서 우리는 확인할 수 있다. 더구나 '서운에게 외출할 자격을 주지 않으려 입고 밖에 나갈만한 의복도 사주지 않았고 신발도 없는 채 그대로 내버려 두었다.'라는 부분에서 우리는 그 심각성을 더욱 인식할 수밖에 없다. 역설적이게도 김서운은 이런 경험을 통하여 진정한 사랑의 의미를

---

36) 이태준, 『행복에의 흰손들』,《조광》 1942. 9.
37) 조혜정, 앞의 책, p.74.

되새긴다.

『저놈하고 어쩌케 사나?』
하고 속으로 차라리 이근철이를 죽이고 십흔 독한 마음도 일어나군 했다.…
(중략)…대처와 부자만 알든 심보를 고치고 그때까지 경남이가 장가를 들지
안코 잇섯다면 그와 혼인해서 어듸서나 농부의 아내로나 어부의 아내로나
자유스럽게 살다가 죽고 십흔 욕망이 간절하게 치밀군 햇다.[38]

도시와 부만을 쫓던 김서운은 그 대가로 남성들의 예속물이라는 자
신의 모습을 보여 주고 있음을 발견하게 된다. 그래서 그녀는 농부의
아내든 어부의 아내든 예속과 여성 비하의 관계가 아닌 '자유스럽게
살다가' 죽는 삶이 진정한 삶임을 인식하기에 이른다. 김서운은 무지
·순박의 어리석은 유년의 상태에서 동거 생활을 통하여 남성들의 횡
포와 이기심, 남성 중심적인 성생활, 강압적인 성차별을 경험하고 진
정한 자아를 발견한다. 그의 자아 발견은 너무나도 철저하고 소중한
것이었기에 경남과 살고 있는 곳으로 이근철이 찾아와 행패를 부리자
그를 살해하기에 이른다. '여성 해방은 곧 인간해방(human liber-
ation)'[39]이라는 명제를 이의없이 받아 들인다면, 이 작품은 남녀 쌍방
의 신뢰와 사랑 그리고 애정과 존경만이 진정한 인간해방의 길로 들
어선다는 교훈을 주고 있는 셈이다.

이 모든 것을 종합해 볼 때, 이태준은 여성 해방의 기점을 유교적
가부장제 이데올로기의 극복으로 보고 있는데, 이러한 시각은 페미니
즘의 시각에서 볼 때 정확한 방향 설정이라 할 수 있다. 또한 그는 남
성들의 인식이 여전히 부권제에 머물고 있음을 비판하거나 그 각성을
촉구하기도 한다. 여성들의 경우에는 유교적 가부장제 이데올로기와의
대결과 극복을 보여주고 있다. 이 모든 것은 여성 해방의 길을 모색하
고 있음과 동시에 현대 여성의 위상과 지양점을 제시하고 있다는 데

---

38) 이태준,『법은 그러치만』,《신여성》, 1931. 7~9.
39) 김동일 편저,『성의 사회학』, 문음사, 1991, p.25.

에 중요성이 있다 하겠다.

2. 연애에 대한 '신(神)과 시(詩)'

이태준이 당시의 자유 연애나 결혼관에 대해 상당히 공감하고 있었으나, 코론타이 여사의 연애의 공리성에는 큰 반감을 가졌고 이성에 있어서 '신(神)과 시(詩)'를 중요시 여기고 있다는 것을 이미 '이태준의 여성의식'에서 우리는 살펴보았다. 여기서 신은 연애의 신비성 내지 정신적 사랑을 의미하는 것이며 시는 공리성 내지 실리성과 상반된 순수한 연애에의 감정에 충실함을 뜻한다. 그러면서도 이태준은 사랑과 체도를 지키는 자존심을 현대 여성이 지녀야 할 중요한 덕목으로 들었다.

이러한 이태준의 연애관은 작품 속에 등장한 인물들을 통하여 생경하게 입상화된다. 『구원의 여상』에는 손영조를 중심으로 이인애와 명도라는 여성이 등장하는데, 이들은 각각 다른 삶의 방식으로 손영조를 대한다. 이는 두 여성의 이성관이 대립된다는 의미로 해석된다. 여기서 이인애와 명도의 태도에 대한 작가의 시각을 읽을 수 있다면, 이태준이 가지고 있는 연애관이 무엇인지 밝혀질 것이다. 또한 작품을 통한 자신의 연애관 제시는 바로 독자들에게 전달하고픈 자신의 사랑관인 것이다. 손영조는 사회주의 운동가이다. 그리고 그는 사회주의적 입장의 연애관을 어느 정도 지니고 있는 인물로 그려져 있다. 반면 이인애는 그와 같은 생각을 갖는 손영조를 이해하고 있기는 하나, 동조하거나 자신의 연애관으로 내세우지 않는 인물로 형상화되고 있다. 손영조의 사회주의적 연애관은 아래 인용에서 극명하게 나타난다.

> 인애와 가티 재래의 도덕 관렴으로 정조를 생명시하는 녀자와는 도저히 사랑을 계속할 정력과 시간이 업슬 것 갓텃다. …(중략)…
> 『…(전략)…내가 무안하리만치 손을 個섯지요. 그런 것이 다 봉건시대 녀성들이 하든 내외라는 관렴의 지배겟지요』…(중략)…

『인애씨 말슴에도 물론 일리는 있다고 생각합니다. 그러나 오늘 이 현실에
잇서서는 너는 녀자다 나는 남자다 하고 힘을 갈늘 것은 아니겟지요…』…
(중략)…『…(전략)…상품적 조건에 불과한 처녀성이라는 것, 그것을 생명시
하는 인애와는 도저히 생활을 합류식킬 수가 업다. …(후략)…[40]

사회주의적 연애관을 대표하는 코론타이 여사의 이론은 공리적임을
이미 살펴본 바 있다. 그녀는 연애보다 사회를 위한 일과 사업이 우선
이라 하였다. 그래서 그녀는 우리의 현 시점이란 해야할 일이 너무나
도 많기 때문에 연애할 시간적 여유가 없다는 입장을[41] 갖는다. 그래
서 구도덕 성관념을 가지고 있는 여성과 사랑을 할 '정력과 시간이 없
을 것' 같다는 위 인용 중에 있는 손영조의 생각, 봉건적 가부장적 시
대의 여성들이 가지고 있는 '내외라는 관렴의 지배'라고 이인애를 질
타하는 손영조의 말, 오늘 같은 이 시대에 '너는 녀자다 나는 남자다'
구분할 계제가 아니라는 대화, '상품적 조건에 불과한 처녀성'이라는
유물론적 발상 등은 사회의 건설을 위한 연애를 부르짖는 사회주의
연애관이다. 이런 입장을 가지고 있는 손영조에게 이인애는 어떤 태도
로 맞서고 있는가를 우리가 살펴 본다면, 앞으로 살펴 볼 명도의 연애
관과의 대립관계가 명확히 부각되면서 작가의 의도도 드러날 것이다.
위의 인용 중 두 번째 중략 부분에 이인애의 견해가 들어간다. 아래
인용은 바로 이 부분이다.

『안요 그런 것이야 아모리 코론타이당의 녀성들이라 치드래도 그 사람 천
성에 싸러 더 수집은 사람과 더 허랑한 사람의 구별은 잇겟지요. 그렇타고
내가 코론타이당이라는 것은 아닙니다. 편지로도 늘 말슴드렷지만 저는 녀자
입니다. 어대까지든지 녀성으로서 완성을 도모할 것이지 녀성으로서 녀성의
지위를 멸시된 채 내여바리고 남성화하려는 그런 녀성운동이 아닌 녀성운동

---

40) 이태준, 『구원의 여상』, 《신여성》, 1931. 7 ~ 9.

41) 코론타이 여사의 작품 『연애의 도』(삼대의 연)에서 다음과 같이 말하고 있다. "우리
　　들은 지금 많은 일거리를 가지고 있다. 연애를 하고 잇술 시간의 여유가 없다"(조원경,
　　앞의 글, p.41)

의 사조에는 휩쌔지 안으렵니다.』[42]

　자신은 구시대적 여성의 굴레에 있는 것이 아니라 단지 여성으로서의 위치를 존중할 뿐이기 때문에 코론타이 여사의 이론 즉 사회주의 여성관을 따를 수 없다는 이인애의 논지는 사실 이태준 자신의 논지이다. 이는 앞으로 이인애와 명도가 비교되면서 입증되겠지만 그의 코론타이 여사의 공리적 연애관에 대한 반감의 입장이 작품에서 그대로 부각되고 있는 것이기도 하다. 이인애가 '내가 코론타이당이라는 것은 아닙니다.'라고 말한 것으로 보아 우리는 코론타이당이란 코론타이 여사의 이론을 추종하는 사람이라는 결론을 얻을 수 있는데, 이 말이 손영조의 변론 다음에 이어진 것이므로 이것만으로도 우리는 손영조가 사회주의에 입각한 연애관을 지닌 사람임을 쉽게 알 수 있다. 손영조와 이인애가 가지고 있는 연애관의 차이는 결국 손영조와 명도의 육체적 결합을 허용하게 되는 계기가 되며 이 부분에서 이인애와 명도의 대립된 연애관이 대조적으로 부각된다. 이인애는 상당한 정신적 혼란과 고통을 받는다. 그러나 그녀는 결론을 '즉 사랑이란 반드시 결혼을 요구하는 것이 아닐 수도 잇다 하엿다.『그러타 내가 한번 사랑한 남자면 그야 누구를 사랑하며 누구의 남편이 되든 株 그야 나의 사랑을 알어주든 몰라주든 오직 그 한사람만을 통해서 나는 영원한 남성의 동경을 품을 것이다.』[43]라고 내림으로써 이태준이 말한 연애에 있어서의 '신(神)과 시(詩)'를 지키고 있다.

　이렇게 본다면 우리는 이인애의 사랑관이란 '신(神)과 시(詩)'에 입각한 사랑관임을 알 수 있으며, 이 또한 이태준 자신의 사랑관임을 확인하는 셈이 된다. 이런 결론은 명도를 바라보는 작가의 시각을 통해서 더욱 확연히 드러난다. 명도의 일련의 애정 행각은 철저히 실리적이다. 우리는 손영조에 대한 명도의 사랑이 다분히 육체적인 결합이라

---

42) 같은 작품, 1931. 9.
43) 같은 작품, 1931. 11.

고 볼 수 있는데, 이는 손영조의 아이가 유산되자 곧 손영조의 존재를 부정하고 김기석이라는 남성과 동거하며 이 남성과의 생활도 곧 싫증을 내는 명도의 마음 상태와 행동에서 익히 짐작하고도 남음이 있다. 이태준의 표현에 의하면 명도의 사랑은 '정사로 타락'해 있는 것이다. 그래서 이태준은 화자의 개입을 통해 이인애와 명도의 삶을 '인애와 경히와 모든 학교에 있는 동모들의 그 공공연한 학창생활과 오늘 자기의 비밀 만흔 생활을 비교해 볼 째 하나는 흘으는 맑은 시내에서 자유로 오르나리는 고기떼 가텃고, 하나는 썩은 연못 물미테서 숨을 가뿌게 쉬고 업듸인 개고리나 올창이 가텃다.'[44]로 대비시키고 있다.

화자의 입을 통해 작가는 이인애의 삶을 '맑은 시내에서 자유로 오르나리는 고기떼'로 표현하고 명도의 삶을 '썩은 연못 물밑에서 숨을 가뿌게 쉬고 업떠인 개고리나 올창이'로 말하고 있다. 여기서 우리는 이태준이 이인애의 삶을 '신(神)과 시(詩)'를 느끼는 사랑관으로 연결시키고 있음을 확인하게 된다. 그리고 현대 여성의 현실 타협적 사랑을 걱정한 작가로서는 작중 인물인 이인애의 지고한 사랑을 독자에게 제시함으로써 '신(神)과 시(詩)'의 사랑을 읽는 이에게 전달하고자 한 것은 당연한 일이라 하겠다.

이태준 자신의 정신적 연애와 감정에 충실한 사랑법은 『청춘무성』에서도 그대로 구현되고 있다. 성경 교사인 원치원을 중심으로 최득주와 고은심이라는 여학생의 갈등 구조가 이 소설의 축을 이루고 있는데, 원치원과 고은심은 비록 사제간이긴 하지만 이성에의 감정을 가지고 있다. 그러나 시기심에 불탄 최득주의 모함으로 둘 사이의 관계가 소원해 지기 시작한다. 고은심은 이때 원치원에 대한 감정을 정리하는데, 이 과정에서 작가는 화자의 설명과 고은심의 생각을 통해서 자신의 진정한 사랑관을 피력하고 있다. 「어떤한 대상을 향해 꺼질 줄 모르고 타오를줄만 아는 사랑을 품엇기만 하면, 그 대상과 가치잇고 못있는 것을 초월해서 언제든지 정렬 속에서 무한한 은총 속에서 살수

---

44) 같은 작품, 1932. 7.

338 이태준 문학 연구

있다…(중략)…」「…(전략)…아니다! 타다 꺼져버린 시꺼먼 숯등걸이
되어 사느니보단 끗까지 타는 한송이 불꼬치 되자! 그것이 아름다운
생명일 것이다!」[45]라는 고은심의 생각은 나 자신이 어느 한 사람에게
사랑의 정념을 불태우고 있다면 시공을 초월한 사랑이 진정 행복된
삶이 아닌가를 확신하는 부분이다. 타다 꺼진 '시꺼먼 숯등걸'보다는
'한송이 불꽃'이 되어 타는 것이 더 '아름다운 생명'이라고 생각한 고
은심의 사랑관은 이태준의 '신(神)과 시(詩)'의 사랑, 바꿔 말하면 정
신적 사랑과 감정에 충실한 연애를 최상의 행복 조건으로 들고 있음
과 같다.

또한 최득주가 나가는 빠아에 있는 다마짱이라는 여급의 사랑관의
표현인 '「맘에 드는 사람이 업서 안허는건, 맘에 안드는 사람허구 결
혼하는 것보다 난 생활이우. …(중략)…그저 잘 집이나 쓰기 위해, 먹
을 쌀이나 엇기 위해 맘에 업는 늙은이 첩노릇을 하며 틈틈이 딴서방
이나 보며 그런 기생충 노릇보단 우리 팔다리루 노력해 버러먹는게
얼마나 맘 편허구 떳떳헌 생활이우?」'[46]라는 말은 일견 '곳 두사람 사
이에 연애가 업서진 경우 株는 이인중 일인이 상대자에게 대하야 연
애를 실한 경우에는 두 사람 사이에 결혼생활은 요컨대 무의미란 것
'[47]이라는 엘렌케이 사상에서 크게 벗어나지 않고 있다. 또한 이는 '떨
고 굶주리되 사랑과 체도를 헐지 않는 여유'[48]가 있어야 진정한 자존
심을 지키는 일이라는 이태준 자신의 말이기도 하다.

그러므로 이태준의 사랑관은 사랑과 연애를 인생 최대의 행복과 가
치로 보는 엘렌케이 사상과 동궤에 있으며 사랑의 공리성을 중요시
여긴 코론타이 사상과는 상반된다. 그리고 그는 그 당시의 여성 해방
사상을 나름대로 소화함과 동시에 자신의 독특한 사랑관을 '신(神)과
시(詩)'로 대변하고 있어 그 독창성을 살리고 있다. 또한 그는 작품을

---

45) 이태준, 『청춘무성』, 〈조선일보〉, 1940. 5. 19.
46) 같은 작품, 1940. 7. 10.
47) 노자영, 「여성운동의 제일인자 엘렌케이 續」, 《개벽》, 1921. 3, p.45.
48) 이태준, 「묵죽과 신부」『무서록』, 박문서관, 1944, p.192

통하여 그의 이러한 사랑관을 그대로 형상화시킴으로써 독자들에게
'신(神)과 시(詩)'의 사랑을 실천하고자 독려한 것으로 보인다.

3. 교육과 모성

　우리는 1920·30년대 여성해방론의 전개 과정을 살펴 보면서 당시
여성해방론의 중추적 핵심 중 하나가 모성론으로 어머니로서의 여성
을 강조했다는 것을 이미 알아 보았다. 또한 이 부분에서 여성의 교육
은 시대적 정당성을 획득하고 있었으며, 이는 엘렌케이의 모성론에 근
거하고 있었다. 이태준의 여성의식을 정리하면서 이태준 역시 어머니
로서의 교육을 중요시 여기고 있고 이는 작품 분석을 통해서 그 결론
을 얻을 수 있다고 필자는 부언했다. 그러므로 그 당시의 모성론이 이
태준의 작품에 어떻게 형상화되고 있으며 이태준의 모성론은 어떤 특
성을 지니는가를 살펴보는 것이 이 항에서 다루어야 할 과제이다. 그
렇게 함으로써 우리는 인과론적으로 당시의 여성해방론의 하나인 모
성론과 이태준의 여성의식의 관련성을 인정하게 될 것이며 이태준이
가지고 있는 모성론의 독창성을 밝히게 될 것이다.
　엘렌케이 여사의 사상의 핵심은 '생명의 향상과 증진'에 있다. 이러
한 사상의 토대 위에서 그녀는 생명을 존중하고 생명의 창조 즉 생식
을 신성시한다. 그러므로 연애도 생명의 창조라는 신성한 과업을 수행
하는 데 필요한 전제에 불과할 뿐이다. 이 같은 사실을 우리는 '훌륭
한 자제(子弟)-즉 생명 증진의 구현적(具顯的) 표징인-를 낳기 위한
결혼의 중점을 연애에 두었읍니다. 연애 중심의 결혼-이것이 가장 도
덕적인 결혼'[49]이라는 엘렌케이의 생각에서 확인할 수 있다. 훌륭한
자제를 낳기 위한 결혼이라는 견해로 인해 엘렌케이 여사의 사상은
생명지상주의·모성창앙주의·이세본위주의라는 명칭이 부여된다.
　어쨌든 이태준은 『화관』을 통하여 여성의 교육관을 밝히고 있는데,

---

49) 채정근, 「근대여류위인열전 - 생명의 사도 엘렌케이」,《여성》1940. 9.

이 교육관은 모성 중심 교육관이라는 데 주목할 만하다. 왜냐하면 당시의 여성해방론이 모성의 역할과 중요성을 설파했기 때문이다. 이 작품은 박인철과 임동옥의 사회지향적 삶의 과정을 형상화한 작품인데, 이런 사회지향적 삶이 임동옥에 있어서는 교육 사업으로 실천된다. 임동옥은 어렵게 얻은 직장을 생활이 어려운 친구 선숙에게 넘기고 자신은 원산 보통 학교 교사로 떠난다. 그는 가난한 아이들을 돌보면서 마을을 위해 헌신적으로 일한다. 그런데 어느날 야학에 나오는 용칠 어머니가 글을 배우는 목적이 술집에서 오는 남편의 편지를 읽기 위함이라는 말을 듣고 임동옥이는 무안을 느끼며 문제 가정임을 직감한다. 임동옥은 용칠이가 학교의 골치거리임을 알게 되고, 그 어머니에 그 자식임을 깨닫는다. 그리고 '그런 아버지, 더구나 그런 어머니 미테서 조흔 자식이 길리워 질리가 업다. 동옥은 「여자의 교육이란 남학생, 여학생하는 그 여학생 교육이기보다 한 사람의 어머니의 교육, 인류의 어머니의 교육으로 더 의의가 있어야 할 것이다!」[50]라고 생각한다.

여학생 교육이기보다는 한 사람의 어머니로서의 교육이 더 의의가 있다는 말은 모성의 역할을 강조한 것이며, 이런 의미에서도 여성의 교육은 정당성을 획득한다. 이는 여자보다는 어머니로서의 여인이 되기를 바라는 작가의 바램이 임동옥이라는 등장 인물을 통하여 표면화된 것이다. 그리고 이는 '사회적 입장에서 연애는 현재보담 더 풍부하고도 완전한 인간을 창조하는 원동력'[51]이라는 입장과 같은 선상에 있다. 그러므로 훌륭한 자제를 위한 연애와 결혼은 자연스럽게 훌륭한 자제를 위한 교육, 다시 말해서 어머니로서의 교육과도 상통하는 의미를 가진다. 그래서 임동옥은 교육사업에 자기의 모든 이상을 건다.

위 인용에서 지적한 '인류의 어머니의 교육'을 실천한 구체적 인물이 바로 『성모』의 안순모이다. 이 작품은 남녀의 사랑에서 행복을 찾지 못한 안순모가 이 모든 것을 초극하여 아들을 나라의 재목감으로

---

50) 이태준, 『화관』, 〈조선일보〉, 1937. 11. 26.
51) 이헌구, 「엘렌케이 사상적 진폭」, 〈조선일보〉, 1936. 4. 28.

키움으로써 인류의 어머니로서 완성되어 가는 과정을 그린 작품이다. 작가는 『성모』에 대해서 아래와 같이 설명함으로써 모성주의를 대변하고 있다.

소설 이름을 성모(聖母)라 햇습니다. 종교사회에서 일르는 그 성모는 아니요 다만 『가장 훌륭한 어머니』란 뜻으로 부첫습니다. 한 훌륭한 어머니, 그의 사랑이면 그의 지혜이면 그의 의지(意志)이면 모든 것을 밋고 오직 머리 숙이고 십흔 거룩한 어머니, 그런 어머니를 그리는 마음은 어느 시대나 어느 사회에서나 모든 사람들 가슴속에 끈히지 안을 것입니다. 나도 그 마음이 진작부터 간절한 바 잇엇기 때문에 여기서 『오늘의 한 훌륭한 어머니』를 생각해 보려함입니다.[52]

어느 시대, 어떤 사회든 사람들 가슴 속에 살아 있는 가장 훌륭한 어머니를 그려 보겠노라는 『성모』에 대한 작가의 말 속에는 작품에서 한 어머니를 제시함으로써 진정한 어머니상이 무엇인가를 보여주겠다는 작가의 의지 표명이 들어 있다. 우리가 작품에 등장하고 있는 어머니상이 어떤 상인지를 살펴본다면 이태준이 생각한 가장 훌륭한 어머니 상의 전모가 드러날 것이다. 이 소설은 긍정적이고 미래지향적인 어머니 상을 안순모의 어머니, 안순모 그리고 김옥경 등 세 세대 여성의 삶을 통해서 제시하고 있다. 여기서 안순모의 어머니 상은 그 근원이 모성애에 있다. 안순모 어머니의 모성애는 사생아나 다름없는 아이를 가진 자신의 딸 안순모를 같은 여성으로서 또는 한 어머니로서 돌보는 과정에서 나타나며 안순모가 해산을 할 때 더욱 확연히 드러난다. 안순모 어머니는 딸의 해산을 돕고 나서 딸의 앞날을 위해 외손자를 혼자 기를 생각을 하고 딸이 혼미한 때를 이용하여 아이를 앞집 행랑에 맡긴다. 그리고 안순모의 어머니는 아이가 죽었다고 딸에게 말한다. 그러자 안순모가 비록 죽은 아이라도 자기 눈으로 꼭 한 번 봐

---

52) 이태준, 「신문소설계의 경이적 거편 신연재장편소설 성모 - 작자의 말」, 〈조선중앙일보〉, 1935. 5. 22.

야겠다고 그렇지 않으면 죽어 버리겠다고 하여 안순모의 어머니는 할 수 없이 아이를 데려 온다. 아이가 죽었다고 말한 어머니의 심정은 바로 자신이 지금 막 낳은 자식에 대한 사랑과 똑같은 것임을 안순모는 깨닫는다. 이 부분은 어머니만이 가질 수 있는 깊은 모성애를 그대로 보여주고 있다. 그래서 안순모 어머니의 사랑은 모성애 그 이상이 아님을 우리는 인지할 수 있다. 이는 엘렌케이 여사가 말한 '모성이야말로 심령의 교육자'에서 크게 벗어나지 않는다.

이를 계기로 안순모는 강한 어머니가 되고자 하며, 나라의 운명은 바로 어머니들의 손에 달려 있음을 자각한 것에 그치지 않고 그것을 실천에 옮기고자 한다. 사실 안순모는 아이를 가졌다는 사실을 확인한 후 큰 번민에 휩싸이나, 곧 나라의 운명과 어머니의 의무를 연결시킴으로써 아이의 생명에 큰 의미를 부여하고 있다. 이는 「위대한 자식은 위대한 어머니에게서……그러타 얼마던지 위대한 힘을 이 세상에 펼처볼 수 잇는건 남성이기 전에 여성이다. 너는 그 큰, 그 거룩한 야심이 업단말이냐?」[53]라는 안순모의 자문에서 확인할 수 있다. 여성으로서 위대한 힘 즉, 위대한 자식을 기르는 위대한 어머니 역할을 발휘해야겠다는 안순모의 다짐을 우리는 위 인용에서 읽을 수 있다. 그래서 이러한 그의 각오를 실천하기에 이르러, 안순모는 하나밖에 없는 아들을 전심전력을 다해 키운다. 안순모는 철진에게 조선신문과 조선책을 읽히는 것으로 조선의 어머니된 의무를 행하며 바로 주체성을 살리는 길만이 조선의 미래를 전망할 수 있다는 점을 항상 명심시켜 준다. 그녀는 어린이들을 얼마나 잘 기르느냐에 따라 이 나라의 희망과 암흑이 존재한다고 본다. 그래서 안순모는 어린이를 '미지의 싹'으로 표현한다. 이러한 사실을 인식하고 있는 안순모는 미지의 싹이 이 나라의 희망으로 크기 위해 자신은 빗자루나 곡괭이가 되겠다는 희생을 각오하며 이를 실천한다. 이런 의무가 철진의 여자 친구이자 김상철의 딸인 김옥경에게 상당히 암시적으로 전해진다. 철진이 항일 구국

---

53) 이태준, 『성모』, 〈조선중앙일보〉, 1935. 9. 28.

운동을 위해 중국으로 떠나자, 안순모는 김옥경에게 '「울지 말어 그만
……우린 작구 일군을 길러내야한다. 선수를 길러내 넓은 무대로 보
내야 한다…….」[54]라고 말한다. 이는 김옥경이 조선의 앞날을 위해
아내로서 어머니로서 무엇을 해야 하는지를 암시하고 있다. 결국 이
민족의 이상을 펼쳐 나갈 아들을 길러내는 것이 바로 위대한 어머니
의 길인 것이다.

그러므로 이태준은 어머니의 모성애를 귀중한 것으로 보기 때문에,
그 역시 모성을 창양하는 입장과 모성 중심 교육관을 가진다. 그런데
이는 엘렌케이의 모성창양주의와 모성이 바로 교육이라는 입장과 일
맥상통하고 있다. 이같은 사실은 『화관』과 『성모』를 통해서 확인한
바이다. 그러나 이태준은 여기에 머무르지 않고 어머니의 의무를 곧
나라의 운명 내지 민족의 길로 연결시킴으로써 민족적 사명감을 강조
하고 있다. 이것이 그가 가지고 있는 모성론의 독창성인 것이다. 그리
고 어머니의 의무는 민족의 희망을 이끌 아들을 길러내는 것으로써
인식하여 바로 이 길이야말로 인류의 어머니, 훌륭한 어머니의 길임을
자인하고 있다 하겠다.

Ⅳ. 결 어

이태준의 장편을 여성주의 입장에서 다시 본다는 소박한 의미를 갖
기 위해 지금까지 우리는 동시대의 페미니즘 이론, 이태준이 가지고
있었던 여성의식 그리고 당시의 여성해방론과 이태준의 여성의식이
작품에 어떻게 형상화되었는가를 살펴 보았다.

우선 1920·1930년대 여성 해방론은 자유 연애와 결혼 그리고 이
혼이라는 성개방, 유교적 가부장제 이데올로기의 극복을 위한 여성들
의 자각과 경제적 독립, 남녀평등 내지 남녀동권으로 정리된다. 이

---

54) 같은 작품, 1936. 1. 20.

태준의 여성해방론과 여성의식은 「인생과 연애」, 「연재 장편과 작가
—두 연재물에 대하여」, 「본지에 빛날 신장편소설」, 「묵죽과 신부」라
는 이태준의 글에서 찾을 수 있었는데, 이태준은 사랑에 있어서 '신
(神)과 시(詩)'를 아주 중요시 여김으로써 당시의 여성해방론을 나름
대로 소화하면서 그 독창성을 살리고 있다. 여기서 신이란 정신적 사
랑과 사랑의 신비성을 뜻하며 시란 감성에의 충실을 의미한다.

실제 그는 자신의 여성의식과 여성해방을 작품을 통하여 형상화하
고 있다. 『딸삼형제』의 송정매, 『행복에의 흰손들』의 유소춘, 『법은
그러치만』의 김서운은 결혼이나 이에 준하는 체험을 겪음으로써 자아·
발견의 세계로 들어서는데, 여기서 자아 발견은 유교적 가부장제 이데
올로기의 극복을 의미한다. 또한 이태준은 여성 등장 인물의 반론을
통하여 남성들의 인식이 여전히 부권제에 있음을 비판하거나 그 각성
을 촉구하는 일면도 보인다. 이렇게 볼 때 이태준은 여성 해방의 기점
을 유교적 가부장제 이데올로기의 극복으로 보고 있는데, 이러한 시각
은 페미니즘 입장에서 볼 때 정확한 방향 설정으로 보인다.

이태준의 사랑관은 '신(神)과 시(詩)'로 대변할 수 있는데, 그는 『구
원의 여상』과 『청춘무성』에서 이를 입상화하고 있다. 그래서 이태준
의 사랑관은 사랑과 연애를 인생 최대의 가치로 보는 엘렌케이 사상
과 같은 선상에 있으면서도 사랑의 실리성을 강조한 코론타이 사상에
는 큰 반감을 가지고 있다. 그런데 이태준은 최상의 사랑관을 '신(神)
과 시(詩)'로 파악함으로써 나름대로 그의 독창성을 살리고 있다. 또
한 그는 독자들에게 '신(神)과 시(詩)'의 사랑을 실천하고자 독려하기
도 한다.

또한 이태준은 모성론에 입각한 어머니로서의 교육과 여성을 강조
하였지만, 그는 어머니된 의무와 직분을 민족의 이상과 연결시킴으로
써 이태준만이 지니는 독특한 모성관을 지닌다. 이 같은 사실을 우리
는 『화관』과 『성모』를 통해서 확인할 수 있었다.

그러므로 이태준이 가지고 있는 여성 의식은 코론타이 여성관과는
상반된 입장이었고 오히려 엘렌케이 사상과 맥을 같이 하고 있었다고

우리는 동시대적 위상을 부여할 수 있다. 그리고 일련의 장편들을 통하여 이태준은 당시의 여성의식과 여성해방론을 나름대로 소화하여 입상화함으로써, 그는 상당한 여성해방 의식을 표명함과 동시에 자신의 독창성을 살리고 있다. 그래서 페미니즘 문학 비평의 시각으로 볼 때, 그의 장편은 여성주의의 획득이라는 평가가 가능해진다 하겠다.

(숙명여대 강사)

『사상의 월야』 연구

이 상 갑

Ⅰ. 머리말

　상허 이태준은 해방 전 순수문학 단체인 〈구인회〉의 중심인물로서 문학의 이념성보다 형식적인 측면을 더 강조하였다. 그런 그가 해방 후 좌익문학 단체인 조선문학가동맹 부위원장으로 활약하다, 1946년 돌연 월북을 감행함으로써 정치적, 문학적 변신을 꾀하였다는 것은 분명 문제적일 수밖에 없다. 자기 스스로 선택한 월북 이후 비참하게 끝나버린 그의 삶은 차치하고서라도 해방을 전후하여 보여 준 그의 문학적 여정은 한국 문학사가 해결해야 할 난제 중의 하나임에 분명하다. 그의 월북 동기가 아직까지 구체적으로 밝혀져 있지 않지만, 월북 작가라는 이유 하나만으로 그의 전 문학적 행위가 깊이있게 조명받지 못했다. 부분적이지만 월북 작가 해금 조치 이후 그에 대한 연구는 상당히 축적되어 왔다. 그러나 기초 자료 정리와 함께 그에 대한 전반적인 연구는 아직도 미흡한 실정이다. 그러므로 이태준에 대한 연구는 해방 전·후를 포함하여 월북 후의 행적과 창작 행위에 걸쳐 전반적인 고찰이 요구된다.

　본고는 이런 문제점을 염두에 두고 상허 이태준이 해방 전·후에 보여준 정치적, 문학적 변신의 진정한 의미와 내적 계기를 살펴보는 한 단서로 그의 자전적 소설인 『사상의 월야』를 중심으로 살펴보고자 한다.[1] 문학의 본질을 어떻게 규정하든 작가는 자신과 현실의 부단한

교섭관계를 누구보다도 예각적으로 드러내게 마련이다. 특히 1930년
대 후반기에는 가족사, 연대기 소설이라는 이름으로 많은 소설이 생산
되었다. 가족사, 연대기 소설은 일제의 민족 말살 정책에 대응하여 풍
속을 재발견하고 이전 세대를 통한 당대적 의미 재구라는 긍정적 의
의를 지닌다. 한설야의 『탑』과 이기영의 『봄』은 이전 카프 시대에 지
니고 있었던 작가의 관념이 내면화되어 우회적으로 드러나 있으며, 김
남천의 『대하』는 로만개조론의 일환으로 주체화의 과정에서 혈육화
(모랄화)된 작가의 사상을 '제도의 습득감'으로 표현되는 풍속의 의미
와 연관시키려는 일관된 논리를 보인다. 그 결과 박성권 일가의 시대
적 변천의 의미가 중심이 되고 주인공 박형걸의 성장 과정이 상대적
으로 미흡하게 다루어지고 있다. 또한 『탑』과 『봄』은 『대하』와 달리
주인공의 성장과정이 어느 정도 형상화되었지만 과도한 풍속묘사 때
문에 그 이념적 지향이 반감되고 있다. 이에 반해 『사상의 월야』는
작가의 개인사적인 측면에서 주인공의 성장과정을 중심으로 '송빈'의
의식 형성과정을 구체적으로 형상화하고 있다는 점에서, 또한 무엇보
다도 일제 파시즘체제가 강화되는 1930년대 후반기에 작가 스스로 자
신의 이전 생활에의 확인 및 재점검의 과정에서 생산된 것이기에 더
욱 소중하다. 그러므로 개인사적인 성장 과정을 다룬 소설은 그 과정
도 중요하지만 작품 마지막까지의 완결된 구조가 중요하다. 그러나
『사상의 월야』는 작가가 언급한 것을 근거로 한다면 미완이지만,[2] 해
방 후 간행된 을유문화사판 단행본을 염두에 둔다면 하나의 완결된

---

1) 이태준 연구는 최근에 나온 박사학위 논문들에서 집중적으로 조명되고 있다. 『사상의
　월야』 한 작품만을 집중 검토한 학위논문으로 본고가 검토한 것은 다음과 같다.
　　오경은, 「이태준 연구 ― 자전적 소설 『사상의 월야』를 중심으로」, 숭실대 석사, 1992.
　　양진오, 「이태준의 『사상의 월야』 연구 ― 응시와 직시의 시각 수준 개념을 중심으로」,
　서강대 석사, 1992.
　　특히 양진오의 연구는 작품 연구가 범박한 작가적 전기주의로 빠져서는 안된다고 지적
　하고 텍스트 인물의 심리학으로 부를 수 있는 Lacan의 정신분석비평을 연구 방법론으
　로 삼고 있다. 그러나 작품 현실을 너무 이론틀에 끼워 맞추려는 작위적인 의도 때문에
　결과적으로 거둔 성과 면에서 보면 기존 연구에서 별다른 진전을 보여주지 못하고 있다.
2) 상허는 『사상의 월야』(신문 연재본)가 미완임을 스스로 밝히고 있다.

구조이다. 그러므로 『사상의 월야』를 객관적으로 의미규정하기 위해서는 텍스트 선정 문제가 우선적으로 해결되어야 한다.[3] 특히 이 작품이 대사회적인 문제보다는 개인사적인 면에서 작가의 성장과정에 작품의 비중을 크게 두고 있다는 점에서 더욱 그러하다. 그렇다고 해서 모든 문제가 작가의 생애 이력과 기질로 환원되어서는 안 되며, 작품이 지닌 내적 질서가 우선적으로 고려되어야 한다. 특히 작가의 해방 후의 행적이 작품 해석에 선입견적으로 적용되어서는 안 된다.

그러므로 이 글은 그의 문학에 자주 등장하는 '달(밤)'의 의미가 『사상의 월야』에서 어떻게 드러나며, 이와 관련지어 상허가 궁극적으로 지향하고자 했던 바가 무엇인지 살펴보려 한다. 특히 후자의 관점에서 상허가 추구한 학문 내지 과학에 대한 생각을 '서울 혹은 동경'이 지니는 의미와 관련하여 살펴보고자 한다. 그리고 마지막으로 이 추구 과정의 내적 계기를 엄밀히 규명해봄으로써 상허가 지닌 사상적 깊이와 한계를 해명하는 데 하나의 단서를 마련해 보고자 한다.

Ⅱ. '달(밤)'의 의미구조

이태준 문학에서 '달(밤)'은 작품 곳곳에 등장하며 인물 묘사와 함

'근고

이 소설에 나오는 시대가 대단 복잡했섯고 이야기가 사실을 존중했던만치 주인공의 이 앞으로의 모든 것은 좀더 신중히 생각할 여유가 필요하게 되엿습니다. 독자와 신문사에 미안합니다만 우선 상편으로 쉬이겟습니다.'

『이태준 전집 6』, 깊은샘, 1988, p.208.

*이하 작품 인용은 작품과 페이지 수만 언급한다.

3) 본고는 이런 관점에서 신문 연재본과 단행본을 동시에 검토하고자 한다. 그러나 신문 연재본을 주텍스트로 하되 논의가 필요할 때만 부분적으로 단행본의 마지막 개작 부분을 함께 언급할 것이다. 이는 결코 편의적인 해석이 아니라 기존 연구에서 드러난 바 신문 연재본과 단행본을 혼용하여 논의하는 것을 지양하여 두 대본을 작품의 의미구조상 일관된 관점에서 고찰하기 위해서다. 특히 신문 연재본을 정확히 이해함은 단행본에서 시도된 개작의 실체를 보다 선명히 밝힐 수 있다는 데에도 그 의의가 있다.

께 사건과 장면의 분위기 형성에 이바지한다. 『사상의 월야』 또한 이 점에서 예외가 아니다. 특히 『사상의 월야』는 제목 자체가 이미 '월야'임을 주목할 필요가 있다. 그러나 이런 일반적인 문맥을 떠나 『사상의 월야』에 한정지어 볼 때 '달(밤)'의 의미는 의미심장한 바 있다. '달(밤)'은 단순히 서정적 분위기로서만이 아니라 성장 소설의 형식을 지닌 이 작품의 주인공 '송빈'의 인격 형성 과정에 핵심적 계기로 작용하고 있기 때문이다. 특히 『사상의 월야』는 첫 장이 '첫달밤'이며, 마지막 장이 '동경의 달밤들'임이 주목된다. 그리고 첫 장에서의 '달(밤)'과 마지막 장에서의 '달(밤)'은 엄청난 편차를 보인다. 이 편차는 첫 장에서 서정적 분위기로 나타난 '달(밤)'이 마지막 장에서는 극도의 과학사상으로 부정되는 '달(밤)'의 모습으로 나타나는 데서 잘 드러난다. 이것은 '달(밤)'이 단순히 서정적 분위기로서의 의미를 넘어서서 전체 작품 구조와 전개 과정에 밀접한 관계를 맺고 있음을 의미한다.

이태준 문학의 특징적인 면모의 하나로 흔히 '비애'나 '애수'를 든다. 깊은 페이소스가 넘치는 그의 작품이 실제로 많은 양을 차지하고 있으나 작품 전개 면에서 볼 때 그 내용이나 구성이 그리 단순하지 않다. 단편소설만 하더라도 이태준의 문학적 성향은 본질적으로 두 가지 측면, 즉 작품 내재적 미의식 추구와 강한 현실지향적 성향이 동시에 보인다. 특히 후자의 의미는 '땅'의 문제와 관련하여 그 성격이 명확히 드러난다.[4] 그러나 미의식 추구의 작품 계열은 구성상 후반부에서 주로 반전의 효과를 통해 거의 비슷한 결말을 맺고 있는 점이 특징적이다. 그러나 이 두 측면을 관류하는 작가 이태준의 정신적 지향

---

4) 상허의 「농군」에 대해서는 이미 당대의 비평가들에 의해 그 작품적 성과를 인정받고 있다. 안함광은 사회인식과 주인공의 성격 형상화의 필연성을 높이 평가하고 있다.(안함광, 「문학의 진실성과 허구성의 논리」, 《인문평론》 3, 1939. 12) 또한 임화는 「농군」이 지금까지 상허의 작품이 지니고 있던 좋은 요소를 집대성하였으며, 상허 문학의 기본 색조의 하나인 애수가 비극에 근접하는 긴장미를 준다고 고평하고 있다.(임화, 「창작계의 일년 — 중견 13인론」, 《문장》 11, 1939. 12. : 「찬! '농군'의 비극미」, 〈조선일보〉, 1939. 7. 19.)

은 단순히 '비애'나 '애수'의 세계[5]에 머물지 않고 '죽음'이라는 인간의 보다 근원적인 색채에 깊이 침윤되어 있어 보인다.[6] 오히려 이와 같은 삶의 근원적인 상실감에 대한 처절한 인식이 역으로 그의 정신 세계를 또다른 방향으로 나아가게 한다. 즉 그의 소설에서 많은 비중을 차지하는 '사랑'의 의미도 단순히 통속성을 넘어서서 그런 상실감에 대한 대체 현실로서의 의미를 지니기도 한다. 이 문제는『사상의 월야』에도 그대로 적용될 수 있다. 특히 그의 자전적 소설인『사상의 월야』가 아버지의 죽음으로부터 시작되는 것은 의미심장하다.

이 '죽음'의 문제는 휘문고보 교지《휘문》에 실린 작가의 초기 자전적인 여러 글에서도 아주 짙게 드러나 있다. 그런데 한 가지 중요한 것은 '죽음'의 의미는 '달'이 지니는 상징적 의미와 밀접한 관계를 맺으며 전개된다는 점이다. 상허가 '이런 '달밤'들의 이야기는 자연 감상에 치우칠 염려도 없지는 않으나 그러나 나는 아무리 건강한 지성이라도 먼저 그 뿌리를 윤택한 감성에 묻지 못하고는 그야말로 수류화개(水流花開)의 명일을 기약키 어려울'[7] 것이라고 한 말은 상허가 추구한 문학관의 요체로 보인다. 즉 그는 본질적으로 문학의 내적 질서를 중시한 작가이다. 임화는 이태준의 이런 측면을 문학사적 관점에서 아주 날카롭게 지적하고 있다. 임화는 「세태소설론」(〈동아일보〉, 1938. 4. 1 ~ 4. 6.)과 「최근 장편소설계 전망」(〈조선일보〉, 1938. 5. 24~5. 28.)에서 묘사(환경)와 표현(성격)이 조화된 19세기의 본격 소설을 암시한 바 있다. 임화가 말하는 고전적 의미의 본격 소설이란

---

5) 백철, 「문학과 사상성의 검토」, 〈동아일보〉, 1938. 2. 15 ~ 19.
6) '죽음'의 문제를 다룬 작품은 다음과 같다.
 「까치」, 「어린 수문장」, 「불쌍한 삼형제」와, 「오몽녀」, 「까마귀」, 「영월영감」, 「밤길」, 「패강냉」, 「바다」, 「부여행」, 「뒷방마냄」, 「슬픈 명일 추석」, 「외로운 아이」, 「아담의 후예」, 「우암노인」, 「꽃나무는 심어놓고」, 「복덕방」, 「바람에 불려 백일을 안고」, 「억울한 노릇」, 「천사의 분노」, 「농군」 등이 있다.
 특히 「슬픈 명일 추석」은『사상의 월야』에까지 이어지는, 작가의 전기적 사실과 깊은 연관을 맺고 있다. 추석 명절을 기다리며 저녁마다 달을 보고 추석을 기다리는 동안에 소원함을 느끼는, 부모를 잃은 가난한 어린 고아 삼남매의 죽음을 다루고 있다.
7) 작자의 말(1941. 2. 25),『이태준 전집 6』깊은샘, 1988.

성격과 환경, 그리고 그 사이에 얽어지는 부단한 생활이 만들어 내는 성격의 운명을 소설의 구조로 삼고, 작가는 이 구조를 통하여 환경을 충분히 묘사하면서 자기 사상을 표현함을 두고 말한 것이다. 임화는 이기영의 『고향』과 한설야의 『황혼』, 이광수의 『흙』과 이태준의 『제2의 운명』을 분석하면서 이들 작품이 각기 전혀 상반되는 질적 차이에도 불구하고 모두 본격 소설 형식을 유지하고 있다고 지적한다. 임화가 말하는 이태준의 특이성, 즉 질적 차이란 비사회성과 고도의 형식미로 요약할 수 있다. 즉 이기영, 한설야가 스케일의 웅대, 구조의 강고성, 성격의 확실성에서 이광수와 염상섭을 능가하지만 이태준이 거둔 고도의 문학적 형식미[8]는 고사하고 춘원이나 상섭의 문장이나 형식보다 별다른 진전을 보이지 못한 반면, 이태준은 부분적이나마 형식적 진보를 이루었지만 구조, 성격, 작품 전체의 짜임새에 있어 이광수와 염상섭에도 미치지 못하였다고 지적한다.[9] 그러니까 이태준은 이기영, 한설야와는 대조적인 입장에서 너무 비사회적인 성격[10]을 지니고 있다는 것이다. 이로 미루어 볼 때 '달밤'은 이태준 문학을 규정하는 본질적인 요소는 아니라 하더라도 이태준 문학의 비사회성을 초래한 중요한 일 요소임에는 분명하다. 이태준은 '달밤'의 의미를 스스로 언급한 바 있다.

동양에서도 월석(月夕)이라 하면 감물회인지사(感物懷人之詞)로 전하는 것이다. 밤이, 더욱 달밤이 있으므로 말미암아 인류는 얼마나 생각할 줄 알았고 생각함으로써 인류는 얼마나 참되어지고 아름다워졌는가!

생각하면 우리의 감성(感性)의 자모(慈母)인 이 '달밤'은 카렌더 위에만 오는 것도 아니다. 인생 일생에도 달밤은 있고 한 세대가 가고 오는 사이에도 달은 돋아서 우리 젊은이들로 하여금 화려한 몽상과 침통한 사색에 전전

---

8) 우리는 이런.관점에서 이태준의 빈번한 개작 행위를 이해할 수 있다.

9) 임화, 「〈각계 일년간 총결산〉 창작계의 일년」, 《조광》 50, 1939. 12.

10) 우리는 임화가 지적한 '비사회성'이란 관점에서 『사상의 월야』에 나타난 '계몽성'을 춘원의 『무정』에 나타난 '계몽성'과 비교해 볼 수 있다. 이태준의 계몽성은 춘원의 그것보다 오히려 더 단순하고 소박하며 유치한 성격을 지닌다.

케 하는 창백한 저녁은 확실히 있는 것이라 느껴진다.[11]

이로보면 '달밤'은 서정적 분위기로서의 역할을 부인할 수 없지만 단순히 거기에만 그치지 않는다. '달밤'의 의미는 오히려 '아직 미정형인 채로 어떤 정형을 갖추기 위한 전단계의 상태', 즉 다소 막연하지만 끊임없는 추구가 어울릴 때 쓰일 수 있다. 그러므로 이 '달밤'의 의미는 『사상의 월야』가 지닌 성장소설적 성격과 밀접히 결부되는 중요한 요소로 작용한다. 이는 상허가 '몽상은 사상의 월야'라고 말한 뤼나아르의 말을 언급하고 있는 데서도 잘 알 수 있다. 한편 이런 '달밤'의 문학관이 그가 현실을 깊이 천착하는 데 장애의 요소로 작용했다고도 추론할 수 있다. 그것은 그의 소설 대부분이 현실 문제를 다루더라도 현실의 본질적이고 근원적인 문제를 천착하고 제시하기보다는 현상을 제시하는 데 그쳐 버린 아쉬움을 갖게 하기 때문이다. 특히 '죽음'의 문제와 함께 어우러지는 '달(밤)'의 상징성은 상허문학을 이해하는 한 단서를 제공해 준다.

『사상의 월야』(1941. 3. 4 ∼ 7. 5.)의 첫 장인 「첫달밤」은 '달'이 지닌 동화적인 분위기에 아버지의 '죽음'이 겹쳐져 있다. '송빈'의 아버지는 불붙듯 급한 이상을 품은 채 달밤을 배경으로 죽음을 맞이한다.

---

11) 작자의 말(1941. 2. 25), 『이태준 전집 6』, 깊은샘, 1988.
　　이태준 작품에 자주 나타나는 '달밤'의 의미에 대해서는 이미 김환태가 달밤의 미학으로 명명한 바 있다. 〈김환태, 「상허의 작품과 그 예술관」, 《개벽》, 1934. 12.〉〈서정적 분위기로서의 '달밤'〉이란 견해는 최근의 연구에까지 계속되는 이태준 문학의 한 측면임에는 분명하다. 민충환은 '달밤'의 의미를 서정적 분위기로 보고, 특히 '달밤'이 많이 나타나는 이유로서 작가가 유년시절 때 받은 강한 충격과, 그의 한학적 소양과 '달밤'의 유기적인 관련성을 들고 있다. 즉 달과 함께 고난의 인생을 숙고한 그의 개인사적인 체험을 강조한다(민충환, 『이태준 소설의 이해』, 백산출판사, 1992, p.186). 이런 관점은 가장 최근의 논의인 이병렬의 글에서도 나타난다. 즉 그는 낮의 상대가 되는 단순한 시간에 불과한 '밤'과 달리 '달밤'을 '사건 혹은 인물과 용해된 분위기'로 파악한다.(이병렬, 「이태준 소설의 창작기법 연구」, 숭실대 대학원 박사학위 논문, 1993. 6, p.65).

「사람은 왜 죽나? 아버지는 정말 죽었을까? 오늘 땅 속에 묻은 그 관이란 것 속에는 정말 아버지가 들어 있었을까? 그럼 어떻게 하늘로 올라가나? 산소에 가 제사를 자꾸 지내면 연기처럼…….」

달은 갑자기 즐겁기보다 슬퍼 보이고, 좀 무서워까지 보인다. 바다에는 잔물결 하나 일지 않는다. 그 위에 달그림자는 부드러운 비단을 깔아 나간 것처럼 으리으리하다.[12]

'죽음'이나 극단적인 상황에서 언제나 '달'은 '송빈'의 시선에 나타나며, 전환의 계기를 마련한다. 어린 '송빈'은 저 혼자 달을 쳐다보며 비록 단순한 것이지만 자신과 가족에 대한 생각으로 밤을 보내기도 한다.

'송빈'이가 '서분녜'와의 첫 사랑에 눈을 뜨게 되는 것도 '달'을 보면서였다.

서분녜는 가슴이 두근거리는 소리가 송빈이에게까지 느껴졌다.
「내일 저녁엔 너이는 저 달을 윤선에서 보겠구나!」
「넌?」
「난…….」
하고 서분녜는 송빈이의 얼굴을 턱을 들어 달빛에 비춰 한참이나 숨이 그치도록 가까이 들여다보더니
「나는 저녁마다 혼차 일러루 와서 쳐다보겠다.」
하였다.
「혼차?」
서분녜는 고개를 끄덕이며 울 듯한 얼굴로 달을 쳐다보았다.[13]

'송빈'이가 인생의 큰 전환을 마련하게 되는 상경의 계기는 물론 간이 농업학교 선생들이 학생들에게 고작 면서기, 헌병보조원, 군청 기수가 되는 것에 만족할 것을 은연히 강조하는 일제의 파행적인 교

---

12) 작품, p.14.
13) 작품, p.41.

육풍토에도 기인하지만, '은주'에 대한 사랑이 한 촉진제가 된다. '은주'와의 첫 만남에서도 어김없이 '달밤'은 등장한다.

「은주! 은주! 성은 뭘까?」
　송빈이는, 소녀는 이름까지 예쁘다 생각하였다. 은주는 송빈이를 보지 못했다. 그리고 얼마 안 있어 그의 아저씨가 데리고 들어가 버렸다. 은주가 없어지자 송빈이는 그제야 달을 쳐다보았다. (중략) 송빈이는 그것을 해옥이와 나눠 먹으면서 이슬 내리는 남의 집 채마밭 머리에서 이슥토록 달구경을 하였다. 밤 늦도록 쳐다본 것은 달이건만, 이날 밤 송빈이 꿈에는 달이 아니요 은주가 보였다.[14]

'송빈'은 감옥에서의 후유증으로 인한 오선생의 죽음을 계기로 하여 남녀간의 사랑이 부분적 의미로 축소되고 대사회적인 의미로 관심 영역이 확대된다. '송빈'이는 여기서도 동편 하늘에 어렴풋이 솟는 '달'을 쳐다보며 '이틈에 나만 행복스러 옳은 것인가? 다 모른 척하고 나만 행복스러울 권리가 있는 것인가?'[15] 하고 반성의 계기를 마련한다. 이와 같은 시선의 확대는 작품 마지막 장에서는 과학[16]에 대한 관심으로 전이된다. '달'은 여기에서도 어김없이 등장한다. 그러나 여기서는 동화적인 분위기의 '이태백이 노던 달'이 아니라 아주 냉철한 과학자의 시각으로 응시되는 '달'의 모습으로 나타난다.

---

14) 작품, p.63 ~ 64.
15) 작품, p.134.
16) 이태준이 『사상의 월야』에서 사용한 '과학'이란 넓은 의미의 '학(學)'과 좁은 의미의 '자연과학'을 동시에 내포하고 있다. 다시 말해 작품 초반에서는 일반적인 의미에서 학문에 대해 강한 집착과 관심으로 나타나지만, 작품 후반부에서는 19세기 후반에서 20세기에 걸쳐 물리학을 필두로 하여 전반적으로 발전한 자연과학의 의미를 크게 부각시키고 있다. 과학 특히 자연과학은 면밀한 관찰과 실험 정신을 토대로 보편성과 객관성, 그리고 논리성을 강조하는데, 이태준이 『사상의 월야』에서 보여주는 과학성의 의미도 이런 문맥에서 이해할 필요가 있다. 즉 개인의 주관성과 상대성을 넘어선다는 아주 단순하면서 한편으로는 경직된 사고를 보인다. 이런 점에서 이태준이 초기 자연과학의 성과인 물리학의 의미를 크게 강조하고 있는 것이 주목된다.

Ⅲ. 서울 – 동경과 학문 – 과학과의 관계

이태준의 정신세계를 해명할 때 흔히 고아의식을 언급한다. 그는 5세에 아버지를 잃고 9세에 어머니마저 잃은 고아다. 그런데 이 고아의식은 단순히 개인적 의미를 넘어서서 나라를 잃은 식민지 상태라는 정신사적 문맥에서 볼 때 역으로 강렬한 부(父)에의 지향의지를 동반하게 마련이다. 그러면 개인사적 문맥에서 이태준 스스로 언급한 바 한말 지사였던 아버지에 대한 인식은 어떠하였을까. 최혜실[17]은 이태준이 아버지를 극복되어야 할 대상이 아니라 계승되어야 할 대상으로 보았기 때문에 아버지로 상징되는 사회제도로 은밀하게 연결됨으로써 '부계(父系)의 문학'에 머무르게 되었으며, '송빈'은 부의식의 연장선상에서 아버지가 느꼈던 현해탄 콤플렉스를 지닌다고 본다. 그러나 최혜실의 논의는 연구대상이 되는 텍스트를 확정짓지 않고 논의를 전개했다는 점이 일단 문제시된다. 앞서 언급했듯이 『사상의 월야』는 신문 연재본과 개작본 사이에 심각한 내적 변이가 보이기 때문이다. 왜냐하면 개작본에서 애국지사로서의 아버지의 역할이 무한히 과시되어 있는 것과는 달리 신문 연재본에서는 아버지의 역할이 아주 미미하기 때문이다. 특히 상허는 자신의 뿌리뽑힘에 대한 인식과 함께 아버지가 없는 자식은 아무렇게 되어도 상관없지 않느냐는 인식을 보인다. 이런 상실감에 대한 극복의지는 어머니가 수많은 어려움 속에서 고향 산천에 아버지의 뼈를 모시려는 행위에 대해 차츰 의문시하는 데서도 잘 드러난다.[18] 그러니까 이태준은 오히려 부의식을 강렬히 넘어서고자

---

17) 한국현대문학연구회, 한국의 현대문학 1, 『한국 근대 장편 소설 연구』, 모음사, (최혜실, 「이태준 장편 소설에 나타나는 애정의 삼각 구도」, pp.27~45).
18) 전집, p. 70~71.
　'「뼈야 어머니께서 그처럼 애를 써 고향에 보냈기로 그게 오늘에 무슨 소용있는 것인가? 소용은커녕 아버지께서 무슨 뜻이 있어 고향을 떠나셨던 것이라면, 그 뜻을 이루지 못하신 바엔 뼈나 그곳의 흙이 되어야 할 것이지 하필 선영을 찾아 옮기란 무슨 의미가 있는 것인가? 아버지로서는 차라리 수치가 아닌가?」
　송빈이는 어렴풋하나마 이런 생각을 한두 번 하지 않았다.'

한 결과, 부의식에 대응할 만한 강렬한 대체현실을 찾고자 했는데, 그
것은 신문연재본에서 극도의 과학 숭배사상으로 나타난다. 그러니까
이런 극단적인 과학사상에 대하여 신문 개작본에서는 원래 넘어서고
자 했던 부의식에 대한 열망이 역으로 다시 강렬하게 부각된 것으로
볼 수 있다. 이는 조국해방을 맞이한 시대적 의미와 맞물리는 문제여
서 작가의 섬세한 정신사적 의미[19]에 대한 해명과 함께 치밀한 작품
분석이 요구된다.

『사상의 월야』는 한설야의 『탑』이 끝난 직후 매일신보에 연재되었
던 작품이다. 이익성[20]은 상허의 이념적 지향을 1930년대 중반 이후
그가 주관하던 『문장』의 이념인 상고주의와 관련시켜 이해한다.[21] 이
상고주의를 민족주의의 한 발현태라고 볼 때, 『사상의 월야』는 일제
의 검열을 피하면서 민족주의의 내면화를 이룬 작품으로 볼 수 있다
고 말한다.

이와 비슷한 관점에서 류보선[22]은 한설야의 『탑』, 김남천의 『대
하』, 이기영의 『봄』, 김사량의 『낙조』 등이 모두 근대화 초입의 애국
계몽기를 다루고 있으며, 구체화되고 있지는 않지만 작가들 자신의 사
상선택 동기와 그것의 객관적 의미를 밝혀내고자 하는 강한 의도가

---

19) 모더니즘 계열까지 포함하여 민족주의나 계급주의나 정신사적 층위에서 완전히 등가
　　로 볼 수 있다. 특히 국가상실이라는 결락부분을 메우기 위한 처절한 노력은 강한 관
　　념성을 동반할 수밖에 없을 것이다.
　　　'심정적 주정주의라 할 수 있는 민족주의(조선주의, 반근대주의)의 상고주의적 세계
　　와 프로문학자의 이데올로기에의 집착은 완전히 등가이다. 단지 양자의 차이점이 있다
　　면 민족주의 쪽에서는 당대의 보편적인 상황이었던 '국가상실'이란 관념 외에도 '근대
　　인'이라는 관념의 이중성 속에 맞부딪친 점이다. 이로 보면 모더니즘 계열은 철저히 근
　　대적인 것으로써 자신들의 결락부분을 메우고자 했다.'(김윤식, 『한국 근대 문학 사상
　　비판』, 일지사, 1984)
20) 앞의 책, 이익성, 「「사상의 월야」와 자전적 소설의 의미」, 앞의 《한국근대 장편소설
　　연구》 참조.
21) 이는 이미 김윤식이 규정한 바 있다.(김윤식, 『한국 근대 문학 사상 비판』, 일지사,
　　1984)
22) 류보선, 「역사의 발견과 그 문학사적 의미 ─해방 후 이태준의 문학」, 『한국현대문학
　　연구』 제1집, 한국현대문학연구회, 태학사, 1991, pp.227∼258.

개입되어 있다고 본다. 특히 이들 소설 주인공들은 하나같이 가출을 결행한다는 공통적인 특질이 있는데, 이는 민족주의에 대한 강한 반발로 볼 수 있다는 것이다. 그가 정의하는 민족주의는 애국계몽기의 제반 근대화운동을 담당했던 신흥시민계급의 이데올로기와 결부되어 있다. 그런데 가출 이야기 모두가 바로 여기에서 멈추고 있다는 사실은, 반봉건의 진정한 극복은 민족주의로서가 아니라 계급해방을 통해서만 가능한 것으로 설정했다고 파악한다. 이에 반해 『사상의 월야』는 민족주의자인 '아비'의 사상과 실천적 역정에 충분한 역사적 의미를 부여하고 있다는 점, 그리고 그의 소설은 현해탄을 건너기 이전까지가 뚜렷하게 제시되어 있다는 점, 즉 그의 사상 선택 동기와 그 실체가 뚜렷하게 제시되어 있다는 점을 들어 그의 사상적 기반이 민족주의에 두어져 있다고 본다. 이는 연구자가 연구 텍스트로 개작본에 많은 비중을 두고 논의하고 있는 데서 연유하는 현상이지만, 앞서 지적한 바 이태준은 그의 개인사적 의미의 고아의식과 함께 시대적, 정신사적 의미에서 '아비'의 사상이 가졌던 한계를 분명히 인식하고 있다는 점이다. 특히 김사량의 『낙조』를 제외한 상기 세 작품을 계급주의 시각에서 해명하는 것은 연구자의 선입견이 개입될 가능성이 있다. 『사상의 월야』만을 한정지어 볼 때에도 상허는 오히려 다양하게 모습을 바꾸면서 근원적인 상실감을 메꾸고자 하는데, 그것은 특히 서울 또는 동경에 가고자 하는 꿈이다. 이 꿈은 달리 표현하면 학문 내지 과학에 대한 철저한 신뢰로 나타난다.

'송빈'은 어려운 여건 속에서도 나이에 걸맞지 않게 배우고자 하는 강렬한 열망을 지니고 있다. '푸른 산은 가는 곳마다'에서 이미 '송빈'은 상경하여 공부하겠다는 강한 열망을 품고 있다. 그러므로 '송빈'이가 겪는 이후의 모든 여정은 서울로 가기 위한 피나는 역경으로 점철되어 있다. 이런 그에게 '은주'는 '송빈'의 서울행을 재촉하는 한 계기로 작용한다.

「서울! 정서방까지도 서울로 공부 오슈 하던 서울! 오선생도 용담학교서

일 년만 더 있다가는 기어이 가야겠다는 서울! 상급학교가 얼마든지 있고 예로부터 송아지는 낳으면 시굴로 보내고 사람의 자식은 낳으면 서울로 보내랬다는 서울! 그리고……」
　송빈이는 '그까짓 기지배!' 하였지만, 서울을 생각할 때는 나중에는 으례 은주 생각까지도 따라 일어났고, 더러는 은주가 먼저 생각나 서울의 공상이 시작되기도 하였다.[23)

　공부는 '송빈'에게 있어 사랑보다 의미가 깊다. '송빈'의 머리속을 떠나지 않는 것이 바로 '남아입지출향관'이란 말이다. 이런 의식은 '은주'가 자신의 혼인날을 정한 어머니 몰래 함께 달아나자고 할 때 '송빈'은 지금은 무엇보다도 공부가 중요하다고 생각하며 거절하는 태도에서 잘 나타난다. 특히 '송빈'의 동경행은 학교의 비인도적인 교육행태, 교주에 대한 절대적인 신봉 등 비교육적인 행위를 못마땅히 여긴 '송빈'이 교주 손자와의 싸움 끝에 삼주 정학을 당하고 나서 확실하게 굳어진다. 이미 '송빈'은 동경 유학생들의 강연회와 음악회에서 동경에 대한 꿈을 지니게 된다. 그가 동경 유학생들에 대해서 가장 인상깊이 느꼈던 것은 그들이 서슬이 시퍼런 경계에도 조금도 두려워하지 않고 세련된 몸짓과 진정에 끓는 목청으로 신학문과 신사상에 대해 모두 열변을 토하는 것이었다. '송빈'은 그들이야말로 세상에서 어려운 일, 피끓는 청년들만이 할 수 있는 일을 모두 도맡아 하고 있다고 부러워한다. 이런 관점에서 보면 작품 마지막 장인 '동경의 달밤들'에서 유치하리만큼 과도하게 드러나는 과학에의 신뢰를 충분히 이해할 수 있다. 이는 물론 개인사적 의미에서 생득적으로 따라다니는 고아의식과 맞물려 그 극복 지향태로의 과도한 의미부여와 연결된다.

Ⅳ. '내적 계기(內的 契機) 없음'의 의미

『사상의 월야』를 '송빈'의 의식 형성 과정으로 살펴볼 때 중심적

---

23) 작품, p.73.

으로 드러나는 항목이 사랑,[24] 그리고 앞 장에서 검토한 과학에의 철저한 신뢰이다. 그러므로 '송빈'이 궁극적으로 추구한 철처한 과학에의 신뢰에 이르기까지의 내적 연관관계를 살펴보는 것은 작품이 거둔 현실성의 성과뿐만 아니라 상허 이태준의 세계관적 기반을 이해하는 데도 도움이 될 것이다.

고아인 '송빈'이가 상실감의 첫 보상심리로 택한 대상이 '은주'이다. 그러므로 이 작품에서 '은주'와의 사랑을 다룬 부분은 결코 에피소드적 차원이 아니다. 이는 '내 모든 그리운 걸 한데 뭉쳤던 게 은주더랬다'[25]라는 말에서 잘 드러난다. 그런데 사랑의 문제를 벗어나서 과학에 이르는 과정에서 보이는 강한 지향성이 전혀 내적 계기 없이 전개된다는 점이 문제이다. 극복되어야 할 대상이 뚜렷할 때 상대적으로 그 지향태도 명확한 방향을 취할 수 있다. 그러나 극복되어야 할 대상이 뚜렷하지 못할 때 그로 인해 야기되는 지향태는 상실감을 대체하기 위해 오히려 더 강렬할 수는 있지만, 속성상 형언할 수 없는 막연한 그리움으로 인해 내적 연관성이 결여될 수밖에 없다. 이는 결과적으로 현실에 대한 깊이있는 천착을 방해하는 요소로 등장할 수도 있다. 이 내적 연관성의 결여는 한편으로는 상허의 개인사에 있어 근원적인 상실감이 무척 뿌리 깊기 때문에 그 상실감을 넘어서기 위해 선택한 대체 현실은 부분적인 지엽성을 띠지 않을 수 없다는 점, 한편으로는 이태준의 부성에 대한 인식이 머리 속에서 일종의 관념의 형태로만 존재했던 사실과 무관하지 않다는 점에서 살펴볼 수 있다.[26] 이

―――――――――

24) 이태준이 사랑을 제재로 쓴 많은 장편소설들은 근원적인 상실감의 보상심리로 나타나게 된 한 현상임을 추측해 볼 수 있다.

25) 작품, p.153.

26) 최혜실은 이태준이 부친에 대해 지녔던 사고의 면모를 다음과 같이 지적한다.
   '이 작품(『사상의 월야』— 인용자)과 이태준의 생애를 아울러 살펴보건대 아버지의 모습은 실제로 그의 일생을 좌우할 만큼 큰 존재가 되지 못한다. 이태준의 어린 시절은 주로 어머니와 연결되고 있다. 어린시절부터 바깥 출입만 하던 아버지를 자주 만날 수도 없었고 더구나 이태준이 여섯 살 나던 해, 해수해에서 아버지가 돌아가셨기 때문에 아버지의 기억은 어른들의 말에서 미화된 관념에 불과할 것이다.'(최혜실, 전게서, p.32. 참조.)

'내적 계기 없음'은 근원적으로는 뿌리를 뽑혔다는 인식에서 연유된다. 상허가 지닌 뿌리뽑힘의 의미는 '송빈'이가 가출하여 상경의 긴 여정을 오르게 되는 첫 순간에 '송빈'의 말을 통해 명확하게 제시된다.

> 제 집에 제 부모가 있더라도 사나이로 나선 한번 큰 일에 뜻을 세울 것이요, 뜻을 세운 바엔 뼈 묻힐 곳을 가릴 바 아니거든 하물며 나 같은 거칠 것 없는 몸이 무엇 때문에 용담이나 농업학교에 찌싯찌싯 붙어 배길 것인가!
> 송빈이는 농업학교에 다닌 지 한 달이 될까말까하여 하루는 웃골 작은어머니께서 북어를 한 쾌 사오라는 돈 육십 전을 넣고 바로 정거장으로 가 버렸다.[27]

바로 이 대목은 근원적인 상실감에의 거부감이자 뿌리없는 자가 지니는 일종의 부박성(浮薄性)[28]의 의미를 여실히 보여주는 대목이다. 이 점과 함께 '송빈'의 입을 통해 제시되는 '무슨 일에나, 이내 발화점(發火點)에 오르는 정의감의 흥분'[29] 상태도 주목해 볼 만하다. 특히 '은주'와의 사랑이 실패로 끝나고 나자 이 문제에 대한 '송빈'의 생각과 행동에서 부박성의 정체는 여지없이 드러난다. '송빈'은 타오르는 사랑의 불꽃놀이가 식어진 이후의 상황을 그려보며 은주의 적극적인 탈출 권고를 무마하며 망설인다. 그러면서 사랑은 부정한 수단을 써서 획득될 수 없다는 생각에서 자신이 지극히 사랑하던 '은주'의 결혼식 당일에도 '은주'가 찾아오기만을 초조히 기다린다. 그러나 '송빈'은 결국 일이 어그러지고 난 후 얼마 전까지 자신의 모든 것이던 '은주'를 너무나 쉽사리 자신의 앞길에 장애물이 된다고 생각하며 '은주'를 포기해 버린다. 그리고 '송빈'은 이전에 '은주'가 함께 도망가자고 하던

---

27) 작품, p.74.
28) 여기에서 사용한 '부박성(浮薄性)'의 의미는, 현실에 깊이 뿌리를 두지 못한 결과 자신의 행위에 정당성을 부여해 주는 최소한의 '규제 이념'의 부재로 볼 수 있다. 이 '규제 이념'의 부재는 자신이 처한 위치와 현실에 대한 깊은 자각과 인식을 가로막는 요소로 작용하여, 결과적으로 현실인식의 옅음을 초래한다.
29) 작품, p.126.

말을 떠올리며 자위한다.

　「은주! 그는 나와 달아나자고 하였다! 은주 그의 모든 현실을 버리고 나에게 온 것이다! 그 뒤의 은주, 그 때 그건 내가 알 것도 아니요 기억할 바도 아니다! 인전 또다시 맹렬한 나의 건축이어야 한다!」
　책보를 꾸려 가지고 오래간만에 다시 학교에 나가기 시작하였다.[30]

　그렇게 원하던 '은주'와의 사랑이 실패로 끝난 후 '송빈'이 그 극복태로 찾은 것이 과학에 대한 철저한 신뢰이다. 그는 '지금은 첫째도 공부요, 둘째도, 세째 네째도 공부다.'라고 생각한다. 상허가 지닌 부박성의 정체는 '확실히 두뇌 속에서 은주를 쪼차내일 것도 과학'이라는 말 속에서 여지없이 드러난다. 『사상의 월야』의 첫 장과 마지막 장이 각각 '첫달밤', '동경의 달밤들'임을 주목할 필요가 있다. '첫달밤'에서의 '이태백이 노던 달'이 '동경의 달밤들'에서는 엄정한 과학적 시선을 받는 달의 모습으로 전면에 부각된다.

　「세상이란 우주란 한 물리학의 실험관이 아닌가? 저처럼 어스름달을 보고 은밀한 정서를 느낀다든가 한 아름다운 이성에게 생식조건이 정물(情物)인 사람 자신들의 극도의 주관(主觀)일 뿐 우주만물의 실체(實體)란 물리적(物理的)인 현상 그것뿐 아닐까? 저러케 서정적인 달도 사실은 풀 한포기 업는 죽엄의 빙원(冰原)이라고 하지 않는가?」[31]

　「그러타! 과학이다! 사람의 동공(瞳孔)을 현미경에 비기여 너머나 불순했다! 그러면서도 동공 그 자체는 예술보다는 과학으로만 더 정확한 해석과 진찰이 되는 것이다! 과학이다! 내 완미한 머리속에서 그러타. 가슴속이란 것도 진부한 관념이다. 이 확실히 두뇌(頭腦) 속에서 은주를 쪼차내일 것도 과학이다!」
　송빈이는 달을 흘거보앗다 차라리 개가 되여 지저보고 시펏다. 달을 짓는 개의 눈은 공연한 눈물이 잘 고이는 사람의 눈보다 차라리 과학적이라 생각

---

30) 작품, p.155.
31) 작품, p.201.

된 때문이다.

「이태백이니 소동파니 허는 주정군을 비롯해 우리는 너머나 너를 잘못 보
아온 것이다! 달, 아니 태음(太陰) 네 정체는 적벽부(赤壁賦)에 잇는 게 아
니라 과학화보(科學畵報)에 잇는 거다! 그 우박마즌 재터미 가튼!」[32]

'송빈'을 괴롭히는 가장 큰 두 요소는 외할머니에 대한 미안함과 은
주에 대한 애착이다. '송빈'은 이런 내적 갈등을 극복할 유일한 방법을
과학에서 찾고 있다. 그런데 이런 과학에의 추구가 너무나 단순 소박
하고 치졸하기까지하다. '송빈'은 외할머니의 헌신적이고 희생적인 사
랑조차 '자기의 딸을 사랑한 남어지엿슬 것'이라 생각하며, 이 사랑은
어버이가 자식을 사랑하는 '자연물리' 이외에 아무것도 아니라는 단선
적인 인식을 보인다. 그리고 그가 '은주'에 대한 미련을 떨쳐버리기 위
해 하는 말은 고작 '교양정도' 문제에 그친다. '교양정도가 나와 가튼
가? 현재도 나보다 유치한 데다 나는 작고 공부하고 그는 고만두고
장래는 너머나 충하가 질 것'이라는 말이 바로 그것이다.

우리는 이 대목에서 상허가 지닌 사상적, 세계관적 기반을 문제삼
을 수 있다. 그는 어느 시대나 사회를 이끌어 가는 힘은 '거대한 비실
제 인물, 다수한 비실제 인물'에 있다는 인식을 보인다. 그러나 이 인
물들이 어디까지나 취직만을 위해 공부하는 장래 지식인들에 대한 대
타의 의미로만 쓰이고 있음을 볼 때 그의 사상적 깊이는 아주 소박한
계몽적 수준에 머무르고 있다. 이는 상허가 지닌 전통적인 양반 내지
선비사상과 무관하지 않다.[33] 또한 이 선비사상은 속성상 선각자적인

---

32) 작품, p.201 ~ 202.
33) 상허의 이같은 의식은 1930년대 《문장》지의 세계관으로 드러나는 '상고주의'의 실체
    와도 연결된다고 볼 수 있다. 그러므로 『사상의 월야』가 친일의식을 드러내고 있다는
    비판(조동일, 『한국문학통사』5, 지식산업사, 1988.)은 재고될 필요가 있다. 왜냐하면
    선비의식(선각자 의식)으로 드러나는 우월감은 소박한 계몽성과 쉽사리 연결될 수 있
    기 때문이다. 이런 선비의식은 다음 인용문에서도 잘 나타난다.

    '마당에는 하인의 자식들까지 동저고리나마 하얗게 빤 것들을 입고 있어, 가까이 갈

사고방식과 밀접한 관계를 맺고 있다. 다시 말해 배운 자가 시혜자의 입장에서 민중을 내려다 보는 입장을 취한다. 이같은 계몽적 성격은 '송빈'이 '좀 더 많은, 좀 더 거대한 그들의 운명의 고삐를 잡을 만한, 내 자신의 새 운명을 개척하기 위해' 동경행을 결심한다는 데서 명확히 드러난다. 특히 '송빈'이 인식하는 것은 '밭에서 돌을 추려내고, 원시적인 양잠을 개량시키고, 산림을 기르고 기와를 구워 좋은 집들을 짓게 하고, 학교를 세우고 과학을 들여오는' 일이다. 그러나 이런 소박한 계몽성이 반드시 부정적인 의미만 지니는 것은 아니다. 오히려 중요한 것은 소박한 계몽성에 대한 비판보다는 과학사상으로 귀결되는 그의 강렬한 지향의지이다. 계몽성과 선각자적 사고로 미루어 볼 때 이 강렬한 지향의지는 해방 후 나온 『사상의 월야』 개작본의 실체와도 관련되는 문제로 보인다.[34] 바로 여기에 상허 이태준이 자신과

용기가 나지 않는다.'(작품, p.61.)

'누나가 지금 있는 오촌댁보다 더 좋은 데로 아주 그 집 며느리가 되어가서 늘 비단 옷에 예쁘게 차리고 하인들에게 공대를 받고 산다면 그것은 좋은 일이지만'(작품, p. 67.)

'나 같은 일개 고학생이 부잣집 무남독녀를 사랑할 수 있을까? 왜 못해? 돈만 없지 내가 저희 지체만 못할 게 무언가?
돈이란 그까짓 벌면 될 것 아닌가?
돈!'(작품, p.123.)

'내가 은주를 못 믿는다면 이 세상에서 믿을 게 없는 거다! 훌륭한 인물은 되어 뭘 하며 그처럼 믿을 수 없는 인간들이요 사회라면 그들을 위해 무얼 바쳐 보리란 이상은 가져 뭘 하는 거냐?'(작품, p. 149.)

34) 해방 후 이태준은 해방 전 신문 연재본을 상당 분량 개작하였다. 즉 해방전 신문 연재본이 다소 음침하고 우울하고 패배적인 성격을 지닌 것과는 판이하게 개작본에는 아버지와 자신이 각기 애국지사와 애국 청년으로 한껏 부각되어 있다. 즉 상허는 해방 후 개작된 작품 마지막 부분에서 과학의 위치에다 다시 한번 상실된 부의 역할을 전면적으로 부각시키고 있다.
    물론 작품 마지막 개작 부분은 해방 후 상허의 변화된 입지점을 느끼게도 하지만 신

현실문제에 대처하는 자기 고유의 삶의 방식이 은밀히 잠재되어 있다. 그 삶의 고유한 방식이란 자기 자신과 대상 또는 현실을 천착하는 태도의 부박성(浮薄性)을 의미한다.

V. 마무리

지금까지 본고는 이태준의 『사상의 월야』를 중심으로 작품에 나타난 다양한 의미구조를 살펴보았다. '달(밤)'의 의미구조와, 서울과 동경이 지니고 있는 학문과 과학의 의미를 살펴보았다. '달(밤)'은 단순히 서정적 분위기로서만 아니라 주인공 '송빈'의 인격 형성과정에 핵심적 계기로 작용하고 있다. '달(밤)'이 지닌 의미는 이태준 문학에서 결코 소홀히 할 수 없는 요소임에 분명하다. '달(밤)'은 전체 작품 전개과정에서 볼 때 중요한 전환의 시기마다 등장한다. '달(밤)'은 작품

문 연재본과 단행본 사이에 의미의 내적 연관관계를 고려할 때 필연성을 지니고 있다. 그 이유는 신문 연재본에서 동경을 배경으로 한 극도의 과학사상은 소박한 계몽사상과 연결되며, 이 소박한 계몽성(선비사상과 결부된 선각자적 의식)과 동일한 의미에서 개화주의자 부(父)사상을 부각시키고 있기 때문이다.

'오! 아버지? 이 미거한 것이나마 아버지의 뜻을 이어오리다! 선각자들의 수난에 보답하오리다. 김옥균 선생 같은 이를, 아버지 같은 이를 매국노라, 역적이라 몰아붙이던 그 완매한 보수주의자들, 지금도 민철이 할아버지 따위, 원섭이 할아버지 따위가 조선에 득실득실 차 있습니다. 그들은 지금 하나같이 남작이니 후작이니 작위(爵位)를 받아먹고 민족은 도탄에 들어 있어도 자기들만은 세도를 부리며 호의호식을 하고 있습니다. 누가 정말 민족의 역적이며, 누가 정말 나라를 팔아먹은 자들입니까? 아버지? 이 배에도 지금 조선청년이 많이 탔습니다. 그 속에는 매국노들이 자식으로 일본 관립 학교나 졸업하고 제 할애비 제 애비의 세도나 물러 가지려는 얼빠진 자식들도 있을겁니다만, 아직도 김옥균 선생이나 아버지께서 일본에 조국을 팔기 위해서가 아니라 이 앞으로 일본과 투쟁하여 조선을 찾을 그런 준비로 학문과 사상을 배우러 가는 진정한 애국청년들이 더러는 있을 겁니다! 영혼이 계시다면 이들의 앞길을 인도해 주옵소서. 송빈은 머얼리 바다 끝에 새벽 하늘이 트이기 시작할 때까지 밝는 날부터의 새 운명을 향해 그냥 서 있었다.'(작품, pp.189~190)

마지막 부분인 '동경의 달밤들'에까지 연결된다.

 『사상의 월야』는 주인공 '송빈'이 서울로 가기 위한 긴 여정과 함께 서울에서의 꿈이 좌절된 후 그 꿈이 다시 동경으로 전환되는 일관성을 보여주고 있다. 이 일관성은 '송빈'의 궁극적인 지향점이 어디에 놓여 있는가를 잘 보여준다. '송빈'은 공부 내지 학문에 대해 강한 열망을 품고 있으며, 동경에서의 극도의 과학주의 사고는 이의 연장선상에 놓여 있다. 『사상의 월야』는 작품 구조상 '송빈'과 '은주' 사이의 '사랑'과 이를 넘어서고자 하는 극도의 과학주의 사고를 보인다. 물론 그 사이에 강한 현실지향적 사고를 보이기도 하지만, 남녀간의 '사랑' 문제에 비해 볼 때 부차적이다. 특히 소아적인 '사랑'의 의미를 넘어 객관적인 과학 사상으로 전환되는 데 있어 전혀 필연적인 내적 계기가 없다는 점이 지적되어야 한다. 내적 계기가 없다는 사실은 역으로 현실을 객관적으로 인식하는 데 장애 요소로 작용한다. 이것은 상허가 현실의 본질을 깊이 천착하기보다 현실의 심부에서 떠나 표면적인 현상의 분석에 치중하고 있다는 점과 무관하지 않을 것이다. 작품 마지막 부분인 '동경의 달밤들'에서는 이전의 모든 것을 아무런 반성 없이 전면적으로 부정해버림으로써 유치하리만큼 단순한 사고를 보인다. 물론 이것을 가능케 한 것은 과학에 대한 철저한 신뢰 때문이다. 이 소박한 계몽성은 상허가 지닌 세계관적 기반과 밀접한 관계를 맺고 있다. 『사상의 월야』에 한정지어 볼 때 상허는 지체 또는 집안에 대한 우월감을 보일 뿐만 아니라 하인을 멸시하는 전근대적인 의식을 나타내기도 한다. 이런 의미에서의 우월감은 선비사상과 결부된 선각자적인 의식으로 말미암아 소박한 계몽성과 쉽사리 연결될 수 있다. 상허가 민중에 대한 인식을 보이면서도 그 역사적 의미를 깊이 천착하지 못하고 있는 것은 그의 세계관적 기반이 애매한 이중성에 놓여 있었다는 사실과 그가 주장하는 계몽성이 끝내 소박한 수준에 머물 수밖에 없었음을 확인시켜 준다.

(고려대 강사)

『농토』 연구

김 재 영

I. 머리말

이태준의 『농토』는 우리 현대사의 가장 중요한 사건이랄 수 있는 해방을 전후하여 황해도 가재울이라는 한 농촌 사회에서 일어나는 변화를 그리고 있다. 그 변화는 주로 억쇠라는 한 농민의 삶을 중심으로 그려지는데, 이 소설에서 농민들이 겪는 변화의 마지막에는 토지개혁이 있다. 익히 알고 있듯이 해방 직후인 46년에 북한에서 시행된 이 토지개혁은 이후 북한사회의 기틀을 잡는 가장 근본적인 변혁이었다고 할 수 있다. 그리고 그것은 당대의 가장 현실적인 문제에 대한 북한사회 나름의 해결책이었다. 그러므로 이 작품이 그런 당대의 가장 중요한 역사적 현실과 맞대면하고 있다는 사실은 우리의 관심을 끌기에 충분하다.

하지만 이 작품이 토지개혁 과정 자체를 전면적으로 그리고 있는 것은 아니다. 이 소설은 전체가 열일곱의 작은 장들로 이루어져 있는데, 그 중 열두 장이 식민지 시대를 겪는 농민의 모습을 그리는 데 할애되고 있다. 해방 후가 다루어지는 후반부의 다섯 장에서도 토지개혁의 과정이 그려지지는 않으며 토지개혁의 시작에서 작품은 끝난다. 그러므로 토지개혁이라는 역사과정 자체가 이 작품의 관심은 아니라고 할 수 있다. 이 소설에서 우리는 식민지 시대 이래의 농촌현실이 토지개혁에로 이끌어지는 과정, 또 그러한 과정에서 나타나는 농민들의 변화를 볼 수 있다.

이 과정에서 봉건적 잔재나 질곡으로부터의 탈피라는 당대 현실의 가장 본질적인 문제가 형상화되고 있다는 점에 주목했을 때는 이 작품의 리얼리즘적 성취가 높이 평가되기도 했지만,[1] 그 탈피의 과정에서 농민의 적극적인 자발성의 계기가 포착되지 못한 점은 문제로서 제기되기도 했다.[2] 하지만 이들 연구는 주로 해방 직후 소설의 당대 현실 반영이라는 측면에만 초점을 맞추고 있어 이태준의 작가적 특성이라는 문제는 거의 다루고 있지 못하다.

그런데『농토』는 이태준의 월북 후 첫 작품으로, 그 이전의 소설들과는 전혀 다른 경향을 보여주고 있다는 점 때문에, 그가 해방기 현실에서 감행해야 했던 정치적 변신이 어떤 성질을 띠는가를 생각해 보는 데 있어서도 중요한 의미를 갖는다고 할 수 있다. 그러므로 이태준의 식민지 시대 작품과 관련시켜『농토』또한 이해해 보려는 시도들이 연구의 또 다른 한 축을 형성했다.[3] 이들의 논의는 한 편으로는 식민지 시대 이태준의 작품세계가 기교주의라든가 상고주의, 모더니즘 등으로만 평가되었던 것을 지양하고 그 현실반영의 성격을 밝히는 동

---

1) 한형구는 "1930년대 중반의 시기에 몰역사성을 본질로 하여 달성된 「고향」의 리얼리즘이 해방공간에 이르러 일거에 역사성을 담보함으로써 달성된 형국이 이 「농토」"이며, 이러한 성격의 작품이 당대 리얼리즘 문학을 대표한다고 하고 있다. 김재용은 "이 작품에 형상화된 갈등의 설정은 북한 현실의 주된 모순을 그대로 반영하고 있어 전형화에 이르고 있다"고 파악하고, 그러한 점은 작가가 올바른 세계관을 획득함으로써 가능했다고 말하고 있다.

한형구, 「해방공간의 농민문학」, 《한국학보》, 1988 가을. 『해방공간의 문학연구 Ⅱ』(태학사, 1990)에 재수록.

김재용, 「북한의 토지개혁과 그 소설적 형상화」, 《실천문학》, 1990 봄.

2) 이런 점을 지적한 초기 연구로는 다음을 들 수 있다.

김승환, 「토지문제를 매개로 한 주인과 노예의 변증법적 역전과정과 역사적 전망 – 이태준의『농토』분석」, 《분단시대》 4, 학민사, 1988.

임진영, 「해방직후 민주건설기의 북한문학」, 『해방전후사의 인식 Ⅴ』, 한길사, 1989.

3) 이선미, 「이태준 소설 연구」, 연세대 석사, 1990

류보선, 「역사의 발견과 그 문학사적 의미」, 『한국현대문학연구』제 1 집, 태학사, 1991. 4.

강진호, 「이상과 현실의 거리 – 해방기 이태준 소설론」, 《문학과 논리》 2, 1992.

시에, 그 연장선상에서 해방 후의 변모를 탐색하고 있다.

그 중 류보선의 연구는 이태준의 세계와 문학에 대한 인식이 반봉건적 민족주의 사상이었다는 관점에서 그것이 해방 후까지 지속된다는 논지를 펴고 있다. 하지만 이 논의에서 『농토』는 그러한 인식체계에 근본적인 변화를 가져온 것으로 평가되고 있어, 식민지 시대 이태준 작품들과는 단절되어 있는 것으로 나타난다. 단지 그러한 변화가 신념과 열정의 차원에서만 이루어졌기 때문에 "객관적 현실의 총체적 형상화로 나아가기보다는 단지 토지개혁에 있어 농민이 주체가 되어야 한다는 사실을 계몽하는 수준에 멈추고 있다."[4]고 그 한계를 지적하고 있을 뿐이다. 그러므로 이태준 작품세계의 특징이라고 지적하였던 반봉건적 민족주의 사상은 『농토』를 설명하는 데는 전혀 도움을 주고 있지 못하다.

강진호는 해방 전 소설에서 반봉건적 특성은 거의 찾아볼 수 없고, 오히려 낭만적인 특성을 보여준다는 점을 지적하며, 『농토』는 식민지 시대 이래 '갈망했던 세계'의 구체적인 상으로 '소련'을 대치함으로써 나타난 작품이라고 보고 있다. 그러므로 억쇠가 스스로 변모·발전하지 못하고 전위분자와 당의 지령에 추동되는 관념적·기능적 인물로 나타날 수밖에 없었다고 평가한다. 이 연구에서는 『농토』가 식민지 시대의 작품들과 내적으로 동일한 세계 파악 방식을 보여주고 있는 것으로 드러나 해방 전과 해방 후의 작품들이 훨씬 밀접하게 연결되어 있는 것으로 드러난다. 하지만 낭만적 동경과 선민의식이라는 두 축으로 해방 전·후 소설의 연결점을 찾음으로써, 연구자가 그간 애써 밝히려 했던, 식민지 시대 소설이 드러내는 비판적 리얼리즘의 특성은 다시 뒷전으로 물러나고 있는 것으로 보인다.

그리고 이들의 연구는 모두 작가가 사회주의를 받아들이는 과정에서 드러내는 피상성에 초점을 맞추고, 이런 점을 작품 평가의 가장 기본적인 입지점으로 이용하고 있는 듯하다. 여기에는 두 가지 정도 생

---

4) 류보선, 앞의 글, 251쪽.

각해 봐야 할 문제가 있는 것으로 보이는데, 첫째는 사회주의적 의식 또는 사회주의적 세계관이라는 것이 대단히 포괄적이고 복합적인 문제들을 포함하고 있는데, 이들 연구에서 이런 개념들에 대한 연구자 나름의 견해가 별로 드러나지 않는다는 점이다. 또 하나는 사회주의 세계관의 획득과 작품의 리얼리즘적 성취가 너무 직접적으로 연결되고 있다는 느낌이다.

이들과는 달리 최유찬은 『농토』가 「농군」, 「돌다리」 등의 중기 소설과 연장선상에 놓이는 것으로 파악한다.[5] 그것은 중기소설의 리얼리즘적 성취를 보다 적극적으로 평가하는 것을 의미하는데, 이 때 『농토』는 해방정국이라는 열려진 현실 속에서 그 동안 외부현실에 의해 금압되었던 정치의식을 가장 순연하게 드러낸 작품이 된다. 그러므로 이 소설은 "소설적 결구가 탄탄하고 각 인물의 개성이 살아 있는 데다 작품에서 성취된 전형성과 총체적 현실감이 장편소설의 총체성에 육박" 하는 "상허의 문학이 도달한 정점"[6]으로 평가된다. 하지만 그런 적극적인 평가를 뒷받침할 만한 작품에 대한 꼼꼼한 분석이 뒤따르고 있지는 못하다. 그것은 다른 연구들도 마찬가지라고 할 수 있는데, 김승환의 논문을 제외하고는 모두 이 작품 하나만을 꼼꼼하게 분석하는 글들이 아니었기 때문에 아직 이 작품에 대한 면밀한 해석은 이루어지지 못한 상황이라고 할 수 있다.

이런 선행연구들에서 볼 수 있듯이 이 작품은 일단 이태준이라는 작가가 급격한 변모를 보여주고 있다는 점, 또 그 변화가 사회주의로의 전환으로 해석될 수 있다는 점, 그리고 그 내용에 있어서 사회주의 현실을 달성해 나가는 도정이라고 할 수 있는 북한의 토지개혁을 다루고 있다는 점 등 때문에 우리 사회주의 문학의 발전이라는 관점에서 다루어질 만한 요소를 갖고 있다. 그러므로 이 작품을 사회주의라는 문제와 떼어서 생각할 수는 없을 것이다. 그러나 그렇다고 해서 사

---

5) 최유찬, 「이태준의 삶과 문학」, 『리얼리즘 이론과 실제비평』, 두리, 1992, 202쪽.
6) 윗 글, 203~204쪽.

회주의적 세계관이나 사회주의 리얼리즘을 기대하면서 이 작품을 읽어 나갈 필요는 없을 것이다. 먼저 이 작품이 드러내는 세계 인식을 그 자체로 면밀히 검토하는 작업이 선행되어야 할 것으로 생각되며, 그러한 작업을 기초로 해서 작가의 변모나 작품의 현실반영에 드러나는 특성을 제대로 밝혀 낸다면, 이 작품이 사회주의와 맺는 관계 또한 새롭게 생각해 볼 수 있을 것이다.

Ⅱ. 신분제적 정신습속이라는 문제

1.

『농토』의 첫 장은 한 인간의 죽음이라는 극한상황을 그리고 있다. 하지만 우리는 작중인물들에 의해 그 죽음이 마땅히 받아야 할 대접을 못 받고 있음을 본다. 그 이유는 그 죽음의 주인공이 종이기 때문이다. 작중인물들과는 달리 우리는 이 상황을 문제적으로 받아들이게 되는데, 작가가 어떠한 시각에서 이 상황의 문제성을 인식하게끔 하는가를 살펴보는 것은 아마도 이 작품의 핵심적인 문제의식에 다가가는 것으로 보인다.

이 소설은 억쇠어미인 팔월이가 앓고 있는 상황에서 시작된다. 환자는 정신을 차리지 못하는데, 억쇠아비나 억쇠는 그에 대해 속수무책이다. 약 한 첩도 못 써 보고 호렴 녹인 물 두어 모금 마셔보게 하거나 손이나 주무를 수밖에 없다. 게다가 이 날은 주인댁 삼대 독자 도련님의 새아씨가 몸풀기만 기다리는 날이다. 그러기에 "억쇠아비는 죽는 사람 불상한 것이나 저 호라비 될 걱정보다도 주인댁 귀한 며누님 몸 푸시는데 행여 무슨 부정이나 끼치들릴가보아 그것부터 겁이 난다."[7]

---

7) 이태준, 『농토』, 삼성출판사, 1948, 10쪽. 표기는 그대로 따르며 필요한 경우 띄어쓰기만 함. 앞으로 이 작품의 인용은 인용문 뒤에 쪽수만을 밝힘.

이렇듯 주인마님의 걱정은 곧 억쇠아비의 걱정이다. 노마님은 마침 집
안의 출산을 앞둔 때 병이 났다는 이유로 "배라 먹을 년", "얌체 없
는 년", "방자스러운 년" 등의 욕설을 내뱉는다. 그런데 작중인물들에
게는 이런 비인간적이고 비정상적인 상황은 자연스러운 것이다. 그것
은 특히 그에 대응하는 억쇠아비의 태도에서 잘 드러난다.

　　억쇠아비는 후닥닥 일어서기부터 한다. 앉아서 대답이란 평생 해 본 적이
　없는 버릇이다.
　　「네」
　　「문 열지 말구」
　　그러나 병인의 머리맡에 외풍 풍기는 것쯤 가려 노마님 앞에 방 속에서
　말대꾸를 할 수는 없다.
　　「문 열면 안된대두 이 미욱스런 녀석아 내 그런 꼴 보겠다니?」
　　하마트면 내여밀번한 문고리를 섬쩍 놓으며 그제야 억쇠아비는 노마님의
　문 열지 말라는 뜻을 알았다. 노마님의 말씀대로 역시 저는 미욱한 놈이였
　다. (3)

　　「엥이 배라먹을 년 같으니. 」
　　억쇠아비는 억쇠어미가 무슨 트집으로나 앓는 것처럼 노마님의 꾸지람이
　지당한 듯 들려 고개가 절로 숙으려진다. (4)

　이 부분은 억쇠아비가 주인노마님과 대화하는 장면에서 억쇠아비의
태도가 잘 드러나는 장면을 추려 본 것이다. 여기서 대화를 뺀 서술들
은 주로 억쇠아비라는 한 인물의 행위와 생각만을 설명하고 있다. 서
술자는 비교적 담담한 태도를 취하고 있지만, 한 인간의 죽음이라는
이례적인 상황 앞에서도 조그마한 손상도 받지 않고 유지되는 신분제
적인 태도와 정신습속[8]을 부조시켜 보여주는 부분이다. 이 부분에서

____

8) 이 용어는 한 인간집단의 습관적 사고방식을 지칭한다. 그것은 지각·감성·태도·신
　념·신앙 등 지적, 감성적 차원을 포괄하는 것으로, 특히 일상생활의 조건들에 대한 사
　람들의 태도를 규정하는 측면이 있다. 이 용어를 쓰면서 역사학의 '망탈리테'란 개념을
　염두에 두었다.

서술의 초점이 되고 있는 것은 그 태도와 정신습속이 아주 오래 지속
되어 온 것이며, 그렇기에 그만큼 뿌리깊다는 것에 대한 강조이다. 하
지만 이러한 정신습속은 아내와 어미를 잃은 이들의 슬픔을 억압할
수는 있지만, 그 슬픔을 넘어서게 하는 것은 아니다.

　　속시원히 울 수가 있기는 날이 밝기나 주인댁에 드러가기보다 차라리 나
　았다. 애비가 끽끽거리고 우름을 텃트리는 바람에 억쇠도 어미 묻을 때 보던
　샛별들을 처다보며 시린 손등으로 눈물을 문대기군 했다. (15)

팔월이를 묻고 집에도 들어가지 못한 채 가재울로 떠나가는 억쇠와
억쇠아비의 모습이다. 그 동안 억압되었던 슬픔이 그 둘만이 남은 자
리에서 마음껏 터져 나오는 것이다. 이 장면은 현실의 모순을 비참한
상황을 통해 강렬하게 부각시켰던 식민지 시대의 작품 「밤길」을 연상
시킨다. 가족을 스스로 파묻고 있는 정경, 또 그것이 밤길과 어우러진
이미지 등이 그러하다고 할 수 있는데, 「밤길」이 분노의 정서와 직접
적으로 연결되는 데 반해, 이 작품에서는 가장 자연스러운 감정조차도
억압되어야 했던 상황의 문제성이 심각하게 부각된다고 할 수 있다.
왜냐하면 이 작품은 죽음 자체의 비참함보다도 그 죽음 앞에서 마음
껏 슬픔을 토해낼 수도 없는 살아 있는 이들의 상황을 훨씬 강조하고
있기 때문이다. 다음 장면은 그 억압의 모습을 생생하게 보여주고 있
다.

　　우름소리 내서는 안된다는 노마님의 말씀이 천만 지당한 줄 알면서도 억
　쇠 아비는 입이 것잡을 수 없이 뒤틀렸다. 꺽꺽 두어마듸 치받히는 올각질
　같은 것을 억지로 삼키면서,
　　「이 새끼 잠작구 있어 괘니…….」
　하고 자식부터 돌려 보았다. 억쇠는 울기는 고사하고 죽은 어미와 이런 꼴의
　아비를 발길로 질르기나 할 것처럼 새파랗게 노려보는 눈이었다. (10 ~ 11)

　　김영범, 「망탈리테사 : 심층사의 한 지평」(한국사회사연구회, 『사회사 연구와 사회이
　론』, 문학과지성사, 1991) 참조.

그런데 여기에는 그 상황을 문제적으로 바라보고 있는 또 하나의 시선이 있다. 그것은 억쇠의 시선인데, 이 억쇠의 시선 속에서 비로소 우리는 작중 내에 존재하는 긴장을 감지할 수 있다. 억쇠가 만들어 내는 이 긴장은 우리로 하여금 상황 극복에 대한 기대로 나아가도록 하며, 정서적 차원의 반응을 넘어서게 하는 것이기도 하다.

하지만 그 시선의 주인공이 어린아이라는 점은 그것이 곧 인물들간의 갈등으로 실현될 만한 것이 못 됨을 나타내준다. 그렇기에 그들 사이에 현실적인 갈등은 드러나지 않는다. 죽어도 울음소리를 내지 말라는 노마님의 분부에 따라 아내와 어미를 잃은 그들은 울음을 안으로 삼키면서 죽은 자에 대한 어떤 예의도 갖추지 못하고 신속히 공동묘지에 매장하며, 다시 집으로 들어가지도 못한 채 가재울로 떠나가는 것이다.

그리고 억쇠가 어린아이라는 사실보다도 더욱 주목할 만한 것은 억쇠가 분노의 시선으로 노려보는 것이 노마님이 아니라 자기 어미와 아비라는 점이다. 이는 그 갈등이 신분제라는 제도를 둘러싼 주인과 종의 실제적 갈등을 향하고 있지 않음을 나타낸다. 그것은 밖이 아닌 안을 향한 시선으로, 그 상황의 재현 속에서 가장 첨예하게 드러나는 노예적 정신습속, 그리고 한 인간 내부에서의 자기극복을 문제시하는 시선인 것이다. 그리고 바로 그런 점에서 신분제적 상황을 그려내는 이 첫장면은 이 작품이 쓰여진 당대의 현실과 긴밀하게 연결된다. 왜냐하면 제도로서의 신분제라는 것은 이 작품 안에 나오는 양반댁 몰락에 대한 다음의 반응에서도 볼 수 있듯이, 과거의 것일 뿐이기 때문이다.

양반도 인전 소용 없어 빚진 죄인이라니 땅 아니야 신주토막이라도 팔어 갑흘건 갑허야지 장돌뱅이 권아모개라고 잡어다 볼기 칠 재주는 지금 세상엔 없다는 이야기도 흥이 나서 주고 밧는 사람들도 있었다. (44)

하지만 그것이 제도의 문제가 아니라, 구체적인 인물 개개인의 태도나 정신습속의 문제라면 사정은 달라진다. 그것은 식민지라는 상황 속에서 온존되고 배양되어온 지·소작 관계라는 봉건적인 토지소유관계와 긴밀히 연결되어 당대에 광범위하게 존재하고 있는 봉건적 상황의 일단인 것이다. 그러므로 억쇠의 자기극복이야말로 한 개인의 문제가 아니라, 봉건적 질곡의 극복이라는 당대의 가장 절실한 문제에 대한 대답이 될 수 있는 것이다. 이 작품이 이러한 문제의식에 기반하고 있음을 분명히 할 때, 우리는 한 인물의 성장을 기본적인 축으로 하는 이 작품의 구성형식을 제대로 이해할 수 있다.

2.

이 작품은 토지개혁이라는 해방기의 가장 절박한 문제와 대면하고 있지만, 앞의 3분의 2 가량은 식민지 시대 농민의 삶을 그려내고 있다. 그런데 그 삶의 모습은 대부분 지·소작 관계와 제국주의 정치권력에 의한 수난으로 점철되어 있다. 억쇠의 삶을 살펴보는 것은 그것을 확인하는 것이기도 하다.

가재울로 간 억쇠는 막바로 종의 신분에서 벗어나지는 않지만, 신분제적 관계가 아닌 당대의 가장 본질적인 사회관계인 지·소작 관계의 현실과 대면하게 된다. 그것을 극적으로 표현하는 것이 타작마당 장면이다. 동네에서 제일 바지런하다는 점둥이네의 타작마당에서 "인제 마당질이 시작되면 촌에는 먹을 게 얼마나 지천으로 버려질가"(29)라는 억쇠의 기대는 여지없이 깨지고, 점둥이네는 열여덟 가마니를 추수하고도, 소작료, 비료대, 수세, 빚 등을 제하고 겨우 두 가마니만을 차지하게 되는 기막힌 현실이 벌어진다. 그리고 이것은 좀 나은 편이고 다른 집 사정들은 더함도 알게 된다.

이런 현실이야말로 억쇠가 소작농이 됨으로써 곧 스스로 경험하게 될 것이지만, 억쇠는 "땅이나 법률이 이렇게 꼼작 못하게 마련된 것"(37)을 고쳐야 할 탈로 생각하지 못한다. 그렇기 때문에 그는 이미 마련되어 있는 질서에 적응하는 모습을 보여준다.

억쇠도 그 이듬해부터는 장근이네나 점둥이네가 봄내 여름내 피땀을 흘리고 가을 마당질에 와서는 남 좋은 일만 하고 물러나는 꼴에도 그것을 처음 볼 때처럼 마음에 찔리지는 않았다. 찔리지 않을 뿐더러 나리님이나 아씨의 권리를 작인들 앞에 대신 써볼 때는 권리를 주는 주인게게는 아첨이 절로 늘었고 그 권리에 복종해야 하는 작인들에게는 모르는 새 거드름이 늘어 점둥이나 장근이네 마당에 가서는,
「별놈의 소리 다 듣겠네! 며칠 안 됐으니 이자를 더러라? 누가 장리쌀 먹으래서 먹었어?」
하고 아이 어른 가릴 것 없이 곳잘 허튼 소리가 나오게 쯤 되였다. (37～38)

그런 점에서 억쇠의 인식은 일직선적으로 발전하는 것이 아니다. 그는 잘못된 현실에 대한 적응과 반발이라는 양 축을 끊임없이 왔다 갔다 한다. 또 반발이라고 하더라도 그것이 항상 옳은 방향을 향하고 있는 것은 아니다. 그것은 지주에게 종처럼 대접받는 것이 싫어 그가 권생원의 땅을 버리고 동척 땅으로 소작을 옮기는 행위에서도 드러난다. 이러한 행동은 기존의 질서에 굴복하고 있는 자신의 모습에 대한 자의식에 바탕하고 있다.

「억쇠 너 심부름 좀 시키기 대단 힘드는구나!」
억쇠는 침을 꿀꺽 삼키었다. 못 보는데서는 욕이라도 하겠는데 목전에선 꼼짝 못하겠다. (62)

봉건적인 지·소작 관계는 원래 경제적 계약관계만으로 이루어지는 것은 아니다. 그것은 그 자체로 광범위한 경제외적인 억압을 수반하는 거대한 체계의 일부이고, 경제적 수탈 또한 그 억압체계의 도움을 통하여 달성되는 것이다. 그렇기에 거기에는 '농노적 부역'이라고도 할 만한 것도 포함된다. 제국주의는 바로 그러한 관계를 온존하고 배양하고 있었다고 할 수 있으며, 억쇠의 자의식은 바로 그러한 관계의 특성을 감지해 내는 것이다. 그리고 그것에서 벗어나 보려고 하지만, 문제

는 그가 그 사회적 관계를 제대로 인식하고 있는 것이 아니며 그래서 벗어나는 방법 또한 모르고 있다는 점이다. 그가 주관적인 판단에 의지해 취한 방법은 지·소작 관계에서 벗어나는 길이 못 된다. 동척 땅으로 소작을 옮김으로써, 그는 오히려 국가의 권력체계를 이용한 보다 강력한 경제외적 강제에 노출되게 되는 것이다. 이는 사회관계에 대한 충분한 인식을 갖고 있지 못한 그로서는 어쩔 수 없는 일이라고 할 수 있다. 하지만 이런 행위의 바탕에서 작용하고 있는 반발 의식은 자기극복의 가장 기초적인 토대가 될 수 있는 것이며, 억쇠가 소작쟁의라는, 체제에 대한 적극적인 저항행위에 가담할 수 있는 근거가 되는 것이다.

그런데 8장에서 서술되는 이 소작쟁의 사건은 이 소설이 식민지 시대의 여러 사건들을 의미화하는 방식을 가장 분명하게 보여주고 있는 부분이다. 소설 속의 소작쟁의는 실제 쟁의로까지 진행된 것은 아니며, 단지 모의 단계에서 발각되는 하나의 삽화라고 할 수 있다. 그것은 성필이와 낯선 사회주의자의 주도로 이루어지는데 이 낯선 사회주의자가 모습을 드러내는 것은 이 장면에서뿐이며, 성필 또한 그 삶의 모습이 충분히 드러나지는 않는다. 또 이 모의가 구체적으로 어떤 과정을 통해서 이루어지고 있는가도 잘 나타나지 않는다. 게다가 그 첫 단계에서 발각됨으로써 더 이상 진행되지도 못한 채, 그 모의에 참가했던 모든 사람이 잡혀갔다가, 성필이와 낯선 사회주의자는 구속되고 억쇠는 29일간 구류를 살았다는 간단한 언급으로 정리되어 버린다. 그러므로 이 작품에서 소작쟁의를 이루어 나가는 주체적인 인간의 모습은 그려지지 못하며, 오히려 수난사의 일부를 구성하는 정도의 역할밖에는 못한다고 할 수 있다.

하지만 이 소작쟁의 모의 행위는 억쇠의 인식에는 상당한 영향을 미치는 것으로 드러난다. 억쇠가 이 작품에서 이때를 다시 상기하는 모습을 보여주는 것은 두 번이다. 한 번은 아버지의 죽음을 맞이해서이다.

억쇠의 아버지는 억쇠가 징용을 피해 도꾸지의 집에서 농업요원이란 이름으로 종처럼 일하고 있는 동안, 보국대에 끌려가 해주비행장에서 일을 하다가 병이 났고, 그 병이 나아가는 와중에 썩은 콩 볶은 것을 사먹고 죽게 된다. 아버지의 시체는 이미 태워져버렸고, 억쇠는 그 불태운 자리만을 둘러보고 돌아나오다가, 신작로에 주저앉아 극도의 분노에 몸을 떨게 된다. 바로 그 순간에 억쇠는 그 삼포 뒷등에서 만났던 사회주의자와 성필을 떠올리게 되고, 그럼으로써 개인적인 분노를 왜놈이 망하고 세상이 뒤집히는 새세상에 대한 염원으로 이끌게 된다.

억쇠가 또 한번 그들의 모습을 떠올리는 것은 해방이후 토지개혁을 앞두고 땅에 대한 욕심에서, 자신 또한 남들처럼 도꾸지에게 땅을 사야하지 않을까를 고민할 때이다. 억쇠는 이때, "일제시대 그렇게 경찰이 그악하던 때에도 목숨을 돌보지 않고 농민들을 위해 일하던"(165) 그 사람들을 떠올리며 인민위원회와 농민조합에 대한 신뢰를 다짐함으로써, 그 오판의 위기를 극복한다.

이렇게 본다면 이 작품에서 소작쟁의 모의 사건은 식민지 시대 소작쟁의가 갖는 역사적 의미를 구체화하는 것보다는 바로 억쇠의 인식 발전의 경험적 토대 역할에 초점이 맞추어져 있음을 알 수 있다. 하지만 이 사건이 곧바로 억쇠로 하여금 사회관계의 본질적인 모순을 인식하여 그에 따라 행동할 수 있게 하는 것은 아니다. 단지 그것은 삶의 고비고비에 상기하여 인식을 다듬어 나갈 수 있는 경험으로서 작용할 뿐이다.

식민지 전체가 비상전시체제로 돌입하게 되면서는 징용, 징병 등의 아주 직접적인 통치권력의 억압에 노출되게 되고, 이제 지·소작관계라는 기본적인 사회관계조차도 별 문제가 안되는 상황에 도달하게 된다. 이때 억쇠가 취하는 삶의 방식은 "신상에 별 일 없다면" 살던 집까지 뜯어다 바치고, 농업요원이라는 이름으로 다시 종과 같은 상태로 떨어지는, 그야말로 생존을 지속시켜 나가기에 급급한 것이다. 그 짐승과 같은 삶의 방식을 깨치게 되는 것은 분이라는 한 소녀에 대한 사랑 때문이다.

면장의 아들이며 억쇠의 새 주인인 도꾸지가 분이를 탐하다 겁탈하려는 상황에 처해, 억쇠는 도꾸지를 때려눕히고 도망하는 것이다. 이 사건은 소설에서 식민지 시대를 마무리짓는 가장 중심적인 사건이지만, 동기는 개인적인 차원의 사랑이고 방법은 충동적인 폭력에 불과한 보잘것 없는 것이기도 하다. 결국 이 사건의 결말 또한 억쇠의 도망일 뿐이며, 그가 다시 가재울로 돌아올 수 있는 것은 해방이라는 외적 계기를 통해서이다. 그러므로 이 사건은 수탈권력에 대한 민중의 저항이지만 실제 역사의 본질적인 갈등을 객관적으로 드러내는 것으로 평가될 수는 없다. 하지만, 이 작품에서 이 사건만이 유일하게 지배계급에 대한 공격적인 저항이라는 것을 생각해 볼 때, 이 사건은 한 인간의 봉건적 인간관계에 대한 정신습속의 극복이라는 점에서는 하나의 중요한 전기가 될 수 있다.

이렇듯 억쇠의 인식발전은 이 작품의 여러 사건들을 의미화하는 중심축으로 작용하고 있다. 한 개인의 성장이란 관점에서는 패배와 수난의 삶의 과정 또한 충분히 그 나름의 의미 속에서 파악될 수 있는 것이다. 하지만 그것은 한편으로는 개인의 성장이라는 관점에서만 의미화가 가능하다는 것을 뜻할 수도 있다. 그렇기 때문에 이 작품에 형상화된 식민지 시대의 여러 사건들은 그 자체로 역사의 본질에 다가가지는 못하는 것이다. 그러므로 해방을 통해 이 수난사적인 형상화는 자연스럽게 극복되지만, 이 작품은 억쇠의 자기극복 여부에 대한 문학적 형상 없이는 제대로 마무리될 수 없다고 할 수 있다. 이제 살펴보려는 것은 바로 그 문제이다.

Ⅲ. 『농토』와 사회주의의 문제

해방이 되어 가재울로 돌아 온 억쇠가 가장 먼저 경험하는 것은 억압권력의 몰락이다. 그것을 그는 "문짝이란 문짝은 모조리 나자빠져 있었고 경대, 양복장 따위가 깨강정이 된 것도 방으로 마루로 너절븐히 널려 있었"(131)던 도꾸지의 집에서 확인한다. 그 권력의 공백상황에서 억쇠뿐만 아니라 농민들에게 가장 큰 영향력을 행사하는 것은 사회주의자 성필이다.

억쇠는 그와의 대화를 통해 제 눈이 자꾸 맑아지는 것처럼 느끼고, 세상을 볼 줄 아는 눈이 트이는 듯한 감격을 느낀다. 또 그와 동류의 사람들이 진행하는 삼칠타작제에 의해 현실적인 덕도 본다. 그래서 모처럼 풍족한 가을을 맞이하고 분이와 혼인도 한다. 이 상황은 현실의 진행 방향에 대한 신뢰로 연결되지만, 또 한편으로는 이미 얻어 놓은 행복을 잃지 않을까 하는 불안으로도 이어진다. 그 와중에 토지개혁법령이 떨어지므로, 이제 토지개혁법령의 내용이 초미의 관심사가 된다.

그래서 이 작품의 뒷부분은 토지개혁 법령과 관련하여 농민들이 의심스럽게 생각하는 점들이 억쇠 부부를 통하여 정리되고, 그 의심이 해소되는 과정으로 주로 엮어져 있다. 이런 점은 이 소설이 당정책의 충실한 해설로 떨어지고 있다거나 계몽의 수준에 머물고 있다고 비판받는 근거가 된다. 왜냐하면 그 의심이 해소되는 과정은 곧 해설적인 담론에 접해 법령의 참된 의도를 깨우쳐 나가는 과정이기 때문이다.

농민들이 의심스럽게 생각하는 것은 다음의 두 가지이다. 그 중 첫째는 친일이나 악덕지주가 아닌 지주 일반의 땅을 몰수할 뿐만 아니라, 그들의 가옥까지도 몰수하는 것이 너무 가혹한 것이 아니냐는 점이며, 또 하나는 기름 장수 등의 힘든 일을 통하여 겨우 땅을 장만하여 노년에 그것을 소작 주어 먹고 사는 정도에 불과한 안과부댁의 땅도 몰수해야 하느냐는 의문이다.

농민들의 이런 의문은 당연하다고 할 수 있는데, 왜냐하면 토지개혁은 사적소유를 인정하는 것이었고 토지의 사적소유에 대한 농민들의 욕망을 충족시킨다는 점이 그 추동력이 되는 것이었기 때문이다. 그런데 분단이라는 특수성 때문에 북한의 토지개혁은 동구권 나라들에 비해서도 유례없이 철저히 이루어질 수 있었다.[9] 그러나 그렇다고

---

9) 북한의 토지개혁이 다른 동구권 나라들보다 훨씬 철저하게 이루어졌음은 잘 알려져 있

해서 개혁에 의해 사회주의적인 생산관계가 이루어지는 것은 아니었
으며, 사적소유에 기초한 소생산자적인 경제형태가 생성될 것이었다.
이런 개인농업이 "자본주의와 사회주의 두 길 사이에서 동요"[10] 할
수 있는 것이었기에, 사회주의에 대한 전망[11] 속에서 이 개혁을 이해
할 수 없는 농민들에게 '지나친 것'으로 생각될 요소는 그 자체로 안
고 있었던 것이다. 또 토지개혁을 추동했던 농민들의 자기 땅에 대한
소유욕과 애착은 언젠가는 노동의 사회화 과정과 대립할 수도 있는
것이었다. 실제로 북한에서는 한국전쟁 때문에 농업의 사회주의화 과
정이 저항 세력이 거의 없는 상태에서 순조롭게 진행되었다고 하지만,
동구나 소련에서도 사회화된 농업노동의 실현은 토지소유자들의 극심
한 저항을 받았다고 한다.[12] 이렇게 본다면 토지개혁의 지지 자체가
사회주의적 세계관이나 의식과 곧바로 연결되는 것은 아니라고 할 수
있다. 그러므로 그 의심을 푸는 과정도 곧바로 사회주의적 의식과 연
결되지는 않는다.

　억쇠가 이런 의심을 푸는 데 결정적인 역할을 하는 것은 성필의 아
버지인 최초시이다. 최초시는 개혁이 시작되기 전 이미 땅을 소작인들
에게 분배한 자기 친구의 경우를 얘기한다. 그 친구는 땅을 소작인들

다. 그리고 이러한 철저한 개혁이 가능했던 데에는, 저항세력들을 남한이 흡수했기 때문
이라는 설명도 설득력이 있는 것으로 보인다.
　김주환, 「해방후 북한의 인민민주주의혁명과 사회주의혁명」, 『해방전후사의 인식 Ⅴ』,
한길사, 1989, 300〜301쪽 참조.

10) 윗 글, 295쪽.

11) 지금은 북한에서의 혁명과정이 '반제반봉건 인민민주주의 혁명'으로 정리되고 있지만,
당대에는 "자본민주주의 정권", "자산계급 민주주의 혁명 단계" 등으로 표현되고 있다.
이러한 용어들에서도 표현되듯이, 이 변혁은 사회주의화와는 분명히 구분되는 내용을 갖
고 있었다.
　「조선공산당 북부조선 5도연합회에서 한 당조직문제 보고」(45년 10월 13일)와 「토
지개혁' 사업의 총결과 금후 과업 － 조공 조선분국 제6차 확대집행위원회에서 보고」
(46년 4월 10일) 참조(『북한현대사』, 공동체, 1989, 자료편 315, 375쪽)

12) 김명섭, 「해방 이후 북한 현대사 개괄」, 『북한 현대사 Ⅰ』, 공동체, 1989, 49〜50쪽
참조. 북한은 전쟁을 통하여 농업집단화에서 겪게 되는 저항의 폭발성을 미연에 해소할
수 있었다고 한다.

에게 분배함으로써 소작인들에게는 은인으로 추앙받게 되고, 물질적
·정신적으로 떠받듦을 받는 위치에 있게 되었다는 것이다. 이것은 지
주·소작 관계라는 봉건적인 소유관계에서는 벗어나는 것이었지만,
정신습속이라는 측면에서는 더욱 큰 족쇄를 의미하는 것이기도 하다.
억쇠는 이렇듯 토지개혁을 봉건적 정신습속의 극복이라는 측면에서
보게 됨으로써, 자신의 의심을 극복할 나름의 논리를 확보한다. 또 이
것은 그가 농민대회에서 적극적으로 행동할 수 있는 논리적 기반이
된다. 그리고 여기서 봉건적 정신습속의 극복이라는 이 작품의 문제의
식은 그대로 토지개혁의 논리와 연결된다. 하지만 토지개혁의 논리를
자신의 행동 논리로 받아들이는 행위가 그대로 억쇠의 자기극복에 대
한 형상적 대답이 되지는 못한다.
　여기서 따져보아야 할 것은 그가 그러한 상태에 이르게 되는 과정
의 문제라고 할 수 있다.

　　일제 시대 그렇게 경찰이 그악하던 때에도 목숨을 돌보지 않고 농민들을
　위해 일하던 사람들이 있었다는 것 지금은 농민조합만 아니라 인민위원회가
　그런 사람들로 조직이 된 것이니 그네들이 농민들에게 해로운 소리를 할 리
　가 없다는 것 그러니까 땅을 사지 말라는 것을 사는 것은 의리로 보더라도
　잘못이라는 것 그리고 악하고 제 행복을 짓밟는 자에게는 털끝만치도 아첨
　은 커녕 정정당당하게 미워하고 대항할 줄 아는 것이 우선 사람이란 것 여기
　까지 말이 및이어서는 억쇠는 제 이야기에 저 자신부터 감동이 되었다. (76)

　　이 토지개혁이 우리 조선서 전에두 없었구 이 앞으로도 또 있을 수 없는
　굉장한 일입니다. 또 시시비비가 많은 일입니다. 인민위원회에서 훌륭한 분
　들이 연구허구 연구해서 결정한 법령입니다. 저 댁 할머니 같은 사정이 아니
　더 딱한 사정두 전조선에 있을 걸 그분들이 몰랐을 것 같읍니까? 죄다 짐작
　하구 연구해서 결정한 법령인 걸 우린 믿어야 합니다. 그렇다면 나는 아직
　이런 사정 보는 것에 가부를 말허진 않습니다만 다만 법령대로가 아닌가를
　밝히구 결정해야 법령위반두 아니고 우리가 일으킨 동정심두 동정심대루 산
　다는 겁니다. (184)

앞의 인용문은 억쇠가 해방 후 처음 맞은 오판의 위기를 극복하는 대목이다. 그도 땅에 대한 욕심에서 남들이 지주에게 땅 사는 것을 보자 흔들리지 않을 수 없게 된다. 하지만 그는 그것을 극복해 내는데, 그것은 위 인용문에서 볼 수 있듯이 자신을 위해 싸웠던 사람들에 대한 의리나 막연한 신뢰 그리고 깊은 정서적 공감을 통해서이다. 억쇠는 개혁을 진행하는 사람들의 과거의 행적에 대한 깊은 신뢰를 통하여 지금 그들의 행위에 대해서도 막연한 신뢰를 형성하고 있는 것이고, 이것이 판단의 근거가 된다.

뒤의 인용문은 억쇠가 농민대회에서 발언하는 대목이다. 그가 문제삼는 것은 자신들의 처사가 법령에 맞는가 안 맞는가라는 문제만이다. 그는 실제로 그 법령이 어떠한 과정을 통해서 만들어졌는지, 또 그 과정이나 내용에 문제가 있는지는 생각하지 못한다.[13] 중요한 것은 그 스스로 그러한 것에 문제를 제기할 수 있는 위치에 있다는 생각은 전혀 하지 못하는 것이다. 그러므로 안과부댁의 토지몰수도 당연한 것으로 생각하며, 분이와의 대화에서는 자신의 생각을 다음과 같은 비유를 통하여서 표현한다.

> 암. 인제 말이오 이를테면 여기서 배천 나가는 길을 일자로 곧은 길로 고친다 칩시다. 곧게 나가다가 아까운 논이 한두평 짤려나간다구 그래 길을 거기서 굽으러트려야 옳소? 그것과 마찬가진 거요!(200 ~ 201)

저마다 주체인 한 인간의 삶의 문제를 길 뚫는 것에 견주어서 생각하는 것 또한 대단히 위험한 발상이랄 수 있지만, 실제로 당대에 이런 문제가 어떻게 해결되어야 했는가를 판단하는 데는 아마도 보다 충분

---

13) 북한의 토지개혁은 대단히 급하게 진행되었고, 그 과정이 충분히 밝혀져 있지는 않다. 그것은 법령 자체가 충분한 민주주의적 토의를 거쳐 결정되었다고 생각하기 힘들게 한다.
　사꾸라이 히로시, 「북조선 노동당의 통일정책」, 『북한현대사 Ⅰ』, 공동체, 1989, 271 ~ 272쪽 참조.

한 검토가 필요할 것이다. 여기서 문제로 삼는 것은 억쇠가 그런 판단을 내렸다는 사실 자체가 아니라, 그 결론에 도달하는 사유의 과정이 단지 원칙과 법령에 따르는 것이 옳다는 비주체적인 과정을 통해서 이루어진다는 점이고, 이런 억쇠의 모습에서 우리는 다시 스스로 삶을 비주체화하는 과정을 볼 수 있다는 점이다.

그럼에도 불구하고 작품 속에서 억쇠는 토지개혁의 가장 적극적인 대변자 역할을 하며, 또 당대에 진행되고 있는 정책을 적극적으로 지지하고 있다. 그러므로 우리는 그가 사회주의 체제를 받아들이리라고 예상할 수밖에 없다. 하지만 그것은 단지 당대 권력에 대한 막연한 신뢰를 통해서이며, 단지 제도를 받아들이는 것에 불과할 뿐 그가 사회주의적 인간이 된다는 것을 의미하지는 않는다. 그는 주체적으로 사회주의를 준비하고 있지는 못한 것이다.

그런데 그의 이런 모습은 대단히 역설적으로 한반도에 사회주의 국가가 성립되어 가는 가장 현실적인 모습을 보여주는 것일 수도 있다. 이 작품에서 억쇠의 삶이 변화되는데 있어 가장 중요한 요인으로 나타나는 해방이 거의 전적으로 외면적으로만 파악되고 있음에 대해서는 많은 논자들이 문제점으로 지적해 왔다. 하지만 해방이 주체적으로 준비되고 있었다는 주장 또한 일면적인 사실을 과장한 것에 불과하다. 실제로 억쇠와 같은 많은 농민들이 해방을 준비하고 있지 못했다는 사실은 분명하며, 이들이 근대적 개인으로 충분히 성장하지 못한 채, 자신들의 사회체제를 선택해야 했음도 인정해야 한다.

이미 선행연구자들이 지적했듯이 이태준은 사회주의를 받아들였지만, 그것은 자신이 사회주의자로 변모하는 것이었다기보다는 자신의 세계관 속에서 사회주의를 인정하고 받아들이는 차원에 불과했다. 우리는 그것을 소련기행의 감격을 통해서 확인할 수도 있지만, 『농토』의 억쇠를 통해서도 확인할 수 있다. 이것은 작가가 도달한 최후의 지점일 수 있고 그 지점이 분명히 사회주의 의식과는 거리가 있었다는 것을 보여주는 것이다. 그 거리는 작품에 균열을 가져와, 작가의 의도가 문학적 형상으로 마무리되는 것을 방해한다. 하지만 우리는 그 균

열이 드러내는 현실성, 바로 그것에 주목함으로써, 이 작품이 갖는 좀 색다른 의미와 만날 수 있는 것이다. 그런 점에서 본다면 이 작품은 아직 해결되지 않은 하나의 과제와 연관되어 있다. 근대적 개인의 형성과 사회주의를 동시에 전망한다는 우리 역사의 한 시기에 제기되었던 복잡하고도 어려운 문제는, 현실사회주의의 몰락을 지켜보는 우리에게도 새롭게 제기되는 핵심적인 과제이기 때문이다.

Ⅳ. 억쇠의 꿈과 이태준의 꿈

앞장에서는 이 작품이 억쇠의 의식 성장이라는 관점에서 구성되어 있다고 파악하고, 이를 검토해 보았다. 하지만 이 작품에는 그와는 좀 차원을 달리해서 논의해야 할 또 다른 구조가 있다. 그것은 보다 현실적인 맥락과 닿아 있는 것으로, 한 인간의 꿈의 좌절과 성취라는 구조이다. 그리고 이것은 해방기 현실 속에서 변화를 보여준다고 하는 이태준의 문학세계를 검토해 보는데 핵심적인 지점이 된다. 왜냐하면 식민지 시대에 일관되게 보여준 좌절의 미학과 분명히 대립되는 지점에 이 작품은 놓여 있기 때문이다.

그러므로 이태준이 해방기 현실에서 마련한 꿈은 어떤 것인가, 또 그는 현실의 어떤 측면을 통하여 그 꿈을 성취의 구조 속에 놓게 되는가를 묻는 것은 바로 그 변화의 질을 묻는 것이 된다. 그러므로 그 꿈의 좌절과 성취의 과정을 중심으로 이 작품을 살펴보는 것이 이제부터의 과제이다.

어미를 묻고 가재울로 떠난 억쇠는 그곳의 자연과 농민들을 접함으로써 삶에 대한 나름의 새로운 인식에 도달하고 꿈을 갖게 된다. 우리는 그것을 3장에서 볼 수 있는데, 여기서 억쇠는 가재울에 머물면서 첫봄을 맞이하게 된다. 그래서 파종하는 농민들의 모습을 곁에서 지켜보며, 자신도 직접 꽃씨나마 씨를 뿌려보게 된다. 그리고 자연의 경이를 경험한다.

그러나 땅은 요술쟁이 같았다. 그런 바람에도 날려버리던 빈 쭉정이 같던 씨알들을 벌레처럼 움직여 놓은 것이었다.

　- 생략 -

　농군들은 그 투박한 손으로 이 어린 싹들을 쓰다듬기나 하는 것처럼 애끼고 끔찍이 여겼다. 암탁은 어리 속에서 병아리를 품고 있지만 함부로 나다니며 새싹을 잘라버리는 수탁 그 놈만 단속을 하면 싹트는 시굴은 오직 소근거림과 귀여움뿐 큰소리 한마디 날 리가 없는 것 같았다. (23 ~ 24)

억쇠가 이 봄에 경험하는 것은 농민들의 땅에 대한 굳은 믿음과 그에 보답하는 땅의 모습이고, 이 경험 속에서 그는 인간과 자연의 친화된 모습을 본다. 게다가 그 자연은 참으로 아름다운 것이기에 그가 느끼는 친화의 감정은 배가된다.

　물에는 송화가루가 미수가루 뜨듯했다. 가만히 반두를 대고 돌을 들치면 버들치와 날메리 아니면 가재 한두 마리라도 나온다. 아씨께서 봄 가재는 지지면 자기 낭자에 꽂인 산호 뒷꼬지처럼 붉은 것이 곱거니와 국물이 달어 입맛이 난다 했다.

　한참 돌만 들치고 물 속만 드려다 보노라면 아직 발도 시리고 허리도 아프다. 앉기 좋은 바위에서 허리를 펴고 발을 말리노라니

　(시굴은 참 좋구나!)

　생각이 절로 솟는다. 진달래는 한 물 이울어 물에도 낙화가 떠 나려오는데 양지짝 산기슭에 나무끝마다에는 솟는 것이 아니라 하눌에서 뿌리는 것처럼 빤짝이는 속잎들은 어찌보면 잔잔한 물결도 같다. 새끼 친 멧새들이 쫑쫑거리고 그 연두빛 파도를 잠겄다 떳다하며 날른다. (24 ~ 25)

그런데 억쇠의 이 새로운 경험은 인간과 땅의 관계, 인간과 자연의 관계에 대한 것일 뿐, 그 땅을 매개로 한 인간과 인간의 관계, 즉 사회적 관계에 대한 것은 들어 있지 않다. 그러기에 그것은 극히 부분적인 현실에 대한 경험일 뿐이다. 그러므로 그에 기반한 억쇠의 다음과 같은 꿈 또한 그런 점에서 낭만적인 것이다.

　문득 죽은 엄마 생각이 난다. 엄마며 아버지며 아들이며 흙내 구수한 밥머리에 둘러 앉어 샘물을 바가지로 떠 날르며 먹는 점심은 천렵처럼 즐거운 것 같었다.

　(나도 나대로 살어보았으면! 점둥이네나 장근이네처럼 남의 땅이라도 얻고 오막사리라도 우리집에서 내 농사를 짓고 살어보았으면!) (25)

　이 꿈은 이태준이 식민지 시대에 쓴 여러 소설의 주인공들이 상실한 바로 그 세계에 대한 꿈이다. 그것은 「봄」의 노동자가 고향에 두고 온 바로 자신의 모습이며, 「꽃나무는 심어놓고」의 방서방이 상실한 고향의 모습이라고 할 수 있다. 이들 작품들에서도 그 상실된 세계상에는 자연을 매개로 해서 이루어지는 인간과 인간의 관계 즉 생산관계가 배제되고 있다. 그것은 곧 그 세계가 현실태라기보다는 하나의 추상에 불과하다는 것을 의미한다. 그러므로 그 꿈의 주인공들이 현실적인 관계에서 패배하고 좌절하는 모습밖에 보여줄 수 없는 것은 당연하다고 할 수 있고, 그것이 바로 식민지 시대 이태준 작품세계를 구성하는 중요한 부분이라고 할 수 있다.

　하지만 그런 꿈들이 현실세계의 냉혹함과 더러움에 대한 비판의 근거가 되듯이, 이 때 억쇠가 경험한 인간과 자연의 친화적 관계와 그에 바탕한 자립적인 삶 그리고 자신의 오붓한 가정에 대한 꿈은 억쇠가 겪게 되는 현실세계의 냉엄함과 맞서는 바탕이 된다. 특히 땅에 대한 농민의 믿음과 애착이 현실의 어려움과 맞서 나가는 힘이 될 수도 있음을 작가는 이미 「농군」, 「돌다리」 등에서 보여주었었다. 그리고 그 꿈은 해방 이후 실시된 토지개혁을 추동하는 대중적 힘의 바탕이기도 한 것이다. 그러므로 이 부분에서 이루어지는 인간과 자연의 원초적 조화에 기반한 억쇠의 꿈은 이 작품의 중요한 의미맥락을 형성한다.

　게다가 이런 꿈을 꾸는 바로 그 순간에 억쇠는 분이를 처음 만난다. 이 작품은 억쇠의 좌절과 소망 성취의 과정이 분이와의 사랑과 밀접하게 연결되어 진행된다.[14] 분이는 박꽃같은 소녀로 억쇠의 소망이 응

---

14) 진영복, 「해방기 리얼리즘 소설 연구」, 연세대 석사학위 논문, 1992, 56쪽 참조.

집된 현실적 형상으로 기능한다. 억쇠의 지배세력에 대한 가장 적극적인 형태의 저항이 분이와의 사랑 때문이었음은 이미 지적했다. 그런데 해방기 현실에서 억쇠의 소망 성취를 가장 상징적으로 보여주는 장면은 바로 분이와의 결혼 장면이다. 그러므로 억쇠의 소망성취 과정이라는 관점에서 이 작품을 파악할 때 그것은 이 장면에서 완결된다고도 할 수 있다.

　　장소는 동네사람들이 단오 때면 씨름도 하고 복날이면 천렵도 하는 칙바윗골에 있는 정자 같은 반송들이 물(둘?)러선 잔띠(디 ?)밭에서였다. 시간은 오후 네시 동무들과 어른들이 둘러앉고 주례 성필이가 깨끗한 조선옷을 입고 상보 덮은 테블 뒤에 섰다. 테블에는 다른 것은 없고 산과 들에서 꺾어 모은 들국화를 중심으로 이슬끼 있는 청초한 꽃묶음이 하나 놓여 있다.
　－ 생략 －
　　신랑은 개울에서 이 닦고 머리 감고 세수하여 머리에는 그저 물끼가 있어 올라선다. 옥색 두루매기를 입었으나 발이 맨발이다. 뒤에 따르는 두 들러리들도 발목에 다님은 묶었으나 모두 맨발로 잔띠를 파 헤치고 만든 보드라운 생흙길을 밟으며 드러섰다. 숫눈처럼 푸군푸군 발이 묻히는 흙은 보기만하는 사람들에게도 싱그러운 흙의 향기를 풍기었다.
　－ 생략 －
　　신부도 새로 머리를 감고 세수를 했다. 얼굴 그대로 분도 연지도 없고 머리는 그전에 함경도나 평안도에서들 없듯 치렁치렁 땋은 머리를 당기채 올려 둘래머리로 얹었다. 얄밉도록 부자연한 낭자머리보다 이 둘레머리는 자연스럽고 사슴이 뿔을 이듯 사랑스럽게 머리를 인 신부는 한편에 떨군 붉은 당기와 함께 멋드러진 맵시였다. (152 ～ 153)

　　성필의 제안에 의해 좀 특별한 형식으로 치뤄지는 이 혼인식 장면은 인상적이다. 맨발로 맨땅을 밟는 모습이나 자연스러움을 강조한 이들의 치장은 직접적으로, 자연과의 친화에 바탕했던 억쇠의 꿈을 상기시키며, 그 실현의 순간을 형상적으로 보여준다. 그리고 이 형상 속에서 우리는 다시 한번 작가 이태준을 느낀다. 그가 식민지 시대부터 끊임없이 동경해마지 않았던 잃어버린 세계, 바로 그 세계를 그는 해방된 현실에서 복원시키고 있는 것이다. 그렇기에 이 장면은 아주 순간적인 일치에 불과할 수도 있는 하나의 형상일 뿐, 아직 사회관계에 의해 뒷받침되는 현실의 모습이라고는 할 수 없다.

아마도 작가는 토지개혁의 온전한 수행을 통하여 그 꿈의 실현이 지속될 것을 기대했을 것이고, 이 작품은 그런 점에서 토지개혁이라는 역사적 현실에까지 나아갈 수밖에 없는 것이었다고 할 수 있다. 하지만 자연과 인간의 친화에 바탕한 이 꿈은 요즈음의 녹색운동이나 동양적 세계관에 대한 깊은 관심에서 볼 수 있듯이, 사회주의와는 좀 다른 윤리감각을 드러내는 것으로 보인다. 그리고 이 윤리감각은 사회적 관계에 대한 전망만으로는 해결할 수 없는, 인간과 사물, 인간과 자연의 관계에 대한 새로운 전망을 요구하는 것이기도 하다. 아마도 이 전망이야말로 이태준이라는 작가가 평생을 두고 찾으려 했던 것이 아닐까? 그렇기에 이런 측면은 이 작품에 하나의 제약으로 작용하는 것이라고도 할 수 있지만, 미래를 전망하는 데 무시해서는 안될 또 다른 중요한 문제를 상기시켜 주는 역할을 하고 있는 것이다.

V. 맺음말

이태준의 『농토』는 억쇠라는 한 농민이 봉건적인 정신습속을 극복하여 근대적 개인으로 성장하는 과정을 형상화하려 한 작품이다. 봉건적 억압과 질곡의 삶에서 그것을 극복하려는 계기들은 충분히 포착되지만, 그 계기가 내적인 극복으로 나타나지는 못했다는 것이 밝혀졌다.

하지만 봉건적 억압과 질곡으로부터의 탈피 그리고 정신습속의 극복이라는 문제는 당대의 가장 현실적인 문제였고, 이 작품이 그 핵심적인 문제와 정면으로 대면하고 있다는 점은 그 자체로 의의를 갖는 것으로 평가할 수 있다. 게다가 이 작품이 제대로 역사적 전망을 형상화하고 있지는 못하지만 적어도 현실의 실제 진행과정 자체를 객관적으로 보여주는 것일 수도 있다는 점을 생각해 본다면, 이 작품이 서있는 지점이 갖는 의미는 새롭게 점검될 필요도 있을 것이다.

특히 현실 사회주의의 몰락이라는 역사 과정을 겪어 내고 있는 우리에게는 과거의 역사진행을 꼼꼼하게 검토하여 재정리해야 하는 의무가 짐지워져 있는 것으로 생각된다. 그러므로 『농토』가 갖고 있는 현실성을 역사과정에 대한 새로운 평가와 결합하여 다시 생각해 보는 작업이 요청된다고 할 수 있다. 이 소론이 그러한 작업까지 해내지는 못했지만, 『농토』라는 작품의 주된 문제의식이 무엇이었던가 또 그것을 어떠한 방식으로 이 작품은 그려내고 있는가를 나름대로 정리한 것은 그러한 작업의 기초가 될 수 있지 않을까 한다.

이 작품의 검토에서 또 하나 주목하고 싶었던 것은 식민지 시대부터 일관되어 있다고 생각한 이태준의 꿈의 특성을 밝히는 것이었다. 그 꿈은 사회적 관계를 배제함으로써만 상상되는 자연과 인간의 원초적 친화에 바탕을 두고 있는 것이라 할 수 있기에, 이 작품이 아직도 그 꿈의 테두리에서 맴돌고 있는 것은 아마도 사회주의라는 새로운 사회관계에 대한 현실적 전망을 방해했을 수 있다. 하지만 자연과의 친화를 회복하고자 했던 그의 꿈은 사회주의적 전망 이상의 것을 포함하고 있기도 하다. 실제로 요즈음의 환경에 대한 전지구적 관심에서 확인할 수 있듯이, 우리는 사회관계에 대한 전망만으로는 해결할 수 없는 많은 문제에 대면하고 있다. 그것은 인간과 사물의 관계 그리고 인간과 자연의 관계에 대한 새로운 윤리를 요구하고 있는 것이기도 하다. 이태준의 꿈이 이 새로운 윤리감각을 드러내고 있다고 할 수는 없을 것이다. 그 새로운 윤리 또한 사회관계를 배제해서는 현실성을 획득할 수 없을 것이기 때문이다. 그런 점에서 그의 꿈은 비현실적인 것이지만 우리가 놓쳐왔던 중요한 문제를 상기시켜주는 역할을 하고 있다고는 평가할 수 있을 것이다.

(연세대 강사)

『황진이』·『왕자호동』의 역사소설적 의미
─ 심정적 민족주의와 절필의 논리 ─

이 명 희

I. 머리말

이 글은 1930년대 후반과 1940년대 전반기라는 열악한 시대적 흐름 속에서 이태준이 『황진이』와 『왕자호동』이라는 역사소설을 쓸 수밖에 없었던 필연적 이유는 무엇이며 시대와 작가의 대응의식이라는 함수관계 속에서 드러난 이태준 자신의 내면의식을 살펴보는데 그 주안점을 둔다. 이러한 작업은 시대에 대한 작가의 존재방식을 일별할 수 있는 계기를 마련해 주며, 이런 일련의 고찰 과정들은 『황진이』와 『왕자호동』의 의미화를 더욱 명확하게 해줄 것이다. 『황진이』는 역사소설이 다량으로 산출되었던 그 시점에서 탄생하고 있다는 점에서, 『왕자호동』은 이태준이 붓을 꺾고 낙향하기 바로 전에 쓰여졌다는 점에서 우리의 주의를 요한다. 또한 두 작품은 쓰여진 시기가 일제의 군국주의화가 막바지에 이르고 있는 시점과 맞물리고 있다는 점에서도 간과할 수 없는 문제로 대두되고 있다. 일제가 정신적 내지 물질적인 억압과 탄압을 가해오는 와중에서 이태준은 시대적 위기와 불안의식을 느끼고 무엇인가 매달릴 수 있는 돌파구가 필요했을 것이며, 이 과정에서 그의 고심과 갈등은 작품을 통하여 어느 정도 와해됐을 것이다. 결과적으로 이 글은 불안의식을 불식시킬 수 있는 절대적 대상을 그는 어디에서 찾고 있는가의 문제, 바로 이 시대를 물려준 전세대에 대한 맹점과 허상을 이태준이 과감히 또는 냉소적으로 비판할 수 있

는 근거, 대동아공영권의 이념 아래 이루어진 신체제화의 노도 속에서
도 마지막까지 이태준을 지탱해 줄 수 있었던 민족의식의 핵심이 무
엇인가 살펴볼 것이다. 그렇게 함으로써 작품 속에 용해된 이태준의
고민의 흔적을 탐색하게 될 것이며 이는 또한 바로 두 작품에 대한
의미 부여 작업과 연결된다 하겠다.

II. 불안의식과 절대적 대상

시대의 정신과 현실을 표현하기 위해서는 민중의 정신과 사상을 통
하지 않고서는 불가능한 일이며 과거로부터의 현재의 인식, 그리고 이
로 인한 미래의 전망을 바라본다는 면에서 역사소설은 그 의미를 부
여받을 수 있다. 또한 역사소설은 어두운 시대에 정면으로 대결하거나
도전할 수 없는 상황 속에서 취할 수 있는 문학적 태도이기도 한데,
왜냐하면 그것이 통속소설이든 역사소설이든 암흑 시대의 한 유행현
상으로 '이 시대의 문학이 가장 무난하게 이 시대를 통과하려는 경향
으로 표현된'[1] 것이기 때문이다. 그렇기 때문에 역사소설은 세계적으
로 만연된 정신적 위기와 문화적 불안의식에서 배태된 정치적·경제
적 위기의 문학적 표출이라 할 수 있다. 1차세계대전 이후에 통속적
역사소설이 상당량 등장했다는 사실은 이런 의미에서 우리에게 시사
하는 바가 크다.

위기와 불안이 가중되면 될수록 이를 대체할 수 있는 대상 찾기의
강구는 필연적이라 하겠다. 그 대상은 상대적이라기보다는 오히려 절
대적이어야 할 것이다. 그 절대성은 자신의 죽음을 용납할 수도 있고
어버이의 사랑도 버릴 수 있는 데까지 확대되는 것을 필요로 한다. 그
이유를 든다면 죽음을 각오하지 않는 한 또는 모든 것을 희생하지 않
는 한 위기와 불안의식을 떨쳐 버릴 수 없는 극한 상황이 시대적으로

---

1) 백철, 『신문학사조사』, 신구문화사, 1983, p.528.

잠재해 있기 때문이다. 그 절대성이 치열하면 치열할수록 상대적으로 남는 것은 허무주의적 세계관이다. 말하자면 절대적 대상이 운명적 공동체로 인식되어지거나 자신에게 있어서 불가항력적 문제로 대두되면, 삶의 유지와 죽음의 초래라는 대명제조차도 별 의미가 없어진다는 것이다. 이러한 절대성과 허무의식을 이태준은 『왕자호동』을 통하여 갈구하고 구현하고 있으며 우리는 작품 속에 등장한 인물들이 취하고 있는 인간관계의 상관구조에서 그런 면모를 밀도있게 접할 수 있다.

이태준은 위기의식의 탈출구를 절대적인 사랑에서 찾고 있다. 절대적인 사랑을 둘러싸고 호동과 낙랑 그리고 소읍별이 서로 대칭점을 이룬다. 우선 호동과 낙랑의 사랑은 적군의 왕자와 공주라는 한계점에 부딪히고 마나, 아내로 맞는 조건으로 호동은 낙랑공주에게 자신을 낳아준 땅이고 아버지의 나라인 낙랑을 요구한다. 이의 구체적인 실천은 자명고를 찢고 자명각을 못쓰게 하는 일인데, 이는 낙랑으로 하여금 자신의 국가와 순수한 사랑에의 감정 속에서의 갈등을 수반한다. 갈등이라는 전제는 이율배반적인 양 가치의 저울질이라고 말할 수 있는데, 낙랑은 호동과의 사랑을 실현하기 위해 과감히 자신의 국가와 어버이를 포기한다. 결국 이러한 행동은 자신을 포기하는 일과 상응한다고 할 수 있는데, 자신의 희생을 조건으로 한 사랑은 이미 상대적인 사랑의 경계선을 넘어선 절대적 대상에 대한 몰입인 것이다.

요컨대 낙랑 공주는 자식이기를 거부하고 한(漢)민족이기를 부인하면서 사랑을 추구한 것이며, 자식과 국가와 자신임을 거부한 그 자리에 사랑이 대체되고 있다. 동시에 이러한 절대적 사랑의 추구는 이태준에게 있어 국가적 존망과 시대적 절박성이라는 당면 문제에 정면적으로 혹은 맹목적으로 뛰어들지 못하는 자의식에 대한 반작용이다. 단적으로 말하자면, 작품 속에서 추구하는 절대적 대상에 대한 갈망은 절대적 선상에 자신을 둘 수 없는 현실적 비극을 외면하거나 감소시키고자 하는 기대 심리이며 현실적으로 할 수 없는 문제를 심정적으로 해결함으로써 위안을 삼는 대체 심리이기도 하다.

이런 시각이 호동과 소읍별의 상호 관계에서도 그대로 나타난다.

소읍별은 현도의 요령인 구다 태수의 딸이나 아들이 없어 남아로 길러진다. 호동과의 첫 만남은 남자로서 만남이었으나, 한(漢)군을 퇴각시킨 후 소읍별은 여자임이 밝혀짐으로써 이성으로서의 간격을 좁힐 수 없는 입장이 된다. 소읍별은 호동을 처음 본 이후 벗이든 이성의 입장이든 그녀의 행동 반경이 호동에 대한 지극한 사랑의 범주에서 크게 벗어나지 않음을 보여준다. 한(漢)군이 고구려 대성인 위나암 산성으로 쳐들어 올 때, 한(漢)군이 백만 대군을 이끌고 온다는 전갈을 전함으로써 전쟁을 승리로 이끈 장본인이 바로 그녀였으며 호동과 낙랑 공주와의 상호 전달 편지를 몸소 전함으로써 낙랑을 치는 데 결정적 역할을 수행하기도 한다. 이런 일련의 행위는 호동에 대한 소읍별의 맹목적인 사랑으로 작품 전개과정을 통하여 나타나는데, 호동의 자결을 지켜보고 또는 그를 흠모하는 마음으로 평생을 지내는 그녀의 모습에서 이 같은 사실은 확인된다.

> (하눌이 허락하섰다!)
> 공주는 북이 아니라 자기네 사랑을 방해하는 악마에게나 달려들듯 하였다. 쿵 — 울리는 우렁찬 진동 그러나 북은 역시 한낱 북일따름이였다. …(중략)… (그예 나를 저즐르게 햇고나!) …(중략)…
> 알고보니 부모도 나라도 명예도 모든 것을 바치는 사랑, ……(중략)……
> (그대는 한인도 아니요 최리의 딸도 아니요 악랑공주도 아니엇고나! 다만 이 호동 한사람의 사랑이엇고나!)[2]

> 그러나 한해 두해 지나갈스록 호동의 무덤도 쓸쓸해 갔다. 다못 한 사람의 여자만이 초하로와 보름마다 어김없이 차저 왔다. 그것은 물론, 한결같은 사랑과 자기만이 아는 만고충효 호동의 유덕을 사모하는 것으로 일생을 보내는 읍별이였다.[3]

위 인용들은 자신을 포함해서 자신 주변의 모든 것을 희생하는 대

---

2) 이태준,『왕자호동』, 남창서관, 1942, pp.424～428.
3) 같은 작품, pp.507～508.

가로 사랑을 지불하고 있다는 예증을 명확하게 보여주고 있다. 작가에게 있어서 역사적 과거의 선택은 현실을 들여다 볼 수 있게끔 하는 투영의 역할을 하며 현실에서 벗어나 과거의 공과를 통해 현실을 셈해보는 기회를 가져다 준다. 또한 이러한 과정을 통하여 현실의 공과를 우회적으로 지적하거나 제시하고자 하는 제안이 이루어지는데, 이러한 제안만 구상된다면 작가의 입장에서는 자신이 바라보는 현실의 투시망을 과거의 역사적 사건과 연결시킴으로써 자신의 내면화를 조심스럽게 끌어올릴 수 있는 계기를 마련하는 것이다. 다시 말하면 시대적 제반 여건이 작가의 신념과 정신적 의미를 희석시킬 때, 그는 과거라는 시간적 공간 중 현 시점과 유사한 공간을 선택함으로써 자신이 생각하고 있는 대상에 대한 해석을 가하기도 한다. 또한 제반 정황이 자신의 힘으로는 도저히 타개할 수 없는 성벽으로 다가 왔을 때, 그는 안주할 수 있고 위안을 얻을 수 있는 절대적인 대상을 선망하며 그 세계에 잠입하고자 한다. 그러나 안주할 수 있는 그 절대성이 운명의 범주에서 벗어날 수 없는 가치임을 인식함에서는 자못 문제가 심각해지지 않을 수 없다.

모든 시름을 잊고 매달릴 수 있는 절대적인 사랑, 정신적 공백감을 채우는 대상에 대한 몰입은 운명론적인 굴레에서 주어진 톱니바퀴에 불과하다는 인식에 머무를 때, 그러한 인식을 깨우친 개체는 허무의식에 휩싸일 수밖에 없는 것은 너무도 당연한 이치임에 틀림없다. 이런 논리의 적용이 그대로 『왕자호동』에서 재현된다.

(밤중에도 천긔(天機)는 쉬지 않고 운행하는 거다! 나라고 사람이고 모다 그 배후엔 쉬지 않고 돌아가는 운명의 바퀴가 잇을게다! 모도가 운명이다!)
공주는 아직도 손이 떨리어 장도를 한참 더듬어 제집에 꼽고 고루를 나섰다.[4]

(인생은 허무하다! 그러나 분별이 있시 살고 분별이 있시 죽어야 한다!

---

4) 같은 작품, p. 426.

사분을 위해 어찌 대의를 흐릴가 보냐!)
　호동은 이날 밤, 되도록 보는 눈이 적게 하고 강차의 목을 버이였다.[5]

　낙랑을 지키는 신기인 자명고와 자명각을 찢고 부숴버린 낙랑이 아
버지의 얼굴을 지우지 못하고 '이 몸은 벌서 악랑공주는 아닙니다!'라
고 외치면서 자기 부정에 이르자, 그녀는 나라이든 사람이든 그것은
운명의 꼭둑각시에 지나지 않음을 깨닫는다. 이는 나라와 어버이를 부
정하고 급기야 자신을 인정하지 않는 행동이 어찌 인간의 힘으로 이
루어질 수 있는 것이며 도대체 사랑을 빌미로 내가(낙랑공주) 행한 일
은 인간적 또는 도덕적으로 가능한 일인가에 대한 자문이다. 동시에
이는 그런 일이란 도저히 있을 수 없다는 역설적 표현에 다름 아니다.
그러나 이는 그녀가 자신조차도 부인할 수 없는 명백한 일을 자기 눈
앞에서 몸소 행한 후의 자책이었다. 여기에서 낙랑의 행위는 운명일
수밖에 없는 필연적 연계가 부과되는 것이다. 인간사에서 이루어지는
것이 모두 운명이라는 것, 작가의 입장에서 볼 때 침잠할 수 있고 안
주할 수 있는 돌파구가 이미 운명의 쇠사슬에 감겨져 있다는 것을 알
아 차렸을 때 허무적 세계관을 헤어나오지 못하는 것은 당연한 일이
라 하겠다.
　문학에 있어서 퇴폐주의적 불안사조의 경향은 일시적인 현상이라기
보다는 그 시대의 지식인의 한 현실관으로 자리잡은 경향이었다고 보
는 입장은[6] 위와 같은 연장선상에서 볼 때 암시하는 바가 상당히 크
다. 그러므로 시대적 조류 속에서 겉돌던 작가의 불안과 위기의식은
이를 제거할 수 있는 몰입 대상을 만들도록 했으며 그 대상은 절대적
일 수밖에 없었다. 왜냐하면 그 대상이 절대적일수록 상대적으로 불안
의식을 거세하는 힘이 강해지기 때문이다. 이태준은『왕자호동』을 통
하여 시대에 대한 작가의 위기위식을 절대적 사랑으로 대치시킨다. 그
러나 이제 절대적 대상으로 불안이 가시자, 그 절대적 사랑이

---

5) 같은 작품, p.472.
6) 백철,『신문학사조사』, 신구문화사, 1983, p.419.

운명에 지나지 않는다는 사실을 인지하게 되고 깊은 허무주의적 세계관에 빠져든 것이다. 논리가 여기에 이르면 『왕자호동』은 불안한 시기에 작가의 위기의식을 극복하고자 한 내면 심리가 반영된 것이며, 불안의식에서의 극복과 탈출이 이미 한계점을 노정할 수밖에 없다는 인식에 이르자 허무주의적 세계관을 표출한 작가의 내면 풍경의 자투리라 할 수 있다.

Ⅲ. 명분주의에 대한 냉소적 비판

이태준의 아버지가 구한말 개화당의 일원이었다는 것은 자전적 장편소설인 『사상의 월야』나 그 밖의 글에서[7] 확인할 수 있다. 그는 여러 곳에서 이러한 사실에 상당한 자부심을 표명하고 있는데, 이는 『사상의 월야』에서 자신인 송빈이가 일본으로 건너가면서 자신의 일본행을 선인들이 일본에 문화를 전수해 주기 위해 떠나는 일과 등가로 연결시키고 있는 것과 무관하지 않다. 개화당이 정립한 그들의 혁신안은 전봉건적 체계를 과감히 벗어나고자 한다는 전제를 가지고 있기 때문에, 여기서 우리는 개화당 일원이었던 이태준 아버지의 입지가 어떤 것이었는지를 짐작해 볼 만하다. 또한 개화파가 일으킨 정변의 실패는 바로 지나친 형식에 얽매이고 예의 명분만을 찾던 조선조 말기 왕족과 사대부들의 부정부패와 사리사욕에 있었다. 또한 민심을 등한시하면서 외국군을 청한 데 있음을 주시한다면, 이태준은 결코 조선조를 이끈 예의 명분주의와 예학적 형식주의 그리고 사리사욕적 정권 유지의 제도를 달갑게 여기지 않은 것은 자명한 사실이라 하겠다. 더욱이 아버지가 나라를 개혁하고자 하는 이상을 품고 가족들을 데리고 망명을 했고 그 과정에서 세상을 떠난 아버지를 잊지 않고 있었다면,

---

7) 자전적 소설로 평가되는 단편 「고향」과 그의 술회 「조고마한 客主ㅅ집 使喚」을 들 수 있다.

이태준으로서는 봉건주의적 체제로 대변할 수 있는 구세대와 구제도에 대한 비판과 모멸은 당연한 심사였는지도 모른다.

이러한 점을 염두에 둘 때, 『황진이』는 주목을 요하는 작품임에 틀림없다. 『황진이』가 단행본으로 다시 엮어질 때, 이병기는 책 서언에서 황진이를 절등한 미모와 호협한 성질, 그리고 탁월한 재분을 가진 인물로 자유분방한 삶을 영위했다고 소개하면서 이태준이 세련된 붓 끝으로 그녀의 일대기를 영절스러이 그려낼 것이라고[8] 말한다. 그러나 작품을 세밀하게 읽어 내려가다 보면, 황진이의 일대기 속에 감춰진 시대와 양반에 대한 작가적 시각을 추려낼 수 있다. 이는 바로 이태준이 지니고 있는 잠재의식의 반영이거나 현재의 여건을 픽션이라는 합리화를 명분삼아 과거의 역사적 사실과 일치시킴으로써 작가 자신의 태도를 표명할 수 있는 계제를 마련한 것으로 보인다. 이런 관점으로 작품을 살펴 보면, 『황진이』는 작가가 가지고 있는 구제도와 구도덕에 대한 비판적 시각이 유달리 두드러진다. 그래서 이는 흡사 작가의 비판적 시각이 뼈대를 이루면서 황진이의 일대기가 옷으로 입혀져 완성된 인형과 닮은꼴을 하고 있는 듯이 보인다.

　「날더러 온전한 양반이 아니라고! 인전 날더러 또 온전한 처녀도 아니랄 테지! 홍…… 구구한 도덕이나 그따위 고열한 제도에 묶여져 살 나도 아니다.」[9]

위 인용은 구제도와 구도덕에 묶여 사는 것을 과감히 떨쳐 버리겠다는 자신의 각오를 보여주고 있는 부분이다. 이에 대한 행동적 실천을 황진이는 처음으로 김참판에게 한다. 김참판은 황진이를 온전한 양반이 아니라 하여 자신의 아들과 결혼하는 것을 반대한 인물이다. 그 후 김참판은 황진이를 심히 마음에 두고 있었고, 그녀의 마음을 사로잡고자 황진이를 유혹하는 단계에서 귀한 백마를 선물한다. 우연히 김

---

8) 이태준, 『황진이』, 동광당서점, 1938, p.2.
9) 같은 작품, p.88.

참판의 아들 김지학을 만나게 되자, 황진이가 이를 무심히 넘길 리가 없는 즉, 김지학을 자신의 집으로 데리고 와서 하룻밤을 지낸다. 그러나 그가 집으로 돌아갈 때는 김참판이 선물한 백마를 타고 있었던 것이다. 백마를 타고 하룻밤 사이에 나타난 아들을 보고 김참판은 황진이가 받은 수십 배의 무안을 받았을 것이리라. 이런 양반들에 대한 증오는 구제도에 대한 비판으로 발전되는데, 다음과 같은 대목은 주목할 만하다.

> 「부유칠거(婦有七去)하니 불순부모거(不順父母去)무자거(無子去)음거(淫去) 투거(妬去)……새옴하면 내치며……」……(중략)……
> 아모리 생각해 보아도 자기 남편이 딴 게집을 볼 때 새옴하는 것은 극히 자연스러운 감정일 것 같았다. 자연스러운 감정이라면 하눌이 준 정신에서 울어나는 의식일 것이다.
> 그것을 죄악이라고 지명해 가지고 억압하는 것은 억압하는 편이 천리(天理)에 반역하는 편이라 생각되는 것이다.
> 더구나 남편이 딴 게집을 볼 때 안해가 새오는 것이나 안해가 딴 사나이를 볼 때 남편이 새오는 것은 둘이 다 똑같은 감정임에 틀림없을 것인데 남자 편에는 공공연히 용허되면서 여자 편에는 거악(去惡)으로 몰리니 그런 불공편한 윤리나 도덕이 어디 있는가? 명월은 도리어 남의 안해들 편이 되어 이런 생각을 하여 보고는 소위 경세가(經世家)로라 하는 이들의 어리석음을 또 한번 비웃지 않을 수 없다.[10]

소위 조선 재상가들이 지니고 있는 체면 중심의 명분주의에 대한 허실을 거침없이 드러내 놓고 있는 위 인용은 이태준이 조선 양반들의 허위의식에 대한 비판을 집약적으로 하고 있는 부분이기도 하다. 이는 하늘이 준 자연스러운 감정을 감추거나 해치는 행위에 대해 혹은 불공평한 윤리나 도덕에 얽매여 있는 양반들의 모순에 대해 황진이가 냉소적 시각으로 바라보고 있는 것이다. 그런데 이러한 시각은 정확하게 작가의 시각과 일치하고 있다. 다시 말하면 일제 식민지화가

---

10) 같은 작품, pp. 187～188.

이루어지고 있는 바로 전시대(광범하게 말하면 조선)에 대한 작가의 부정과 비판일 수도 있다는 말이다. 또한 이러한 작가의 시각은 현 역사적 사실을 과거의 사실로 환치시킴으로써 현 시점에서 펼 수 없는 작가의 의도를 우회적으로 표현할 수 있는 실마리를 제공받는다는 의미로도 해석이 가능하다.

현재의 비극적 상황과 한계는 분명 전시대의 오류와 밀접한 연관을 갖는다. 사실 역사의 전망은 단지 미래에서 시작하는 것이 아니라 과거를 거울삼아 현재를 직시하고 다시 미래를 조망해야만이 가능하다. 이러한 해석이『황진이』에게 적용된다면, 이태준의 전시대와 구제도에 대한 냉소적 시각과 비판은 현시대의 과실적 결과에 대한 책임을 묻는 일과 다를 바 없으며, 현세대의 작가적 인식이 아주 부정적이라는 의미망을 자연스럽게 투사해 볼 수 있는 조건을 제공한다. 요컨대 작가는 대의명분만을 찾고 실리성을 배제한 전세대에 대한 자신의 불만을 토로하고 있으며, 이를 바탕으로 당대를 주도하고 있었던 친일정권이나 일제에 대한 부정적 인식을 과거의 역사적 사건과 간극을 유지하면서 분출하고 있는 것이다. 위에서 지적한 이태준의 전기적 측면을 고려한다면, 이는 더욱 명징한 사실로서 우리에게 다가온다.

Ⅳ. 심정의 보루, 민족주의

역사소설이란 현실에 대한 직접적인 비판과 표현이 어려운 상황에서 역사적 과거의 일을 선택하여 우회적으로 현재의 모습을 과거의 일에 투사함으로써 작가의 표현과 독자의 순화심리를 체험하도록 하는 것이다. 이런 논리를 적용한다면『왕자호동』은 일제 식민지의 질곡에서 벗어나지 못하는 이 민족의 굴레를 심정적 차원에서 역으로 극복하거나 탈출하는 극복 심리를 반영한 작품이다. 이 작품은 1942년 12월 22일부터 〈매일신보〉에 연재하기 시작하여 1943년 6월 16일에 마감한다.

이 시기는 암흑기로서 이러한 현실로부터 탈출하거나 일탈할 수 있는 어떤 기회도 차단된 시기였다. 오로지 작가들 앞에 주어진 선택이란 신체제화로 나아가느냐 아니면 붓을 꺾느냐라는 양자 선택이 기다리고 있을 뿐이었다. 이런 시대적 상황 안에 걸쳐 있는 『왕자호동』은 현실로부터 역사적 과거로의 안주 또는 도피라는 전제를 내걸 수 있고, 역사적 과거로의 안주라는 즉 역사적 과거의 선택이라는 작가적 행동에는 이미 책임과 일종의 보상심리가 놓여 있다. 바꾸어 말하면 현실에서 이룰 수 없는 이상을 과거에서 찾거나 그 과거에서 이상을 실현하며, 그 이상이 직접 역사적 사건과 연계가 가능하다면, 민족을 재확인하는 작업이 되거나 자존심을 살릴 수 있는 기반이 된다. 이로써 작가와 독자는 민족사의 재발견 내지 민족적 자존심을 살리는 기회를 갖는 것이다. 또한 위와 같은 여러 정황으로 보건대, 『왕자호동』은 이태준이 신체제화로 나아가지 않고 절필을 택한 작가적 선택의 내면 풍경을 어느 정도 일별할 수 있는 작품이기도 하다. 왜냐하면 실제적으로 이태준은 『왕자호동』을 기점으로 붓을 꺾고 낙향을 했고, 『왕자호동』에서 나타나고 있는 민족의식은 전시대의 작품에서 보여지는 일련의 민족주의적 성향과 한 줄기로 파악될 수 있기 때문이다.

『왕자호동』은 고구려가 한(漢)군의 지배에 들어있는 한사군을 쳐서 한(韓)민족의 기상을 살리고 민족적 통합을 꾀하는 내용이다. 한사군 중에서도 고구려 대무신왕이 탐내는 곳은 낙랑이다. 낙랑만 차지한다면 곧 그것은 한(漢)을 치는 것임을 우리는 '악랑을 치는 것은 곧 한(漢)을 찌르는 것'[11]이라는 대목에서 확인할 수 있다. 낙랑을 치기 전 고구려는 부여의 항복을 받아들이고 현도를 속국으로 만듦으로써 한(漢)을 물리치기 위한 만반의 준비를 끝낸다. 이와 같은 과거의 역사적 사건은 이태준이 처하고 있는 현재적 상황과 맞물리고 있다. 고구려가 한(韓)민족으로 총칭되어질 수 있다면 한(漢)군과 한사군 설치는

---

11) 이태준, 『왕자호동』, 남창서관, 1942, p.110.

일제의 침략으로, 낙랑을 위시해서 한(漢)인에 의해 좌우되는 속국들은 친일자로 정확하게 맞아 떨어진다. 고구려의 속셈을 미리 알아 차리고 한(漢)은 백만 군대를 몰고 와 고구려의 대성인 위나암성을 공격하나 고구려는 꿋꿋하게 성을 지키고 한(漢)군은 퇴각하기에 이른다. 이에 힘입어 고구려는 낙랑을 무너뜨리는데, 이는 이 땅에서의 한(漢)나라의 간섭과 군림을 용납할 수 없는 고구려의 기상과 민족성을 천하에 공포한 일이다. 여기서 이태준은 자신의 희망과 현실 세계의 괴리감을 심정적으로 줄이기 위해 고구려가 한(漢)을 물리치는 역사적 과거로 잡입하고 있는 것이다. 그러면 이 작품을 통하여 이태준이 얻고 있는 심리적 보상은 한(漢)군을 물리친 고구려, 즉 한(韓)민족의 기상과 자존심이며, 이 작품을 읽는 독자 역시 작품을 읽고 문학적 순화작용을 경험한다고 가정한다면, 그것은 작가의 입장과 똑같은 민족성의 회복이라 할 것이다.

　이태준의 내면화가 이러할진대, 작가의 표현이 제약받고 있는 시대에 작품을 통해 심정적 민족주의를 표상했다는 사실은 그가 신체제논의에 참여할 수 없었던 명백한 이유가 된다. 한(漢)이 차지한 땅에 여기 사람인 기준(箕準)이라는 자가 다스리고 있었으나 연(燕)나라 사람인 위만(衛滿)이라는 자가 뢰관의 란으로 쫓겨 와서 기준에게 살기를 청하였다가 뒤로 연인(燕人)들과 통하여 반란을 일으켰다는 내용과 그후 본국이 한무제(漢武帝)로 통일되고 위만을 쳐서 그 땅을 한(漢)나라에 속하게 하고 한사군을 설치했다는 말에 이태준은 아래와 같이 표현함으로써 위의 논리를 뒷받침하고 있다.

　『그놈이 저이 나라에서 쪼겨 남의 나라에 와서까지 대역을 했습니까?』
　『배은망덕한 놈이다. 그만 기준은 마한(馬韓)으로 쪼겨가고 위만이가 그나라 왕이 돼서 당당한 무력으로 지금 악랑 일판까지 차지한 것이다.』……(중략)……
　『그러케 된 악랑이면 정의로 대할 것이 아니오라 무력으로 음습하와도 하눌이 허락하실줄 아옵니다.』[12]

위 인용은 위만의 침략을 '남의 나라에 와서까지 대역'을 저지르는 일로, 낙랑을 치는 일을 '하눌이 허락'하시는 대사로 표현함으로써 작가의 내면 심리를 엿볼 수 있게끔 한다. 우리 국문학사에서 1920·30년대 초기 역사소설은 과거와 현재의 현격한 차이를 고려하지 않음으로써 추상적 접근화가 이루어졌고 역사적 사건에 대한 주관적 해석과 특정 인물에 대한 영웅화 등으로 해서 낭만적 역사소설의 범주에서 크게 벗어나지 못하였다. 그러나 당시 작가들은 민족주의자였고 역사소설을 통하여 민족적 이상을 실현하고자 한 점에서는 그 공통점을 지닌다. 그러나 이태준과의 변별점을 찾는다면 그 계몽성이 구호와 실천을 요구하느냐 아니면 심정적 차원에 머물러 있느냐라는 점이다.

그 당시 역사소설을 대변하고 있었던 이광수는 그들의 민족적 이상을 교화하는 계몽성을 탈피할 수 없었는데, 이러한 낭만적 계몽성은 일종의 구호를 내세움으로써 실천적 차원을 수반하지 않을 수 없다. 그러나 이태준에게 있어서는 민족주의란 심정적 차원에 머물고 있다. 단지 자신의 위치를 제한된 현실에서 자유로운 과거로 옮겨놓고 현실에서 펼 수 없는 이상과 작가적 표현을 마음껏 누려 정신적 위안을 삼고 있을 따름이다. 독자로 하여금 계몽을 요구하지도 않으며 자신에게 있어서는 어떤 구호도 행동도 필요하지 않는 심정적 민족주의에 머물러 있는 것이다. 이러한 심정적 차원의 민족주의는 그를 황국식민화라는 시대적 조류에 휩쓸리지 않아도 되는 일종의 온상 구실을 하였으며, 그 대신 조용히 자신을 돌아볼 수 있는 여유를 가져다 준 계기가 된다.

또한 호동이라는 인물을 중심으로 낙랑공주와 소읍별의 관계를 살펴보면, 그들의 관계를 서로 연결시켜 주는 매체는 충의와 효인데, 호동의 행동 반경은 나라와 어버이에 대한 충과 효로 집약된다. 서자 출신인 호동은 어머니가 왕비에 의해 죽음을 당하였다는 사실을 낙랑 정벌 후 돌아오는 길에서 어머니를 죽인 강차를 붙잡게 됨으로써 그

---

12) 같은 작품, pp.103~104.

를 통해 이야기를 듣는다. 호동은 강차를 죽이고 증거물로서 왕비가 강차에게 준 아직 금이 남아 있는 비단 주머니를 들고 고구려로 들어온다. 왕비는 왕비대로 이 같은 사실을 알고 미리 호동을 모함하나, 호동은 '아버님을, 임금님을, 고구려를 위하는 것이라면 어떤 울분인들 못참으랴!' '내가 생각하는건 지존하신 임금과 만년대업의 나라'라고 말하고 자결함으로써 충의의 도를 다한다. 영웅의 일생을 통하여 국가와 임금을 위해 자신의 목숨을 스스로 끊는 결말은 장엄함과 함께 비장미를 자아내는 효과를 거두고 있는데, 이러한 국가를 위한 자결은 국가 중심적 체제 또는 강력한 민족주의적 차원에서 논의될 수 있는 일이다.

이런 시각으로 바라보아야만 호동이 결혼 조건으로 낙랑에게 요구한 자명고와 자명각을 해하라는 약속도 이해가 가능해진다. 또한 소읍별은 호동의 자살을 깊이 이해하고 이를 도와주는데, 이것 역시 충의라는 맥을 통하지 않고는 이해할 수 없는 부분이기도 하다. 호동은 아버지나 나라를 위해 자신이 죽어야함을 소읍별에게 설명하자, 비록 극진히 그를 사랑하고 있는 그녀였지만 그의 뜻을 받드는 것을 보더라도 그녀의 중심축 역시 충의에 있음이 간파된다. 그러므로 한민족의 재발견과 민족성 회복이라는 심정적 민족주의와 충의라는 기본 논리는 바로 이태준이 붓을 꺾고 낙향할 수밖에 없었던 내면의식의 핵심이다. 즉 심정적 민족주의와 충의라는 개념에서 한 치도 벗어날 수 없었던 이태준으로서는 황국식민화를 요구하는 시대적 조류 속에서 세태를 관망할 수밖에 없었으며 소극적인 처세로 자신을 은신하는 기회를 가지고 만다. 바로 여기에 그가 절필할 수밖에 없는 논리가 잠재해 있다 하겠다.

V. 마무리

이 글은 1930년대와 1940년대 전반기의 제한된 시대 속에서 이태준이 『황진이』와 『왕자호동』이라는 역사소설을 쓸 수밖에 없었던 이유와 작가의 내면의식을 알아 보기 위해, 시대적 불안에서 탈출하기 위해 절대적 대상을 어디에서 찾고 있는가, 이 시대를 물려준 전시대에 대한 작가적 비판은 어디에 근거를 두고 있는가, 이태준이 신체제화로 나아가지 않았던 그 핵심은 어디에 있는 것인가에 대해 살펴 보았다.

역사소설은 어두운 시대에 정면으로 대결할 수 없는 상황 속에서 택할 수 있는 문학 형식이라 할 수 있는데, 위기와 불안이 크면 클수록 이를 대체할 수 있는 대상 찾기는 더욱 필연적일 수밖에 없다. 이태준은 불안의식의 탈출구를 절대적인 사랑에서 찾고 있다. 이러한 절대적 사랑의 추구는 절대적 선상에 자신을 둘 수 없는 현실적 비극을 외면하고자 하는 기대 심리이며 .현실적으로 할 수 없는 문제를 심정적으로 해결함으로써 위안을 삼는 대체 심리이기도 하다. 그러나 정신적 공백감을 채워주고 있는 대상이 이미 운명적 존재임을 깨닫게 되자, 작가는 허무주의적 세계관을 노정할 수밖에 없다. 『왕자호동』이 허무주의적 세계관을 지니는 연유가 바로 여기에 있다. 그러므로 『왕자호동』은 불안한 시기에 작가의 위기의식을 극복하고자 한 작가의 내면 심리가 반영된 작품이라 하겠다.

또한 『황진이』를 통하여 작가는 대의명분만을 찾고 실리성을 배제한 전세대에 대한 자신의 불만을 토로하는데, 이는 현재의 비극적 상황과 한계는 분명 전시대의 오류와 밀접한 연관을 갖는다는 점에서 큰 의미를 지닌다. 이런 의미에서 이태준은 『황진이』를 통하여 당대를 주도하고 있었던 친일정권이나 일제에 대한 부정적 인식을 과거의 역사적 사건과 간극을 유지하면서 분출하고 있는 것이다.

특히 『왕자호동』에 있어서 이태준은 자신의 희망과 현실 세계의 괴리감을 심정적으로 줄이기 위해 고구려가 한(漢)을 물리치는 역사적 과거로 몰입하는데, 이 과정에서 그는 한(韓)민족의 기상과 자존심 또는 민족성 회복이라는 심리적 보상을 얻고 있다. 그리고 충의와 효도가 호동을 중심으로 한 주요 인물들을 견인하고 있기도 하다. 이러한 논리로 『왕자호동』을 바라본다면, 한(韓)민족의 재발견과 민족성 회복이라는 심정적 민족주의와 충효라는 기본 틀은 바로 이태준이 절필할 수밖에 없었던 내면의식의 한 단면이라 하겠다. 바로 여기에 『황진이』와 『왕자호동』이 자리잡고 있는 문학적 의미가 존재하고 있는 것이다.   (숙명여대 강사)

4부

■부　록

- 차고 자존심 강한 소설가 · 조용만
- 근접하기 어려웠던 아저씨 · 이동진
- 이태준 생애 연보(정리 · 민충환)
- 이태준 소설연보(정리 · 강진호)
- 이태준 자료 및 연구 목록(정리 · 이병렬)

차고 자존심 강한 소설가

조 용 만

이 글은 1993년 11월 3일 조용만 선생을 찾아 채록한 이태준에 대한 회고담이다. 〈구인회〉의 유일한 생존자 조용만 선생은 현재 85살의 노구로 수원 '유당(裕堂)마을'에 기거하고 있으며, 이글은 상허문학회 편집위원들이 방문하여 4시간여 주고받은 내용을 항목별로 정리한 것이다.

이태준의 첫인상

이태준의 첫인상은 매우 냉정하고 차가운 사람이었다. 그는 평상시 말이 적었으며, 말을 할 경우에도 마음이 통하는 사람들하고만 했다. 자존심이 강했던 그는 아무에게나 쉽게 마음을 열어놓지 않았던 것이다.

그는 『딸삼형제』 등을 발표하면서 상당한 인기를 누렸는데, 특히 여성들의 찬사는 폭발적이었던 것으로 기억된다. 이태준이 이화여전 작문강사로 출강하게 된 것도 실은 이런 인기 덕분이라 할 수 있는데, 당시 총장이었던 김활란 씨가 이태준의 인기와 간결하고 명징한 문장에 호감을 가져, 별반 내세울 학력도 없는 그에게(휘문고보 중퇴) 강사 자리를 제공했던 것이다. 그렇지만 그의 차가운 성격은 여학교에서도 그대로 나타나 단 한 건의 스캔들이나 불미한 일이 없었던 것으로 기억된다. 감히 학생들이 그에게 말을 붙일 엄두를 내지 못했던 것이다. 당시 같은 강사였던 설정식이 여학생들에게 자못 인기가 좋았던 사실과는 퍽이나 대조되는 일이었다.

또 이태준은 기자 생활을 하면서 여러 문인들과 만나야 했지만 술은 거의 들지 않았고, 술자리가 있으면 늘 귓속말로 '많이들 마시라구,

나 먼저 갈테야-' 하고는 슬그머니 자리를 떠나곤 했다. 이러니 그의 인간적 모습이 가까운 지기들에게까지도 알려지지 않았고 단지 차갑고 냉정한 사람으로 인식될 수밖에 없었다. 대신 그는 난초를 가꾸고 가끔 낚시를 즐기는 것으로 취미를 삼았던 것으로 기억된다.

〈구인회〉와 이태준

이태준은 〈구인회〉 모임을 주재할 때 늘 수장 노릇을 했다. 스스로를 최고라 믿는 남다른 자존심을 지녔던 까닭에 매사를 관장하는 입장이었다.

〈구인회〉는 오늘날 문학사적으로 중요하게 평가되고 있지만, 실상 당시에는 단순한 친목 단체 이상의 의미가 없었다. 당시 프로문학에 관여했던 김유영과 이종명이 발의하고 매일신보 기자였던 내가 중앙일보 기자였던 이태준 등 몇몇 문화부 기자들과 연락하여 친목 단체로 만든 것이 〈구인회〉였던 셈이다. 그런 까닭에 뚜렷한 원칙이나 이념이란 처음부터 존재하지도 않았다. 다만 김유영과 이종명이 프로문학에 관여하고 있었는데, 그것이 이유가 되어 회원간의 갈등이 빚어졌고, 결국 이들은 모임을 발의했음에도 불구하고 두번 참석한 후에는 다시 나타나지 않았다. 김유영과 이종명은 특히 정지용과의 대립이 자못 심해 서로를 이단시했던 것으로 기억된다.

이들이 떠나고 나자 들어온 사람이 박태원과 이상인데, 이들 중 특히 이상은 한번도 모임에 빠지는 일이 없을 정도로 열성을 보였다. 직장도 없이 빈둥거렸던 이상에게 이 모임이 더없는 소일거리였던 셈이다. 그래서 그는 항상 모임에 나타났고, 또 그것이 계기가 되어 여기저기 글을 발표할 수 있었다. 당시 그는 매우 극빈한 생활을 했는데, 미리 원고료를 받아 쓰고는 제때 원고를 넘기지 않아 내가 여러 번 당황했던 기억이 떠오른다. 그렇지만 이런 몰염치는 아마 만만했던 나에게나 가능했을 것이고, 차갑고 냉정한 이태준에게는 감히 엄두도 내지 못했을 일이다. 구인회의 기관지격인 《시와 소설》도 실상은 이상 혼자서 만든 것이나 다름없었다. 그렇지만 모임 전체를 이끈 것은 정지용과 이태준이었다. 주로 사회를 지용이 봤고 뒷조종은 태준이 했다.

한편 이태준은 박태원을 매우 귀애했다. 이태준은 첫인상부터 박태원을 좋게 봤고 그후 둘이 자주 만났던 것으로 기억된다. 내가 처음 박태원을 소개하자 이태준은 손을 잡으면서 '참 인상이 좋구만—' 하고 호감을 보였다. 당시 박태원은 작가로서 이름을 날리기 전이었으니, 이런 호감은 순전히 인간적인 것이었으리라 생각된다. 박태원 역시 이런 이태준을 '오야 봉'으로 받들었다.

그런데 한번은 박태원이 이광수와 염상섭을 초빙하자는 제의를 했는데, 이태준이 이에 완강히 반대한 적이 있다. 지금 생각하자면 그 이유는 자못 단순했던 듯하다. 사실 이태준은 당시 이광수의 뒤를 잇는 인물로 평가되었고 인기 역시 그에 못지 않았다. 그가 〈조선중앙〉에 소설을 연재하면 신문 판매부수가 늘어날 정도였고, 그런 까닭에 다른 신문사에서도 다투어 그의 소설을 게재하고자 했다. 참으로 대단한 인기였다. 그런 그에게 이광수나 염상섭은 적지않은 거부감으로 작용했을 터였다. 비록 이광수가 최고의 작가로 평가되고, 염상섭 역시 정확하고 매사에 빈틈없는 인물로 평판나 있었지만, 이태준 역시 스스로 그들에게 조금도 모자람이 없는 것으로 자부했던 것이다. 이런 그들을 초빙하자는 제의에 이태준은 자존심이 상했고, 결국 그의 반대로 초청 강연은 무산되고 말았다. 이처럼 이태준은 자존심이 강했던 인물이다.

이태준과 임화

과묵한 성격의 이태준은 늘상 자신의 아버지가 독립운동을 한 분이라는 사실에 남다른 자부심을 지니고 있었다. 부친의 이름은 기억나지 않지만 그는 그런 사실 자체를 남달리 소중히 여겼던 것이다. 그는 일인(日人)들을 경원시했고, 그것이 자연스럽게 일제말의 절필로 나타났던 것이다.

매일신보 기자였던 내가 여러 번 이태준의 놀림감이 되었던 기억이

난다. 그는 나에게 '이 새끼는 친일파야' 하고 총독부의 기관지격이었던 매일신보에 근무하는 나를 비웃었던 것이다. 그가 일제 말 이무영과 『대동아전기』를 번역하고 얼마간의 친일행각을 벌인 것은 순전히 외부의 압력에 의한 것이지 결코 자발적인 것은 아니라고 생각된다. 그는 결코 친일을 할 인물이 아니었다. 일인에 대한 반감이 그처럼 강했던 사람도 드물었을 것이다. 이런 모습은 임화와는 퍽이나 대조되는 것이었다.

당시 대부분의 사람들이 국민복을 입고 각반을 차고 다녔지만, 임화만은 평상복 차림으로 군사령부를 자유롭게 출입했다. 그는 특히 일인과 친했는데 지금 생각하자면 시인이라기 보다는 일종의 정치가였다. 그는 비상한 재주와 남다른 수완으로 누구하고나 쉽게 친숙해졌다. 당시 그는 『현해탄』이라는 시집으로 알려지기도 했는데, 내가 보기에 그것은 실상 정지용 시를 모방한 것에 불과했다. 그는 맘속으로 지용을 좋아했고 적극 수용했는데 『현해탄』 곳곳에 그것이 나타난다.

이런 수완가에게 문화부 기자였던 이태준은 좋은 사교 대상이었음에 틀림없다. 두 사람 사이가 실상 어느 정도였는지는 모르지만 여하튼 매우 절친하게 지냈던 것으로 기억된다. 이태준이 임화가 운영하는 〈학예사〉에서 책을 내던 것도 이런 인연이 아닌가 한다. 임화 역시 이태준의 도움으로 〈중앙일보〉와 《문장》에 많은 글을 발표할 수 있었다.

또 해방후에 임화가 이태준에게는 문맹 가입을 권유하면서 '너는 이광수 다음이야'라고 이태준의 자존심을 부추겼다는 말을 들었는데, 두 사람의 관계는 해방후에도 지속된 셈이다.

프로의 몰락과 구인회

당시 문단의 주류는 좌익이었다. 34, 5년 구속 후 상황의 악화로 그들은 더 이상 문단 활동을 할 수 없었다. 전쟁이 벌어지고 있는 상황이었으니 투쟁과 선동을 일삼는 그들의 글이 용납될 리 없었고, 신문사 기자들도 그들에게는 별반 청탁을 하지 않았으며, 본인들 역시 상황을 알고 활동을 자제했다. 특히 신문사측에서는 문화부 기자에게 그들의 글을 싣지 못하게 요구했고, 그러니 자연스럽게 그외의 작가들에게 글을 부탁하지 않을 수 없었다.

이렇게 해서 구인회 회원들의 글이 지상에 자주 오르내리게 되고 마치 문단의 주류인 양 행세하게 된 것이다. 또 당시 원고료는 생계를 위해서는 더없는 수단이었던 까닭에 가난했던 그들이 주어진 지면을 양보할 리 없었다. 그렇지만 이런 현상이 결코 구인회의 역량에서 비롯된 것이라고는 할 수 없다. 지금도 구인회가 문학적으로 평가되는 이유를 이해할 수 없다.

생각컨대 구인회가 자주 거론된 것은 해방 후 조연현의 공로가 아닌가 한다. 해방후 어느 날인가 조연현이 나를 찾아와서 '구인회가 문학사적으로 중요하니, 글을 좀 써주십시요' 하기에 '구인회가 뭐가 중요해' 했더니 그는 아니라고 완강히 부인했던 기억이 떠오른다. 조연현과의 그 일이 있은 후 구인회에 대한 글을 발표했고 그것이 계기가 되어 구인회는 여러 사람들의 입에 오르내리며 중요한 단체로 평가되었던 것이다.

《문장》과 이태준

이태준의 공적을 말하면서 빼놓을 수 없는 것이 《문장》이다. 《문장》은 이태준이 주간이었고, 돈을 댄 사람은 김연만이었다. 정지용, 이병기 등이 관여했지만, 실상 그들은 이태준이 데려온 사람들이고 전체를 총괄한 것은 이태준이었다. 임옥인, 최태응 등이 이태준이 발굴한 대표적인 작가이다.

당시 《인문평론》과 《문장》은 서로 비교되었는데, 《문장》이 주(主)고 《인문평론》은 별로 인정되지 않았다. 문학지 하면 《문장》지였지 결코 그와 동열에서 《인문평론》이 거론될 수는 없었다. 《문장》은 주로 우리의 고전이나 여러 작가들의 창작물을 실어 당대 문단을 대변하면서 민족의 긍지를 암암리에 펼쳐나갔다. 그런 《문장》이 친일(親日) 일색의 《인문평론》과 같이 평가될 수는 도저히 없는 것이다.

《문장》이 초기에는 발행인 김연만, 주간 이태준으로 되어 있다가 나중에 발행인 겸 주간 이태준으로 되어 있음을 문제삼아, 이태준이 《문장》을 인수한 것이 아닌가 하고 오해하는 사람이 있는데, 그 정확한 이유는 모르겠지만, 분명한 것은 이태준이 그만한 재력이 없었다는 점이다. 또 이태준은 발행인이니 하는 자체를 좋아하지 않았던 사람이다. 그는 표면에 나서기보다는 뒤에 숨어서 실질적인 일을 하기를 좋아했던 사람이다. 호인이었던 김연만은 이태준을 믿었고 전폭 지원했던 셈이다.

이태준, 정지용 외에도 편집기자로 정인택, 조풍연 등이 있었지만, 실상 《문장》은 이태준 혼자 했다고 해도 과언이 아니다.

해방후의 행적

해방후 이태준의 행적에 대해서는 별로 아는 것이 없다. 다만 월북은 임화의 꾐에 의한 것이라 생각한다. 임화는 사교술의 도사였고 여러 면에서 비상한 사람이었다.

내가 해방후 이태준과 별 관계를 갖지 못했던 것은 과거 매일신보에 근무한 것이 화근이 되어 친일분자로 매도되었고, 반면 절필로 일제 말기를 보낸 이태준 등은 아무 거리낌 없이 대외적인 활동을 할 수 있었던 때문이다. 임화가 이태준을 꼬였던 이유 중의 하나는 여기에 있는지도 모른다. 별다른 흠이 없었고, 문명(文名)으로도 결코 이광수에게 뒤지지 않는 이태준이 좌익의 입장에서 보자면 더없는 포섭 대상이었던 것이다.

결국 그는 임화의 꼬임에 넘어가 개성 출신의 아내를 데리고 월북한 것이다. 이화여전 출신의 아내는 본디 개성 사람이었다. 그것을 연줄로 이태준은 월북후 개성에 가족을 두고 자신은 별도로 활동한 것으로 전해진다. 전하는 말에는 그가 월북후 이화여전 출신의 제자와 살림을 차렸다고 하나, 내 생각으로는 와전된 것이 아닌가 생각된다. 앞에서도 말한 것처럼 이태준은 그럴 위인이 못된다. 너무나 차가웠고 함부로 말을 붙일 수 없는 사람이었다.

  생각건대 6·25 후에 문제안 기차(이름이 정확하지 않음)가 전한 바로는 9·29 수복후 평양에 갔을 때 이태준이 초라한 모습으로 찾아와 월남 의사를 타진했다고 한다. 당시 문기자는 자신의 상사에게 이 사실을 알렸는데, 이태준이 귀환시 총살형에 처해질 것이라는 말을 듣고 이 말을 전한 바, 이태준은 매우 낙담하여 돌아갔다는 것이다. 월북후 이태준에 대한 소식은 아마 이것이 최후였던 것으로 기억된다.

근접하기 어려웠던 아저씨

이 동 진

이 글은 1993년 11월 4일 이태준의 재종질 이동진(62세) 씨를 만나 이태준에 대한 회고담을 듣고 정리한 것이다.

상허에 대한 기억과 인상

제가 7살 때로 기억됩니다. 제가 1932년생이니까 1938년이 되겠군요. 그분이 저희 집에 오시면, 조부님(이봉하 : 봉명학교 설립자이며 독립운동가)이 상당히 아끼셨습니다. 그때만 해도 시골서 소고기를 먹는다는 것은 힘든 일이었는데, 그분이 철원에 오시면 조부님은 소고기를 구해오셔서 그것을 저희 어머님께 고도록 하셨습니다. 그리고 그것을 조부님과 그분 그리고 제가 같이 먹었는데, '왜 우리 아버님은 같이 안끼나' 하고 생각했었던 것이 지금도 기억에 생생합니다. 그분은 저의 부친보다 키가 크고 서너살 위였던 것으로 생각됩니다만, 한번 끓이면 서너 끼 정도 먹었는데, 저의 아버님이 같이 드시지 않은 것이 지금도 의문입니다. 아마도 조부님은 그분께 상당한 사랑을 베푸셨던 것 같습니다. 또 성북동 집을 지을 때 재목을 보내주셨고 정성들여 만든 메주와 귀한 쌀도 수시로 보내셨는데, 이런 점만을 보더라도 조부님께서는 그분에 대한 애정이 남다른 것이었습니다. 즉 서로 교감이 있었던 것이 아닌가 합니다. 지금 생각하건대 그 당시 저의 어머님이 매우 속상하셨을 것이라는 생각이 드는군요.(웃음) 그분은 저를 보면 항상 뒷통수를 만지면서 뒤가 넓어서 모자 쓰기가 어렵겠다고 걱정을 하셨습니다. 철원에 가끔 오시면 조부님하고 말씀을 많이 하셨는데, 정신적 교류가 이루어졌던 것으로 보입니다. 그분은 시골서 볼 수 없었던 얼음사탕을 사오셨고 그것은 제 차지가 되어서 저는 그것만으로도 그분이 오신다는 것을 기뻐했습니다. 또한 그분이 봉명학교를 졸업한 것(술회 「내게는 웨 어머니가 없나」에서 졸업한 것으로 나옴)으로 되어 있는데, 우리 집안에서는 봉명학교든 농림학교(그 당시 철원농잠학교)든 졸업한 적이 없는 것으로 알고 있습니다. 그분의 성격은 제 기억으로 말씀이 없으시고 깔끔한 성격의 소유자였습니다.

가족 상황

그분의 부친은 개명된 양반이었고 일본으로 간 것으로 알고 있었습니다. 일본에 갔다가 돌아오는 길에 차녀를 배에서 분만하였다 하여 선녀라 이름지었다고 집안에서는 알고 있습니다. 이 점이 석연치가 않습니다. 이렇게 본다면 부친이 일본에서 돌아가신 것이 되는데, 글쎄 그건 잘 모르겠습니다. 어쨌든 집안에서는 일본으로 망명을 했고, 돌아오는 길에 선녀를 분만한 것으로 알고 있었습니다. 그분의 큰어머님(한양조씨)은 얼굴이 동그스름하고 담배가게 할머니로 통했는데, 용담 주막거리에서 담배 소매상을 하셨으며, 제가 월남할 때까지 살아계셨습니다. 한양조씨 소생으로 아들이 있었는데, 어려서 죽은 것으로 저는 알고 있습니다. 그분이 해방 직전에 철원에 오신 것도 조부님과 큰어머님의 연고로 오신 것이 아닌가 하며 이때 큰어머님 댁에서 기거한 듯합니다. 그 당시 이야기로 고향을 등지고 떠나는 것은 이제 끝장이라고들 집안에서 말하셨지만 그분 부친께서 개화당이었고, 독립에 힘쓴 것으로 보아 결코 친일은 아니라 생각합니다. 그분은 일찍 집안을 떠나셨고, 그후 오셨을 때에는 감히 누구든 상대가 안되었습니다. 그래서 집안에서는 그분을 조부님과의 연관 아래에서 이야기가 되는 것으로 알고 있습니다. 그래서 장기 이씨네에서의 역할과 신망도 조부님의 사랑과 아낌에서 엿볼 수 있다고 하겠지요.

가족과의 영향관계

조부님과의 영향 관계를 그냥 넘길 수가 없습니다. 조부님이 그분을 유달리 아끼셨다는 이야기는 이미 위에서 한 이야기이지만, 긴밀한 정신적 유대감이 있었던 것으로 보입니다. 그분이 철원에 오시면 조부님과 말씀을 많이 하셨습니다. 창씨개명이 있을 당시 아마 그때가 국민학교 5학년으로 기억됩니다. 학교에서는 창씨개명을 요구했고, 저는 집에 와서 성을 갈아야 한다고 졸랐습니다. 조부님께서는 그때 통곡을 하시면서 우리나라가 독립을 해야 한다고 하셨습니다. 전 여간 괴로운 게 아니었습니다. 학교 선생님은 재촉하시고 조부님은 호통을 치시고 어린 마음에 당혹스러웠습니다. 학교를 가지 말라는 말씀까지 있었습니다. 또한 게다를 신지 못하게도 하셨지요. 그래서 창씨개명을 하지 않았습니다. 조부님께서는 중국에서 들어온 독립 운동가(임정인)들의 중간 연락처 역할을 하셨는데, 집에 있는 금고에서 돈을 꺼내 그들에게 준 기억이 내게 있습니다. 조부님은 지금 보훈처에서 항일독립운동가로 공훈을 받고 있습니다. 이때 그분도 그들에 대한 정보를 들었을 것이고, 이로 인해 독립운동이나 애국에 대해 심사숙고하거나 영향받았던 것이 아닌가 합니다. 그분 역시 창씨개명을 안한 것도 이런 연장선상에서 이해가 가능한 것이라 봅니다. 하여튼 조부님의 이런 면모가 그분에게 많은 영향을 준 것이라 생각됩니다.

해방후 행적

성북동에서 만난 것으로 기억됩니다. 그때 조부님과 그분은 상당히 사상적으로 갈등이 있었습니다. 그 당시 조부님은 임정파였고, 철원군 자치 위원장이었습니다. 암살 지령이 내려져서 조부님과 삼촌은 월남했습니다. 삼촌 친구가 보안서장이었는데, 귀뜸을 해줬지요. 조부님은 고집이 세셨고, 당시 사회주의 운동가들과 연계가 있었습니다. 조부님의 소개로 여운형에게 인사를 드린 적이 있습니다. 그밖에 홍명희 집안하고도 깊은 인연이 있었습니다. 조부님 말씀으로는 조선문학가동맹 사건으로 미군정에서 체포령이 내려 그분이 월북했다고 하셨습니다. 그리고 그분이 월북한 것에 대해 매우 섭섭해 하셨지요. 해방후 이유백(이태준의 장남)과 유백 어머니(이태준의 처, 이순옥 여사)가 철원에 온 적이 있었는데, 이때 유백이 말하기를 소련에서는 공장도 삽을 떠서 옮길 수 있다고 했으며 그의 어머니는 영어 공부를 열심히 해야 한다고 하면서 누가 더 잘하나 보자고 한 것이 기억에 생생합니다. 체포령 외에도 들은 얘기가 있는데, 당시 신문기자였던 남시욱(정확하지 않음)이 "후퇴할 때 우리도 가야되지 않느냐"라고 말하자 그분이 말하기를 "오지 말라, 서울에 그냥 있어라, 올 곳이 못된다."고 하셨다는군요. 이런 점으로 보더라도 그분은 결코 공산주의자가 아닙니다. 그리고 우리 집안에서도 그렇게 알고 있습니다.

성북동 집에 대해서

그분의 누이동생의 딸인 이애주씨가 그 집을 지키고 있는데 월북한 사람의 집으로 고통이 많았을 것입니다. 저는 그분의 월북으로 인해 특별히 피해를 입은 적은 없습니다. 사실 받을 이유도 없으며 오히려 전 떳떳합니다. 제가 공부차 서울로 오게 되면 성북동 집을 들렀습니다. 그때 초가로 된 서재가 따로 있었던 것으로 기억되는데, 그곳에는 못들어가게 하였습니다. 지금은 지방문화재로 지정되어 증개축이 허용되지 않는 모양입니다. 그 당시 그 집을 가려면 우선 철원에서 기차로 청량리로 가야했습니다. 다시 전차로 혜화동까지 와서 여기서부터 걸어서 가야했지요. 그때는 집이 몇 채 되지 않았습니다. 아주 산골 같았지요. 얼마전 저희 집안에 혼사가 있었을 때 축의금 발신인이 이태준으로 적혀 있었습니다. 전 그때 성북동 집을 생각했었지요. 그리고 전 마음이 아팠습니다. 어려서 부모님을 잃고 형제지간에 얼마나 우애가 돈독했겠습니까만, 생사는 확인할 바 없지만, 그분은 아직 성북동 집을 대표하고 계시고 그 집안의 기둥이라고 할 수 있겠지요. 이애주씨가 지금 연세가 아주 많으시고 그 점이 제겐 걱정이 됩니다만, 제가 자주 찾아 뵈어야 할 텐데 여의치가 않군요.

이태준 생애 연보[1]

1904년(1세) 11월 4일 강원도 철원군 묘장면 산명리에서 父 장기 이씨 창하 (昌夏)와 母 순흥 안씨 사이의 1남 2녀 중 장남으로 출생. 본명은 규태(奎泰). 부 이창하의 정실은 한양 조씨이고 적자로 규덕(奎悳)이 있음. 호는 상허(尚虛), 상허당주인(尚虛堂主人) 父 이창하(1876~1909) : 字는 문규(文奎), 호는 매헌(梅軒). 철원공립보통학교 교원, 덕원감리서 주임을 역임한 개화파.

1909년(6세) 개화파였던 아버지를 따라 러시아 블라디보스토크로 이주. 그해 8월 아버지의 죽음으로 귀국중 함북 배기미[梨津]에 정착. 서당에 다니며 한문을 수학.

1912년(9세) 어머니의 죽음으로 외할머니를 따라 철원 용담으로 귀향. 친척집을 전전함.

1915년(12세) 안협의 오촌집에 입양. 다시 용담으로 돌아와 오촌 이용하(李龍夏)의 집에 기거함. 사립봉명학교에 입학.

1918년(15세) 3월에 사립봉명학교 졸업. 철원 읍내 간이농업학교에 입학하나 한달 후 가출. 여러 곳을 방황하다 원산에 객주집 사환으로 정착. 외조모가 찾아와 보살핌. 이때 문학서적 탐독. 이후 중국 안동현까지 인척 아저씨를 찾아갔다가 뜻을 이루지 못하고 경성(서울)까지 옴.

1920년(17세) 4월 배재학당 보결생 모집에 응시하여 합격하나 등록하지 못함. 낮에는 상점 점원으로 일하며 밤에는 야학에 나가 공부함.

1921년(18세) 4월 휘문고등보통학교에 입학. 고학생으로 비교적 우수한 성적을 받음. 스승으로 가람 이병기, 같은 학예부원으로 상급반에 정지용, 김영랑, 박종화 등이, 하급반에 박노갑이 있었음.

1924년(21세) 휘문고등보통학교 학예부장으로 활동. 《휘문》제2호에 동화

---

1) 해방 전의 전기적 사실은 민충환(『이태준연구』, 깊은샘, 1988. 4)과 강진호(「이태준연구」, 고려대 대학원 석사학위논문, 1987. 7) 및 이병렬(「이태준소설의 창작기법연구」, 숭실대 대학원 박사학위논문, 1993. 6)의 연구를 종합하여 정리한 것임.

「물고기 이약이」 등 6편을 발표. 6월 동맹휴교 주모자로 4학
년 1학기에 퇴학. 이어 휘문고보 친구인 김연만의 도움으로 일
본으로 건너감.

1925년(22세) 일본에서 단편 「오몽녀」를 《조선문단》에 투고하여 입선(이
작품은 〈시대일보〉에 7월 13일 발표됨), 문단에 나옴.

1926년(23세) 4월 동경 상지대학(上智大學) 예과에 입학. 신문, 우유 배달
등을 하며 매우 궁핍한 생활 속에 나도향 등과 교우.

1927년(24세) 11월 상지대학을 중퇴하고 귀국함. 각 신문사와 모교를 방문,
일자리를 구하나 취업난에 허덕임.

1929년(26세) 《개벽》사에 입사. 《학생》, 《신생》 등의 편집에 관여함. 이때
소년물과 콩트를 다수 발표.

1930년(27세) 이화여전 음악과 출신의 이순옥(李順玉)과 결혼.

1931년(28세) 중외일보 기자로 근무. 신문의 폐간으로 조선중앙일보 학예부
기자가 됨. 장녀 소명(小明) 태어남. 경성부 서대문정 2정목
7의 3 다호에 거주.

1932년(29세) 이전(梨專), 이보(梨保), 경보(京保) 등의 학교에 출강함. 장
남 유백(有白) 태어남.

1933년(30세) 박태원, 이효석 등과 〈구인회(九人會)〉를 조직. 경성부 성북
정 248번지로 이사. 이후 월북 전까지 이곳에 거주.

1934년(31세) 차녀 소남(小楠) 태어남.

1935년(32세) 조선중앙일보를 퇴사, 창작에 몰두함.

1936년(33세) 차남 유진(有進) 태어남.

1938년(35세) 만주 지역을 여행함.

1939년(36세) 《문장》의 편집자 겸 소설 추천 심사위원으로 활동(임옥인, 곽
하신, 최태응 등이 추천됨). 이후 황군위문작가단, 조선문인협
회 등의 단체에서 활동.

1940년(37세) 3녀 소현(小賢) 태어남.

1941년(38세) 제2회 조선예술상 수상.

1943년(40세) 강원도 철원 안협으로 낙향. 해방 전까지 이곳에서 칩거함.

1945년(42세) 문화건설중앙협의회, 문학가동맹, 남조선민전 등의 조직에 참
여, 문학가동맹 부위원장, 민전 문화부장을 맡음. 현대일보 주
간에 취임.

1946년(43세) 7월~8월 경 월북. 「해방전후」로 제1회 해방문학상 수상.
10월 방소문화사절단의 일원으로 소련 여행.

1947년(44세) 5월 소련 여행기인 『소련기행』이 남한에서 출간됨.

1948년(45세) 8·15 북조선최고인민회의 표창장 받음. 북조선문학예술총동
맹 부위원장, 국가학위수여위원회 문학분과 심사위원.

1952년(49세) 남로당과 함께 숙청될 위기에서 소련과 기석복의 후원으로 살
아남으나 문단활동은 미약함.

1954년(51세)   3개월간의 사상검토 작업중 과거를 추궁당함.
1955년(52세)   이광수, 박창옥 등과 함께 비판당함.
1956년(53세)   소련파의 몰락과 함께 〈구인회〉 활동과 사상성을 이유로 1월 조선 노동당 중앙위원회 상무위의 결의로 임화, 김남천과 함께 비판받음. 2월 '평양시당관할 문학예술부 열성자대회'에서 한설야에 의해 비판, 숙청당함.
1957년(54세)   함흥 노동신문사 교정원으로 배치됨.
1958년(55세)   함흥 콘크리트 블록 공장의 파고철 수집 노동자로 배치됨.
1964년(61세)   중앙당 문화부 창작 제1실 전속작가로 복귀함.
1969년(66세)   강원도 장동탄광 노동자 지구에서 사회보장으로 부부가 함께 삶.[2] 이후 연도 미상이나 사망한 것으로 알려짐.[3]

✻한편 강상호의 증언[4]에 의하면,
1953년(50세)   남로당파의 숙청 후 가을 자강도 산간 협동농장에서 막노동.
1960년대 초   산간 협동농장에서 병사한 것으로 되어 있음.

(정리 : 민충환)

---

2) 1957 ~ 69년간의 행적은 김진계의 구술에 따름.

3) 장현준의 증언, 〈한겨레신문〉,

4) 강상호, 「내가 치른 북한 숙청」, 〈중앙일보〉, 1993. 6. 7.

이태준 작품 연보

1. 소설 연보

작 품 명	발 표 지	발표 연도	분류
오몽녀(五夢女)	시대일보	1925. 7. 13	단편
모던껄의 만찬(晚餐)	조선일보	1929. 3. 19	콩트
행복	학생	1929. 3	단편
그림자	근우	1929. 5	단편
온실화초(溫室花草)	조선일보	1929. 5. 10 ~ 12	단편
누이	문예공론	1929. 6	단편
엇던날의 뻬 – 토벤	학생	1929. 9	희곡
백과전서의 신의의	신소설	1930. 1	단편
기생 산월(山月)이	별건곤(別乾坤)	1930. 1	단편
은희부처(恩姬夫妻)	신소설	1930. 5	콩트
어떤날 새벽	신소설	1930. 9	단편
구원(久遠)의 여상(女像)	신여성	1931. 1 ~ 8월	장편
결혼의 악마성(惡魔性)	혜성(彗星)	1931. 4, 6월(2회)	단편
고향	동아일보	1931. 4. 21 ~ 29	단편
불도나지 안엇소, 도적도 나지 안엇소, 아무일도 업소	동광(東光)	1931. 7	단편
봄	동방평론(東方評論)	1932. 4	단편
불우선생(不遇先生)	삼천리(三千里)	1932. 4	단편
천사의 분노	신동아	1932. 5	콩트

실락원(失樂園) 이야기	동방평론	1932. 7	단편
서글픈 이야기	신동아	1932. 9	단편
코스모스 이야기	이화(이대 교지)	1932. 10	단편
슬픈 승리자	신가정	1933. 1	단편
꽃나무는 심어놓고	신동아	1933. 3	단편
법(法)은 그러치만	신여성	1933. 4 ~ 1934. 4	중편
미어기	동아일보	1933. 7. 23	콩트
제 2의 운명	조선중앙일보	1933. 8. 25 ~ 1934. 3. 23	장편
아담의 후예	신동아	1933. 9	단편
어떤 젊은 어미	신가정	1933. 10	단편
코가 복숭아처럼 붉은 여자	조선문학	1933. 10	콩트
마부(馬夫)와 교수(敎授)	학등(學燈)	1933. 10	콩트
달밤	중앙	1933. 11	단편
어머니	중앙	1934. 1	희곡
박물장사 늙은이	신가정	1934. 2 ~ 7월	중편
빙점하(氷點下)의 우울	학등	1934. 3	콩트
촌떠기	농민순보(農民旬報)	1934. 3	단편
불멸의 함성	조선중앙일보	1934. 5. 15 ~ 1935. 3. 30	장편
점경(點景)	중앙	1934. 9	단편
어둠	개벽	1934. 9	단편
애욕의 금렵구	중앙	1935. 3	중편
성모(聖母)	조선중앙일보	1935. 5. 26 ~ 1936. 1. 20	장편
색시	조광	1935. 11	단편
손거부(孫巨富)	신동아	1935. 11	단편
순정(純情)	사해공론	1935. 11	단편
삼월(三月)	사해공론	1936. 1	단편
가마귀	조광	1936. 1	단편
산(山) 사람들	중앙	1936. 2	희곡
황진이	조선중앙일보	1936. 6. 2 ~ 9. 3(연재중단)	장편

바다	사해공론	1936. 7	단편
장마	조광	1936. 10	단편
철로(鐵路)	여성	1936. 10	단편
복덕방(福德房)	조광	1937. 3	단편
코스모스 피는 정원	여성	1937. 3 ~ 7	중편
사막(沙漠)의 화원(花園)	조선일보	1937. 7. 2	단편
화관(花冠)	조선일보	1937. 7. 29 ~ 12. 22	장편
패강냉(浿江冷)	삼천리	1938. 1	단편
영월영감(寧越令監)	문장(文章)	1939. 2, 3월호	단편
딸삼형제	동아일보	1939. 2. 5 ~ 7. 17	장편
아련(阿蓮)	문장	1939. 6	단편
농군(農軍)	문장	1939. 7	단편
청춘무성(靑春茂盛)	조선일보	1940. 3. 12 ~ 8. 10	장편
밤길	문장	1940. 5 ~ 6. 7합병호(2회)	단편
토끼 이야기	문장	1941. 2	단편
사상(思想)의 월야(月夜)	매일신보	1941. 3. 4 ~ 7. 5	장편
별은 창마다	신시대	1942. 1 ~ 1943, 6	장편
행복에의 흰손들	조광	1942. 1 ~ 1943. 1	장편
사냥	춘추(春秋)	1942. 2	단편
무연(無緣)	춘추	1942. 6	단편
석양(夕陽)	국민문학(國民文學)	1942. 2	단편
왕자호동(王子好童)	매일신보	1942. 12. 22 ~ 1943. 6. 16	장편
석교(石橋)	국민문학	1943. 1	단편
뒷방마냄	『돌다리』에 수록	1943. 12	단편
즐거운 기억	한성일보	1945. 10(미확인)	단편
너	시대일보	1946. 2(미확인)	단편
해방전후(解放前後)	문학	1946. 8	단편
불사조(不死鳥)	현대일보	1946. 3. 27 ~ 7. 19(연재중단)	장편
첫전투	문학예술(4권)	1948. 12	중편

아버지의 모시옷	『첫전투』에 수록	1949	단편
호랑이 할머니	『첫전투』에 수록	1949	단편
삼팔선 어느지구에서	『첫전투』에 수록	1949	단편
백배천배로	『고향길』에 수록	1952	단편
누가 굴복하는가 보자	『고향길』에 수록	1952	단편
미국 대사관	『고향길』에 수록	1952	단편
고귀한 사람들	『고향길』에 수록	1952	단편
네거리에 선 전신주	『고향길』에 수록	1952	단편
고향길	『고향길』에 수록	1952	단편
먼지	(?)	1952	단편
두죽음	(?)	1952	단편

2. 수필, 기타 잡문 목록

작 품 명	발 표 지	발표 연도
물고기 이약이 외 5편	휘문	1924. 6
어린 수문장	어린이	1929. 1
끽다(喫茶)와 악수(握手)	별건곤	1929. 1
불상한 소년 미술가	어린이	1929. 2
야단들이다	학생	1929. 4
추억(중학생시대)	학생	1929. 4
슬픈 명일 추석(秋夕)	어린이	1929. 5
도보 삼천리	학생	1929(1권 4호)
쓸쓸한 밤길	어린이	1929. 6
불상한 삼형제	어린이	1929. 7, 8 합병호
여름	학생	1929. 8
유령과 종로	별건곤	1929. 10
눈물의 입학	어린이	1930. 1
오십전 은화(銀貨)	신소설	1930. 1

노상(路上)	신생	1930. 2
학생연작소설 개관	학생	1930. 2
학생소설 연작 개평(槪評)	학생	1930. 3, 4
장주사부지(張主事不知)	별건곤	1930. 3
봄비소리	신생	1930. 3
복사꽃	학생	1930. 4
동심예찬	신소설	1930. 5
문제막연(問題漠然)	대조	1930. 5
신록(新綠)	신생	1930. 6
신록	별건곤	1930. 6
악반려(惡伴侶)	신민	1930. 7
귀뚜라미	별건곤	1930. 8
과꽃	어린이	1930, 8권 7호
6월의 하누님	어린이	1930, 8권 5호
모기장 속	신민	1930. 8
외로운 아이	어린이	1930. 11
눈 온 아침	신생	1930. 12
몰라쟁이 엄마	어린이	1931. 2
봄날이외다	신생	1931. 3
삼월과 인생	혜성	1931. 3
산과 추억	신생	1931. 6
복덕방 영감	동광	1931. 7
오오 청춘 둥지도 없이	동광	1931. 10
6월과 구름	어린이	1931, 9권 5호
낙서	동광	1931. 12
독서 소론	신생	1932. 1
낙서	신생	1932. 1
사라지는 서울의 시	조선일보	1932. 1. 28
참새생각	혜성	1932. 2

낙서	신생	1933. 2
낙서	신생	1932. 3
나의 고아시대(추억 2, 3)	백악(白岳)	1932. 3
낙서	신생	1932. 4
시인	동방평론	1932. 4
봄	동방평론	1932. 4
낙서	신생	1932. 5
낙서	신생	1932. 6
슬퍼하는 나무	어린이	1932. 7
물	신생	1932. 7, 8
용담(龍潭) 이야기	신동아	1932. 9
무식(無識)	한글	1932. 9
낙서(밤)	신생	1932. 10
돈과 청한(淸閑)	신생	1932. 11
낙서(나무)	신생	1932, 12. 3
낙서(목욕과 이발)	신생	1932, 12. 31
남행열차	신동아	1932. 12
봄글(그리운 학창시대)	신동아	1933. 3
그들의 얼굴 우에서	신가정	1933. 3
못본이 상상기	신가정	1933. 3
내게는 웨 어머니가 없나	신가정	1933. 5
투르게 – 넵흐와 나	조선일보	1933, 8. 22
작가에게 좀더 겸손하자	조선일보	1933. 10. 14
예술의 동서(東西)	조선일보	1933. 8. 31 ～ 9. 1
「무지한 평자」라는 것	동아일보	1933. 12. 6
작품과 생활이 경주중(競走中)	조선일보	1934, 1. 1
만년필	학등(學燈)	1934. 5
강아지	신가정	1934. 5
파초	청년조선	1934. 10

박화성의 「백화(白花)」	조선중앙일보	1934, 3. 25
인생과 연애	중앙	1934. 5
조심삼매(釣心三昧)	중앙	1934,
조고만 객주ㅅ집 사환	신가정	1933. 4
동경에 있는 S누이에게	신가정	1933. 4
글짓는 법 A. B. C	중앙	1934, 6 ~ 1935, 1
무서운 바다	신가정	1933. 8
여정(旅情)의 하로	조선중앙일보	1934, 12. 13 ~ 20(6회)
수상이제(隨想二題)	중앙	1935. 1
김동인씨의 단편집 「감자」	조선중앙일보	1935. 3. 14
신도	학등	1935. 4
김문집 저 「비평문학(批評文學)」에		
대한 각계의 일가견(一家見)	청색지	1935. 5
내가 존경하는 현대조선의 작가와		
외국인에게 자랑할 작품	중앙	1935. 6
내가 본 톨스토이	조선중앙	1935. 11. 20
남의 글	학등	1935. 12
불국사	조광	1935. 11
구인회에 대한 난해 기타(難解其他)	조선중앙일보	1935, 8. 11
소설과 문장	사해공론	1935. 6
남의 글	학등	1935. 12
어렴풋한 시절(고아의 추억)	조광	1936. 1
신춘창작개평	조선중앙	1936. 1. 17 ~ 29
달래	여성	1936. 4
미쓰 스프링	중앙	1936. 4
광업가와 작가	조선문학	1936. 5
야간비행	조선문학	1936. 6
그의 고난에 경례(敬禮)한다	조선중앙일보	1936, 6. 22
바다	중앙	1936. 8

한글문학만이 조선문학	삼천리	1936. 8
피서지의 하로	여성	1936. 9
카네 - 순 윤 순 윤	조광	1937. 2
도세문답(渡世問答)	조광	1937. 2
근감수제(누구를 위해 쓸 것인가)	조선일보	1937, 5. 25 ～ 26
휴맨이즘 운운(云云)은 평론을 위한 평론	동아일보	1937, 6. 4
문장일어(文章一語)	조선문학	1937. 6
평론태도에 대하여	동아일보	1937. 6. 27
성패일반(成敗一般)	조광	1937. 7
생활양식과 입체적 구성	조선일보	1937, 7. 15
작가가 바라는 평론가	동아일보	1937, 6. 27, 30(2회)
소설독본	여성	1938. 7
「인격존중」 비판을 대망	조광 23호	1937. 9
장편소설론(최재서와 문답)	조선일보	1938. 1. 1
김상용(金尙容)의 인간과 예술	삼천리문학	1938. 4
「이상견빙지(履霜堅冰至)」 기타	삼천리문학	1938. 4
작품애(作品愛)	박문	1938. 10
춘원의 작품	박문	1938. 12
1인칭소설과 초연(超然)의식	조선일보	1938,
서구정신과 동방정신	조선일보	1938, 8. 5
이광수의 전작 「사랑」을 추천함	조선일보	1938, 11. 20
춘원의 「사랑」 독후감	박문	1938. 12
비평과 비평정신	조선일보	1939. 5. 31～6. 6(4회)
문장강화(文章講話)	문장	1939, 2 ～ 10
모방(模倣)	문장	1939. 4
목수들	문장	1939. 9
독자의 편지	문장	1939. 9
독자의 편지	문장	1939. 11
문방잡기(文房雜器)	문장	1939. 12

문학의 제문제(좌담)	문장	1940. 1
소설의 어려움 이제 깨닫는듯	문장	1940. 2
문장의 고전, 현대, 언문일치	문장	1940. 3
여묵	문장	1940. 4
신작가 최태응(崔泰應)군	문장	1940. 4
박태원 「소설가 구보씨의 일일」에	삼천리	1940. 7
통속성, 춘향전의 맛	문장	1940. 9
고완품(古翫品)과 생활	문장	1940. 10
지원병훈련소의 일일	문장	1940. 11
기생과 시문(詩文)	문장	1940. 12
묵적과 신부	여성	1940. 12
체홉의 「오렝카」	삼천리	1940. 12
희망	박문	1941. 1
허민군의 「어산금(魚山琴)」을 추모함	문장	1941. 1
문학의 제문제(좌담)	문장	1941. 1
소설	문장	1941. 3
두 청시인(淸詩人) 고사(故事)	문장	1941. 4(폐간호)
문학구성의 특질	삼천리	1941. 9
우리 문단의 길조	매일신보	1942. 1. 7
두연재물에 대하여	대동아 2호	1942. 7
도변야화(陶邊夜話)	춘추	1942. 8
아동문학에 있어서의 성인문학가의 임무	아동문학	1945. 12
전망이라기 보다는 주장—		
해방 제2년의 문화계 전망(창작)	개벽	1946. 1
수상(隨想) — 이상(履霜)	서울신문	1946, 1. 1
시대성과 예술성	서울신문	1946, 1. 25
문학과 정치 — 우리는 웨 정치에		
관여하는가	한성일보	1946, 2. 26 ~ 3. 3
작자의 말	현대일보	1946, 3. 25

서울문학가동맹 여러분께	문학	1946. 11(2호)
붉은 광장(廣場)에서	문학	1947. 4(3호)

3. 단행본 연보

책 명	발 행 처	발행 연도	분류
달밤	한성도서	1934. 7	단편집
제2의 운명	한성도서	1937. 2	장 편
구원의 여상	한성도서	1937. 6	장 편
가마귀	한성도서	1937. 8	단편집
황진이	동광당서점	1938. 2	장 편
화관	삼문사	1938. 9	장 편
딸삼형제	문장사	1939. 11	장 편
이태준 단편선(選)	박문서관	1939. 12	단편집
문장강화	문장사	1940. 4	문장론
청춘무성	박문서관	1940. 11	장 편
복덕방(日語版)	일본사	1941. 1	단편집
이태준단편집	학예사	1941. 3	단편집
무서록(無序錄)	박문서관	1941. 9	수필집
대동아전기(大東亞戰記) (이무영 공역)	인문사	1943. 2	번역서
서간문 강화	박문서관	1943. 7	문장론
삼인우달(三人友達) (「행복에의 흰손들」 개제)	남창서관	1943. 11	장 편
왕자호동	남창서관	1943. 11	장 편
돌다리	박문서관	1943. 12	단편집
별은 창마다	박문서관	1945. 3	장 편
상허문학 독본	백양사	1946.	문학론
세동무	범문사	1946. 5	장 편

(「행복에의 흰손들」 개제)

사상의 월야	을유문화사	1946. 11	장 편
해방전후	조선문학사	1947. 1	단편집
소련기행	백양당	1947. 5	기행문
돌다리	을유문화사	1947.	단편집
복덕방	을유문화사	1947.	단편집
증정 문장강화	박문서관	1948	문장론
농토	삼성문화사	1948. 8	장 편
신혼일기	광문서림	1949. 2	장 편

(「행복에의 흰손들」)의 개제

첫전투	문화전선사	1949	단편집
고향길	재일본 조선인 교육자동맹	1952	단편집
신문장강화	재일본 조선인 교육자동맹	1952	문장론

(정리 : 강진호)

이태준 자료 및 연구 목록

1. 해방 전

양백화 외, 「조선문단합평회」, 《조선문단》, 1925. 8.
김기림, 「작가론 – 스타일리스트 이태준씨를 논함」, 〈조선일보〉, 1933. 6. 25
　　　～ 26.
박태원, 「이태준 단편집 『달밤』을 읽고 – 독후감」, 〈조선일보〉, 1934. 7. 26
　　　～ 27.
조용만, 「이태준씨 단편집 『달밤』을 읽고」, 〈매일신보〉, 1934. 8. 4 ～ 5.
김환태, 「상허의 작품과 그 예술관」, 《개벽》, 1934. 12.
김동인, 「이태준씨의 '애욕의 금렵구'」, 〈매일신보〉, 1935. 3. 27.
안회남, 「문예시평 – 최근창작개평」, 〈조선일보〉, 1935. 5. 30.
임　화, 「7월 창작평」, 〈조선중앙일보〉, 1936. 7. 18.
일기자, 「이태준씨 가정 방문기」, 《조선문단》, 1936. 7.
안회남, 「현역 작가들의 기량」, 〈조선일보〉, 1936. 9. 3 ～ 10.
백　철, 「울결의 문학」, 〈조선일보〉, 1937. 3. 17 ～ 21.
김동리, 「이태준론」, 《풍림》, 1937. 3.
신남철, 「작가심정의 문제」, 〈동아일보〉, 1937. 6. 23.
임　화, 「현대소설의 귀추」, 〈조선일보〉, 1937. 7. 19.
최재서, 「최근 문단의 동향」, 《조광》, 1937. 11.
김문집, 「신춘창작대관 – '수난의 기록'과 '패강냉'」, 〈동아일보〉, 1938. 1. 21.
백　철, 「문학과 사상성의 검토 – 내가 쓰는 작가 이태준론」, 〈동아일보〉,
　　　1938. 2. 15 ～ 19.
김문집, 「이태준론」, 《삼천리문학》, 1938. 4.
최재서, 「단편작가로서의 이태준」, 『문학과 지성』, 인문사, 1938. 6.
최재서, 「빈곤과 문학」, 『문학과 지성』, 인문사, 1938. 6.
최재서, 「문학. 작가. 지성」, 〈동아일보〉, 1938. 8.
홍효민, 「이태준저 『화관』 독후감」, 〈동아일보〉, 1938. 9. 11.
일기자, 「이상을 어하는 이태준씨」, 《삼천리》, 1939. 1.
김광섭, 「'영월영감'과 역작 '무명'」, 〈동아일보〉, 1939. 1. 28.
임　화, 「단편소설의 조선적 특징」, 《인문평론》, 1939.
모윤숙, 「조선여성자화상 – 이태준 씨의 '딸삼형제'」, 〈조선일보〉, 1940. 1. 22.
백　철, 「이태준씨 장편소설 『딸삼형제』를 읽고」, 〈매일신보〉, 1940. 1. 19.

이헌구, 「딸삼형제를 읽고」, 《문장》, 1940. 3.
박종화, 「이태준 저『문장강화』」, 〈조선일보〉, 1940. 5. 18.
최정희, 「이태준 작『청춘무성』」,《인문평론》, 1941. 1.
윤규섭, 「학예사판『이태준 단편집』을 읽고」, 〈매일신보〉, 1941. 3. 23 ~ 29.

2. 해방 후(해금 전)

홍   구, 「우리 위원장 이태준」,《신문학》 3, 1946. 8.
K 기자, 「동인과 상허」,《백민》, 1946. 12.
방준원, 「이태준론」,《백민》, 1946. 12.
김동석, 『예술과 생활』, 박문출판사, 1947. 6.
이동봉, 「이상과 실체 — 상허의 『소련기행』을 읽고」, 〈경향신문〉, 1947. 8.
         10.
백   철, 「신사상의 주체화 문제점」,《신천지》, 1948. 7.
김동석, 「'달밤'의 감격」, 〈조선중앙일보〉, 1948. 7. 24.
황중엽, 『詩作과 眞實』, 진성당, 1948. 10.
백   철, 『조선신문예사조사』, 백양당, 1949.
현   수, 『적치 6년의 북한문단』, 국민사상지도원, 1952. 3.
김규동, 「자유세계의 일원으로 작가 이태준에게」, 〈평화일보〉, 1956. 6. 27.
조용만, 「구인회의 기억」, 『현대문학』, 현대문학사, 1957. 1.
최태웅, 「이태준의 비극(상)(하)」,《사상계》 116 ~ 117, 1963. 1 ~ 2.
김종빈, 「묘혈을 자청한 이태준」,《동아춘추》, 1963. 4.
임형택, 「상허 이태준론(1)」,《낙산어문학 1》, 1963. 11.
임형택, 「상허론(2)」,《낙산어문학 3》, 1964. 10.
천이두, 「한국단편소설론」,《문학》 7, 1966. 11.
김우종, 『한국현대소설사』, 선명문화사, 1968.
조연현, 『한국현대문학사』, 성문각, 1969.
조용만, 「나와 구인회 시대」, 〈대한일보〉, 1969. 9. 30.
김   현·김윤식, 『한국문학사』, 민음사, 1973.
김윤식, 『한국현대문학사』, 일지사, 1976. 12.
김시태, 「구인회 연구」,《논문집》, 제주대학교, 1976.
선우휘, 「납북되거나 월북한 문인들 문제」,《뿌리깊은나무》, 1977. 5.
백   철, 「참 좋은 작가들이었는데」,《월간중앙》, 1978. 5.
양태진, 「월북작가론」,《통일정책》 4권 2호, 1978.
長璋吉, 「李泰俊」,《朝鮮學報》 92, 1979.
이재선, 『한국현대소설사』, 홍성사, 1979.
이항구, 「북한작가들의 생활상」,《국토통일원》, 국토통일원 조사연구실, 1979.
정한숙, 『해방문단사』, 고려대출판부, 1980. 4.

三枝壽勝, 「李泰俊作品論」, 《史淵》 117, 九州大文學部, 1980.
양일운, 「북한의 숙청문인 - 상허와 임화를 중심으로」, 《북한학보》 5, 1981.
三枝壽勝, 「解放後の 李泰俊」, 《史淵》 118, 九州大文學部, 1981.
정한숙, 『한국현대문학사』, 고려대출판부, 1982.
이주형, 「1930년대 한국장편소설연구」, 서울대 대학원 박사학위논문, 1983.
오효일, 「1940년대 후반기 단편소설 연구」, 계명대학교 석사학위논문, 1984.
박재섭, 「해방기소설연구」, 서강대 대학원 석사학위논문, 1985.
김윤식, 「이태준론」, 《현대문학》, 1989. 5.
송하춘, 『1920년대 한국소설연구』, 고대민족문화연구소, 1985.
김윤식, 「해방공간의 문학」, 『해방전후사의 인식 2』, 한길사, 1985. 10.
박정규, 「상허소설의 현실인식」, 《어문논집》, 고려대, 1986. 3.
민충환, 「상허 이태준론(1)」, 《부천공전논문집 6》, 1986.
민충환, 「상허 이태준론 - 특히 〈농군〉을 중심으로」, 《공산권연구》, 19
       86. 7.
이기봉, 『북의 문학과 예술인』, 사사연, 1986.
이익성, 「상허단편소설연구」, 서울대 대학원 석사학위논문, 1987. 2.
임진영, 「8·15 직후 단편소설연구」, 연세대 대학원 석사학위논문, 1987.
민충환, 「상허 이태준론 - 〈코스모스이야기〉를 중심으로」, 《공산권연구》,
       1987. 3.
강진호, 「이태준연구」, 고려대 대학원 석사학위논문, 1987. 7.
이병렬 외, 『광복 40년의 교과서 2. 소설』, 나랏말ㅿ미, 1987. 9.
박정규, 「농민소설에 나타난 유토피아 추구의식」, 《한양어문논집 5》, 1987. 10.
민충환, 「상허 이태준론 - 전기적 사실과 습작기 작품을 중심으로」, 《어문연
       구》, 1987. 11.
이경남, 「월북작가 이태준은 북한 탈출을 기도했었다」, 월간 《현대》, 1987. 11
       ~ 12.
민충환, 「상허 이태준의 중·단편소설의 이해」, 《공산권연구》, 1988. 2.
조동일, 『한국문학통사 5』, 지식산업사, 1988. 3.
민충환, 『이태준연구』, 깊은샘, 1988. 4.
민충환, 「고단했던 생애와 작품세계」, 《현대공론》, 1988. 6.
오일명, 「그는 이데올로기가 낳은 비극인이었다」, 《현대공론》, 1988. 6.
유한근, 「스타일리스트 상허」, 《월간문학》, 1988. 6.
임명수, 「한국근대소설의 서정적 성격연구」, 경북대 대학원 석사학위논문, 19
       88. 7.

3. 해금 후

정현기, 「이태준연구」, 《세계의 문학》, 1988. 가을호.

한형구, 「해방공간의 농민문학」, 《한국학보 52》, 1988. 가을호.

이선영, 「전통적 정서에 민족의식을 담은 이태준」, 《한국인》, 사회발전연구소, 1988. 11.

이남호, 「이태준단편소설연구」, 《한국어문교육 3》, 고려대사대국어교육회, 1988. 12.

신동욱, 「이태준작품의 문학적 의미」, 『해금문학전집 2』, 삼성출판사, 1988.

김우종, 「사회악의 고발과 농촌계몽의 인간형」, 『작가선집 3』, 을유문화사, 1988.

김상태, 「해방공간의 소설」, 《현대문학》, 1988. 12.

민충환, 「상허 이태준론 ─ 작품의 현지답사 내용을 중심으로」, 《공산권연구》, 1989. 1.

박경덕, 「이태준 단편의 인물 유형」, 고려대 교육대학원 석사논문, 1989. 2.

추경란, 「이태준 장편소설의 인물유형 고찰」, 조선대 교육대학원 석사학위논문, 1989. 2.

최은주, 「상허 이태준단편소설연구」, 한국외대 대학원 석사학위논문, 1989. 2.

서경석, 「미군정기 소설의 현실인식」, 《한국학보 54》, 1989. 봄호.

정호웅, 「해방공간의 소설과 지식인」, 《한국학보 54》, 1989. 봄호.

이병렬, 「이태준문학연구의 향방」, 《숭실어문》 제6집, 숭실어문연구회, 1989. 4.

이우용, 「이태준 ─ 허위적 속성의 문학과 비극적 삶」, 《사회와 사상》, 1989. 5.

이경은, 「이태준단편소설연구」, 연세대 교육대학원 석사학위논문, 1989. 6.

감태준 외, 『한국현대소설사』, 현대문학사, 1989. 8.

정현기, 「작가적 증오심의 형상화」, 『월북문인연구』, 문학사상사, 1989. 8.

이재봉, 「해방기 이태준 소설연구」, 부산대 대학원 석사학위논문, 1989. 8.

권영민 편, 『월북문인연구』, 문학사상사, 1989. 10.

정운엽, 「상허 이태준소설의 의식고찰」, 《경기문학》 제10집, 1989. 12.

김은정, 「이태준 단편소설연구」, 서강대학교 대학원 석사학위논문, 1990. 2.

김미순, 「이태준소설연구」, 단국대 대학원 석사학위논문, 1990. 2.

조문규, 「이태준소설연구」, 경남대 교육대학원 석사학위논문, 1990. 2.

김재용, 「북한의 토지개혁과 그 소설적 형상화」, 《실천문학》, 1990. 봄호.

서종택, 「이태준의 단편소설」, 『한국현대소설연구』, 새문사, 1990. 5.

변소영, 「이태준단편소설연구」, 《마을문 2》, 한국외대 한국어교육과, 1990. 5.

이탄미, 「이태준소설연구」, 중앙대 대학원 석사학위논문, 1990. 6.

김윤식, 『해방공간의 문학사론』, 서울대 출판부, 1990.

유종호, 「'인간사전'을 보는 재미 ─ 이태준의 단편」, 『1930년대 민족문학의 인식』, 한길사, 1990.

조남현, 「해방직후 소설에 나타난 선택적 행위」, 『해방공간의 문학사론』, 태학사, 1990.

김상선, 「이태준론」, 『이선영교수회갑논총』, 한길사, 1990.
이재봉, 「이태준의 '해방전후'와 그 이데올로기의 성격」, 《국어국문학 27》, 부
　　　산대 국문과, 1990. 9.
김치수, 『이태준 - 오몽녀』, 한국대표명작총서 15, 지학사, 1990. 9.
김용성, 「상허 이태준 소설론」, 『민제교수회갑논총』, 중앙대국문학과, 1990.
　　　10.
김윤식, 「빨치산 소설의 기원」, 《한길문학》, 1990. 11.
김승환, 「해방공간의 농민소설연구」, 서울대학교 박사학위논문, 1990.
김상선, 「이태준단편소설연구」, 《인문학연구 17》, 중앙대, 1990. 12.
이선미, 「이태준소설연구」, 연세대 대학원 석사학위논문, 1990. 12.
신순철, 「해방 이후의 이태준의 삶과 문학」, 《국문학연구 13》, 효성여대국문학
　　　과, 1990. 12.
정병구, 「이태준역사소설연구」, 충남대 교육대학원 석사학위논문, 1990.
김한응, 「이태준연구 - 단편소설을 중심으로」, 제주대 대학원 석사학위논문,
　　　1990.
민충환, 「상허 이태준론」, 《논문집 11》, 부천공전, 1990. 12.
이우용, 『해방공간의 민족문학사론』, 태학사, 1991. 2.
송인화, 「상허 이태준 소설연구」, 연세대학교 석사학위논문, 1991.
서석준, 「한국현대소설에 나타난 '부상실'연구」, 경희대학교 박사학위 논문,
　　　1991.
김현숙, 「이태준소설의 기호론적 연구」, 이화여대 대학원 박사학위논문, 1991.
　　　2.
신순철, 「이태준연구」, 효성여대 대학원 박사학위논문, 1991. 2.
박건명, 「이태준 단편소설에 나타난 인물유형 연구」, 《건국어문학》 15 · 16,
　　　1991. 3.
류보선, 「역사의 발견과 그 문학사적 의미」, 『한국의 전후문학』, 태학사,
　　　1991. 4.
김승환, 『해방공간의 현실주의 문학연구』, 일지사, 1991. 5.
신순철, 「해방 전의 이태준의 문학적 전기고찰」, 《경주전문대논문집》 5 집,
　　　1991. 5.
황순재, 「현실대응의 방법적 자각 - 이태준의 『화관』론」, 《문학과비평》, 문학
　　　과비평사, 1991. 6.
이병렬, 「광복기 작가의 한 유형(I) - 이태준의 변신」, 《숭실어문》 제 8 집,
　　　숭실어문연구회, 1991. 7
김현숙, 「이태준소설의 기호론적 분석」, 《개신어문연구 8》, 충북대개신어문연
　　　구회, 1991. 8.
홍기삼 · 김시태 편, 『해금문학론』, 미리내, 1991. 8.
이재선, 『현대한국소설사』, 민음사, 1991.
장영우, 「상허 이태준론」, 홍기삼 · 김시태 편, 『해금문학론』, 미리내, 1991. 8.

안남연, 「이태준소설의 미학적 연구」, 《우리어문학연구 3》, 한국외대 한국어교육과, 1991. 9.

김상선, 「이태준단편소설연구」, 『현산 김종훈박사 회갑기념논문집』, 집문당, 1991. 9.

김상선, 「이태준 단편소설연구(1)」, 《비평문학》 5호, 한국비평문학회, 1991. 10.

이재봉, 「'농토'의 인물성격과 그 의미」, 《한국문학논총 12》, 부산대 국문과 한국문학회, 1991. 11.

박기연, 「이태준소설연구」, 동아대 대학원 석사학위논문, 1991. 12.

김우종, 「이태준 소설의 몇가지 특성」, 『현대문학사의 재조명』, 백문사, 1991. 12.

신동욱, 「이태준 소설과 민족의식」, 《월간 고교 독서평설》, 1991. 12 ~ 1992. 1.

김수경, 「이태준연구」, 서울시립대 대학원 석사학위 논문, 1991. 12.

강진호, 「이상과 현실의 거리 - 해방기 이태준 소설론」, 『문학과 논리 2』, 태학사, 1992.

신동욱, 「이태준의 소설에 나타난 민족의식」, 《동방학지》, 연세대 국학연구원, 1992.

장영우, 「이태준의 초기작품에 관한 일고찰」, 《문학예술》, 1992. 4.

원형갑, 「이태준의 문학세계 어떻게 볼 것인가」, 《문학예술》, 1992. 7.

장영우, 「이태준 소설연구」, 동국대 대학원 박사학위논문, 1992. 7.

최혜실, 「이태준 장편소설에 나타난 애정의 삼각구도」, 『한국근대장편소설 연구』, 모음사, 1992. 8.

이익성, 「『사상의 월야』와 자전적 소설의 의미」, 『한국근대장편소설연구』, 모음사, 1992. 8.

민충환, 『이태준 소설의 이해』, 백산출판사, 1992.

최유찬, 「이태준의 삶과 문학」, 『리얼리즘이론과 실제비평』, 두리, 1992.

서은선, 「이태준 장편소설 연구」, 《국어국문학 29》, 부산대 국문과, 1992. 10.

장양수, 「이태준 단편 「가마귀」의 탐미주의적 성격」, 《한국어문학농총》, 부산대 한국문학회, 1992. 10.

안남연, 「이태준 장편소설의 작중인물 유형연구」, 《한국어문학연구 4》, 한국외대, 1992. 11.

김종균, 「이태준 장편소설 『불멸의 함성』에 나타난 민중문화 의식」, 《한국어문학연구》, 한국외대 한국어문학연구회, 1992. 11.

안한상, 「해방전후에 나타난 문인의 현실인식과 삶의 선택」, 《전농어문연구 5》, 서울시립대, 1992. 12.

양진오, 「이태준의 『사상의 월야』 연구」, 서강대 대학원 석사학위논문, 1992. 12.

이혜원, 「이태준 소설의 이미지 연구」, 《한국어문교육 6》, 고려대 국어교육학회, 1992. 12.

이대영, 「상허의 장편소설 연구」, 《어문연구 23》, 충남대 어문연구회, 1992. 12.

안남연, 「이태준장편소설연구」, 한국외국어대학교 박사학위논문, 1993.

안남연, 『이태준장편소설연구』, 대영현대문화사, 1993. 1.

이명희, 「이태준 장편 『청춘무성』고」, 《어문논집 3》, 숙명여대 한국어문학연구소, 1993. 2.

이예주, 「이태준론」, 《성심어문논집》, 성심여대 국문과, 1993. 2.

공종구, 「이태준 초기소설의 서사지평분석」, 《국어국문학 109》, 국어국문학회, 1993. 5.

이병렬, 「이태준소설의 개작문제고」, 제36회 전국국어국문학연구발표대회 발표요지, 1993. 6. 6.

이병렬, 「이태준 소설의 창작기법 연구」, 숭실대 대학원 박사학위논문, 1993. 6.

이명희, 「이태준문학연구」, 숙명여대 대학원 박사학위논문, 1993. 6.

공종구, 「이태준 초기소설의 서사지평 분석(2)」, 한국언어문학회 연구발표 요지, 원광대학교, 1993. 7. 2.

김진기, 「이태준 단편소설연구」, 건국대 대학원 석사학위논문, 1993. 7.

이경남, 「구월산 유격대의 월북작가 이태준 귀순공작」, 《신동아》, 1993. 8 ~ 9.

이병렬, 「'복녀'와 '오몽녀'의 거리」, 《숭실어문》 제10집, 숭실어문연구회, 1993. 10.

(정리 : 이병렬)

이태준 문학 연구

1993년 12월 30일 초판 발행
2005년 6월 25일 재판 발행

저 자 상허문학회
펴낸이 박 현 숙
인쇄처 새한문화사

110-320 서울시 종로구 낙원동 58-1 종로오피스텔 606호
TEL. 02-764-3018, 764-3019 FAX. 02-764-3011
E-mail : kpsm80@hanmail.net

펴낸곳 도서출판 **깊 은 샘**

등록번호/제2-69. 등록년월일/1980년 2월 6일

ISBN 89-7416-024-2

※ 잘못된 책은 교환해 드립니다.

값 15,000원